WHITE RABBIT IN THE WONDERLAND

이상한 나라의 흰 토끼

명윤 장편소설

WHITE RABBIT IN THE WONDERLAND

이상한 나라의 흰 토끼

명윤 장편소설

D&C BOOKS

WELCOME
TO
WONDER
LAND

아아, 이제 나는 자유야.

감격에 젖은 소윤은 한밤중치고는 지나치게 달아오른 분위기를 알아차리지 못했다.
우선 빈집을 찾아야겠다는 등의 생각을 하며 발걸음을 옮기는 그녀를
오래된 와인처럼 감미로운 울림을 담은 음성이 불러 세웠다.

“거기, 백발.”

소윤은 연구소에서 이름 이외에도 어이, 137번째 등 여러 별칭으로 불렸다.
백발 역시 그녀의 별칭 중 하나였다.
그녀는 시선이 느껴지는 곳을 바라보았다.
어둠에 젖어 든 빨간 머리카락과 잘생긴 얼굴, 남색의 슈트와 붉은 행커치프,
넥타이 없이 풀어 헤친 셔츠.
이것만이라면 소윤은 남자의 정체를 짐작할 수 없었을 것이다.

“그래, 너. 신참.”

남자는 이마 위에 흩어진 머리카락을 쓸어 올리며 말했다.
그는 그 별것 아닌 동작에서조차 넘치는 에너지와 본성에 자리한 폭력성을
무자비할 만큼 풍기는 남자였다.
바로 이를 통해 그녀는 남자가 누구인지 짐작할 수 있었다.

CONTENTS

"맙소사, 여기 이 놀라운 곳(Wonderful Land)을 좀 보라지!
자살 지원자가 그렇게나 많았다니!"

하트는 낄낄거리며 웃었다.

Welcome to Wonderland

0. Prologue

0. Prologue

소윤은 최근까지 그녀를 지배했던 우울함과 무력감에서 벗어나 힘차게 거리를 걸었다. 원인은 1시간쯤 전에 스마트폰으로 걸려 온 전화 한 통이었다.

—미안해, 소윤아. 내가 잘못 생각했어. 그런 말도 안 되는 거짓말들을 믿다니, 내가 잠시 미쳤었나 봐. 우리 만나서 얘기하자. 응? 학교는 내가 다 알아서 할게. 부탁이야. 얼굴만이라도 보여 줘. 보고 싶어, 소윤아.

그녀의 남자친구인 동현은 멀끔한 외모와 반듯한 행동거지, 뛰어난 머리의 소유자였으며, 강남에 빌딩을 몇 채나 가지고 있는 부잣집 외동아들이기까지 했다.

이만한 스펙의 소유자를 주변에서 그냥 내버려 둘 리 없었다. 소윤과 사귀기 전에도 동현의 주변을 맴도는 여자는 많았다. 소윤과 사귄 후 동현이 여자친구의 존재를 공공연하게 알리고 다녔음에도 불구하고 그네들은 동현을 포기하지 않았다. 그중에는 소윤을 도둑년이나 암

고양이 취급하며 마치 자신의 것을 빼앗긴 듯 구는 여자들도 있었다.

인신공격, 따돌림, 루머, 이간질. 소윤은 추문의 주인공이 되었다. 그녀에 대한 공격은 가문 날의 들불처럼 손쓸 새 없이 번져 나갔다. 급기야 친구들은 물론 동현까지도 그녀를 외면하기에 이르렀다.

소윤은 뒤늦게 결백함을 주장했으나 그녀의 말에 귀를 기울이는 사람은 아무도 없었다. 그녀가 입 밖에 낸 말은 조롱거리가 되어 들개들에게 물어뜯겼다. 거리에서 우연히 마주친, 얼굴만 아는 선배들에게 비웃음을 당한 후에는 외출조차 하고 싶지 않아졌다.

과거를 회상하던 소윤은 문득 걸음을 멈추었다. 이 모든 것이 정말 해소된 것일까. 동현의 그 전화는 과연 믿어도 되는 것일까. 거기까지 생각한 그녀는 세차게 고개를 흔들었다.

"여기서 더 나빠질 게 뭐가 있어."

다짐하듯 중얼거린 소윤은 다시 걸음을 옮겼다.

약속 장소인 대학 안에 들어서자 많은 시선들이 소윤의 몸을 찔러왔다. 며칠 전만 해도 그녀를 세상에 둘도 없는 꽃뱀, 몸 팔아 명품 사는 매춘부로 보던 눈들이었다. 동현이 전화로 말했던 대로 빠르게 조치를 취한 것인지, 한때 그녀가 친구라고 생각했던 이들이 머뭇거리며 다가오고 있었다.

"소윤아, 저기……."

소윤은 크로스백을 움켜쥐었다. 그 안에는 두꺼운 전공 책이 들어 있었다.

'아니, 아직 안 되지.'

이걸 써먹을 곳은 여기가 아니었다. 소윤은 그들을 무시하고 잰걸음을 옮겼다. 그리고 건물을 도는 순간.

"죽어!"

그늘에서도 은빛으로 빛나는 식칼이 그녀를 덮쳤다.

배, 가슴, 팔, 목. 칼날은 소윤의 전신을 잔인하게 쑤셨다. 피 웅덩이에 몸을 뉘인 소윤은 그녀를 찌른 여자를 올려다보았다. 동현의 귀에 독을 불어넣은 여자가 그곳에 있었다. 위가현. 소윤은 입술을 달싹여 그녀의 이름을 불렀다. 바람 빠지는 소리가 흘러나왔다.

"죽으라고! 이 주제도 모르는 년아! 너만 없었으면 동현 오빠가 나한테 이러지 않았어!"

소윤은 가현의 눈에 서린 원독을 보았다. 기가 막힌 일이었다. 자신이 한 짓은 생각도 안 하고, 마치 자신이 피해자인 양 독기가 서린 저 눈이라니…….

"꺄아악!"

누군가의 찢어질 듯한 비명이 들려왔다. 사람들이 달려오고 있었다. 그러나 누구 하나 가현을 말리려는 시도조차 하지 않았다. 문득 소윤은 그동안 사람들을 믿고 침묵했던 자신이 어리석었다고 느꼈다.

칼날이 연신 몸을 찔러 왔지만 소윤은 이미 아픔을 느끼지 못했다. 그녀는 기력 없이 눈동자를 굴렸다. 열린 크로스백 사이로 두 권의 책이 튀어나와 있었다.

한 권은 주동현, 말만 번드르르한 그놈의 머리를 갈기기 위해 가지고 온 전공 책이었다.

그리고 다른 한 권은 마지막으로 학교에 나왔던 날 도서관에서 빌린 소설책이었다. 부모의 죽음에 얽힌 진상을 파헤치는 앨리스와 그녀를 지극히 사랑하는 정신 나간 남자들이 살아가는 이상한 세계의 이야기『원더랜드』. 내일까지 반납하지 않으면 안 되는데.

"꼴좋다!"

가현이 깔깔대고 웃었다. 그 웃음에 서린 통쾌함을 느낀 순간, 소윤의 안에서 무언가가 북받쳐 올랐다. 그녀는 남아 있는 온 힘을 끌어

모았다.

"영원히 내 앞에서 꺼…… 뭐, 뭐야!"

소윤은 가현의 발목을 꽉 틀어쥐었다. 가현은 그 손을 금세 뿌리쳤지만 그녀의 발목에는 시뻘건 손자국이 남았다. 소윤은 마치 낙인 같은 자국에서 시선을 떼지 않았다. 이내 시야가 시커멓게 물들어 갔지만 그 손자국만은 어둠 속에서도 선명했다.

쨍! 칼날이 바닥에 떨어지는 맑은 소리가 울렸다. 그것이 소윤이 오감을 통해 느낀 마지막 감각이었다. 이윽고 무거운 것이 그녀의 몸을 깊은 바닥까지 잡아 끌었다.

뚜, 뚜, 뚜…….

주기적으로 울리는 기계음이 거슬렸다. 소윤은 무거운 눈꺼풀을 천천히 들어 올렸다. 그러자 흰 가운을 입은 사람들이 다가와 그녀에게 무어라 말을 걸었다. 이상한 기계들이 그녀를 둘러싸고 있었다. 약품 냄새도 희미하게 났다.

분명 쓰러진 후 병원에 실려 온 것이리라. 그녀는 안도하며 다시 눈을 감았다.

살았구나. 아아, 다행이야.

Welcome to Wonderland

1. 원더랜드

1. 원더랜드

2층으로 이루어진 예쁜 주택이었다. 다섯 살짜리 여자아이가 아빠와 엄마 그리고 강아지와 함께 생활하는, 행복으로 가득 찬 집이었다. 그러나 지금 그곳은 악몽의 현장에 지나지 않았다.

"제발 부탁입니다. 아이만은……."

시뻘겋게 물든 손이 소윤의 발목을 움켜쥐었다. 그녀는 동작을 멈추고 그 손을 물끄러미 내려다보았다. 그 잠깐의 지체가 마음에 들지 않았는지, 소윤과 동행한 남자가 신경질적으로 말했다.

"뭘 꾸물거려?"

소윤은 들어 올린 채 멈췄던 칼을 내려쳤다. 피에 젖은 작은 머리통이 데구르르 굴러 제 아빠의 코앞에서 멈추었다.

"에밀리! 에밀리! 이 악마 놈들! 천벌을 받아 뒈질 놈들아!"

"천벌은 네가 지금 받고 있는 이거지. 아무 데나 헤집고 다니면 안 된다고 어릴 때 엄마한테 배우지 않은 모양이야, 기자 양반?"

그때 소윤의 다른 동행이 다가와 서류를 내밀었다. 그것을 훑어보며 상의한 그들은 소윤에게 눈짓했다.

"마저 처리해."

젊은 아버지의 단말마가 집 안에 울렸다.

소윤은 몸과 얼굴에 튄 피를 닦을 생각도 하지 않은 채 남자의 다음 지시를 기다렸다. 남자는 얼굴을 찡그리며 말했다.

"어이, 누가 이거 욕실에 좀 데려가. 또 시트에 피 묻히면 세탁비 청구하겠다고 하더라."

"누가?"

"총무과 홀리. 그 계집애는 신입 주제에 되바라져서는 말이야……."

소윤은 그녀가 죽인 일가족의 욕실에 들어갔다. 그녀가 씻는 내내 욕실 문은 활짝 열려 있었고, 문 앞에는 감시자가 붙어 있었다. 벗은 몸을 훑어 내리는 시선이 따가웠지만 그녀는 신경 쓰지 않았다.

기계적으로 샤워를 하고 몸을 닦은 그녀는 욕실 문고리에 걸어 두었던 새 슈트를 걸쳤다. 그러자 감시자가 다가와 그녀의 손목에 구속구를 채웠다.

"걸어."

감시자가 소윤의 구속구와 연결된 사슬을 잡아끌었다. 소윤이 얌전히 끌려갔다. 그녀가 만든 참상을 지나, 문을 향해. 그러다가 생기를 잃은 녹색 눈동자와 눈이 마주쳤다. 이제 와서 죄책감 따위는 들지 않았다.

감시자에게 이끌려 차에 탄 그녀는 차창 너머로 움직이는 풍경을 멍하니 바라보았다. 까만 차창에 풍경과 소윤이 번갈아 나타났다. 그녀는 유리창에 비친 제 백발에 시선을 주었다.

9년 전.

눈을 떴을 때가 떠올랐다. 죽지 않고 살았다고, 늦지 않게 병원에 온 모양이라고 생각했었다. 순진하게도 그렇게 믿었다.

그녀가 떨어진 현실은, 생각할 수 있는 어떤 비현실보다 비현실적이었다.

그녀는 지구가 아닌 다른 차원에서 눈을 떴다. 그것도 대략 여덟 살 때로 돌아간 몸을 가지고서. 알고 보니 그녀는 공식적으로 137번째 차원 이동자였다.

참 기묘한 세상이었다. 주변에는 온통 백인들뿐인데 들려오는 언어는 한국어였다. 차라리 알아듣지 못했으면 좋았을까. 소윤은 이세계인들이 그녀의 미래를 멋대로 결정하는 것을 침대에 누운 채 들어야만 했다. 그렇게 그녀는 자신의 의사와 관계없이 국가 소속의 연구소에서 실험체가 되었다.

이후 이어진 것은 지옥이었다. 연구원들은 그녀의 살을 저미고 뼈를 갈아 끼웠다. 회복 속도를 높이는 연구를 위해 그녀의 몸은 수없이 으깨졌다. 시도 때도 없이 주입된 약물에 대한 부작용으로 그녀는 밤새 고통에 겨워 경련했다.

고동색이던 머리카락이 하얗게 센 것도, 목소리의 톤이 낮아진 것도 약물 때문이었다. 실험, 수술, 연구, 해부, 개조. 그리고 피드백이라고 불리는 다른 실험체들까지 동원한 배틀로얄. 반복되는 끔찍한 나날을 보내던 소윤은, 문득 자신이 첫 번째 차원 이동자가 아니라는 사실을 떠올렸다.

'이전의 차원 이동자들은 어떻게 됐어?'

어느 순간부터 말이 없어진 실험체가 갑작스럽게 내뱉은 질문이었다. 담당 연구원은 먼저 차트부터 챙기더니 종이 위에 소윤의 질문을 휘갈겨 쓴 후 흔쾌히 대답했다.

'실험을 견디지 못하고 죽었지.'

'……전부?'

'전부.'

'왜?'

'좀 과했다고 해야 하나? 당시 연구원들은 '적당히'라는 걸 몰랐거든. 차원 이동자라는 게 그렇게 쉽게 나타나는 건 아니니까 몰랐어도 어쩔 수 없긴 하지. 넌 다행인 줄 알아. 그 실패를 잘 분석한 덕분에 네가 살아 있을 수 있는 거니까. 아마 넌 전무후무한 성공작이 될 테지.'

'그럼…….'

소윤의 목소리가 갈라졌다. 어떤 대답이 나올지 예상하면서도, 사막의 오아시스를 찾아 헤매듯 차마 포기할 수 없는 질문이었다.

'원래 세계로 돌아간 사람은?'

연구원이 고개를 들었다. 소윤은 연구원의 눈동자에 어린 흥미로움과 잔혹함에서 이미 대답을 읽었다.

'돌아가고 싶어?'

그녀는 입을 다물었다. 그러자 한참을 웃은 연구원이 그녀에게 다가왔다.

'불쌍하니까 대답해 줄까.'

'…….'

소윤의 반응이 어떻든, 연구원은 아랑곳없이 말을 이었다.

'아무도 없어. 뭐, 우리도 연구해 봤지. 다른 차원으로의 문이라니 아주 매력적이잖아? 하지만 전부 실패해 버렸다고. 그 이유는 지금도 밝혀지지 않았어. 뭐, 언젠가는 열 수 있을지도 모르지만, 그래도 말이야.'

네가 돌아갈 날은 오지 않아. 연구원은 그렇게 덧붙이며 웃었다.

그날 밤 소윤은 자살을 시도했다. 그러나 상시 대기 중인 연구원의 응급조치로 살아나고 말았다. 그렇게 연구소는 삶과 죽음에 대한 자유마저도 앗아 갔다. 그녀는 시체처럼 살아남았다.

시간은 계속 흘렀다. 그리고 마침내 이 세계에 온 지 8년 만인 작년에 이르러서야, 소윤은 바깥 공기를 마시게 되었다. 에이전트라는 허울 좋은 감투를 뒤집어쓴, 국가의 사냥개로서.

소윤은 무감정한 눈동자로 창 밖을 바라보았다.

오늘 밖에 나와 일을 했으니 내일, 아니 12시가 지났으니 오늘 하루는 연구원들에게서 해방되어 쉴 수 있을 것이다. 에이전트가 되어 기계적인 일상에 물든 그녀는 창 밖의 풍경에 아무런 감상도 느끼지 못했다. 그런 그녀가 화려하게 반짝이는 간판을 놓치지 않은 것은, 나중에 생각하면 정말 기적과도 같은 일이었다.

WONDERLAND

밤이 늦어 술집의 간판마저 꺼진 깜깜한 세상에서 천박하리만치 화려한 간판이 번쩍거리고 있었다. 소윤의 입술이 소리 없이 움직였다.

원더랜드.

이곳이 소윤이 칼에 찔렸던 당시 가지고 있던 로맨스 판타지 소설 『원더랜드』 속이라는 것을 깨달은 것은 반년쯤 전의 일이다. 에이전트들-물론 이들은 그녀와는 달리 공무원이다-이 저들끼리 떠드는 것을 엿듣다가 그것을 깨달았을 당시, 그녀는 별다른 생각을 하지 않았다. 아니, 별다른 생각을 할 틈이 없었다는 것이 맞을 것이다. 어차피 이곳이 소설 속이든, 다른 차원의 세계든 그녀에게는 의미가 없는 일이었으니까.

그런데 참으로 이상하게도 원더랜드의 간판을 눈에 담은 순간, 소윤의 안에서 한 가지 생각이 슬그머니 고개를 들었다. 아주 깊은 곳에 숨겨져 있던 희망이었다.

『원더랜드』에서 저 간판은 본격적인 이야기가 시작되기 10년 전에 만들어졌다. 그리고 여주인공인 앨리스와 관련된 사건으로 맨 앞 글자인 W가 빛을 잃게 되고, 소설이 끝날 때까지 그것은 고쳐지지 않았다. 즉, 아직『원더랜드』는 시작되지 않았을 가능성이 컸다.

혹시. 만에 하나의 가능성이기는 하지만…… 소설이 끝나면 그녀 역시 지구로 돌아갈 수 있지 않을까? 자기 차원에 돌아간 사람은 이제까지 단 한 명도 없었다고 했지만, 그래도 혹시 모른다. 이곳이 소설 속이라는 걸 아는 차원 이동자는 없지 않았을까?

중간의 D가 빨갛게 빛났다. 어떤 미인의 입술도 저만큼 아름다운 곡선을 그릴 수 없을 것이다. 끝자리의 D가 불똥을 튀기며 점멸했다. 깜빡깜빡. 어떤 미인의 속눈썹도 저렇게 유혹적으로 깜빡일 수 없을 것이다.

차에 타고 있는 에이전트의 수는 넷. 현재 그녀를 억제하고 있는 것은 손목의 구속구 하나뿐이었다. 평소 넋을 빼놓고 다녀 얌전하다는 평을 받았던 덕을 이렇게 보는가 싶었다.

마음에 걸리는 것이 있다면 그녀에게 걸려 있는 추적 마법과 에이전트로서 연구소에서 나올 때마다 먹어야 하는 독약이었다.『원더랜드』에 따르면 원더랜드는 분명 불가침 지역이었고, 그리고…… 성격과 성적 취향에 문제가 많지만 실력 하나만큼은 확실한 약장수도 있었다.

마음을 결정한 소윤은 손목에 힘을 주었다. 그녀와 같은 실험체에 사용되는 구속구에는 대부분 마법이 걸려 있지만, 그것도 만능은 아니었다. 지구에서도 제법 듣지 않았던가. 힘이면 뭐든 해결된다고.

빠드득! 마법으로 버틸 수 있는 한계를 넘어선 힘에, 구속구가 작은 소리를 내며 망가졌다.

“무슨 소리가 난 것 같은…… 큭!”

옆에 앉은 에이전트의 눈에 손가락을 쑤셔 넣은 소윤은 그대로 주먹을 쥐었다. 피와 뇌수에 젖은 손가락 사이에서 뇌 조각과 두개골 파편이 떨어져 내렸다.

“방어결……!”

집 안에서의 참상을 바깥에 들키지 않기 위해 동행한 결계 마법 전문 에이전트가 마법을 캐스팅했다. 그러나 마법에 필요한 발현 의지, 탐지, 동조, 발현의 4단계는 동조에서 멈추었다. 그의 입안에 들어온 새하얀 손가락이 혀를 잡아 뽑았기 때문이다.

분홍색 살점을 아무렇게나 집어 던진 소윤은 재킷 안주머니에서 나이프를 뽑았다. 그와 동시에 조수석에서 불길이 날아들었다. 소윤은 그것을 가볍게 피하고 앞좌석을 덮쳤다.

취객처럼 갈지자로 위태롭게 질주하던 차가 마력의 공급을 받지 못해 멈추었다. 차의 문이 열리고, 그 안에서 검은 슈트에 싸인 가는 다리가 나와 땅을 디뎠다. 뒤이어 핏물과 장기가 주르륵 흘러내렸다.

차의 문을 닫고 몇 걸음을 걸은 그녀는 다시 차로 돌아갔다. 문을 연 그녀는 시체의 품을 뒤졌다. 지갑 4개, 크기가 다른 나이프 2개, 담배 한 갑, 마력으로 작동하는 무전기 4개. 차 안까지 샅샅이 뒤져 에이전트들이 주전부리랍시고 가져다 놓은 캔 커피까지 손에 넣은 그녀는 다시 차 문을 닫고 걸음을 옮겼다. 어둠 속에서 반짝이는, 유일한 빛을 향해.

미친놈과 무법자가 판치는 괴이한 공간인 원더랜드였지만 그래도 몇 가지 규칙은 있었다.

첫 번째, 자기보다 강한 사람에게는 개기지 말 것. 두 번째, 중립지대에서는 범죄를 저지르지 말 것. 세 번째, 슬럼의 쓰레기들은 자기 구역에서 썩을 것. 그러나 세상 모든 규칙이 그러하듯 이 규칙에도 예외는 있었다.

코커스 레이스. 슬럼의 골목을 달리며 서로 죽고 죽이는 살인 레이스였다. 수십 명의 참가자들 중 골을 최초로 통과한 단 한 명만이 슬럼에서 중립지대로의 이주를 지원받을 수 있었다.

하트는 옥상 난간에 아슬아슬하게 발을 걸치고 서서 골목을 굽어보았다. 그가 세 번째로 좋아하는 볼거리인 코커스 레이스를 앞두고 폭발할 듯한 긴장이 골목을 가득 채우고 있었다. 어둠 속에 숨은 그림자가 벌레처럼 바르작거렸다. 하트는 불그스름한 입술을 길게 찢으며 웃었다.

"기대되는데."

천성적인 페로몬 보이스가 희미한 성적 흥분을 싣고 공기 중에 흩어졌다. 흥이 고조될 때를 위해 불러 둔 창녀들이 탄성을 지르며 몸을 배배 꼬았다. 그때 누군가가 옥상 문을 통해 모습을 드러냈다. 병적으로 새하얀 얼굴의 그가 검은 마스크 아래에서 입술을 움직였다.

"언제 시작해?"

"관심 없는 얼굴 하더니 웬일로 나왔나, 흰 토끼."

"내가 언제?"

코웃음을 섞어 대답한 흰 토끼는 하트를 향해 걸음을 옮겼다. 등에 직사각형의 거대한 칼을 비끄러맨 그의 모습에 하트의 부하들이 무기에 손을 가져갔다. 흰 토끼는 어깨를 으쓱하며 말했다.

"네 부하들 좀 진정시켜. 난 중립이라고."

"어디서 토끼가 짖나?"

"말본새하고는."

흰 토끼가 난간에 팔꿈치를 올리며 투덜거렸다. 그가 팔에 얼굴을 묻자 새하얀 머리카락이 난간 위로 쏟아졌다. 작고 말라 소년처럼 생긴 그에게 어린아이와 같은 그 행동은 잘 어울렸다.

"언제 시작하냐니까?"

"이제 곧…… 흐음?"

하트의 시선이 한곳에 닿았다. 누군가가 그들이 있는 쪽을 향해 걸어오고 있었다. 검은 슈트를 걸친, 흰 머리카락의 소유자였다. 하트는 구두 끝으로 흰 토끼의 팔을 툭 쳤다. 흰 토끼는 신경질을 내며 고개를 들었다.

"아, 씨. 뭐야?"

"안 보면 후회할걸."

"뭐가 있는데 그래? ……어?"

하트의 구두코가 가리키는 곳을 바라본 흰 토끼의 눈이 대번에 가늘어졌다. 백발에 검은 옷, 작고 마른 체구에 안 어울리는 커다란 칼. 형태에 차이는 있지만 흰 토끼와 놀랄 만큼 비슷한 존재가 그곳에 있었다. 흰 토끼는 선이 단정한 슈트와 희망을 담은 걸음걸이에서 원더랜드 외부의 냄새를 맡았다.

"언제부터 저런 게 여기 있었지? 재 본 적 있어?"

"토끼처럼 굴긴. 정체성에 위협이라도 느꼈어?"

"재 본 적 있냐니까?!"

"없어."

원더랜드 내에서 일어나는 일은 하트의 눈을 비껴가지 못했다. 하트가 본 적이 없다면 저건 100퍼센트 신참이었다. 흰 토끼는 마스크 아래에서 흉포하게 으르렁댔다.

"저건 내가 죽인다."

"역사에 길이 남을 레이스를 기대하지."

신참을 본 순간 예상했던 전개에 소리 내어 웃은 하트는 팔을 몸 앞에 대고 고풍스럽게 절을 했다. 그 아니꼬운 행태에 흰 토끼가 "치워!"라며 화를 냈지만, 하트는 아랑곳 않고 고개를 돌리더니 신참을 향해 말을 걸었다.

"거기, 백발."

원더랜드의 간판을 코앞에 둔 소윤은 잠시 걸음을 멈추고 그것을 올려다보았다. 강력한 자기 주장이 느껴지는 게, 어딘지 놀이공원을 연상케 하는 간판이었다.

이제 몇 걸음만 더 걸으면 원더랜드다. 소윤은 느릿느릿 발을 떼었다. 한 걸음, 두 걸음, 세 걸음. 그리고 네 걸음. 폐가 원더랜드의 공기를 깊이 들이마셨다.

아아, 이제 나는 자유야.

감격에 젖은 그녀는 한밤중치고는 지나치게 달아오른 분위기를 알아차리지 못했다. 우선 빈집을 찾아야겠다는 등의 생각을 하며 발걸음을 옮기는 그녀를 오래된 와인처럼 감미로운 울림을 담은 음성이 불러 세웠다.

"거기, 백발."

소윤은 연구소에서 이름 이외에도 어이, 137번째 등 여러 별칭으로 불렸다. 백발 역시 그녀의 별칭 중 하나였다. 그녀는 시선이 느껴지는 곳을 바라보았다.

3층 건물의 옥상 난간 위에 한 남자가 서 있었다.

어둠에 젖어 든 빨간 머리카락과 잘생긴 얼굴, 남색의 슈트와 붉은 행커치프, 넥타이 없이 풀어 헤친 셔츠. 이것만이라면 소윤은 남자의 정체를 짐작할 수 없었을 것이다.

“그래, 너. 신참.”

남자는 이마 위에 흩어진 머리카락을 쓸어 올리며 말했다. 그는 그 별것 아닌 동작에서조차 넘치는 에너지와 그의 본성에 자리한 폭력성을 무자비할 만큼 풍기는 남자였다. 바로 이를 통해 그녀는 남자가 누구인지 짐작할 수 있었다.

하트. 원더랜드 최강의 실력자이자 앨리스를 사랑하게 되는 인물. 『원더랜드』에서 20대 중반으로 나왔던 그인데, 눈앞의 그는 그것보다는 조금 어려 보였다.

역시 지금은 소설이 시작되기 전이었다. 소윤은 조금 안도했다. 그의 옆에는 마찬가지로 소설의 등장인물인 흰 토끼가 있었다. 소윤은 흰 토끼에게서 그녀를 향한 살의를 느꼈다.

“오늘 밤은 코커스 레이스다. 오늘은 여흥 삼아 서막을 준비해 봤지. 여기 흰 토끼가 너를 상대로 지목했거든. 신참 주제에 운도 좋아.”

코커스 레이스. 『원더랜드』의 모티브가 된 『이상한 나라의 앨리스』라면 모를까, 『원더랜드』에는 나오지 않는 단어였다. 그녀의 생각을 읽기라도 한 듯, 하트가 설명했다.

“장소는 바로 이 냄새나는 길 위와 그에 인접한 건물들이다. 너는 쥐새끼처럼 열심히 도망치고 숨고……. 뭐, 그러다가 1시간 안에 이 녀석을 죽이면 돼. 그러면 네게 메인 레이스에 참가할 기회를 주지.”

사실 하트는 그렇게 말하면서도 소윤에 대해 요만큼의 기대도 하지 않았다. 법망을 피해 원더랜드 안으로 도망쳐 들어오는 자들은 많았지만 그들은 대부분 몇 달을 넘기지 못하고 목숨을 잃었다. 식기보다 무거운 것을 들어 본 적이나 있을까 싶을 체구의 소윤이라면 이곳에서 단 하루도 버티지 못하고 살해당할 것이 분명했다. 그래, 분명 그렇게 생각했다.

하트는 10분 전의 자신을 눈도 없는 놈이라고 비웃었다.

달조차 사라진 밤. 몇 안 되는 별빛이 두 자루의 칼에 부딪쳐 부서졌다. 검은 옷이 어둠에 녹고, 2개의 흰 머리통이 칼과 함께 번득였다. 그리고 번지는 피비린내.

소윤은 흰 토끼를 엎어뜨리고 그의 양손에 각각 나이프를 찔러 땅에 고정시켰다. 흰 토끼는 원더랜드 토박이답게 고통에 신음하면서도 손을 움직였지만, 나이프는 꼼짝도 하지 않았다.

"이럴 순 없어! 야! 너 정체가 뭐야! 쌍년아, 대답해! 야! 시발! 거기 서지 못해!"

위기감을 느낀 흰 토끼가 욕설을 퍼부었다. 어느새 벗겨진 마스크 위로 드러난 얼굴은 제법 앳되었다. 소윤은 그를 무시하고 걸음을 옮겼다. 어디로도 도망가지 못하는 주제에 끊임없이 움직이고 있는 그의 다리를 향해.

"야! 아아아아악!"

두 번의 칼질로 두 다리를 잃은 흰 토끼가 피 웅덩이 속에서 바르작거렸다.

소윤은 하트를 올려다보았다. 하트는 그녀와 눈이 마주치자 상체를 한껏 내밀었다. 난간 너머로 불쑥 튀어나온 그의 얼굴은 그림자로 뒤덮여 어두웠지만 소윤은 그가 어떤 표정을 짓고 있는지 알 것 같았다.

"왜? 숨통만은 못 끊겠어?"

하트의 말에 양다리를 잃고 나비 표본처럼 고정되어 있던 흰 토끼의 기색이 희망으로 바뀌었다. 소윤은 흰 토끼의 등을 밟고 올라섰다. 구둣발 아래에서 흰 토끼가 꿈틀거렸다. 소윤은 발에 힘을 주어 그의 갈비뼈를 분질렀다.

"아니."

거리에 울려 퍼지는 처절한 비명에도 불구하고 하트는 소윤의 대답을 놓치지 않았다. 그녀의 소리는 밤에 차분히 녹아드는 알토였다. 하트는 입맛을 다셨다. 저 목소리를 더 듣고 싶었다. 그는 별로 궁금하지도 않은 질문을 던졌다.

"그런데 왜 안 죽여?"

하트의 말에 흰 토끼가 욕설을 섞어 끅끅거렸다. 파래진 입술 사이로 피와 거품이 쏟아지며 질척한 소리를 냈다. 크지 않은 소리였지만 그마저 거슬렸다. 왜냐하면 소윤의 입술이 움직였기 때문이었다.

"네가."

하트는 귀를 기울였다.

"머리 베는 거 좋아할 것처럼 생겨서."

하트가 미친 듯이 낄낄대는 소리를 BGM 삼아 피에 젖은 칼이 밤을 갈랐다. 어둠에 물든 피보라가 거리를 적시고, 붉고 하얀 머리통이 땅을 굴렀다.

"정답!"

뒤늦게 하트가 외쳤다. 소윤은 여유롭게 걸어 골을 통과했다.

"브라보! 근사한 서막이었어! 다들 봤지? 자, 그럼 진짜 레이스를 시작해 볼까. 참가자들은 모두…… 응?"

신나게 말하던 하트는 10분 전까지만 해도 어둠을 틈타 숨어 있던 기척들이 모두 사라졌다는 것을 깨달았다. 서막에 지나치게 집중한 나머지 진짜 참가자들이 도망치는 것을 몰랐다니. 하긴, 서막에서 이런 굉장한 걸 보여 줘 버렸으니 다들 겁먹고 도망치는 것도 무리는 아니다.

"참가자들이 전부 도망쳤으니 어쩔 수 없지. 코커스 레이스의 승자는 백발, 너다. 자, 소감은?"

소윤은 흰 토끼가 사용하던 칼을 주워 들었다. 중국식 식칼처럼 생긴 그것은 세워 놓으면 그녀의 몸을 전부 가릴 수 있을 정도로 길고 컸다. 그녀는 칼집까지 챙겨 등에 비끄러매며 요구했다.

“흰 토끼의 자리를 내놔.”

흰 토끼. 흰 머리카락과 새빨간 눈동자, 그리고 병적으로 창백한 피부를 가진 등장인물의 이름이다. 별칭은 장의사, 성별은 남자, 연령은 불명. 앨리스에게 부모의 사인과 관련된 정보를 주는 인물이지만, 자신의 재미를 위해 때로는 거짓말로 앨리스를 교란시키기도 한다.

만약 소윤이 그의 자리를 차지한다면, 원작의 흰 토끼보다 기민하게 움직일 수 있을 것이다. 혹여 거짓 정보에 휘둘려 위험에 빠질 앨리스를 구할 수 있을지도 모르다. 소설이 바르게, 그리고 조금이라도 빠르게 끝날 수 있도록 움직이는 것. 그것이 바로 그녀가 노리는 바였다.

하트는 배를 잡고 한참을 웃은 후 소윤의 요구를 흔쾌히 받아들였다.

새 흰 토끼가 탄생했다는 소문이 원더랜드에 천천히 퍼져 나갔다. 소문을 접한 일부는 새로운 강자에 대한 공포로 떨었고, 일부는 새 흰 토끼의 역량도 모른 채 흰 토끼로서의 역할을 덥석 맡긴 하트의 경박함에 혀를 찼으며, 일부는 빼앗은 것을 다시 빼앗고자 하는 욕망을 품었다.

소문의 주인공인 소윤은 전 흰 토끼의 집에서 숙면 중이었다. 늘어지게 한잠 자고 점심때가 다 되어서야 일어난 그녀는 다 구겨진 슈트를 벗어 침대 위에 던져 두고 화장실로 들어갔다.

협소했지만 간단한 샤워 기능이 붙어 있었다. 소윤은 샤워기 아래에 서서 레버를 비틀었다. 시뻘건 녹물이 흘러나왔다.

원더랜드에 공중목욕탕 같은 게 있던가. 그녀가 기억을 더듬는 동안 물이 투명해졌다. 그녀는 녹물 냄새가 남아 있는 물에 몸을 씻었다. 물은 차가웠지만, 나오기라도 하는 게 다행이었다.

타월도 없어서 셔츠로 물기를 닦아 낸 소윤은 전날 확인해 두었던 드레스룸을 열었다. 문에 Staff Room이라는 팻말을 붙인 그 방 안에는 전 흰 토끼가 입었던 것과 비슷한 스타일의 옷이 꽉꽉 들어차 있었다.

그중 헐렁한 티셔츠와 카고 바지, 유니섹스 스타일의 카디건을 찾아 입은 그녀는 줄줄 흘러내리는 바지를 고정시키기 위해 허리띠를 졸라맸다. 속옷과 바지. 소윤은 새로 사야 할 물건들의 리스트를 머릿속으로 정리했다.

그때 누군가가 문을 두드렸다. 똑똑, 탕탕탕, 쾅쾅쾅쾅. 세게 두들겨진 유리문이 앞뒤로 흔들렸다. 밖에서 한 남자가 투덜거렸다.

"아, 진짜. 열려 있으면 열려 있다고 대답이라도 하든가."

남자가 문을 열고 들어왔다. 소윤을 이 집까지 데려다준 하트의 부하였다. 그는 드레스룸에 있는 소윤을 보자마자 눈을 부릅뜨며 외쳤다.

"부른 게 언제인데 이제 옷을 입고 있으면 어떻게 해! 빨리 튀어나와!"

"불렀다니?"

소윤의 기척 감지는 수준급이었다. 그녀가 놓친 기척이 있을 리 없었다. 그녀가 영문을 몰라 묻자 남자는 도리어 화를 냈다.

"핸드폰! 내가 너한테 줬잖아! 전 흰 토끼가 쓰던 거! 봐! 여기 있네!"

남자는 소윤이 테이블 위에 아무렇게나 흩어 놓은 소지품들 사이에서 검은색의 물체를 보란 듯이 집어 올렸다. 한 뼘 반쯤 되는 크기의 그것은 가정용 전화기에서 수화기만 떼어 작은 액정과 키패드를 붙인 형상을 하고 있었다.

"핸드폰이라고?"

"뭐야, 꺼져 있잖아. 귀한 거라 네가 잘 몰랐던 모양인데……."

"그딴 후진 게?"

사실 남자의 말은 옳았다. 국가 소속 에이전트들마저 남자가 보여준 것과 비슷한 디자인의 핸드폰을 사용했다. 다만 소윤과 그들은 임무 이외에는 만나지 않았고, 임무 시 그들은 핸드폰 대신 무전기를 사용했으므로 그녀는 이 세계의 핸드폰을 보는 것이 처음이었다.

어안이 벙벙한 얼굴로 소윤을 보던 남자는 이내 뭔가 알았다는 듯 비죽 웃었다.

"아하. 너 아웃하우스Outhouse에서 왔다고 기선 제압하려는 거냐? 안됐지만 안 속아."

아웃하우스. 원더랜드 거주자들이 원더랜드 밖의 세계를 칭하는 말이었다. 원더랜드 거주자가 아니면 모르는 단어를 굳이 사용하여 위압적으로 구는 이유야 뻔했다.

"기선 제압하려고 소리부터 지른 건 그쪽이지. 박물관에서나 볼 법한 것 가지고 유세 떨지 말고 용건이나 말해."

소윤이 살기를 섞어 냉정하게 쏘아붙이자 남자가 입을 다물었다. 아무래도 정답인 모양이었다.

"용건."

"……하트께서 부르셨다. 흰 토끼로서의 일이라던가 뭐 그런 걸 들어야 하니까."

그녀가 다시 한 번 용건을 묻자 남자는 그제야 어물어물 대답했다. 전 흰 토끼가 애용하던 검은 마스크를 쓰고 등에 칼을 비끄러맨 소윤은 턱 끝으로 문밖을 가리키며 말했다.

"안내해."

전 흰 토끼의 집에서 도보로 10분쯤 떨어진 곳에 하트의 집이 있었다. 하트의 주거지는 총 4층으로 이루어진 웅장한 저택이었다. 저택 안팎으로 슈트를 입은 남자들이 오가고 있었는데, 소윤은 그들을 보며 마피아 영화를 보는 듯한 인상을 받았다.

남자가 소윤을 안내한 곳은 하트의 집무실이었다. 책상 앞에 앉아 서류를 읽고 있던 하트는 소윤이 들어오자 피식 웃었다.

"레이스 때부터 생각했지만 간이 부은 거냐, 아니면 뇌가 없는 거냐?"

얼굴 맞대자마자 시비부터 거는 게 이쪽 예의인가. 소윤은 대답 없이 소파에 털썩 주저앉았다. 그러자 하트가 몸을 일으켰다.

"나는 말이지, 건방진 년도 멍청한 년도 싫어하지는 않아. 다만."

소윤의 하얀 머리카락이 불 리 없는 바람에 흔들렸다. 그와 동시에 그녀는 옆구리에 숨겨 두었던 나이프를 꺼내 소파 등받이에 박았다. 그녀의 머리를 노리고 날아들던 하트의 다리가 나이프와 아슬아슬한 거리를 남기고 멈췄다. 소윤은 하트를 올려다보았다. 그는 흉포하게 웃고 있었다.

"네 그 알량한 실력만 믿고 까부는 거면 재미없어. 거슬리면 코커스 레이스고 뭐고 팔다리를 잘라서 사창가에 팔아 버릴 거야."

"까불어? 누가?"

하트에게 반문하면서 소윤은 그녀를 데리러 왔던 남자가 말했던 내용을 떠올렸다. 핸드폰. 불렀다. 그런데 그런 구닥다리로 뭘 어쩐다는 거지.

콧등까지 올려 쓴 검은 마스크로 입술은 물론, 뺨의 대부분을 가려 버린 소윤에게서 표정을 엿볼 수 있는 부분은 눈뿐이었다. 갈색 눈동자를 들여다보던 하트는 김이 빠진 얼굴로 다리를 내렸다.

"핸드폰. 아침 일찍 오라고 메시지 보냈잖아."

하트는 책상으로 돌아가 큼지막한 물체를 가지고 돌아왔다. 색깔만 빨간색일 뿐, 그녀가 박물관에나 갈 후진 것이라고 비웃었던 것과 동일한 물체였다.

"그게 핸드폰이야?"

"뭐야, 핸드폰이 처음인가? 안 그렇게 생겨 가지고는 촌스럽잖아, 너."
『원더랜드』에서는 그냥 핸드폰이라고만 표현되어 있기에 자연스럽게 스마트폰을 떠올렸던 소윤에게는 일종의 컬쳐 쇼크였다. 그녀는 입을 다무는 쪽을 택했다. 그것을 알지 못하는 하트는 금세 기분이 풀린 듯, 소윤의 옆에 앉아 핸드폰의 기능을 이것저것 설명하기 시작했다.
"여기 보이는 숫자를 눌러 원하는 상대에게 연락을 하는 방식이다. 이걸 누르면 메시지를 보낼 수 있어. 이 핸드폰은 마력 비보유자용으로 개조된 물건이니까, 너는 다른 걸 사용해도……."
"나 마력 없는데."
"농담도."
소윤이 대꾸하자 하트가 웃기지 말라는 듯 비웃었다. 소윤은 무반응을 고수했다. 잠시 후 하트의 입매가 스르륵 내려갔다.
"진짜야?"
과학 대신 마법으로 돌아가는 이 세계에서 대부분의 사람들은 태어날 때부터 마력을 타고난다. 그러나 지구 출신의 차원 이동자인 그녀에게 마력이 있을 리 없었다.
소윤은 잠시 망설였다. 자신에 대해서 말해도 될까. 그러다가 그와 친분이 있는 정보상에게까지 생각이 닿았다. 어쩌면 그 정보상은 지금쯤 그녀에 대한 정보를 손에 넣었을 수도 있다.
고민은 짧았다.
"마력은 태어날 때부터 없었어. 난 실험체 출신의 에이전트야."
실험체. 인간에게 적용하는 경우, 국가 소속의 연구소에서 벌어지는 악랄한 연구의 희생자를 의미하는 단어였다.
선천성 마력 비보유자, 실험체, 에이전트. 하트의 머릿속에서 단어들이 조합되어 문장이, 그리고 문단이 되었다. 한순간에 선천성 마력 비보유자라는 이유로 연구소에 끌려가 실험체로서 생활하다가 에이전트가 된 소녀의 일생이 만들어졌다. 딱히 거짓말은 하지 않았으므로, 소윤은 상황을 뻔히 짐작했음에도 불구하고 따로 설명을 덧붙이지는 않았다.

"내게 걸린 추적 마법을 해결할 수 있는 사람을 소개시켜 줘. 그리고 독약 전문가도."

현재 급한 것은 마법보다는 독약이다.

소윤과 하트는 같은 결론을 내렸다.

그리하여 소개받은 사람이 바로 소윤의 눈앞에 있는 남자였다.

듀크. 원더랜드 토박이로, 약학에 있어서는 천재적인 남자였다. 비쩍 마른 몸과 징그러울 만큼 가늘고 긴 팔다리가 서양에서 형상화하는 죽음과 흡사했다.

"새 흰 토끼라고 했지? 생각보다 어려 보이네. 몇 살이지? 열다섯 살? 더 어린가? 나는 스물한 살이야. 하트와 동갑이지."

"……열일곱 살."

서른두 살의 정신으로 팔팔한 10대의 나이를 대자니 이미 마모되었다고 생각한 부끄러움이 고개를 들었다. 그래도 한 가지 수확은 있었다. 하트의 나이를 알게 된 것이다.

"정말로 많이 어리구나. 괜찮겠어? 흰 토끼로서의 일은 그렇게 호락호락하지 않아. 오해는 하지 마, 난 흰 토끼의 자리를 노리는 게 아냐. 단지 어른으로서 너 같은 어린아이가 그런 위험한 일에 뛰어들어도 괜찮을까 노파심이 들어서 하는 말이야. 자, 마셔. 선물로 들어온 홍차야. 나는 원더랜드 밖에도 지인이 많아서 이런저런 선물들이 많이 들어오곤 해. 네가 원한다면 지인들을 통해 안전한 곳으로 보내 줄 수도 있어."

듀크는 느릿느릿한 어조로 부드럽게 말했지만, 단조로운 목소리 탓인지 소윤은 지루함을 느꼈다. 그녀는 듀크가 밀어 준 찻잔을 들여다보았다. 새하얀 찻잔은 소박해 보였고, 그 안에 담긴 맑은 찻물에서는 상냥한 향기가 감돌고 있었다.

"다과는 뭐가 좋아? 파운드케이크와 아몬드 쿠키, 레몬 쿠키가 있는데……."

"해독제."

소윤은 듀크의 지리한 말을 끊고 단호하게 요구했다. 그가 노란 눈동자를 끔뻑거리다가 난처한 듯 웃었다.

"바쁜가 보구나. 잠시만 기다려. 주사기를 가져올게. 네 피를 뽑아서 중화 반응을 확인해야 하거든."

"필요 없어."

소윤은 나이프를 뽑아 손가락 끝을 쿡 찔렀다. 하얀 손가락 끝에 빨간 피가 송글송글 맺혔다. 핏방울이 바닥에 떨어지기 전에 잽싸게 샬레를 가져다 댄 듀크가 훈계하듯 엄격하게 말했다.

"위험하잖아. 앞으로는 함부로 이런 짓 하면 안 돼."

샬레를 들고 안쪽으로 들어간 듀크는 제법 시간이 흐른 후 작은 병을 들고 돌아왔다. 병에는 어린이용 감기약을 연상케 하는 진한 분홍색의 액체가 담겨 있었다.

"얼마지?"

"10만 캐럴. 식전에 먹는 게 효과는 빠르지만 위가 상할 염려가 있으니까, 급한 게 아니라면 식후에 먹는 걸 권할게. 혹시 지금 공복이니? 음, 괜찮으면 나랑 같이 밥 먹을래?"

듀크의 손에서 해독제를 건네받은 소윤은 10만 캐럴짜리 지폐로 값을 지불한 후 자리에서 일어났다. 듀크는 어어, 하는 둔한 소리를 내며 따라 일어섰다.

"미안, 내가 말이 많았지? 손님이 오는 건 오랜만이라 좀 들떠서……. 차도 안 마셔 주고……. 혹시 홍차보다는 커피가 좋니? 아니면 마스크를 벗으면 안 된다거나……."

듀크는 풀이 죽은 듯 고개를 푹 숙였다. 하트와 동갑이라고는 믿어지지 않을 만큼 굼뜨고 순박한 모습이었다. 소윤은 밖으로 나가며 말했다.

"홍차는 싫어하지 않지만 수면제가 든 홍차는 싫어해."

그랬다. 듀크는 네크로필리아에 페도필리아로, 특히 10대 중반 소년 소녀의 시체에 환장을 했다. 게다가 마취제나 수면제를 날카로운 것에 묻히거나 먹거리 등에 넣어 상대를 무력화시키는 수법을 주로 사용했다. 그가 채혈하려 했을 때 그녀 스스로 피를 낸 것도 그 때문이었다.

소윤이 나간 후, 듀크는 그녀의 새하얀 머리카락 아래 빛나던 말간 눈동자를 머릿속으로 그리며 히죽 웃었다.

"그거 유감이네."

소윤은 듀크의 집에서 나오자마자 마스크를 내리고 해독제를 마셨다. 제대로 돈을 지불한 약에 대해서만은 속이지 않는 인간이므로 약효에 대해서는 의심하지 않았다. 토할 것 같은 기분을 꾹 억누르며 빈 약병을 근처 쓰레기 더미 위에 아무렇게나 던진 소윤은 다시 마스크를 올리고 중립지대로 갔다. 중립지대 일각에 위치한 센트럴에 들른 후 귀가할 생각이었다.

싸움이 금지된 중립지대는 다른 곳보다 활기에 차 있었다. 안 그래도 한나절 동안 돌아다니면서 새 흰 토끼를 평가하는 시선에 알게 모르게 신경 줄이 닳은 소윤은 중립지대 특유의 분주함과 줄어든 관심이 달가웠다.

중립지대의 꽃은 센트럴이었다. 센트럴은 원더랜드 안에서 생필품을 구입할 수 있는 유일한 장소로, 넓은 길을 가운데에 두고 양옆으로 늘어선 가게와 좌판이 재래시장을 연상케 했다. 길 안쪽으로 깊이 들어가면 음식점과 카페, 술집 등이 있었다.

오랜만에 접하는 공기에 소윤은 조금 감격하고 말았다. 한 5분 동안만. 처음 들어갔던 옷가게에서 가격표를 확인한 그녀는 정신이 번쩍 드는 것을 느꼈다. 지구였다면 만 원도 못 받았을 티셔츠 한 장에 5만 캐럴이라니. 캐럴과 원화를 얼추 비슷하게 잡고 있던 소윤은 자신이 바가지를 쓴 게 아닌가 생각하여 다음 가게로 들어갔지만, 상황은 비슷했다. 심지어 여기는 더 비쌌다.

"비싸……."

소윤이 무심코 중얼거린 말을 들은 주인이 손사래를 쳤다.

"무슨 소립니까? 무려 작년에 생산된 아웃하우스 물건이라고요. 이거 떼어 오느라 얼마나 고생했는데요!"

공장이 없는 원더랜드에서 공산품은 전부 밖에서 들여온 물건들이니, 그걸 생각하면 비쌀 법도 했다. 비누, 치약 등 생필품-전 흰 토끼는 도대체 그 집에서 뭘 하고 살았는지 이런 것조차 구비되어 있지 않았다-과 바지와 속옷, 신발 등 전 흰 토끼의 것으로 충당할 수 없는 물건들을 구입한 소윤은 음식점에 들러 저녁을 먹었다.

원더랜드에서의 첫날이 그렇게 흘러갔다.

다음날, 식빵과 캔 커피로 아침을 먹은 소윤은 그녀에게 걸려 있는 추적 마법을 없애기 위해 하트에게 소개받은 사람을 찾아갔다. 어제 하트에게 지도를 받아 둔 터라 별 문제 없이 길을 찾을 수 있었다. 목적지에 가까워질수록 여러 종류가 섞인 탄내와 노린내가 났다.

드디어 목적지인 넓은 부지를 차지하고 있는 2층짜리 주택에 도착한 소윤은 다 허물어져 제구실을 못하고 있는 담을 넘었다. 그리고 얼마 안 있어 코를 찌르는 냄새의 원인을 찾을 수 있었다.

한 무리의 남자들이 현관과 창문 근처에 아무렇게나 쓰러져 있었다. 하나같이 고열의 불에 노출된 듯, 살이 녹아 엉긴 시체들이었다.

소윤은 집주인의 허락 없이 침입하면 안 된다는 하트의 당부를 떠올렸다. 그녀는 현관 앞으로 걸어가 발끝에 걸리는 시체를 치운 후, 하트가 알려 준 대로 노크했다.

조금 기다리자 위쪽에서 창문이 열리는 소리가 났다. 소윤은 창문이 있는 곳을 바라보았다.

잠시 후 새하얀 보닛을 쓴 남자가 창밖으로 머리를 내밀었다. 나른한 몸짓으로 입을 가리고 작게 하품을 한 그는 창틀에 팔을 대고 그 위에 머리를 얹었다. 금방이라도 잠들어 버릴 듯한 모습에, 소윤은 그의 이름을 불렀다.

"매드해터."

소윤의 부름에 남자, 매드해터는 반쯤 팔에 묻었던 얼굴을 들어 올렸다. 그러다가 머리가 아픈 듯 관자놀이를 꾹 누르며 가볍게 신음한 그는 느릿느릿한 동작으로 고개를 내려 소윤을 보았다.

"처음 뵙는 분이군요. 누구십니까?"

"흰 토끼. 하트의 소개를 받고 왔어."

"흰 토끼……. 아아, 그래요. 바뀌었다고 했죠. 인사차 온 거라면 얼굴 봤으니 그냥 돌아가도 좋습니다. 볼일이 있는 거라면…… 그래도 가능한 돌아갔으면……."

매드해터는 가늘게나마 뜨고 있던 눈을 감아 버렸다. 창백한 뺨 위에 긴 속눈썹이 그림자를 드리웠다. 소윤은 현관문을 다시 두드리며 말했다.

"있어, 볼일."

"……들어와요."

출입을 허가한 매드해터가 창을 닫고 안으로 들어갔다. 그와 동시에 현관문이 열렸다. 소윤은 안으로 들어갔다. 귀족적인 어휘를 걸친 청량한 미성이 빈정거렸다.

"환영합니다, 손님. 다음부터는 부디 오후에 와 주세요."

자다 일어나 구겨진 셔츠와 슬랙스에 다 늘어난 카디건을 걸치고 있음에도 남자의 행동거지는 어딘지 우아했다. 게다가 그의 얼굴, 졸린 눈조차 도취된 듯 나른해 보이는 눈매로 만들어 주는 그 미모는 어린 소녀들이나 쓸 법한 하얀 레이스 보닛과 그것을 고정하여 턱 밑으로 매듭을 지은 연분홍색 리본에도 전혀 손상되지 않았다. 소윤은 그를 보며 미모도 낭비될 수 있다는 사실을 깨달았다.

매드해터는 소윤을 거실의 소파로 안내했다. 사실 온갖 물건들로 어지러운 거실에서 사람이 앉을 수 있는 공간은 그곳뿐이었다. 소윤은 소파로 향하면서 물었다.

"밖에 시체가 있던데 안 치워도 돼?"

"음, 어떤 꼬마들의 만용이랄까요. 알아서 회수할 거라고 봅니다. 그럼 그 볼일이라는 것을 들어 볼까요?"

소윤은 대답 대신 등에 지고 있던 칼을 내려놓고 셔츠의 단추를 풀었다. 그라면 설명보다는 직접 보여 주는 것이 더 나을 것이기 때문이었다. 그녀의 행동을 미심쩍게 바라보던 매드해터는 그녀가 셔츠를 벗어 상체를 드러내자 피식 웃었다.

"여자였습니까? 하도 말라서 남자인 줄 알았습니다. 그 모습으로 유혹은 어려울……."

"유혹 아닌데."

매드해터를 흉내 내어 피식 웃은 소윤은 그에게 왼쪽 어깨를 보여 주었다.

뼈가 도드라진 어깨 위에는 파란색의 낙인이 찍혀 있었다. 직경 4센티미터가량의 원 안에 복잡한 문자가 새겨진 그것은 마법진으로, 연구소의 실험체라는 표시이기도 했다. 이 낙인은 주기적으로 신호를 발산하는 역할을 하였으므로 실험체는 어디로 도망쳐도 잡힐 수밖에 없었다. 낙인을 본 매드해터의 푸른 눈동자에 복잡한 빛이 스쳤다.

"그렇다면 볼일은 이걸 없애는 건가요?"

"가능할까?"

"당신도 알아들을 수 있도록 최대한 단순하게 설명하자면, 이 낙인은 당신의 어깨에 뿌리를 박고 있습니다. 즉, 이걸 영구히 없애고자 한다면 당신의 어깨를 도려내지 않으면 안 된다는 거죠. 한…… 이 정도 깊이?"

매드해터는 반 뼘쯤 되는 길이를 손가락으로 표시했다. 아예 팔을 자르라는 소리였다. 그는 소윤을 놀리듯 손가락을 더 넓게 벌렸다.

"혹은 이 정도?"

"다른 방도는?"

"글쎄요……. 신호의 발산, 가축으로서의 표시, 그 이외에 이 낙인이 가지는 의미가 없다면……. 흐음…… 하지만 고작 이런 정도로……."

작은 목소리로 느릿느릿 중얼거리던 매드해터가 낙인에 얼굴을 들이댔다. 체온이 느껴질 만큼 가까운 거리였다. 그의 시선이 소윤의 피부에 끈적하게 달라붙었다. 소윤은 호흡을 골랐다.

"다 봤으면 얼굴 좀 치워 주겠어?"

"왜요? 부끄러운가요?"

"간지러워."

매드해터가 얼굴을 들자 소윤이 팔을 긁었다. 상체를 드러낸 채 팔을 긁고 있는 소녀—소윤의 양심이 다시 한 번 고개를 들었다—와 그 소녀를 어이없다는 듯 바라보는 남자. 소윤은 지금 이 상황이 우습다고 생각했다.

“정리를 좀 하죠. 당신이 원하는 건 낙인을 완전히 없애는 건가요, 아니면 낙인이 제 역할을 못 하도록 막는 건가요?”

“전자. 하지만 후자라도 큰 상관은 없어.”

시퍼런 낙인을 볼 때마다 정육점의 돼지고기가 된 기분이었지만, 그녀의 기분은 어디까지나 부차적인 문제였다. 그녀가 대답하자 매드해터는 절충안을 제시했다.

“그렇다면 신호의 발산을 막는 정도로 충분하겠군요. 제대로 된 물건이 나올 때까지 상당한 시간이 걸릴 겁니다. 이틀에 한 번씩 날 찾아오세요. 사정상 못 올 것 같은 날이 생기는 경우, 굳이 연락을 취할 필요는 없습니다.”

급한 건 당신이지 내가 아니니까요. 매드해터는 그렇게 말하며 눈매를 접었다. 그로서는 소윤을 긁어 보려는 심산이었겠지만, 그녀는 다른 것을 떠올렸다.

“핸드폰.”

“전 흰 토끼가 쓰던 걸 그대로 써도 됩니다. 그와 마찬가지로 당신도 마력이라고는 한 톨도 없는 것 같으니까요. 아니면, 스스로 살해한 자의 물건을 쓰는 건 꺼려집니까?”

“별로. 내가 묻고 싶은 건 다른 건데.”

소윤은 품에서 종이 한 장을 꺼냈다. 종이 위에는 스마트폰이 스케치되어 있었다. 겉으로 보기에는 직사각형의 얇은 상자에 지나지 않는 그림을, 매드해터는 아무 감흥 없이 내려다보았다.

“원더랜드에서 기계에 대해 가장 잘 아는 사람이 너라면서?”

"그렇습니다만. 이건 뭐죠?"

"스마트폰. 핸드폰이 진화한 형태야."

터치스크린, 홈 버튼. 소윤이 가장 기본적인 특징의 설명을 끝내자마자 매드해터는 종이를 빼앗아 거기에 코를 박았다. 그녀가 작은 글씨로 달아 놓은 주석까지 확인한 매드해터는 눈을 희번덕거렸다.

"도대체 어디에서 이런 걸 본 거죠? 연구소? 개발자가 누구입니까? 지금 당장 그 사람을 납치해서 내 앞에 대령하세요! 당장 그 머리를 갈라 뇌에서 지식을 뽑아내……."

"……변태."

"뭐, 뭐라고요?! 잠깐! 밑도 끝도 없이 매도하더니 어딜 갑니까!"

"모레 계속하자."

소윤은 그녀를 뒤쫓아 나오려는 매드해터의 코앞에서 현관문을 쾅, 닫고 나왔다. 낙인을 해결하는 대가로 스마트폰을 제시한 것인데, 아주 귀찮은 짓을 한 것 같았다.

매드해터는 진성 기계 덕후였다.

매드해터의 집은 소윤의 집이 있는 중립지대와는 정반대 편에 위치해 있었다. 덕분에 소윤은 중립지대로 돌아가기 위해 한참을 걸어야만 했다.

태양이 머리 꼭대기에 이른 시간이라서인지 아침에 비해 제법 많은 사람들이 거리를 돌아다니고 있었다. 그리고 그것은 소윤에게 달가운 일이 아니었다.

소윤은 피가 뚝뚝 떨어지는 칼을 가볍게 휘둘렀다. 바람을 가르는 소리와 함께 칼에 붙어 있던 지방과 살점이 떨어져 나갔다. 일부 구경꾼들은 제 발치까지 날아온 핏방울에 뒷걸음질을 쳤다.

새 흰 토끼가 거리에 나타났다는 소문이 빠르게 돈 모양이었다. 그녀를 죽이고 자기가 그 자리를 차지하겠다는 자들이 속출했다.

중립지대를 코앞에 두고 다섯 번째 도전자의 목을 자른 소윤은 주머니에서 천을 꺼내 칼에 묻은 피를 닦아 낸 뒤 칼집에 넣어 다시 등에 비스듬하게 비끄러맸다. 그녀의 키만 한 이 칼은 무게, 절삭력, 견고함 등에서 그녀의 마음에 쏙 들었지만 너무 크다는 것이 단점이었다. 덕분에 그녀는 칼을 뽑을 때마다 왼손으로 칼집을 잡아당겨야만 했다.

그녀가 걸음을 옮기자 구경꾼들이 시체를 향해 달려들었다. 갓 죽은 따끈따끈한 시체는 소지품이나 옷가지에서부터 장기에 이르기까지 쓸모가 아주 많았다. 뒤에서 시체를 두고 쟁탈전이 벌어지든 말든, 소윤은 중립지대 안으로 발을 디뎠다.

범죄가 금지되어 있는 중립지대라고 해도 역시 원더랜드 안이기는 한지, 사람들은 피가 튄 옷을 입은 그녀를 보고도 오히려 새 옷을 팔기 위해 호객 행위를 해 댔다. 그러나 딱히 무엇인가를 살 생각이 없었던 소윤은 아무 음식점에나 들어갔다. 그곳에서 먹은 샌드위치는 어제 먹었던 파스타와 별반 다를 것 없이 맛이 없었다.

그렇게 원더랜드에서의 하루가 또 저물어 갔다.

매드해터를 두 번째로 방문하는 날, 소윤은 거리를 걸으며 약속 시간을 한밤중으로 바꿀까 진심으로 생각했다. 새 흰 토끼가 도전자들을 덤비는 족족 참수해 버린다는 소문이 아직 덜 돈 것인지, 아니면 소윤의 겉모습이 그걸 헛소문으로 만드는 것인지, 그것도 아니라면 흰 토끼라는 위치가 그렇게나 탐나는 것인지 그녀를 향한 습격이 끊이지를 않았기 때문이었다.

매드해터의 집까지 30분은 족히 남았는데 그녀가 벤 도전자의 수는 열이 넘어갔다. 소윤은 짧은 고민을 했다. 이 정도로 죽였으니 겁먹고 도망쳤다는 말은 나오지 않겠지. 고민을 마친 그녀는 칼을 등으로 되돌리는 동시에 땅을 박차고 달려 나갔다.

"엇……!"

"저기 흰 토끼가……!"

그녀를 습격하기 위해 기회를 노리고 있던 자들이 정신을 차렸을 때, 그녀는 이미 점이 되어 있었다.

소윤은 매드해터의 집 현관문 앞에서야 발을 멈추고 숨을 골랐다. 10초쯤 후 그녀가 노크를 하기 위해 팔을 들어 올릴 때였다. 2층 창문을 통해 매드해터가 모습을 드러냈다. 오늘 그는 방울이 달린 무지개색 털모자를 눌러쓰고 있었다.

"지금이 몇 시인지 압니까? 게다가 왔으면 두드리지 않고 뭘 시간 낭비를 하고 있는 겁니까?"

"부디 오후에 와 달라며."

매드해터는 소윤의 대답에 혀를 차더니 안으로 쏙 들어가 버렸다. 소윤은 현관문을 두드렸다. 그러자 기다렸다는 듯 문이 열렸다.

매드해터는 2층으로 통하는 계단참에서 그녀를 기다리고 있었다. 첫 만남과는 달리 졸음기 따위 걷어치운 채 그녀를 내려다보는 매드해터는 겨울 하늘처럼 싸늘한 미모의 소유자였다.

"연구는 2층에서 합니다."

소윤은 매드해터의 뒤를 따라 계단을 올라갔다. 그녀가 발을 옮길 때마다 낡은 계단에서 삐걱거리는 소리가 났다. 정적을 비집고 울리는 아날로그적인 소리가 어딘지 향수를 불러일으켰다.

2층은 1층과 마찬가지로 대단히 어질러져 있었다. 매드해터는 아무렇게나 널려 있는 물건 사이에서 필요한 것을 쏙쏙 빼내 간이침대 위에 늘어놓았다. 둘둘 말린 종이, 연필, 각종 시약이 담긴 플라스크와 비커, 차트. 소윤에게도 익숙한 물건들이었다. 다른 방에서 손바닥만 한 기계를 가지고 온 매드해터가 그녀에게 지시했다.

"웃옷 벗고 거기 앉아요. 아무것도 건드리지 말고."

칼을 풀어 침대 위에 올려놓은 소윤은 속옷까지 전부 벗은 후 침대 위에 걸터앉았다. 그동안 대야에 물을 떠온 매드해터는 타월을 거기에 담갔다.

"연구는 하루에 2시간씩 할 겁니다. 그게 끝나면 2시간 동안 당신이 내게 핸드폰에 대한 설명을 하세요. 그걸로 낙인을 해결하는 대가를 갈음하도록 하겠습니다."

"그래."

매드해터는 주머니에서 원통형의 모노클외알 안경을 꺼냈다. 모노클의 은색 테에는 빼곡하게 문자가 새겨져 있었다. 그것을 이리저리 돌려 배율을 맞춘 매드해터는 왼쪽 눈에 그것을 착용했다. 그는 기계의 버튼을 누르며 말했다.

"지금부터 입 다물어요."

그가 그렇게 말하지 않아도 소윤은 이미 입을 다문 상태였다. 그녀는 평정을 유지하고자 했지만 어금니에 힘이 들어가는 것을 막을 수는 없었다.

메스처럼 빛나는 모노클이 낙인을 파헤치듯 응시했다. 매드해터의 오른쪽 눈은 낙인과 종이를 쉴 새 없이 오갔고, 연필을 든 오른손은 낙인의 마법적인 구조를 종이 위에 그림으로 옮기고 있었다. 삑, 삑. 기계에서 작은 소리가 주기적으로 흘러나왔다.

필기하는 소리. 차가운 공기. 품평하는 시선. 절대영도의 기계음.

흰 가운을 입은 연구자들이 그녀를 둘러쌌다. 주사기에 든 각종 약물들이 그녀의 몸속에 차례대로 주입되었다. 그녀의 애원은, 비명은, 눈물은, 그들에게 있어 같은 인간의 것이 아니었다. 그것은 진정한 의미에서의 고립이었다.

소윤은 주먹을 움켜쥐었다. 이곳은 그곳이 아니다. 이 남자는 그들이 아니다. 매드해터, 그녀에게 도움을 줄 사람. 원더랜드, 원더랜드.

차가운 액체가 어깨 위에 떨어졌다. 불판 위에 고기를 올리는 소리가 났다. 매운 냄새도 났다. 이런. 매끄러운 목소리의 누군가가 중얼거렸다. 이내 물에 젖은 차가운 타월이 그녀의 어깨를 닦아 냈다.

이번에는 뜨거운 액체가 어깨 위에 떨어졌다. 언젠가의 실험에서 느껴 본 적 있는, 살이 썩어 가는 고통이 전신에 퍼졌다. 이것도 아닌가. 타월이 그녀의 어깨를 닦아 냈다. 다시 액체가, 고통이, 어느덧 미지근해진 타월이.

2시간이 지난 후, 매드해터는 모노클을 벗고 지독하게 욱신거리는 관자놀이를 꾹꾹 누르며 말했다.

"오늘은 이만하죠. 이제 핸드폰에 대한……."

털썩. 짚 인형이 쓰러지는 듯한 소리에 매드해터는 침대 위를 보았다. 소윤이 정신을 잃고 쓰러져 있었다. 혀를 찬 매드해터는 연구를 위해 늘어놓았던 물건들을 제자리로 되돌렸다. 그 몇 분 사이에 눈을 뜬 소윤은 손바닥에서 아릿한 고통을 느꼈다. 단단히 움켜쥐었던 손바닥에 그믐달 같은 상처가 나 있었다.

"일어났군요."

대야와 타월을 처리하고 돌아온 매드해터가 그녀를 반겼다. 그는 어딘가에서 노트를 찾아 들고 소윤에게 다가붙었다. 노트 사이에는 그녀가 이틀 전 가지고 왔던 그림이 끼워져 있었다.

"이 부분을 누르면 핸드폰이 작동을 시작한다고요? 그럼 메시지는 어떻게 보냅니까? 전화는? 숫자나 문자를 어디로 입력합니까?"

소윤은 옷을 입고 칼을 등에 고정하며 건성으로 대답을 해 주었다. 그러자 매드해터가 날 선 목소리로 지적했다.

"기브 앤 테이크, 모릅니까? 성의를 보이세요."

"……미안. 좀 지쳐서. 앞으로는 핸드폰을 설명한 다음에 연구를 하는 게 좋을 것 같아."

"연구를 한 건 나인데 왜 가만히 있던 당신이 지치죠?"

소윤은 대답하지 않았다. 매드해터도 그에 대해서는 별 흥미가 없는지 두 번 묻지는 않았다.

그녀는 2시간을 꽉꽉 채우고서야 매드해터에게서 해방될 수 있었다. 하루 정도면 스마트폰에 대한 어지간한 설명을 마칠 수 있겠다 생각했는데 그가 생각 밖의 것, 예를 들어 커뮤니케이션 기능이 중심이 되어야 할 기계인데 어째서 음악 감상 기능이 들어 있는가, 하는 질문 등을 던져 온 터라 앞으로도 말할 거리가 많이 남아 있었다.

"앞으로는 오전에 방문하세요."

현관문을 통해 나가는 소윤의 등에 대고 매드해터가 말했다. 좋아. 문틈으로 그녀의 대답이 흘러들었다. 매드해터는 만족스러운 기분으로 모자를 벗고 잠자리에 들었다. 베개 위로 청회색 머리카락이 흩어졌다.

매드해터의 집을 나선 소윤은 핸드폰을 확인했다. 아웃하우스에서는 소유자가 마력을 불어넣어 작동시키는 방식의 핸드폰이 사용되었지만, 원더랜드 거주자의 대부분은 선천성 마력 비보유자들이었다. 정확히 말하자면, 약 100년쯤 전 선천성 마력 비보유자들이 모여 만든 도시가 바로 원더랜드였다.

이들은 자신들의 삶을 위해 일상을 바꾸어 나갔고, 그중 하나가 핸드폰이었다. 원더랜드에서 사용되는 핸드폰은 마력 보유자의 살갗에 가져다 대기만 하면 자동적으로 마력이 충전되도록 개조되었다. 그리고 그 개조의 일등 공신이 바로 기계 덕후 매드해터였다.

핸드폰을 확인하자 하트에게서 메시지가 와 있었다. 시킬 일이 있으니 그의 저택으로 오라는 내용이었다. 아무래도 도착하기까지 좀 시간이 걸릴 것 같았다. 소윤은 슬금슬금 몰려드는 사람들을 향해 칼을 겨누며 그렇게 생각했다.

1시간 반 후, 소윤은 하트의 저택에 도착했다. 피투성이로 도착한 그녀의 모습을 본 하트는 눈매를 접으며 웃었다.

"쌓였으면 아웃하우스에서 풀어. 아, 추적 마법이 해결되지 않아 아직 무리였던가?"

"용건은?"

뻔히 다 알면서 묻는 작태에, 소윤은 드물게 신경질적으로 물었다. 피로 척척해진 옷도, 핏방울이 뚝뚝 떨어지는 머리카락도 전부 거슬렸다.

"예민하게 굴지 말고 좀 씻고 오지그래? 네 피비린내 때문에 나까지 동할 지경이야."

하트는 태생적으로 발그스름한 눈매를 치밀어 오르는 폭력성으로 한층 붉게 물들이며 말했다. 소윤은 그의 제안을 받아들였다. 하트의 방에 딸린 욕실로 들어간 그녀는 로코코풍의 황금빛 샤워기에서 쏟아지는 따뜻한 물줄기를 맞으며 몸을 부르르 떨었다. 아, 좋아. 그녀는 부지불식간에 탄성을 흘렸다.

잠시 후, 욕실 문이 열리고 하트가 들어왔다. 그는 욕실 벽에 기대어 소윤을 훑어보았다. 하얀 머리카락, 앳된 얼굴, 비쩍 마른 몸, 파란 낙인, 덜 자란 가슴과 팔다리, 그리고 갈색 눈동자. 색정적인 시선에도 불구하고 소녀의 눈동자에서는 한 치의 부끄러움도 보이지 않았다.

"뭐야?"

"갈아입을 옷."

하트는 들고 있던 옷가지를 흔들었다. 소윤은 샤워기를 잠그고 그에게 다가갔다.

"타월은?"

그녀가 묻자 하트는 손수 타월을 찾아 그녀에게 건네주었다. 그녀는 물기를 대충 닦아 내고 속옷을 입은 후 손을 내밀었다. 하트는 그녀의 손바닥에 옷을 올려 주며 물었다.

"부끄러움 같은 건 없어?"

벗은 몸에 대한 부끄러움 따위는 9년간 실험체로서 알몸으로 지내도록 강제당한 그녀에게서 사라진 지 오래였다. 그녀가 아무렇지도 않게 옷을 입고 마스크까지 쓰자 하트는 김이 샌 듯 욕실 밖으로 나갔다. 따라 나온 소윤은 피에 젖은 바지에서 허리띠를 풀어내며 물었다.

"전 흰 토끼의 옷 같은데."

"맞아. 아침마다 내 집에 와서 씻었거든. 그게 마지막으로 벗어 두고 간 허물이다. 그리고 바로 네 손에 덜컥."

소윤은 첫날 집에서 목욕을 할 때 녹물이 나왔던 이유를 깨달았다. 줄줄 흘러내리는 바지를 허리띠로 고정한 그녀는 하트에게 용건을 물었다.

하트가 제시한 일거리는 서류의 전달이었다. 굳이 그녀를 통할 것도 없는 간단한 일이었다. 그녀의 의문을 알아차리기라도 한 듯 하트가 설명했다.

"예의지. 나는 널 존중하니 너도 날 존중해서 내 핵심부에 발 디디지 마라, 뭐 이런. 어차피 마주쳐야 싸우기밖에 더하겠어? 안 지키는 놈도 있지만, 나는 신사라서."

소윤은 코웃음을 쳤다. 얼굴 맞댔다가 싸우면 제 살 깎아먹기 밖에는 안 되니 애초에 원인을 차단하겠다는 말이었다. 하트로부터 서류 봉투를 받은 소윤은 밖으로 나가려다가 문득 발을 멈추었다.

"흰 토끼의 자리를 상품으로 한 코커스 레이스를 여는 건 어때?"

"왜? 벌써 그 자리에 질렸어?"

"습격자들에게 질렸어."

"맙소사, 여기 이 놀라운 곳Wonderful Land을 좀 보라지! 자살 지원자가 그렇게나 많았다니!"

하트는 낄낄거리며 웃었다. 그녀는 문을 쾅 닫고 나왔다. 생각해 볼게. 문 너머로 하트의 목소리가 들려왔다.

서류를 받을 사람은 쌍둥이로 알려진 트위들 덤과 트위들 디, 통칭 트윈스였다. 배달지는 하트의 저택에서 30~40분 정도면 갈 수 있는 거리에 위치하고 있었다. 그리고 소윤은 그 배의 시간을 들여 트윈스의 사무실이 있는 건물에 도착했다.

건물 앞에는 보초로 보이는 거구의 남자가 서 있었다. 그녀가 다가가자 남자는 거들먹거리며 을러멨다.

"어린 게 뭐 주워 먹을 게 있다고 얼쩡거려! 썩 꺼져!"

소윤은 대거리 대신 품 안에서 서류 봉투를 꺼냈다. 그녀의 보호가 무색하지 않게 서류 봉투에는 피 한 방울 튀지 않았다.

"하트가 트윈스에게 보내는 서류야. 정말 썩 꺼져도 돼?"

"……네가 새 흰 토끼라고? 암만 봐도 영 못 믿겠는데."

남자는 위압적인 거구를 소윤에게 바짝 붙였다. 자연스럽게 소윤을 내려다보게 된 남자는 비쩍 마른 어린아이 그 이상도 이하도 아닌 그녀의 체구에 비웃음을 참지 못했다.

"내놔. 트윈스에게는 내가 전달하겠어."

남자는 서류 봉투를 향해 손을 뻗었다. 소윤은 그것을 다시 품 안에 넣었다.

“안 되겠는데. 트윈스에게 직접 전달하랬거든.”

“까불지 마. 너 따위 신참이 트윈스 같은 거물을 만나려면…….”

하트와 같은 거물을 앞에 두고 초면에 반말을 했던 신참 소윤은 말 대신 몸으로 반응을 보였다. 그녀는 남자의 옆구리를 가볍게 걷어찼다. 온갖 약물과 여러 번의 개조를 거쳐 에이전트에까지 이른 그녀의 ‘가벼움’은 남자에게 지나치게 벅찼던 모양이다. 남자는 공중에 떠올라 화려하게 회전하다가 반쯤 무너진 건물 사이로 처박혔다.

“무슨 일이야!”

“습격인가!”

남자가 처박히면서 낸 소리를 듣고 트윈스의 부하들이 달려 나왔다. 소윤은 다시 서류 봉투를 꺼내 그들의 앞에서 흔들어 보이며 말했다.

“하트가 보낸 서류야. 안에 트윈스 있어?”

소윤은 곧바로 트윈스의 사무실로 안내되었다. 물론 양쪽 옆에 감시를 대동한 채였다. 그녀가 들어가자 창을 등지고 서 있던 소년이 그녀를 돌아보았다. 역광 속의 그는 아름다운 실루엣의 소유자였다. 늦은 오후의 불그스름한 햇살이 그의 머리카락을 적금빛으로 물들이고 있었다.

“새치? 너 흰 토끼냐?”

아름다운 소년이 육감적이고 도톰한 입술로 그녀에게 처음 내뱉은 말이었다. 소윤은 그것만으로도 그가 누구인지 짐작할 수 있었다. 트윈스 중 거친 말투의 소유자, 디였다.

“트윈스 맞지? 하트가 보낸 서류를 가지고 왔어.”

“시발, 난 그딴 거 몰라. 덤! 야, 덤! 이 새끼 어디로 토꼈어?”

디는 사무실 문을 열고 밖으로 나갔다. 그의 목소리가 복도에 쩌렁쩌렁 울렸다.

"사무실에 붙어 있어야 할 것 아냐, 시발아! 하트 새끼가 뭐 보냈어!"

그리고 잠시 후, 두런거리는 소리가 들리더니 한 소년이 사무실에 들어왔다. 디와 같은 생김새였으나, 얇은 소재의 황갈색 라이더 재킷을 입고 있던 그와는 달리 이 소년은 검은색의 재킷을 입고 있었다.

"네가 소문의 흰 토끼구나. 반가워. 난 트위들 덤이야."

온화하고 사근사근한 말투로 인사한 덤은 소윤과 악수까지 나누었다. 살짝 곱슬거리는 어두운 금발과 파란 눈동자, 섬세한 이목구비에 부드러운 성격까지, 덤은 어린 소녀들이 꿈꾸는 왕자님을 동화 속에서 현실로 끄집어낸 듯한 인물이었다.

'그런데 이게 이중인격이라는 말이지.'

소윤은 옷까지 갈아입는 철저함에 감탄을 금치 못했다.

트위들 덤, 트위들 디. 통칭 트윈스. 한 사람의 몸 안에 들어 있는, 서로를 인지하고 있는 두 인격의 통칭이었다. 그는 쌍둥이인 척하며 원더랜드 전체에 사기극을 벌이고 있었다. 『원더랜드』에서도 이에 대해 아는 사람은 앨리스가 유일할 만큼, 그는 부하들까지도 철저하게 속이고 있었다. 10대 중후반의 나이에도 불구하고 원더랜드 내에서 제법 큰 세력을 구축한, 아주 난 놈다운 행동이었다.

"하트가 서류를 보냈다고 하던데. 혹시 답장을 보내야 할 수도 있으니까 소파에 앉아서 잠시만 기다려 줘."

덤은 소윤이 건네준 서류를 봉투에서 꺼내 훑어보았다. 그러다가 그는 기척이 먼지 수준으로 약한 소윤이 신경 쓰여 서류를 읽다 말고 그녀를 건너다보았다.

먼 서녘에서부터 흘러 들어온 낙조가 사무실 안에 새빨간 베일을 드리우고 있었다. 그리고 그 안에 흰 머리카락을 가진 흰 토끼가 있었다. 검은 마스크로도 숨길 수 없을 만큼 창백한 얼굴이었다.

"하트의 마음에 든 이유를 알 것 같네."

섬약하다는 느낌마저 풍기는 부드러운 목소리와 의미심장한 말에, 소윤은 덤을 올려다보았다. 그는 상냥하게 웃고 있었다.

"별 내용은 아니었어. 하트가 관리하는 술집에서 디가 난동을 부린 모양이야. 중립지대에서는 얌전히 굴라고 했는데 정말이지……. 답장이 필요한 내용은 아니니까 그냥 가도 될 것 같아. 계속 붙잡아 둬서 미안해."

트위들의 사무실을 나온 소윤은 하트에게 갔다. 어스름이 깔릴 시간이 다 되어서인지 습격은 두 번뿐이었다. 하트는 서류를 보내고 돌아온 그녀에게 10만 캐럴을 지불했다. 위험수당이 포함된 것치고는 싼 가격이었다.

하트의 저택에서 나온 소윤은 저녁을 먹기 위해 언제나처럼 센트럴로 향했다. 센트럴의 음식점들은 놀랍게도 어딜 가든 비싸고 맛이 없었다. 스튜와 빵으로 배를 채운 그녀는 작은 마트에 들어가 아침으로 먹을 식빵 한 봉지와 피넛버터, 작은 팩에 든 우유를 샀다.

그리고 거기에서 나오다가 소매치기 현행범과 눈이 마주쳤다. 열서너 살쯤으로 보이는 지저분한 소년이었다. 딱히 자신과 관련된 것이 아니라면 아무래도 상관없는 소윤은 그대로 시선을 돌려 귀가했다.

이후 소윤의 일상은 돌림노래처럼 되풀이되었다.

일어나 아침을 먹고, 핸드폰으로 연락이 오면 가서 일을 하고, 습격해 오는 도전자들을 죽이고, 이틀에 한 번씩 매드해터에게 갔다. 매드해터가 낙인을 연구하는 동안 트라우마에 시달리는 것도 똑같았다. 그렇게 보름쯤 지났을 때였다.

매드해터는 언제나의 연구 대신 그녀의 낙인 위에 흰색의 넓적한 패치를 붙였다. 그는 연구가 진행되는 내내 옆에 두고 있던 작은 기계를 소윤에게 내밀었다. 여느 때와 달리 기계에서는 아무런 소리도 나지 않았다.

"낙인에서 발산되는 신호를 감지하기 위해 만든 물건입니다. 이게 조용하다는 건 신호 역시 막혔다는 의미죠. 현재 유효 시간은 약 15분 정도로 예상하고 있습니다. 다다음 주쯤이면 제법 쓸 만한 게 나올 거예요."

"고마워."

소윤은 솔직하게 고마움을 표시했다. 그러자 매드해터는 파나마모자 아래에서 얄밉게 웃으며 대답했다.

"내가 당신에게서 무엇을 얻어 갔는지 안다면 그런 말은 못 할 텐데요."

스마트폰은 21세기 지구인의 일상을 손바닥 안에 집약한, 문화와 생활의 결정체였다. 이를 설명하기 위해 소윤은 매드해터에게 많은 것을 이야기할 수밖에 없었다. 그녀가 자신이 다른 세계에서 왔다는 사실을 딱히 감추려고 하지 않았으므로 천재인 그라면 대충 눈치챘을 것이 분명했다.

그렇게 2주일 후. 매드해터가 호언장담한 대로 2시간짜리 패치가 만들어졌다. 다시 1주일이 지나자 6시간짜리 패치가 만들어졌다. 그때부터 소윤은 어깨에 패치를 붙인 채 생활하기 시작했다. 이제 연구소에서는 그녀가 죽었다고 생각할 것이었다.

원더랜드에 온 지 한 달 정도 되었을 즈음, 소윤은 몸 상태가 좋지 않다는 것을 깨달았다. 첫 징후는 체온이었다. 체온이 1도 올라가는 것에조차 극성스럽게 반응하던 연구원들에게 질려 자신의 몸을 방치하게 된 소윤마저 뜨겁다고 생각할 정도로 신열이 올랐다. 다음으로는 기력이었다. 무겁게 늘어지고 욱신거리기까지 하는 몸에, 소윤은 듀크가 그녀 몰래 특수한 마취제라도 먹인 게 아닐까 의심했다.

그러나 병명은 의외라면 의외일 몸살감기였다. 원더랜드에 단 하나뿐인 의사 카터, 통칭 닥터는 그녀를 위아래로 훑어보더니 담배를 뻑뻑 피워 대며 그렇게 진단을 내렸다.

"개조 양상을 보니 딱 정부 연구소 놈들 짓이네. 실험체를 개같이 굴리기로 유명한 놈들이지. 도망친 지 한 달쯤 되었다고 했나? 그럼 그거야. 맥 풀린 거. 별거 아니니까 이거 먹고 좀 자면 나을 거다."

닥터는 소윤에게 캡슐 형태의 몸살 감기약을 처방해 주었다. 식후 30분이라는 처방이 이어졌지만 그녀는 그것을 흘려들었다. 약 따위, 구역질이 났다. 감기 정도로 죽는 것도 아니고, 라며 가볍게 생각한 그녀는 늘어지게 자겠다고 결심을 하며 집으로 향했다.

그리고 그날 저녁, 매드해터에게서 연락이 왔다.

결심했던 대로 늘어지게 자고 있던 소윤은 메시지 수신을 알리는 소리에 잠에서 깨어났다. 매드해터가 보낸, 장소와 시간만 표시된 불친절한 메시지였다.

지도를 펼친 소윤은 그곳이 원더랜드에서 다소 떨어진 장소임을 확인할 수 있었다. 지정된 시각까지 남은 시간은 45분가량. 소윤은 바로 집을 나섰다. 저녁인지라 습격은 없었다. 조금 걷자 차도가 나와서, 그녀는 택시를 타고 지정된 장소까지 이동했다.

택시가 멈춘 곳은 아름다운 저택 앞이었다. 소윤은 택시비를 지불하고 내렸다. 열로 무뎌지고 마스크로 가려진 후각에 옅은 피비린내가 훅 끼쳤다. 그녀는 저택의 대문을 슬쩍 밀었다. 대문은 열려 있었다.

안쪽으로 갈수록 피비린내가 강해졌다. 정원을 가로질러 현관 앞에 도착한 그녀는 망설이지 않고 문을 열었다.

안은 어두웠다. 눈을 부릅뜨고 혀를 쭉 빼문 시체가 그녀를 반겼다. 시체의 목에는 얇은 선이 몇 겹이나 남아 있었고, 주변은 젖어 있었다. 교살당한 시체였다.

이외에도 몇 구나 되는 시체가 거실로 보이는 공간에 널려 있었다. 포인트 벽지와 풍경화로 장식된 벽은 피칠갑이 되어 있었고, 바닥에 깔린 화려한 태피스트리 위에는 채 스며들지 못한 피가 고여 있었다. 나무로 된 마룻바닥에서 질질 끌린 듯한 핏자국을 발견한 그녀는 그것을 따라갔다. 조금 더 걷자 희미한 빛이 보였다. 탁탁, 단단한 것을 두드리는 소리도 났다.

그곳은 부엌이었다. 청결했을 공간은 온통 피투성이였다. 매드해터가 그곳에 있었다. 그는 바닥에 쓰러진 시체에 칼질을 하고 있었다. 식칼을 든 그의 손에는 시체의 목에서 본 것과 비슷한 선이 남아 있었다. 소윤의 기척을 느낀 그가 돌아보았다. 전신에 피보라를 끼얹은 그가 해죽 웃었다. 핏기 없는 얼굴에 점점이 아로새겨진 붉은 점들이 따라서 움직였다.

“일찍 왔네요, 흰 토끼.”

그의 목소리는 평소보다 반음 높았다. 그 반음이 만든 공간을 광기가 채우고 있었다. 조금만 더하면 된다고 말하며 그가 식칼을 내리쳤다. 탕! 몸통에 아슬아슬하게 매달려 있던 목뼈가 부러졌다. 매드해터는 머리를 집어 조리대 위에 올렸다. 그제서야 드러난 얼굴은 50대로 추정되는 남성의 것이었다.

흥겹게 움직인 매드해터는 머리에서 눈알을 파내고 그것들을 아름다운 접시 위에 늘어놓았다. 머리는 중앙에, 눈알은 냉장고에서 꺼낸 과일과 화병에서 뽑아온 꽃들과 함께 접시 가장자리에. 아웃하우스를 공포에 떨게 만드는, 마법사를 대상으로 한 연쇄살인마 헤드헌터. 기괴한 미의식의 소유자가 그곳에 있었다.

매드해터는 꿩의 꼬리깃으로 화려하게 장식된 모자를 남자의 머리 위에 씌우는 것으로 데코레이션을 끝마쳤다. 흡족한 기색의 그를 보며 소윤이 중얼거렸다.

"악취미."

"취향 존중 모릅니까?"

흥분이 식지 않은 목소리로 대거리한 매드해터가 접시를 손바닥 위에 올려놓았다. 검은 슈트에 실크해트까지 갖춘 그는 파티에 참석하는 신사처럼 보였다. 접시를 거실에 두고 돌아온 그는 그릇장을 하나하나 열기 시작했다. 그러더니 찻잔들로 가득 찬 그릇장을 발견하고는 탄성을 질렀다. 그는 홍조까지 띤 얼굴로 찻잔들을 꺼내더니, 롤에 말린 완충재를 소윤에게 던지며 지시했다.

"찻잔과 받침 전부 이걸로 잘 싸요. 단 한 개도 망가지면 안 됩니다."

그 후 약 1시간 동안 소윤은 찻잔과 받침을 완충재로 둘둘 말아 박스 안에 담았다. 부잣집인 만큼 찻잔이 많아 제법 큰 박스 2개가 꽉 찼다. 두 사람은 박스를 하나씩 나눠 들고 저택의 차고로 들어갔다. 당연한 이야기지만 자동차 역시 마력으로 움직였다. 박스를 뒷좌석에 내려놓고 운전석에 앉은 매드해터는 아무렇지도 않게 시동을 걸었다. 그녀가 조수석에 타자 매드해터는 캡슐 형태의 물건을 보여 주었다.

"마력 캡슐입니다. 삼키고 20분 후면 몸에 마력이 흡수되는 물건으로, 선천성 마력 비보유자도 사용할 수 있죠. 캡슐은 배설되니 안심하고 삼켜도 됩니다. 아웃하우스에서 25만 캐럴에 판매되는 물건이지만, 제게서 구입하신다면 15만 캐럴에 드리죠."

마력 캡슐을 개발하여 캐럴을 갈퀴로 긁어모으고 있는 대부호가 가난한 일용직 근무자를 상대로 호객 행위를 했다. 다른 건 몰라도 휴대폰과 자동차에만큼은 대단히 유용할 물건이었다. 게다가 하나만 사도

10만 캐럴이나 절약되었다. 소윤은 홈쇼핑에 홀린 엄마들처럼 2개의 마력 캡슐을 구입했다. 아차 했을 때는 이미 늦어 있었다. 건국 영웅 루이스 캐럴의 얼굴이 인쇄된 10만 캐럴짜리 지폐 3장을 만족스럽게 받아 챙긴 매드해터는 차를 몰고 저택을 나섰다.

밤이 깊었다. 소윤은 차창 너머로 스쳐 지나는 풍경을 바라보며 중얼거렸다.

"이렇게 가까이에 소문 자자한 변태 연쇄 살인마가 있을 줄은 몰랐는데."

"찻잔에 좀 집착하기는 합니다만 변태 소리까지 들을 이유는 없습니다."

소윤은 들으란 듯 한숨을 쉬었다. 기계에 대한 전문용어를 알아듣지 못하는 그녀를 향해 매드해터가 보이곤 하던 반응을 고스란히 흉내 낸 한숨이었다. 매드해터는 그녀를 곁눈질하며 물었다.

"흰 토끼, 당신 지금……. 흐음."

말을 흐린 매드해터는 운전에 집중했다. 15분가량이 지나자 원더랜드의 간판이 보였다. 원더랜드 입구에 도착하기 전에 차를 세운 매드해터는 그녀에게 지시했다.

"두 박스 다 차에서 내리고, 한 박스만 먼저 들고 가세요. 당신이 큰 거 들어요. 나는 당신같이 힘만 센 바보와는 달리 섬세한 사람이니까."

소윤은 지시에 따라 찻잔으로 가득한 박스를 들고 원더랜드 안으로 들어갔다. 등 뒤로 차가 폭발하는 소리가 났지만 관심을 두지 않았다. 매드해터의 집 현관문 앞에 다다른 그녀는 잠시 기다렸다. 5분도 채 지나지 않아 매드해터가 왔다. 소윤은 그가 안으로 들어가 문을 닫고, 그녀가 노크를 하고, 문이 열리는 과정을 거친 후에야 안으로 들어갈 수 있었다. 그녀가 박스를 안고 들어가자 안쪽에서 소리가 들렸다.

"이쪽입니다."

매드해터는 부엌에 있었다. 부엌은 거실이나 연구실과는 달리 잘 정돈되어 있었다. 소윤은 그 청결함이 음식에 대한 무관심에서 비롯되었다는 것을 깨달았다. 부엌에서 사용감이 있는 것은 싱크대와 그릇장 그리고 냉장고뿐이었다.

그릇장을 열고 새 찻잔들을 정리하고 있던 매드해터가 말했다.

"뭘 멍하니 서 있습니까. 그거 여기에 내려놓으세요."

소윤은 매드해터가 가리킨 바닥에 박스를 내려놓았다. 허리를 펴는 순간 현기증이 그녀를 엄습했다.

"흰 토끼?"

매드해터가 그녀를 불렀다. 소윤은 고개를 저었다.

"정리까지 돕게 할 거 아니면 지불 먼저 해."

매드해터에게서 택시비를 포함해 40만 캐럴을 받은 소윤은 그의 집을 나섰다. 조금 비틀거리며 걷는 그녀의 뒷모습을 창으로 확인한 매드해터가 혀를 찼다.

몇 년 만인지도 모를 몸살감기의 여파는 제법 강했다. 그녀는 열과 무력감, 그리고 근육통으로 삐거덕 소리를 낼 것만 같은 몸을 추스르며 집으로 향했다. 아무도 마주치고 싶지 않았다. 그리고 그녀의 바람은 당연히 이루어지지 않았다.

"흰 토끼? 맞지? 이렇게 늦게 어딜 갔다 오는 거야?"

중성적인 목소리가 사근사근하고 느린 말투로 그녀를 불러 세웠다. 약장수 듀크였다. 밤하늘 아래에서 본 듀크는 그가 좋아하는 시체처럼 희었다. 노란색 눈동자가 그녀를 연신 핼금거렸다.

"아직 어린 여자아이가 이렇게 늦은 시간에 다니면 못 써. 정말이지, 몸도 안 좋아 보이는데 혼자서……. 나쁜 아이잖아. 한번 어른에게 혼나 봐야 정신을 차리지. 응? 비틀거리는구나. 약이 필요한 것 같은데 우리 집으로 가는 게 어때?"

듀크는 긴 팔다리를 휘적거리며 그녀에게 다가왔다. 어딘지 사마귀를 연상케 하는 움직임이었다. 그가 손을 뻗는 순간, 소윤은 허리 뒤쪽에 숨겨 두었던 나이프를 뽑아 그의 코앞에 들이댔다.

"꺼져."

듀크는 원더랜드에 단 하나뿐인 약장수였다. 약하고 근성도 더러운 그가 원더랜드에서 살아남을 수 있는 이유는 그것뿐이었다. 그러나 죽이지만 않으면, 예를 들어 다리 두 개 정도 없는 건 상관없지 않을까.

살기에 젖어 번들거리는 갈색 눈동자에서 그녀의 심경을 눈치챈 듀크는 겁에 질린 얼굴로 물러섰다. 그녀는 도망치는 듀크의 뒷모습을 보며 나이프를 집어넣었다.

집에 도착한 소윤은 패치를 조심스럽게 갈아 붙이고 잠자리에 들었다. 그리고 6시간마다 울리도록 설정된 알람을 듣고 일어나 패치를 간 것 이외에는 꿈도 꾸지 않고 잤다.

다음 날, 느지막이 깨어난 소윤은 흐려진 시야로 보이는 뿌연 천장에 눈을 질끈 감았다. 지독한 신열에 오한이 들어 어깨가 덜덜 떨렸다.

이불 속으로 파고든 그녀는 습관처럼 핸드폰을 확인했다. 하트에게서 점심쯤에 방문하라는 메시지가 도착해 있었다. 핸드폰에 표시된 시간은 11시 17분.

느릿느릿 일어난 소윤은 화장실에 들어가 고양이 세수를 한 뒤 옷을 갈아입고 거울을 확인했다. 열꽃이 오른 뺨을 마스크로 가리니 병자의 기색은 어디에서도 보이지 않았다. 그녀는 칼과 나이프를 단단히 비끄러매고 집을 나섰다.

소슬한 가을바람이 목덜미를 스치고 옷 속으로 파고들었다. 그녀는 후드 집업의 모자를 뒤에서부터 끌어 올렸다.

아프다고 해서 도전자들이 사정을 봐줄 리 없었다. 소윤은 연이은 습격에 칼을 휘둘렀다. 그리고 평소보다 더 많은 피를 뒤집어쓴 채 하트의 저택에 도착하자마자 하트에게 밀려 욕실로 들어갔다.

소윤은 뜨거운 물줄기 속에서 섰다. 그녀는 덜덜 떨리는 어깨를 붙잡아 힘을 주었다. 소윤을 따라 욕실에 들어온 하트가 그것을 보았지만, 그녀는 그가 욕실 문을 두드려 자신의 존재를 알리기 전까지 기척조차 느끼지 못했다. 그녀는 흥미로 빛나는 하트의 눈을 마주하고는 내심 혀를 찼다.

"뭐야?"

"갈아입을 옷을 주려고 왔는데, 지금 꼴을 보아하니 이쪽이 더 어울리겠네."

하트가 건네준 '이쪽'은 실크 파자마였다. 한참은 큰 사이즈가 파자마의 주인이 누구인지 알려 주었다. 소윤은 그의 말을 무시하고 그가 원래 주려고 했던 옷을 빼앗아 입었다. 몇 주 전인가 그녀가 놓고 간 옷이었다. 그녀는 소파 위에 앉아 젖은 머리카락을 타월로 문지르며 물었다.

"용건은?"

"밥이나 같이 먹자고 불렀지. 어제 아웃하우스에서 매드해터의 뒤처리를 도왔다면서? 그 추적 마법인가는 다 해결된 거냐?"

"거의. 타월 더 줘."

하트는 대답 대신 마른 타월을 가져다가 소윤의 머리 위에 덮어씌웠다. 그러고는 장난스러운 손길로 그녀의 머리카락을 벅벅 문질렀다. 치워 버릴까, 생각했던 소윤은 저가 알아서 수고롭겠다는데 말릴 것 없겠다 싶어 그냥 놔두었다. 무엇보다도 축축했던 머리카락이 말라 가는 게 마음에 들었다. 머리카락이 얼추 다 마르자 타월을 치운 하트는 소윤의 이마를 짚었다.

"역시 뜨거운데. 약은 먹었어?"

소윤은 대답하지 않았다. 그러자 하트는 그녀를 밀쳐 소파 위에 눕히고 잽싸게 올라탔다. 그가 눈을 내리깔자 진저블론드의 속눈썹이 나비처럼 내려앉았다. 그는 속눈썹 사이로 그녀를 내려다보며 눈매를 접었다.

"얌전히 잘래, 아니면 땀 뺄래?"

그는 옅은 갈색으로 그은 단단한 손가락을 넥타이의 매듭에 걸었다. 마치 여자의 안쪽을 긁어내리듯 하트는 손가락을 농밀하게 움직여 넥타이를 끌어내렸다. 단정했던 넥타이가 흐트러지자 셔츠의 잠기지 않았던 첫 단추가 벌어졌다. 그 위로 툭 불거진 울대가 가볍게 움직였다. 소윤은 열로 바싹 마른 입술을 달싹였다.

"이불 줘."

하트는 킬킬대면서 그녀의 위에서 내려왔다. 그녀는 하트가 건네준 담요를 뒤집어쓰고 눈을 감았다. 하트가 쳐다보는 것이 느껴졌지만 연구자들의 시선 속에서 생활하는 것에 익숙해 있던 그녀는 금세 잠이 들었다.

서류를 읽던 하트는 끙끙대는 소리가 들려오자 소윤이 있는 쪽을 건너다보았다. 담요에 파묻혀 머리만 내놓고 잠든 꼴이 꼭 토끼 굴에 든 형상이었다. 기척을 죽이고 다가가자 열로 빨갛게 달아오른 얼굴이 보였다.

"엄마, 엄마. 어디 있어, 엄마. 나 아파. 엄마……."

소금꽃이 핀 입술이 어린 짐승 같은 울음을 흘려 보냈다. 잠시 멈칫한 하트는 집무실 한 구석에 처박아 두었던 약상자를 꺼내며 중얼거렸다.

"성가신 계집애."

하트는 감기약을 들고 소윤에게 다가갔다. 실험체라면 약에 내성이 있을 테니 좀 넉넉하게 5알쯤 먹일 생각이었다. 식후 30분이라는 말을 들었던 기억이 있지만, 저나 이 계집애나 공복에 감기약 좀 먹었다고 망가질 섬세한 위장 따위는 키우지 않을 터였다. 그는 소윤의 턱을 우악스럽게 잡았다. 그러자 몽롱한 갈색 눈동자가 슬며시 떠졌다.

"뭐……해……."

하트는 대답 대신 소윤의 목구멍 안쪽에 캡슐을 던져 넣고 물을 부었다. 소윤은 정신이 반쯤 나간 와중에도 제 입에 약이 들어왔다는 것을 알고 그것을 뱉으려 들었다. 하트는 그녀의 몸을 타고 올라, 그를 밀어내려는 팔을 무릎으로 찍어 눌렀다. 그리고 커다란 손으로 그녀의 입과 코를 막았다.

"읍……! 으읍!"

꿀꺽. 소윤의 목이 움직였다. 기운 없이 뜨인 눈이 하트에게 내려갈 것을 요구했다. 그는 순순히 비켜 주었다. 소윤이 살기를 섞어 낮게 으르렁거렸다.

"하트……!"

"릴렉스, 릴렉스. 몸이 나아야 뭐든 할 수 있지 않겠어? 예를 들어 흰 토끼의 자리를 건 게임이라거나."

하트의 말이 떨어지자 소윤이 입을 다물었다. 그러나 열로 물기 어린 눈동자는 여전히 그를 노려보고 있었다. 하트는 킬킬대며 말을 이었다.

"나는 네가 제법 마음에 들었거든. 그러려면 건강부터 되찾아야 하지 않아? 흰 토끼의 자리를 사수하기 위해."

하트는 원더랜드 거주자답지 않게 정상적인 말을 늘어놓더니 "아파서 꼼짝 못 하는 너도 나쁘지는 않지만." 따위를 덧붙였다.

"언제 할 건데?"

"글쎄. 네가 다 나은 다음에?"

하트는 책상 근처에 길게 늘어진 줄을 잡아당겼다.

잠시 후, 하트의 부하가 트레이를 밀고 들어왔다. 하트가 소파 앞의 테이블을 가리키자 부하가 그 위에 음식 접시들을 늘어놓았다.

"기왕 깼으니 밥이나 먹어."

소윤은 자신이 어제 오후부터 아무것도 먹지 못했다는 것을 깨달았다. 그녀가 자리에서 일어나자 하트가 그녀의 맞은편에 앉았다. 걸쭉한 포타지진한 수프, 구운 치킨과 리코타 치즈를 얹은 신선한 샐러드, 따뜻한 빵, 그릴 자국이 선명한 스테이크, 캐러멜 소스를 듬뿍 뿌린 푸딩까지. 냄새만으로도 허기가 졌다.

소윤은 포타주를 한 입 떴다. 치즈의 농후한 풍미가 입안에 가득 퍼졌다. 소윤은 하트가 관찰하든 말든 아랑곳하지 않고 열심히 먹었다. 먹는 동안 약 기운이 돌아 감각이 살아나자 음식이 더 맛있어졌다.

잠시 후 식사를 끝마치고 나자, 하트가 짤막한 감상을 표했다.

"잘 먹네."

"9년 만에 먹어 보는 맛있는 음식이야. 정말 잘 먹었어."

푸딩까지 깨끗하게 먹어 치운 소윤이 인사했다. 연구소에서는 냉동식품이나 레토르트를 배급받았고 센트럴의 음식은 맛이 없었으므로 100퍼센트 진심이 담긴 인사였다.

"커피?"

"준다면."

하트는 집무실 한쪽에 마련된 작은 테이블로 갔다. 거기에는 크림색의 도자기 드립퍼와 필터, 원두가 담긴 작은 병 등이 있었다. 드립서버에 드립퍼를 올리고, 황갈색 종이 필터를 접어 드립퍼에 끼운 하트는 앤티크한 디자인의 핸드밀에 원두를 넣어 돌렸다. 드르륵, 드르륵. 원두가 갈리며 풍부한 커피 냄새가 집무실 안을 가득 채웠다.

『원더랜드』에 따르면 하트는 커피를 좋아한다고 했다. 소윤은 하트가 앨리스에게 커피를 대접했던 장면을 떠올렸다. 책에서는 둘이 커피를 마시는 장면밖에 나오지 않았는데, 이제 보니 거기에 이르는 대단히 많은 과정이 생략되어 있었다.

분쇄된 커피를 필터 안에 털어 넣고 드립퍼를 가볍게 흔들어 가루들을 정리한 하트는 드립포트를 들었다. 그가 그것을 드립퍼 위에 기울이자 우아하게 휘어진 긴 주둥이에서 뜨거운 물이 흘러나왔다.

"온도 유지 마법이 걸린 드립포트야. 추가로 마력이 필요한 물건이 아니라 마력 비보유자도 사용 가능하지."

소윤의 시선이 드립포트에 가 있다는 것을 알아차린 하트가 말했다. 커피를 다 내린 하트가 흰색의 투박한 머그에 커피를 옮겨 담았다. 푸르스름한 색이 감도는 흰색의 도자기가 진한 커피의 색깔을 돋보이게 해 주었다. 김이 모락모락 오르는 커피를 한 모금 머금자 부드러운 쓴맛과 희미한 단맛, 그리고 기름진 흙냄새 같은 것이 느껴졌다.

문득 그녀는 자주 들르던 학교 앞 핸드드립 커피 전문점을 떠올렸다. 지금 그녀의 입안에 감도는 맛과 향은 그곳에서 즐겨 마셨던 파푸아뉴기니와 대단히 비슷했다. 소윤은 커피와 함께 향수를 삼켰다.

맛있는 음식과 향긋한 커피로 혀와 위를 풍족하게 한 소윤은 매드해터의 집으로 갔다. 매드해터는 그녀가 현관문을 두드리고 한참이 지나서야 2층 창문으로 머리를 내밀었다. 이마 부분에 병아리의 눈과 부리가 그려진 노란색 수면 모자를 쓴 그는 소윤을 보더니 졸린 눈을 비볐다. 그러고는 믿을 수 없다는 듯 중얼거렸다.

"흰 토끼?"

잠시 후 문이 열렸다. 그녀는 안으로 들어갔다. 매드해터는 계단참에 서 있었다. 그는 어젯밤 입고 있던 옷에서 재킷만 벗은 상태였는데, 그녀가 그것을 알아차린 이유는 그의 셔츠와 바지에 검붉게 변색된 피가 묻어 있었기 때문이다.

"오늘은 안 올 줄 알았습니다."

그 말만 하고 연구실로 들어가는 매드해터의 뒤를 따라 소윤도 2층으로 올라갔다.

먼저 스마트폰에 대해 궁금한 것을 물은 매드해터는 언제나처럼 연구를 시작했다. 그리고 언제나와 마찬가지로 그녀는 정신을 잃었다.

"미련하긴."

혀를 찬 매드해터는 간이침대 밑에 떨어져 있던 얇은 이불을 그녀에게 덮어 주었다. 그래도 깨지 않는 소윤을 내려다본 그는 모처럼 두통에서 해방되어 기분이 좋기 때문이라는, 누구에게 향하는지도 모를 핑계를 중얼거렸다.

몇 분 후, 눈을 뜬 소윤은 얇은 이불을 보며 눈을 깜빡거렸다. 간이침대 위에는 연구에 필요한 물건만이 놓여 있었으므로 그녀가 잠결에 덮었을 리는 없었다. 즉, 이것을 덮어 줄 수 있는 사람은 단 하나뿐이었다.

자리에서 일어난 그녀는 차림새를 정돈하고 매드해터를 찾았다. 그는 부엌에서 어젯밤 새로 들여온 찻잔들로 채워진 그릇장을 감상하고 있었다. 그는 소윤과 눈이 마주치자 알아서 안 나가고 뭐하냐는 듯한 표정을 지었다.

"모레 봐."

"그래요."

매드해터의 집에서 나온 소윤은 중립지대에 있는 그녀의 집으로 향했다. 하트의 집에서 식사를 한 시간이 어중간한 데다가 워낙 많이 먹어 따로 저녁을 먹지 않아도 될 것 같았다. 오늘도 역시 도전자들이 습격했지만, 하트가 한 말 때문인지 조금은 마음이 편했다.

중립지대에 거의 다 왔을 즈음이었다. 그녀의 앞을 한 소년이 가로막았다. 열서너 살쯤으로 보이는, 낡고 지저분한 차림새의 소년은 그녀의 손목을 붙들어 으슥한 골목 안으로 밀어 넣었다. 평소 같으면 칼부터 빼들었을 소윤은 답지 않게 그를 두고 보았다가 곧 벽에 몰려 목 앞에 나이프를 댄 신세가 되었다.

"……."

이게 다 하트가 커피 같은 걸 끓여 주고 매드해터가 이불 따위를 덮어 줬기 때문이라고 생각하며, 그녀는 차가운 벽에서 머리를 살짝 떨어뜨렸다. 그 바람에 그녀의 목이 살짝 베이자 소년의 손이 조금 떨렸다.

"움직이지 마!"

소윤은 소년을 물끄러미 바라보았다. 소년의 갈색 눈동자는 연신 흔들리고 있었다. 누군가를 해친 적이 없다는 것을 솔직히 드러내는 눈이었다. 그녀는 그 눈동자가 흐려졌다 맑아지고, 다시 흐려졌다가 단단해지는 과정을 관찰했다.

"이대로 찔리기 싫으면 가진 거 다 내놔."

망설임이 남은 어린아이라면 몰라도, 누군가를 해칠 결심을 한 이상 이 원더랜드에서 그는 이미 어엿한 어른이었다. 소윤은 소년의 손목을 세게 움켜쥐었다.

"아악!"

소년이 비명을 지르며 나이프를 떨어뜨렸다. 소윤은 그것을 발로 차 멀리 떨어뜨린 후 소년을 반대편 벽으로 밀어붙였다. 등을 세게 부딪친 소년이 신음했다.

"겉모습만으로 판단하지 마."

그녀를 두고 흰 토끼인지 묻지도 않고, 요구한 것은 그저 재물. 그녀가 누구인지 모르고 그저 작고 약해 보이기에 타깃으로 잡은 것이 분명했다.

“오래 살고 싶으면 귀를 열어 두라고.”

백발에 검은 마스크, 독특한 생김새의 큰 칼. 소문에 조금만 신경을 쓴다면 쉽게 알 수 있는 특징이었다. 소윤은 소년을 놓아주고 돌아섰다. 등 뒤로 욕설과 신음 소리가 들려왔지만 더 이상 관심을 두지 않았다. 다만 그 눈동자가, 그 갈색이, 거울을 볼 때마다 보이는 먼 색깔이.

소윤은 고개를 저었다. 그냥 날이 나빴다. 다시 마주치지 않으면 금방 잊을, 그뿐인 감상이었다.

그러나 며칠 후 그녀는 소년을 다시 보게 되었다.

소윤은 센트럴의 음식점에 앉아 저녁을 먹고 있었다. 이제 제법 원더랜드에 적응하여 어스름이 드리워진 센트럴의 여유로운 공기를 만끽하고 있던 그녀의 휴식을 고성이 깨트렸다.

“조그만 새끼가 겁도 없이 어딜!”

“최근 이 근처에 소매치기가 돌아다닌다더니, 전부 네놈 짓이지!”

“잠깐, 이거 혹시 슬럼에 사는 놈 아냐?”

소윤이 있는 곳에서 멀리 떨어지지 않은 곳에 한 무리의 사람들이 모여 있었다. 소란은 그 중심에서 들려오고 있었다. 그들이 외치는 사이 밥을 다 먹은 소윤은 밥값을 내고 음식점에서 나왔다.

그때만 해도 그녀는 구경할 생각도 참견할 생각도 없었다. 지나가다가 언뜻 던진 시선이 어디서 본 듯한 얼굴을 발견할 때까지는.

갈색 눈동자의 소년이 사람들에 둘러싸여 있었다. 벌써 몇 대 얻어맞았는지, 소년의 입가에는 피가 흐르고 있었다. 소년은 공포와 독기가 섞인 눈으로 사람들을 올려다보았다. 폭력을 조장하는, 그리 좋지 않은 눈빛이었다. 한 남자가 나이프를 뽑아 들었다.

“슬럼 쓰레기가 감히 어딜! 본때를 보여 주지. 다들 비켜!”

소란의 중심으로 들어간 남자는 소년을 잡아 누르고 손목을 끌어 잡았다. 그러자 소년이 자지러지게 비명을 질렀다. 소년의 손목은 이미 퍼렇게 멍 들고 부어 있었다. 그녀는 그 손목이 며칠 전 그녀가 잡았던 그 부분이라는 것을 깨달았다. 몸이 좋지 않았던 날이라 힘 조절에 실패한 모양이었다.

나이프가 높이 올라갔다. 고전적인 방식대로 손목을 자르려는 모양이었다. 소윤은 허리 뒤쪽에서 나이프를 꺼내 던졌다. 바람을 가르며 날아간 나이프가 남자의 나이프를 쳐 내고 벽에 가 박혔다.

“윽! 누구야!”

난데없이 나이프를 놓치고 손목까지 삔 남자가 신경질적으로 외쳤다. 소윤은 순순히 손을 들었다.

“여기.”

“헉……! 흐, 흰 토끼?”

소윤은 사람들이 모여 있는 곳으로 다가갔다. 그녀가 가까워질수록 사람들이 슬금슬금 물러났다. 그녀가 벽에서 나이프를 빼자 주변에서 숨을 삼키는 소리가 났고, 그것을 허리 뒤쪽으로 되돌리자 안도의 한숨을 내쉬는 소리가 났다. 무리 뒤쪽에서 한 남자가 작은 소리로 물었다.

“아, 아는 놈이야, 예요?”

“아니.”

“그럼 왜…….”

소윤은 소년을 내려다보았다. 소년은 무릎을 꿇은 채 그녀를 올려다보았다. 흔들리는 갈색 눈동자가 정말, 정말이지. 그녀는 짧게 한숨을 쉬었다.

“여긴 중립지대야. 피 냄새 안 나게 하자고, 응?”

“하지만 저 새끼가 이제까지 사람들 지갑을…….”

"다 쟤가 했다는 증거는 없잖아. 게다가 제법 보복도 한 것 같고. 저 손목 부러진 거 보이지? 저도 겁대가리라는 게 있으면 다시 여기에서 소매치기 짓은 못 할 거 아냐. 안 그래?"

사람들은 투덜거리면서도 분분히 흩어졌다. 설득되었다기보다는 그녀가 등 뒤에 진 칼과 흰 토끼의 이름에 넘어간 것 같았다. 소란이 있던 자리에는 소윤과 소년만이 남았다. 그녀도 자리를 뜨려던 때였다.

"기, 기다려!"

당연한 말이지만 그녀는 소년의 말을 들어주지 않았다. 그런 그녀의 등에 대고 소년이 외쳤다.

"책임져!"

이 무슨 적반하장인가. 소윤은 걸음을 멈추었다. 소년은 기회를 놓칠 수 없다는 듯 그녀의 옷자락을 붙들고 늘어졌다.

"손목! 부러뜨린 거 너잖아! 그것 때문에 오늘 벌이도 실패하고, 게다가 다시는 여기에서 일할 수 없게 되었다고!"

"손목이 왜 부러졌더라?"

"그, 그거야……."

소년은 어물어물 입을 다물었다. 소윤은 코웃음을 쳤다.

"전부 네 사정일 뿐이지. 나랑은 상관없는."

소윤은 다시 걸음을 옮겼다. 저벅저벅. 저어벅저벅. 저벅저벅. 저어벅저벅. 소윤은 뒤를 돌아보았다. 그러자 소년은 절뚝거리던 걸음을 멈추고 얼른 다른 곳을 보았다. 소윤은 다시 걸음을 옮겼다. 하나, 둘, 셋. 셋에서 다리에 힘을 주어 땅을 박찬 그녀는 빠른 속도로 달리기 시작했다. 다리를 다친 소년이 따라가기에는 불가능한 속도였다. 황급히 몇 걸음 뗀 소년은 그녀의 모습을 놓치고 신경질적으로 발을 굴렀다.

골목에 모습을 감춘 소윤은 발을 구른 소년이 다친 다리를 붙잡고 욕설을 내뱉는 모습을 지켜보았다. 결국 소년은 그녀를 포기하고 돌아섰다. 왜소한 등이 축 처져 있었다.

그만해라, 예소윤. 잰 소하가 아냐.

예소하. 그녀의 하나뿐인 남동생. 그녀가 기억하는 소하의 마지막 모습은 군대 가기 전날 머리를 빡빡 깎고 들어와 멋쩍게 웃던 얼굴이었다. 싸웠던 것, 미웠던 것은 하나도 생각나지 않고 하필 그런, 누가 남매 아니랄까 봐 자신과 똑같은 갈색 눈으로 웃던 그런 얼굴만 기억나서는……. 눈이 갈색이고 얼굴 좀 닮았다고 다 소하가 아닌데.

소년은 절룩거리며 슬럼으로 향했다. 슬럼에서는 늘 썩는 냄새가 났다. 소년은 그것을 사람이 썩어 가는 냄새라고 생각했다. 슬럼에 뿌리를 내린 무력감, 내일에 대한 공포, 막막함, 체념에 먹히면 자신도 그렇게 썩어 갈 것이 분명했다.

그것만은 안 되었다. 그에게는 물러설 수 없는 이유가 있었다. 그래도 오늘 같은 날은 울어도 괜찮지 않을까. 아주 조금만이라면. 소년은 눈가를 거칠게 문질렀다.

소년이 사는 곳은 슬럼 중에서도 안쪽, 슬럼에서 태어나 자라고 다시 아이를 낳아 슬럼에서의 삶을 물려주는 사람들이 지내는 곳이었다. 그는 낡은 문을 열고 안으로 들어갔다.

"오빠 왔다, 도르!"

인사에 대한 대답은 없었다. 그는 집에 있는 유일한 방으로 들어갔다. 낡은 침대 위에 어린 소녀가 누워 있었다. 본래 나이보다 서너 살은 어려 보이는, 그의 여동생이.

옅은 갈색의 긴 곱슬머리, 소년의 것과 비슷한 갈색 눈동자, 빛을 보지 못해 하얀 피부를 가진 도르는 꿈결처럼 사랑스러운 아이였다. 그래서일 것이다. 도르는 삶의 대부분을 꿈속에서 지냈다.

다음 깨어나는 때는 언제일까. 소년은 그때를 기다리며 부지런히 여동생을 씻기고 암죽이나마 꾸준히 먹여 주었다.

"일어나기만 해 봐라. 이제까지 내가 고생한 거 전부 돌려 달라고 해야지."

소년은 투덜거리며 부엌으로 갔다. 그리고 불 꺼진 그곳에서 불청객을 만났다.

"뭐, 뭐야! 누구야?! 어? 너?"

흰 토끼. 소년의 손목을 자르려던 사람들을 단번에 물러나게 했던 그녀가 흰 머리카락을 어둠 속에서 빛내며 서 있었다.

소하가 아니라고, 제 코가 석자인데 누구를 생각하느냐고 몇 번이나 되뇌던 소윤은 결국 소년을 미행하고 말았다. 그리고 소년과 그의 여동생이 누구인지 깨닫고 말았다.

마치, 그리고 도르. 출연 빈도만 따지면 조연급에 불과하지만, 둘은 앨리스가 원더랜드에 들어와 처음으로 만난 사람들이었다. 이야기의 원활한 진행을 생각한다면 저 두 사람은 슬럼에서 살아야만 했다. 그리고 두 사람은……. 결말까지 떠올린 소윤은 머리를 조금 성마르게 쓸어 넘겼다.

미쳤냐, 예소윤. 이야기가 무사히 끝난다고 집에 돌아갈 수 있다는 보장이 있는 것도 아닌데 흐름을 그렇게 크게 틀어서 뭘 어쩌겠다고.

하지만 저렇게 어린데.

소하만 닮지 않았어도. 그때 하트와 매드해터가 변덕을 부리지만 않았어도.

부엌으로 들어간 그녀는 하트에게 메시지를 보냈다. 이내 좋을 대로 하라는 답장이 돌아왔다. 잠시 후 오빠인 마치가 방에서 나왔고, 그녀는 기겁을 하는 마치에게 제안했다.

"너, 중립지대로 와라. 내 밑에서 일해."

흰 토끼의 일은 제법 광범위했다. 히키코모리 닥터의 담배 심부름 같은 자잘한 일에서부터 서류 및 편지 배달, 무뢰배 퇴치, 물건 조달, 알력 조정, 그리고 며칠 전과 같이 아웃하우스에서 일어난 미친 짓의 뒤처리 등이 그녀의 할 일이었다. 그리고 그중에는 마치와 같은 소년에게도 가능한 일이 있었다.

그녀의 제안을 들은 마치는 깜짝 놀라 고개를 저었다.

"슬럼 사람은 여기에서 나가면 안 돼."

"허가받았어."

"거짓말하지 마! 네가 아무리 흰 토끼라도 그런 허가를 함부로 받을 수는……."

"하트에게."

하트. 원더랜드 최강의 남자.

만약 원더랜드의 왕이 누구인지 묻는다면 십중팔구는 그를 언급할 것이다. 소윤은 놀이공원 프리패스 정도의 느낌으로 그의 이름을 말했으나, 받아들이는 마치의 입장에서는 달랐다. 그는 희망과 불신이 절반씩 섞인 얼굴로 물었다.

"정말로 하트 님이 허락했어?"

소윤은 대답 대신 핸드폰 메시지를 보여 주었다.

[슬럼에서 애 둘만 데리고 나올게.]

[좋을 대로.]

발신 번호 표시 같은 좋은 서비스는 없는 터라 핸드폰 액정에 소윤과 하트의 이름 같은 건 뜨지 않았다. 마치는 못 믿겠다는 듯 물고 늘어졌다.

"이게 하트 님이 보낸 거라고 어떻게 믿어?"

그때였다. 방 안쪽에서 부스럭거리는 소리가 났다. 마치는 황급히 방 안으로 들어갔다. 이내 도란거리는 소리가 났다.

"일어났냐, 잠탱아."

"응……."

"그렇게 자고 아직도 졸려? 작작 좀 자라."

"오빠야……."

"왜."

"치사해……. 혼자만 또 쑥쑥 크고……."

마치는 대답 대신 도르의 머리를 쓰다듬어 주었다. 도르는 연신 눈을 깜빡거리다가 마치에게 물었다.

"그런데 오빠…… 저 언니는 누구……?"

"언니라니 누구를 보고…… 뭐?"

도르가 바라보는 곳에는 소윤이 서 있었다. 마치는 그녀를 위아래로 죽 훑어보다가 손가락으로 가리키며 물었다.

"너 혹시 여자, 냐?"

"꺾어 버리기 전에 그 손가락 치워."

도르는 소윤의 험상궂은 말에도 아랑곳하지 않고 방긋 웃었다. 세상 풍파에 노출되지 않은, 백지처럼 순수한 웃음이었다. 소윤은 마스크를 벗고 도르를 향해 마주 웃어 주었다.

"안녕. 흰 토끼라고 불러 줘."

"난 도르……. 안녕, 토끼 언니……."

"가능한 언니라는 말은 빼 줬으면 하는데."

"응, 토끼야……."

흰 토끼라는 이름에 서린 피 냄새가 어린 소녀의 입술로 단숨에 지워졌다. 소윤은 실소하고 말았다. 그녀는 옆에서 "켁! 토끼야?!"라며 진저리를 치는 마치의 옆구리를 찌르며 빠르게 속삭였다.

"평생 여기서 썩을래, 아니면 나랑 갈래?"

답은 정해져 있으니 너는 대답만 하면 돼.

소윤은 다친 마치에게 바로 일을 맡길 생각이 없었다. 그녀는 다시 잠들어 버린 도르를 마치에게 업게 한 후 함께 닥터를 찾아갔다. 자다 깬, 수염이 부숭부숭한 얼굴로 30분 만에 마치의 처치를 마친 닥터는 도르를 진찰하더니 머리를 벅벅 긁었다. 마치가 닥터에게 달라붙었다.

"고칠 수 있어? 무슨 병이야?"

"아니, 글쎄……. 이건 말이다, 나로서도 처음 보는 병이라서 도무지 뭐라고 말을 하기가 어려워."

"이 돌팔이! 제대로 말을……! 아파!"

소윤은 마치의 다리를 걷어찼다. 그에게 밉보여 좋을 일은 하나도 없었기 때문이었다.

"미안, 닥터. 아직 애송이라 아는 게 없어."

"내가 보기에는 너나 걔나……. 뭐, 됐다. 제대로 된 처방을 내리지 못한 건 나니까. 아웃하우스의 큰 병원에 데리고 가라."

"닥터가 모르는 병이라면 어느 병원에 가도 마찬가지겠지. 다음에 다시 올게. 아, 그렇지. 앞으로 닥터의 담배 심부름은 얘가 하게 될 거야."

진료비를 지불한 소윤은 한 팔로는 도르를 들고 다른 팔로는 마치를 끌고 밖으로 나왔다. 마치는 소윤의 팔을 거칠게 뿌리치고는 희망이 송두리째 부정당한 얼굴로 중얼거렸다.

"무슨 뜻이야, 그게."

"뭐가."

"큰 병원에 가도 뭐가 마찬가지냐고! 네 동생 아니라고 그렇게 쉽게 말하지 마!"

소윤은 마치의 이마를 쥐어박았다. 그는 금세 시뻘게진 이마를 감싸 쥐고 주저앉았다.

"시발! 아파!"

"까불지 마라, 꼬마야. 내가 저번에 말했지. 겉모습만으로 판단하지 말라고. 닥터는 아웃하우스에서도 천재 중의 천재로 칭송받던 인간이야. 내 말이 무슨 뜻이냐고? 말 그대로의 뜻이다. 저 사람이 모르는 병이라면 세상 누구도 몰라."

"그럼, 그럼 어떻게 해! 도르는 평생 이렇게 잠만 자?!"

열네 살 소년의 눈에 눈물이 어렸다. 소윤은 짧게 한숨을 쉬었다. 마치를 만나고 한숨이 는 것 같은 기분은 분명 착각은 아닐 터였다.

"5년만 기다려. 도르는 그 안에 반드시 나을 테니까."

앨리스만 오면 모든 것이 해결된다. 소윤은 조금 망설이다가 마치의 머리카락을 쓰다듬어 주었다. 밑도 끝도 없는 말이었지만 그 안에 담긴 진심이 통했기 때문인지 마치는 눈물을 그쳤다. 그리고 남은 눈물은 이어진 대화로 인해 씻은 듯이 사라져 버렸다.

"닥터한테 개기지 말고. 특히 아무리 아파도 닥터 앞에서는 정신 놓지 마."

"왜?"

"저 사람 특기가 기절한 사람의 배를 갈라 장기를 적출하는 거야."

촉망받던 천재가 이곳에 흘러들어온 것에는 다 이유가 있었다. 닥터는 개인적인 연구를 목적으로 희귀병 환자들을 상대로 실험을 하고 식물인간들의 배를 갈라 장기를 적출한 일로 아웃하우스에서 사형을 언도받은 인간이었다. 설명을 들은 마치는 창백해진 얼굴로 소윤에게 애원했다.

"나, 나 저 사람 심부름은……."

“정신줄만 챙기면 대체로 무해해.”

아 씨, 나 잘못 걸린 건가. 마치는 소윤의 옆구리에 껴서 도롱도롱 잠든 도르의 뒤통수만 바라보며 걸음을 옮겼다.

흰 토끼가 부하를 들였다는 소문이 암암리에 퍼졌다. 하트는 소윤을 저택으로 호출했다.

“요즘 말들이 많아. 흰 토끼에게 갈색 털의 동생이 생겼다고도 하고, 혹은 그게 예쁜 소녀 인형이라고도 하고. 살찌워 잡아먹으려는 심산이라는 말도 있던데 어떻게 생각해?”

“나는 이쪽이 좋아.”

소윤은 들고 있는 샌드위치를 눈짓으로 가리키며 말했다.

부드럽게 구운 베이컨, 익힌 달걀, 베이컨과 달걀의 열기에 녹은 치즈, 아삭아삭한 양상추, 신선한 토마토, 달콤새콤한 피클을 끼워 넣은 샌드위치는 하트가 건네준 것이었다.

무덤덤한 소윤의 표정이 먹을 때만은 변하는 것이 즐거웠는지, 그는 그녀에게 자꾸 무엇인가를 먹이려 들었다. 짭짤한 샌드위치와 향긋한 커피의 환상적인 하모니를 만끽하던 소윤은 코웃음을 쳤다.

“뻔히 알면서 묻는 건 무슨 심보야.”

“예상외의 행보라서 말이야. 자선사업가일 줄은 생각도 못 했거든. 하지만 성급했어.”

최근 그녀의 집 주변을 활보하는 사람이 증가했다. 마치와 도르에 대한 소문이 퍼진 뒤의 일이었다. 마치와 도르의 얼굴을 확인한 뒤, 아이들이 중립지대를 벗어나면 범죄를 시도해 보겠다는 계획이 눈에 보였다. 전부 소윤이 흰 토끼로서의 위치를 공고히 하지 못해 생긴 일이었다. 그리고 하트가 그녀를 부른 진짜 용건도 거기에 있었다.

"내일 밤 11시. 동남쪽의 폐허에서 크로켓 게임을 개최할 거야."

크로켓 게임은 『원더랜드』에 나오지 않는 내용이었다. 하트는 여러 사람의 동의가 필요한 코커스 레이스 대신 그의 권한으로 열리는 크로켓 게임을 흰 토끼 선정의 무대로 선택했다.

코커스 레이스가 나 이외의 모두가 적인 배틀로얄 방식이라면, 크로켓 게임에는 크로켓 볼이라고 불리는 오직 한 사람의 적만이 존재했다.

"네 특기를 살려서 잘 살아남도록 해. 그렇지 않으면 네 목이 떨어질 테니까."

하트는 소윤의 등 뒤에 서서 손가락 끝으로 그녀의 목덜미를 쓸어내렸다. 백발 사이로 드러난 가느다란 목이 그의 욕망을 부채질했다. 그는 입안에 고인 침을 꿀꺽 삼켰다. 아무래도 조만간 아웃하우스로 놀러 가야 할 것 같았다. 그는 어리고 매끄러운 피부를 슬슬 문지르며 말했다.

"널 흰 토끼로 만들어 준 내 얼굴에 먹칠하지 마."

밤 10시가 좀 넘자 원더랜드의 동남쪽에 위치한 폐허에 사람들이 몰려들기 시작했다. 오랜만의 크로켓 게임, 심지어 흰 토끼의 자리가 상품이었다. 크로켓 게임의 특성상 커다란 칼과 도끼 등을 든 플레이어들이 한쪽에 몰렸다. 한편 관람객들은 전망 좋은 자리를 차지하고 앉아 승자를 점쳐 보고 있었다.

"장소 선정이 제대로 된 거 맞아? 엄폐물로 쓸 만한 게 하나도 없는데. 그 꼬마, 제법 아끼는 것 같더니 죽어도 상관없나 봐?"

11시를 기다리는 하트에게 닥터가 말했다. 진료실에서 바로 왔는지 흰 가운 차림이었다. 헤비 스모커답게 흰 가운 주머니에는 몇 갑이나 되는 담배가 터질 것처럼 들어 있었다. 하트는 킬킬 웃으며 되물었다.

"닥터야말로 흰 토끼가 마음에 든 모양이야?"

"개조된 게 좀 걸리기는 하지만, 제대로 건강관리만 한다면 3년 후 쯤에는 제법 쓸 만한 게 나올 거야."

닥터는 철저히 제 관점에서 소윤을 평가했다. 그러더니 게임에 참가하기 위해 몰려든 사람들을 보며 혀를 찼다.

"내장에 지방만 낀 것들."

"그 기분 알아. 즐겁게 찍었는데 나중에 보니 도끼에 피 대신 지방만 껴 있다, 이러면 기분 나쁘지."

"네 변태적인 취미와 내 숭고한 열정을 같은 선상에 놓지 마."

닥터는 진심으로 불쾌한 표정을 지었다. 그 와중에도 그는 담배 길이를 충실히 줄여 가고 있었다. 하트에게 말을 걸었을 때 피우고 있던 담배가 어느새 필터만 남아 있었다. 꽁초를 안타까운 눈으로 바라보다가 휴대용 재떨이에 수거한 닥터는 두 번째 담배에 불을 붙였다.

"왔네."

하트가 중얼거렸다. 그는 매끈한 뺨에 홍조마저 띄우고 있었다. 닥터는 하트의 시선을 독점한 오늘의 크로켓 볼, 흰 토끼의 등장이 불러온 여파를 감상했다.

작다, 어리다, 소년일까 소녀일까, 강하다는 건 전부 헛소문이었던가. 대부분의 사람들은 흙바닥을 데굴데굴 굴러 골을 통과할 흰 토끼의 머리통을 예상했다.

"이건 게임도 안 되잖아! 흰 토끼의 머리가 5분 만에 잘린다는 데 10만 캐럴!"

"7분에 5만 캐럴!"

"3분에 12만 캐럴!"

"그래도 소문이 있는데……. 난 30분에 10만 캐럴."

내기 판이 날뛰었다. 당연한 말이지만 누구도 흰 토끼가 살아남을 거라고는 생각하지 않았다. 하트의 부하들은 땀을 뻘뻘 흘리며 내기를 받아 적고 판돈을 수거했다. 내기 판이 어느 정도 가라앉았을 때였다. 하트가 입을 열었다.

"흰 토끼가 다른 놈들의 목을 전부 벤다는 데 천만 캐럴."

나라도 편을 들어 줘야 하지 않겠어? 하트는 어깨를 으쓱하며 덧붙였다. 폐허에 정적이 내려앉았다. 그 정적을 가르고 매끄러운 목소리가 울렸다.

"나도 걸죠. 흰 토끼가 이긴다는 데 1캐럴."

요만큼도 기대하지 않는다는 말이었다. 사람들은 목소리의 주인을 돌아보았다. 원더랜드에서 돈이 가장 많은 남자, 매드해터는 사람들의 시선이 몰리자 짜증스럽다는 듯 머리 위에 얹힌 보라색 클로쉐를 푹 눌러썼다. 하트는 마치 장난감을 빼앗긴 아이처럼 퉁명스럽게 말했다.

"좀 더 걸지 1캐럴이 뭐야?"

"유감스럽게도 쓸데없는 데 낭비할 돈은 가지고 있지 않습니다."

"내 크로켓 게임이 쓸데없다니, 이건 나에 대한 모독이야. 귀족처럼 결투라도 신청해 볼까?"

두 사람 사이에 일촉즉발의 공기가 서렸다. 거기에 낀 사람들은 오도 가도 못하고 자라처럼 목을 움츠릴 수밖에 없었다.

그때였다. 미리 세트해 놓은 시계가 11시를 알렸다. 흰 토끼를 비롯한 모든 참가자가 태세를 갖추었다. 두 남자의 눈이 게임의 무대로 향하자 다른 사람들 역시 그들을 따라 시선을 움직였다.

크로켓 게임의 룰은 간단했다. 다수의 플레이어가 단 한 명의 크로켓 볼을 상대로 하며, 크로켓 볼의 잘린 머리를 가지고 골을 통과하는 사람이 우승자가 된다. 즉, 크로켓 볼의 머리를 자르는 순간 플레이어

들끼리의 경쟁이 시작되는 2중 구조의 게임이었다. 물론 크로켓 볼로 지정된 자가 이기는 방법도 있었다. 모든 플레이어의 목을 자르면 게임은 자동적으로 끝나고 크로켓 볼은 우승자로 승격하게 된다.

먼저 움직인 것은 소윤이었다. 게임 규칙상 적으로 지정된 것은 그녀였지만, 그녀의 입장에서 말하자면 본인 이외의 전부가 적이었다. 싸움에서 가장 중요한 것은 선수필승! 제 키만 한 칼을 휘둘러 가장 가까운 곳에 있는 남자의 머리를 날려 버린 그녀는 달려드는 플레이어들을 향해 마주 달렸다.

서슬 퍼런 대도가 가을밤의 차가운 공기를 갈랐다. 잘 관리된 칼에서는 쇠비린내와 피비린내가 났다. 키가 큰 남자의 다리를 잘라 땅에 처박은 소윤은 칼을 아래로 내려쳤다. 식칼 같은 모양새 탓에 식재료를 손질하는 것 같았다.

그녀는 피를 쏟으며 떨어진 머리를 밟아 방향을 조정한 뒤 지척까지 달려든 여자를 향해 걷어찼다. 여자가 그것을 쳐 내느라 주춤거리는 사이, 소윤은 머리를 노리고 달려드는 다른 남자의 도끼를 피했다.

그러자 기다렸다는 듯 나이프가 그녀의 심장을 찔러들었다. 슬쩍 몸을 돌려 그것을 피하자 이번에는 큰 칼이 그녀의 머리를 쪼갤 듯 내리쳤다. 등에 차고 있던 칼집을 움직여 공격을 막아낸 그녀는 칼을 휘둘렀다. 두 동강이 난 남자가 날아갔다.

얼결에 남의 모가지에 부딪쳐 피보라를 뒤집어쓰게 된 다른 남자가 욕설을 퍼부었다.

"시발, 저게 인간이야!?"

"한꺼번에 쳐!"

"포위해! 포위하라고!"

크로켓 게임에서 크로켓 볼이 압도적으로 불리한 이유는, 플레이어들 간에 어설프게나마 동맹이 성립할 수 있다는 점 때문이었다. 소윤은 땅을 박차고 뛰어올랐다. 그녀를 포위하려고 달려드는 남자들의 머리 위로, 높이.

큰 덩치들에 가려진 흰 토끼의 모습을 보지 못하고 소리와 냄새만으로 사태를 파악하고 있던 관람객들 앞에 하얀 새가 날아올랐다. 피에 젖은 백발, 어둠에 묻힌 검은 옷, 얼굴의 대부분을 가린 검은 마스크.

날아오른 새는 아래로 떨어지면서 들고 있던 칼을 길게 그었다. 피비린내가 밤을 달구고 비명과 욕설이 공기를 울렸다. 소윤은 관성에 칼의 무게를 더하여 몸을 회전시켰다. 그러자 칼날 끝에 걸린 또 다른 모가지가 공처럼 튀어 올랐다.

하트는 흥분에 겨워 몸을 떨었다. 단단한 칼등으로 머리를 후려쳐 기절시킨 뒤 목을 자른다. 다리의 힘줄을 끊어 쓰러뜨린 뒤 목을 자른다. 높이 날아올라 목을 자른다. 걷어차여 피를 게워 내는 목을 자른다. 그래, 저놈의 목을 쳐라! 그는 쉴 새 없이 킬킬대다가 플레이어들이 주춤거릴 때마다 외쳤다.

"흰 토끼의 자리! 그걸 원하는 게 아니었어? 제대로 안 하면 내게 목이 잘릴 줄 알아!"

흥분한 것은 하트만이 아니었다. 관람객들은 맥을 못 추고 썰려 나가는 플레이어들을 향해 고함을 질렀다. 한쪽에서는 벌써 판돈을 잃은 사람들이 욕설을 퍼붓고 있었다. 매드해터는 그들을 차갑게 가라앉은 시선으로 관찰하며 혀를 찼다.

"아쉽군요. 좀 더 걸었어도 좋았을 텐데."

그의 시선 끝에 듀크가 걸렸다. 하트의 부하에게 접근하여 속닥거리는 작태를 보아하니 소윤의 시체를 자신에게 넘기라는 교섭을 시도하는 모양이었다. 매드해터는 붉은 입술을 삐뚜름하게 끌어 올렸다. 저걸 보고도 질 거라고 생각하다니, 어지간히 눈도 없는 인사였다.

수십에 달하던 플레이어가 머리 잃은 시체가 되어 폐허 위에 누웠다. 마지막 남은 플레이어는 공포로 얼룩진 표정으로 슬금슬금 뒷걸음질을 쳤다. 관람객들의 야유도, 하트의 협박도 들리지 않았다. 오직 그의 눈앞에 있는 괴물만이 그가 느끼는 전부였다.

시발, 저런 걸 어떻게 죽이라고! 그는 등을 돌려 도망쳤다. 딱 두 발자국 뗐을 때 괴물과 눈이 마주쳤다. 유리처럼 맑고 무감정한, 실로 끔찍한 눈동자. 그것이 그의 마지막 기억이었다.

도망치는 플레이어를 추격한 소윤이 날아올랐다. 플레이어를 가로막고 거꾸로 떨어지던 그녀는 나이프를 그의 목에 찔러 넣은 후 힘을 주어 그었다. 세찬 피 분수가 뿜어져 나왔다. 그녀는 그것을 고스란히 뒤집어쓴 채 땅에 내려섰다.

얼핏 확인한 시계는 11시 57분을 가리키고 있었다. 그녀는 희미하게 느껴지는 피곤함을 감추며 물었다.

"아직 더 남았어?"

소윤은 크로켓 게임의 주관자 하트를 보았다. 그는 뜨거운 시선으로 그녀를 응시하고 있었다. 당장이라도 그녀의 옷을 벗기고 다른 판을 벌일 것 같은 눈이었다.

그녀는 하트에게 다가갔다. 그러자 하트는 빨간 혀를 내밀어 불그스름한 입술을 핥았다. 그가 발산하는 에너지와 페로몬이 주변을 물들였다.

이윽고 소윤이 그의 앞에 당도했다. 그는 손을 뻗어 소윤의 머리카락을 쓸어 넘겼다. 피와 살점으로 엉망이 된 머리카락이 뒤로 넘어가자 반듯하고 앳된 이마가 드러났다. 거기에마저 피가 묻어 있었다. 하트는 이마의 핏자국을 손가락으로 느릿느릿 닦아 주며 말했다.

"끝났어. 원하는 게 있으면 뭐든지 말해도 좋아."

"물 줘."

유혹하듯 속살거린 목소리에 되돌아온 것은 뚱한 요구였다. 낮게 웃은 하트는 그녀에게 물을 건넸다. 피에 젖은 마스크를 벗어 땅에 버린 소윤이 물을 들이켰다. 그녀는 입술마저 창백했다. 하트는 물기로 촉촉하게 젖은 입술에서 눈을 떼지 못하고 있다가, 이윽고 크게 소리쳤다.

"다들 봤겠지? 이 녀석이 흰 토끼다!"

그러나 대부분 판돈을 잃은 사람들이었다. 환호성보단 욕설이 섞인 야유가 울렸다. 야유하는 소리가 점점 커지자 소윤이 칼집으로 땅을 찍었다. 쿵 하는 소리가 울리자 모두 입을 다물었다. 그녀는 살기를 퍼트리며 말했다.

"숨어서 쫑알거리지 말고 덤벼. 전부 머리를 따 주지."

그녀의 목소리는 작았지만 사방이 조용한 덕에 폐허 구석구석까지 퍼져 나갔다. 잠시 정적이 내려앉았다. 사람들을 둘러본 소윤이 자리를 떴다. 금세 하트가 동행했다.

"이대로 집에 갈 거냐?"

"졸려."

"그럼 이건 어때? 따뜻한 물로 피곤한 몸을 푼 후 맛있는 야식을 먹고 잠드는 거지. 그리고 눈을 뜨면 더 맛있는 아침밥이 기다리고 있을 거야. 좋지 않아?"

"……좋아."

"착하네, 내 흰둥이."

아무리 소윤이라도 무덤덤하게 넘길 수 있는 것에는 한계가 있는 법이다. 소윤은 하트를 올려다보았다. 환히 드러난 앳된 얼굴에 불만이 덕지덕지 묻어 있었다.

"내가 개냐?"

"새지."

"그건 또 무슨 소리야?"

"네가 내 흰둥이라고."

이게 미쳤나. 아, 원래 미쳤지. 소윤은 실랑이를 포기했다. 그녀의 걸음걸음마다 핏방울이 뚝뚝 떨어져 흔적을 남겼다.

Welcome to Wonderland

2. 앨리스 리델

2. 앨리스 리델

어둠 속에서 불길이 치솟았다. 그림 같은 주택의 뒤뜰에서부터 시작한 불길은 이내 벽을 핥으며 기어 올라가 전부 집어삼켰다. 마을은 이내 대낮처럼 불을 밝혔다. 그러나 누구도 강렬해진 빛과 함께 더욱 진해진 그림자를 틈타 도망치는 남자가 있다는 것을 알아차리지 못했다.

남자는 익숙하게 골목을 돌아 안쪽으로 들어갔다. 제법 달려 목적했던 곳에 다다른 남자는 차가운 바닥에 아무렇게나 주저앉았다. 몇 번이고 시뮬레이션한 불길이 가장 잘 보이는 장소였다.

그가 만든 불길이 밤조차 살라 먹었다. 남자는 지독한 엑스터시 속으로 떨어지며 흐느꼈다.

소윤은 어두운 골목으로 들어갔다. 맹렬한 불길에서 조금 떨어졌을 뿐인데 골목은 놀랍도록 어둡고 추웠다. 길목을 돌아 골목 안쪽으로 접어든 그녀의 포석 위에 누워 잠든 남자를 발견했다. 그의 얼굴은 쾌락으로 인한 생리적인 눈물로 뒤덮여 있었다.

통칭 방화광. 오늘 밤 소윤의 의뢰인이었다. 그녀는 자루 안에 그를 집어넣어 어깨 위에 짊어진 채 아무렇지도 않게 그곳을 떠났다.

방화광의 집에 도착한 소윤은 자루의 입구를 푼 뒤 그를 침대 위에 던졌다. 그 바람에 잠에서 깨어난 남자는 자루에서 기어 나와 이불 속으로 들어갔다. 잠시 후 봉긋한 이불 무덤 안에서 가느다란 목소리가 흘러나왔다.

"돈은 식탁 위에……."

식탁 위에 놓인 돈뭉치 중 의뢰비에 해당하는 만큼을 꺼내 챙긴 소윤은 방화광의 집을 나섰다. 그 순간 남자의 집 벽에 걸린 시계가 12시를 가리켰다.

문단속까지 철저하게 마친 그녀는 매일 그랬던 것처럼 슬럼 순찰을 나섰다. 언제 나타날지 정확한 시기를 알 수 없는 앨리스를 혹시 있을지 모를 위험에서 보호하기 위해서였다.

슬럼에서는 특유의 무거운 냄새가 났다. 마치는 그것을 썩는 냄새라고 표현했다. 소윤은 그것을 절망의 냄새라고 생각했다.

순찰을 끝낸 소윤은 슬럼에서 나와 중립지대로 들어갔다. 귀가하는 도중, 마치와 도르의 집 앞을 지나게 되었다. 발을 멈춘 그녀는 인기척을 살폈다.

살아 움직이는 기척이 하나, 그리고 그 반도 안 되는 기척이 하나. 익숙한 마치와 도르의 기척, 아직 거기에 다른 누군가의 흔적은 없었다.

앨리스가 아직 나타나지 않은 어느 봄날 밤의 일상이었다.

다음날 아침, 소윤은 일어나자마자 해야 할 일의 목록을 정리했다. 닥터에게 담배 한 보루와 식빵 한 줄, 그리고 달걀 한 묶음 사다 주기.

듀크에게서 약을 사다가 베이비에게 전달하기. 닥터의 의뢰는 마치로도 충분하지만 베이비의 의뢰는 소윤 자신이 해야 했다. 슬라이드식 핸드폰으로 마치에게 메시지를 보낸 그녀는 화장실에서 가볍게 몸을 씻었다. 며칠 전 잠시 눈을 떴던 도르가 직접 골라 준 자몽향 비누의 달콤 쌉싸래한 냄새가 화장실 안에 떠돌았다.

화장실에서 나온 소윤은 패치를 갈아 붙였다. 현재 그녀가 사용하는 패치의 유효 시간은 24시간이었다. 그녀의 피부색에 맞춰 만들어진 패치는 중앙에 그려진 실크해트 모양만 아니면 살갗과 조금도 다를 바가 없었다.

드레스룸에 들어가 옷을 갈아입은 그녀는 거울을 보았다. 앞머리를 고정했던 핀이 그대로 남아 있었다. 소윤은 핀을 빼고 손가락을 갈퀴처럼 만들어 머리카락을 긁어내렸다. 그러자 원래의 흰 토끼와 다른 갈색의 눈동자가 앞머리로 가려졌다. 검은 마스크까지 빼먹지 않고 착용한 그녀는 등에 칼을 비끄러매고 허벅지에 나이프를 장착한 후, 언젠가 매드해터가 주었던 모자를 모처럼 착용하며 집을 나섰다. 목적지는 듀크의 집이었다.

"어서 와, 장의사."

이제 소윤의 앞에서는 바른 어른인 척도 하지 않는 듀크가 그녀를 맞이했다. 여느 때와 마찬가지로 차를 끓여 그녀의 앞에 놓아 준 듀크는 노란 눈으로 연신 그녀를 핼금거렸다. 그리고 여느 때와 마찬가지로 소윤은 찻잔에 손도 대지 않은 채 용건을 전달했다.

"베이비의 요청이야. 언제나의 피임약 10병."

"베이비는 잘 지내? 요즘 통 얼굴을 볼 수가 없네."

"잘 지내니까 약도 주문하는 거겠지. 나 바쁘니까 빨리 약부터 내놔."

소윤은 빠른 어조로 말했다. 그러자 자리에서 일어난 듀크가 안쪽으로 들어가 작은 상자를 가지고 나왔다. 상자를 열어 약의 종류와 수

량을 확인한 소윤은 지갑을 열었다. 루이스 캐럴이 인쇄된 지폐를 헤아리는 그녀의 손을 듀크가 만류했다.

"너는 언제나 바쁘지. 그러지 말고 나와도 천천히 시간을 보내자고. 난 네게 묻고 싶은 게 아주 많거든. 예를 들어, 시간이 흘러도 변하지 않는 네 얼굴에 대한 거라든가, 혹은 네가 귀여워하는 인형에 대한 거라든가."

뼈와 가죽만 남은 마른 손가락이 소윤의 손등을 스쳤다. 소윤은 그의 손목을 잡고 홱 비틀었다.

"아, 아파! 아파아아! 다시는 안 만질게! 아파, 흐윽, 부러질 것 같다고!"

듀크가 발버둥 치며 빌었다. 어차피 지켜지지 않을 말이지만, 그 이상 접촉하는 것도 싫었던 소윤은 듀크의 손목을 밀치듯이 놓았다. 말라깽이에 체력도 약한 듀크는 그대로 밀려 소파 아래로 굴러 떨어졌다. 그는 엉금엉금 기어 맞은편 소파로 올라갔다. 그동안 여유롭게 지폐를 센 소윤은 테이블 위에 약값을 올려놓았다.

"확인해."

"……맞아."

소윤은 자리에서 일어났다. 듀크는 소파 위에 웅크린 채 움직이지 않았다. 듀크의 집에서 나온 소윤은 시간을 확인하고자 핸드폰을 꺼냈다. 하트로부터 메시지가 와 있었다.

[점심쯤에 와라.]

지금 시간은 11시 4분이었다. 그녀는 먼저 베이비의 저택에 들렀다. 밤새 무리했는지, 베이비는 아직 꿈나라를 여행 중이었다. 눈부신 은발을 베개 위에 흐트러뜨린 채 무방비하게 잠든 그는 요정처럼 사랑스러웠다. 베이비를 차마 깨울 수 없었던 소윤은 그의 애인에게 약값과 의뢰비를 받은 후 하트의 저택으로 향했다.

중립지대를 제외한 원더랜드의 거리 대부분은 오래된 건물이나 장작용으로 베어져 나가고 남은 나무의 그루터기 따위가 차지하고 있었다. 거리를 걷다 보면 심심찮게 싸움을 목격할 수 있기도 했다. 소윤은 센트럴의 마트에서 산 듯한 식재료를 놓고 싸움을 벌이고 있는 두 무리를 일별한 후 바쁘게 걸었다.

하트의 저택은 언제나처럼 마피아 영화의 한 장면 같았다. 의외의 일이지만, 하트는 부하들에게 슈트를 강요하지 않았다. 그의 부하들이 하트를 동경하여 슈트를 고집하는 것이 이 마피아 영화의 원인이었다. 원더랜드에서 부하들에게 이만큼 존경받는 것도 재주였다.

하트의 집무실에 도착한 그녀는 가볍게 노크했다. 익숙한 목소리가 입실을 허가했다. 문을 열자 4년간 수도 없이 보아 온 모습이 그녀를 반겼다. 부하들에게 보고를 받고 있던 그는 소윤이 들어오자 그녀 이외의 모든 사람들을 물렸다.

"어서 와, 흰둥아. 점심은?"

"아직."

"먹고 가."

하트가 핸드폰으로 부하에게 전화를 걸어 2인분의 식사를 가져오도록 지시했다. 그 와중에도 그는 서류에서 눈을 떼지 않았다.

소윤은 테이블 밑을 익숙하게 뒤져 머리핀을 꺼내 덥수룩한 앞머리를 옆으로 고정시켰다. 자신과 단둘이 있을 때에는 되도록 눈을 가리지 말라는 하트의 요구를 수용한 결과였다.

몇 분 후, 서류에 사인을 한 하트는 자리에서 일어나 빠른 걸음으로 그녀에게 다가왔다. 이 집무실에서 그녀의 지정석이 긴 소파라면, 그의 지정석은 언제인가부터 그녀의 옆이 되어 있었다. 그가 1인용 소파나, 하다못해 맞은편 소파마저 마다하고 옆에 앉는 이유는 따로 있었다. 문제는 그 이유를 알 수 없다는 것이었다.

하트는 소윤의 옆에 앉아 그녀를 물끄러미 응시했다. 이마에서 눈썹, 그리고 다시 눈꺼풀로 이어지는 깎아지른 듯한 선이 절벽처럼 아찔했다. 그리고 그 아래의, 속눈썹으로 음영을 드리운 적갈색 눈동자는 조금의 흔들림도 보이지 않았다.

소윤은 바빴다. 그리고 그녀가 바쁜 것은 대부분 하트의 이 기행 때문이었다. 언젠가부터 그는 시도 때도 없이 그녀를 호출하여 가만히 쳐다보거나, 때로는 품에 안고 휴식을 취했다. 하트는 그녀가 있을 때 집무실에 다른 사람을 들이지 않았으므로 그의 기행이 다른 사람들에게 알려지는 일은 없었다. 그녀로서는 딱히 거부할 이유가 없었으므로 어지간한 경우가 아니면 그의 기행을 받아 주곤 했지만…….

20분쯤 지났을까. 문밖에서 인기척이 났다. 그때서야 소윤에게서 시선을 거둔 하트는 자리에서 일어나 문을 열었다. 문 밖에는 음식을 실은 트레이가 놓여 있었다. 하트는 그것을 직접 밀고 들어왔다. 차리는 건 소윤도 도왔다.

신선한 채소와 그릴에 구운 가지에 발사믹 식초 드레싱을 곁들인 샐러드. 새우와 크림, 오일과 모시조개로 맛을 낸 두 종류의 파스타. 화덕에 구운 쫄깃한 마르게리타 피자. 그리고 달콤한 딸기와 커스터드 크림이 층층이 들어찬 바삭바삭한 밀푀유. 소윤에게 하트의 저택에서 가장 갖고 싶어 하는 것이 무엇인지 묻는다면, 그녀는 1초도 생각하지 않고 요리사라고 대답할 것이 분명했다.

두 사람은 한동안 말없이 식사에 집중했다.

샐러드와 파스타, 피자를 먹고 난 후 디저트만 남자 하트는 커피를 내렸다. 드르륵 드르륵. 원두가 갈리는 소리가 평화로웠다. 그리고 그녀가 그렇게 생각한 순간, 하트의 저택 일각이 소란스러워졌다.

"누구도 들이지 말라고 하셨어!"

"남모르게 보물이라도 숨겨 놨답니까? 원더랜드에 비밀 따위가 어디 있다고. 어차피 흰 토끼도 함께 들어야 하는 용건입니다. 비켜요."

"안……. 이봐! 매드해터!"

"비키라고 말했습니다."

불청객의 정체는 매드해터였다. 기계 덕후로 부족했는지 최근 히키코모리 속성까지 붙어 생필품 구매조차 그녀에게 의뢰하는 매드해터의 외출이 심상한 것일 리 없었다. 그렇게 생각한 소윤이 하트를 보았다. 그는 별다를 것 없는 얼굴로 계속 원두를 갈고 있었다. 그러나 그녀는 커피밀의 손잡이를 잡은 손끝에 들어간 힘이라든가 짙은 눈썹 끝의 미미한 떨림 같은 것을 놓치지 않았다.

"안 된다니까!"

큰 소리를 내며 문이 열렸다. 그와 동시에 하트의 부하가 고함을 질렀다.

쪼르르, 은색의 드립포트에서 가는 물줄기가 떨어져 커피 가루를 적셨다. 하트가 커피를 추출하는 동안 매드해터는 주인의 허락도 받지 않고 들어와 소윤의 맞은편에 앉았다.

"오랜만입……."

말을 흐린 그는 멍한 시선으로 소윤을 응시했다.

"……?"

소윤은 그의 행태에 잠시 의아해했다가 이내 신경을 껐다. 가늘게 좁힌 눈매와 다크서클을 보아하니 잠이 부족해 눈이 부시거나, 아니면 고질병인 두통 때문에 머리가 아픈 모양이었다.

이내 하트가 커피를 가지고 돌아왔다. 커피는 단 두 잔뿐이었다. 당연히 매드해터의 앞에는 아무것도 놓이지 않았다. 기대도 하지 않았다는 듯, 매드해터 역시 별다른 반응을 보이지 않았다.

“무슨 볼일로 여기까지 행차하셨나?”

하트가 이를 드러내고 웃으며 물었다. 그 웃음에서 ‘당장 꺼져’를 읽은 것은 소윤만이 아닐 것이다. 매드해터는 다 구겨진 재킷 주머니에서 검은 물체를 꺼내 소윤의 앞에 내려놓았다.

“시제품입니다.”

손바닥만 한 직육면체가 테이블 위에서 반짝였다. 크기와 마감에서 다소 차이가 있기는 했지만, 그것은 스마트폰이었다. 동그란 홈 버튼 위에는 매드해터를 나타내는 실크해트가 그려져 있었다.

소윤은 그것을 살짝 눌렀다. 그러자 전화, 메시지 등 기본적인 앱을 탑재한 스마트폰 특유의 직관적인 화면이 떠올랐다.

“바로 사용할 수 있는 거야?”

“당연하죠.”

“굉장한데.”

소윤이 순수하게 감탄하자 매드해터가 코끝으로 웃었다. 그때 하트가 테이블을 가볍게 두드렸다. 소윤은 그를 보았다. 하트가 불만스러운 기색이 역력한 눈으로 입매를 끌어 올려 웃고 있었다. 그는 머그를 내려놓으며 말했다.

“식는다, 내 흰둥아.”

어느새 그의 머그는 바닥을 드러내고 있었다.

“그래서, 그게 뭐라고?”

하트가 한쪽 손으로는 스마트폰을 빼앗고, 다른 한쪽 손으로는 소윤의 앞에 커피와 디저트 접시를 밀어 주며 물었다.

소윤은 매드해터가 오늘 하트에게 스마트폰을 보여 주기 위해 외출까지 감행했다는 사실을 상기했다. 그들을 방해하지 않기 위해 디저트를 즐기기로 마음먹은 그녀는 포크와 나이프를 사용하여 밀푀유를 잘랐다.

부스러기 하나 떨어뜨리지 않고 말끔하게 잘라진 형태에 괜히 흡족해졌다. 희한하게도 잠시 말이 없던 두 남자는 그녀가 밀푀유를 반쯤 먹어 치우고서야 스마트폰의 기능에 대한 대화를 시작했다.

"결국 휴대폰이군."

간략하게 설명을 들은 하트가 한 말이었다. 그에 매드해터는 들으란 듯 한숨을 쉬었다.

"당신이 이 혁명적인 물건을 '결국 휴대폰'으로 귀결시키는 것도 이해합니다. 원래 변혁은 전파에 앞서 보수와 몰이해와 몰상식과 어리석음 같은 것들에 부딪치기 마련이니까요. 아, 좁은 도량과 치졸한 질투도 포함되던가요. 마음의 빗을 이용해 모든 시간을 옭아매려 드는, 뭐 그런 수준 낮은 행동이나 하는 사람이 가질 법한 편협함이죠."

"중요한 건 물건이 아니라 사용자야. 네가 설명한 기능을 모두 활용할 수 있는 사람이 얼마나 될 거라고 생각해? 게다가 지나치게 갑작스러운 변화는 오히려 폭력에 가깝지. 당장 이걸 내 부하들에게 던져준다고 보자. 몇 명이나 제대로 받아들일 수 있을까? 치졸한 건 이미 일상으로 자리 잡은 것을 큰 이유도 없이 깨려고 드는 쪽이라고 생각하는데."

"당신의 부하들이 그 주인마저 인정할 만큼 어리석다는 것은 충분히 인지하고 있습니다. 하지만 너무 걱정하지 않아도 됩니다. 하트 당신조차 쉽게 사용할 수 있을 만큼 실용적이고 직관적인 디자인을 사용했으니까요. 성립된 일상 자체가 바람직하지 못한 것이라면 바르게 되돌리는 것이 옳지 않겠습니까? 이유야, 누군가가 그랬듯 갖다 붙이면 성립하겠죠."

"보아하니 네가 직접 개발하고 만들기까지 한 것 같은데. 변혁이니 뭐니 해도 이걸 아웃하우스까지 퍼트릴 생각은 없을 테고. 고작해야 원더랜드 안에서, 그것도 특정된 몇몇에게 사용되는 것이 전부잖아?

그런 물건에 그만한 투자를 할 가치가 있었을까? 그 일상이 당사자에게 평화와 휴식의 의미를 가지고 있다면 어쩔 건가? 억지로 이유를 가져다 붙여 파괴할 필요가 있다고 보나, 천재 양반?"

두 남자가 설전을 벌이는 동안 밀푀유를 전부 먹고 커피까지 다 마신 소윤은 버릇처럼 핸드폰을 확인했다. 새로 들어온 의뢰는 없었다.

매드해터가 깔아 준 게임이나 할까. 키패드를 이리저리 눌러 게임으로 들어가던 그녀는 다시 갑작스럽게 조용해진 주변에 고개를 들었다. 두 남자가 그녀를 바라보고 있었다.

"충분히."

한쪽 귀를 열어 두고 있던 소윤은 그것이 하트의 빈정거림에 대한 매드해터의 대답이라는 것을 깨달았다. 매드해터는 두 남자 사이에 놓여 있던 스마트폰을 소윤에게 밀어 주었다.

"쓰세요."

"주는 거야?"

"그럼 뭣하러 보여 줬겠어요. 마력 캡슐로 구동하니 일일이 충전할 필요 없을 겁니다."

소윤은 스마트폰을 켜 부가적인 앱들을 확인했다. 13년 전 그녀가 사용하던 것과 별반 다를 것이 없었다. 그녀의 행동을 지켜보던 하트가 물었다.

"익숙해 보이는데?"

"그……."

"당연한 것 아닙니까. 이것에 대한 아이디어를 제공해 준 장본인인데요."

자, 폭력과 투자와 가치가 뭐 어쨌다고요? 매드해터가 미소를 지었다.

결국, 매드해터는 그 자리에서 하트의 빨간색 스마트폰 제작을 의뢰받은 후 집무실에서 나갔다. 그때까지 쓴웃음을 짓고 있던 하트는 문이 닫히자마자 소윤의 무릎을 베고 드러누웠다. 심통이 묻어나는 얼굴이 스물다섯 살 제 나이다워 보였다.

"이번에는 졌군."

진 건가. 뭐에 졌다는 건지, 이해할 수 없었던 소윤은 아무 대답도 하지 않았다. 하트도 대답을 바란 것은 아니었는지, 그녀의 손을 가지고 장난을 치는 데 온 신경을 쏟고 있었다. 소윤은 한쪽 손을 하트에게 내준 채, 다른 한쪽 손으로 스마트폰을 만지작거렸다. 하트가 부드러우면서도 심술궂게 느껴지는 말투로 물었다.

"그게 그렇게 좋아?"

좋으냐고? 소윤은 대답할 수가 없었다. 스마트폰은 편리하다. 아니, 그것만으로는 설명할 수 없었다. 21세기의 평범한 지구인이었던 그녀는 대부분의 사람들이 그러하듯 가벼운 정도의 스마트폰 분리 불안증을 가지고 있었다. 그러나 13년이나 지난 지금도 그러한가 묻는다면, 대답은 부정이었다. 지금 그녀에게 스마트폰이 반드시 필요한지 묻는다면, 그 대답 또한 부정이었다.

소윤은 스마트폰의 매끄러운 액정을 어루만졌다. 가슴 어름이 희미하게 욱신거렸다. 최첨단 기기가 향수의 대상이 되리라고, 누가 짐작이나 했을까.

몸을 일으킨 하트가 그녀의 뺨을 감싸 쥐고 시선을 마주쳤다. 그녀의 것보다 조금 더 붉은 기가 도는 적갈색의 눈동자에서는 언제나처럼 에너지와 폭력성이 넘실거리고 있었다. 이내 그는 그녀의 머리를 끌어안았다. 하트의 숨결이 그녀의 목덜미에 닿았다.

"좋은 냄새가 나."

"간지러운데."

"이제 비누 말고 다른 향기도 좀 풍길 나이 아니야?"

"말 그만해. 숨 쉬지 마."

"죽으라니, 매정하기도 하지."

하트는 소리 죽여 웃었다. 더 간지러워진 소윤은 그를 밀었다. 순순히 밀려난 그는 책상을 향해 걸어가며 말했다.

"가도 돼."

자리에서 일어난 소윤은 짧은 인사를 남기고 하트의 집무실에서 나왔다. 언제나의 일상이었다.

다음 날. 소윤은 소지품을 점검하다가 낙인에 붙일 패치가 얼마 남지 않았음을 깨달았다. 그녀는 오후쯤 매드해터를 찾아갔다. 그는 오늘은 제법 일찍 일어났는지 잠기운을 걷어 낸 얼굴로 그녀를 맞이했다.

"앉으세요."

소윤은 그가 가리키는 대로 1층 거실의 소파에 앉았다. 테이블 위에는 찻잔이 놓여 있었다. 막 마시려던 참인지 찻잔 안은 비어 있었다.

"마시겠어요?"

매드해터가 투명한 유리병을 흔들며 말했다. 투명한 병 안에서는 냉동실에 한참을 넣어 두어 걸쭉해진 보드카가 꿀럭거리고 있었다.

소윤이 고개를 젓자 그는 두 번 권하지 않고 찻잔에 자기 몫의 술을 따랐다. 희고 긴 손가락으로 앤티크 찻잔의 핸들을 가볍게 붙잡아 입가로 가져가는 그의 모습은 머리 위에 쓴, 풍성한 모피로 만들어진 원통형의 샤프카 때문인지 소설 속에나 등장하는 북국의 귀족 영애 같았다. 그가 마시고 있는 것이 무엇인지 모른다면 말이다.

그가 보드카를 마시는 동안 소윤은 용건을 말했다. 패치를 사용하는 사람은 그녀뿐이므로, 필요할 때마다 주문하는 선주문 후제작 방식이었다.

"얼마나 걸려?"

"몇 장이나 남았습니까? 아니, 됐습니다. 가방 이리 내놔요."

매드해터는 소윤이 늘 가지고 다니는 낡은 크로스백을 열고 안쪽을 확인했다. 이내 그의 푸른 눈동자가 짙은 남색으로 물들었다.

"고작 3장 남았군요. 자주 확인하라고 했죠? 게으름 피우다가 낭패를 보는 건 당신입니다. 도대체 어떤 정신머리로 살면 이렇게 되는지……."

그 뒤로도 몇 분간 잔소리가 이어졌다. 보드카 때문인지 평소보다 말이 길었다. 매드해터는 한숨을 쉬는 것으로 잔소리를 마무리했다.

"이럴 줄 알고 미리 만들어 두기는 했지만, 가끔은 예상에서 빗나갈 순 없는 건가요? 잠시만 기다리세요."

매드해터는 2층 연구실로 올라갔다. 보드카 한 병을 거의 다 비웠음에도 불구하고 그는 비틀거리기는커녕 안색 하나 변하지 않았다.

잠시 후 그는 패치 상자를 가지고 내려왔다. 소윤은 값을 지불하고 그것을 크로스백에 넣었다. 그녀가 크로스백을 잠그자 매드해터가 물었다.

"스마트폰은 어떤가요?"

"좋아. 정말 아웃하우스에 선보일 생각 없어?"

"없습니다."

아웃하우스는 마력에 중점을 두는 만큼 기계에 대단히 약했다. 그들은 매드해터가 열여덟 살 때 개발한 마력 캡슐의 메커니즘조차 아직 풀지 못했다. 하트의 말에 동조한다는 것이 매우 불쾌하기는 하지만, 그런 아웃하우스에 스마트폰을 투척하는 행위는 폭력에 지나지 않았다.

"그럴 생각이 있었으면 진작 폴더폰이나 슬라이드폰을 팔았겠죠."

물론 가장 큰 원인은 수제작으로만 가능한 기계들을 양산하는 것이 귀찮았기 때문이지만. 마력 캡슐로 인해 양산의 지겨움을 현재진행형으로 경험 중인 매드해터는 아웃하우스의 시장에 무엇도 선보이지 않겠다고 다짐한 바 있었다.

"내게 중요한 건 그걸 내 손으로 만들어 냈다는 점입니다. 돈이나 명성에는 관심 없어요."

"어련하시겠어, 대부호님."

소윤은 자리에서 일어났다. 그 모습을 따라 시선을 움직이던 매드해터가 혼잣말처럼 중얼거렸다.

"잘 먹더군요."

"뭐?"

"술은 싫습니까?"

"갑자기 무슨 말이야?"

"……됐습니다. 이제 나가요."

소윤은 반쯤 쫓겨나다시피 매드해터의 집을 나왔다.

다음 날 오후, 소윤의 스마트폰으로 매드해터의 의뢰가 들어왔다. 생필품을 사다 달라는 의뢰였다. 그런데 목록에 평소와는 달리 우유, 버터, 소금 같은 식재료와 수저, 냄비 등의 주방용품이 포함되어 있었다.

소윤은 곧장 센트럴의 마트로 갔다. 이런 의뢰는 보통 마치가 대신하지만 매드해터만은 달랐다. 이전에 한 번 마치가 심부름을 했다가 매드해터의 칼바람 같은 독설에 호되게 얻어맞은 뒤부터 그의 의뢰는 아무리 사소한 것이라도 소윤이 처리하고 있었던 것이다.

봉투 가득 물건을 담아 들고 가던 소윤은 메시지 알림음이 울리자 주머니에서 스마트폰을 꺼내 확인했다. 오후 중에 시간 되면 방문하라는 하트의 메시지였다.

덕분에 매드해터의 집에 들러 사 온 물건을 전달한 그녀는 짧은 대화만 한 후 다시 그의 집을 나섰다. 현재 시간은 3시 36분. 이대로 하트의 집에 가면 4시 반 전에는 도착할 수 있다.

부지런히 걸어 하트의 저택에 도착한 소윤은 집무실로 향했다. 집무실 문을 열자마자 달콤한 냄새가 코끝을 스쳤다.

"어서 와."

두 사람은 소파에 나란히 앉아 시간을 흘려보냈다. 색색의 마카롱을 질리지도 않고 먹어 치우는 소윤의 모습을 하트는 조용히 바라보기만 했다. 소윤이 마카롱 7개를 다 먹고 커피로 단맛을 씻어 내는데, 하트가 그녀의 입가를 살짝 건드렸다.

"묻었어."

소윤은 하트가 입가를 살살 털어 주는 것을 가만히 받아들였다. 원더랜드 내의 온갖 궂은일을 도맡아 하는 그녀를, 하트는 가끔 유리 인형 취급하듯 했다.

이윽고 입가에서 손을 뗀 그가 소윤의 머리카락을 잡아 손가락 끝으로 놀리며 말했다.

"저녁 먹고 가."

그 말에 소윤은 벽에 걸린 시계를 확인했다. 4시 58분. 약속 시간까지는 아직 여유가 있었지만, 저녁 먹을 시간까지는 없었다.

"의뢰 있어."

"아쉽네."

목덜미쯤에서 잘려나간 머리카락을 가지고 장난을 치던 손가락이 슬슬 살갗으로 옮겨 갔다. 남자답고 딱딱한 손끝이 목덜미의 부드러운 피부를 느리게 어루만졌다.

"흰둥아."

가축에게나 붙일 법한 호칭을 부르는 것치고는 지나치게 페로몬을 담은 음성이 귓가에서 울렸다. 소윤은 생리적인 반응에 따라 허리를 움찔거렸다. 그러자 하트는 낮은 소리로 웃더니 그녀를 놓아주었다.

"많이 컸네. 올해 몇 살이더라?"

"스물하나."

정신적으로는 서른여섯. 소윤이 마음속으로 덧붙였다. 하트는 또 웃었다. 이번에는 기묘한 고양감을 담은 웃음이었다.

"벌써 그렇게 되었나. 처음 만났던 날이 엊그제 같은데 시간이 참 빠르네."

"오랜만에 만난 친척 아줌마 같은 소리."

"그때 그게 다 자란 모습인 줄 알았다면……."

"그때도 딱히 애 취급은 안 했던 것 같은데."

소윤은 자리에서 일어났다. 이대로 있다가는 아무래도 어영부영 저녁까지 먹게 될 것 같아서였다.

하트는 그녀를 잡지 않았다.

오늘 저녁의 의뢰인은 베이비였다. 약속 시간인 6시보다 조금 이르게 도착한 소윤을 베이비가 반겼다.

"어서 와! 그저께 내가 자고 있을 때 왔다면서. 깨우지 그랬어."

"너무 잘 자고 있어서 깨울 수가 없었어."

베이비가 멧돼지처럼 돌진해 소윤에게 달라붙었다. 소윤도 베이비를 마주 끌어안았다. 포진해 있던 애인들이 장난스럽게 야유하자, 베이비는 소윤의 뺨에 쪽쪽 입을 맞추고 떨어졌다. 키득키득 웃는 얼굴이 서른한 살이라고는 믿기지 않을 만큼 어려 보였다. 듣기로는 열다섯 살 때부터 얼굴이 변하지 않았다고 했다.

대신 베이비의 변화는 다른 쪽으로 일어났다. 베이비는 시도 때도 없이 성별이 바뀌는 체질의 소유자였다. 베이비 자신도 변화의 전조를 조금 느낄 수 있을 뿐 예상은 못 한다고 하니 참으로 불편한 체질이었다. 그러나 베이비는 원더랜드 거주자답게 아주 비범하게도 자신의 체질을 남녀노소 가리지 않고 유혹하는 데 사용했다. 남색 고스로리 원피스를 보아하니 지금은 여자인 모양이었다.

"들어가자. 나 너한테 들을 말 많다고."

"난 의뢰를 받고 온 건데."

"아직 시간이 좀 있으니까 천천히 해. 응?"

베이비는 분홍색의 포동포동한 입술 앞에 손가락을 세우며 웃었다. 철철 넘치는 백치미에, 소윤은 실소했다.

"그딴 게 나한테 통하겠냐."

"잉, 친구야."

"뭐가 그리 듣고 싶은데?"

"오, 친구야!"

베이비는 소윤이 이곳에서 유일하게 사귄 친구였다. 어둠 속에서 빛나는 머리카락이라든가 작고 마른 체구, 앳된 얼굴, 그리고 겉모습으로는 상상도 할 수 없는 나이–베이비와는 달리 소윤의 정신 나이는 비밀이었지만– 때문인지 두 사람은 제법 말이 잘 통했다.

베이비는 소윤을 끌고 방으로 들어갔다. 원더랜드가 돌아가는 이야기, 트윈스 쪽의 움직임이 수상하다는 이야기, 스마트폰에 대한 이야기, 하트의 기행에 대한 이야기, 매드해터에게 패치를 새로 주문한 이야기. 소윤이 생각하기에는 별다를 것 없는 이야기라도 베이비에게 걸리면 즐거운 화제가 되는 모양이었다. 베이비는 눈물까지 닦아 가며 신나게 웃었다.

"아, 병신. 아, 호구. 내가 진짜 살다 살다 별……."

소윤은 다시 깔깔대며 웃는 베이비를 물끄러미 바라보다가 감자튀김을 입에 넣고 씹었다. 소금을 솔솔 뿌린 감자튀김은 달콤한 생김새와는 달리 단 음식을 그리 좋아하지 않는 베이비가 가장 좋아하는 간식이었다.

간신히 웃음을 그친 베이비도 달려들어, 접시는 어느새 바닥을 드러내기 시작했다. 간식이 떨어지면 잡담도 끝이다. 일 이야기는 그때부터 시작되곤 했다.

베이비는 자신을 공격하는 사람들을 무뢰배라고 표현했다. 아름답고 연약한 자신을 어떻게 해 보려고 달려드는 행태가 어디로 봐도 딱 그에 맞는다는 것이다.

아름다움. 그것은 베이비의 두 번째로 큰 무기였다. 그것을 바탕으로 애인들을 끌어모은 베이비는 그들로 클랜을 꾸렸다. 그러나 연약함이라. 육체적인 강함만을 따졌을 때 베이비는 먹이사슬의 최하위에 위치한 약자가 맞았다. 무뢰배들도 그렇게 생각하기에 베이비를 습격하는 것일 터였다.

"인원은 총 여섯 명. 본격적인 습격은 밤 2시지만, 그에 앞서 저녁 8시쯤 한 명이 먼저 침투할 예정이랬어. 1주일에 한 번씩 채소를 배달하러 오는 사람이 있는데, 그 사람을 죽이고 대신 들어와 나가는 척하고 숨어 있을 거래. 다들 잠이 든 후에 침투조가 문을 열면 나머지가 들어와 날 죽이겠다는 거지. 나만 죽이면 구심점을 잃은 내 클랜은 흩어질 테니까 그것으로 목적 달성."

그럼에도 소윤은 베이비가 약하다는 생각을 해 본 적이 단 한 번도 없었다. 원더랜드 안팎의 정보를 한손에 쥐고 있는 정보상 베이비. 베이비 자신은 거래 대상이 단둘뿐인데 정보상이라는 단어는 너무 거창한 게 아니냐고 웃었지만, 그 거래 대상인 소윤과 하트는 그 말에 동의하지 않았다. 오늘만 봐도, 베이비는 시간과 인원은 물론 작전마저 전부 파악하여 소윤에게 일러 주고 있었다.

"한 놈 살려 둘까?"

"필요 없어. 범인도 목적도 전부 알고 있는걸."

"누군데?"

"스스로 매드독이라고 하는 남자야. 아웃하우스에서 싸구려 마피아 놀이를 하다가 높으신 분을 잘못 건드리는 바람에 1년 전쯤 자기 부하들까지 전부 끌고 여기 들어왔어. 슬슬 자리도 잡았겠다, 세력 확장의 타깃으로 내가 걸린 거지. 생긴 건 제법 괜찮았는데. 아쉬워라."

"잡아먹을 생각이었냐."

"잡아먹다니. 난 단지 나 좋다는 사람을 거절하지 않는 것뿐이야. 생각해 보라고. 창녀 취급하던 상대에게 푹 빠져서 발이라도 핥을 것처럼 구는 마초를. 말만으로도, 흐응."

베이비의 파란 눈동자에 색기가 서렸다. 금방이라도 애인들을 끌고 침대로 향할 것 같은 표정이었다. 소윤은 그녀의 이마를 손가락으로 퉁기며 말했다.

"이제 곧 8시야. 그럴 여유 없다고."

"나도 알아. 그러니까 이 시간에 아직도 옷을 입고 있지."

베이비는 치맛자락을 슬쩍 끌어 올리며 대답했다. 짙은 벨벳과 순백의 레이스 아래로 드러난 허벅지가 침을 꿀꺽 삼킬 만큼 선정적이었다. 그 방에는 둘만 있던 것이 아닌지라, 아까부터 그녀를 흘금거리던 애인들의 눈이 금세 번들거렸다. 소윤은 짧게 한숨을 쉬며 자리에서 일어났다.

"마음대로 해라. 평소처럼 구는 게 나을지도 모르지. 어차피 잠입하도록 내버려 둘 거잖아."

"어디 가게?"

"객실 아무 데나. 적당히 밥이나 줘."

소윤이 문을 채 닫기도 전에 베이비의 애인들이 움직였다. 소윤은 남녀노소가 고루 섞인 그들의 모습을 일별하며 문을 닫았다.

어느덧 밤이 깊었다. 2시를 조금 앞둔 시간, 저택은 어둠에 싸여 있었다. 정적이 내려앉은 1층 로비를 검은 옷의 인영이 소리 없이 가로질렀다. 인영은 현관 앞에 멈춰 주변을 두리번거리더니 조심스럽게 문을 열었다. 기름칠이 잘 된 문이 소리도 없이 움직였다. 다시 한 번 주변을 살핀 그는 열린 문틈으로 상체를 내밀고 팔로 신호를 했다.

이제 그의 역할은 끝났다. 가까워지는 동료들을 확인하고 안도하는 그의 귓가에 덤덤한 알토가 흘러들었다.

"수고했어."

그것이 그가 세상에서 들은 마지막 소리가 되었다.

소윤은 시체를 앞세우고 밖으로 나갔다.

"야, 왜 나왔어. 어차피 들어갈 거."

베이비의 무뢰배 중 하나가 작은 소리로 물었다. 그녀는 그를 향해 시체를 던진 후 곧바로 달려들었다.

"엇, 뭐……! 시발! 장의사!"

소윤은 오른손으로는 칼을, 왼손으로는 칼집을 동시에 잡아당겨 칼을 뽑아 들었다. 봄밤, 서늘한 반달이 칼에 조용히 부서졌다.

남자 여섯. 베이비를 얕본 것인지 아니면 원더랜드와 아웃하우스의 차이 때문인지, 남자들은 참으로 약했다. 애당초 매드독이니 뭐니 하는 자칭도 우습다. 여긴 타칭 미친놈들이 판을 치는 장소였기 때문이다.

잠시 후 열린 문 사이로 한 남자가 나왔다. 그때 소윤은 여섯 번째 남자의 허리를 두 동강 내던 중이었다. 남자는 잘 정리된 잔디밭 위로 철퍽거리며 뿌려지는 피를 보며 오만상을 찡그렸다.

"깨끗하게 좀 일해라. 이거 치우는 게 얼마나 귀찮은 일인 줄 알아?"

"베이비한테 말해. 여기에 판을 만든 건 그 녀석이니까. 이 시체는 어떻게 처리할 거야?"

"누가 장의사 아니랄까 봐 그것부터 챙기냐. 내일 쓸 거니까 가져가지 마. 자, 여기 의뢰비."

남자는 시체를 적당히 모아 정원 한 구석에 놓았다. 이것의 처리를 위해 나온 모양이었다. 아마 저 시체는 잘 포장되어 매드독의 본거지로 배달될 것이다.

의뢰비를 크로스백에 넣은 소윤은 베이비의 집을 나섰다. 먹물 같은 밤하늘이 그녀를 내려다보고 있었다. 슬럼을 돌며 평소보다 조금 늦은 순찰을 마친 그녀는 마치와 도르의 집 앞으로 갔다. 깊이 잠이 든 기척은 셋이었다.

마치, 도르, 그리고—.

그 밤, 소윤은 원더랜드에 들어온 첫날부터 4년간 기억이 날 때마다 작성하여 완성시킨 노트를 펼쳐 보았다. 바로 원래의 원더랜드 이야기를 적어 놓은 노트였다.

그 첫 페이지가 드디어 시작된 것이다.

소윤이 베이비의 집에서 노닥거리고 베이비가 애인들과 노닥거리던 시각.

원더랜드의 간판 앞으로 한 소녀가 비틀거리며 걸어왔다. 그러나 그녀는 기력이 다한 듯 원더랜드에 발을 들이지 못하고 정신을 잃었다.

얼마만큼의 시간이 흘렀을까? 그녀가 눈을 떴을 때, 그녀는 더 이상 쓰러지기 전의 소녀가 아니었다. 그 안에 있는 것은, 다른 사람이었다.

봄밤의 차가움. 그것이 그녀가 느낀 최초의 감각이었다. 눈을 뜨고 천천히 몸을 일으킨 그녀는 자신이 땅바닥에 누워 있었다는 것을 깨달았다.

땅과 닿아 있던 부분을 탁탁 털어 내던 그녀는 바람에 나부끼는 긴 금실을 발견하고 저도 모르게 손을 뻗었다. 살짝 곱슬거리는, 할리우드에서도 보기 드문 천연의 금발이었다. 무심코 그것을 잡아당긴 그녀는 아픈 두피에 신음했다. 그러고 나서야 그것이 자신의 머리카락이라는 것을 인지했다.

정신을 차린 그녀는 자신이 생전 처음 보는 옷을 입고 있다는 것과, 손의 모양이며 피부색이 다르다는 것을 깨달았다. 그녀는 근처에 떨어진 그녀의 것이 아닌 가방을 뒤졌다. 갈아입을 옷과 약간의 음식 사이에서 작은 거울을 발견한 그녀는 떨리는 손으로 자신의 모습을 확인했다.

어둠 속에서도 빛을 잃지 않는 금발, 옅은 파랑에서부터 진한 파랑까지 눈부신 농담을 그리는 홍채의 눈동자, 크림처럼 희고 고운 피부, 그리고 청순미를 자랑하는 이목구비까지.

미인이라는 칭찬을 일상처럼 들었던 그녀조차 인정할 만한 미소녀가 거울 너머에 있었다. 그녀는 몸을 쓰다듬어 보았다. 소녀는 몸매조차 완벽했다.

이게 도대체 어떻게 된 일일까. 다른 사람의 몸에 들어와 있다니, 지금 꿈을 꾸는 건가?

그녀는 마지막으로 남은 기억을 떠올렸다. 자신은 사랑에 배신당한 아픈 마음을 안고 아파트 창문으로 투신자살을 시도했었다. 그 후로는 암흑뿐이었다. 그녀는 그 암흑 속을 흘러 다니며 자신이 죽어 영혼만이 남은 게 아닐까 생각했다. 몇 초의 짧은 시간인 듯도, 혹은 수십 년의 긴 시간인 듯도 했다.

그러던 중 저 어딘가에서 서광이 비쳤다. 그녀는 태양처럼 휘황찬란한 그것이 갖고 싶어 헤엄쳤지만, 어느 순간 그녀의 영혼은 빛과 조금 어긋난 방향으로 빨려들고 있었다. 아냐, 이쪽이 아니라고! 그녀가 아무리 외치고 발버둥 쳐도 소용없었다. 결국 그녀는 빛을 지나쳐 버렸고, 그것이 그녀가 기억하는 마지막 순간이었다.

그녀가 가장 원하는 것은 손에 들어오지 않았다. 그 빛도, 사랑도.

"동현 오빠……."

그녀는 죽기 전 마지막으로 중얼거렸던 이름을 다시 되뇌었다. 오랜 시간 동안 소중하게 가꿔 온 사랑이었다. 그랬는데, 무심코 범한 실수 하나로 두 사람의 관계는 파국으로 치달았다. 그녀는 아직도 그가 그녀를 외면한 이유를 이해할 수가 없었다.

하지만…… 그 남자를 생각만 해도 뛰었던 가슴이 묘하게 차분했다. 마치 오래된 흑백사진을 보는 양, 감정이 움직이지 않는다. 육체가 바뀌었기 때문일까? 그녀는 사랑을 잃은 것에 가벼운 해방감을 느꼈다.

이윽고 그녀는 정신을 차리고 다시 가방을 뒤졌다. 안쪽 주머니에서 지갑이 나왔다. 지갑 안에는 처음 보는 모양의 지폐와 동전이 들어 있었다. 좀 더 안쪽을 벌리자 그녀가 찾던 신분증이 나왔다.

앨리스 리델.

모를 리 없는 이름이었다. 루이스 캐럴의 원작의 동화『이상한 나라의 앨리스』는 전 세계적으로 유명한 작품이었다. 뿐만 아니라 그 동화가 가진 기묘한 매력으로 인해 이를 모티브로 한 각종 작품들도 많았다. 그러나 WONDERLAND라는, 너무 화려해 천박하기까지 한 간판이 등장하는 작품은 그녀가 알기로는 단 하나뿐이었다.

그녀가 아주 좋아하는 로맨스 판타지 소설,『원더랜드』. 그 이야기에는 치유 능력을 가진 여주인공 앨리스 리델과 비틀려서 더욱 매력적인 남자들이 등장했다.

그녀가 깨달은 바가 사실이고 이게 꿈이 아니라면, 이젠 그녀가 여주인공이었다. 장소와 가방 안의 내용물을 통해 지금이 소설의 첫 번째 장에 해당하는, 앨리스가 부모를 잃고 원더랜드로 도망치는 부분이라는 것을 알 수 있었다. 이게 무슨 하늘의 계시인지. 그녀는 속으로 결심했다.

더 이상 바보처럼 살지 않겠어. 이제는 나도 사랑받으면서 살 거야.

그녀, 앨리스는 원더랜드 간판을 향해 걸어갔다. 그리고 입구를 통과하여 안으로 들어갔다.

로맨스 판타지 소설, 『원더랜드』의 시작이었다.

앨리스가 가장 먼저 만나야 하는 사람은 마치였다. 원작에서는 마치가 그의 집 앞에 쓰러진 앨리스를 주워서 하룻밤 묵게 해 주었다. 문제는 그녀가 마치의 집이 어딘지 모른다는 것이었다.

그녀는 발이 닿는 대로 돌아다녔다. 나중에서야 그것이 대단히 위험천만한 일이었다는 사실을 깨달았지만, 지금의 앨리스가 알 방도는 없었다.

그리고 40분쯤 후, 그녀는 자신이 이 세계의 주인공이라는 사실을 확실히 깨달을 수 있었다.

헝클어진 갈색 머리카락과 옅은 갈색의 피부를 가진, 앨리스와 동갑 정도로 보이는 소년이 거리를 걷고 있었다. 그는 조금 사이즈가 큰 옷을 겹쳐 입고 고글을 머리띠처럼 쓰고 있었다. 조연급 인물에 불과하지만 그녀를 주역들에게 소개시켜 주는 중요한 가교가 될 소년, 마치였다.

앨리스는 그의 뒤를 조심스럽게 따라갔다. 그는 제법 분주한 거리를 지나 낡은 주택들이 밀집한 지역으로 들어갔다. 마치의 집이 슬럼에 있다고 하더니, 이곳이 바로 그곳인 모양이었다. 마치는 그중 한 곳으로 들어갔고, 어두웠던 집 안에 불이 켜졌다. 그녀는 얼른 그 집 문 앞에 누웠다. 바람이 차가웠지만 옷이 두꺼워 견딜 만했다.

다음 날 늦은 오전, 앨리스는 실내에서 눈을 떴다. 사위는 고요했다. 그녀는 누워 있던 소파에서 조심스레 내려와 집 안을 둘러보았다.

"저기요? 아무도 안 계신가요?"

그녀는 고운 소프라노로 물었다. 그러나 돌아오는 대답은 없었다. 그녀는 좀 더 안쪽으로 들어갔다. 그곳에는 2개의 문이 있었다. 어느 것을 열어 볼까 고민하던 그녀는 오른쪽을 선택했다. 가볍게 노크한 그녀는 안에서 인기척이 나지 않자 슬며시 문을 열었다. 10대 소년의 공간답게 어질러진 방이 나왔다. 방 안에는 아무도 없었다.

문을 닫은 그녀는 왼쪽 문을 열었다. 예쁘고 고운 물건들이 놓인, 여자아이다운 방이었다. 방 가운데에는 침대가 놓여 있었다. 앨리스는 침대를 가린 얇은 천개를 걷었다. 그러자 깊이 잠든 소녀가 보였다. 도르. 마치가 애지중지하는 여동생이었다.

"제법 예쁘네. 그래 봤자 나한테는 못 당하겠지만. 얘를 치유하면 된단 말이지?"

도르는 원인 불명의 병에 걸려 어릴 때부터 대부분의 시간을 잠으로 보낸 아이였다. 원작에서 앨리스는 도르를 고침으로써 마치의 신뢰를 얻게 된다. 치유 능력을 사용한 적은 없었지만 그녀는 본능적으로 자신이 그 능력을 사용할 수 있으리라는 사실을 깨달았다.

시간이 흘러 저녁이 되었다. 앨리스는 가방 속에 들어 있던 시리얼 바로 허기를 달랬다. 부엌에 즐비한 음식들을 두고도 먹지 못한다는 것이 짜증났지만 좋은 인상을 주기 위해 아무것에도 손대지 않았다.

땅거미가 드리워질 즈음이 되자 마치가 돌아왔다. 그때까지 지루함에 신음하고 있던 앨리스는 얼른 도르에게 손을 가져갔다.

"도르, 오빠 왔다."

발자국 소리가 점점 가까워졌다. 앨리스의 손에서 시작된 희고 따뜻한 빛이 살갗을 맞대고 있는 도르에게 흘러 들어갔다.

발자국 소리가 멈췄다. 문 너머에서 선명한 인기척이 느껴졌다. 도르가 작게 신음했다. 문이 열렸다.

"너 뭐야! 내 동생에게 무슨 짓을⋯⋯ 맙소사."

빛에 휩싸인 도르가 눈을 떴다. 그녀는 상냥하게 웃고 있는 앨리스를, 그리고 문 앞에 엉거주춤하게 선 제 오빠를 보더니 미소를 지었다.

"오빠⋯⋯."

"도르!"

치유가 끝난 것인지 앨리스의 손에서 빛이 천천히 사그라졌다. 한달음에 달려온 마치가 도르를 끌어안고 앨리스를 경계했다.

앨리스는 곱게 웃으며 말했다.

"그 애는 이제 괜찮을 거야, 내가 치유했거든. 나는 앨리스 리델이야. 너는?"

마치는 꿈을 꾸는 것만 같았다. 그는 몰래 자신의 팔을 꼬집어 보았다. 화끈하게 아팠다.

꿈이 아니다. 그럼 지금 그의 눈앞에서 웃고 재잘대는 동생도 꿈이 아니다.

흰 토끼의 말이 맞았다. 그녀가 단정한 지 4년 만에 이렇게 도르가 눈을 뜬 것이다. 마치는 앨리스를 보며 감사의 인사를 했다.

"고맙다."

짧지만 온갖 감상이 집약되어 있는 말이었다. 그의 말을 들은 앨리스는 고개를 저었다.

"아냐. 너도 어제 날 구해 줬잖아. 날 집 안으로 데려온 게 너 맞지? 너 아니었으면 난 얼어 죽거나 아니면 이상한 사람들에게 잡혀 갔을

지도 몰라."

"앨리스라고 했지? 너 여기 사람 아니구나?"

이곳은 중립지대다. 한밤중에 길에 누워 잠들어도 아무도 잡아 가지 못한다. 이곳에서 범죄를 저질렀다가는 흰 토끼에게 단죄당하기 때문이었다.

"응. 난 밖에서 왔어."

"운 좋은 줄 알아. 다른 곳이었다면 넌 정말 쥐도 새도 모르게 사라졌어."

"나도 그렇게 생각해."

앨리스는 분홍색 입술을 한껏 휘며 대답했다. 마치는 그녀를 참 잘 웃는 계집애라고 생각했다. 원더랜드의 여자들은 대부분 잘 웃지 않았으므로 잘 웃는 앨리스는 호감의 대상이 되기에 충분했다. 그러나 마치는 그녀의 웃음을 보며 기묘한 감각을 느꼈다. 가슴속에서 뭔가가 치밀어 오르는, 어딘지 익숙한.

그때 도르가 마치의 소매를 잡아당겼다. 대화에서 소외되어 심심했던 듯, 작은 입술이 장미 봉오리처럼 뾰족 튀어나와 있었다.

"나 배고파, 오빠."

"기다려, 돼지야. 밥 줄게."

"나 돼지 아냐!"

마치가 부엌으로 들어간 후, 도르와 단둘이 남은 앨리스는 시선을 다른 곳에 두었다. 그녀는 아이를 그리 좋아하지 않았다. 다행스럽게도 도르는 앨리스에게 관심을 두지 않고 주변을 두리번거리기만 했다.

"토끼야……."

앨리스는 도르의 애처로운 목소리를 무시했다. 연신 토끼를 부르짖던 도르는 마치가 부엌에서 나오자 제법 큰 소리로 외쳤다.

"토끼! 오빠, 토끼 어디 있어?"

"토끼는, 으음."

들고 있던 쟁반을 테이블 위에 올려놓은 마치가 도르의 방으로 들어갔다. 이내 다시 거실로 나온 그의 손에는 하얀색의 토끼 인형이 들려 있었다. 그는 여동생의 품에 인형을 안겨 주며 말했다.

"오늘은 이걸로 만족해."

"이거 토끼 아닌데."

"그거 토끼 맞는데. 얌전히 이거나 먹어. 그럼 내일 진짜 토끼가 나타날 거야."

도르에게 먹일 죽 그릇을 들고 앉은 마치는 앨리스에게 스튜 그릇을 내밀어 주었다. 예의상 한 번 사양한 후 그것을 받아 든 앨리스는 기대에 차 스튜를 입에 넣었다.

"……!"

지독하다. 맛이 없어도 이렇게 없을 수가 없었다. 앨리스는 입에 들어온 것을 씹지도 않고 꿀꺽 삼켰다. 그랬음에도 혀에 경련이 일어날 것 같았다. 때려 죽여도 못 먹을 맛에 숟가락을 내려놓자 마치가 물었다.

"안 먹어?"

"응. 지쳐서 그런지 배가 안 고프네. 미안. 먼저 씻어도 될까?"

"그러든가. 욕실은 저쪽이야."

마치가 스튜 그릇을 보며 퉁명스럽게 말했다. 그의 환심을 사려면 저 그릇을 비우는 게 좋겠지만, 앨리스는 그럴 엄두도 낼 수 없었다.

가방에서 갈아입을 옷을 꺼낸 그녀는 욕실에 들어갔다. 다행히 샤워기의 구조는 그녀가 원래 사용하던 것과 별반 다르지 않았다. 뜨거운 물이 나오는 쪽으로 레버를 조정하여 샤워기를 튼 그녀는 옷을 벗고 샤워기 아래에 섰다. 이쯤이면 물이 뜨거워졌겠지, 하고 버릇처럼 한 행동이었다.

"앗, 차가워!"

앨리스는 비명을 지르며 샤워기 밑에서 비켰다. 물은 얼음처럼 차가웠다.

'뭐가 이렇게 후졌담.'

슬럼이라더니 보일러도 제대로 안 돌아가나. 마치가 들을까 속으로만 투덜거린 그녀는 물줄기에 손가락 끝을 가져다 대고 따뜻한 물이 나오기를 기다렸다.

그런데 아무리 시간이 흘러도 물은 차가운 그대로였다. 아니, 점점 더 차가워지는 것 같았다.

"아, 진짜."

작은 소리로 짜증을 부린 그녀는 타월에 물을 묻혀 몸을 닦아 냈다. 땅바닥에 누워 있던 것이 걸려 제대로 씻고 싶었지만 어쩔 방도가 없었다.

꾹 참고 머리만 감아야지, 하고 생각한 그녀는 샴푸를 찾았으나 욕실 안에는 비누뿐이었다. 욕이 나올 것 같은 기분을 간신히 억누른 앨리스는 비누로 머리를 감은 후 진저리를 치며 거품을 헹궜다.

이 상황에서 벗어나는 해결책은 단 하나, 빨리 하트든 매드해터든 힘이 있는 사람을 만나는 것뿐이었다. 그래, 마치에게 무엇을 바라겠어. 어차피 가교 역할만 하면 그만인 조역인 것을.

앨리스는 욕실에서 나와 마치를 찾았다. 그는 부엌에서 큰 통에 담긴 숯을 뒤적거리고 있었다.

"욕실 잘 썼어. 고마워. 그런데 지금 뭘 하는 거니?"

"물 끓여."

마치는 무뚝뚝하게 대답하면서 빨갛게 빛나는 숯에 단단하게 꼰 종이를 가져다 댔다. 종이에 불이 붙자 그는 그것으로 바닥에 놓인 짚과 장작에 불을 지폈다.

맙소사. 원더랜드는 앨리스로서는 상상도 못 할 만큼 미개했다. 설마 다른 사람의 집도 이런 건 아니겠지? 그녀는 엄습해 오는 불안감과 짜증을 억누르고 애써 웃었다.

"어려워 보인다."

"아, 넌 아웃하우스에서 왔지. 봐 둬. 대부분 이렇게 불을 쓰니까. 집에 마력 보유자가 있다면 다르겠지만."

"그렇구나."

앨리스는 안심했다. 그녀를 사랑하게 될 남자들 중 그 대부분에 해당되지 않는 사람이 있기 때문이었다.

그녀가 머릿속으로 앞으로 살 집, 정확히는 그녀를 데리고 살 남자를 꼽는 동안 마치는 장작 위에 물이 담긴 큰 냄비를 올렸다. 딱히 할 일이 없던 앨리스는 턱에 꽃받침을 하고 앉아 그가 하는 일을 멀뚱멀뚱 바라보았다.

잠시 후, 물이 끓었다. 마치는 냄비를 들고 도르의 방으로 갔다. 종종걸음으로 그를 따라간 앨리스는 도르의 방에 준비되어 있는 물건들에 얼굴을 일그러뜨렸다.

타월, 비누, 차가운 물 한 동이, 그리고 목욕통. 목욕통 안에 뜨거운 물을 반쯤 부은 마치는 찬물로 온도를 맞췄다. 그러고는 도르의 옷을 익숙하게 벗기고 목욕통 안에 집어넣었다.

"너 이제 다 나았으니까 씻겨 주는 것도 끝이야. 앞으로는 혼자 목욕하는 법도 배워야 해."

마치는 작은 타월에 비누를 묻혀 여동생을 씻기며 말했다. 열다섯 살이지만 그보다 훨씬 어려 보이는 도르는 겉모습에도 미치지 못하는 정신연령으로 물장구를 치며 수긍했다.

"토끼랑 목욕하는 건?"

"그러든가."

도르의 머리까지 꼼꼼하게 감겨 준 마치는 젖은 머리카락을 얼른 타월로 감쌌다. 아주 금지옥엽이 따로 없었다. 앨리스는 "먼저 잘게." 라는 짧은 말을 남기고 방에서 나왔다. 더 있다가는 정말 가교고 뭐고 다 때려치울 것 같았다.

낡은 소파가 지저분하고 딱딱해서 더욱 슬픈, 원더랜드에서의 두 번째 밤이었다.

오랫동안 잠이 들어 있는 도르를 위해 마치는 그가 할 수 있는 모든 것을 해 왔다. 욕창이 생기지 않도록 틈만 나면 돌아 눕혔고, 잠에서 깨어날 때마다 몸이 제대로 움직이지 않는다는 도르의 말에 자주 마사지를 해 주기도 했다.

그래서 도르가 딱 하루 자고 일어난 사람처럼 아무렇지도 않게 움직이는 것이 그야말로 기적에 가깝다는 것을 알고 있었다. 그런데 왜일까. 도르의 소식을 전하기 위해 소윤의 집에 방문한 마치는 자신의 이상한 심경에 고민했다.

"마셔."

소윤이 마치의 앞에 핫밀크를 내려놓았다. 소윤이 할 수 있는 얼마 안 되는 요리 중 하나였다.

마치의 생각은 다시 앨리스에게로 뻗어 나갔다. 물을 끓이는 것조차 이상하게 보던 소녀. 물론 원더랜드의 모든 집에서 숯과 장작을 사용하는 것은 아니다. 소윤만 하더라도 스위치를 누르면 윗면이 뜨거워지는 유리 상자를 가지고 있었다. 그녀가 아이디어를 내고 매드해터가 제작한 그것의 이름은 인덕션이었다.

아웃하우스에서는 다들 그런 물건을 사용하는 것일까. 그러고 보니 앨리스는 아웃하우스라는 단어에 아무런 반응을 보이지 않았더랬다.

도르를 목욕시킬 생각에 그냥 넘겼지만 그것은 분명 이상한 일이었다.

"표정이 왜 그래? 안 좋은 일 있어?"

"어? 아냐. 좋은 일이야. 도르가 깨어났거든. 고쳐 준 애가 그러는데 완전히 다 나은 거래. 오늘 아침에도 아무렇지도 않게 일어났으니까 그 말이 맞는 거겠지?"

밤새 잠든 도르의 곁을 지키고 있던 소년이 졸린 눈을 부볐다. 소윤은 그런 마치의 머리카락을 슥슥 쓰다듬어 주었다.

"아, 씨! 나 이제 다 컸거든! 너보다 키도 훨씬 크거든!"

"좋으면서 부끄러워하긴."

"씨, 아니라고! 안 좋아!"

무표정인 소윤에 비해 마치의 얼굴은 새빨갰다. 누가 봐도 소윤의 승리였다. 그녀의 갈색 눈동자에 얼핏 스친 다정함에 마치는 입을 꾹 다물고 말았다.

"그런데, 고쳐 준 애라니?"

"어, 앨리스 리델이라는 앤데. 그저께 밤에 집 앞에 쓰러져 있던 걸 안에 데려다 놓았거든. 그런데 어제 저녁에 도르 방에서……."

마치는 어제 저녁 자신이 목격한 기적을 설명했다. 말하면서도 반신반의할 만큼 기묘한 현상이었다. 그런 게 마법일까? 태어나 마법이라고 부를 만한 것을 본 적이 단 한 번도 없는 마치는 그렇게 생각했다.

"평소와는 달리 도르가 막 움직여도 아무렇지 않더라고. 걷기까지 했어."

"그래도 닥터에게 데리고 가 봐. 그 앨리스라는 아이도 함께."

"응. 그리고 도르가 너 보고 싶대."

사실은 그게 본 목적이었다. 소윤은 조금 망설이다가 고개를 끄덕였다.

"오전 중에는 좀 힘들고…… 오후에 갈게."

"그러든가. 음, 저기. 아웃하우스 애들은 다 그래? 그……."

"왜? 반했냐?"

소윤은 피식 웃었다. 쪼끄만 줄로만 알았더니 아주 다 컸다. 마치가 앨리스에게 첫눈에 반한다는 건 알고 있었지만, 그것을 정보로서 기억하는 것과 현실로 보는 것은 달랐다. 그러나 그녀의 말이 떨어지자마자 마치는 어이없다는 듯한 표정을 지었다.

"평소에도 좀 이상하다 했더니 드디어 본격적으로 이상해지기 시작한 거야? 그러게 내가 이상한 놈들과 어울려 다니지 말랬잖아."

"갑자기 왜 잔소리야?"

"답지 않은 소리를 하니까 그렇지."

소윤은 그의 반응을 부끄러움 또는 무자각이라고 여겼다. 그동안 마치는 베이비, 매드해터, 심지어 듀크까지 언급하며 그들과 가까이 지내면 안 된다고 잔소리를 했다.

"알았어. 알았으니까 너는 도르랑 앨리스 데리고 닥터에게나 가."

"진짜 알아들은 거 맞아?"

"알았다니까. 나 바빠. 하트 만나러 가야 해."

"듣기 싫다고 없던 약속 만들어 낸 거 아니겠지? 오후에 도르 보러 오기나 해."

마치가 나간 후 소윤은 외출 준비를 했다. 없던 약속을 만든 건 맞지만 용건이 없는 것은 아니었다. 하트에게 앨리스에 대해 말해야 하기 때문이었다.

하트의 저택을 방문한 소윤은 집무실이 아니라 침실로 안내되었다. 하트는 까만 실크 파자마의 바지만 입은 채 1인용 소파에 앉아 늦은 아침 식사 중이었다.

그녀는 하트의 맞은편에 앉았다. 그는 채 몰아내지 못한 잠기운에 젖어 평소보다 나른하게 웃고 있었다.

"별일이네. 이렇게 이른 아침에 네가 오다니."

"7분만 있으면 10시야."

소윤은 마스크를 벗은 후 앞머리를 넘겨 하트가 건네주는 핀으로 고정했다.

잠시 후, 소윤의 앞에도 하트와 같은 메뉴의 음식이 차려졌다. 마치의 방문으로 아침 식사를 걸렀던 소윤은 그것들을 감사히 받았다. 이윽고 먼저 식사를 마치고 자리를 비웠던 하트가 직접 내린 커피를 가지고 돌아왔다.

"연락도 없이 왔다는 건 그만큼 급한 용건이 있다는 의미겠지?"

"그저께 밤, 아웃하우스에서 한 소녀가 들어왔어. 이름은 앨리스 리델. 치유 능력을 가진 모양이야."

"치유 능력? 마법이 아니라?"

"내 생각에는. 도르를 치유했거든."

마법으로는 병을 고칠 수 없다. 그러므로 도르를 고친 앨리스의 능력은 마법이 아닐 것이다. 앨리스가 마력 비보유자라는 것을 알고 있는 소윤은 대충 생각한 이유를 갖다 붙였다.

그때 자리에서 일어난 하트가 그녀에게 다가왔다. 그의 다음 행동을 예상한 소윤은 들고 있던 머그를 내려놓았다. 역시나 그는 소윤이 앉아 있는 1인용 소파의 팔걸이에 엉덩이를 걸치고 그녀의 목덜미에 얼굴을 묻었다. 깊게 숨을 들이마신 그가 속삭이듯 물었다.

"그 소녀와 무슨 관계야?"

"……만난 적도 없는 관계."

"정말로?"

페로몬이 가득한 음성이 귀를, 나른한 숨결이 목덜미의 예민한 피부를 공략했다. 소윤은 목을 움츠렸다.

"그만해. 간지러워."

"네가 민감해서 그래."

"아닐걸."

베이비는 툭하면 그녀더러 둔하다고 타박했다. 그녀가 그렇게 말하자 하트는 낮은 소리로 웃었다. 간지럽다니까.

"베이비와는 사이가 좋은 모양이네. 그럼 그 소녀는?"

본 적도 없는 앨리스에게 왜 이리 집착하는 것일까. 이런 게 여주인공 버프라는 것일까. 그런 생각을 하는 소윤의 귓가에 대고 하트가 속삭였다. 그의 목소리는 그녀로서는 이해할 수 없는 어떤 것으로 뜨겁게 끓어올라 있었다.

"그 계집의 이름을 말하면서 네가 웃었거든."

하트의 벗은 팔이 그녀의 어깨를 끌어안았다. 고개를 돌리자 굵은 선으로 이루어진 관능적인 얼굴이 코앞에 있었다.

소윤은 그의 귀에 달린 루비 피어스를 바라보는 척 시선을 돌렸다. 그러자 하트가 그녀의 손을 그의 가슴, 심장 위에 가져가 천천히 미끄러뜨렸다.

그녀는 다른 사람의 벗은 몸을 만져 본 적이 거의 없었다. 옅은 갈색의 단단한 살갗 위를 창백하고 거친 손가락이 움직였다. 소윤은 복부의 우둘투둘한 근육이 느껴지자 손을 움츠렸다. 그러자 하트는 전신으로 그녀를 짓누르듯 꽉 끌어안았다.

뜨거운 체온에 뒤덮인 소윤은 낭떠러지로 떨어지는 듯한 감각에 눈을 감았다. 그러자 예민해진 후각을 하트의 체취가 자극했다.

머스크나 앰버 같은 향을 풍길 것처럼 생겨서는 막상 느껴지는 것은 베티베르였다. 나무와 이끼 그리고 흙이 섞인 조금은 달콤한 냄새에 그녀는 천천히 숨을 들이마셨다. 그러자 하트의 팔에 힘이 들어갔다.

잠시 후 하트가 몸을 일으켰다. 소윤도 눈을 떴다. 하트는 그녀의 머리카락을 손가락 끝으로 놀리며 물었다.

"그 계집은 지금 어디에 있어?"

"아마도 닥터에게. 마치더러 데려가랬거든."

"그럼 거기에서 곧장 이리로 오라고 연락해."

자리에서 일어난 하트는 베이지색의 가운을 대충 걸치고 소윤의 앞에 서서 팔을 벌렸다. 소윤은 그의 가운을 잘 여미고 허리끈을 묶어 주었다.

"착하네, 내 흰둥이."

그녀의 귀에 입술을 가져가 낮은 소리로 속삭인 하트는 그녀를 데리고 밖으로 나갔다.

하트의 침실이 있는 3층에서 1층까지 내려갈수록 피 냄새가 짙어졌다. 평소의 일이므로 별 신경을 쓰지 않았던 소윤은 하트가 어느 방의 문을 열자 그녀의 생각이 틀렸다는 것을 깨달았다. 평소와는 다른 무언가가 그곳에 있었다.

피비린내와 약 냄새가 자욱한 그 방에는 온몸에 붕대를 감은 한 남자가 누워 실낱같은 숨을 쉬고 있었다. 다친 지 얼마 안 된 것인지 붕대는 울컥울컥 솟아나는 피로 붉게 물들어 가고 있었다. 빈사瀕死의 중환자였다.

"이 녀석으로 능력을 시험해 보겠어."

소윤은 즉시 마치에게 메시지를 보냈다.

마치는 소윤의 집에서 돌아오자마자 도르와 앨리스를 데리고 닥터에게 갔다. 가는 도중 도르가 다리가 아프다고 칭얼거리는 바람에 업어야 했지만 하나도 힘들지 않았다.

드물게 청진기까지 꺼내어 도르를 진찰한 닥터는 내장과 신진대사까지 정상 판정을 내렸다. 보통 사람보다 성장이 느리고 근육량도 적지만, 이제까지 누워만 있던 것을 생각하면 기적이라고 했다. 마치는 도르를 꼭 끌어안았다.

"고마워, 닥터. 정말 고마워, 앨리스."

"당연히 해야 할 일을 했을 뿐이야."

앨리스는 겸손하게 웃으며 고개를 저었다. 닥터는 물고 있던 담배를 까딱거리며 앨리스를 관찰했다. 대단히 예쁜 소녀였다. 특히 눈매나 이목구비가 그리는 인상이 선량해 보이는 것이, 어떻게 보아도 원더랜드에는 어울리지 않았다.

"신참?"

마치와 대화를 나누던 앨리스가 닥터를 향해 돌아섰다. 원작에서 닥터는 서른한 살의 나이로 자신보다 열세 살이나 어린 소녀에게 빠져 헌신하는 캐릭터였다.

깎지 않아 보기만 해도 따끔거릴 것 같은 턱수염이나 심드렁한 표정에도 불구하고 닥터는 상당한 미남이었다. 제법 준수하다고 묘사된 닥터가 이 정도라면, 아름답다고 수도 없이 묘사된 매드해터는 도대체 어떻게 생겼을까. 앨리스는 기대를 금치 못했다.

"처음 뵙겠습니다. 앨리스 리델이라고 해요. 그저께 이곳에 들어왔어요."

"얘기를 들어 보니 꼬마를 낫게 한 게 너라고?"

"어, 그게……."

앨리스는 멋쩍게 웃으며 능력에 대해 털어놓았다. 치유되길 바라면 손에서 빛이 나온다는 것, 아주 어릴 때부터 있던 능력이라는 것, 부모의 지시로 비밀로 했다는 것, 자기 자신은 치유할 수 없다는 것, 그리고 마치의 집에서 도르를 보고 치유했다는 것.

"누워 있는 도르를 보고 저도 모르게 그만……."

닥터는 앨리스를 위아래로 훑어보았다. 그러자 앨리스는 시선을 어디에 두어야 할지 모르겠다는 표정으로 마치를 돌아보았다. 정작 마치는 진찰받느라 흐트러진 도르의 옷을 단정히 입혀 주고 있었다.

"괜찮군."

"네?"

"너 말이야."

앨리스는 고개를 푹 숙이고 손가락을 꼼지락거렸다. 한편 그들의 모습을 뒤에서 바라보던 마치는 내심 혀를 찼다. 저 인간 또 시작이로군. 닥터는 히죽 웃으며 말을 이었다.

"장기가 제법 신선해 보여. 하나도 버릴 것이 없을 것 같아."

"네?"

"어때, 시험 삼아 잠깐만 갈라 볼래? 괜찮아. 꿰맨 자국 하나 없이 깨끗하게 빼낼 수 있어."

"빼내다니, 뭘……."

그 순간 앨리스는 잊고 있던 사실을 떠올렸다. 닥터는 마치와는 달리 앨리스에게 첫눈에 반하지 않았다. 의사인 그는 치유 능력에 관심을 가지고 앨리스를 관찰하다가 그녀의 상냥함에 사랑을 느끼게 된다. 『원더랜드』에서 딱 한 줄로만 언급된 닥터의 취미는……. 앨리스의 얼굴이 창백해졌다. 마치가 나서지 않았더라면 아마 체면 불구하고 진료실을 뛰쳐나갔을지도 몰랐다.

"그만 좀 해, 닥터. 하여간 성격 참……."

"애인 편들어 주는 거냐? 쪼끄만 게 어디서 연애질이야?"

"닥터까지 왜 그래? 앨리스, 너 나랑 같이 어디 좀 가야겠다."

"어, 어디?"

마음 같아서는 어디든 갈 수 있을 것 같았다. 앨리스는 마치를 필사적으로 바라보았다. 그의 입술이 열리고, 어젯밤 그녀가 간절히 보고 싶어 했던 인물의 이름이 튀어나왔다.

"하트 님이 너 부른대."

30분쯤 후, 세 사람은 하트의 저택에 도착했다.

유럽 귀족, 할리우드 셀러브리티나 살 법한 으리으리한 저택에, 앨리스는 눈이 커지고 입매가 올라가는 것을 애써 억눌러야 했다. 철없이 굴어 도르처럼 촌스럽게 보이고 싶지 않았다.

"오빠, 이것도 집이야?"

"어, 집. 하트 님이 사는 곳이야."

"하트 님이 누구야?"

"있어. 굉장히 강하고 무서…… 아무튼 그런 분."

안으로 들어간 세 사람은 로비에서 갈라져야 했다. 앨리스는 왼쪽으로, 마치와 도르는 오른쪽으로 안내를 받았다.

앨리스는 약 냄새가 코를 찌르는 방으로 안내되었다. 그 안에서 세 사람이 그녀를 기다리고 있었지만, 앨리스의 눈에는 단 한 사람밖에 들어오지 않았다.

멀리서도 눈에 확 들어올 만한 진저 헤어 아래, 남성적이고 입체적인 이목구비를 가진 미남자가 그녀를 보고 있었다. 금방이라도 폭발할 듯한 에너지가 느껴지는 적갈색의 눈동자와 마주치는 순간, 그녀는 탄성을 지를 뻔했다.

맙소사. 그는 눈웃음만으로도 여자를 실신시킬 만큼 색정적인 눈매를 가지고 있었다.

"네가 앨리스?"

오랜 시간 숙성된 와인처럼 짙고 촉촉한 음성이 그녀를 불렀다. 그녀는 황급히 고개를 끄덕였다. 그러자 그가 그녀에게 손짓을 했다.

그때서야 그녀는 그가 파자마 바지 위에 가운만을 걸친 상태라는 것을 깨달았다. 얇아서 잘 단련된 육체의 선을 고스란히 드러내는 데다가 실크 특유의 은은한 광택으로 인해 거의 금색으로 보이는 베이지색 가운 차림은 차라리 걸치지 않는 것이 단정했을 만큼 섹시했다.

하트, 원더랜드 최강의 남자. 그가 숨 막히는 페로몬을 발산하는 남자라는 말은 책 어디에도 나오지 않았다.

앨리스는 하트에게 다가갔다. 미래에야 그녀를 사랑하게 된다 하더라도, 현재 그는 원더랜드의 군림자였다. 가까이 다가갈수록 그가 뿜어내는 압도적인 존재감이 느껴졌다. 무의식중에 그에게서 시선을 돌린 앨리스는 방에 두 사람이 더 있다는 것을 알아차렸다.

한 사람은 침대 위에 누운 환자였다. 그녀를 이리로 부른 것은 분명 이 남자 때문일 것이다. 그리고 다른 한 사람, 백발과 작은 체구의 그는 분명 흰 토끼였다.

흰 토끼는 하트의 명령으로 정보를 전달해 주는 주제에 저의 재미만을 따져 이것저것 거짓말을 늘어놓는, 앨리스에게 있어서는 적도 아군도 아닌 미묘한 남자였다. 작고 마른 데다가 마스크로 얼굴의 반이 가려져 있어 연령은 물론 성별까지 알기 어렵다고 묘사되어 있기는 했지만, 그녀보다도 작을 줄은 몰랐던 앨리스는 그의 인생이 조금 측은해졌다.

앨리스의 시선이 소윤에 머무르자 하트의 눈동자가 험악해졌다. 하트는 앨리스를 향해 한 발자국 다가섰다. 그러자 그의 단단한 체구 뒤로 소윤의 작은 몸이 숨겨졌다. 하트는 앨리스를 향해 눈매를 접었다.

"나는 하트다. 네 능력에 대해서는 마치를 통해 들었어."

"네? 아, 마치가……."

"그래서 말인데, 부탁이 하나 있어. 들어줄 거지?"

낮게 깔린 목소리가 흡사 악마와도 같았다. 앨리스는 반쯤 홀려 고개를 끄덕였다. 그리고 다친 남자에게 다가가 몸 위에 손을 올렸다. 곧 눈부신 빛이 앨리스의 손에서 남자의 몸으로 건너갔다. 붕대 밖으로 드러나 있던 상처들이 천천히 아무는 것을 본 하트가 눈을 가늘게 떴다.

잠시 후, 남자가 눈을 떴다.

"누구…… 어? 나는 분명……."

새하얀 빛을 받아 아름답게 빛나는 소녀에게 시선을 빼앗겼던 남자는 곧 어리둥절하여 자리에서 일어났다.

하트는 남자의 몸에서 붕대를 걷었다. 방금 전 배어 나온 피로 새빨갛게 얼룩진 붕대 아래의 피부는 긁힌 상처 하나 없이 깨끗했다. 마법의 발현에 반드시 필요한 시동어조차 없이 벌어진 결과였다.

"놀라운데."

하트는 솔직하게 감탄했다.

하트와 소윤 그리고 앨리스는 하트의 집무실로 자리를 옮겼다. 평소와는 달리 상석에 앉은 하트는 부러 앨리스에게 집중했다. 소녀의 뺨이 발그스름하게 물들었다.

"몇 살이야?"

"열여덟 살이에요."

앨리스는 소윤이 처음 원더랜드에 발을 디뎠던 나이보다 한 살이나 더 많았다. 그럼에도 참 차이가 커서 하트는 내리깐 속눈썹 아래로 소윤을 살폈다. 그녀는 생각을 읽을 수 없는 얼굴로 앉아 있었지만, 그는 그녀의 온 신경이 앨리스에게로 향하고 있다는 것을 알 수 있었다.

하트는 부러 나른하게 웃었다. 앨리스의 얼굴이 확 달아올랐다. 그 파란 눈동자에서 기묘한 열망을 읽어 내는 것은 어려운 일이 아니었다.

"원더랜드에는 이틀 전에 들어왔다고 했던가? 밖에서 무슨 일이 있었는지 말해 주겠어?"

"저는…… 저도 잘 모르겠어요. 갑자기 부모님이 살해당해서…… 훌쩍, 죄송해요……. 아는 분 댁에 잠시 의탁하기는 했는데 그분께도 폐를 끼칠까 봐 나왔어요. 걷다가 원더랜드를 보고는 여기라면 나도 받아들여 주지 않을까 해서 무작정……."

앨리스는 고개를 숙인 채 손으로 눈매를 문질러 닦았다. 고개를 든 그녀의 눈은 빨갰다.

"고생 많았겠어. 내가 도울 만한 일이 있다면 사양 말고 말해 줘. 넌 내 부하의 목숨을 구해 준 은인이니까."

"그, 그럼! 제가 원하는 것은 단 하나뿐이에요. 저희 부모님이 왜 돌아가셔야 했는지 그 이유를 알아봐 주셨으면 해요."

"알아보는 거야 어렵지 않지. 하지만 그걸로 되겠어?"

졸지에 하트 집무실의 '병풍 1'이 되어 버린 소윤은 앨리스에 대한 하트의 첫 번째 호구짓을 실시간으로 감상했다. 예정된 것보다 빠른 만남이라 좀 걱정했는데 큰 흐름에는 변화가 없었다.

마치를 만난 것도 그러했다. 앨리스가 슬럼에서 변을 당하면 어쩌나 하여 매일 밤 슬럼을 순찰하던 그녀의 행동이 무색할 만큼, 앨리스는 무사히 마치와 만났다.

이런 게 억지력이라는 걸까. 소윤은 생활비와 살 집을 약속받고 활짝 핀 앨리스의 얼굴을 감상하며 생각했다.

이야기가 끝난 후, 부하를 불러 앨리스를 데려다주도록 명령한 하트는 집무실에 딸린 욕실로 들어갔다. 열린 문 사이로 물줄기가 떨어지는 소리와 함께 하트의 음성이 울렸다.

"어떻게 할까?"

"뭐가?"

벽을 빼곡하게 차지한 책장에서 소설책을 뽑아 읽고 있던 소윤이

건성으로 되물었다. 하트는 씻는 데 열중하는지 답이 없었다. 잠시 후, 물소리가 끊기고 옷감이 펄럭이는 소리가 났다. 이내 욕실에서 나온 하트가 소윤에게 다가갔다.

그는 목욕 가운만을 걸친 채 그녀의 어깨 위로 머리를 내밀어 책을 들여다보았다. 그 바람에 머리카락에서 뚝뚝 떨어진 물방울이 책을 적셨다. 소윤이 가볍게 타박했다.

"애도 아니고."

소윤은 젖은 페이지를 펼쳐 책상 위에 놓은 후 욕실에서 마른 타월을 가지고 나왔다. 그새 하트는 소파에 앉아 비싼 가죽 위에 물을 떨어뜨리고 있었다. 그의 앞에 선 소윤은 머리를 홱 잡아당겨 고개를 숙이게 만들고는 젖은 머리카락을 문질러 주었다.

하트는 머리카락이 얼추 마르자마자 그녀의 허리를 끌어안고 소파 위에 벌렁 드러누웠다. 소윤은 목욕 가운 사이로 드러난 가슴에 젖은 타월을 구겨 박았다. 낮게 신음한 하트는 그녀에게서 타월을 빼앗고 덤으로 마스크까지 벗겨 집무실 어딘가로 던져 버렸다. 그러고는 벌이라는 듯 그녀의 뺨을 자신의 가슴에 꾹 눌렀다.

"어떻게 할까, 라고 물었잖아."

"머아(뭐가)?"

소윤의 입에서 불분명한 발음이 흘러나오자 하트는 킬킬 웃었다. 들썩거리는 가슴이 딱딱해서, 소윤은 손이 닿는 곳을 찰싹 소리가 나도록 때렸다. 그녀는 그 부분이 허벅지였던 모양이라고 짐작했다. 왜냐하면 하트가 허벅지로 그녀의 다리를 꽉 조였기 때문이다.

"놔 봐. 아프다고."

"아파? 무쇠 같은 내 흰둥이가 고작 이 정도로?"

하트는 소윤을 끌어 올려 얼굴을 마주했다. 코끝이 닿을 만큼 가까운 거리였다.

"아니면 당황했어?"

하트의 불그스름한 입술이 만개한 곡선을 그렸다. 그의 적갈색 눈동자는 뜨겁게 달아올라 있었다. 소윤은 손바닥으로 그의 눈을 가렸다.

잠시 가만히 있던 하트는 몸에서 힘을 풀었다. 소윤은 그의 품에서 벗어나 바로 앉았다. 그러자 하트는 반쯤 몸을 일으켜 팔걸이에 등을 대고 소윤을 응시했다. 난잡하게 흐트러진 차림새에 어울리는 음란한 눈빛이었다.

"뭐가?"

소윤이 물었다. 대화의 연장이었다. 하트는 순순히 대답해 주었다.

"앨리스 리델에게 그녀의 부모가 죽은 이유를 알려 줄까, 말까?"

"알려 주겠다고 하지 않았어?"

"글쎄. 난 단지 알아보는 건 어렵지 않다고 대답했을 뿐이야."

"……악당."

"칭찬 고마워."

하트는 빙글빙글 웃으며 대꾸했다. 참으로 얄미운 얼굴이었다. 이제까지의 대화로 미루어 볼 때 하트는 그녀가 앨리스에게 관심을 가지는 것을 싫어했다. 여기에서 '주지그래?' 같은 대답은 오답이라고 여긴 소윤은 짜고 치는 고스톱이라고 생각하면서도 심드렁한 척 말했다.

"주든 말든 그건 네 마음이지."

"그럼 주지 말까."

이게 진짜. 소윤이 노려보자 하트는 배를 잡고 낄낄거렸다. 그가 양손바닥을 보이며 항복 자세를 취하지 않았더라면 걷어찼을지도 모른다.

"줘. 주라고."

"네, 네. 알았다니까. 어차피 적당히 줄 생각이었어."

소윤은 자리에서 일어났다. 그러나 집무실에서 나가기 직전, 아까 하트가 그녀의 마스크를 벗겼다는 것을 기억해 내고는 그것을 찾았다. 젖은 타월과 함께 집무실 구석에 뭉쳐 있던 마스크는 당연한 말이지만 축축하게 젖어 있었다. 그녀가 쓸까 말까를 고민하는 사이, 하트가 다가와 어깨에 팔을 걸치고 기댔다.

"마침 점심 먹을 시간인데 먹고 가지? 그것도 말릴 겸."

소윤은 얌전히 소파에 앉았다. 그리고 다시 낄낄거리며 웃는 하트의 정강이를 가볍게 걷어차 주었다.

"옷이나 입어."

하트의 저택에서 점심을 먹은 소윤은 그가 챙겨 준 간식거리까지 들고 그곳을 나섰다. 목적지는 마치의 집이었다.

앨리스는 새 집으로 옮겨 갔는지 마치의 집에는 남매밖에 없었다. 아직 점심을 먹지 않았다는 마치의 말에 들고 온 파운드케이크를 건네준 소윤은 매달리는 도르를 안고 식탁 앞에 앉았다.

도르의 몫으로 데운 우유를, 자신의 몫으로는 물을 가지고 마치가 돌아오자 식사가 시작되었다. 소윤은 아직 포크를 잘 다루지 못하는 도르 대신 케이크를 잘라 입안에 넣어 주었다.

"맛있어! 이렇게 맛있는 건 처음 먹어 봐! 고마워, 토끼야!"

"진짜야. 도대체 이거 어디서 사 온 거야? 처음 보는 빵인데."

"하트가 줬어."

마치의 손에서 포크가 떨어져 내렸다. 하트에 대하여 강한 사람이라는 말 이외에는 들은 적 없는 도르는 오라비의 이상행동에 고개를 갸웃거렸다.

"지, 진짜? 어, 야, 이거 먹어도 되는 거냐?"

"그럼 먹지 버리겠냐. 내가 도르 보러 간다니까 줬어."

하트에 대해 외경심을 가지고 있는 마치는 이걸 과연 먹어도 되는 것인지 고민하다가 가지고 온 사람이 소윤이라는 것을 깨닫고는 다시 먹기 시작했다.

열여덟 살 청소년의 식욕은 무서워서 마치는 파운드케이크의 대부분을 혼자 먹어 치웠다. 위장의 기능에 문제는 없다지만 크기가 작아 많이 먹지 못하는 도르가 한 조각으로 포만감을 느낀 것과는 사뭇 다른 모습이었다.

배부르게 먹자 몸이 늘어진다. 마치는 의자 끝에 엉덩이를 걸치고 길게 앉았다. 도르는 어느새 졸고 있었다. 소윤은 아이의 보드라운 머리카락을 쓰다듬으며 작은 소리로 물었다.

"내 인덕션 가져갈래?"

졸음으로 끔뻑거리던 갈색 눈이 번쩍 뜨였다. 마치는 소윤에게 바싹 다가앉았다.

"뭐? 진짜?"

"도르가 깨어났으니 앞으로 불 쓸 일이 많을 텐데, 우유나 데워 마시는 나보다야 네가 쓰는 게 낫지 않을까."

"그렇지만 그거 되게 비싸잖아. 그렇게 막 줬다가 나중에 후회하는 거 아냐?"

"내 건 시제품이라서 공짜로 받았어."

아, 그럼 그렇지. 마치는 김이 팍 새서는 콧방귀를 뀌었다.

"됐어. 난 매드해터에게 살해당하고 싶지 않아."

"매드해터가 왜? 좀 쌀쌀맞긴 하지만 나름 잔정은 있는 사람이니까 그런 걸로 화내지 않을걸?"

너한테나 그렇겠지. 마치는 어릴 적에 보았던 광경을 떠올렸다.

피투성이가 된 폐허 속에서 매드해터는 잘린 머리통들을 돌 더미 위에 올려놓고 창자에 돌조각을 꿋아 만든 목걸이로 장식하고 있었다. 머리통들에 차례로 모자를 씌우는 것으로 데코레이션을 마친 그가 생긋 웃었다. 그 빨간 입술이 꼭 피를 바른 것 같았다. 그날 마치는 막나가는 원더랜드 거주자들에게도 급이 있다는 사실을 깨달았다.

"게다가 그거 마력 캡슐로 구동하는 거잖아. 난 그 돈 감당 못 해."

인덕션이 매우 편리한 물건이기는 했지만 보급이 더딘 이유는 인덕션 자체는 물론이거니와 구동에 필요한 소모품인 마력 캡슐조차 비싸기 때문이었다. 소윤은 다시 권하지는 않았다.

소윤은 마치가 센트럴에 가서 사 온 저녁을 먹고 도르와 함께 목욕까지 한 후 그들의 집을 나섰다. 목적지는 앨리스의 집이었다.

그녀는 하트에게서 받은 약도에 의지해 길을 찾았다. 앨리스의 집은 중립지대 안에 있었는데, 소윤이나 마치의 집과는 센트럴을 사이에 두고 제법 멀리 떨어져 있었다.

소윤이 문을 두드리자 안에서부터 경쾌한 발소리와 함께 기척이 가까워졌다. 뒤이어 문이 빼꼼 열리고, 그 사이로 앨리스가 얼굴을 내밀었다.

"누구세요? 어? 아까 하트와 함께 있던……."

금빛 속눈썹에 감싸인 파란 눈동자가 조금 커졌다. 소윤은 그 안에서 약간의 실망감을 느꼈다. 착각일까? 혹은 마치가 와 주길 기대했던 것일지도 모른다. 낯선 장소에서 맞이하는 혼자만의 밤이란 그런 것이니까. 소윤은 가능한 부드러운 말투로 말을 걸었다.

"들어가도 될까?"

"응, 물론이야."

앨리스는 문을 활짝 열었다. 아무리 중립지대라지만 경계심이 지나치게 없는 태도였다. 소윤은 마치를 통해 주의라도 줘야 하나 생각하면서 안으로 들어갔다. 실내는 좁았지만 제법 깨끗했다.

"아직 내가 쇼핑을 제대로 못 해서 대접할 만한 게 하나도 없어. 미안. 그런데 무슨 일로 온 거야?"

"하트로부터의 전언도 전달할 겸 인사차 왔어. 난 흰 토끼야."

"난 앨리스 리델. 잘 부탁해."

앨리스가 눈부시게 웃으며 손을 내밀었다. 소윤은 그 손을 마주 잡았다. 앨리스의 손은 소윤의 것과는 달리 작았고 실크처럼 부드러웠다. 아주 오래전 잡았던 친구의 손바닥을 떠올린 그녀가 잠시 그대로 있자 앨리스가 난감한 듯 우물거렸다.

"저기, 그만 놓아줬으면……."

"아, 미안."

소윤은 앨리스의 손을 놓았다. 그러자 앨리스는 잠깐 고개를 숙인 채 손을 만지작거렸다. 소윤을 남자로 오해한 듯했다. 그녀는 굳이 그 오해를 정정해 주지 않았다. 무엇보다도 원래의 흰 토끼는 남자였기 때문이다.

이제 와서 원작을 따지는 것도 우스웠지만, 그래도 가능한 틀어지지 않는 편이 좋을 것 같았다. 그녀는 모르는 척 물었다.

"앨리스? 왜 그래?"

"어, 아니. 아무것도 아냐. 음, 하트의 전언은 뭐야?"

소윤은 잠깐 고민했다. 하트가 제시한 조건을 곧이곧대로 전했다가는 평범한 10대 소녀인 앨리스가 충격을 받을 것 같았다. 원작에서는 뭐라고 했더라. 아무리 생각해도 거기까지 상세하게 기억이 나지는 않았다. 그녀는 도르를 대하듯 가능한 부드럽게 풀어서 말하기로 마음먹었다.

첫 번째, 쥐도 새도 모르게 납치당하고 싶지 않으면 능력에 대해 떠벌리고 다니지 말 것.

"앨리스 네 능력이 희귀한 건 알고 있지? 하트는 네 능력이 아무에게나 알려지지 않는 게 좋을 거라는 판단을 내렸어. 현재 네 능력에 대해 아는 사람이 누구야?"

"마치랑 도르랑 닥터, 하트, 내가 아까 고쳐 준 사람 그리고 흰 토끼 너야."

"그럼 그 이외의 사람에게는 가능한 들키지 않도록 해."

두 번째, 2주일 버틸 때마다 목숨값으로 원하던 정보에 대한 힌트를 하나씩 줄 터이니 잘, 그리고 흥미롭게 살아남을 것.

"원더랜드는 위험한 곳이야. 노력하지 않으면 살아남을 수 없어. 하트는 네게 그것을 조건으로 걸었어."

"조건?"

"살아남는 것. 2주일마다 네가 알고 싶어 하는 내용에 대한 힌트를 하나씩 줄 거야. 그러니 열심히 노력해. 정 위험하다 싶을 때에는 나에게 말해 줘."

소윤이 말을 하는 동안 떨리는 눈으로 그녀를 보던 앨리스는 이윽고 고개를 푹 숙이고 얼굴을 가렸다. 손바닥 사이로 흐려진 목소리가 새어 나왔다.

"왜 나한테 이렇게 잘해 주는 거야?"

"별 이유는 없어. 그저……."

그래야 이 소설이 빨리 끝나니까. 소윤은 망설이다가 앨리스의 머리를 어색하게 쓰다듬어 준 후 자리에서 일어났다.

"나 갈게. 문단속 잘해."

"응. 고마워."

문을 잠그고 돌아선 앨리스는 소리 죽여 웃었다. 며칠 후라고 생각했던 하트와의 만남이 잘 끝난 것만도 좋은데, 원작에서 끝까지 얄미운 태도를 견지하던 흰 토끼의 저 다정한 모습이라니!

그녀의 존재가 원작을 변화시키고 있었다. 앨리스는 앞으로 어장에 들여와야 할 물고기들을 헤아리며 즐겁게 하루를 마무리했다.

이후 며칠간, 앨리스의 하루는 큰 일탈 없이 지나갔다. 노트에『원더랜드』의 내용과 주요 인물들의 특징을 정리하고 그러다가 지루해지면 마치를 방문하는 것이 그녀의 일과였다. 어린 주제에 눈치가 빠른 도르는 앨리스가 자신을 달가워하지 않는다는 것을 본능적으로 알아차렸는지, 제법 얼굴을 익혔음에도 다가오지 않았다.

앨리스의 고민은 뜨거운 물이 나오지 않는다는 것과 센트럴에서 파는 음식이 지독하게 맛없다는 것이었다. 전자는 대중목욕탕이 있어 대충 해결할 수 있었지만 후자는 어떻게도 손을 쓸 수가 없었다. 스스로 요리를 하자니 마력 비보유자인 그녀로서는 불조차 제대로 피울 수가 없었던 것이다. 그녀는 마트에서 산 빵과 잼 정도로 만족할 수밖에 없었다.

불편하지만 굴곡 없는 일상은 앨리스가 원더랜드에 대해 갖고 있던 약간의 경계심마저 모두 지워 버릴 만큼 지루했다. 그래서 그녀는 외출을 감행했다. 흰 토끼와 마치의 말 따위는 이미 머릿속에 없었다.

원더랜드조차 봄은 따사로웠다. 툭하면 무너진 건물이나 망가진 유리창이 보이고 나무 같은 건 눈을 씻고 봐도 없는 원더랜드였지만 햇살만으로도 앨리스는 즐거웠다. 무엇보다도 이곳은 그녀가 주인공인 세상이 아닌가. 그녀는 들뜬 기분으로 산책했다. 그리고 얼마 후, 그녀는 한 남자와 마주치게 되었다.

먹물처럼 새까만 머리카락을 가진 창백한 얼굴의 남자였다. 나름 준수했지만, 도서관에서 책만 파는 타입처럼 생긴 데다가 지나치게 마른 것이 그녀의 취향은 아니었다. 무엇보다도 며칠 전 보았던 하트로 인해 그녀의 심미안이 수직 상승을 한 터라 마치보다도 못한 그가 눈에 찰 리 없었다.

눈이 마주친 남자가 상냥하게 웃었다. 앨리스도 마주 웃었다. 그러자 남자가 다가왔다.

"안녕? 처음 보는 얼굴이네. 이름이 뭐지?"

"앨리스 리델이에요."

"만나서 반가워. 난 듀크라고 해. 이곳에서 지내는 건 괜찮니? 아무래도 위험한 곳이 많아서……."

앨리스는 다정한 음성으로 이것저것 주의 사항을 말해 주는 남자에게 조금의 플러스 점수를 주었다. 그런데 듀크라, 어딘지 익숙한 이름이었다. 그렇다는 것은 원작에서도 몇 번 등장한 인물이라는 의미였다. 그녀는 머릿속을 뒤져 보았지만 기억이 가물가물했다.

"……서 어때?"

"네?"

"우리 집에 가서 차 마시지 않겠냐고 물었어. 여기 온 지 얼마 안 된 것 같은데, 이런저런 이야기도 나눌 겸. 바쁘면 나중으로 미뤄도 괜찮아."

듀크는 선량하게 웃었다. 원더랜드에 대한 경계심이 사라졌다 한들, 남자에 대한 본능적인 경계심마저 사라진 것은 아니었던 앨리스는 웃으면서 고개를 저었다.

"아뇨, 오늘은 조금……."

"아쉽네. 그럼 다음에 보자."

듀크가 악수를 청했다. 앨리스는 가죽과 뼈만 남은 그의 손가락이 달갑지 않았지만 손을 마주 내밀었다. 두 사람의 손이 닿으려는 찰나였다. 누군가 앨리스의 손목을 강하게 붙들고 잡아당겼다.

"꺅!"

작은 비명을 지르며 당겨지는 앨리스의 시야에 하얀 머리카락이 스쳤다. 흰 토끼였다. 앨리스는 몸에 힘을 빼고 얌전히 끌려갔다. 얼핏 낭패한 표정을 지은 듀크가 보였다.

"오랜만이네, 장의사. 앨리스와는 아는 사이인 모양이지?"

듀크의 말을 깨끗이 무시한 소윤은 앨리스의 상태를 살폈다. 표정, 옷차림, 냄새. 소윤은 앨리스가 털끝 하나 다치지 않았다는 것을 확인한 후에야 그녀를 놓아주었다. 그동안 듀크는 히죽거리며 두 사람을 바라보고 있었다. 앨리스의 등골이 오싹해질 만큼 음침한 웃음이었다.

"너무한데. 난 아무 짓도 안 했다고."

"아직 아무 짓도 안 한 거겠지. 손바닥이나 펴 보시지 그래?"

"……정말로 난 결백해. 정 못 믿겠으면 앨리스에게 물어보면 되잖아? 나는 고작해야……."

"고작해야 수면제가 든 차를 마시자고 권유하고, 고작해야 손가락 사이에 독침을 끼워 악수하자고 청했겠지."

소윤은 코웃음을 치며 듀크를 향해 한 걸음 다가갔다. 듀크가 엉거주춤 뒷걸음질을 치려는 순간, 그녀는 허벅지에 차고 있던 나이프를 빠른 속도로 뽑아 그의 목젖에 들이댔다.

"자, 장의사. 말로 하자고, 응?"

"여기가 어디지?"

"내, 내가 다 잘못했으니까……."

"여기가 어디냐고 물었을 텐데."

듀크의 목에 붉은 것이 비쳤다. 그는 신음하듯 외쳤다.

"주, 중립지대! 잘못했어! 다시는 안 그럴 테니까……."

"한 번만 더 앨리스에게 수작 부렸다가는, 알지?"

소윤은 나이프를 역수로 쥐고 듀크의 허벅지에 내리찍었다. 듀크가 목이 찢어져라 비명을 질렀다. 그 소란에 사람들의 시선이 몰렸지만, 대치하고 있는 것이 소윤과 듀크라는 것을 확인하고 다들 아무렇지도 않게 갈 길을 갔다.

"이건 경고다, 듀크. 다음번에는 이 정도로 끝나지 않아."

"하, 하트가! 그가 그걸 두, 두고 볼 리 없어! 마, 말뿐인 협박은 안 통해!"

"충분히 통한 것 같은데. 말도 더듬고 식은땀도 흘리고 말이지. 무엇보다도 앨리스는 하트가 눈여겨보고 있는 사람이야. 어쩌면 다음번에는 나 대신 그가 나설지도 몰라. 그러니까."

소윤은 듀크의 허벅지에서 나이프를 잡아 뽑으며 말을 이었다.

"처신 잘하라고, 이 쓰레기야."

상처에서 콸콸 쏟아진 피가 땅을 붉게 물들였다. 허벅지를 부여잡고 쓰러진 듀크를 버려 둔 채 소윤이 앨리스에게 다가갔다. 앨리스는 창백한 얼굴로 그녀와 듀크를 번갈아 보았다. 소윤이 그녀를 잡아끌었다.

"저 정도로 안 죽어."

"하지만……."

"앨리스."

앨리스는 상냥한 소녀였다. 그 상냥함이 원더랜드의 많은 남자들을 구원하고 사랑으로 이끌었다. 그러나 현실적으로 보았을 때 과한 상냥함은 인생에 있어 독에 가까웠다.

소윤은 고민했다. 이대로 앨리스를 다그쳐 조금이라도 현실을 보게 만들 것인지, 아니면 그녀의 순수를 지켜 줄 것인지를. 고민하는 사이 듀크가 정신을 잃었고 앨리스는 끊임없이 그를 곁눈질했다. 짧은 한숨을 쉰 소윤이 말을 골랐다.

"듀크는 예쁜 소년 소녀들을 좋아해. 그러니까……."

난감했다. 듀크의 취미를 포장하는 것은 어떤 말로도 불가능했다. 그녀는 반쯤 포기했다.

"그는 약과 독이 특기인데, 마음에 드는 사람을 보면 차를 마시자거나 악수를 하자거나 해서 수면제나 마취제를 사용해 그 사람을 납치하지. 그렇게 해서, 음, 데려가서 죽여."

"어째서?"

"그…… 음, 시체를…… 집에 두고……."

그녀가 말끝을 흐리자 앨리스가 고개를 저었다.

"저 사람이 어떤 잘못을 저질렀는지는 몰라도 저대로 놔두면 죽을 거야."

듀크에게 다가간 앨리스는 상처 근처에 무릎을 꿇고 앉아 손을 가져갔다. 소윤은 급히 그녀의 손을 붙잡았다.

"여기는 안 돼. 너무 눈에 띄어."

소윤은 듀크의 한쪽 다리를 아무렇게나 들고 질질 끌어 근처 골목 안으로 들어갔다. 그리고 상처를 완전히 고치려는 앨리스를 설득하여 피를 멎게 하는 정도에 그치도록 했다.

소윤의 보호를 받으며 집으로 돌아가던 앨리스가 흘금 뒤를 돌아보았다. 그것을 알아챈 소윤이 그녀의 팔을 잡아끌었다.

"알았어. 이제 신경 안 쓸게."

"제발 그래 줘. 듀크는 정말로 질이 나쁜 놈이야. 특히 너는 예쁘니까 남들보다 몇 배는 주의해야 해."

"어…… 응. 흰 토끼도 참……."

앨리스는 작은 소리로 웃었다. 사실 그녀는 흰 토끼가 듀크를 위협하던 중에 그가 누구인지 기억해 냈다. 네크로필리아에 페도필리아인 약장수 듀크. 초반에 잠깐 등장하여 앨리스에게 반하는 인물이다. 그는 중반부에 앨리스를 납치하려다가 트윈스에게 저지당하고, 중후반부에 다시 등장하여 사고를 쳤던 것으로 기억한다. 여기까지 생각났는데 그 사고의 내용이 희미한 것으로 보아 앨리스 자신에게 큰 영향을 미칠 만한 것은 아닌 모양이었다.

그리고 지금은 그것보다 중요한 것이 있었다. 앨리스는 소윤을 흘금흘금 훔쳐보다가 눈이 마주치면 시선을 피하는 짓을 반복했다. 몇 번 그러자 소윤 쪽에서 물었다.

"할 말 있어?"

"그, 있잖아. 아까 네가 했던 말 중에 하트가 나를…… 그거 진짜야?"

쭈뼛거리며 묻는 앨리스는 참으로 소녀답게 사랑스러웠다. 소윤은 잠시 머뭇거리다가 대답했다. 이제 곧 좋아하게 될 터이니 조금 이르게 긍정한다 해도 괜찮을 것이었다. 무엇보다도 하트가 앨리스를 눈여겨보고 있는 것은 사실이었다. 소윤의 눈동자에 자신도 모르는 씁쓸함이 스쳤다.

"그래."

"저, 정말?"

앨리스는 환하게 웃었다.

그날 밤, 소윤은 아웃하우스로 나갔다. 드물게도 체셔의 의뢰였다.

지정된 장소로 가자 체셔가 부하에게 무엇인가를 지시하고 있는 것이 보였다. 값비싼 슈트 차림의 그는 허름한 창고가 즐비한 이 장소에 가장 안 어울리는 사람이었다.

"체셔."

그녀가 부르자 체셔는 잘생긴 미간에 주름을 잡으며 부하를 보았다. 언제나의 일이라, 소윤은 그 부하에게 의뢰에 대한 설명을 받았다. 창고에 있는 시체의 처리라는, 쉽다면 쉬울 일이었다.

창고 안으로 들어간 소윤은 시체의 수를 헤아렸다. 총 7구로, 어린 소년의 시체도 있었다. 이만한 양이면 그냥은 옮기지 못한다.

소윤은 크로스백에서 마력 캡슐을 꺼냈다. 금속으로 만들어진 은색의 캡슐을 잠시 쳐다보던 그녀는 눈을 질끈 감고 그것을 삼켰다. 약과 똑같이 생긴 그것에 대한 거부감에 구역질이 날 것 같았지만 꾹 참았다. 이제 20분 후면 몸에 마력이 돌 것이다.

그녀는 체셔의 부하를 불러 차를 요구했다. 이미 체셔에게 이야기를 들은 것인지 부하는 차가 있는 곳을 손가락으로 가리켰다. 정말 낡은, 당장 폐차장으로 가도 이상할 것이 없는 차였다. 그녀의 생각이 틀리지 않아서 체셔의 부하는 차의 뒤처리까지 그녀에게 맡겼다.

차에 시체를 밀어 넣은 소윤은 20분이 지난 것을 확인한 후 왼손을 핸들에 얹고 오른손으로는 열쇠를 꽂아 돌렸다. 그녀의 몸에서 흘러나온 마력이 핸들을 통해 차에 주입되면서 시동이 걸렸다.

그때, 체셔의 부하가 창을 두드렸다. 그녀가 창을 살짝 내리자 그 틈으로 얇은 봉투가 들어왔다. 의뢰비였다. 금액을 확인한 소윤은 봉투를 크로스백에 넣고 차를 출발시켰다.

언제나 하는 일이건만, 차에 탄 사람은 여럿인데 숨 쉬는 건 혼자인 것은 별로 달갑지 않은 감각이었다. 소윤은 기계적으로 운전하면서 다른 생각을 했다.

그녀가 운전면허를 딴 것은 스물두 살 때였다. 그러고는 내내 장롱면허였다. 몇 번인가 남자친구인 동현이 억지로 운전석에 태웠던 때만 핸들을 손에 잡았었다. 주동현…… 오랜만에 떠올리는 이름이었다. 이제는 그의 얼굴조차 기억이 나지 않았다. 그녀는 실소했다. 이렇게 감상적으로 구는 것은 앨리스가 나타났기 때문이리라.

언젠가 저도 그녀처럼 순진했던 때가 있었다. 다친 사람을 보면 불쌍히 여기고 어려운 사람을 보면 돕고 싶은, 그런 당연한 마음을 가진 스물세 살의 여대생.

만약 운이 좋아 돌아가게 된다 해도 그 삶에 적응할 수 있을까? 학교에 다니고, 용돈이나 아르바이트비로 놀러 다니고, 카페에서 친구들과 수다를 떨고. 그녀는 눈매를 일그러뜨렸다. 그 일상이 너무 멀어서 도저히 자신이 그렇게 살 수 있다는 생각이 들지 않았다.

어느새 원더랜드가 코앞이었다. 입구 앞에 차를 세운 소윤은 시체를 어깨에 쌓았다. 한쪽 어깨에 3구씩 총 6구의 시체를 한꺼번에 슬럼 어귀로 나른 그녀는 어느새 냄새를 맡고 몰려든 슬럼 사람들을 모른 척하며 차로 돌아갔다.

차 안에는 어린 소녀의 시체가 누워 있었다. 그대로 차를 몰고 원더랜드에서 좀 떨어진 곳에서 멈춘 그녀는 차는 버리고 시체를 짊어진 채 원더랜드로 돌아갔다. 고물 차는 아웃하우스의 사람들이 알아서 치우든 버리든 할 것이다.

새벽 3시에 가까운, 어느 누구라도 불청객이 될 만한 시간이었다. 그녀는 듀크의 집 문을 세게 두드렸다. 허벅지에 붕대를 둘둘 감은 채 지팡이를 짚고 나온 듀크는 그녀를 보자마자 얼굴을 찡그렸지만, 그녀가 소년을 내밀자 반색을 했다.

"예쁜 아이네. 상처도 많지 않고……. 낮에 있었던 일은 이걸로 봐주지."

"헛소리 말고 값이나 제대로 치러."

듀크에게서 돈을 받아 든 소윤은 집으로 향했다. 오늘따라 발걸음이 무거웠다.

답지 않게 생각이 많았던 탓인지, 소윤은 침대에서 뒤척거리다가 아침을 맞았다. 씻고 어깨의 패치를 갈아 붙인 그녀는 식빵과 피넛버터로 아침 식사를 했다. 며칠 묵은 식빵은 물기 없이 빡빡했다.

다 먹은 식빵 봉지를 구겨 버린 그녀는 스마트폰을 확인했다. 두 통의 메시지가 도착해 있었다.

[지금 당장 와요.]

[이거 확인하는 즉시 와요.]

소윤은 시간을 확인했다. 매드해터가 두 번째 메시지를 보낸 지 거의 9시간이나 지나 있었다. 지금 그는 숙면 중일 터였다. 뭐, 즉시 오랬으니까. 그녀는 매드해터의 집을 향해 출발했다.

매드해터의 현관 앞에 선 그녀는 문을 두드렸다. 아무 응답이 없었다. 그녀는 다시 문을 두드렸다. 잠시 후, 2층 창문이 느릿느릿 열리고 매드해터가 얼굴을 내밀었다. 그녀를 본 그는 의미 불명의 외마디 소리를 내더니 문을 열었다.

그녀가 안으로 들어갔을 때 매드해터는 연구실에서 나와 계단을 내려오고 있었다. 잠에 취해 이리저리 비틀거리면서도 용케 계단을 내려온 그는 소윤의 팔을 잡고 무시무시한 힘으로 이끌었다. 보통 사람이었다면 그대로 팔을 비트는 것만으로도 뼈가 부러질 만한 힘이었다.

"어디 가는 거야?"

매드해터는 대답하지 않고 작은 방으로 들어갔다. 큰 침대만 덩그러니 놓인, 침실의 존재 의의에 지극히 충실한 방이었다.

"매드해터?"

소윤이 부르는 소리도 듣지 못한 듯, 그는 침대 위에 누워 팔을 잡아당겼다. 그녀는 굳이 반항하지 않고 끌려가 주었다.

이내 말랐지만 단단한 팔이 그녀의 어깨와 허리를 칭칭 옭아맸다. 재주도 참 좋은 것이, 그렇게 끌어안았음에도 매드해터는 그녀의 등에 진 칼에 요만큼의 방해도 받지 않았다.

그의 가슴에 얼굴이 처박힌 그녀는 답답함에 신음했다. 그것을 반항으로 받아들인 것인지 긴 손가락이 그녀의 머리카락 사이로 파고들어 뒤통수를 잡고 단단히 고정했다.

그녀는 간신히 머리를 빼 숨구멍을 확보했다. 이게 도대체 뭐하는 짓인지. 그녀는 한숨을 쉬었다. 그러자 매드해터가 느릿느릿 중얼거렸다.

"당신 때문에, 졸립니다……. 자요……."

잠기운에 젖어 뚝뚝 끊어지는 미성이 제법 파괴적이었다. 그것을 귓가에서 들은 소윤은 어깨를 움츠리고 말았다. 그사이 그는 깊은 숨소리를 내며 잠이 들었다. 서서히 그의 팔에서 힘이 빠졌다. 팔을 풀어 버릴까 생각했던 그녀는 머리카락을 단단히 얽은 손가락을 느끼고는 귀찮아져서 그냥 내버려 두었다.

매드해터가 숨을 쉴 때마다 가슴이 오르내리면서 얇은 셔츠가 그녀의 뺨을 간지럽혔다. 그와 동시에 그의 품에서 피어오른 유칼립투스 향기가 그녀의 코를 자극했다. 맑고 명쾌하며 어딘지 날카로운 그 향기는 그에게 잘 어울렸다.

수면 부족으로 인한 두통이 유칼립투스 향기에 쫓겨 물러나는 것을 느끼며 소윤은 작게 하품을 했다. 세상에서 가장 무거운 것이 그녀의 눈을 감겼다. 그녀는 항거하지 않았다.

소윤은 메시지 알림음에 잠에서 깨어났다. 그리고 그와 동시에 막 눈을 뜨는 매드해터와 시선이 맞았다. 그는 눈을 깜빡이더니 다급하게 몸을 일으켰다.

"다, 당신이 왜 여기에서 자고 있습니까?!"

황망한 소리로 외친 그는 이내 자신이 내놓은 물음에 대한 답을 알아차렸다. 팔과 손으로 그녀를 꽉 붙들고 있으니 모를 수도 없었을 것이다. 뭐라 알아들을 수 없는 소리로 신음한 매드해터는 소윤의 머리 밑에 베어 주던 팔과 뒤통수에 가 있던 손을 뺐다. 그제야 자리에서 일어난 소윤은 마스크 아래에서 길게 하품을 했다.

지나치게 아무렇지도 않은 그녀를 본 매드해터는 지끈거리는 이마를 짚으며 신경질적인 목소리로 딱딱거렸다.

"당신은 스스로 여자라는 자각이 없는 겁니까? 하다 하다 이제 남자 혼자 사는 집의, 그것도 침대에서……!"

"네가 안 놨는데."

"거참 미안하게 되었습니다! 그래도 빠져나갔어야죠! 게다가 왜 그렇게 아무렇지도 않은 겁니까!"

익숙하니까. 그녀는 대답하지 않았지만 매드해터는 숨겨진 말을 알아들었다.

소윤은 의뢰가 있다는 핑계로 침실에서 나갔다. 사실은 공기에서 넘실거리는, 금방이라도 폭발할 것 같은 무엇인가를 피해 도망간 것에 지나지 않았다. 아니나 다를까, 곧바로 소윤을 쫓아 나온 매드해터는 그녀의 어깨를 붙들고 돌려세웠다.

여기도 멍 들겠네. 소윤은 태평하게 생각했다.

"무슨 의미입니까."

"의미 그대로인데. 네가 날 잡고 안 놨다고."

"그거 말고. 남자 품에서 자고 일어나는 게 익숙합니까?"

소윤은 매드해터의 목소리가 마치 취조하는 것 같다고 느꼈다. 고저 없이 딱딱 떨어지는 음성이라 더욱 살벌했다. 말할 이유도 없는데다가, 매드해터와 하트의 사이가 좋지 않은 것 같아 굳이 말하고 싶지도 않았던 그녀는 어깨가 아프도록 조여 오자 결국 짧은 대답을 내놓고 말았다.

"하트가 가끔 끌어안고 자거든."

"그 근본 없는 폭력배가……!"

부스스한 얼굴조차 아름다운 매드해터가 불같이 분노했다. 얼음 같은 미모를 끓어오르는 감정으로 물들인 그의 얼굴은 흡사 지상의 타락을 내려다보는 징벌의 천사와도 같았다. 비록 입고 있는 것은 다 구겨진 셔츠와 바지일지라도, 머리에는 강아지가 그려진 황갈색 수면 모자를 쓰고 있을지라도. 그 징벌의 천사님이 소윤을 탈탈 털었다.

"그때마다 오늘처럼 잠들었습니까?"

"졸려서."

"이 곰 같은 여자가! 다시는 그러면 안 됩니다. 내 말 알아들었어요?"

소윤은 대답하지 않았다. 하트는 그녀가 수면 부족인 날을 잘도 골라 끌어안고 잠을 청했다. 뜨거운 체온에 나른한 숨소리 그리고 편안하고 부드러운 향기에 폭 감싸인 채로 잠들지 말라는 것이 무리였다.

이번에도 그녀의 대답을 듣지 않고도 답을 얻은 매드해터는 폭발하려다가 차분히 숨을 골랐다. 뺨의 홍조가 조금 가라앉을 즈음, 그는 그녀의 앞머리를 살며시 치워 눈을 드러낸 후 시선을 맞추었다. 활짝 핀 장미를 연상케 하는 붉은 입술이 화려한 미소로 물들었다.

"졸려서 잔 거라고 했죠? 그렇다면 굳이 거기에서 잘 필요는 없지 않습니까?"

소윤의 얼굴에 긍정의 빛이 떠오르자 매드해터는 흰 손가락 끝으로 그녀의 눈매를 어루만지며 말을 이었다. 그녀는 그 손가락 끝에 작은 상처들이 나 있다는 것을 깨달았다. 기계 부품을 보다 섬세하게 다루기 위해 손가락을 소중히 하는 그답지 않은 상처였다.

"어디서 자든 상관없다면 여기로 와요. 물론 매춘부들을 끼고 사는 남자가 당신의 빈약한 몸에 매력을 느낄 리는 없다고 생각하지만, 아무리 그래도 당신은 여성입니다. 중요한 고객이자 아이디어 뱅크인 당신이 그런 난봉꾼 때문에 상심하는 모습은 별로 보고 싶지 않군요."

소윤은 자존심을 긁고 싶은 건지 아니면 걱정을 하는 건지 알기 힘든 그의 말을 듣기 편한 쪽으로 해석하기로 마음먹었다. 그래도 그의 말에는 어폐가 있었으므로 그녀는 그것을 지적하기 위해 대답했다.

"하트, 여자 끊었어."

연구소에서 겪은 일이 너무나 많았기에 이제 와서 경계심은 따로 들지 않았다.

또한, 사실은 하트가 그럴 것 같지도 않았다. 그가 그럴 마음만 먹었다면 언제든 그럴 수 있는 기회가 많았기 때문이었다. 그러나 이런 말을 했다가는 매드해터에게 이유 모를 잔소리 폭격을 다시 맞을 것이 분명하므로 그녀는 이에 대해서는 입을 다물었다.

그녀의 대답을 들은 매드해터는 푸른 눈에 쌍심지를 켰다. 날 선 말투에 그녀는 이조차 괜히 말했다고 생각했다.

"그걸 어떻게 알아요?"

"하트가 그랬으니까."

하트는 협잡질은 해도 거짓말은 하지 않았다. 그것을 알고 있는 매드해터는 눈매를 일그러뜨렸다.

"간교한 인간 같으니."

소윤은 하트를 향하는 것이 분명한 욕을 못 들은 척해 주었다.

매드해터의 흥분이 소강상태에 접어든 것을 확신한 소윤은 스마트폰을 확인했다. 하트로부터 메시지가 와 있었다. 소윤은 스마트폰을 크로스백에 넣어 매드해터의 눈으로부터 숨겼다.

"날 부른 용건이 뭐야?"

"아, 그래요. 물어볼 것이 있었죠. 그 여자는 누구입니까?"

"여자?"

"당신이 애지중지하는 아웃하우스에서 온 여자요."

"아, 앨리스."

그녀와 관련하여 그런 말이 나올 여자라면 단 셋뿐인데, 그중 아웃하우스와 연관된 것은 앨리스뿐이었다. 소윤이 즉답하자 매드해터는 뭐가 또 마음에 안 들었는지 눈매를 신경질적으로 좁히며 다그쳤다.

"애지중지한다는 게 사실인 모양이군요? 둔한 줄로만 알았는데 사실은 여자가 취향이라 그랬던 겁니까?"

"뭐?"

"그만두세요. 듣자 하니 하트의 흥미를 끈 여자라고 하던데 당신이 상대나 되겠습니까?"

"아니, 잠깐만."

"금발의 미소녀라지요. 하트가 좋아할 만……."

그녀는 끈덕지게 종알거리는 매드해터의 입을 손으로 막았다. 엉겁결에 한 짓이었으며 막은 그녀도 그것으로 그의 말을 멈출 수 있을 것이라고는 생각하지 않았다. 그러나 의외로 매드해터는 얌전히 입을 다문 채 눈동자를 도르륵 굴리기만 했다. 그 모습이 어딘지 아이 같아서 소윤은 실소했다.

"도대체 무슨 소문이 돌고 있는 거야?"

어지간한 말에는 놀라지 않는 지경에 이른 그녀조차도 황당해져 되물었지만, 잘 생각해 보니 소문의 근거를 제 손으로 뿌린 것 같았다. 소윤이 천천히 손을 떼자 매드해터가 곧바로 물어 왔다.

"아닙니까?"

"살면서 여자가 취향이라고 느낀 적은 없는데."

"한 번만 더 수작 부리면 죽이겠다고 듀크를 협박했다면서요. 상당히 필사적인 모습이라고 들었습니다만."

"하트와 마치가 앨리스에게 관심이 많거든."

매드해터는 허리를 숙여 소윤의 눈을 들여다보았다. 짙푸른 눈동자가 그녀의 머릿속마저 꿰뚫을 듯 날카롭게 빛났다. 잠시 그렇게 있던 매드해터는 피식 웃더니 그녀의 머리카락을 내려 눈동자를 가려 주었다.

"뭐, 일단은 그렇게 알고 있겠습니다. 의뢰가 있다면서요? 늦지 않게 가세요."

매드해터는 뒤도 돌아보지 않고 그의 집을 나가는 소윤을 창문으로 바라보다가 문득 손가락을 내려다보았다.

"진짜 목적은 치료해 달라는 거였는데 완전히 잊어버렸군요."

하트의 저택으로 향하는 길을 걸으면서 소윤은 매드해터에 대해 생각했다. 매드해터가 원래 잔소리가 많기는 했지만 이렇게 심문하듯 군 것은 처음이었다.

하트로 부족해 매드해터마저 기행인가. 저런 행동을 표현하는 단어가 있었던 것 같은데. 머릿속을 뒤지던 그녀는 어느새 하트의 저택에 도착했음을 깨달았다.

그녀는 생각을 멈추고 하트의 집무실로 올라갔다. 그리고 그곳에서 소문의 진상을 파헤치고자 하는 두 번째 남자를 만나게 되었다. 게다가 이 남자는 소문에 연루되어 있기까지 했다.

"재미있는 소문이 돌고 있는 것 같던데."

하트는 발그스름한 눈매를 폭력성으로 물들인 채 그녀에게 물었다. 흐음, 하는 가벼운 콧소리는 웃음기에 젖어 있었지만 그녀는 속지 않았다. 지금 하트는 대단히 심기가 불편한 상태였다.

"내가 눈여겨보고 있는 사람이라. 다시 앨리스를 건드리면 다음번에는 내가 나설지도 모른다고 했다면서?"

맞는 말이잖아, 라고 대답하면 금방이라도 폭발할 것 같다는 예감에 소윤은 묵비권을 행사하기로 했다.

하트는 한숨을 쉬더니 그녀의 곁에 앉았다. 그녀의 앞머리를 한쪽으로 몰아 핀을 꽂은 후 마스크마저 벗겨 테이블 위에 놓은 그는 소윤의 얼굴을 들여다보았다. 그의 붉은 기가 도는 갈색 눈동자가 점점 시커멓게 물들어 갔다.

"진심으로 그렇게 생각한 모양이군."

그는 소윤을 끌어안고 소파 위로 쓰러졌다. 팔에 들어간 힘이 제법 강했다.

"답도 없는 것."

그렇게 중얼거리던 하트가 문득 멈칫하더니 그녀의 머리카락에 얼굴을 묻었다. 이내 그녀를 확 떼어 낸 하트가 사납게 다그쳤다.

"왜 네게서 매드해터의 냄새가 나는 거지?"

오늘은 시달리는 날인가. 소윤은 정신적인 피로를 느꼈다.

"거기에 들렀다가 왔으니까."

"이건 단순히 들른 걸로는 설명이 되지 않는 냄새인데. 도대체 거기에서 뭘 하고 온 거야."

"여기서랑 비슷해. 매드해터가 끌어안아서 그만 잠들었어."

"그 대가리에 벌레만 찬 실험광이……!"

하트의 목소리는 소문에 대해 말할 때와는 비교도 할 수 없이 살벌했다. 금방이라도 매드해터에게 달려가 찢어 죽여 버릴 것 같은 기색에, 소윤은 그를 끌어당겨 꽉 붙잡았다.

소문에 대해 추궁하는 것을 잊은 것은 다행이지만, 그것이 두 강자들 사이의 싸움으로 옮겨 가는 것은 사양이었다. 게다가 그 강자들 중 한쪽이 매드해터라면 원더랜드가 지도상에서 사라질 가능성도 있었다. 그녀의 어깨에 강제적으로 얼굴을 묻게 된 하트가 으르렁거렸다.

"놔라. 불쾌해."

하트는 그녀를 밀어냈지만 원더랜드 내에 힘으로 그녀를 이길 수 있는 사람은 없었다. 그는 낮은 목소리로 연신 욕설을 내뱉더니 욕실을 가리키며 말했다.

"당장 씻고 와."

"여기에 얌전히 있겠다면."

"내가 그를 죽일까 겁이라도 나는 모양이지? 걱정 마. 그는 원더랜드에 반드시 필요한 인간이야. 섣불리 손대는 일은 없을 거다."

"지금 나가지 않겠다고 약속하라고."

하트는 거짓말을 하지는 않는다. 그러나 모호한 말로 사람을 속이는 짓은 잘했다. 아니나 다를까, 이를 득득 간 하트는 씹어뱉듯 약속했다. 그녀가 씻는 사이에 매드해터에게 갈 심산이었다는 것을 역력히 드러내는 말투였다.

샤워기 아래에서 소윤은 생각했다. 도대체 저 '기행'은 언제나 끝날까.

자신이 하트에게 가지고 놀기 좋은 장난감이라는 것은 알고 있었다. 원더랜드에 쉽게 정착하게 해 준 빚이 있으므로 어지간한 요구라면 전부 들어주고 있지만, 툭하면 그녀를 휘두르려 드는 그의 작태는 그리 달갑지 않았다. 그러다가 문득, 지금도 이런데 사랑에 빠지면 얼마나 상대에게 집착하게 될까 하고 생각한 그녀는 앨리스가 불쌍해졌다.

Welcome to Wonderland

3. 트위들 디

3. 트위들 디

앨리스가 하트를 만난 지 2주일째 되는 날, 앨리스는 흰 토끼로부터 첫 번째 힌트를 듣게 되었다.

"첫 번째 힌트는 셜리 하워드야."

하트로부터 소윤을 통해 전달된 첫 번째 힌트를 들은 앨리스는 이내 난감한 표정을 지었다.

"누군지 모르겠어."

모르는 것이 당연했다. 셜리 하워드는 앨리스가 치유 능력을 사용한 첫 번째 타인이었다. 그때까지 가족에게만 능력을 사용하던 앨리스는 길을 가다가 우연히 마주친 어린 소녀 셜리 하워드가 다친 것을 그냥 넘기지 못해 치유했고, 이로 인해 그녀의 능력이 다른 사람들의 눈에 드러나게 되었다.

아직 시간은 많았고 조언은 일렀다. 소윤은 셜리 하워드의 정체에 대해 침묵했다.

소윤이 떠난 뒤 앨리스는 쿠션을 끌어안고 소파 위를 뒹굴었다. 이미 원작의 결말을 알고 있는 그녀에게 힌트 따위는 아무래도 좋았다. 지금 그녀에게 중요한 것은 따로 있었다.

"도대체 트윈스는 어디에 있는 거야?"

분명 원작에서는 앨리스가 첫 번째 힌트를 받기 며칠 전에 트윈스를 만났다. 하트와의 만남이 원작보다 며칠 빠르게 이루어졌으므로 지금쯤이 트윈스를 만나게 되는 시점일 텐데, 아무리 찾아도 그는 보이지 않았다. 앨리스는 쿠션으로 소파를 마구 두드렸다.

다음 날은 하루 종일 비가 내렸다. 봄비치고는 제법 강한, 소나기에 가까운 비였다. 깊은 밤, 일을 마치고 귀가하던 소윤은 건물 사이의 틈에서 삐죽 솟은 무엇인가를 발견했다. 가까이 가서 확인한 그것은 구두를 신은 발이었다. 키가 큰 남자의 것인지 군함만 한 그것을 지나긴 다리를 거슬러 올라간 소윤은 트윈스의 화려한 얼굴을 발견할 수 있었다.

칼로 찢긴 것이 분명한 가죽제의 라이더 재킷과 피 묻은 셔츠, 그리고 흐르는 빗물에 조용히 섞여 드는 피를 흘금 본 소윤은 조용히 그를 지나쳐 얼마 떨어지지 않은 자신의 집으로 들어가려 했다. 그녀의 판단이 딱 5초만 더 빨랐더라면 그 밤은 평화롭게 지나갔을지도 모른다.

턱! 길고 단단한 손가락이 소윤의 발목을 붙들었다. 원더랜드의 미친놈들 중에서도 상위에 랭크된 인간답게 무지막지한 힘이었다. 소윤은 그의 팔을 세게 걷어찼다. 발목을 붙든 손아귀에는 변함이 없었다. 그래도 아무 성과가 없는 것은 아니었다. 기절해 있던 트윈스가 눈을 뜬 것이다. 그는 신음을 섞어 중얼거렸다.

"시, 발…… 겁나 아프잖아……."

"놔."

소윤은 그의 손목을 툭 찼다. 아픔을 주기 위한 의도가 아니라 그만 정신 차리라는 뜻이었다. 그러나 그 행동이 심기를 불편하게 만들었는지 트윈스는 눈을 부라리며 그녀의 발목을 더 꽉 움켜쥐었다. 완전히 정신을 차렸는지 눈빛이 형형했다.

"야, 새치."

"……팔 부러뜨리기 전에 놔."

예감이 좋지 않았다. 시기와 상태로 미루어 보아 앨리스가 다친 트윈스를 길에서 발견하고 치료해 주는 시점이었다. 이후 트윈스가 그때까지 접점이 없던 앨리스에게 관심을 갖게 되므로 이 사건은 이야기의 흐름상 중요한 부분이었다.

소윤은 다리를 흔들어 트윈스를 뿌리치려 애썼지만 그의 입에서는 결국 그녀가 저항하지 못할 말이 나오고 말았다.

"의뢰야. 날 네 집에서 치료하고 보호해."

흰 토끼의 철칙. 의뢰는 거절하지 않으며 의뢰인의 요구는 모두 수용한다. 하필 상대는 죽여서 입을 막을 수도 없는 트윈스였다. 일단 집에 데려다 놓고 내일 아침에 앨리스를 부를까, 그렇게 생각하는 그녀의 귀에 트윈스의 추가 의뢰가 들려왔다.

"내가 말할 때까지 아무에게도, 덤 새끼에게도 알리지 마."

실현 가능성조차 불확실한 유일한 희망과 그 희망을 이루지 못할 경우 계속될 가능성 높은 현실 사이에서 고민하던 소윤은 결국 트윈스를 들쳐 메고 말았다. 원작의 억지력과 앨리스의 매력을 믿은 판단이었다.

그리고, 그 밤.

트윈스를 찾아 헤매다가 비와 밤, 정보 부족으로 한계를 느낀 앨리스 역시 소윤과 같은 판단을 내려 그를 포기하고 집으로 돌아갔다.

"당신은 덤에게 방해일 뿐입니다."

2년을 옆에 두었던 놈이 그렇게 말하며 그를 찔렀다. 온화하고 명석한 트위들 덤과 난폭하고 거칠 것 없는 트위들 디. 둘이자 하나이고 하나이자 둘인 그들은 그렇게 자신들을 확립해 나갔다. 그런데 그것에 발목이 잡힐 줄이야.

원래부터 둘이 하나의 몸을 사용한 것은 아니었다. 아주 오래전, 두 사람이 분리되어 있던 때가 있었다. 그때 그들의 세계는 좁은 방이 전부였고, 세계의 요소는 자신과 형제 그리고 가끔 들어와 실컷 두들겨 팬 후 죽 한 그릇을 던져 주고 나가는 어미로 이루어져 있었다.

어미가 나가면 둘은 시커멓게 탄 죽을 나눠 먹었다. 밖에 나가 본 적이 없던 그들은 자신들이 부당한 입장에 놓여 있다는 것도, 또한 그 부당함이 용납되는 장소에서 태어났다는 것도 알지 못했다.

여덟 살쯤 되었을 때, 보름 넘게 아무것도 먹지 못했던 그들 중 덤이 먼저 생을 놓았다. 그리고 디마저 굶주림으로 숨이 넘어가기 직전, 덤이 그의 귓속에 속삭였다.

"나를 먹고 살아."

덤의 피와 살이 디의 육신을 이루었다. 그리고 디의 안에서 덤이 다시 태어났다. 쌍둥이는 형제와의 재회에 기뻐했다. 그때 어미가 귀가했다. 덤이 속삭였다.

"내게 좋은 생각이 있어."

어미가 문을 열고 들어오는 순간, 쌍둥이는 힘을 합쳐 어미를 쓰러뜨렸다. 어미의 찢어지는 비명과 도움을 청하는 소리가 온 슬럼에 울렸지만, 쌍둥이가 구타당할 때 아무도 참견하지 않았던 것처럼 이번에도 끼어드는 사람은 없었다.

본능적으로 어미의 웃옷을 풀어헤친 쌍둥이는 제법 풍만한 유방을 한껏 베어 물었다. 그 순간, 태어날 때부터 쌍둥이에게 부족했던 것이 채워졌다. 쌍둥이는 희열을 느꼈다.

이후 마주한 세계는 그때까지의 세계와는 전혀 달랐다. 쌍둥이는 성장하면서 많은 것을 배우게 되었다. 타인에게서 갈취하는 법, 타인을 협박하는 법, 타인을 구타하는 법, 타인을 죽이는 법.

그리고 쌍둥이는 깨달았다. 세계를 이루는 법칙은 많지만 모든 것은 결국 단 하나, 타인을 잡아먹는 것으로 귀결된다는 것을.

그들은 기뻐했다. 그들이 가장 잘하고 또 좋아하는 일이기 때문이었다. 그들에게 세계는 제법 쉬웠다. 재능도 있었다. 그들이 각자의 역할을 명확하게 분리하자 세계는 더욱 쉬워졌다. 그렇게 쉬운 세계에서 힘을 키우고 번듯한 겉모습을 갖추자 누구도 그들이 슬럼에서 기어 나왔다는 것을 알아차리지 못했다.

'당신은 덤에게 방해일 뿐입니다.'

처음 듣는 말은 아니었다. 원래부터 디의 역할이 그러했기 때문이었다. 그러나 그를 찌른 남자는 디를 죽이면 덤도 죽는다는 것을 알지 못했다. 쌍둥이에게 그것은 아침이 되면 하늘에서 해가 떠오르는 것과 같은 수준의 절대 명제였으므로 그들은 단 한 순간도 둘을 분리해서 생각해 본 적이 없었다. 다른 사람들에게는 둘이 분리된 것처럼 보이도록 행동했음에도 불구하고 말이다.

그것을 비밀로 한 것이 그렇게 중요한 문제였던 것일까? 그렇다면 누구에게 말할 수 있을까? 그들에게 믿을 수 있는 것은 형제뿐이었으므로, 이 상황에 닥쳐서도 자신들에 얽힌 진실을 누구에게 말해야 좋을지 판단할 수가 없었다.

그때 꿈과 현실의 경계에서 자맥질하는 그의 이마를 누군가가 어루만졌다. 작고 조금 서늘한 손바닥은 매우 딱딱했다.

쌍둥이의 어미도 비슷한 감촉의 손을 가지고 있었다. 그래서 억세게 잡고 때리면 좀처럼 그 손을 벗어날 수가 없었다. 이 손의 소유자도 그러할까? 그렇다면 다시는 그와 형제를 때리거나 굶기지 못하도록 당장 잡아먹어야지. 디는 무거운 눈꺼풀을 간신히 들어올렸다.

한낮의 환한 빛 사이로 희끄무레한 인영이 어른거렸다. 그는 손을 뻗어 그것을 움켜쥐고 잡아당겼다. 자그마한 체구가 가볍게 딸려 와 그의 몸 아래에 갇혔다.

웃옷을 젖히자 하얀 목줄기가 드러났다. 그는 이를 드러냈다. 반사적으로 돈 군침이 입술 사이로 뚝뚝 떨어졌다. 그러나 목줄기를 막 물어뜯으려는 순간, 디는 차가운 바닥에 내동댕이쳐졌다.

"큭!"

칼에 찔린 옆구리와 그 외 자잘한 상처들에서 통증이 몰려들었다. 짧게 신음한 그는 코앞까지 다가온 다리를 깨닫고 황급히 물러섰다. 그러나 상대는 힘도 속도도 그보다 몇 수나 위였다. 옆구리를 호되게 걷어차이고 숨이 턱 막힌 디는 살기 위해 컥컥거렸다.

"엄살 부리지 마. 다친 쪽은 안 건드렸어."

"컥, 크으…… 새치 너 이 새끼……."

희끄무레한 인영은 원더랜드의 뒤처리 전문가인 흰 토끼였다. 디는 빗속에서 눈앞의 인물에게 의뢰했던 것을 떠올렸다.

디에게 다가온 소윤이 그의 팔을 난폭하게 잡아 일으켰다. 디는 그녀의 팔을 뿌리치고 그가 누워 있던 소파에 다시 누워 이불을 덮었다. 통증에 신음하는 그의 근처에 우뚝 선 소윤이 타월로 보란 듯이 목을 닦았다.

디는 경계심으로 눈을 희번덕거리며 이불 아래에서 몰래 주먹을 쥐었다. 잡아먹으려다가 실패한 것은 처음이었다. 그러나 그의 경계가 무색하게도 소윤은 집 한구석에서 노트와 필기도구를 가져왔다. 그러더니 무엇인가를 써서 그에게 내밀었다. 문자와 숫자의 나열에, 디는 눈을 부라리며 으르렁거렸다.

“뭐야!”

“구조에 치료, 숙박, 식사까지. 이 정도 돈은 받아야 수지가 맞겠는데.”

이쪽에서 아무리 날을 세워 봐야 상대가 심드렁하게 나오면 독기만 풀리기 마련이다. 살기를 슬그머니 가라앉힌 디는 소윤이 동그라미를 쳐 둔 숫자를 읽었다. 70만 캐럴.

“참고로 그게 하루치야.”

“시발, 돈독이 올랐나.”

“싫으면 오늘치만 내고 나가든가.”

“이 좆만 한 새끼가. 나중에도 허세 부릴 수 있나 어디 두고 보자.”

“그래서? 오늘까지만 있겠다고?”

디는 거칠게 이불을 뒤집어쓰는 것으로 대답을 대신했다. 디는 그 반응으로 소윤이 그에 대한 생각을 도르만도 못한 어린애로 하향 조정한 것을 알지 못했다.

그를 내버려 둔 채 부엌에 간 소윤은 인덕션을 켜고 작은 냄비를 올렸다. 냄비 안에는 그녀가 센트럴까지 가서 사 온 오트밀이 들어 있었다. 잠시 후, 오트밀이 다 데워지자 넓은 그릇에 덜은 그녀는 그것을 디에게 가져갔다.

“밥 먹어.”

배가 고팠던 디는 이불을 걷고 일어났다. 그러나 소윤이 가지고 온 것을 본 순간 얼굴을 확 일그러뜨렸다. 다시 누우려는 그를 소윤이 붙잡았다. 이건 일당 70만 캐럴짜리 애 보기. 그렇게 생각하자 디를 상대하는 것이 그리 어려울 것 같지 않았다.

“죽 같은 건 너나 처먹어.”

욕을 입에 달고 살더니 그냥 말하는 것도 참 욕 같았다. 소윤은 그의 무릎 위에 오트밀 그릇을 올려놓고 꾹 눌렀다. 디가 신경질을 부리며 무릎을 퉁겼지만 그릇은 꿈쩍도 하지 않았다.

"치워!"

"아플 때는 소화 잘되는 걸 먹는 게 좋아."

"뱃가죽 좀 터졌다고 소화 못 시킬 리가 있겠냐? 시발, 너 같으면 이딴 거 처먹고 기운이 나겠어?"

"너 열 있어. 오늘만 이거 먹으면 내일부터는 제대로 된 거 줄게."

"닥치고 당장 내 눈앞에서 치워! 차라리 70만 캐럴이 부족하다고 해, 이 돈벌레 새끼야. 돈을 더 내는 한이 있어도 죽은 안 먹어!"

디는 채도 높은 벽안에 핏발까지 세운 채 한사코 오트밀을 거부했다. 마치 역린을 건드렸다고 불을 뿜으며 길길이 날뛰는 새끼 용 같은 모습에, 소윤은 그의 무릎 위에서 오트밀 그릇을 치웠다.

"그럼 토마토 수프는 괜찮아?"

다행히도 수프는 그의 신경을 건드리지 않는 메뉴였다. 메뉴만.

따끈하게 데운 토마토 수프의 첫술을 입에 넣은 디는 입매를 실룩거리더니 삼키자마자 물을 벌컥벌컥 들이켰다.

"뭐야, 이 개밥만도 못한 건. 네가 만든 거냐? 시발, 존나 이런 쓰레기 구정물 같은 걸 처먹으면서 잘도 사네."

"센트럴에서 사 온 거야. 난 이나마도 못 만들어."

"겁나 손병신이세요?"

물론 칼질도 가능하고 조리도 가능하니 만들면 음식의 형상을 한 무엇인가가 나오기는 했다. 다만 먹을 만한지는 부차적인 문제였다. 참고로 소윤이 만든 것 중 불평 없이 먹을 수 있는 것은 핫밀크, 잼이나 버터 등을 바른 빵, 달걀 프라이 정도였다.

디는 온갖 불평과 악담을 쏟아 내면서도 수프를 다 먹었다. 선택의 여지가 없기 때문이었다. 그릇을 비운 그가 수프를 사 온 가게를 물었지만 "이거 만든 새끼 기필코 죽여 버리겠어."라는 말을 기억하는 그녀는 입을 다물었다.

빈 수프 그릇 안에 숟가락을 내팽개친 그는 맞은편에 앉아 오트밀을 먹고 있는 소윤에게 손을 까딱거렸다.

"왜?"

"딱딱 못 알아듣냐? 종이랑 펜 내놓으라고."

소윤은 옆에 놓아두었던 노트와 필기도구를 건넸다. 그러자 디는 빈 페이지를 펼치고 펜을 쓱쓱 움직였다. 센트럴의 약도였다. 디는 그곳에서 특정한 몇 군데에 동그라미를 치며 설명했다.

"여기랑 여기 그리고 여기. 우리 쪽에서 관리하는 가게야. 이 세 곳 음식 아니면 안 먹어. 그리고 여기 초콜릿도 사 와."

디가 가리킨 곳은 하나같이 센트럴에서도 비싸기로 유명한 가게들이었다. 그곳에서 파는 수프 한 접시의 가격은 다른 음식점의 정식 3인분 가격에 필적했다. 그래서 소윤은 한 마디 했다.

"비싸."

"누가 들으면 존나 70캐럴 받는 줄 알겠네. 초콜릿은 추가로 청구해."

소윤은 머릿속으로 계산기를 두들겼다. 초콜릿 청구서에 그녀의 몫을 포함시키니 얼추 계산이 맞았다. 그녀가 순순히 수긍하자 디는 당장 초콜릿과 먹을 만한 음식을 사 오라며 그녀를 집 밖으로 내몰았다. 집주인보다 더 집주인 같은 태도였다.

덤의 핸드폰을 사용하여 부하들에게 디를 찾으러 간다는 연락을 남기는 것으로 할 일을 끝낸 디는 지루함에 몸서리를 쳤다. 소윤의 집에는 시간을 때울 만한 어떠한 것도 존재하지 않았다. 그래서 그는 자연스럽게 소윤에게 주의를 기울이게 되었다.

흰 토끼. 이름을 통해 역할이 세습되는, 원더랜드에 몇 안 되는 특별한 위치였다. 그 이름을 가진 사람은 원더랜드 거주자들이 시키는 온갖 일들을 하며 살아간다. 선대에게서 다음 대에게로 물려주는 계승 방식에 변화가 생긴 것은 3년인가 4년인가 전쯤의 일이었다. 흰 토끼를 신참이 죽인 사건이라 하여 상당히 말이 많았던 것이 기억났다. 그리고 그 신참, 현재의 흰 토끼는 디의 앞에 있었다.

흰 토끼는 집에서조차—십중팔구는 디가 있기 때문이겠지만— 머리를 내리고 있었다. 작고 마른 체구는 어린아이 같기도 했고 여자 같기도 했다. 특히 목덜미의 반쯤이나 가릴까 싶은 길이의 백발이 아무렇게나 흐트러진 더벅머리라 더욱 그랬다.

디는 그의 이마를 짚었던 작은 손의 감촉을 떠올렸다. 그리고 그의 팔을 잡아끌었던 힘도 떠올렸다. 역시 남자인지 여자인지 알 수가 없었다. 말이 뇌를 거치지 않고 나오는 타입인 그는 곧바로 물었다.

"새끼야, 너 놈이냐 년이냐?"

음식을 데우던 소윤이 그를 돌아보았다. 별 시답잖은 것을 묻는다는 기색이 역력했지만, 얼굴이 가려져 있으니 눈빛과 표정으로 진의를 파악할 수 없어 답답했다. 도통 모를 인간. 소윤을 그렇게 정의한 그는 인덕션을 흘금 보았다.

그의 집에도 있는 물건으로, 가격이 어마어마했다. 저런 것을 사용할 정도라면 매드해터에게 말해 보일러를 마력식이 아닌 기계식으로 바꾸는 것도 가능할 텐데. 디는 씻기 위해 화장실에 들어갔다가 찬물 샤워를 하며 연신 욕설을 내뱉었던 이틀 전의 기억이 아직도 선명했다.

매드해터를 생각하니 몇 년 전 그에게 물을 먹었던 것이 떠올랐다. 한창 세력을 키우던 중, 혼자 사는 매드해터가 저항이나 제대로 하겠나 싫어 부하들을 보냈었다. 그리고 전부 시체가 되었지. 디는 이를 득득 갈았다.

그때 소윤이 치킨 스튜와 빵을 들고 다가왔다. 그는 발을 걸며 말했다.

"눈깔 다 가리고서는 보이는 게 있기는 해?"

소윤은 아무렇지도 않게 그것을 피했다. 잘 보인다는 말보다 확실한 대답이었다. 디의 맞은편에 자리를 잡은 그녀는 테이블 위에 음식을 내려놓았다. 두 사람 모두 식사를 하면서 잡담을 하는 성격도, 그럴 관계도 아닌지라 한동안 음식을 씹는 소리 이외에는 정적이 감돌았다.

식사가 끝난 후 소윤은 곧바로 밖으로 나갔다. 그녀는 언제나 바빴다.

디는 흰 토끼에 대한 세간의 평가를 떠올렸다. 의뢰에 있어서만은 최선을 다한다는 말이 틀리지 않았는지, 그녀는 그를 제대로 치료했으며, 끼니때가 되면 꼬박꼬박 귀가해 그의 식사를 챙겼다. 부하도 믿지 않는데 몇 번 본 적도 없는 놈 따위, 라고 생각하여 일절 의뢰를 하지 않았던 그는 의뢰에 한해서는 부하보다 믿을 수 있을지도 모르는 놈이라고 소윤에 대한 평가를 수정했다.

한편, 디와 함께 점심을 먹고 집에서 나온 소윤은 매드해터의 집으로 갔다. 소윤이 매드해터를 따라 2층으로 올라가는 동안 그는 내내 투덜거렸다.

"이건 어디까지나 당신 좋으라고 하는 일입니다. 그 낙인, 그건 아주 오래전 마법의 황금시대에 만들어진 마법이죠. 그만큼 강력하다는 의미입니다. 따라서 그 효과를 막기 위해 사용되는 약물도 독할 수밖에 없어요. 내 말 알아들었습니까?"

소윤이 매드해터에게서 저 말을 듣는 것은 벌써 세 번째였다. 그러나 그녀는 굳이 지적하지 않고 고개를 끄덕였다.

"독하다는 게 무슨 의미일 것 같습니까. 몸에 좋을 리 없다는 겁니다. 그래서 적어도 1년에 한 번씩은 이 검사가 필요해요. 하필 당신이 마력 비보유자라 내 마력을 소비해야 하지만 그건 어쩔 수 없다고 치죠. 당신은 특수한 케이스니까요. 자, 거기 앉아서 마스크 벗어요. 기왕이면 그 답답한 앞머리도 치우고요."

오랜만에 올라온 그의 연구실은 기억하는 것보다 더 어질러져 있었다. 매드해터가 가리킨 간이침대 위에도 온갖 물건들이 올라와 있었다.

대부분 펜과 종이, 노트 같은 것들이라 그것들을 거리낌 없이 치워 낸 소윤은 그가 시키는 대로 간이침대 위에 앉아 얼굴을 드러냈다. 그녀의 앞에 선 그는 잠시 머뭇거리다가 지시했다.

"고개 들고."

소윤은 얌전히 따랐다.

"입술을 조금만 벌려요."

햇빛을 받아 창백하게 빛나는 페일핑크의 입술이 살짝 열렸다. 참으로 답지 않게 여린 색채였다. 매드해터가 그것을 바라보며 마저 설명했다.

"내가 가진 마력을 당신 몸 안에 흘려 넣어 체크할 겁니다. 조금 간지러울 수 있어요."

그는 허리를 숙여 그녀의 입술 위에 그의 입술을 가볍게 얹었다. 입술을 살짝 열자 촉촉한 점막이 닿는 것이 느껴졌다. 그는 열린 입술을 통로 삼아 소윤의 몸 안에 그의 마력을 조심스럽게 집어넣었다. 매드해터의 마력은 그의 체온을 닮아 조금 서늘했다.

잠시 후 매드해터는 그녀에게서 입술을 살짝 떼어 냈다. 종이 한 장이나 들어갈까 싶은 거리에서, 그녀는 눈조차 감지 않은 채 그를 올려다보고 있었다. 소름 끼칠 만큼 투명한 눈동자 안에서 그는 세상에 다시없을 얼간이 같은 표정을 짓고 있었다. 그리고 그 얼간이는 둘 사이에 존재하는 짧은 거리가 안타까워서 어느새 급조한 변명을 늘어놓고 있었다.

"아직 부족합니다. 좀 더."

그 자신에게조차 부끄러울 만큼 진심이 담긴 변명이었다. 그는 눈을 감고 다시 소윤에게 입을 맞췄다. 스스로를 믿지 못하여 자신의 허리춤에 얹어 놓았던 손에 힘이 세게 들어갔다. 입술이 겨우 떨어지는 순간, 부끄러울 정도로 사랑스러운 소리가 났다. 살짝 젖은 연분홍색 입술이 아찔했다.

그는 소윤에게서 등을 돌린 채 무엇인가를 찾는 척했다. 그녀는 모를 것이다. 마력을 넘겨주기 위해 입술을 맞대는 시간이 매해 점점 늘어난다는 것도, 그리고 그가 그녀의 몸을 마력으로 헤집으며 다른 남자의 흔적이 없음에 안심하고 있다는 것도.

간신히 진정한 그는 이번에는 말로써 확인하고자 했다.

"소문이 돌더군요."

"또 앨리스?"

"아닙니다. 도대체 그 여자와 무슨 관계이기에 바로 그 이름이 튀어나와요? 그 여자 말고…… 당신이 누군가를 집에 들여놓았다는 소문입니다."

스스로 말하면서도 매드해터는 실소를 금치 못했다. 그녀가 "네가 알 바 아니다."라고 말하고 돌아서도 어쩔 수 없는 물음이었다. 소윤은 그의 말에 불쾌한 듯한 반응을 보였다.

"그 소문, 어디까지 퍼졌어?"

"아마 손가락에 꼽을 정도만 알 겁니다. 많이 곤란한가 보죠?"

"곤란해. 의뢰라서."

소윤이 웬 남자를 들쳐 메고 집 안으로 들어간 뒤 며칠이 지났다. 그럼에도 남자가 나오지 않아 누구인지, 목적이 무엇인지, 둘이 안에서 무엇을 하는지 알 수 없어 행동으로 나섰던 매드해터는 예상외의 대답에 어리둥절했다.

아니, 생각해 보니 그 대답을 도출해 내지 못한 것이 이상했다. 그녀는 흰 토끼. 의뢰를 받으면 무엇이든 하니까.

방울 달린 털모자를 쓴 채 눈을 동그랗게 뜬 그는 보풀이 일어난 크림색 카디건에 힘입어 소년처럼 순진해 보였다.

"너라면 괜찮겠지. 치료와 보호 의뢰야."

그러니 비밀이 새어 나가면 안 돼. 그런 의미로 약간의 사실을 털어 놓았던 소윤은 매드해터의 얼굴에 천천히 번지는 웃음에 말문을 잃었다.

언제나 도취된 듯 나른했던 눈매가 부드럽게 휘고 살며시 올라가며 벌어진 붉은 입술 사이로 하얗고 고른 이가 살짝 드러났다. 아름다운 얼굴에 빛을 드리우는 미소였다.

다음 날은 새벽부터 비가 내리기 시작했다. 아침 일찍 일어난 소윤은 자신에게서 희미하게 피 냄새가 나는 것을 깨달았다. 저 비 때문일까, 아니면 난데없이 목도한 예술품 같은 미소 때문일까. 그녀는 나빠진 기분과 욱신거리는 아랫배에 대한 짜증을 외부로 돌렸다.

화장실에 들어가 옷을 벗어 문고리에 거는데 타일 위로 새빨간 핏방울이 뚝 떨어졌다. 멀쩡한 아이를 낳을 수 있다는 보장도, 좋은 어머니가 될 수 있다는 미래도 없는 주제에 몸만은 유전자를 남기기 위한 기능을 충실히 수행하고 있었다. 소윤은 신경질적으로 물을 틀었다.

씻고 나오자 디가 일어나 있었다. 잠이 덜 깨 멍한 얼굴로 긴 속눈썹을 나비처럼 파닥거리는 그는 어리고 선량해 보였다. 그러나 그녀와 눈이 마주친 순간 디는 얼굴을 팍 구겼다. 매드해터와 더불어 참으로 아쉬운 미모 낭비였다.

오늘은 아침부터 하트에게 가야 했다. 아침을 먹지 말고 오라는 말에 따라 그녀는 디에게 아침 식사를 차려 준 후 하트의 저택으로 향했다.

소윤은 하트가 아직 침실에 있다는 말에 그리로 들어갔다. 하트는 숙면 중이었다. 아직 이른 시간이니 그럴 만도 했다. 그녀는 나가서 기다릴 생각으로 침실 밖을 향해 걸음을 옮겼다. 그런데 하필 그때 그녀의 기척을 느낀 그가 눈을 떴다.

"흰둥아?"

저음의 깊은 목소리가 잠에 취해 근사하게 긁혔다. 조금 뒤 부스럭거리는 소리가 나더니 하트가 몸을 일으켰다. 그녀는 문고리를 잡으며 말했다.

"다른 방에서 기다릴 테니까 더 자."

"아니……."

고개를 슬쩍 기울인 하트가 그녀에게 손짓했다. 그녀는 순순히 다가갔다. 그러자 하트는 그녀의 허리를 붙잡고 가볍게 들어 올려 침대 안으로 끌어들였다.

침대 안까지 자욱한 베티베르의 향이 그녀의 전신을 옭아매는 것 같았다. 어느새 소윤은 그의 팔에 허리를 휘감긴 채 침대 위에 누워 있었다.

"하트?"

하트는 대답 대신 그녀의 등을 끌어안았다. 하트의 체온은 유독 뜨거워서 그에게 안기자 소윤의 미지근한 체온도 덩달아 올라갔다. 특히 아침 내내 욱신거리던 아랫배가 따뜻해지자 통증이 점점 희미해졌다. 소윤의 등에 있는 칼을 빼앗아 치우고 마스크마저 벗겨 어딘가로 던져 버린 하트는 두 사람의 몸에 이불을 덮으며 속삭였다.

"몸이 안 좋으면 말을 해야지."

"별로 안 좋은 건……."

"정말?"

하트는 그녀의 배에 손바닥을 올렸다. 뜨거운 물에 몸을 담근 것 같은 감각에 소윤은 몸서리쳤다. 그러자 하트가 낮게 웃었다.

"봐. 안 좋잖아."

이 눈치도 빠른 남자는 소윤에게서 피 냄새를 맡자마자 그 원인과 상태까지 단번에 알아차린 모양이었다. 전신용 인간 핫팩에 휩싸인 그녀는 아랫목에 누운 고양이처럼 골골거리다가 정신을 차렸다.

"부른 용건이 뭐야?"

"요즘 안 와서 불렀는데."

지난번 그를 만났을 때 앨리스에게 전달할 힌트를 받았으므로 고작 며칠밖에 되지 않았다. 그녀는 그리 긴 시간이 아니라고 생각했지만, 돌이켜 보니 아무리 뜸해도 이틀에 한 번은 얼굴을 보았다. 그리고 그것은 전부 하트가 그녀를 불렀기 때문이었다.

"안 불렀으니까 안 왔지."

"안 부르면 안 오는 거야? 야박하긴."

하트는 소윤의 배에서 손을 떼고 그녀를 온몸으로 끌어안았다. 뜨거운 손이 그녀의 허리를 짚었다가 등을 느릿느릿 거슬러 올라갔다. 소윤은 무심결에 얕게 신음했다. 그러자 하트의 손이 뚝 멈췄다.

"위험한데."

그는 착 가라앉은 소리로 중얼거렸다. 깊고 낮은, 몸 안쪽 어딘가를 자극하는 음성이었다. 잠시 가만히 있던 그는 자리에서 일어났다.

"씻고 나올 테니 기다리고 있어. 같이 아침이나 먹게."

하트가 씻는 사이 소윤은 커튼을 걷었다. 곧 하트가 욕실에서 나오고, 간단한 아침 식사가 차려졌다.

소윤은 갓 구워 따끈따끈한 크루아상에 벌꿀을 떨어뜨렸다. 투명한 금빛의 벌꿀에 햇살이 스며들어 따뜻하게 빛났다. 그 따뜻함이 혀끝에 닿자 온몸에 기분 좋은 활력이 돌았다. 하트는 그녀가 크루아상을 덥석 베어 무는 모습을 지켜보다가 지나가듯 물었다.

"요즘 특정 음식점들을 자주 가는 것 같던데."

디의 요구에 맞추다 보니 가는 음식점도 한정되었다. 소윤이 센트럴의 음식점에서 음식을 포장해 가는 것은 중요한 정보가 아니지만, 하트가 그것을 굳이 입에 올렸다는 것은 중요했다.

혹시 디가 머물고 있다는 것을 눈치챈 걸까? 그녀는 접시에서 눈을 떼고 하트를 보았다. 엄지손가락에 묻은 벌꿀을 슬쩍 핥은 하트는 그녀와 눈이 마주치자 삐뚜름하게 웃었다.

"내가 주는 밥이 맛없었어?"

그녀는 고개를 저었다. 원더랜드는 물론 지구에서도 하트의 저택에서 먹은 것보다 근사한 음식을 맛본 적은 없었다. 하트는 만족스럽게 웃으며 "그럼 자주 먹으러 와."라고 말했지만, 그녀는 순수하게 받아들이기 힘들었다.

"감시야?"

"감시라니, 그런 섭섭한 말을."

하트는 팔을 벌린 채 희극적인 어조로 대답했다. 그것을 본 소윤이 눈썹을 실룩거리자 하트는 킬킬 웃었다.

"난 걱정하는 것뿐이라고. 내 흰둥이가 쓰레기 같은 놈팡이에게 걸리면 큰일이잖아?"

역시나 하트. 그녀의 집에 누군가가 머물고 있다는 것을 이미 알고 있었다. 디라는 사실까지 아는지는 모르겠지만, 태도를 보아하니 딱히 다른 행동을 취할 생각은 없는 모양이었다. 하트가 알 정도라면 베이비는 당연히 알 테고……. 소윤은 머리가 아팠다.

"물론 네가 그럴 리 없다는 것은 알지만."

하트는 능글맞게 웃으며 말했다. 관대한 척 말하고는 있지만, 그녀는 하트가 그 정도의 말로 끝낼 인간이 아니라는 것을 알고 있었다.

아니나 다를까, 아침 식사에 굳이 필요하지 않은 디저트로 트뤼플 초콜릿이, 그것도 그녀가 며칠 전 들렀던 초콜릿 가게의 포장지에 버젓이 싸인 채 나왔다. 이거 좋아하잖아, 라는 표정으로 초콜릿을 밀어주는 하트를 보며 소윤은 백기를 들었다.

"다음 주에는 내보낼 거야."

"잘 생각했어. 장기 의뢰는 성가시니까."

소윤은 트뤼플 초콜릿을 입에 넣었다. 와그작 씹고 싶었지만 최고급 초콜릿은 입안에서 사르르 녹아 사라졌다.

하트의 저택에서 아침을 얻어먹고 나온 소윤은 디의 점심을 위해 센트럴로 갔다. 장기 의뢰가 성가시다는 하트의 말에는 틀린 게 없었다. 하루 세 번의 끼니는 소윤을 집에 착실하게 묶어 두었다.

그녀가 집에 들어갔을 때 디는 소파 위에 누워 있었다. 트레이닝 팬츠와 얇은 티셔츠 차림으로 소파에 누운 채 온 시간을 보내는 그는 세상 엄마들의 등짝 스매시를 소환할 만큼 게을러 보였지만, 외모가 화려하니 그마저도 그림이었다.

살짝 곱슬거리는 어두운 금발을 소파 팔걸이에 흐트러뜨린 채 흐린 눈으로 천장을 바라보는 모습이 슬픔과 공허에 사무친 왕자님 같았다. 하지만 소윤은 그가 아무 생각도 없을 때 그런 눈을 한다는 것을 알고 있었다.

소윤이 들어오자 흘금 시선을 주었다가 다시 멍한 얼굴로 돌아간 디는 이내 코끝을 가볍게 울렸다.

"다쳤냐?"

디가 미심쩍다는 듯 물었다. 피 냄새로만 봐서는 제법 큰 상처 같은데 거동에 불편함이 없으니 이상하게 여긴 듯했다. 다시 코를 킁킁거린 그는 잠시 후 어이없다는 듯 중얼거렸다.

“시발, 너 계집애였냐.”

입 다물면 절반은 간다는 말은 이런 때 쓰는 게 아닐까. 디를 무시한 그녀는 점심거리를 냄비에 부어넣고 인덕션에 올려 데웠다. 그러자 디가 옆구리를 부여잡은 채 그녀에게 다가왔다. 장난감을 찾았다는 듯, 그는 다소 큼지막한 입을 한껏 찢어 올리고 있었다. 육감적이고 도톰한 입술이 밝은 초승달을 그리자 조금 어둑했던 집이 환히 밝혀지는 것 같았다.

“존나 껌딱지에 유아 체형이라 몰랐지. 그래, 계집애구나? 근데 너, 나랑 동갑이라고 하지 않았냐? 그럼 그게 다 큰 거라고? 와, 존나 시발. 새치 너 이년, 인생 진짜…….”

디는 소윤의 어깨에 팔을 걸치고 가슴께를 힐끗힐끗 곁눈질하며 부러 말꼬리를 흐렸다. 10대 소년이나 할 법한 시비에 소윤은 딱히 반응하지 않고 점심을 차렸다.

원래도 풍만하다는 단어와는 별 연관이 없었던 소윤의 가슴은 차원이동을 한 이후 더 작아졌다. 그래도 이만큼 저체중인 몸에 AA컵이 아닌 게 어디야. 여성성 따위와는 연관 없는 생활을 하고 있는 소윤에게도 본능은 남아 있었는지, 그녀는 무표정을 견지한 채 속으로만 투덜거렸다.

디는 점심을 먹으면서 소윤을 관찰했다. 빈유도 나름의 맛이 있는 거라며 시시덕대던 부하들이라면 어떨지 몰라도 그의 취향은 아니었다. 그는 여자라면 꽉 쥐었을 때 손가락 사이로 물컹한 살이 올록볼록 튀어나올 정도로 큰 가슴을 가져야 한다고 생각했다. 그래야 절정 직전에서 가슴에 이를 세웠을 때…….

디의 눈에 핏발이 벌겋게 섰다. 어금니를 꽉 깨물자 레어로 구워진 스테이크의 살점이 부드럽게 뭉개졌다.

은은한 소나무 향이 감도는 소고기의 육질은 최고였지만, 그는 지금 다른 것을 깨물고 싶었다. 아쉬운 대로 저건 어떨까. 그때 저것, 즉 소윤이 고개를 들어 그를 보았다. 아니, 보았다고 생각했다. 머리카락에 가려 눈동자는 보이지 않았지만 그녀의 얼굴은 정확히 그를 향하고 있었다.

과연 다친 상태로 저걸 제압할 수 있을까. 디는 다시 접시로 시선을 내렸다.

그날 밤, 디는 꿈을 꾸었다. 익숙했던 좁고 어두운 방이었다. 그는 혼자 그 방에 웅크려 있었다. 덤은 어디? 그가 형제를 찾는 사이, 꼭 닫혀 있던 문이 슬며시 열렸다. 디는 흠칫 놀라 어깨를 움츠렸다. 빼꼼 열린 문 사이로 길고 시커먼 인영이 보였다. 엄, 마. 디는 숨을 헐떡였다. 고통의 시간이다.

"헉!"

디는 눈을 번쩍 떴다. 어둠에 싸인 천장이 눈에 들어왔다. 그는 숨을 가쁘게 몰아쉬었다. 어둠은 싫다. 창 하나 없는 방에서 그는 어미에게 죽도록 맞았다. 덤도 없었다. 아팠다. 괴로웠다.

그때 차분하고 규칙적인 숨소리가 들려왔다. 디는 소스라치게 놀랐다. 어미, 어미인가. 그를 죽이기 위해 나타났는가. 그렇다면 그때처럼 먼저 죽이면 된다. 몸을 일으킨 그는 숨소리가 들려오는 쪽을 향해 조용히 접근했다.

그러나 그가 발견한 것은 어미가 아니라 소윤이었다. 어둠에 묻힌 백발이 짙은 색의 베개 위에서 별처럼 조용히 빛나고 있었다. 잡아먹자. 그들이 가장 잘하고 또 좋아하는 것을 하자. 어느새 깨어난 덤이 동조했다.

그들은 소윤의 목덜미에 코를 박고 숨을 깊이 들이마셨다. 상큼하고 쌉싸래한 냄새가 식전주처럼 식욕을 자극했다. 그들은 입안에 가득 도는 군침을 꿀꺽 삼킨 후 소윤이 덮고 있는 이불을 슬쩍 내렸다.

티셔츠 아래에서 오르내리는 가슴이 보였다. 그들은 나이프로 그녀의 티셔츠를 찢었다. 식욕을 돋구는 냄새가 물씬 풍기더니 작지만 봉긋한 가슴이 드러났다.

그들은 입맛을 다시며 소윤의 가슴을 향해 입을 한껏 벌렸다. 타액에 젖어 번들거리는 하얀 이가 몽글몽글한 젖가슴에 쇄도했다. 조금만, 아주 조금만 더 가면 말랑말랑하고 따뜻하고 달콤한 것이 입에 들어온다. 그들은 히죽 웃었다.

그리고 그들은 억센 손아귀에 턱을 붙들렸다. 만찬을 코앞에 두고 기대를 배신당한 타액이 입술 사이로 주르륵 흘렀다. 엉겁결에 눈을 굴리자 어느새 일어나 앉은 소윤이 보였다. 또 실패했다.

그들이 소윤의 손을 뿌리치는 순간, 그녀가 그들의 머리를 세게 걷어찼다. 쿠당탕! 그들은 요란한 소리를 내며 집 한구석으로 처박히고 말았다. 어딜 잘못 부딪쳤는지 정신이 가물가물 멀어졌다. 흐릿한 시야에 소윤이 타월로 손을 닦는 것과, 그 타월을 그들에게 집어 던지는 것이 보였다.

"애도 아니고 침이나 흘리기는. 턱받이 필요하냐?"

그것이 그 밤의 마지막 기억이었다.

디가 다시 눈을 뜬 것은 정오가 다 되어서였다. 덤은 잠들었는지 조용했다. 간밤의 기억이 꿈인가 싶었던 그는 자신이 소파가 아니라 아무 구석에나 구겨져 있다는 것을 깨닫고는 이를 갈았다.

"이 씹어 버릴 계집애가!"

벌써 두 번째 실패였다. 이건 치욕이었다. 그가 몸을 일으키자 상체 위에 걸쳐져 있던 타월이 툭 떨어졌다. 그것이 간밤의 목소리에 도돌이표를 달았다. 턱받이 필요하냐. 턱받이……. 디는 욕설을 내뱉었다.

집 안에 그 이외의 기척은 없었다. 그래, 네가 도망쳤다 이거냐. 돌아오기만 해 봐라. 당장 입에 넣고 아그작아그작 씹어 주마.

보통 계집애들은 어딜 물면 더 아파하더라? 유방? 상완? 허벅지? 뺨을 물어뜯었을 때 자지러지게 울던 한 창녀가 떠올랐다. 좋아, 얼굴이다. 뺨에 구멍이 뚫리면 아주 볼만하겠네. 그가 입술을 길게 찢으며 다짐하는 순간 문이 열렸다. 양팔에 짐을 든 소윤이 들어왔다.

"일어나 있었……."

디는 그녀를 향해 돌진했다. 옆구리의 아픔도 느껴지지 않았다. 3미터, 2미터. 앞머리와 마스크에 가려진 얼굴이 그를 향했다. 드디어 1미터.

디는 소윤의 목줄기를 향해 손을 뻗으며 이를 드러냈다. 그리고 다음 순간, 배를 세게 걷어차인 그는 부엌 쪽으로 나동그라졌다. 부엌 입구의 턱을 붙잡고 간신히 몸을 고정한 그는 연신 기침하며 정신없이 숨을 들이마셨다. 디에게 다가온 소윤은 그의 멱살을 잡고 그대로 질질 끌어 소파로 다가갔다.

"윽! 이 미친년이! 뒈지고 싶냐! 당장 놔!"

디가 아무리 힘을 줘도 그의 주먹에 대면 반밖에 안 될 작은 주먹은 풀리지 않았다. 발버둥 치는 디를 소파 위에 집어 던진 그녀는 그의 다리 위에 털썩 주저앉았다.

"이건 또 무슨 지랄이야! 당장 꺼져, 시발아!"

디는 상체를 벌떡 일으켰다. 그러자 소윤은 머리를 뒤로 가볍게 젖혔다가 앞으로 세게 박았다. 쾅! 머리와 머리가 부딪쳤다고는 생각하지 못할 굉음과 함께 디가 뒤로 넘어갔다.

"으……."

너무 아파 제대로 된 신음조차 흘리지 못하는 디와는 달리 소윤은 바람결에 넘겨진 앞머리를 슥슥 정리한 후 저 할 일을 했다. 디의 티셔츠 자락을 휙 끌어 올린 그녀는 붕대를 확인했다.

"순조롭게 아물어 가는 모양이네. 안 터졌어."

"썅…… 돌머리 주제에……."

"네 머리가 약한 거지. 밥 먹어."

언젠가 반드시 죽여 버린다. 디는 이를 득득 갈았다. 그리고 한밤중에 통산 네 번째 습격을 감행했던 그는 이번에도 역시 호되게 격퇴되었다.

다음 날 아침, 일어났음에도 불구하고 자는 척을 하는 디에게 밥 먹으라는 전언을 남긴 소윤은 집을 나섰다. 그녀의 기척이 멀어지자 디는 뒤집어쓰고 있던 이불을 내팽개치고 자리에서 일어나 앉았다.

"대체 어디서 저딴 년이 튀어나온 거야?"

아무리 생각해도 저 체구에 저 힘은 사기였다. 어디서 이상한 약이라도 처마셨나. 아주 틀린 것만도 아닌 추리를 하며 그는 소파 위에 벌렁 드러누웠다. 다시 잠이나 잘 생각이었다.

아침 잠의 꿈에는 소윤이 나왔다. 쌍둥이는 창 넓은 방에 오도카니 앉아 드리워진 햇살을 응시하고 있었다.

어느새 쌍둥이 앞에 소윤이 앉아 있었다. 하얀 앞머리 사이로 그녀의 갈색 눈동자가 드러났다. 햇빛이 깃든 갈색 홍채 속에는 은빛 가루가 떠돌고 있었다. 디와 덤은 그것을 멍하니 바라보며 오래전 낡은 동화책에서 보았던 요정 가루 같다고 생각했다.

그리고 잠에서 깬 후 쌍둥이는 병신 같았던 꿈속의 자신들을 향해 연신 욕설을 내뱉었다.

디와 덤이 동화 같은 꿈을 꾸고 있을 때 소윤은 하트의 저택에 있었다. 부드러운 디프로매트 크림커스터드 크림과 휘핑한 생크림을 같은 비율로 섞은 크림이 듬뿍 사용된 딸기 타르트와 커피를 앞에 둔 소윤은 마스크를 벗고 앞머리를 핀으로 고정시켰다.

그때 그녀의 옆에 앉아 있던 하트의 눈이 번득였다. 소윤에게서 포크를 빼앗은 그는 그녀의 어깨를 붙들고 그를 향해 돌려 앉혔다.

"이마에 이게 뭐야. 멍이 들었는데?"

하트의 목소리는 감미로웠지만 눈동자는 짜증을 담고 있었다. 소윤이 가만히 있자 그는 손가락으로 그녀의 이마를 가볍게 짚었다. 조금 욱신거리는 통증에 그녀는 어제 낮에 있었던 일을 떠올렸다. 환히 드러난 그녀의 표정을 하트가 읽었다. 그는 그녀의 이마를 꾹 누르며 말했다.

"들개가 제멋대로 날뛴 모양이지?"

과연 하트. 그녀의 집에 있는 것이 누구인지 제대로 알고 있었다. 하트는 트윈스의 악취미에 대한 소문과, 그리고 그 소문이 사실이라는 것을 알고 있는 몇 안 되는 사람 중 하나였다. 그래서 하트는 가끔 트윈스를 들개라고 불렀다. 먹을 것, 못 먹을 것, 안 먹을 것 가리지 못하고 아무거나 주워 먹는 짐승이라고.

그리고 소윤은 『원더랜드』를 통해 약간의 사실을 더 알고 있었다. 쌍둥이 형제와 어머니를 먹고 살아남은 트위들 디는 그로 인해 이중인격이 되었을 뿐 아니라 함께 밤을 보낸 여자를 전부 살해하는 성벽의 소유자가 되었다. 그에 대해 이해할 마음도, 그리고 그럴 필요도 없었다. 그녀가 알아야 하는 것은 디가 그녀에게 이를 드러냈지만, 그녀에게는 그를 제지할 능력이 충분하다는 것뿐이었다.

소윤은 하트에게서 벗어나 포크를 향해 손을 뻗었다. 그리고 다시 하트에게 붙들려 원래의 자세로 돌아갔다.

"치료해."

그녀는 고개를 저었다. 타르트 위에 얹힌 새빨간 딸기가 먹음직스러운 향기를 풍기며 그녀를 유혹하고 있었다. 그러나 이 저택은 하트의 것이고, 이 저택 안의 물건들도 하트의 것이며, 이 타르트도 하트의 요리사가 만든 것이다. 그녀는 포크를 멀리 치워 버린 하트에게 굴복하고 말았다.

소윤은 이마를 완전하게 까 드러내고 핀으로 고정했다. 평소보다 더 어려 보이는 얼굴에 피식 웃은 하트는 손가락에 약을 짜 그녀의 이마에 꾹꾹 눌러 발랐다. 소윤이 중얼거렸다.

"아픈데."

"벌이야."

트윈스를 집에 들인 벌. 소윤은 그가 말하지 않은 부분까지 알아들었다. 그것이 어째서 하트에 대한 죄가 되는지는 알 수 없었지만, 그의 언동을 이해할 수 없었던 적이 어디 한두 번이었던가.

약을 다 바른 하트는 반창고를 이용하여 소윤의 이마에 거즈를 붙였다. 그제야 그녀는 타르트를 맛볼 수 있었다.

늘어지게 자고 있던 디는 익숙하지 않은 기척이 다가오는 것을 느끼고 잠에서 깨어났다. 그는 부엌에 몸을 숨겼다.

잠시 후, 누군가가 안으로 들어왔다. 디는 손거울을 통해 실내를 확인했다. 햇살에 눈부시게 부서지는 은발이 가장 먼저 보였다.

"흰 토끼? 친구야, 안에 있니?"

중성적인 목소리가 발랄하게 울렸다. 베이비는, 건드리면 애인들이 시끄럽게 굴어 귀찮지만 그 이외에는 무해한 존재였다. 얼마나 무해하냐면, 디의 힘이면 1분 만에 목을 부러뜨릴 수 있을 정도였다.

그는 베이비의 앞에 모습을 드러냈다. 집 안을 둘러보던 베이비가 디를 발견하고는 눈을 동그랗게 떴다. 언제 봐도 백치미가 줄줄 흐르는 얼굴이었다.

"트윈스?"

"무슨 볼일이야?"

"흰 토끼 만나러. 너는 왜 여기에 있어?"

"알아서 뭐하게."

이로써 비밀 엄수는 물 건너갔다. 이걸로 70만 캐럴을 좀 깎을 수 있을까. 돈이야 많지만 소윤이 제시한 금액을 순순히 내주기 싫었던 디는 그렇게 생각했다. 그 잠깐 사이에 디를 훑어보고 판단을 내린 베이비가 경악에 찬 표정으로 외쳤다.

"서, 설마! 너 흰 토끼랑 그런 사이였어?"

"뭐 시발? 이년이 뭐라고 지껄이는 거야? 뒈져 볼래?"

"년 아닌데? 지금은 남자거든?"

"아가리 안 닥쳐? 어딜 빨래판을 들이밀고 지랄이야."

"남자니까 없다고. 흰 토끼는 어디 갔어?"

"그딴 년 어디 처박혔는지 내가 알 게 뭐야! 귀찮게 굴지 말고 당장 꺼져!"

두 사람 사이의 가벼운 말다툼은 소윤이 귀가할 때까지 이어졌다. 그녀가 집에 들어갔을 때, 디는 베이비를 향해 주먹을 올리고 있었고 베이비는 어깨를 잔뜩 움츠린 채 겁먹은 얼굴로 그를 올려다보고 있었다. 소윤은 잠시 침묵한 후 입을 열었다.

"재미있어?"

"친구야! 쟤가 나 때려!"

"내가 언제!"

베이비가 쪼르르 달려가 소윤에게 안겼다. 그러나 베이비가 소윤보다 딱 5센티미터 큰지라 서로 끌어안은 형상이 되었다. 그녀는 베이비의 등을 토닥토닥 두드려 주며 조용히 속삭였다.

"적당히 갖고 놀아라."

"데헷."

베이비는 디가 보지 못하는 각도에서 샐쭉 웃었다.

마침 점심 먹을 때였으므로 소윤은 세 사람분의 점심을 준비했다. 디가 손도 대지 않은 아침 식사를 더하니 얼추 양이 맞았다. 소윤은 하트의 저택에서 디저트로 채웠던 배가 아직 꺼지지 않아 일찍 수저를 놓았다. 그러자 베이비가 걱정스럽게 물었다.

"왜 그래? 입맛 없어?"

"어디서 뭘 주워 먹고 왔냐?"

"하트가 타르트를 줬거든. 맛있어서 많이 먹었더니 밥이 안 먹히네."

"하트네 음식이 좀 많이 맛있지. 게다가 다른 사람도 아니고 너 먹일 건데 얼마나 신경을 썼을까."

받아들이기에 따라서는 제법 의미심장하게 여겨질 수 있는 말이었다. 그러나 반응한 사람은 따로 있었다.

"지랄하네. 내 집 음식이 더 맛있어."

"그걸 먹어 보지도 않고 어떻게 알아? 게다가 음식 맛이라면 우리 집도 만만찮다고. 안 그래, 흰 토끼?"

형형한 눈으로 노려보는 디와 앙큼한 표정의 베이비 사이에서 소윤은 입을 다문 채 먼 데만 바라보았다. 그녀로서는 하트의 저택에서 먹은 음식이 제일 맛있었지만, 그걸 말했다가는 귀찮아질 것 같았기 때문이다.

베이비가 돌아간 후 소윤은 설거지를 했다. 그런데 그녀가 무엇을 하든 소파에 붙박이처럼 누워 있던 디가 슬금슬금 다가오더니 그녀의 주변을 맴돌기 시작했다. 부엌 입구쯤에 서서 잠깐, 물통 옆에 서서 잠깐, 쓰레기를 담아 놓은 봉지 옆에 서서 또 잠깐. 그러더니 그는 그녀의 바로 뒤에 서서 어깨 너머로 그녀가 하는 양을 들여다보았다.

작은 손이 수세미를 들고 그릇을 문지른다. 꼼지락거리는 하얀 손가락, 하얀 거품, 하얀 접시. 걷어 올린 소매 아래 드러난 팔도 하얗기 그지없었다.

그의 얼굴 바로 옆에도 하얀 것이 있었다. 베이비의 은발과는 확연히 다른, 노인이나 가질 법한 백발이었다. 시선을 내리자 머리카락 사이로 드러난 하얀 목덜미도 보였다. 저걸 물어뜯으면 무력해질까. 디는 저가 어느새 이를 드러냈다는 것을 몰랐다. 홀린 듯 목덜미를 향해 다가가던 그는 옆구리에서 느껴지는 통증에 짜증스럽게 신음했다.

"윽! 뭐……야……."

차고 투명한 갈색 눈동자가 그를 응시하고 있었다. 그 안에서 요정 가루가 은빛으로 부유했다.

요정이 축복을 줄 때 쓰는 요정 가루. 그게 있으면 행복해진다고 했다. 행복이 무엇인지는 모른다. 그저 맞지 않으면 아프지 않았고, 배가 부르면 기분이 좋아졌다. 맛있는 것을 먹으면 더 좋았다. 쌍둥이는 그것이 행복이라고 생각했다.

옆구리에서 다시 통증이 느껴졌다. 그는 시선을 내렸다. 소윤이 그의 상처를 꾹 움켜쥐고 있었다.

"비켜."

소윤이 담담하게 말했다. 디는 어느새 그녀에게 바짝 붙어 서 있는 자신을 발견했다. 저보다 훨씬 큰 남자의 그림자에 뒤덮여 있음에도 그녀는 두려워하거나 부끄러워하지 않았다.

그는 그녀의 얼굴을 향해 충동적으로 고개를 숙였다. 그러나 이마를 짚은 소윤의 손바닥에 밀려나고 말았다. 그녀는 아무렇지도 않게 그의 그림자에서 빠져나가 부엌 어귀에 걸린 타월에 젖은 손을 닦았다.

몇 분 후 소윤은 다시 밖으로 나갔다. 디는 묘한 오기를 불태우며 그녀의 뒷모습을 노려보았다.

다음 날, 다시 베이비가 방문했다. 얇은 셔츠에 감싸인 가슴은 오늘도 판판했다.

"흰 토끼는 또 없어?"

"뒈졌다. 너도 똑같이 해 줄까?"

디의 대답에도 베이비는 큰 반응을 보이지 않았다. 어쩐지 다 귀찮아진 그는 퉁명스럽게 말했다.

"뭐 주워 먹을 게 있다고 기어 들어와? 당장 꺼져."

"흰 토끼는 내 친구니까."

베이비는 샐샐 웃으며 대답했다. 그는 뒷짐을 지고 디를 돌아보았다. 베이비의 애인들이 보았더라면 사랑스럽다고 열광했을 포즈였지만, 디에게는 짜증만 유발할 뿐이었다.

"친구? 둘 다 년인지 놈인지 구분이 안 되니 참 잘 어울리네, 시발. 대가리도 허옇고 가슴도 없고."

"흰 토끼한테 가슴이 없는 건 어떻게 알았니? 봤어? 오호라, 봤네 봤어."

"보든 말든 네가 뭔 상관인데."

봤다. 그래서 뭐 어쩌라고. 하얗고 부드러워 보이는 게 꼭 크림 같아서 깨물면 입안에서 스르르 녹을 것 같았다. 아무 냄새도 안 날 것처럼 생겨 먹은 주제에 과일 냄새를 풀풀 풍기는 점도 먹음직스러워 보였다. 그리고 눈알, 그 요정 가루, 시발. 이제까지 누구 눈알에 신경 쓴 적은 단 한 번도 없었는데.

그사이 베이비는 혼자서 뭐라고 나불거리고 있었다. 흘려듣던 디는 자신도 모르게 주먹을 움켜쥐고 말았다.

"내 가슴이야 남자일 때나 여자일 때나 완벽하지. 근데 흰 토끼 것도 예뻐. 내 손에도 딱 들어올 만큼 작은데, 모양도 그렇고 색깔도 그렇고. 특히 감촉은……."

"시발, 안 닥쳐?"

친구끼리 무엇을 하는지 디는 알지 못했다. 그러나 저따위 소리가 친구 사이에 어울리지 않는다는 것쯤은 알고 있었다. 그가 버럭 소리를 지르자 베이비는 손가락을 세워 자신의 입술 앞에 대고는 생긋 웃었다.

"아, 넌 아직 못 만져 봤구나?"

"창녀 새끼 주제에 뒈질려고 환장……!"

그때 인기척이 가까워졌다. 베이비는 디를 부엌 쪽으로 떠밀었다.

"뭐 하는 짓이야?"

"네가 여기 있는 게 알려지면 흰 토끼가 별로 안 좋아할걸?"

"……안 그래도 들어갈 거였어!"

디는 베이비를 뿌리치고 제 발로 부엌에 들어갔다. 잠시 후, 문을 두드리는 소리가 났다.

"열려 있어!"

베이비의 목소리가 집 안에 짜랑짜랑하게 울렸다. 문이 열리고 생소한 기척이 안으로 들어왔다.

"어? 너 혹시 앨리스 리델?"

앨리스가 원더랜드에 온 지 3주가 지났다. 그동안 그녀는 작은 상처만 나도 닥터를 찾아가고, 마치와의 사이를 돈독히 하고, 흰 토끼를 그녀에게 반하게 만들었다. 그러나 정작 메인 루트라고 할 수 있는 하트와 만난 횟수는 고작 세 번이었다. 하트는 자주 외출하는 성격이 아니었고, 그의 저택은 중립지대 밖에 위치하고 있었기 때문이었다.

하트를 만나려면 어떻게 해야 할까. 해답은 자연스럽게 떠올랐다. 그래서 앨리스는 흰 토끼의 집으로 찾아갔다. 그곳에서 그녀는 아름다운 소년을 만나게 되었다.

곱실거리며 어깨까지 흘러내린 순수한 은발, 보석처럼 빛나는 새파란 눈동자, 오뚝한 콧대에 수술로도 나오지 않을 것 같은 완벽한 코, 장미 봉오리 같은 분홍색의 입술, 그리고 돌아보는 간단한 동작만으로도 색기가 흐르는 가느다란 몸. 『원더랜드』에서 하트의 정보상으로 등장하는 베이비였다.

앨리스는 베이비가 하트 또는 닥터와 연출하던 묘한 분위기를 기억했다. 후반부에서 베이비가 앨리스의 친구로서 등장한다는 것은 그다음에 떠올린 기억이었다. 그녀는 생긋 웃었다.

"응, 맞는데. 넌 누구야?"

"베이비라고 해. 흰 토끼를 찾아왔니? 지금 집에 없는데. 전언이라도 남길래?"

베이비가 왜 흰 토끼의 집에 있는 걸까. 혹시 그를 베이비의 어장에 넣기 위해? 그래 봤자 이미 늦었을 텐데. 앨리스는 다시 웃었다. 이번에는 진심에서 우러나온 표정이었다.

"아냐. 다음에 다시 오지 뭐."

베이비는 앨리스의 뒷모습을 바라보며 입꼬리를 끌어 올렸다. 정보를 통해 분석한 모습과 소윤이 설명하는 모습이 너무 달라 어느 쪽이 맞는 걸까 생각했는데, 아무래도 자신이 맞았던 모양이었다.

"간 큰 아가씨네."

그래 봤자 불가능할 텐데. 베이비는 앨리스가 그를 보며 했던 것과 비슷한 생각을 하며 콧노래를 불렀다. 앨리스가 나간 후 부엌에서 나온 디가 빈정거렸다.

"미쳤냐? 왜 개새끼처럼 끙끙거리고 지랄이야?"

"조만간 원더랜드에 그럴싸한 볼거리가 생길 것 같아서. 그런데 개새끼라니……."

베이비는 키득키득 웃었다. 하트가 트윈스를 뭐라고 부르는지 생각났기 때문이었다. 개새끼는 내가 아니라 너지. 그렇게 말하는 대신,

그는 한 가지 사실을 말해 주기로 했다. 물론 그를 창녀 새끼라고 부른 것에 대한 복수는 아니었다. 아마도.

"좋은 거 하나 알려 줄까? 가슴 크기에 연연하지 않는 남자는 제법 많아. 하트라든가, 매드해터라든가."

"그 새끼들 여자 보는 눈이 다 뽑히지 않고서야 그럴 리 있겠냐?"

"여자라고 생각은 하는구나?"

"그럼 남자야?"

아무래도 트윈스 중 한쪽은 소문대로 머리가 나쁜 모양이었다. 자연스럽게 소윤을 말하면서도 그것을 전혀 눈치채지 못하는 디를 베이비는 측은하게 바라보았다. 그리고 발끈하여 꺼지라고 욕설을 내뱉는 그에게서 도망치는 척 소윤의 집에서 나왔다. 친구에게 귀찮은 게 꼬였나 싶어 찾아왔는데 이 정도면 큰 문제는 없을 것 같았다.

베이비가 나간 후 디는 소파로 돌아갔다가 원인 모를 짜증을 느끼고 쿠션을 두들겼다. 단 한 주먹에 터진 쿠션에서 흰 솜이 흉하게 삐져나왔다. 그걸 아무렇게나 집어 던진 그는 이불을 머리끝까지 뒤집어썼다. 시발, 시발. 디는 누구를 향하는지도 모를 욕설을 연신 쏟아부었다. 그러나 아무리 욕을 해도 속이 시원해지지가 않았다.

1시간쯤 후, 소윤이 귀가했다. 디는 벌떡 일어나 베개를 그녀에게 집어 던지며 외쳤다.

"야, 새치! 너 왜 이렇게 늦었어!"

소윤은 베개를 가볍게 낚아챘다. 그리고 그것을 소파에 되돌리기 위해 다가가던 그녀는 터진 쿠션을 발견했다. 그녀는 디를 물끄러미 바라보았다. 그러자 제 발이 저린 디가 버럭 소리를 질렀다.

"뭐! 왜!"

"아냐. 배고파? 밥 먹을래?"

"넌 시발, 나한테 할 말이 밥 먹으라는 것밖에 없냐?"

"네가 찢었던 티셔츠와 이 쿠션은 따로 청구할……."

"그냥 아가리 닥쳐!"

스물한 살에 사춘기인가. 소윤은 질풍노도의 디를 보며 가볍게 한숨을 쉬었다.

그녀가 점심 식사를 준비하는 사이, 소파에서 일어난 디가 어슬렁거리며 부엌에 들어왔다. 그는 벽에 기대어 소윤의 뒷모습을 응시했다.

인덕션을 켜 예열한다. 음식의 포장을 뜯는다. 근처에 놓아두었던 냄비를 가져와 음식을 붓는다. 용기를 차곡차곡 겹쳐서 버린다. 인덕션 위에 냄비를 올린다. 숟가락으로 냄비를 휘젓는다. 찬장을 향해 팔을 뻗는다.

걷힌 소매 아래로 드러난 하얀 팔이 눈부셨다. 어젯밤 그의 눈이 머물렀던 곳이었다. 쭉 뻗은 팔, 옆구리, 엉덩이, 다리가 그린 선은 직선으로 이루어진 것 같지만 사실은 곡선이었다. 여자, 계집애, 약해서 금방이라도 물어뜯을 수 있는 것들.

"야, 새치. 너 그 변태랑 무슨 사이야?"

"변태?"

"어린애인지 애새낀지 하는 이상한 이름 가진 갈치 머리 변태."

베이비의 이름이 그가 어릴 때 아가, 아기야, 하고 불리던 것에서 유래하기는 했지만 그것을 이런 식으로 지적하는 사람은 처음 보았다. 게다가 갈치 머리라니. 베이비의 은발을 지극히 사랑하는 애인들이 들었더라면 디의 머리를 죄다 뽑아 버리겠다고 덤벼들 단어였다. 새치와 갈치 중 어느 쪽이 더 폭언인 걸까, 따위의 생산성 없는 생각을 하면서 소윤이 대답했다.

"친구."

"그딴 것도 친구라고……. 하지 마, 당장 끝내. 야, 대답 안 해? 시발, 가슴이나 주물럭거리는 변태가 친구는 무슨 친구야!"

아무래도 베이비가 디를 상대로 장난을 친 모양이었다. 물론 베이비가 그녀의 가슴을 만진 적은 있었다. 가슴이 커지는 마사지를 해 준다거나 브라를 제대로 착용하는 방법을 알려 준다는 이유로, 아니 때로는 아무 이유 없이 그냥 감촉이 좋다고 달려들기도 했다. 그러나 그건 어디까지나 장난이었고, 무엇보다도 디가 저렇게 짜증을 부릴 이유가 없었다.

그녀가 대답하지 않자 디는 벽을 걷어찼다. 그녀는 "벽 무너져."라고 냉정하게 주의를 줄 뿐, 그가 원하는 대답을 하지는 않았다. 그는 홧김에 내뱉었다.

"그럼 너 하트나 매드해터는…… 젠장."

원하기만 하면 원더랜드에서 가장 예쁜 매춘부를 옆에 붙여 놓을 수도 있는 그들이 저런 볼 것도 없고 여자 같지도 않은 여자에게 눈독을 들일 리가 없었다. 디는 따로 물을 가치도 없다고 여겼다. 그런데 자꾸만 생각과는 다른 말이 튀어나오려 했다. 그는 입을 꾹 다물었다. 꽉 막힌 목이 답답했다.

흰 토끼의 집에서 나온 앨리스는 센트럴로 향했다. 점심을 먹고 다시 흰 토끼를 찾을 생각이었다. 그리고 센트럴로 간 그녀는 여주인공 버프를 새삼 실감할 수 있었다. 많은 사람들 속에서도 눈에 확 띄는 아우라를 가진 진저 헤어의 남자를 향해 앨리스는 종종걸음으로 달려갔다.

"하트!"

그녀가 부르자 하트가 돌아보았다. 그는 입가에 미소를 띠고 있었는데, 앨리스는 그 웃음에서 고양잇과의 섹시한 맹수를 연상했다.

하트에게 다가간 앨리스는 달리다가 갑자기 멈춘 사람처럼 그의 팔에 매달려 가슴에 손을 올렸다. 와인색의 얇은 실크 셔츠 너머로 단단한 근육이 느껴졌다.

"후아, 하아……. 오랜만이라 반가워서, 아! 미안해요!"

앨리스는 그녀의 자세를 겨우 깨달은 사람처럼 화들짝 놀라며 손을 치웠다. 그러자 하트는 그 손을 붙잡아 그녀의 몸을 팔 안에 끌어당겼다.

"오랜만이야, 앨리스. 여기에는 무슨 일로 왔어?"

"점심 먹으러 왔어요. 다 먹고 흰 토끼를 만나러 갈 생각이었는데……."

앨리스는 말을 흐리며 하트를 슬쩍 올려다보았다. 남성적이고 대단히 관능적인 얼굴은 대체로 무감했지만 슬쩍 가늘어진 눈동자만은 금방이라도 폭발할 것처럼 아슬아슬했다. 그녀는 저도 모르게 침을 꼴깍 삼키며 말을 이었다.

"혹시 흰 토끼를 보지 못했나요?"

그녀가 소윤을 만나려는 목적은 하트를 만나기 위해서였으므로 그것이 달성된 지금에 와서 굳이 행방을 물을 필요는 없었다. 그러나 앨리스는 일부러 물었다. 그리고 하트는 그녀의 미끼를 덥석 물었다.

하트의 적갈색 눈동자에 시커먼 먹구름이 밀려들었다. 누구에게 묻는대도 질투 중이라고 대답할 법한 얼굴을 한 그는 앨리스의 뺨에 손가락을 올렸다. 단단한 손가락이 그녀의 뺨을 스칠 듯 말 듯 하며 미끄러져 내려갔다.

"굳이 흰둥…… 흰 토끼를 만나야만 하는 일이야? 나로서는 안 되고?"

"음…… 네."

하트는 앨리스를 놓고 한 걸음 물러섰다. 이제 그의 얼굴에서는 미소의 흔적조차 보이지 않았다.

"오늘은 못 봤어. 만나면 앨리스가 찾고 있더라고 전해 주지."

하트는 몸을 돌려 그녀에게서 멀어졌다. 앨리스는 그의 뒷모습을 바라보면서 미소를 지었다. 함께 식사를 할까 질투심을 자극할까 고민했는데, 후자를 선택하길 잘한 것 같았다.

질풍노도의 디로 인해 늦은 점심을 먹고 설거지를 하던 소윤은 스마트폰의 기본 벨 소리에 손에 묻은 물기를 닦고 전화를 받았다. 누구냐고 묻기도 전에 낮은 음성이 그녀의 귀를 자극했다.

—나와.

하트의 목소리는 드물게 착 가라앉아 있었다. 원인은 알 수 없었지만 그는 지금 대단히 기분이 나쁜 상태였다.

뒤이어 메시지가 도착했다. 소윤은 지도를 펼치고 메시지에 나온 주소를 확인했다. 원더랜드에서 차로 30분쯤 떨어진 곳이었다. 한동안 조용했던 하트가 취미 생활을 즐기려는 모양이었다. 급히 설거지를 끝낸 그녀가 나갈 채비를 하자 주변에서 얼쩡거리던 디가 물었다.

"방금 하트 새끼 아니었어?"

"맞아."

"지금 나가면 시발, 내 저녁은?"

"갔다 와서 줄게. 배고프면 찬장 안에 있는 육포 먹고 있어."

점심을 오후 2시가 넘어서 먹었으니 저녁을 조금 늦게 먹는다 해도 괜찮을 것이다. 소윤은 집을 나섰다. 그녀의 뒷모습을 보며 디는 버릇처럼 욕설을 중얼거렸다.

하트의 저택에 들러 필요한 물건을 챙긴 그녀는 원더랜드에서 나와 사람의 눈을 피해 달려갔다. 1시간쯤 후, 그녀는 하트가 지정한 장소에 도착했다.

10미터 밖에서도 알아볼 수 있을 만큼 피 냄새를 풀풀 풍기는 단독

주택이었다. 먼저 차고에 차가 주차되어 있는지 확인한 그녀는 망설임 없이 문을 열고 안으로 들어갔다.

실내는 머리가 잘린 5구의 시신에서 뿜어져 나온 피로 바닥이고 벽이고 할 것 없이 전부 새빨갰다. 하트는 그들 한가운데에 서 있었다.

5개의 머리통을 이리저리 굴리며 발장난을 치던 그는 소윤과 눈이 마주치자 불그스름한 입술을 길게 찢었다. 그가 애용하는 도끼에서는 채 마르지 않은 피가 무정한 쇳덩어리를 타고 뚝뚝 떨어지고 있었다.

"어서 와, 흰둥아."

붉은 머리카락을 새빨간 피로 흠뻑 적신 그가 팔을 크게 벌렸다. 소윤이 그에게 다가가자 그는 품 안 가득 그녀를 끌어안았다.

"피 묻어."

"흐음, 같이 씻을까?"

그녀의 목덜미에 코를 박고 깊이 숨을 들이마시며 하트가 속삭였다. 마치 자기 몸인 양 그녀의 옷 속으로 익숙하게 침범하는 손을 물린 소윤이 대답했다.

"진정해."

하트는 그녀의 머리카락 깊숙이 손가락을 집어넣고 끌어당겼다. 어느새 마스크는 벗겨져 있었다. 차분하고 청량한 베티베르 냄새에 비릿한 피 냄새가 섞여 들어 그녀의 후각을 자극했다.

자극당하고 있는 것은 후각만이 아니었다. 하트는 소윤의 귓가에 연신 입을 맞추더니 돌연 혀를 뾰족하게 세워 귓속으로 파고들었다. 질척한 소리와 축축한 감촉이 이어졌다.

그녀가 작게 신음하자 하트가 낮은 소리로 웃었다. 목 깊은 곳에서 올라온 웃음소리가 몸을 통해 전해졌다. 소윤이 고개를 돌려 자극에서 도망치려 하자 하트는 그녀의 허리를 끌어안고 번쩍 들어 올렸다.

"하트."

하트는 소윤의 귀에서 턱 그리고 목덜미로 입술을 미끄러뜨리며 안쪽으로 걸어갔다. 피가 묻지 않은 깨끗한 방을 발견한 그는 소윤을 침대 위에 내려놓았다. 어느새 빼낸 것인지 가죽 띠로 단단하게 고정했던 칼마저 훌렁 벗겨 낸 후였다.

"하트."

소윤은 그를 다시 부르며 몸을 일으키려 했지만 하트가 그녀를 타고 오르는 것이 빨랐다. 그녀의 손목을 한 손으로 결박한 그는 다른 손으로 그녀의 두꺼운 후드 티를 들추고 손을 집어넣었다.

가느다란 허리를 뜨겁게 훑으며 올라간 손이 등 뒤로 돌아가 속옷의 후크를 잡았다. 딱딱한 손가락이 마른 등을 몇 번 스치자 가슴을 단단하게 결박했던 속옷이 힘없이 풀렸다. 거추장스러운 방해물을 밀어 치운 그는 소윤의 가슴을 움켜쥐었다. 손가락을 천천히 움직이며 부드러운 감촉을 만끽하던 하트가 웃었다.

"내가 무슨 짓을 저지를 줄 알고 긴장도 안 해?"

"덮칠 거 아니잖아."

하트는 그녀의 허벅지에 그의 중심을 대고 꾹 눌렀다. 옷가지 너머에서 선연한 욕망이 전달되었다.

"이런데도?"

"그런데도."

소리 내어 웃은 하트는 그녀의 머리카락에 얼굴을 묻고 숨을 골랐다. 잠시 후 그가 몸을 일으켰다. 앞섶은 아직 가라앉지 않은 흥분의 양상을 고스란히 드러내고 있었다. 그녀가 일어나 앉자 하트는 허리를 숙여 그녀의 입술을 길게 핥았다.

"씻고 오지."

그가 씻으러 가자 소윤은 크로스백에서 마력 캡슐을 꺼내 오만상을 찡그린 채 그것을 삼켰다. 그리고 흐트러진 매무새를 정리한 후 하트의 저택에서 가져온 물건들을 꺼내 침대 위에 늘어놓았다.

검은색의 값비싼 슈트, 흰 셔츠, 블랙 오팔이 박힌 커프스링크, 그리고 빨간색의 양말. 그녀가 하트의 구두에서 피를 닦아 내고 있을 때 샤워를 마친 하트가 들어왔다. 드로즈 한 장만 입은 채 활보하는 그의 머리카락에서는 물방울이 뚝뚝 떨어지고 있었다. 소윤은 그의 목에 걸린 타월을 빼앗아 들고 그를 침대 위에 앉혔다.

"잘 좀 닦아."

"네가 해 주는데 내가 왜?"

하트는 얄밉게 웃으며 되물었다. 소윤은 그의 머리카락을 세게 문질렀다. 그러자 타월 아래에서 아프다는 말과 함께 웃음소리가 흘러나왔다. 어린아이 같은 짓을 한 것 같아서, 그녀는 손에서 힘을 빼고 그의 머리를 말려 주었다.

얌전히 있던 하트는 소윤이 타월을 치우자 그녀의 배에 머리를 부볐다. 그녀는 아직 조금 축축한 하트의 머리를 쓰다듬으며 물었다.

"무슨 일이야?"

언제나 저 좋을 대로 행동하는 듯한 하트는 사실 대단히 이성적인 남자였다. 그가 아웃하우스에서 날뛰었다면 그만큼 스트레스를 받았거나 혹은 그만한 살인 욕구를 품을 만한 사건이 있었다는 의미였다. 잠시 입을 다물고 있던 그는 다른 소리를 했다.

"들개 방생할 때 안 되었어?"

"곧 할 거야. 사춘기 같아서 힘들어."

"……좀 더 말해 봐."

그녀는 순순히 털어놓았다. 그녀의 이야기가 끝나자 하트는 낮은 목소리로 욕설을 내뱉었다.

"너 도대체 그놈에게 뭐한 거야?"

"치료하고 밥 주고. 음, 덤비면 때렸어."

"너한테 물은 내가 바보였다."

가자마자 베이비를 만나야겠어. 하트는 이를 갈며 중얼거렸다.

자리에서 일어난 그는 소윤이 준비해 놓은 옷가지를 척척 걸치기 시작했다. 셔츠를 입은 그가 팔을 내밀자 그녀는 소매를 커프스링크로 고정시켰다.

재킷을 입고 마지막으로 구두를 신은 그는 다시 언제나의 하트로 돌아가 있었다. 급히 부른 것에 대한 보복으로 부러 빨간 양말을 준비했던 그녀는 그마저도 패션 아이템 같다는 것을 인정할 수밖에 없었다.

안방을 뒤져 차 키를 찾고 하트가 벗어 놓은 피투성이 옷을 챙긴 후 거실로 나온 소윤은 시뻘건 참상을 눈으로 훑었다. 목을 잘라 뿜어져 나온 피로 온 벽을 빨갛게 물들이는 연쇄 살인마 페인터다운 현장이었다.

하트에 대한 뒤처리는 갈아입을 옷을 챙겨 마중을 갔다가 함께 원더랜드로 귀환하는 것이 전부이므로 더 이상 그녀가 손을 쓸 필요는 없었다. 그녀는 사람을 죽이는 방법들 중 목 자르기가 갖는 효율성을 설명하는 하트를 끌고 차고로 향했다.

"흰둥아, 마력 캡슐은?"

"너 씻는 중에 삼켰어."

"아쉽네. 네가 얼굴을 찡그리는 건 흔히 볼 수 있는 게 아닌데 말이지."

시시껄렁한 잡담을 늘어놓으며 차에 탄 그들은 원더랜드로 향했다. 소윤은 먼저 하트의 저택에 들러 피에 젖은 옷가지를 내놓고 의뢰비를 받았다. 저녁 먹고 가라는 그의 유혹을 간신히 뿌리친 그녀가 집에 돌아온 것은 8시가 거의 다 되어서였다.

그녀가 문을 열자마자 디가 버럭 소리를 질렀다.

"배고파 뒈지겠다! 아웃하우스에라도 나갔다 왔냐!"

"응."

"당장…… 뭐?"

소윤은 오다가 센트럴에 들러 사 온 음식을 테이블 위에 내려놓았다. 새하얀 치아바타에 가지, 호박, 버섯 등 구운 채소와 토마토, 양상추, 치즈 그리고 얇게 썬 프로슈토를 끼워 넣은 두툼한 샌드위치와 카프레제 샐러드였다.

샌드위치를 크게 한 입 베어 문 디가 소윤을 흘금 넘겨다보았다. 하트와는 달리 옷을 갈아입지 않은 그녀에게는 피 얼룩이 남아 있었다.

"입맛 떨어지게."

디가 투덜거렸다. 앨리스를 제외하면 원더랜드에 그 정도로 비위가 상할 인간은 없었으니 공연한 트집이었다.

"왜 갔다 왔어?"

"의뢰야."

즉, 의뢰이므로 더 할 말은 없다는 뜻이었다. 그러자 디는 코웃음을 쳤다.

"하트 새끼가 부르니까 꽁지가 빠져라 나가더만. 의뢰는 핑계고, 다른 거 아냐? 다들 새치 네가 하트 놈의 이거 아니냐고……."

"트위들 디."

샌드위치 하나를 해치운 소윤은 손에 묻은 빵 부스러기를 털어 내며 디를 불렀다. 디는 그녀가 1주일이 거의 다 되어 가는 시간 동안 같은 공간에서 지내면서 단 한 번도 이름을 불러 준 적이 없다는 사실을 깨달았다. 원래도 그들은 트윈스라는 통칭으로 더 자주 불렸으므로 그리 큰 발견은 아니었다. 그럼에도 이상할 만큼 뭔가가 거슬렸다.

그는 세웠던 새끼손가락을 내리고 소윤을 보았다. 오늘도 그녀의 눈동자는 가려져 있었지만, 이제 디는 그녀의 머리카락 아래에 무엇이 있는지 알고 있었다.

"불렀으면 뭐라고 씨부리든가. 왜 입을 닫고 있어."

있지도 않은 소문에 대한 부정이든, 오늘의 의뢰에 대한 내용이든, 무엇이라도 좋았다. 그는 소윤의 입술을 뚫어져라 바라보았다. 방금 전까지 샌드위치를 오물거리며 잘도 먹던 입술이었다. 그 입술이 무감정하게 움직였다.

"내일로 1주일째야. 이제 트위들 덤이든 부하든 불러서 돌아가."

"……하! 무슨 말을 지껄이나 했더니. 네가 말 안 해도 그러려고 했어! 시발, 그게 뭔 중요한 얘기라고 밥 처먹는 중에 진지 빨고 지랄이야."

방금 전까지만 해도 제법 맛있었던 샌드위치가 모래를 씹는 듯 껄끄럽게 느껴졌다. 디는 부러 입을 크게 벌려 샌드위치를 팍팍 베어 물고 열심히 씹어 삼켰다. 그러다가 결국 목이 막혀 컥컥거렸다.

그러자 소윤이 물을 떠다가 그의 앞에 놓았다. 시발, 이런 건 왜 떠다 주고, 썅. 그는 물을 벌컥벌컥 들이켰다.

그 밤, 두 사람 사이에서는 단 한 마디도 오가지 않았다.

다음 날 아침, 디는 그동안 꺼 두었던 핸드폰을 켰다. 그러자 부재중 전화와 메시지가 정신없이 쏟아졌다. 메시지의 내용을 쭉 확인한 그는 그중 한 사람에게 연락을 넣었다. 얼마 지나지 않아 디의 부하가 헐레벌떡 달려왔다.

"디! 무사했군요!"

"그럼 죽었으면 좋겠냐?"

"괜히 걱정했다고 생각하게 만드는 그 말투를 들으니 정말 디가 살아 있다는 게 실감이 납니다."

"닥치고, 덤은?"

"디 찾겠다고 잠적했어요."

"그 새끼는 진짜 걱정도 팔자라니까."

천연덕스럽게 연기한 디는 부하가 가지고 온 옷으로 갈아입었다. 검은 셔츠와 가죽 바지에 더티블루의 청 재킷을 걸친 디는 일탈을 즐기기 위해 몰래 성 밖으로 나온 왕자님 같았다. 그가 옷을 갈아입고 주무기인 나이프를 챙기는 동안 부하는 소윤에게 두툼한 봉투를 건네주며 말했다.

"부족하지는 않을 거다."

"그렇게 보이네."

금액을 확인한 소윤이 대답했다. 그것으로 두 사람의 짧은 동거는 깨끗이 정리되었다. 소윤은 그가 나가는 모습을 별 감흥 없이 응시했다.

시발년, 끝까지 말 한 마디 없네. 기묘한 답답함에 갈증마저 일었지만 디는 그것을 무시했다.

"그래서 루크 새끼는 어떻게 됐냐?"

"네? 루크는 왜 찾아요?"

"그 쳐 죽일 놈의 새끼가 내 옆구리에 칼빵을 놨으니까 찾지. 혹시 뻔뻔하게 덤 옆에 붙어 있는 거 아냐? 루크 새끼한테 나 찾으러 간다는 거 말 안 했지?"

"덤은 혼자 나갔습니다. 디에 대해서는 당연히 말 안 했고요. 아무한테도 말하지 말고 오라고 한 건 디였잖아요."

덤이 속삭였다. 살을 차근차근 저며 주자. 죽기 직전에 진실을 알게 된다면 어떤 반응을 보일지 궁금하지 않아? 디도 수긍했다. 예쁜 얼굴에 살기 띤 미소를 지은 그들은 아침의 원더랜드를 가로질렀다.

매드해터는 손에 리모컨을 든 채 연구실의 유리창을 응시했다. 거기에는 소윤의 집 앞 풍경이 비치고 있었다. 빠른 속도로 재생되는 광경을 무심하게 응시하던 그는 어느 한 장면에서 리모컨의 버튼을 눌렀다. 그러자 유리창에 비친 풍경이 조금 느려졌다.

한 남자가 소윤의 집으로 들어갔다. 잠시 후, 그는 한 청년을 동반하고 밖으로 나왔다. 조금 어두운 색깔의 금발을 햇살 아래에서 눈부시게 빛내는 청년의 모습에, 매드해터는 붉은 입술을 비틀어 올렸다.

"트윈스였군요."

리모컨의 스위치를 눌러 유리창을 원래대로 만든 매드해터는 곧바로 소윤에게 메시지를 보냈다.

1시간가량 후, 그녀가 그의 집에 당도했다. 그녀가 현관문을 두드리자 온 집 안에 그 소리가 울렸다. 매드해터는 창문을 열고 머리를 내밀었다. 소윤이 현관 앞에 서 있었다.

"들어와요."

그는 허가하면서 벽에 붙은 기계의 버튼을 눌렀다. 그러자 문이 열렸다. 곧바로 연구실에서 나온 그는 층계참쯤에서 소윤과 눈이 마주쳤다. 아니, 그녀의 머리가 그가 있는 곳을 향했다는 표현이 옳을 것이다.

그는 얼마 전 하트의 저택에서 보았던 그녀의 얼굴을 떠올렸다. 무슨 연유인지 2년쯤 전부터 가리기 시작한 후 거의 보지 못했던 얼굴이었다. 머리카락과 마스크로 가려져 콧잔등과 뺨의 일부만 드러난 얼굴, 헐렁한 옷으로 가려진 여성성. 성별과 나이, 심지어 생김새조차 숨기겠다는 의도가 보였다.

그가 본 소윤은 쓸데없는 짓을 할 성격이 아니었다. 그렇다면 그래야 할 필요는 무엇일까. 매드해터는 직접 만난 적은 없으나 얼굴만은 알고 있는 한 소녀를 떠올렸다. 증거나 근거는 하나도 없는 직감적인 예측이었지만, 때로는 이런 것이 큰 도움이 되곤 했다.

그는 소윤을 거실의 소파에 앉힌 후 구급상자를 들고 따라 앉았다.

"내 손가락에 난 상처를 치료하세요. 약은 여기에 있습니다."

소윤은 그의 손에 난 가벼운 화상과 생채기에 약을 발랐다. 매드해터는 작은 손가락이 서툴게 움직이는 것을 가만히 응시하다가 저걸 만지고 싶다는 충동을 느끼고 실소했다. 그는 강박적일 만큼 타인과의 접촉을 싫어하는 자신의 이런 충동이 무엇을 의미하는지 잘 알고 있었다.

육체적인 욕구에 솔직하지 못한 자들이 그것을 정신적인 영역으로 끌어내기 위해 만들어 낸 변명, 짧은 수명을 가진 변덕스러운 감정적 동요. 그는 손을 뻗어 소윤의 얼굴에서 마스크를 벗겨 냈다. 그녀는 입술마저 창백했다. 차분한 그것에서는 육체적 교합을 드러내는 어떠한 징후도 나타나지 않았다.

"의뢰인은 나갔습니까?"

"오늘 아침에."

약을 다 바른 소윤이 그 위에 반창고를 붙였다. 이 반창고 역시 그가 소윤의 설명을 듣고 개발한 물건이었다. 마법이 근간을 이루는 이 세상에서 정반대의 사고방식으로 도출된 물건들을 알고 있는, 국가 소속 연구소의 실험체였던 여자.

그는 소윤의 정체를 어느 정도 짐작하고 있었다. 아마도 원더랜드에서는 그만이 알고 있을 것이다. 그는 하트에 대해 하등 쓸모없지만 기분 좋은 우월감을 느꼈다.

"의뢰인은 누구였나요?"

"……트윈스."

비밀 엄수가 원칙임에도 불구하고 소윤은 순순히 대답해 주었다. 그녀가 숙고한 끝에 그 사실을 털어놓은 것이 아니라는 정도는 그도 알고 있었다. 그가 거의 외출하지 않고 집에만 틀어박혀 있다는 것이나 혹은 타인과의 교류가 전혀 없다는 것을 알아서, 즉 비밀이 보장되므로 말해 준 것일 터였다. 그럼에도 때로는 그런 사소함이 그의 감정적 동요를 부르곤 했다.

치료가 끝나자 매드해터는 테이블 위에 놓아두었던 상자를 그녀 쪽으로 밀었다. 그녀는 안쪽을 확인했다. 은백색의 손톱만 한 마력 캡슐이 가득 들어 있었다.

"언제나의 장소에 배달하면 됩니다."

없어서 못 파는 이 물건은 100퍼센트 매드해터의 수작업으로 만들어졌다. 그는 마음 내킬 때마다 이것을 만들어서 아웃하우스의 중개인에게 넘겼다. 그것만으로도 그는 돈을 긁어모으고 있었다.

"대충 6억 캐럴어치입니다. 필요하다면 몇 개 챙겨도 돼요."

중개인을 거쳐 깔끔하게 포장되면 시장에서 더한 가격에 판매가 될 테지만 거기까지 신경 쓰고 싶지는 않았다.

주는 걸 굳이 거절하지는 않는 소윤은 한 움큼의 마력 캡슐을 집어 크로스백에 챙긴 후 상자를 들고 일어났다. 따라 일어나려던 매드해터는 엄습하는 지독한 두통에 이마를 움켜쥐었다.

"두통, 심해졌어?"

"……몇 주 안으로 아웃하우스에 나갈 일이 생길 것 같군요."

그러자 소윤의 손이 그의 이마에 닿았다.

어디까지나 소윤에게 하게 될 의뢰와 관련된 대화였다. 그 어디에도 이런 희미하게나마 따뜻한 온도가 끼어들 여지는 없었는데. 매드해터는 목적도 사심도 없이 온전히 그를 걱정하여 다가와 준 인생 최초의 온기를 믿을 수가 없었다.

"이제 곧 괜찮아질 거야."

소윤이 무뚝뚝한 목소리로 상냥한 말을 했다. 매드해터는 그녀가 나갈 때까지 아무 말도 하지 못했다. 그는 문이 닫히는 소리가 나고 잠시나마 체온이 머물렀던 이마로 냉기를 느낀 후에야 그녀가 이마를 짚었다는 것을 실감했다.

대리석처럼 매끄러운 뺨에 열이 끼쳤다. 그는 새빨갛게 달아오른 얼굴을 손으로 가렸다.

Welcome to Wonderland

4. 위기의 앨리스

4. 위기의 앨리스

오브릭 그리말킨이라는 소년이 있었다. 부유한 가문 출신으로, 뛰어난 두뇌와 잘생긴 외모까지 겸비한 소년이었다. 태어나면서부터 모든 것을 갖게 된 그에게 세상은 참 지루했다.

그래서 그는 작은 취미를 하나 마련했다. 그쪽에서도 재능이 넘쳤던 그는 금세 유명해졌다. 그리고 열여덟 살이 되던 해, 소년은 무법자들의 도시 원더랜드를 방문했다.

유능한 변호사 오브릭 그리말킨, 현장에 어떠한 증거도 남기지 않는다는 살인마 하이드, 그리고 원더랜드의 체셔. 모두 한 사람을 일컫는 말이었다.

아웃하우스의 번화가에서도 가장 비싼 건물에 개설된 변호사 사무실에서 오브릭은 간신히 입수한 한 장의 사진을 들여다보았다. 사진 속에서는 금발의 소녀가 웃고 있었다. 얼마 전 그가 체셔로서 수집한 정보를 통해 접한 바 있는 인물이었다.

"앨리스 리델."

칼날 같은 회색 눈동자가 빛났다.

'앨리스 리델.'

누군가가 그녀를 불렀다. 앨리스는 잠에서 깨어났다. 유령의 손가락이 목덜미를 스친 양, 서늘함이 등줄기를 타고 흘러내렸다. 가위에 눌린 걸까. 그녀는 다시 눈을 감고 잠을 청했다.

부모의 죽음으로 상심하여 호수 밑바닥에 가라앉아 있던 한 소녀의 눈꺼풀이 그 부름으로 인해 살짝 떨렸다는 것을, 그때 그녀는 알지 못했다.

하트의 집무실은 원더랜드에서 소윤이 많은 시간을 보낸 장소 중 하나였다. 오늘도 그녀는 그곳에 와 있었다.

집무실 소파에 앉아 하트의 시선을 받는 무의미한 시간을 보내던 소윤은 며칠 전 디에게서 들었던 이야기를 떠올렸다. 그녀는 옆에 앉아 제 머리카락을 지분거리고 있는 하트에게 물었다.

"너와 나를 엮은 소문이 있다고 들었는데."

"소문? 네가 내 부하라는 거?"

소윤이 하트의 저택에 자주 드나드는 만큼 둘에 대한 소문이 돌지 않을 수 없었다. 하트의 개, 그것이 현 흰 토끼에 대한 원더랜드 대다수의 평가였다. 고개를 저은 소윤은 디가 했던 대로 새끼손가락을 세워 까딱거리며 말했다.

"내가 네 이거라고."

평소의 소윤을 생각하면 상상도 할 수 없는 제스처를 본 하트는 눈을 몇 번 깜빡이다가 박장대소를 했다. 훤히 드러난 앳된 얼굴에 아무 표정도 띄우지 않은 채 경박하게 손가락만 움직이는 모습이 불균형해 웃음 짓게 했다.

하트의 웃음이 이어지자 그녀는 손가락을 접었다. 하트는 평소보다 0.1밀리미터가량 튀어나온 그녀의 입술에서 시무룩함을 읽었다. 그는 웃음 섞인 소리로 대답했다.

"어디선가 그런 말이 나왔을 수도 있겠지. 여기 인간들이 하는 말이야 거기서 거기니까. 그래도 소문이라고 이름 붙일 만한 건 없었는데."

하트와 소윤. 두 사람의 겉모습은 걸어 다니는 페로몬과 성별 불명의 볼품없는 말라깽이였다. 즉 '댈 걸 대야지—'라는 것이다.

"누가 그래?"

하지만 그 제스처도 그렇고, 소문이라고는 지나가는 개미 더듬이만큼도 신경 쓰지 않는 주제에 화제로 삼은 것도 그렇고, 신경 쓰이는 부분이 여럿 있는 말이었다. 소윤은 소파에 등을 기대며 짧게 대답했다.

"트윈스."

"답지 않게 소문에 신경을 쓰는 이유가 그거야?"

소윤이 그 소문에 대해 물은 것은 앨리스가 들었다가 혹여 하트를 멀리하는 일이 생기면 어쩌나 싶었기 때문이었다. 그러나 하트는 그녀가 앨리스에게 관심을 갖는 것을 싫어했으므로 솔직하게 이야기하는 것이 꺼려졌다.

소윤은 고개를 저었다. 그러자 하트는 그녀를 끌어당겨 무릎 위에 앉히고는 귓가에 입술을 대고 낮게 속삭였다.

"내 흰둥이가 자꾸 비밀이 많아지는 것 같은데."

훅 끼치는 베티베르의 향, 뜨끈한 체온, 꽉 안아 오는 팔, 음절이 바뀔 때마다 귓가를 간지럽히는 입술. 낮고 깊은 목소리가 얇은 피부를 뚫고 감각 체계의 어딘가를 뒤흔들었다. 소윤은 하트를 밀었지만 그는 오히려 그녀의 머리카락 깊숙이 손을 넣어 끌어당겼다.

하트의 어깨에 턱을 얹은 채 그녀가 웅얼거렸다. 말하고 보니 스스로도 의외라고 생각할 만큼 변명하는 듯한 말투가 나왔다.

"따로 비밀을 만든 적은 없는데."

"……그렇겠지."

하트는 아프도록 조였던 팔을 확 풀었다. 갑작스럽게 풀려난 소윤은 비틀거리다가 바닥을 딛고 균형을 잡았다. 온기가 사라지자 추웠지만, 그녀는 하트의 무릎에서 내려갔다. 머리에 꽂은 핀을 빼고 마스크를 쓴 그녀는 하트에게 말했다.

"이만 가 볼게."

하트는 고개를 가볍게 끄덕이는 것으로 대답을 갈음했다.

하트의 저택에서 나온 소윤은 누군가를 살해해 달라는 의뢰를 마친 후 매드해터에게로 향했다. 최근 자주 다치는 손가락의 치료를 의뢰받았기 때문이다.

원더랜드의 거리는 봄이 한창임에도 꽃 한 송이 없이 삭막했다. 그 거리를 가로지르는 그녀를 제법 귀에 익은 목소리가 전혀 익숙하지 않은 말투로 불러 세웠다.

"혹시 장의사? 맞지?"

얼마 전까지 그녀의 집에서 함께 지내던 청년이 그녀를 향해 손을 흔들고 있었다. 청년이 걸친 베이지색의 재킷과 몸의 선을 타고 우아하게 떨어져 내린 검은색의 남성용 스카프를 본 그녀는 그가 누구인지 알아차릴 수 있었다.

청년이 걸음을 옮길 때마다 머리카락 끝이 햇살을 머금고 은백색으로 나풀거렸다. 그의 얼굴에도 그런 웃음이 걸려 있었다. 1주일간 함께 지냈던 디에게서는 볼 수 없는 표정이었다.

"혹시 디와 착각하는 건 아니겠지? 난 트위들 덤이야."

덤은 나긋나긋한 말투로 자신을 소개하며 손을 내밀었다. 원더랜드에서는 잘 통용되지 않는 인사인 악수였다. 소윤이 그에 응하자 덤이 살아온 길을 나타내는 딱딱한 손바닥이 그녀의 손을 부드럽게 잡았다.

"디를 구해 줘서 고마워. 덕분에 디가 무사할 수 있었어."

"의뢰였으니까."

"그래도 고마워. 이 은혜는 잊지 않을게."

덤은 연분홍 벚꽃 무리처럼 화사하게 웃었다. 웃음이라고는 이죽거리는 비웃음이 전부고 말끝마다 쌍욕을 내뱉으며 짜증이나 부리던 디와는 근본부터 달라 보였다.

그녀의 눈에도 그러했으니 다른 사람들이 속아 넘어가는 것은 어쩌면 당연한 일일지도 모른다. 그녀는 여전히 붙잡혀 있는 손을 잡아당겼다. 그러자 덤은 손에 살짝 힘을 주어 그녀가 손을 빼지 못하도록 붙잡았다.

"오늘 나랑 같이 저녁 먹지 않을래? 디가 어떻게 지냈는지 듣고 싶기도 하고……. 그리고 보답을 하고 싶어."

"의뢰비는 충분히 받았어."

"고마움의 표시라니까. 혹시 지금 바빠?"

시간을 다툴 만큼 바쁜 것은 아니었지만 어쨌든 지금은 의뢰로 매드해터에게 가는 중이었다. 그녀가 단호하게 고개를 끄덕이자 덤은 아쉬운 듯 손에서 힘을 풀었다.

"그럼 다음에 보자. 꼭이야."

소윤은 덤에게서 등을 돌려 걸어갔다. 따가운 시선이 그녀의 등에 쏟아졌다.

매드해터의 집에 도착한 소윤은 창문 근처에서 불에 타 숨진 시체를 발견했다. 주인의 허락 없이 들어가려다가 당한 모양이었다.

매드해터의 성격상 그냥 내버려 둘 것을 아는 그녀는 발로 시체를 굴려 치웠다. 그리곤 얼추 집에서 떨어진 곳까지 시체를 옮긴 후 현관문을 두드렸다. 몇 초 지나지 않아 매드해터의 허락이 떨어지고 문이 열렸다.

거의 대부분의 생활을 2층 연구실에서 영위하는 그는 그녀가 방문할 때마다 계단참 또는 연구실 입구에 서 있곤 했다. 버릇처럼 그쪽에 시선을 준 그녀는 근처에서 기척을 느끼고 고개를 돌렸다.

"늦었습니다."

오늘의 모자는 흰색의 터번이었다. 단 하루도 빼지 않고 머리카락을 감추는 것도, 싸늘한 미모도 여전했다. 그러나 오늘 그에게서는 감출 수 없는 기묘한 위화감이 느껴졌다.

"뭐합니까? 앉지 않고."

소파를 가리킨 그가 부엌으로 들어갔다. 소파에 앉은 그녀는 미리 구급상자를 꺼내 놓았다. 얼마 안 있어 매드해터가 나왔다. 그는 쟁반을 들고 있었는데, 그가 다가올 때마다 그곳에서부터 은은하게 달콤한 냄새가 퍼지고 있었다. 그는 테이블 위에 쟁반을 내려놓았다.

쟁반 위에는 티팟과 찻잔 2개, 보드카, 캡슐이 담긴 작은 그릇, 그리고 스콘을 올려놓은 접시가 놓여 있었다. 스콘. 그것이 위화감의 정체였다. 이제까지 매드해터의 집에서 음식 냄새가 난 적이 없었기 때문이다.

매드해터는 자신의 앞에는 보드카와 약, 그녀의 앞에는 스콘을 놓더니 티팟의 액체를 찻잔에 따라 소윤에게 내밀었다. 홍차였다. 햇살이 스며 황금색에 가까워진 옅은 갈색의 홍차에서는 김이 모락모락 올라오고 있었다.

그녀가 찻잔을 받아 테이블 위에 내려놓자 매드해터가 그녀를 뚫어져라 바라보았다. 마시라는 의미일까. 공기 중에 퍼진 섬세한 향을 맡으니 딱히 이상한 것이 들어 있을 것 같지는 않았다.

소윤은 마스크를 벗은 후 찻잔을 들어 차를 한 모금 마셨다. 연한 색깔대로 맛도 다소 연했지만 나쁘지 않았다. 그녀가 하는 양을 응시하던 매드해터가 스콘 접시를 그녀에게 바싹 밀어 주며 말했다.

"이것도 먹어요."

작고 동그란 모양의 스콘 역시 제법 뜨거워 보였다. 소윤은 스콘을 하나 들고 쪼개 입에 넣었다. 겉은 바삭바삭하고 속은 보들보들하면서 조금 빡빡한 스콘은 부드럽게 씹혔다.

"어떤가요?"

"맛있어."

"……그렇군요. 착각은 하지 마세요. 일종의 연구랄까요. 과정상, 요리란 실험과 일맥상통하기 마련입니다. 그 일환이니 적극적으로 참여해 주길 바라요."

그녀에게 설명한 매드해터는 그제야 보드카를 마셨다. 소윤은 그가 안주처럼 집어 먹고 있는 것에 시선을 주었다. 그러자 그가 옅은 주황색의 캡슐을 들어 보였다.

"영양소를 농축한 캡슐입니다. 4개가 한 끼니죠. 먹어 보겠습니까?"

"싫어."

"그럴 줄 알았습니다."

0.1초의 지체도 없이 나온 거절에, 매드해터는 고개를 끄덕였다. 그녀가 약이라면 진저리를 치는 이유를 모르지는 않았다. 그가 음식 대신 캡슐로 연명하는 이유도 그것과 같았기 때문이다.

"그런데 불편하지는 않습니까?"

"뭐가?"

소윤이 되묻자 매드해터는 자신의 이마 부근을 가리켰다. 그녀는 길게 늘어진 앞머리를 잡아당겼다.

원작에서 묘사된 흰 토끼의 특징은 이러했다. 흰 머리카락, 빨간 눈동자, 창백한 피부, 검은 마스크, 작고 마른 체구, 등에 찬 커다란 칼. 그녀와는 눈동자의 색깔을 제외하고 전부 일치했다.

그래서 그녀는 눈을 가렸다. 그러면 조금 더 이야기가 수월하게 풀리지 않을까 생각했기 때문이었다. 그런데 매드해터의 말대로 불편할 때가 제법 있었다. 특히 먹을 때 제일 거슬렸다.

소윤은 앞머리를 옆으로 밀어 치웠다. 머리카락은 이내 스르륵 흘러내려 그녀의 시야를 가렸다. 이번에는 전부 몰아 옆으로 넘겨 귀 뒤에 꽂았다. 손을 떼자마자 절반쯤이 원래 위치로 돌아갔다. 그냥 놔두자.

빠르게 포기한 소윤에게 매드해터가 다가왔다. 자잘한 상처가 난 그의 오른손에는 핀이 들려 있었다. 그것을 본 그녀가 얌전히 허리를 세우자 매드해터는 그녀의 앞머리를 조심스럽게 모아 들고 한쪽으로 몰아 핀을 꽂아 주었다. 톡. 핀이 고정되었다.

"고마워."

"천만에요."

홍차와 스콘, 보드카와 영양 캡슐의 이상한 티파티는 그렇게 흘러갔다.

원더랜드에 존재하는 세 가지의 규칙이 언제나 지켜지는 것은 아니었다. 만약 이것이 결코 흔들리지 않는 것이었다면 강자인 디가 그보다 약자인 부하 루크에게 습격을 당하는 일은 없었을 것이고, 슬럼 주민인 마치가 중립지대에 나와 소매치기를 하는 일도 없었을 것이다.

이 말은 즉, 범죄가 금지된 중립지대라고 해도 범죄에서 완전히 자유로운 것은 아니라는 의미였다.

중립지대 일각에 감도는 어수선한 분위기를 가장 먼저 알아차린 사람은 앨리스의 안전에 주의를 기울이고 있던 소윤이었다.

그 일대에 사는 사람들은 하트처럼 압도적이거나 매드해터처럼 위명이 대단하거나 트윈스, 체셔처럼 새로이 성장 중이거나 하지는 않았지만, 그래도 어느 정도 힘을 갖추어 자신의 몸 정도는 보호할 수 있는 자들이었다. 다시 말해 그곳은 괜히 건드릴 필요가 없는 사람들이 사는 곳이었다. 그런데 그런 평화로운 장소를 체셔의 부하들이 배회하기 시작했다.

원작에서 앨리스가 원더랜드에 조금 익숙해질 무렵, 체셔는 원더랜드 안팎의 정보를 조합하여 그녀가 치유 능력을 가지고 있다는 것을 깨닫게 된다. 당연한 수순으로 그는 앨리스를 손에 넣기 위해 움직였고, 그가 선택한 수단은 납치였다.

아직 시간이 남아 있다고 여겼는데, 생각해 보니 트윈스의 치료 기간으로 인해 벌어진 오차였다. 치유 능력이 있어 단번에 트윈스를 치유했던 앨리스와는 달리 소윤은 그를 1주일간 데리고 있었다. 당연히 그만큼의 오차가 발생할 수밖에 없었다.

신중한 체셔라면 며칠 앨리스를 관찰한 후 밤을 틈타 납치를 지시할 것이다. 지금이 관찰 며칠째인지 알지 못하는 소윤은 혹시 모를 위험에 대비하여 당장 오늘 밤부터 앨리스의 집 근처에 잠복하기로 결심했다. 앨리스가 두 번째 힌트를 받기 하루 전날의 일이었다.

요즘 앨리스는 밤마다 들려오는 울음소리에 짜증이 난 상태였다. 말이 울음소리지, 날이 갈수록 소리가 커져서 어젯밤에는 숫제 비명에 가까운 소리가 났다. 게다가 체셔의 납치 미수 사건이 조만간 닥쳐올 예정이었기에 그녀는 신경이 곤두서 있었다.

체셔는 주역들 중 드물게 앨리스에게 반하지 않는 자였다. 아니, 엄밀히 말하자면 그는 사랑에 빠지기는 했지만 끝끝내 인정하지 않고 오히려 앨리스를 죽이려 들었다. 때문에 그녀는 체셔를 어장에서 과감히 배제했지만, 이번 납치 미수 사건마저 배제할 수는 없었다. 이를 통해 앨리스와 트윈스의 두 번째 만남이 이루어지기 때문이었다.

앨리스가 생각에 잠겨 있을 때 흰 토끼가 방문했다. 앨리스는 잽싸게 거울을 보았다. 두 번째 힌트를 전달받는 날이라는 것을 알고 일부러 차려입은 하늘색의 원피스가 금발 벽안에 대단히 잘 어울렸다.

사실 앨리스 자신은 좀 더 심플하고 고급스러운 옷이 취향이었다. 그러나 흰 토끼가 이제까지 보인 행동으로 보았을 때 이렇게 소녀다운 사랑스러움을 좋아하리라고 예상되어 고른 옷이었다. 역시나 만면에 미소를 띤 그녀를 본 순간 흰 토끼의 분위기가 확연히 부드러워졌다.

"어서 와!"

"그동안 잘 지냈어, 앨리스?"

"응. 너무 오랜만인 것 같아, 우리. 자주 좀 놀러 와 줘. 언제 같이 밥 먹으러 갈래?"

"그래. 음, 오늘 내가 온 이유는 알고 있겠지?"

앨리스는 진지하게 고개를 끄덕였다. 그녀는 두 손을 가슴 앞에 모은 채 물기 띤 눈동자로 소윤을 바라보고 있었다. 소윤은 어쩐지 마음이 무거워지는 것을 느꼈다.

"……두 번째 힌트는 헨리 리델이야."

힌트를 들은 순간, 앨리스의 파란 눈동자가 크게 뜨였다.

헨리 리델은 앨리스 리델의 아버지이자, 소윤이 있던 연구소 소속의 연구원이기도 했다. 앨리스의 능력이 일부 사람들에게 알려지면서 그는 딸을 내놓으라는 압박에 시달리게 되었다. 그리고 그들 중에는 그가 일하던 연구소도 있었다.

소윤은 원작을 통해 이미 두 번째 힌트의 내용과 이유를 알고 있었다. 그러나 헨리 리델이 다녔다는 연구소가 그녀가 있던 바로 그곳이라는 사실을 안 것은 며칠 전의 일이었다. 다른 사람은 아무렇지도 않게 실험체로 사용하는 주제에 제 자식은 소중하다 이건가. 소윤은 사진을 통해 확인한 익숙한 얼굴의 남자를 떠올리며 차게 웃었다.

한편 앨리스는 아무리 울먹이는 척을 해도 흰 토끼가 달래 줄 조짐을 보이지 않아 불만스러운 상태였다. 얘는 나한테 반한 주제에 왜 이렇게 목석이야. 그녀는 흐느끼는 소리를 내며 흰 토끼에게서 등을 돌렸다.

"미, 미안……. 돌아가신 아빠의 이름을 들으니까 진정이 안 되어서……."

잽싸게 눈을 문질러 빨갛게 만든 앨리스는 다시 흰 토끼를 향해 돌아서며 웃었다. 거울을 보며 연습까지 한, 남자라면 안아 주지 않고는 못 배길 만큼 아련한 웃음이었다. 하트에게나 써먹을 걸 미리 보여 주는 거니까 제대로 움직이라고.

그리고 흰 토끼는 이번에도 그녀의 예상에서 벗어나지 않았다. 눈을 비비는 앨리스의 손을 잡아 내린 소윤이 작은 소리로 말했다.

"세게 비비면 안 돼. 눈 다친다고."

"그, 그치만…… 혹시 흰 토끼 너는 알아? 왜 우리 아빠가 힌트야?"

"그건, 음, 그게 말이야."

소윤이 한숨을 쉬며 뜸을 들이자 앨리스가 조르듯 몸을 붙여 왔다. 앨리스에게서는 달콤한 꽃향기가 났다. 과연 여주인공답다고 생각하면서, 소윤은 결국 대답을 해 주었다.

"네 아버지의 직장과 관련이 있어."

다른 힌트라면 몰라도 이번 것에 대해서는 말해 주고 싶지 않았던 소윤은 의뢰가 있다는 핑계를 대고 앨리스의 집에서 나왔다. 앨리스는 그 뒷모습이 골목을 돌아 사라질 때까지 지켜보았다.

그녀가 의기양양한 기분으로 문을 닫는 순간, 희미한 울음소리가 울려 퍼지기 시작했다. 대체 누가 우는 거야. 앨리스는 짜증스럽게 집 안으로 들어갔다. 그러자 울음소리가 더 커졌다. 그녀는 주변을 둘러보다가 거울에 비친 자신의 얼굴을 보고 소스라치게 놀랐다.

울음소리는 그녀의 입에서 나오고 있었다.

앨리스는 입을 틀어막고, 이를 악물고, 베개 속에 얼굴을 묻고, 머리를 베개에 퍽퍽 들이받는 등 갖가지 방법을 사용했지만 울음소리는 멈추지 않았다.

앨리스는 더럭 겁에 질려서 악을 썼다.

"너 뭐야!"

울음소리는 앨리스의 목소리 따위는 신경도 쓰지 않고 통곡을 해댔다.

"흐어어엉, 아빠아……."

아빠, 헨리 리델.

앨리스 리델. 앨리스!

그녀의 얼굴에서 혈색이 싹 빠져나갔다. 그녀는 덜덜 떨리기 시작한 손을 모아 다리로 꾹 눌렀다.

"너 누구야."

앨리스는 애써 태연한 목소리를 내려 했으나 소용없었다. 울음이 고스란히 섞여 서러운 말이 흘러나왔다.

"흐으, 너야말로 누구야? 왜 내 몸을 멋대로 움직이고 있어?"

되묻는 소리 역시 눈물에 젖어 있었다. 앨리스는 입술을 꽉 깨물었다.

"이, 이게 왜 네 몸이니?"

입도 목소리도 하나인데 의사는 둘인 기괴한 상황이었다. 앨리스는 열심히 입을 놀렸다. 조금이라도 머뭇거리면 몸을 영영 빼앗길 것 같았다. 그녀는 앨리스 리델을 무섭게 윽박질렀다.

“이건 내 몸이야! 당장 꺼져! 너같이 약해빠진 건 여기에서 아무도 환영하지 않아! 여긴 내 세상이고! 여기서는 내가 주인공이야! 너 같은 것한테는 아무것도 못 넘겨 줘!”

숨도 쉬지 않고 소리를 지른 앨리스는 극심한 빈혈을 느끼고 비틀거렸다. 그녀는 침대에 손을 짚어 간신히 몸을 지탱했다. 어느덧 울음소리는 잦아들어 있었다.

정신적으로 지친 앨리스는 그대로 앞으로 고꾸라져 잠이 들었다. 그래서 그녀는 어둠을 틈타 침입한 남자들이 그녀를 납치해 가는 것조차 알지 못했다.

몇 시간 후 앨리스는 낯선 장소에서 눈을 떴다. 잘 정돈된 사무실 같은 공간이었다. 벌떡 일어난 그녀는 얼마 떨어지지 않은 곳에서 그녀를 관찰 중인 한 남자와 눈이 마주쳤다.

손으로 대충 쓸어 넘긴 듯 보이지만 사실은 정교하게 세팅된 옅은 금발, 블랙크롬색 프레임의 안경 너머로 보이는 회색의 눈동자, 짙은 갈색의 고급스러운 쓰리피스 슈트 그리고 마지막으로 스트라이프의 넥타이.

체셔.

주요 등장인물들이 전부 그러하기는 했지만 체셔 역시 상당한 미남이었다. 그녀가 아무 말도 못 하고 올려다보자 체셔는 미소를 지었다. 그녀가 그의 본성을 알지 못했더라면 깜빡 속아 넘어갔을지도 모를 만큼 상냥해 보이는 미소였다.

“아가씨가 앨리스 리델 맞지?”

그는 앨리스를 향해 손을 내밀었다. 그러나 과거 듀크에게 당할 뻔한 경험이 있는 앨리스는 그 손을 순순히 잡을 수 없었다. 그녀가 경계하자 체셔는 무안해진 손가락을 가볍게 까딱거리더니 치워 버렸다.

"그렇게 경계할 필요 없는데. 나는 그저 네게 협조를 구하기 위해 부른 것뿐이야. 이해하겠어?"

물론 도와주리라고 믿어. 체셔는 그렇게 덧붙였다. 웃음을 거둔 그의 얼굴이 참으로 냉혹해서, 앨리스는 그녀의 진을 빼 원작과는 달리 납치까지 당하게 만든 앨리스 리델을 향해 욕을 퍼부을 수밖에 없었다.

앨리스에게 두 번째 힌트를 전달하고 돌아온 소윤은 저녁이 되자 잠복을 하기 위해 앨리스의 집 근처로 갔다.

그 밤, 체셔의 부하들이 앨리스의 집에 침입했다. 소윤은 그들이 아무런 소리도 내지 않고 창문을 부술 때에도, 그리고 안으로 침입할 때에도 가만히 지켜만 보았다. 원래의 흐름상 그것이 옳았기 때문이다.

그녀가 상황이 이상하게 돌아가고 있다고 생각한 것은 그들이 앨리스가 들어 있는 것으로 보이는 자루를 들고 나왔을 때였다. 원작대로라면 앨리스는 남자들을 뿌리치고 집 밖으로 도망쳐야 했고, 그런 그녀를 트윈스가 구해야 했다. 그러나 아무리 감각을 예민하게 갈아도 트윈스의 기척은 느껴지지 않았다.

혹시 잘못 안 걸까? 트윈스가 구하는 장소는 이곳이 아닌 다른 곳일까?

소윤은 남자들의 뒤를 밟았다. 그러나 중립지대를 지나 원더랜드의 입구에 다다를 때까지도 트윈스는 나타나지 않았다. 그녀가 망설이는 사이에 남자들은 대기시켜 둔 차에 올라 사라졌다.

무엇인가가 잘못되었다. 소윤은 그 즉시 베이비에게 전화를 걸었다.

—힉, 잠깐만…… 아앙, 잠깐만이라고 했잖아! 흰 토끼라고. 여보세요?

"늦은 시간에 미안해. 앨리스가 납치당했어. 아웃하우스에 있는 체셔의 아지트 좀 알려 줘.

체셔라면, 신중하여 여러 패를 손안에 두지 않고는 못 배기는 그라면, 분명 앨리스를 함부로 다룰 리 없었다. 앨리스는 무사할 것이다.

이내 베이비가 메시지를 통해 주소와 지도를 전달했다. 베이비가 알려 준 체셔의 아지트는 총 일곱 군데였다. 외국이라든가 지나치게 멀리 있어 가능성이 희박한 곳을 제외하니 앨리스가 있을 만한 곳은 총 네 군데였다.

혹시 앨리스의 현 위치를 확정할 수 있으면 알려 달라고 메시지를 보낸 소윤은 그중 가장 가까운 곳을 향해 달려갔다.

첫 번째 아지트는 원더랜드 입구에서 20분 거리에 위치한 아파트였다. 소윤은 아파트 현관에 설치된 보안 장치를 보고는 그쪽으로 들어갈 생각을 버렸다. 아파트 옆쪽으로 조금 돌자 환기를 위해 복도에 설치된 작은 창이 보였다. 소윤은 창을 조심스럽게 떼어 낸 후 머리부터 들이밀었다. 어깨가 조금 걸리기는 했지만 그 외에는 식은 죽 먹기였다.

이내 아파트 복도에 내려선 그녀는 체셔의 아지트가 있는 5층을 향해 달려 올라갔다. 그러나 그곳은 텅 비어 있었다. 소윤은 곧바로 아파트를 빠져나와 두 번째 아지트를 향했다.

소윤이 앨리스를 구하기 위해 아웃하우스를 가로지르는 동안, 앨리스는 그 자리에 존재하는 사람은 셋인데 사실은 체셔와 독대 중이라는 끔찍한 상황에 빠져 있었다. 정확히 말하자면 체셔의 실험에 동원되고 있었다.

체셔는 세상에 단 하나뿐인 치유 능력자를 거칠게 다룰 생각이 없었다. 그는 대화를 통해 그녀와의 관계를 개선하고자 했다. 정보에 따르면 그녀는 부모를 잃고 원더랜드로 흘러들었으니 그 점을 잘 공략하면 될 것이라고 생각했다.

그의 계획에 오점이 있었다면 앨리스가 처음부터 그를 경계하고 있었다는 것과, 부모의 죽음이 그녀에게 아무 의미도 갖지 못한다는 것이었다.

치유 능력에 대해 아무리 물어도 잡아떼기만 하는 앨리스에게 얄팍한 인내심이 바닥난 체셔는 결국 실력 행사에 나섰다. 애용하는 무기인 클로를 장착한 그는 치유 능력을 알아보기 위해 일부러 납치해 온 남자의 등을 보란 듯이 그었다. 그리고 앨리스의 코앞에 클로를 들이대고 웃으며 말했다.

"뭔가 착각하고 있는 모양인데, 네게 치유 능력이 없다면 살려 둘 이유도 없어. 죽고 싶지 않으면 고분고분하게 구는 게 좋을 거야."

앨리스는 굴복할 수밖에 없었다. 그녀는 남자의 등에 손을 가져갔다. 이내 그녀의 손에서 태어난 빛이 남자의 등으로 옮겨 가면서 클로 특유의 맹수가 손톱으로 할퀸 듯한 긴 상처가 순식간에 아물었다. 체셔의 회색 눈이 감탄으로 번들거렸다.

"솔직히 반신반의하기는 했지만, 정말 놀라운데."

그렇게 그녀를 칭찬한 그는 곧바로 남자의 무릎을 발로 짓밟은 채 거꾸로 꺾어 분질렀다. 찢어지는 비명이 좁은 방에 울렸다.

"치유해."

체셔가 말했다. 앨리스는 덜덜 떨리는 손을 남자의 무릎에 댔다. 이상한 방향으로 휘어져 있던 다리가 빛에 싸이자 금세 제 모양을 되찾았다.

무릎이 다 낫자 체셔는 허리 뒤춤에 매어 두었던 손도끼를 빼들고 남자의 손가락을 잘랐다.

"치유해."

그녀의 치유 능력은 남자의 잘려 나간 손가락을 재생하지 못했다. 절단면이 말끔히 회복된 손을 살펴본 체셔가 다시 도끼를 들어 다른 손가락을 잘랐다. 그는 잘려 나간 손가락을 환부에 붙인 채 명령했다.

"치유해."

손가락은 무사히 붙었다.

이쯤 되자 남자는 눈을 까뒤집고 기절했다. 마지막으로 남자의 심장을 찔러 다 죽어 가는 사람에게조차 치유 능력이 통한다는 사실을 확인한 체셔는 부하를 불러 남자를 턱 끝으로 가리키며 말했다.

"처리해. 그리고 두 번째를 데리고 와."

그 처리가 아무 곳에든 놓아주라는 의미가 아니라는 것 정도는 앨리스도 알아들었다. 남자가 들려 나가고 대신 들어온 사람은 감기에 걸린 듯 연신 콜록거리는 어린 소년이었다. 앨리스는 "치유해."라는 말에 덜덜 떨면서도 체셔의 명령을 따를 수밖에 없었다.

이외에도 중병에 걸린 사람, 다친 지 오래되어 흉터가 남은 사람, 신장 한쪽이 적출된 사람 등에게 앨리스의 치유 능력이 사용되었다.

그 많은 사람을 치유하고도 앨리스는 신체적으로 별 이상을 보이지 않았다. 그야말로 기적 같은 능력이었다. 체셔는 빙긋 웃으며 앨리스의 턱을 들어 올렸다.

"자, 그럼 마지막이야."

그의 말에 담긴 으스스한 뉘앙스에 앨리스는 어깨를 발작적으로 떨었다. 그러자 체셔는 그녀의 어깨를 가볍게 토닥여 주었다.

"그리 어려운 일은 아냐. 네 자신에게도 능력이 통하는지 확인하면 되니까."

"시, 싫어! 저리 가! 꺄아아아악!"

앨리스는 체셔를 뿌리치며 뒤로 물러났다. 그러나 좁은 방 안에서 그녀가 갈 곳은 없었다. 그녀는 금세 붙잡히고 말았다. 체셔는 그녀의 팔을 뒤로 꺾어 제압했다.

"사, 살려…… 살려 주세요……."

"이래서 머리 나쁜 것들이란. 고분고분하게만 굴면 된다고 말했을 텐데 왜 이리 귀찮게 굴어."

체셔는 나이프를 뽑아 들었다. 움직이면 손가락이 잘린다는 경고에, 앨리스는 사정없이 떨리는 몸을 꾹 억눌렀다. 그러나 공포에 질린 몸은 그녀의 명령을 들어주지 않았다.

나, 나도 그 사람들처럼 죽는 걸까. 이게 전부 그년 때문이야. 앨리스는 앨리스 리델을 죽여 버리고 싶었다. 소슬한 기척이 손 가까이에서 느껴졌다. 싫어, 무서워. 제발 누가 나 좀 살려 주세요. 엄마, 아빠, 하트, 마치, 흰 토끼.

그때, 기적처럼 창문이 부서져 내렸다.

베이비에게서 메시지가 온 것은 소윤이 두 번째 아지트에 찾아갔다가 허탕을 치고 돌아 나오는 때였다. 얼른 메시지를 확인한 그녀는 네 번째로 찾아가려 했던 아지트를 향해 훔친 차를 몰았다. 체셔가 앨리스를 죽이려 드는 것은 후반부의 내용이었다. 아직 앨리스는 무사할 것이 분명했다. 그녀는 자신을 다독이며 미친 듯이 액셀을 밟았다.

네 번째 아지트는 번화가에 위치한 사무용 건물이었다. 새벽 3시가 넘어 야근하는 사람마저 퇴근했을 사무용 건물 내부에, 특히 아지트가 있는 4층에 밀집한 상당수의 인기척을 감지한 소윤은 문이나 창문을 통해 들어가는 방법을 빠르게 포기했다.

그녀는 건물 벽을 타고 올라가는 배수관의 상태를 살펴 안전성을 확인한 후 그 위에 발을 걸쳤다. 한 발 한 발 조심스레 디뎌 4층까지 올라간 그녀는 배수관을 잡고 옆으로 옮겨 가며 안을 살폈다.

소윤이 여섯 번째 방에서 앨리스를 발견했을 때, 체셔가 그녀의 등 뒤에서 나이프를 뽑아 들고 있었다. 소윤은 지체 없이 온몸을 던져 창문을 깨며 안으로 돌진했다.

아지트에 진입한 소윤이 가장 먼저 한 일은 체셔와 앨리스를 떼어 놓는 것이었다. 체셔의 팔을 올려 쳐 나이프를 앨리스에게서 치운 소윤은 그를 걷어찼다. 채찍처럼 날아든 다리에 막을 틈도 없이 걷어차인 체셔는 벽에 날아가 세게 부딪쳤다.

그를 바로 뒤따라가 적어도 기절시키려던 소윤을 방해한 것은 앨리스였다. 그녀는 소윤의 어깨를 꽉 붙들고 매달리며 울먹였다.

"무서웠어……."

소윤은 차마 덜덜 떠는 앨리스에게 놓아 달라는 말을 할 수 없었다. 그녀가 앨리스의 등을 서툴게 두드리는 사이, 정신을 차린 체셔가 방문을 열고 부하들을 불러들였다. 소윤은 앨리스가 놀라지 않도록 가능한 부드러운 목소리로 말했다.

"앨리스, 잠시만 저쪽 책상 밑에 숨어서 귀 막고 있어. 아주 잠깐이면 돼."

앨리스는 소윤과 체셔 그리고 몰려드는 남자들을 번갈아본 후 수긍했다. 앨리스의 등을 살짝 밀어 책상 쪽으로 보낸 소윤은 등에 비끄러맨 칼을 뽑아 들었다.

소윤이 전 흰 토끼에게서 물려받은 칼은 중국식 식칼과 똑같은 형태의 대도였다. 즉, 베고 끊기 딱 좋다는 의미였다.

달려드는 남자의 어깨에서부터 허리까지 사선으로 벤 소윤은 칼을 세게 잡아당기면서 그 무게로 더해진 속도를 이용하여 뒤쪽에서 달려들던 남자의 허리를 끊었다. 관성이 남아 앞쪽으로 고꾸라지는 몸을 슬쩍 피하자 그녀의 어깨를 노리고 달려들던 남자의 얼굴을 향해 대량의 피가 폭포수처럼 쏟아졌다. 그가 주춤한 틈을 노려 다리를 벤 소윤은 쓰러지는 남자의 목을 칼로 내리쳐 끊어 버렸다. 데굴데굴 구른 목이 한쪽에 서서 구경만 하는 체셔의 발치까지 갔다.

체셔는 부하들을 둘러보았다. 깨진 유리창에 긁힌 어깨를 제외하면 멀쩡한 소윤에 비해 그녀와 싸운 부하들은 만신창이였다. 인정하고 싶지는 않았지만 이대로 싸웠다가는 그마저 위험에 처할 수 있었다.

체셔는 앨리스가 숨어 있는 곳을 넘겨다보았다. 그녀의 납치야 언제든 다시 시도할 수 있겠지만 그의 목숨은 하나뿐이었다. 실패를 인정하는 것은 언제나 쓰라리다. 그는 그 쓰라림을 분노로 숨기며 고함쳤다.

"그만! 다들 물러서라."

체셔의 부하들이 물러서자 소윤도 무기를 늘어뜨렸다. 싸우는 동안 주의를 기울인 덕분에 앨리스가 있는 쪽으로 시체가 날아가지는 않았지만 피가 튀는 것까지는 막을 수 없었다. 피를 볼 때마다 작게 비명을 지르던 앨리스를 생각해서라도 이 이상 싸움을 계속하고 싶지는 않았다.

"오늘은 이만 보내 주지. 그러나 다음번에는 너도 앨리스도……."

"그 말, 3류 악당이 도망칠 때 흔히 남기는 대사야."

소윤은 곧 죽어도 저가 잘났다는 체셔의 말을 끊었다. 그녀는 절대 영도의 시선으로 노려보는 체셔에게 칼을 겨눈 채 덤덤하게 물었다.

"안 가?"

짧은 말 뒤에 숨겨진, 당장 안 가면 2차전이라는 엄포를 눈치채지 못한 사람은 앨리스뿐이었다. 체셔가 먼저 나가고 그 부하들이 뒤이어 사라졌다.

칼을 집어넣은 소윤은 피가 튄 야상을 벗어 머리와 얼굴의 피를 닦아 낸 후, 벽에 걸린 거울에 제 모습을 확인하고서야 앨리스에게 다가갔다. 앨리스는 귀를 틀어막은 채 부들부들 떨고 있었다.

"앨리스."

소윤은 앨리스의 등에 손을 얹으며 그녀를 불렀다. 그 순간 펄쩍 뛴 앨리스는 이내 소윤이라는 것을 깨닫고는 공포로 새파랗게 질린 뺨 위로 눈물을 흘려 대기 시작했다.

"흐어…… 나, 나아……."

"괜찮아. 다들 도망쳤어."

간신히 앨리스를 달랜 소윤은 그녀의 눈을 감긴 채 그 방을 빠져나왔다. 건물 안을 걸을 때만 해도 반쯤 공포에 질려 있던 앨리스는 차에 타자마자 기력이 빠진 듯 꾸벅꾸벅 졸기 시작했다. 소윤은 그녀를 곁눈질하며 생각에 잠겼다.

원작에서는 앨리스를 구한 트윈스가 체셔의 부하들을 모두 죽인 후, 체셔를 찾아가 싸움을 걸었다. 그 싸움에서 크게 다쳤을 뿐 아니라 많은 부하들을 잃은 체셔는 한동안 앨리스의 앞에 나타나지 못했다.

그러나 현재 체셔는 약간의 부하를 잃은 것 이외에는 별 피해를 입지 않았다. 그것만 제외하면 결과적으로는 트윈스의 위치에 소윤이 끼어든 것 같은 상황이었다. 아마도 그 원인은 앨리스가 아닌 그녀가 트윈스를 주웠기 때문일 것이다.

그렇다면 납치범들에게서 스스로 빠져나왔어야 했을 앨리스가 그러지 못했던 이유는 무엇일까. 혹시 자신이 무엇인가 빠트린 부분이 있는 게 아닐까. 낮게 신음한 그녀는 일단 결과만 생각하기로 했다. 어쨌든 가장 중요한 것은 앨리스의 안위였다. 그것을 위해서는 해결해야 할 문제가 하나 남아 있었다.

원더랜드에 거의 도착했을 무렵, 하트에게서 메시지가 도착했다. 자신의 저택으로 오라는 내용이었다. 베이비를 통해 소식이 들어갈 거라고 생각은 했지만 이렇게 바로 연락이 올 줄이야. 아닌 척해도 앨리스에게 관심이 없는 건 아닌 모양이었다.

하트에게 짧은 답장을 보낸 소윤은 뒤이어 좀 긴 메시지를 작성했다. 원더랜드에서 가장 안전한 곳은 중립지대도 그 안쪽의 센트럴도 아닌, 바로 하트의 저택이다. 앨리스의 안전을 생각했을 때 그것보다 좋은 선택지는 없었다.

얼마 지나지 않아 하트의 허락을 알리는 메시지가 도착했다. 그것을 확인한 소윤은 앨리스를 깨웠다.

"앨리스, 다 왔어. 일어나."

두 사람은 원더랜드 입구에서 조금 떨어진 곳에서 내렸다. 하트가 부른다는 말에 반색한 앨리스가 피곤을 무릅쓰고 열심히 걸어, 두 사람은 동이 트기 전에 하트의 저택에 도착할 수 있었다. 안에 들어서자마자 하트를 발견한 앨리스는 다 흘린 줄 알았던 눈물이 다시 나오는 것을 느꼈다.

"어서 와. 오늘 고생했다지."

"하, 트……."

하트는 울면서 안겨 오는 앨리스의 어깨를 다정하게 끌어안았다. 그러나 붉은색의 긴 속눈썹 안에 갇힌 눈동자는 소윤을 향하고 있었다. 그녀의 어깨에 남은 피 얼룩을 확인한 하트가 사르르 눈웃음을 쳤다. 소윤은 그 발그스름한 눈매에서 약한 흥분을 읽었다. 그녀가 가볍게 혀를 차자 하트는 앨리스를 부드럽게 밀어내며 말했다.

"피곤할 텐데 들어가서 쉬어. 그리고 앞으로는 이곳에서 지내는 게 어떨까."

"정말요? 어, 그렇지만 너무 폐를 끼치는 게 아닐지……."

"폐라니, 섭섭한데. 우리가 그런 사이밖에 안 되던가? 응?"

하트는 마치 연인을 달래듯 달콤한 목소리로 속삭였다. 머뭇거리는 체하던 앨리스는 수줍게 웃으며 작은 목소리로 대답했다.

"하트 말대로 할게요. 고마워요."

앨리스의 방은 3층 끝에 마련되었다. 넓은 발코니를 통해 원더랜드가 훤히 내려다보이는, 시야가 탁 트인 방이었다. 안내를 해 준 남자가 돌아가 혼자 남게 된 그녀는 침대 위에 털썩 누웠다. 그녀가 이제까지 쓰던 것과는 비교도 할 수 없을 만큼 푹신한 침대였다.

원작은 어그러졌다. 하지만 결과는 원작보다 훨씬 좋았다. 트윈스와의 접점을 만들지 못한 게 아쉬웠지만 기회는 아직 남아 있었다.

현재 직면한 문제는 따로 있었다. 빌어먹을 앨리스 리델!

앨리스는 거울을 보았다. 익숙한 얼굴이 비쳤다. 괴담처럼 거울 맞은편에서 앨리스 리델이 그녀와 다른 표정을 짓거나 하는 일은 없었다. 앨리스는 거울 속을 노려보았다.

"이건 내 몸이야."

너 같은 거한테 안 빼앗겨.

앨리스를 방으로 올려 보낸 하트는 소윤에게 손을 뻗었다. 철두철미한 남자답게 주변 사람들을 모두 물린 뒤였다. 소윤이 그에게 다가가자 하트는 그녀의 마스크를 벗겼다. 마스크는 찢겨 있었다.

"다쳤군."

하트가 소윤의 뺨 위에 손가락을 얹으며 중얼거렸다. 꾹꾹 누르는 손가락에서 페인터로서의 사심이 느껴졌다.

"아파."

소윤이 투덜거렸지만 하트는 멈추지 않았다.

"여기와 어깨, 그리고 또 다친 곳은?"

"없어."

"……따라와."

두 사람은 2층으로 올라갔다. 봄날 새벽의 집무실은 온기를 잃은 채 차갑게 식어 있었다. 실크 파자마 바지에 실크 가운이라는, 방한성이라고는 요만큼도 없는 차림새의 하트는 몸을 덥히려는 듯 소윤을 끌어안고 소파 위에 앉았다.

"한밤중에 베이비의 전화를 받고 깜짝 놀랐어. 네가, 혼자, 앨리스를 구하러 갔다고."

하트는 소윤의 어깨를 꽉 움켜쥐었다. 멎었던 피가 다시 새어 나오면서 핏줄기가 하트의 손가락을 타고 흘러내렸다.

그녀는 그의 손아귀를 풀기 위해 깍지를 꼈다. 그는 순순히 어깨를 놓아주었지만 대신 손으로 만족하겠다는 듯 깍지 낀 마디마디에 힘을 주었다.

손마디가 하얗게 질리고 손끝에 빨갛게 피가 몰렸다. 그것이 그의 심기를 반영하는 듯하여 소윤은 하트와 눈을 맞추었다. 적갈색의 눈동자 속에서 뜨겁게 타오르는 저것의 이름을 그녀는 알지 못했다.

"그런데 너는 그 계집애를 이곳에서 머물게 해 달라는 부탁이나 하고."

하트가 소윤의 목덜미에 얼굴을 묻었다. 매끄러운 붉은 머리카락이 그녀의 목과 어깨 위로 쏟아졌다. 뱃속까지 간지럽게 만드는 감촉이었다.

"늘 제멋대로야, 너는."

콰득! 하트가 그녀의 목을 피가 나도록 세게 깨물었다. 파고드는 이를 통해 그의 분기가 느껴졌다. 하트는 저가 낸 상처를 느릿느릿 핥았다.

"분명 내가 이러는 이유에 대해 생각도 안 하고 있겠지."

하트가 속삭였다.

그녀는 눈을 감았다.

앨리스가 하트의 집에 머무르고 있다는 소문은 금세 원더랜드 전역으로 퍼졌다. 그리고 소문이 퍼질수록 살이 붙어, 어느 순간 하트가 총애하는 여자가 있다는 내용으로 변질되었다.

하트가 그 여자에게 사족을 못 쓴다더라, 체셔가 그 여자를 납치해 가자 직접 아웃하우스에까지 나가 찾아왔다더라, 그 여자가 하트의 후계자를 임신 중이라더라 등등, 무수한 루머가 양산되는 가운데 하트가 옆에서 점심을 먹고 있는 소윤에게 물었다.

"어떤 기분이야?"

"뭐가?"

"소문. 지금 꽤나 시끄럽다고 알고 있는데."

그 소문에 대해 가장 잘 알고 있는 사람은 다름 아닌 하트였다. 그 자신에게 들려오는 소문도 있거니와, 새로운 소문이 생길 때마다 베이비가 "서비스야."라며 알려 주기 때문이었다.

하트는 오늘 아침나절에 전화를 걸어온 베이비가 숨넘어가게 웃으면서 알려 준 소문을 떠올리고는 맹수처럼 흉포하게 웃었다.

"중립지대의 한 소년과 연인 사이인 앨리스에게 첫눈에 반한 하트가 소년을 죽이고 앨리스를 빼앗아 감금했다는 소문?"

오늘 아침에 베이비가 알려 줬어. 소윤은 아무렇지도 않게 말했다. 하트는 이를 갈았다. 이 빌어먹을 베이비, 언젠가 잘못했다고 무릎 꿇고 빌게 해 주마. 목적한 바는 이루지 못하고 울분만 얻은 하트였다.

하트의 저택에 온 김에 앨리스를 만나고 싶었던 소윤은 단호하게 거절당했다. 심기가 단단히 상한 듯한 하트의 모습에 순순히 자리에서 일어난 그녀는 저택을 나서면서 스마트폰을 확인했다. 매드해터에게서 메시지가 와 있었다.

[감기약 좀 사 와요. 내 허가를 거치지 않고도 집에 들어올 수 있도록 조치했습니다.]

소윤은 닥터의 집으로 향했다.

가던 중, 그녀는 마치와 도르를 만나게 되었다.

"토끼야! 오랜만!"

"오랜만이야."

이제 도르는 마음껏 밖을 나다닐 수 있을 만큼 건강해져 있었다. 오늘 소윤이 마치에게 넘긴 의뢰는 닥터의 생필품 및 담배 심부름이었다. 그 의뢰를 위해 닥터에게 가던 중이었는지, 마치는 한 손에 센트럴의 마트에서 산 물건들을 들고 다른 한 손으로는 도르의 손을 잡고 있었다. 소윤은 도르에게 들리지 않을 만큼 작은 소리로 마치에게 말했다.

"중립지대 밖으로는 데리고 나오지 않는 게 나을 것 같은데."

"얘가 자꾸 나오고 싶다고 떼를 써서. 집에 혼자 있다가 멋대로 밖으로 뛰쳐나가는 것보다야 날 따라다니는 게 백 번 낫잖아."

마침 목적지가 같았던 그들은 닥터의 집까지 동행하기로 했다. 신이 난 도르는 마치 대신 소윤의 손을 잡고 팔랑거리며 자꾸만 앞서 나가려 들었다. 소윤은 도르의 손을 살살 잡아당기며 이런저런 화제로 그녀의 주의를 돌렸다. 마치도 간간이 끼어들어 대화하던 중, 앨리스가 화제에 올랐다. 마치가 기묘한 표정으로 물었다.

"앨리스가 정말로 하트 님과 그런 관계인 거야?"

"글쎄."

어차피 앨리스는 하트를 비롯한 여러 남자들과 그런 관계가 될 것이므로 소윤은 대충 얼버무렸다. 그런데 그녀의 예상과는 다르게 마치는 질투와는 다소 거리가 먼 표정을 지어 보였다. 생각한 적도 없는 것을 들었다는 듯한, 어이없다는 느낌의 그런.

"글쎄, 가 아니지. 너 아무 생각도 안 들어? 앨리스가 하트 님의 저택에 눌러앉았다잖아!"

"거기에 내가 생각해야 하는 부분이 있어?"

"좀 경각심이라든가! 아니면 질투심이라든가!"

소윤은 그제야 마치의 말을 알아들을 수 있었다. 흘금 올려다본 마치의 얼굴에는 0.1밀리그램의 농담도 섞여 있지 않았다. 하트, 그런 소문 없다더니.

"오해야. 나와 하트가 그런 사이라는 소문은 전부 거짓말……."

"아오, 진짜! 답답해서 내가 돌아가시겠네!"

마치는 성큼성큼 걸어 나갔다. 소윤이 그의 뒷모습을 멀뚱멀뚱 바라보고 있는데, 도르가 손을 잡아당기며 물었다.

"앨리스, 어디 갔어?"

"하트의 집에서 지내게 되었대. 사정이 있어서 밖으로는 자주 못 나올 것 같아. 도르가 아쉽겠네."

소윤은 도르의 매끄러운 머리카락을 부드럽게 쓰다듬으며 말했다. 얌전히 있던 도르는 소윤의 마지막 말에 고개를 살래살래 저었다.

"아냐."

"뭐가 아냐?"

"아쉽지 않은걸. 앨리스 싫어."

"빨리 안 오고 뭐해!"

저만치 간 마치가 버럭 소리를 질렀다.

"오빠 화났다!"

도르는 소윤의 손을 잡고 경쾌하게 달렸다. 오빠를 빼앗기기 싫은가 보네. 소윤은 옅은 갈색의 트윈테일이 팔랑거리는 것을 보며 그렇게 생각했다.

닥터에게 증상을 설명하고 감기약을 산 그녀는 남매와 헤어져 매드해터의 집으로 갔다. 현관 앞에서 걸음을 멈춘 그녀는 습관처럼 문을 두드리려다가 메시지의 내용을 상기하고는 문고리를 잡고 당겼다. 문은 침입자를 막기 위한 아무 장치도 되어 있지 않은 양 부드럽게 열렸다.

봄 햇살이 눈부신 계절임에도 불구하고 집 안에는 차가운 어둠과 정적이 드리워져 있었다. 소윤은 인기척이 느껴지는 곳을 향해 걸음을 옮겼다.

매드해터는 1층의 침실에서 깊은 잠에 빠져 있었다. 그녀는 그의 이마에 손을 올렸다. 후끈한 열이 느껴졌다.

부엌에 가서 물을 떠 온 그녀는 매드해터의 어깨를 가볍게 흔들어 깨웠다. 어두운 라벤더색의 그늘이 드리워져 있던 눈꺼풀이 파르르 떨리다가 느리게 열렸다.

"왔습니까……?"

"약 사 왔어."

매드해터가 몸을 일으켰다. 힘겨워 보이는 모습에 소윤은 그의 등을 지지했다. 그러자 매드해터는 소윤의 어깨에 힘없이 뺨을 기댔다. 기운 없는 꽃이 고개를 툭 꺾는 듯 애처로운 동작이었다.

그의 등에 베개를 대 준 그녀는 닥터에게 들은 정량대로 감기약 2알을 내밀었다. 그것을 본 매드해터는 고개를 저었다.

"8알은 먹어야 들을 겁니다."

매드해터가 8알의 약을 한꺼번에 털어 넣고 물로 넘기자 소윤은 그를 부축하여 다시 눕혔다. 이불을 끌어 매드해터의 턱 끝까지 덮어 준 소윤은 땀에 젖은 그의 이마를 젖은 타월로 닦아 주었다. 그는 눈을 감은 채 찡그리고 있던 미간을 조금 폈다.

의뢰는 감기약을 사 오는 것뿐이었으므로 이대로 집에 돌아가도 상관없었다. 그러나 문단속도 제대로 되지 않는 집에 매드해터 혼자만 두고 돌아가기에는 그녀가 이제껏 그에게서 제공받은 혜택이 너무 많았다. 무엇보다도 그녀는 4년 전 정신을 잃었던 그녀에게 그가 덮어 주었던 이불을 잊지 않았다.

부엌으로 간 그녀는 쓴 지 한참 되어 먼지가 뽀얗게 앉은 의자를 대충 닦아 침대 옆에 두고 앉았다. 등에 지고 있던 칼도 벗어 내려놓았다. 제법 시끄럽게 굴었음에도 그는 깨어나지 않았다.

소윤은 매드해터의 얼굴을 예술품 보듯 관찰했다. 평소 거장의 조각상을 연상케 하던 그는 창백한 뺨에 희미하게 오른 열기로 인해 거장의 회화로 변해 있었다. 보는 것만으로도 홀릴 듯한 미모에 병색이 더해지니 퇴폐미마저 흘렀다.

유혹의 악마가 존재한다면 이런 느낌일까. 소윤은 실소했다. 계속 보고 있다가는 정말 홀릴 것 같아서 그녀는 매드해터가 스마트폰에 깔아 주었던 게임 앱을 실행했다.

소윤은 게임을 하고 가끔씩 매드해터의 얼굴과 목을 젖은 타월로 닦아 주며 시간을 보냈다.

어느새 해가 졌다. 그가 깨어날 때까지 옆에 있어 줄 생각이었지만 이 집에 저녁으로 먹을 만한 것이 있으리라는 보장이 없었다. 혹시 스콘 한 개라도 남아 있지 않을까. 보드카가 밥이 될까. 그녀가 냉동고에 차곡차곡 들어 있을 술병을 떠올리고 있는데, 매드해터가 신음했다.

"일어났어?"

소윤이 그의 얼굴을 들여다보며 물었다. 그러나 그의 눈은 아직 닫혀 있었다. 머리카락보다는 조금 진한 색깔의 긴 속눈썹이 바람을 만난 민들레 홀씨처럼 연약하게 떨렸다. 매드해터에게 살해당한 사람들이 들었더라면 너무 어이없어서 기도 안 막힐 감상이었다.

매드해터가 몸을 들썩거렸다. 식은땀이 이마와 뺨을 타고 비 오듯 흘렀다. 그의 꽉 다물린 입술 사이로 억눌린 신음이 흘러나왔다.

"싫…… 아버, 지……."

『원더랜드』에서 매드해터는 어린 시절 아버지에게서 학대를 받았다. 지금 그가 꿈을 통해 보는 것은 두 번 다시 되돌아가고 싶지 않은 시절일 것이다. 소윤은 그를 향해 손을 뻗었다.

그때 매드해터가 몸을 웅크리고 발작했다. 그 바람에 그의 머리에서 수면 모자가 벗겨져 청회색의 독특한 머리카락이 고스란히 드러났다. 소윤은 사시나무처럼 떨리는 그의 어깨를 잡고 세게 흔들었다.

"매드해터!"

까마득하게 솟아오른 첨탑 안의 연구실은 그에게 제 방보다 더 익숙한 공간이었다. 그는 마법 등으로 희미하게 밝혀진 실내를 둘러보았다. 약품에 영향이 가면 안 된다는 이유로 작은 창 하나 내지 않은 공간은 제법 넓고 높았지만, 그에게는 세상 어느 곳보다도 좁고 답답한 우리였다.

달콤한 냄새가 희미하게 났다. 아버지가 방으로 들어왔다. 아버지는 음식이 담긴 접시를 들고 있었다. 그는 본능적으로 몸을 떨었다.

"……어났……?"

소년 같은 목소리가 먼 곳에서부터 들려왔다. 처음 듣는데도 어디선가 들어 본 듯한 기묘한 목소리였다. 그는 목소리의 주인을 찾고 싶어서 고개를 들었지만 보이는 것은 코앞까지 다가온 접시였다. 달콤한 냄새가 역겨웠다.

먹어라, 요카난. 아버지가 무감정한 목소리로 그에게 명령했다. 싫어요, 아버지. 그 두 마디의 말을 할 수만 있다면 얼마나 좋을까.

그는 아버지가 들이대는 접시에서 음식을 집어, 그것이 괴로움의 시작인 것을 알면서도 입안에 쑤셔 넣었다. 5분도 지나지 않아 격통이 그의 머리를 두들겼다. 몸 안에서 마력이 들끓자 전신의 핏줄이 확장되며 피부 위로 툭툭 불거졌다. 지독한 괴로움에 비명을 지를 목소리조차 나오지 않았다.

눈물로 얼룩진 시야 너머에서 아버지가 냉철한 눈으로 그를 내려다보고 있었다. 그는 간신히 손을 뻗어 아버지의 바지 자락을 붙잡았다. 차라리 죽여 줘요, 아버지.

"매드해터!"

매드해터는 숨을 몰아쉬며 눈을 떴다. 흐린 시야에 어둠 속에 떠오른 희끄무레한 것이 보였다. 그가 눈을 깜빡이자 고여 있던 눈물이 관자놀이를 향해 흘러내렸다. 땀에 섞여 드는 그것을 누군가의 손가락이 닦아 주었다. 딱딱하고 거친, 조금도 다정하지 않은 손가락이었다.

"매드해터."

소년 같은 알토가 다시 한 번 그를 불렀다. 딱딱해도, 거칠어도, 요만큼도 다정하지 않아도 좋았다. 매드해터는 팔을 뻗어 가는 어깨를 붙잡고 끌어당겼다. 마른 몸이 순순히 딸려 왔다.

소윤의 가슴에 얼굴을 묻은 그는 상처 입은 짐승처럼 거칠게 신음하다가 결국 억눌린 울음을 뱉었다. 잠시 후, 얇은 팔이 그의 머리를 빳빳하게 안아 주었다. 매드해터는 그녀를 더 강하게 끌어안았다. 아플 것이 분명함에도 불구하고 그녀는 그를 놓지 않았다.

다음 날 새벽, 눈을 뜬 매드해터는 품 안에서 느껴지는 온기에 시선을 주었다. 기대하지 않았다고 하면 거짓말일 것이다. 그리고 그는 그 기대에 대한 보답을 받았다.

소윤은 가지 않았다. 그의 품 안에 있었다. 새파란 새벽빛에 젖은 그녀의 백발이 그의 머리카락과 비슷해 보였다. 그는 황홀경에 미소를 지었다.

그때 소윤이 눈을 떴다. 잠투정 따위 없이 금세 맑은 정신을 찾은 그녀는 세상에 다시없을 아름다움을 목도하고는 자신이 아직 꿈을 꾸고 있다고 생각했다. 무심결에 그 생각을 입 밖으로 흘린 것인지, 여신보다 아름다운 남자는 붉은 입술을 살짝 벌린 채 작은 소리로 웃었다.

"일어나자마자 잠꼬대입니까. 아니, 다시 잠드는 것도 나쁘지 않은 선택이군요."

체온이 그리 높지 않은 두 사람이 만났을 뿐인데 이불 속은 굉장히 따뜻했다. 너무 따뜻해서 이대로 죽어도 행복할 것 같았다.

그는 소윤의 머리에 자신의 머리를 부볐다. 그러다가 자신이 지금 머리에 아무것도 쓰고 있지 않다는 것을 깨달았지만, 동시에 지금은 그런 것 따위 필요 없는 시간이라고 느꼈다. 그를 제외하면 단 하나밖에 없는 사람인 소윤의 시선이라면 얼마든지 받아도 좋았다.

그는 소윤이 '그렇게 많이 아파?'라고 묻는 눈으로 보는 것도 웃어넘기고는 다시 그녀를 부여안고 잠이 들었다. 귓가에 포기한 듯 짧게 한숨을 쉬는 소리가 들려왔다.

그들은 늦은 오전이 되어서야 침대를 벗어났다. 소윤은 입고 자는 바람에 다 구겨진 옷을 탁탁 털었다. 그런 그녀를 거실에 앉혀 놓은 매드해터는 오븐을 켜 예열을 시작한 후 냄비에 물과 달걀을 넣어 인덕션 위에 올렸다. 잠시 후 물이 끓자 타이머를 맞춘 그는 냉동실에 넣어 두었던 스콘을 꺼내 오븐에 넣었다. 그리고 인덕션에 주전자를 올려 홍차를 우리기 위한 물을 끓였다.

타이머가 8분을 알렸다. 그는 인덕션에서 냄비를 내려 뜨거운 물을 버리고 찬물을 부었다. 주방 장갑 대신 얇은 셔츠 자락을 이용한 탓에 손끝이 욱신거렸지만 무시했다.

주전자의 물이 끓었다. 그는 얼른 불을 끄고 티팟에 찻잎을 넣은 후 잠깐 사이에 한 김 식은 물을 부었다. 까만 찻잎에서는 금세 황갈색 차가 우러나오기 시작했다.

그는 티팟의 뚜껑을 닫고 타이머를 맞추었다. 그리고 찬물에 담아 두었던 삶은 달걀을 싱크대 안쪽에 대고 탁탁 두드렸다. 그가 달걀의 껍데기를 깐 후 칼을 사용하여 반으로 잘랐을 때 타이머가 4분 30초를 알렸다.

손에 묻은 물기와 칼날에 베인 상처에 밴 피를 닦아 낸 그는 다 우러난 홍차에서 찻잎을 걸러 냈다. 그때 오븐에서 소리가 났다. 매드해터는 오븐을 열고 집게로 스콘을 꺼내 접시 위에 담았다. 급히 꺼내느라 손등에 화상을 입었지만 역시 무시했다.

매드해터는 커다란 쟁반 위에 그것들을 올리고 마지막으로 소금 그릇과 자기 몫의 영양 캡슐 그릇을 추가했다.

그가 쟁반을 들고 나가자 소윤이 그를 바라보았다. 흐트러진 앞머리 사이로 갈색 눈동자가 보였다. 마스크를 쓰지 않아 입술도 보였다. 이제 곧 저 입술이 열심히 오물거리는 모습을 볼 수 있을 터였다.

당신만의 특권이 아닙니다. 그는 하트를 향해 코웃음을 쳤다.

예상대로 소윤은 참 잘 먹었다. 다음번에는 달걀 프라이를 해 볼까요. 세기의 달걀 요리라도 만들 것 같은 포부로 매드해터가 다짐했다. 그때 스콘을 반으로 쪼개던 소윤이 물었다.

"문단속해야 하지 않아?"

매드해터는 마력을 풀어 현관문을 확인했다. 문은 제대로 닫혀 있었다.

"무슨 소리입니까?"

"침입자용으로 해 놓은 불 뿜는 장치. 해제한 거 아냐?"

"……당신은 바보입니까? 아니면 내가 그렇게 멍청해 보였나요?"

거추장스러운 절차 없이 문을 열어도 되는 사람이 하나에서 둘이 된 것뿐이었다. 그런데 저 둔한 여자는 문이 모든 사람에게 개방되었다고 생각하는 모양이었다.

"허가된 건 당신뿐입니다. 앞으로는 내 허락 없이 그냥 들어오세요."

찻잔을 든 소윤의 손가락이 미세하게 멈칫거렸다. 문득 그녀의 시선이 모자를 쓰지 않아 드러난 그의 머리카락으로 향했다. 매드해터는 그 눈동자를 스치고 지나간 복잡한 감상의 편린을 눈치채지 못한 척했다. 그녀가 화제를 돌리는 것도 관대하게 받아들였다.

"앨리스를 기억해?"

"하트의 정부 말입니까?"

"오해야. 음, 그녀한테 좀 특별한 능력이 있는데……."

그 말만으로도 매드해터는 일이 어떻게 돌아가는지 짐작할 수 있었다. 앨리스가 원더랜드에 들어온 시기에 딱 맞춰 자리를 털고 일어난 도르, 하트의 반응, 체셔의 움직임, 무엇보다도 열흘쯤 전에 소윤이 말했던 '이제 곧 괜찮아질 거야.'라는 말.

십중팔구 그 여자는 치유 능력의 소유자일 것이다. 소윤의 태도를 보니 그 능력이라면 매드해터의 망가진 뇌도 고칠 수 있는 모양이었다. 그러나 그는 심드렁하게 반응했다.

"그렇군요. 하트에게 축하한다고 전해 주세요. 잠깐, 묻었잖습니까. 하여간 칠칠치 못하기는."

소윤의 입술 옆에 묻은 스콘 부스러기를 떼어 낸 매드해터는 그것을 내려다보다가 입안에 넣었다. 예상대로 구역질 같은 것은 나지 않았다. 오히려 고소한 맛이 제법 괜찮아서, 그는 꽃처럼 미소 지었다. 그에게 듣도 보도 못한 계집애를 밀어붙이려던 여자의 눈동자가 다시 흔들렸다.

괘씸하기는. 어디 한번 발버둥 쳐 보세요.

트위들 디는 요리사가 정성 들여 만든 음식을 내려다보았다. 완벽하게 그의 취향으로 익힌 티본 스테이크에서는 먹음직스러운 냄새가 풍기고 있었다. 그는 스테이크를 조금 잘라 입안에 넣었다. 살짝 묻은 소스까지 완벽했다. 그러나 디는 욕설을 내뱉으며 덤에게 말했다. 야, 자리 바꿔.

자다가 두들겨 깨워져 디를 대신하게 된 덤은 주변부터 둘러보았다. 그들의 집에 그들만이 존재하는 가장 안전한 상황이었다. 게다가 앞에는 맛있는 음식이 놓여 있었다.

무슨 일이야, 디? 그가 다정하게 묻자 형제가 대답했다. 입맛 없어. 이건 다른 것이 먹고 싶다는 의미였다. 덤은 옷을 갈아입고 밖으로 나갔다.

쌍둥이는 태생과 삶에도 불구하고 빛이 참 잘 어울리는 껍질을 갖고 있었다. 그들에게는 그것조차 하나의 무기였다.

좁은 방에서 벗어나 처음 바깥을 밟았던 그 시절, 그들의 껍질을 보고 사냥감이라고 생각한 많은 사람들이 접근했었다. 독이 든 초콜릿 같은 쌍둥이는 그들을 잡아먹으려는 타인을 도리어 잡아먹으며 살아남았다. 그리고 다 자라 디와 덤이 역할을 분담하면서 디보다는 덤이 껍질의 효용성을 더 많이 체감하게 되었다.

왕자님 같은 껍질과 덤의 꿀 같은 언변은 언제나 좋은 시너지 효과를 낳았다. 그들은 덤이 폭력성을 드러내는 순간 경악하는 여자들의 표정 따위를 즐기곤 했다.

그리고 그렇게 꼬여 낸 여자가 그들의 앞에 있었다. 가슴이 딱 그들 취향만큼 큰 여자였다. 여자를 데리고 원더랜드에 즐비한 아무 빈집에나 들어간 그들은 거칠게 정사를 치렀다. 처음에는 엄살을 부리던 여자도 얼마 안 있어 적극적으로 반응하기 시작했다.

그녀는 센트럴에서 제법 유명한 매춘부였다. 고운 피부와 부드러운 팔다리, 가느다란 허리 그리고 풍만한 가슴을 가진 여자. 그래, 여자.

……여자.

디는 아무 말 없이 안으로 들어가 버렸다. 쾌락에 몰두하고 있던 덤은 형제의 이상행동을 알아차리지 못한 채 여자에게 집중했다.

한낮의 햇살을 받아 크림빛으로 빛나는 여자의 육체가 은어처럼 파드득거렸다. 덤은 여자의 목덜미를 가볍게 깨물었다. 여자의 샴푸 냄새가 훅 끼쳤다. 꽃과 과일이 섞여 달콤한, 쌍둥이의 식욕을 자극할 만한 냄새였다.

그런데 이상하게도 덤은 그때 희미한 비누 냄새를 떠올리고 말았다. 시트러스 계열의 새큼함에 약간의 달콤함과 미량의 씁쓸함을 첨가한 그런 냄새. 기억을 뒤져 그것을 되새기는 순간, 그는 전신을 짜릿하게 휩쓴 쾌감에 저도 모르게 신음했다.

쾌락에 도취된 그가 저 좋을 대로 움직이자 깔려 있던 여자의 교성에 고통이 섞여 들었다. 그러나 그는 그것을 듣지 못했다. 무엇보다도 이가 너무 근지러웠다. 딱딱. 그는 턱을 움직여 어금니를 맞부딪쳤다.

쾌락의 고지가 코앞이었다. 그는 앓는 소리로 우는 여자의 어깨를 세게 눌러 펼치고는 부드러운 유방에 이를 박았다. 순식간에 감각을 점령하는 부드러움과 비릿함에, 그는 충족감을 느끼며 사정했다.

그런데 참 이상했다. 분명 기분이 좋아야 할 텐데 무엇인가가 부족했다. 한 번 더 할까. 덤은 유방이 물어뜯긴 흉한 꼴로 피 웅덩이 속에 누워 있는 여자를 내려다보았다. 죽어 가는 여자는 체온이 낮은 데다가 안쪽마저 뻣뻣해서 싫었다.

여자에게서 시선을 치운 그는 어느새 들어가 버린 디를 열심히 불렸다. 그러나 형제는 깨어 있으면서도 대답이 없었다.

"무슨 일이지?"

형제가 걱정스러웠던 덤은 주변의 기척을 살피는 데 소홀하고 말았다. 사실은 누가 백주 대낮에 트윈스를 습격하겠는가 하는 자신감의 발로이기도 했다.

그러나 빈집의 문을 열고 나오는 순간, 덤은 걸음을 멈추고 말았다. 새하얀 머리카락의 소유자가 바로 앞에 서 있었기 때문이다.

"……안녕, 장의사."

덤은 반사적으로 웃으며 인사를 건넸다. 언제부터 여기에 있었던 거지? 혹시 들었을까? 덤은 저가 왜 그것을 신경 쓰는지도 모르면서 초조해졌다.

그때 조용히 있던 디가 갑자기 으르렁대기 시작했다. 순식간에 표면으로 나온 디는 소윤에게 이를 드러내며 다가갔다. 그녀에게 가까워져 희미하게 떠도는 비누 냄새를 맡은 순간, 채워지지 못했던 희열에 대한 갈증이 덤의 심장마저 바짝 태웠다. 그들은 소윤을 향해 달려들었다.

그리고 기절할 때까지 처맞았다.

소윤은 침 묻은 목덜미를 트윈스의 스카프로 닦으며 생각했다. 이 녀석은 진짜 턱받이가 필요한 거 아닐까.

트윈스의 품을 뒤져 2개의 핸드폰을 찾아낸 그녀는 그중 자잘한 흠이 많은 쪽의 폴더를 열었다. 비밀번호 입력란이 떴지만 1111을 치자 풀려 버렸다. 예상보다 빠른 해제였다.

머리 나쁜 폭력남 콘셉트에 충실한 것도 좋지만, 적어도 2222나 3333 정도까지는 가야 하지 않겠냐. 소윤은 저도 모르게 트윈스를 측은한 눈으로 내려다보았다.

역시나 그 핸드폰은 디의 것이었다. 메시지를 살펴 직속으로 보이는 남자의 연락처를 찾은 소윤은 자신의 스마트폰으로 그에게 연락을 취했다. 그대로 디의 핸드폰을 사용해도 좋았겠지만, 쌍둥이가 그토록 지키고자 하는 비밀을 폭로하고 싶은 생각은 없었다.

트위들 덤이 쓰러져 있다는 말을 들은 남자는 5분만 그곳에서 기다려 달라고 사정했다.

그리고 7분 후, 한 남자가 다급하게 달려왔다. 지난번 디를 데리러 왔던 남자였다. 소윤은 뭐라고 외치는 남자에게서 등을 돌렸다. 언제나처럼 그녀는 대단히 바빴기 때문이다.

센트럴의 마트에서 쇼핑을 한 그녀는 의뢰자인 매드해터의 집으로 향했다. 최근 요리에 취미를 들인 것인지 그의 쇼핑 목록에서 식재료가 부쩍 늘었다. 그의 집에 도착한 소윤은 모든 과정을 생략하고 문을 열었다. 문은 부드럽게 움직여 그녀를 받아들였다.

"나 왔어."

"어서 와요."

마침 1층에 내려와 있던 매드해터가 그녀를 반겼다. 그는 물건을 받아 들며 눈짓으로 소파를 가리켰다. 소윤이 거기에 앉아 있는 동안, 그는 부엌에서 차를 끓이고 간식거리를 마련했다.

그가 울어서 퉁퉁 부은 눈조차 절대적인 아름다움 앞에서는 아무것도 아니라는 진리를 선보였던 날 이후 일상으로 받아들여진 풍경이었다. 덕분에 소윤은 하트와 매드해터를 만날 때 반드시 시간적인 텀을 둬야만 했다.

그녀가 차를 다 마셨을 때쯤 스마트폰의 기본 벨 소리가 울렸다. 전화를 받자 귀에 선 음성이 다급하게 용건을 전해 왔다.

—도와줘! 앨리스가 납치되었어!

그 말을 듣는 순간 머릿속에 떠오른 용의자는 체셔였다. 그러나 목소리는 다른 이의 이름을 댔다.

—잭에게! 그, 그런데 잭이 요구한 조건이 터무니없어서 어쩌면 하트 님이…….

"조건이 뭐야."

전화를 끊은 소윤은 나갈 차비를 했다. 건너편에 앉아 물끄러미 응시하고 있던 매드해터가 물었다.

"구하러 갈 생각입니까?"

"응. 혹시 같이 가겠어?"

"내가 동의할 거라고 생각합니까?"

물론 당연히 아니었다. 소윤은 바삐 매드해터의 집을 나섰다.

잭이 원작에 등장하는지 안 하는지는 기억나지 않았다. 그러나 그녀는 원작과는 별개로 그가 누구인지 알고 있었다.

소윤은 베이비에게 전화를 걸어 잭의 아지트를 물었다. 베이비는 답지 않게 망설이는 음성으로 그곳의 주소를 알려 주었다.

"고마워, 베이비."

—고맙긴. 조심해서 다녀와.

소윤이 봐도 잭이 제시한 조건은 억지였다. 그렇다면 잭의 진짜 조건은 따로 있거나, 최악의 경우 앨리스를 통해 하트에게 보복하는 것이 목적일 수도 있었다. 그녀는 잭의 아지트를 향해 달려갔다.

앨리스에게 있어 하트의 저택에서 지내는 나날은, 그 끈질긴 앨리스 리델을 제외하면 상당히 즐거웠다. 펑펑 나오는 뜨거운 물이라든가 옷장 안에 가득 걸려 있는 예쁜 옷, 삼시 세끼 제공되는 호화로운 음식들. 체셔에게 납치당한 기억은 끔찍했지만 결과는 대단히 훌륭했다.

그러나 불만이 없는 것은 아니었다.

원작에서 한량처럼 묘사되어 있던 하트는 실제로는 대단히 바쁜 사람이었다. 앨리스는 저택에 머문 이래 그와 1시간 이상 얼굴을 맞댄 적이 없었다. 만날 때마다 다정하게 대해 주고 그녀가 원하는 것을 전부 제공해 주기에 망정이지, 안 그랬으면 스트레스가 쌓였을지도 모른다.

또 한 가지 불만–일종의 즐거움이기도 했지만–은 다른 사람을 만날 수 없다는 것이었다. 연적은커녕 뭐 한 군데 경쟁이 될 만한 구석조차 없는 흰 토끼가 앨리스를 만나는 것조차 방해할 만큼, 하트는 그녀에게 집착하고 있었다. 예로부터 질투와 집착은 사랑을 재는 가장 쉬운 척도가 아니던가. 앨리스는 미소를 띠었다.

"무슨 일 있어? 기분이 좋아 보이네."

"내내 이곳에만 있는데 좋은 일은요."

현재 그녀와 대화 중인 남자는 피터라고 했다. 하트가 붙여 준 경호원인 그는 그녀가 1달쯤 전, 하트의 앞에서 치료했던 엑스트라였다. 그래서인지 그는 그녀가 조금 상냥하게 대해 주자 금세 간이라도 빼줄 것처럼 굴었다. 지금도 그는 부러 뾰로통하게 말하는 앨리스를 예뻐 죽겠다는 듯 달콤하게 보고 있었다.

"잠깐만 나갔다 오면 안 돼요? 정말 잠깐, 센트럴만 들를게요."

"지금 바깥이 좀 뒤숭숭해서 말야. 필요한 게 있으면 뭐든 사다 줄게."

"하지만 계속 저택 밖으로는 한 발자국도 나가지 못해서 답답해요. 이러다가 막 시들어 버릴지도 몰라요. 제발요, 피터. 정말 잠깐만. 네? 금방 갔다 온다니까요."

이대로 하트의 저택에 있다가는 트윈스, 나아가서는 매드해터와의 접점조차 사라질지도 모른다.

앨리스는 손을 가슴 앞에 모으고 그를 올려다보며 애원했다. 그녀가 눈매를 내린 채 파란 눈을 서글프게 빛내자 피터가 얼굴을 붉혔다. 앨리스는 피터에게 다가붙어 그의 팔에 살며시 손을 얹고는 칭얼댔다.

"네? 네? 정 걱정되면 피터도 함께 나가면 되잖아요. 응?"

결국 피터는 앨리스에게 굴복했다. 그는 자신의 곁에서 떨어지면 안 된다고 몇 번이나 주의를 주며 앨리스를 데리고 나가 주었다. 그리고 그녀는 저택을 나선 지 얼마 되지 않아 납치당하고 말았다.

"피터!"

앨리스는 단 하나뿐인 동아줄에 손을 내밀었으나 그는 이미 정신을 잃은 채였다. 납치범들의 우두머리로 보이는 남자가 피터를 걷어차 깨웠다.

"애, 앨리스……."

깨어나자마자 피를 게워 내며 앨리스를 찾는 피터를 내려다보며 남자는 키득키득 웃었다.

"가서 폰에게 전해. 네 어여쁜 애인은 잭이 데려간다고. 되찾고 싶으면, 그래. 센트럴 한가운데에서 무릎 꿇고 '잭 님께 하트의 자리를 돌려 드리겠습니다.'라고 외치는 걸로 할까?"

납치되었다 구출된 지 얼마 되지 않아 같은 일을 또 겪게 된 앨리스는 공포에 질려 덜덜 떨었다. 저 남자는 누구야? 폰이 누구지? 잭은 또 뭐야? 하트를 돌려줘? 저 남자는 도대체 왜 나를! 이런 거 몰라! 원작에서는!

있었다, 이런 일.

……그 과정에서 앨리스는 하트의 이복동생이라는 잭에게 납치당하기도 했지만, 단신으로 아지트에 쳐들어간 하트가 그녀를 구출한 덕분에 털끝 하나 다치지 않을 수 있었다. 그 뒤로 그녀는…….

단 한 문장이었다. 이런 걸 어떻게 기억하라는 거야. 앨리스는 눈물 범벅인 뺨을 문질렀다. 괜찮아. 하트가 구하러 온댔어. 털끝 하나 다치지 않는댔어.

그때 두려움으로 약해진 앨리스의 의식을 뚫고 작은 목소리가 속삭였다. 돌려줘. 지금 내가 너 상대할 때인 줄 알아! 입 닥쳐! 앨리스는 매섭게 쏘아붙였지만, 앨리스 리델을 의식 밑바닥에 다시 처박는 것이 쉽지 않다는 것은 여러 번의 경험으로 익히 알고 있었다.

이건 이미 내 인생이야! 네가 나설 자리 따위 없어! 왜 그게 네 인생이야? 어째서 너는 남의 것을 빼앗으면서 그렇게 당당해? 그러니까 그렇게—. 닥쳐, 닥쳐, 닥쳐! 악을 쓰던 앨리스의 얼굴이 날카로운 소리와 함께 홱 돌아갔다.

"내가 조용히 하랬지."

앨리스는 화끈거리는 뺨을 잡고 고개를 들었다. 잭이 그녀를 내려다보고 있었다. 하트와 많이 닮은 얼굴에 떠오른 잔혹한 미소를 본 순간, 그녀는 뺨의 아픔마저 싹 잊고 말았다.

그때야 앨리스는 그녀와 앨리스 리델의 싸움이 의식의 영역을 벗어나 소리로 드러났다는 것을 깨달았다. 그녀는 그 와중에도 물 만난 물고기처럼 활개를 치는 앨리스 리델을 막고자 입을 움켜쥐었다.

"뭐야, 이건? 미친 계집인가? 폰 놈, 제 어미 같은 걸 잘도 찾아냈군."

잭은 앨리스의 머리카락을 움켜쥐고 확 잡아 올렸다.

"아악!"

그녀의 손바닥 아래에서 비명이 뭉개졌다. 그는 앨리스의 코앞에 얼굴을 들이밀고 그녀를 관찰했다.

"몇 살이야?"

"여, 열여덟 살……."

"좋을 나이네."

잭의 손이 앨리스의 뺨을 쓸고 목을 지나 가슴까지 내려갔다. 잘 관리된 섬세한 손가락이 그녀의 가슴을 세게 움켜쥐었다. 그녀가 고통스럽게 신음하자 잭이 소리 내어 웃었다.

"제법 귀여운 소리를 내잖아? 폰의 것에 동했던 적은 없었지만, 너 정도라면……."

그의 음성에 어린 가학성에 앨리스는 기절할 것 같았다. 입을 막은 손가락 위로 눈물이 흘러내렸다. 털끝 하나 안 다친다며!

문득 그녀는 체셔를, 납치 미수가 되었어야 할 사건을 떠올렸다. 만약 이번에도 그렇게 된다면. 그녀는 불현듯 치민 공포와 절망에 정신을 잃었다.

"이 정도로 기절이야? 몇 번 가지고 놀면 끝나겠네."

잭은 혀를 차며 부하에게 손짓을 했다. 덩치 큰 남자가 앨리스를 어깨에 짊어졌다.

"도망 못 가게 잘 묶어서 골방에 처박아 둬. 그럴 담력으로는 안 보이지만, 혹시 모르니 혀 안 깨물도록 재갈도 물려 놔."

부하에게 지시한 잭은 피터를 흘금 보았다. 과연 폰은 소문대로 저 여자에게 미쳐 있을까? 잭은 피투성이로 쓰러진 피터 위에 폰, 그 발칙한 도둑놈의 모습을 겹쳤다. 상상만 해도 즐거워서 웃음이 나왔다.

잭이 그 자리를 떠난 후, 피터는 부러진 팔로 하트에게 전화를 걸어 필사적으로 상황을 설명했다. 평소 하트의 성격을 생각하면 받아들일 리 없는 조건이었으나, 걸려 있는 것이 그토록 아끼는 앨리스라면 이야기가 다를 것이다.

통화를 마친 피터는 그를 마중 나온 동료에 의지하여 저택으로 돌아갔다. 그리고 그곳에서 하트를 대면한 그는 자신이 틀렸을지 모른다고 생각했다.

"고생했어. 일단 치료부터 끝내고 마저 이야기하지."

그것은 아끼는 사람을 잃은 자의 반응이 아니었다. 피터는 의무실에서 치료를 받으며 방법을 강구했다. 그리고 생각 끝에 그가 내세울 수 있는 가장 훌륭한 카드에게 연락을 취했다.

—여보세요?

"도와줘! 앨리스가 납치되었어!"

잭의 아지트를 앞에 둔 소윤은 내부의 기척을 살폈다. 정확히 스물세 명의 기척이 느껴졌다. 그중 하나를 앨리스라고 치면, 최악의 경우 그녀가 상대해야 할 적은 스물두 명이었다. 생각했던 것에 훨씬 못 미치는 숫자였다.

소윤이 흰 토끼가 되었을 당시 잭은 원더랜드에 없었다. 그녀가 그를 만나게 된 것은 원더랜드에 들어온 지 1년쯤 지났을 때 일이었다. 당시 그는 마흔 명가량의 부하들을 동원하여 하트를 치려다가 참패를 당하고 쫓겨났다. 그런데 그보다 적은 숫자로, 한 번 그를 이긴 상대에게 덤벼든다? 그의 부하들이 그때보다 훨씬 강하거나, 아니면 믿는 구석이 있다는 말이었다. 소윤은 함정일 가능성을 염두에 두었다.

잭이 원더랜드에 들어오는 순간 소식을 접했을 하트는 저 아지트쯤이야 벌써 파악하고 있을 것이다. 아마 지금쯤이면 아지트로 향할 사람들을 선발하고 있을 터였다.

문제는 잭이 앨리스를 인질로 잡고 하트를 협박하는 경우와 하트에게 보여 주기 위해 앨리스를 죽이는 경우였다.

전자의 경우 앨리스에게 인질로서 가치가 있는지 묻는다면, 대답은 긍정이었다. 소윤에게는 마음을 읽는 능력이 없으니 현재 하트의 감정이 얼마나 깊어졌는지는 모르지만, 앨리스는 치유 능력만으로도 가치를 지닌 소녀였다. 빼어난 군림자인 그라면 분명 앨리스를 잭의 손에서 돌려받으려 할 것이다.

후자의 경우 만약 잭이 단순히 앨리스의 죽음만을 목적으로 했다면 굳이 납치할 필요까지는 없었다. 그러나 잭은 거추장스러운 납치를 감행했다. 그렇다면 그의 목표는 하트의 눈앞에서 앨리스를 참살하는 것일 터다. 악질적인 데가 있는 데다가 오랜 시간 하트를 미워했을 그라면 복수를 극대화하기 위해 판을 극적으로 벌일 가능성이 컸다.

어느 쪽이든 하트가 올 때까지 앨리스의 생명은 보장되어 있었다. 아니, 생명만은.

소윤은 자신이 오래전에 버려 잊고 있었던 것들을 떠올렸다. 괜히 입안이 말랐다. 하트는 언제 올까. 하트가 올 때까지 앨리스가 무사할까.

먼저 들어가는 것이 옳을까. 그 경우 스물두 명의 적과, 어쩌면 숨겨져 있을 다른 요소들을 모두 감내하면서 앨리스를 지킬 수 있을까. 만약 함정이라면 어떻게 해야 할까. 설령 그렇다 해도 그녀는 앨리스를 구해야만 했다.

생각에 잠긴 와중에도 아지트의 그늘로 숨어드는 소윤의 움직임은 날렵하고 은밀했다. 기척을 죽인 채 창문 밑까지 진입한 그녀는 들려오는 대화에 귀를 기울였다. 별 쓸모없는 잡담을 참을성 있게 엿듣고 있던 그녀는 찾던 정보의 조짐에 귀를 쫑긋 세웠다.

"골방의 그년 봤어? 폰의 계집이라는."

"못 봤어. 소문 값은 해?"

"얼굴 겁나 따지는 매튜 새끼가 보자마자 침 질질 흘릴 만큼. 원래 그 새끼가 그년 감시하는 역할인데 그래서 교체된 거잖아."

"그 정도야? 이번 일 다 끝나도 살아 있으면 좋겠네. 그만큼 이쁘면 맛도 좀 다르려나?"

"그래 봤자 우리 같은 개말단한테까지 돌려지려면 존나 한참 있어야겠지만 말이야."

"시발, 그럼 그때는 이미 너덜너덜할 거 아냐. 다 헐은 거에 무슨 맛으로 박아?"

"그년 얼굴을 봤으면 그따위 말 못 하지. 작년에 너 새끼가 홀딱 반해서 존나 호구처럼 다 퍼 줬던 개, 파멜라였나? 개 같은 건 명함도 못 내밀 만큼 겁나 미인이야."

"내 앞에서 그 걸레 얘기 다시 하면 죽인댔지!"

그리고 다시 의미 없는 이야기가 이어졌다. 소윤은 창 아래에서 벗어나 부서진 담장 근처에 몸을 숨겼다. 그녀의 머릿속에서 차곡차곡 정보가 정리되어 나갔다.

앨리스는 아직 무사한 것으로 추정되며, 현재 감시하에 골방에 갇혀 있다. 잭의 목적은 하트의 죽음이고, 아마 그 과정에서 앨리스 역시 죽을 가능성이 크다. 그리고 저들은 자신들이 노리고 있는 인물이 누구인지 제대로 알지 못하는 것 같다.

폰. 3년 전에 처음 들었던 하트의 본명이었다. 슬럼 매춘부의 태에서 생명을 얻은 소년이 절 슬럼에서 빼내 준 아버지를 죽이고 하트의 자리를 찬탈했다는 것은 제법 유명한 이야기였다.

참 이상하게도 당시에는 아무 느낌 없이 넘겼던 그의 이름이 이제와서 가시처럼 걸렸다. 그녀는 본명조차 모르는 매드해터도 떠올렸다. 그리고 자신이 이제 와서 왜 이런 것을 생각하고 있는지도.

알 수 없었다.

그때 재킷 안주머니에 넣어 두었던 스마트폰이 약하게 진동했다. 소윤은 스마트폰을 꺼내어 액정을 확인했다. 잠금 화면에 총 2통의 메시지가 떠 있었다. 표시된 시각을 보니 한 통은 그녀가 베이비와의 통화를 마친 직후에, 다른 한 통은 방금 전에 보낸 메시지였다.

[곧 갈 테니 혼자 돌진하지 마.]

[금방 도착한다. 기다려.]

새하얀 속눈썹에 싸인 눈매가 희미하게 부드러워졌다.

5분도 채 되지 않아 슈트를 입은 한 무리의 남자들이 아지트 근처에 도착했다. 그들은 위압적인 분위기를 풍기며 주변을 압도했다. 특히 그들의 선두에 선 하트는 현저히 굳어진 얼굴로 살기마저 풍기고 있었다. 평소의 여유는 온데간데없는 모습이었다.

그녀가 다가가자 하트는 발그스름한 눈매를 일그러뜨렸다. 소윤을 끌고 다른 사람들의 눈이 닿지 않는 곳까지 간 그는 그녀의 어깨를 움켜쥐고 작은 소리로 다그쳤다.

"대체 왜 여기에 온 거야!"

하트의 살기가 그녀에게 쏟아졌다. 단단히 화가 난 모습이었지만 소윤은 이유를 짐작할 수 없었다. 아니, 얼추 짐작이 가기는 했지만 이런 반응까지는 생각하지 못했다. 역시 앨리스가 가진 매력이 대단하기는 한 모양이었다. 그녀는 이유 모를 씁쓸함을 느끼며 하트의 팔에 손을 얹었다.

"일단 진정해."

"진정? 하, 진정하라고? 네가 이곳을 물었다고 들었을 때 내 기분이 어땠는지 알기나 해! 앞뒤 분간 안 하고 무작정 달려들지도 모른다는 생각에 내가 얼마나……!"

하트의 손아귀에 힘이 들어갔다. 그녀는 어깨가 삐걱거리는 소리를 들으며 하트의 말을 곱씹었다. 그러니까 지금 이건.

"……날 걱정했어?"

그 순간 그녀는 하트의 적갈색 눈동자가 시뻘겋게 타올랐다고 생각했다. 이를 빠드득 간 그는 끓어오르는 속내를 고스란히 드러내며 쏘아붙였다.

"지금 그걸 말이라고 해! 이 빌어먹을 계집애야!"

소윤은 진심으로 당황했다. 그리고 하트는 그녀와 오랜 시간을 보내 온 사람답게 그녀의 분위기를 면밀히 알아차렸다. 알고는 있었지만 정말 지독한 여자였다. 제 감정을 못 이긴 하트는 눈을 꾹 감았다.

늘 여유와 에너지가 넘치는 남자가 보인 허탈한 얼굴이 소윤의 앞에 고스란히 드러났다. 그는 지금 약해 보였다. 약한 것은 다치기 쉽다. 그리고 그녀는 그가 다치는 것이 싫었다.

무엇을 말해야 그가 괜찮아질까. 그녀는 조심스럽게 입술을 달싹였다. 제법 일상적인, 하지만 지금은 참 힘든 말이 흘러나왔다.

"고, 마워."

하트가 감았던 눈을 떴다.

부하들이 있는 곳으로 돌아가던 중, 하트는 옆에서 걷고 있는 소윤을 내려다보았다. 이 작고 볼품없는 여자에게 이토록 휘둘리게 될 줄 누가 알았을까. 사랑은 악마이고 불이고 천국이고 지옥이다. 과거의 시인이 남긴 말이 하트의 혀끝에 조용히 녹아들었다. 그는 그 씁쓸함을 참지 못하고 입을 열었다.

"만약."

소윤이 하트를 올려다보았다. 낙조에 물든 그녀는 그가 가장 좋아하는 색깔에 담갔다가 꺼낸 듯 보였다. 만족스러움이 그의 눈매에 깃들었다.

"네가 다른 말을 선택했더라면."

미안해, 라고 말했더라면.

"그것이 어떤 의미가 되었든, 나는."

아마도 그는, 그녀를.

가능성이 사라진 미래를 떠올리던 하트가 소윤을 향해 나른하게 눈웃음 쳤다. 그는 붉은 머리카락과 속눈썹을 가진 그가 새빨간 낙일 속에서 웃는 모습이 어떻게 보일지 참 잘 알고 있었다. 예상대로 소윤의 어깨가 살짝 움찔거렸다.

얼핏 무덤덤해 보이는 그녀의 눈빛과 반응이 얼마나 풍부한지 그녀 자신은 잘 모르고 있는 것 같았다. 지금도, 저것 보라지. 그를 향해 고개를 든 채 마치 다음 말이 궁금하다는 듯한 분위기를 풍기면 입을 다물고 싶어지지 않겠는가.

하트는 모르는 척 고개를 돌렸다. 그의 나직한 웃음소리가 조용히 퍼졌다.

하트의 부하들과 합류한 후, 소윤은 그녀의 생각을 하트에게 말했다. 그중 일부는 그도 짐작하는 바였다. 계획을 묻는 소윤에게 하트가 대답했다.

"정면에서 들어간다."

어차피 그가 저택에서 나온 순간부터 그의 행보는 잭에게 전해졌을 것이다. 이것저것 꾸며 봐야 구차해질 뿐이었다.

무엇보다도 그는 앨리스가 납치되었다는 사실을 안 순간, 이를 구실 삼아 앨리스를 버릴 생각이었다. 일이 이렇게 되었으니 구하는 척은 해야 하겠지만, 실수로 죽어 주지 않을까. 그는 지독하게 색정적인 눈매로 소윤을 내려다보며 그렇게 생각했다.

"흰둥아."

잭의 아지트로 들어가기 직전, 하트가 그녀를 불렀다. 그의 강요에 따라 대각선으로 한 발자국 떨어져서 걷고 있던 소윤이 그를 올려다보았다.

"잭에게 믿는 구석이 있을지도 모른다는 건 네가 한 말이다. 반드시 기억해 둬."

그의 불그스름한 입술이 미소를 그렸다. 그는 소윤이 고개를 끄덕이다 말고 조금 멈칫거리는 것을 달콤하게 응시하며 덧붙였다.

"내가 걱정하게 만들고 싶은 것이 아니라면."

그의 말이 떨어지는 것과 동시에 하트의 부하들이 아지트의 문을 열었다. 하트를 시작으로 소윤과 슈트를 입은 한 무리의 남자들이 안으로 들어갔다.

잭은 문을 열면 정면으로 보이는 벽 앞에 의자를 놓고 앉아 있었다. 단을 높인 후 그 위에 올려놓은 화려한 의자에서 옥좌를 느낀 것은 소윤만이 아닐 것이다.

그들은 문에서 의자에 이르기까지 깔린 붉은 카펫 위를 걸어갔다. 그들이 다가갈수록 잭의 입가에 맺혀 있던 잔혹한 미소가 깊어졌다. 아지트 중앙쯤에서 발을 멈춘 하트는 과장스러운 동작으로 팔을 펼치며 웃었다.

"오랜만이야, 잭. 꼬리에 불붙은 것처럼 신나게 뛰쳐나가던 네 뒷모습이 눈에 선한데, 이제 와서 원더랜드엔 어쩐 일일까? 아하, 혹시 돈 떨어져서 들어왔나? 용돈 필요해?"

하트의 유들유들한 어조에는 듣는 사람을 발끈하게 만드는 구석이 있었다. 빤한 도발이었지만 성마른 잭에게는 제법 먹혀들었다. 그는 하트의 것보다 조금 짙은 색깔의 눈썹을 실룩거리더니 금세 입꼬리를 올렸다.

"주인이 제 것을 찾으러 오는데 이유 같은 게 필요할까?"

"두고 간 거라도 있는 모양이야? 그래, 소유권은 명확히 하는 게 좋지. 그런데 여기에 그럴 만한 것이 존재하기는 해?"

두 사람이 대화하는 동안 소윤은 아지트의 벽을 훑어보며 골방이라고 불릴 만한 공간을 찾았다. 벽에는 몇 개의 문과, 문이 있었던 흔적이 존재했다. 그중 인기척이 남아 있는 곳은 총 세 곳이었다.

그때 하트가 소윤의 어깨 위에 팔을 걸쳤다.

"다른 데 보지 마."

그는 작게 으르렁거렸다. 그것이 잭의 주의를 끌지 않을 리 없었다. 안 그래도 슈트 군단 속에서 유일하게 이질적인 복장의 소윤을 눈여겨보고 있던 그는 금세 소윤을 기억해 냈다.

"하트도 모자라 흰 토끼의 이름마저 시궁창에 처박다니. 그게 네가 멋대로 해도 되는 이름인 줄 알아?"

"……넌 이전부터 전통이니 혈통 같은 말을 좋아했지. 안타까워. 그 젊은 나이에 벌써 뒷방 늙은이 같은 사고방식을 갖게 되었다니."

하트는 심드렁한 척 느릿느릿 말하고 있었지만 소윤은 그의 목소리에서 분노를 감지했다. 이건 별로 좋지 않은데. 소윤은 경계심을 한층 돋웠다. 그녀는 하트의 손이 허리춤에 매어 둔 도끼를 향해 슬금슬금 움직이는 것을 보았다. 잭 역시 의자 옆에 세워 둔 칼에 팔을 뻗고 있었다.

"역시 내가 하트가 된 건 백번 잘한 일이었어. 네 대에서 끝날 하트의 이름을 내가 구원한 거니, 선대도 분명 지옥 불구덩이에서 몸을 비틀며 기뻐하고 있겠지."

"입 닥쳐! 네가 감히 아버지를 입에 올려!"

"그러니까 네가 안 된다는 거다. 내가 네 상황이었다면 자신이 어떻게 무사할 수 있었는지 깨닫고 다시는 이곳으로 돌아오지 않았을 거야."

"웃기는 소……."

"이상하다고 생각한 적 없어? 꼭 내가 하트가 되리라는 걸 예상한 것 같은 조치였잖아? 타이밍 좋게 나타나 널 도와주고 사라진 선대의 부하, 추적자 하나 없이 안전하고 빠른 도주, 거기에 아웃하우스에 생긴 네 몫의 계좌와 그 안에 든 거액의 돈. 그 돈을 누가 넣어 줬다고 생각해?"

하트는 너그럽게 웃었지만 목소리는 악의로 가득 차 있었다. 말도 안 되는 소리 말라며 발작하듯 외치는 잭에게 그는 한껏 취향을 담아 목을 치듯 말했다.

“선대가 내 발밑을 기며 빌었지. 너만은 살려 달라고. 그래서 나는 관용을 베풀어 네 살길까지 열어 주겠다고 약속했다. 즉, 넌 지금까지 내 돈으로 호의호식하며 지낸 거야, 멍청한 놈.”

붉은 저녁빛 아래 도끼와 칼이 드러났다. 바람결에 소윤의 앞머리가 흔들렸다. 머리카락 사이로 슬쩍 드러난 그녀의 눈동자는 하트의 뒷모습에 고정되어 있었다. 그것이 다시 감춰지는 순간, 2개의 날붙이가 부딪쳤다.

“죽어!”

“그래도 말이야, 건드리면 안 되는 것에 집적거리는 놈마저 살려 둘 생각은 없어.”

“이곳에 내 것이라고 할 만한 게 없다고 했나! 그 말을 그대로 돌려주지! 너야말로 전부! 내게서 훔친 것들뿐이잖아!”

“거기에 대해서는 놀라울 만큼 큰 견해 차이가 존재하는 것 같은데. 흐음, 나와 너는 언제나 그랬던가? 그럼 별것도 아니군.”

하트는 도끼에 가볍게 힘을 주어 잭을 밀쳐 냈다.

칼은 도끼에 비해 접근 거리가 길다. 잭은 자신에게 유리할 만큼의 거리를 두고 다시 칼을 겨누었지만, 한발 늦었다. 금세 따라붙은 하트가 도끼를 눕혀 휘둘렀다. 하도 많은 피에 젖어 은은하게 붉은색을 띤 쇳덩어리가 잭의 허리를 향해 파고들었다. 잭은 다급하게 칼을 내려 도끼를 가로막았다. 맞부딪친 2개의 무기가 부들부들 떨었다.

챙! 창! 챙! 날카롭지만 어딘가 가벼운 소리가 아지트 내에 울렸다.

“악취미.”

작게 중얼거린 소윤은 조용히 움직일 생각으로 허벅지에서 나이프를 뽑았다. 그녀의 큰 칼은 아무리 난전이라도 눈에 띄기 때문이었다.

하트와 잭이 맞붙는 순간, 그들의 부하들도 일제히 무기를 들고 서로에게 달려들었다. 양쪽 모두 슈트 차림인지라 참으로 장관이었다.
남자의 자존심인지 자신감인지 아니면 내부 사정 따위 뻔히 알고 있다는 의미의 도발인지, 하트가 데리고 온 부하의 수는 딱 스물 두 명이었다. 그 자신마저 더하면 잭의 무리에 앨리스를 합한 숫자와 같아진다.
아지트에 오기 전에 미리 이야기가 된 것인지, 하트의 부하 하나가 난전을 헤치고 가장 가까운 골방으로 향하고 있었다. 너는 나서지 마. 하트가 그렇게 말하는 것 같았다.
그러나 실제로 들려오는 것은 잭의 고함이었다. 즐겁다는 듯, 그는 하트를 향해 칼을 내리치며 외치고 있었다.
"뭐야! 잘도 지껄이더니 고작 이 정도야? 그 계집애를 데려올 것도 없었잖아!"
소윤은 그들을 흘금 바라보았다. 팔을 늘어뜨린 하트에게 잭의 칼이 쇄도하고 있었다. 그녀가 하트에게 달려가려는 찰나, 난전을 뚫고 두 사람의 눈이 마주쳤다. 걱정해? 그가 물었다. 소윤은 어금니를 질끈 물었다.
"지금 그걸 말이라고……!"
둘 사이의 거리는 제법 멀었다. 사이에는 많은 사람들이 있었으므로 그녀의 목소리는 그들이 내는 소리에 묻혔을 것이 분명했다. 그러나 그는 그녀의 대답을 들었다는 듯 눈매를 가득 휘며 웃었다. 이 아수라장의 먼지 냄새와 피 냄새를 싹 지울 만큼 페로몬이 철철 넘치는 눈웃음이었다.
칼은 이미 코앞까지 당도해 있었다.
"하트!"
소윤이 외쳤다. 그 순간, 하트가 움직였다.
도끼가 칼날을 부러뜨렸다. 하트의 발에 걷어차인 잭이 의자 위로 처박혔다. 쿠당탕탕! 무너진 옥좌에 파묻힌 채, 그는 턱턱 막히는 숨을 삼키려 애썼다.

"큭! 크헉, 쿨럭쿨럭……."

도끼는 무거운 무기다. 하트와 같은 무지막지한 괴력의 소유자가 휘두르는 그것을 한낱 칼이 그렇게 오래 버틸 수 있을 리 없었다.

하트는 잭을 향해 유유자적한 걸음으로 접근했다. 비틀거리면서도 몸을 일으키려던 잭은 의자의 팔걸이에 다리가 걸리며 다시 나동그라졌다.

"광대 짓조차 재미없구나, 너는."

"비겁하게……. 날 속인 거냐!"

"싸움에 비겁이고 뭐고, 라는 건 농담이고. 이렇게라도 하지 않으면 지루해서 말이야. 많이 양보해서 칼이 부러질 때의 네 얼굴은 조금 재미있었다고 해 주지."

하트는 대충 다리를 놀려 잭이 뒤집어쓰고 있는 의자를 부쉈다. 톱밥과 먼지가 잭의 적갈색 머리카락 위로 내려앉았다. 하트가 얄밉게 이죽거렸다.

"이제야 좀 빨간색으로 보이네."

하트는 대대로 붉은 머리였다. 은근히 가지고 있던 콤플렉스를 자극당한 잭이 씨근덕거리는 사이, 소윤이 하트에게 성큼성큼 다가갔다.

"어서 와, 내 흰둥아."

하트가 손까지 들어 올리며 환영했다. 그녀는 걷던 기세 그대로 하트의 허벅지를 깠다. 헉 하고 숨을 들이마신 그는 흰 발자국이 선명하게 찍힌 다리를 움켜쥐고 끙끙거렸다.

"이건 좀 아픈데. 다 알고 있었으면서도 이런다는 건 그만큼 마음을 졸였다는 뜻이야?"

소윤은 대답 대신 그의 발을 콱 밟았다. 단단한 구두에 싸여 있으니 별로 아프지는 않겠지만 그녀의 기분이나마 전달하고자 한 행동이었다.

킬킬 웃은 하트는 그녀의 등 너머로 시선을 주었다. 많은 눈동자가 그들에게 집중되어 있었다. 하트는 입술을 조용히 달싹거렸다. 눈 깔지? 발밑에서부터 슬금슬금 기어오르는 살기에 그들은 적군 아군 할 것 없이 일제히 눈을 돌렸다.

그 잠깐을 틈타 하트의 사정거리에서 벗어난 잭이 어딘가를 가리키며 외쳤다.

"그 계집애 데려와!"

앨리스! 그 순간 하트가 소윤을 돌아보았다. 그와 눈이 마주친 순간, 그녀는 고개를 끄덕이고 잭이 가리킨 곳을 향해 달려 나갔다.

"안 돼!"

하트가 외쳤지만 저만치 보이는 문에 집중하고 있던 그녀는 듣지 못했다. 잭의 부하들이 물러나고 있다는 것도, 심지어 그녀 자신이 짚었던 함정의 가능성도 깨닫지 못했다.

소윤은 금세 문 앞에 도달했다. 안쪽에서는 두 사람분의 인기척이 느껴지고 있었다. 그녀는 동그란 문고리를 힘껏 돌리며 문을 열었다.

그녀가 바닥에 쓰러져 있는 앨리스를 발견하는 순간, 문 위쪽에서 달칵하고 어디서 들어 봄 직한 소리가 났다. 아주 작은, 그녀 정도의 청각이 아니면 알아차리지 못했을 소리였다.

불길한 예감이 소윤의 등줄기를 훑았다. 저걸 어디서 들었더라. 원더랜드가 아니다. 연구소도 아니었다. 그럼 도대체 어디서—.

"아."

그녀는 저도 모르게 신음했다. 그것은 에이전트로서 연구소 밖으로 나갔을 때 가끔 들었던 마법 트랩이 발동하는 소리였다. 그녀는 고개를 들어 올렸다. 그녀의 머리 위에 작은 장치가 붙어 있었다.

"거기서 물러나!"

하트가 고함을 질렀다. 앞에는 앨리스, 뒤에는 지척까지 다가온 하트. 소윤은 마법 트랩을 손으로 잡아 뜯었다. 불이나 폭발 계열의 마법이 담긴 트랩인지 화끈한 열기가 손가락을 훑었다.

그녀는 그것을 꽉 움켜쥐고 팔을 뒤로 젖혔다. 목표는 높은 곳에 난 작은 창문이었다.

그런 그녀를 향해 골방 안에서 대기하고 있던 잭의 부하가 석궁을 겨누었다. 둘 다 처리할 수는 없다. 그렇다면.

그녀가 팔을 움직이는 것과 동시에 쿼럴Quarrel, 활에 사용하는 것보다도 짧고 두툼한 화살이 발사되었다. 마법 트랩이 그녀의 손을 떠났다. 쿼럴 끝에 달린 쇠붙이가 먹이를 노리는 독사의 머리처럼 그녀를 향했다.

쨍그랑! 유리가 깨지고 마법 트랩이 창문을 벗어나 하늘로 날아가는 순간, 그녀의 배에 쿼럴이 박혔다. 명치 조금 아래, 급소를 간신히 피해 간 부분이었다. 그러나 그녀는 숨을 돌릴 틈도 없이 움직여야 했다. 석궁의 끝이 기절해 있는 앨리스를 향하고 있었다.

이루어질 가능성조차 희박한, 그럼에도 단 하나뿐인 그녀의 희망. 아픔조차 잊고 달려간 그녀는 반쯤 본능적인 움직임으로 앨리스의 등을 덮쳐눌렀다. 그 바람에 쿼럴이 배를 더 깊이 찔러 들었지만 그 고통은 등과 팔다리에 연속적으로 느껴지는 다른 고통으로 인해 금세 잊혀졌다.

그녀의 핏물이 앨리스의 고운 뺨에까지 떨어졌다. 소윤은 떨리는 손가락으로 그것을 닦았다. 이곳의 비틀린 남자들을 구해 줄 천사 같은 소녀에게 이런 것이 묻으면 안 되었다.

다시 하얘진 뺨을 보며 희미하게 미소 짓던 그녀는 군데군데 새까맣게 물들어 가는 시야를 차단했다.

하트의 고함소리, 잭의 웃음소리, 사람들의 웅성거림, 그리고…… 있을 거라고는 생각도 못 했던 누군가의 목소리가 들려왔다.

한순간에 벌어진 일이었다. 하트는 잭이 가리킨 방향을 향해 달려가는 소윤을 향해 손을 뻗었다. 그러나 그녀의 하얀 머리카락도, 먼지 묻은 옷의 끝자락도 그의 손에 잡혀 주지 않았다. 허공을 움켜쥔 그는 소윤을 따라 달렸다.

스스로 가리킨 방향에서 물러나는 잭과 그의 부하들이 그의 불길한 예감에 박차를 가했다. 그러나 힘은 물론 속도에 있어서도 그녀에 못 미치는 하트는 현저히 뒤쳐지고 말았다.

제발, 안 돼. 잭에게 믿고 있는 구석이 있다고 말한 것도, 함정일 가능성을 지적한 것도 너였잖아. 그러나 소윤은 아무 망설임 없이 문을 열어젖혔다.

“거기서 물러나!”

하트는 고함을 질렀다.

세상에 태어나 처음이라고 생각될 만큼 악을 썼다. 그러나 그의 바람은 이루어지지 않았다. 슬쩍 뒤를 돌아보는 것 같았던 그녀는 작은 장치를 뜯어 들고 안으로 들어갔다. 안에서 유리가 깨지고, 잠시 후 먼 곳에서 무엇인가가 폭발하는 소리가 들려왔다. 그 안에는 날카로운 것이 바람을 가르는 소리도 숨겨져 있었다.

제발, 흰둥아.

아무나 좋으니 제발, 누구든. 겨우 문 앞에 당도한 그의 눈에 가장 먼저 보인 것은 몸에 몇 대나 되는 쿼럴을 꽂은 채 피투성이로 엎드려 있는 소윤이었다. 아니, 그녀로 시야가 꽉 차서 다른 것은 보이지 않았다. 그녀의 몸에서 흘러나온 피가 웅덩이를 이루는 것도, 그 웅덩이에 빠져 있는 것이 앨리스인 것도, 그와 소윤 이외에 다른 사람들이 있다는 것도, 그리고 누군가가 그녀에게 다가가는 것도. 그리고 다음 순간.

"위로."

매끄러운 목소리가 오만하게 명령했다. 그 순간, 소윤의 몸이 들썩거리더니 머리카락 한 올 살랑거리지 않도록 조심스럽게 떠올랐다. 그 목소리가 재차 명령했다.

"부서져라."

그 말이 떨어지자 그녀의 몸에 박혀 있는 쿼럴이 빼죽 튀어나온 부분에서부터 가루가 되어 흩어지기 시작했다. 하트는 상처에서 피가 뿜어져 나올 것을 예상하고 지혈을 위해 그녀에게 다가갔다. 그러나 뒤이어 다시 목소리가 울렸다.

"채워."

그러자 패였던 상처에 조금씩 살이 채워지기 시작했다.

"그나마 머리는 보호해서 다행이군요. 철 부스러기만 한 본능 정도는 남아 있었던 것 같아 정말 안심했습니다."

감정을 꾹꾹 눌러 담아 빈정거리는 소리가 이어졌다. 하트는 기적을 만들어 낸 자를 향해 고개를 돌렸다.

모자를 쓴 익숙한 남자가 그곳에 서 있었다. 사실 확인할 것도 없었다. 원더랜드에서 이만한 마법이 가능한 사람은 단 하나뿐이었기 때문이다.

"매드해터."

하트가 신음하듯 그의 이름을 내뱉었다. 그러나 매드해터는 하트를 거들떠보지도 않았다. 소윤에게 온 신경을 집중하고 있던 그는 상처가 전부 사라지자 다시 한 번 명령했다.

"이리로."

소윤의 몸이 공중을 가로질러 매드해터에게 향했다. 그는 팔을 크게 벌려 그녀를 받아 안았다. 소녀처럼 작은 체구가 어쩐지 참을 수 없어서, 매드해터는 그녀의 몸을 꽉 끌어안았다.

소윤은 그 힘에도 눈을 뜨지 않았다. 그는 다시 한 번 마법을 사용하여 그녀를 깨우려 했다.

그때, 하트가 그녀를 그의 품에서 빼앗았다. 매드해터는 하트를 날카롭게 응시했다.

"무슨 짓입니까?"

"그렇게 말하면 마치 내가 하면 안 되는 짓이라도 저지른 것 같잖아."

"아닌가요? 지금 이 사달이 난 게 누구 때문인데."

"누구 때문이긴. 이 계집과."

하트가 바닥에 쓰러져 있는 앨리스를 응시하며 말했다. 금방이라도 찢어 죽일 듯 강렬한 살기를 품은 눈이었다. 매드해터는 자신 역시 그와 별반 다르지 않은 눈을 하고 있으리라고 생각했다.

두 남자의 눈이 동시에 한 점, 골방의 구석으로 향했다. 그곳에는 한 남자가 작은 결계 안에 앉아 있었다. 그의 한쪽 손에는 석궁이, 다른 한쪽 손에는 소윤이 처리한 마법 트랩과 비슷한 장치인 마법 스토리지가 들려 있었다.

그의 결계는 마법 스토리지에서 발생하고 있었다. 마법 트랩의 폭발에서 그의 몸을 보호하기 위한 것일 터.

"이 계집을 구하기 위해 나와 부하들이 들어오면 한꺼번에 폭발에 말려들게 하려는 계획이었던 모양이군. 그렇다면 이 남자는 만약의 사태에 대비하기 위한 보험일 것이고. 이봐, 매드해터. 이 결계를 없앨 수 있겠어?"

"날 우습게 보고 있군요. 당신의 말을 듣는 것은 싫지만 이번만은 예외로 치죠."

매드해터는 그의 내부에 존재하는 마력을 외부의 마력에 동조시켰다. 발현 의지, 탐지, 동조의 세 단계를 순식간에 거친 그는 마지막 단계인 발현을 위한 시동어를 만들었다.

"움직여."

마법의 마지막 단계, 발현.

시동어를 통해 현실화된 마법에 남자가 앉아 있던 바닥이 세차게 요동치기 시작했다. 불쑥 솟아오른 바닥에 놀란 남자가 마법 스토리지를 손에서 놓치고 말았다. 매드해터는 마력의 공급이 끊어지고 결계가 사라진 한순간을 놓치지 않았다.

"녹아."

마법 스토리지가 모서리에서부터 소리도 없이 녹기 시작했다. 순식간에 모든 방비를 잃은 남자가 허둥거렸다. 그 모습을 차갑게 내려다보던 매드해터가 다시 한 번 마법을 사용하여 남자를 기절시켰다.

"안 죽이게?"

"그 역할은 당신에게 넘기죠. 최고로 괴로운 죽음을 기대하겠습니다."

"그건 예약이 있어서 곤란하겠는데. 두 번째로 괴로운 죽음 정도에서 만족하라고."

"좋습니다. 그럼 이만 흰 토끼를 돌려줘요."

"요즘 남의 것을 가지고 자기 것인 양 구는 게 유행하는 모양이야? 참, 거슬리게."

확연히 낮아진 저음이 하트의 불편한 심기를 반영했다. 두 사람 사이에 살기의 폭풍이 휘몰아쳤다. 그러나 그 심상찮은 기운에 소윤이 희미한 신음을 흘리자 두 남자 사이에 존재했던 기류는 한순간에 사라져 버렸다.

"탐탁잖지만 일단 휴전하죠. 그런데 이 여자는 대체 뭡니까?"

매드해터는 엎드려 있는 앨리스를 내려다보았다. 그녀는 피를 뒤집어쓰고 있었지만 그중 그녀의 몸에서 흘러나온 것은 단 한 방울도 없었다.

"앨리스."

"이름 따위를 물은 게 아닙니다. 왜 흰 토끼가 이 꼴이 되면서까지 보호했는지 묻는 겁니다."

기본적으로 소윤은 오지랖이 그리 넓은 타입이 아니었다. 의뢰 이외에 그녀가 타인을 구했다고 말할 만한 행동을 한 것은 마치와 도르의 경우가 전부였다.

그럼에도 그녀는 앨리스를 위해 몸을 던졌다. 등에 지고 있는 칼로 인해 치명상을 입을 가능성이 적다는 것을 알았기 때문인지도 모른다. 그러나 두 남자에게는 그녀가 위험을 무릅쓰고 몸을 던졌다는 것만으로도 앨리스를 경계하게 만들기 충분했다.

"원래 아웃하우스에서 알던 사이라도 되는 겁니까?"

"그게 묘하단 말이야. 흰둥이와의 접점이 전혀 없는 건 아닌데 말이지."

헨리 리델. 앨리스의 아버지이자, 소윤이 있던 연구소의 연구원이기도 했던 남자였다. 그러나 하트는 그런 관계의 어디에 이런 헌신이 끼어들 자리가 있는지 알 수 없었다.

"의외로 사적으로 만난 적이 있었을지 모르지. 혹은 이 계집이 흰둥이에게 필요한 다른 능력을 갖고 있을지도……."

"결론은 모른다는 거 아닙니까? 무능하기는. 여자를 상대로 진실을 캐내는 건 당신의 주특기 아니었습니까?"

두 남자는 서로를 노려보았다. 골방 밖에서 하트의 부하들이 초조해하고 있는 것이 느껴졌다. 먼저 눈길을 거둔 하트가 턱 끝으로 문을 가리키며 말했다.

"나가지."

하트는 근처에 있던 부하들을 불러 앨리스와 기절한 남자를 맡긴 후 방을 나섰다. 잭과 그 부하들은 포박당한 채 아지트 바닥에 꿇어앉아 있었다. 잭은 상처 하나 없는 하트를 보며 이를 득득 갈았다. 하트는 유쾌한 미소를 지었다.

"이런 걸 자업자득이라고 하지? 아주 근사한 모습인데. 나더러 센트럴 한가운데에서 무릎 꿇으라던 남자는 도대체 어디 갔을까?"

소윤이 깨어 있었더라면 느긋한 목소리 저변에서 들끓고 있는 분노를 금세 알아차렸을 것이다. 하트는 부하에게 턱짓을 해 골방에서 데리고 나온 남자를 잭의 옆에 내동댕이쳤다.

"아무래도 내가 용돈을 너무 많이 준 모양이야. 장난은 적당해야 장난으로 끝나는 거란다, 동생아."

"누가 너 따위 천한 놈의 동생이야!"

"네가 사용한 방법도 그리 고상하지는 않았어. 비난하려는 게 아냐. 난 지금 칭찬하는 거라고. 여자를 이용한 방법은 아주 좋았어. 제대로만 했으면 센트럴에서 무릎을 꿇는 정도가 아니라 심장Heart이라도 바쳤을 테니까. 단지."

거기까지 말하고 입을 다문 하트가 히죽 웃었다. 피비린내와 살기를 자욱하게 풍기는 웃음이었다. 잭은 저도 모르게 어깨를 움츠렸다가 자존심이 상한 얼굴로 다시 고개를 쳐들었다. 그러나 하트는 그의 눈동자에 떠오른 공포를 놓치지 않았다. 그는 부러 쪼그리고 앉아 잭의 코앞에 얼굴을 들이민 채 작은 소리로 말했다.

"인질이 틀렸다, 멍청아."

그는 잭의 표정이 의문, 깨달음, 그리고 경악으로 변하는 것을 즐겁게 감상했다. 잭의 시선이 소윤에게 향하자 하트는 보란 듯이 그녀의 관자놀이에 가볍게 입을 맞추었다.

"기대해. 죽여 달라고 애원하게 만들어 줄 테니까."

하트의 말이 끝나자마자 부하들이 달려들어 잭의 눈을 가리고 재갈을 물렸다. 발버둥 치고 악을 쓰던 그가 조용해지자 하트가 지시했다.

"오늘 일에 대해서는 함구한다. 만약 이 사건에 대한 이야기가 조금이라도 내 귀에 들어오게 된다면……."

하트는 빙긋 웃었다. 그의 입술과 부드럽게 휜 눈매에는 잔혹함이 서려 있었다. 그 살기에 뻣뻣하게 굳었던 하트의 부하들이 이윽고 정신을 차리고 썰물처럼 빠져나갔다. 물론 잭과 그 부하들도 함께.

마지막으로 앨리스를 업은 남자가 아지트를 나서는 순간, 소윤이 눈을 떴다.

주변을 둘러보고 금세 상황을 파악한 그녀가 가장 먼저 물은 것은 "앨리스는?"이었다. 그녀를 안고 있는 하트의 팔에도, 그리고 그녀에게서 시선을 떼지 않고 있는 매드해터의 눈에도 힘이 들어갔다.

"내 흰둥이가 몸을 던져 보호했잖아? 그러니 당연히 무사하지. 다른 할 말은 없어?"

"내 상처는 누가 치료했어?"

"납니다. 신중함이라고는 지나가는 쥐며느리만큼도 없는 여자. 나 없었으면 어쩔 뻔했어요?"

"고마워, 매드해터."

매드해터가 마법사라는 사실을 알고 있는 사람은 원더랜드 내에 얼마 없었다. 그녀는 그가 들킬 것을 감수하면서 치료했다는 것을 깨닫고 진심으로 감사를 표했다. 그러자 하트가 불만 가득한 얼굴로 코웃음을 쳤다.

"이만 내려 줘, 하트."

당연한 일이지만 하트는 그녀를 놓지 않았다. 그는 소윤의 머리를 자신의 어깨에 꾹 누르며 속삭였다.

"내 흰둥아, 우리 사이에 해야 할 말이 굉장히 많다고 생각하지 않아?"

"할 말은 그쪽만 있는 게 아닙니다. 흰 토끼, 나 역시 당신에게 하고 싶은 말이 아주 많아요."

"이런 곳에서 이야기를 할 수는 없을 테니, 선택해."

"누구의 집으로 갈 건가요?"

양쪽에서 번갈아 들려오는 목소리의 음색은 달랐지만 그 안에 담긴 감정은 똑같았다. 소윤은 도망치고 싶었다. 그러나 그럴 수 없다는 건 본인이 가장 잘 알았다. 잠시 생각한 끝에 그녀가 매드해터를 보았다.

"매드해터."

소윤이 그의 이름을 부르는 순간, 하트의 팔이 조여들었다. 매드해터는 푸른 눈을 희미하게 휜 채 미소 지었다. 그녀는 매드해터에게 이유 모를 죄책감을 느끼며 말을 이었다.

"일단 앨리스도 확인할 겸 먼저 하트의 저택으로 갈게."

매드해터의 얼굴에서 모든 감정이 빠져나갔다. 반면 소윤은 보지 못했지만 하트는 세상을 다 얻은 얼굴로 웃었다. 그 웃음에 우월감이 포함되어 있는 것은 매드해터만의 착각이 아닐 것이다. 하트는 소윤을 안은 채 당당하게 걸음을 옮겼다.

"자, 그럼 우리는 이만. 다음에 보지, 매드해터."

"오늘 안으로 갈 테니까."

"누구 마음대로? 밤새 예쁜 소리로 울게 만들어 주지."

"너는 이 팔부터 풀어."

두 사람이 스쳐 지나는 순간, 매드해터는 코끝을 스치고 지나간 나무 냄새와 이끼 냄새, 피 냄새, 먼지 냄새 그리고 희미한 과일 냄새를 동시에 느꼈다. 그 순간 지독한 두통과 구토감이 그를 엄습했다.

그의 붉은 입술이 벌어지며 오싹한 웃음소리가 흘러나왔다. 그녀를 보며 살짝 휘었던 눈매는 자신이 언제 그랬냐는 듯 차갑게 가라앉아 있었다. 그 안에 자리한 것은 평소와 같은 냉정함이 아닌, 아지랑이처럼 흔들리는 광기였다.

"……나가지 않으면."

이곳에는 아직 그녀가 있다. 피차 다 아는 사이지만 감정과 과거에 휘둘려 무차별적으로 학살하는 꼴사나운 모습을 그녀에게 보이고 싶지는 않았다. 그는 아지트 밖으로 비틀비틀 걸어 나갔다. 어느새 밤이 드리워져 있었다.

한편, 하트의 품에 안겨 아지트를 나선 소윤은 매드해터의 눈처럼 어두운 푸른색의 하늘을 올려다보았다. 아지트로 진입할 당시 하늘과 공기를 전부 물들였던 낙조는 먼 서녘 끝에만 조금 남아 있었다. 중립지대가 아닌 이상 사람의 눈이 없는 시간이기는 했다. 그러나 여러모로 불편했던 소윤은 하트의 어깨를 가볍게 밀며 말했다.

"내려 줘."

그러나 하트는 아지트를 나온 뒤부터 견지하고 있던 침묵을 고수할 뿐이었다. 포기한 소윤은 하트의 어깨에 머리를 기댄 채 짧은 한숨을 쉬었다. 그러자 하트는 잠시 움찔거리더니 발을 멈추고 그녀를 꽉 끌어안았다. 아무렇게나 조여드는 어깨와 팔, 그리고 칼에 눌린 등이 조금 아팠지만, 그녀는 아무 말도 하지 않았다.

두 사람은 참으로 다행스럽게도 하트의 저택에 도착하기까지 아무도 만나지 않을 수 있었다. 인사하는 사람들을 모두 젖히고, 일부 부하들의 놀란 얼굴을 싹 무시한 채 빠른 걸음으로 침실에 들어간 하트는 그녀에게서 칼을 빼앗은 후 침대 위에 그녀를 올려놓았다. 집어 던져질 줄 알았던 그녀는 마치 금방이라도 부서질 것을 대하는 듯한 손길에 좀 당혹했다.

"하트?"

침대에 올라온 그가 전신으로 그녀를 끌어안았다. 물에 빠진 사람이 마지막 지푸라기를 잡은들 이토록 절실하게 매달리지는 못할 것이다. 그녀는 어떠한 반응도 보일 수가 없었다.

그녀의 가슴을 짓누른 하트의 가슴에서 쿵쿵 거세게 뛰는 심장 소리가 전해졌다. 그의 체온은 여느 때와는 달리 서늘했다. 방금 전까지 밖에 있었기 때문이라고 생각하기에는 지나치게 감정적인 냉기였다.

"하트."

그녀가 작은 소리로 그를 불렀다. 그러자 어깨를 가볍게 떤 그가 그녀의 머리에 입을 맞추었다. 잠시 붙었다 떨어진 입술이 이번에는 이마에 내려앉았다. 뒤이어 솜털이 보르르한 관자놀이와 쌍꺼풀이 얇게 진 눈매에도 입술을 누른 그는 거추장스러운 마스크를 벗겨 치우고 평소보다 배는 창백한 뺨에도 키스했다.

"하트."

소윤이 다시 그를 불렀다. 그제야 그가 고개를 조금 들었다. 불을 켜지 않아 어두웠지만 코앞의 있는 남자의 얼굴만은 대단히 잘 보였다. 그럼에도 그녀는 하트의 표정을 읽을 수가 없었다. 도무지 읽을 수 없는 표정을 하고 있었다.

그녀가 무엇인가를 말하기 위해 입을 벌린 순간, 그가 천천히 고개를 숙였다. 소윤은 본능적으로 눈을 감았다. 그의 입술이 그녀의 입술에 닿았다.

살짝 열린 입술을 통해 숨결이 섞였다. 그녀는 거기에서부터 천천히 하트의 체온이 돌아오는 것을 어딘지 아득한 심정으로 느끼며 그가 주는 숨결을 받아 삼켰다.

잠시 후 하트가 입술을 떼었지만 그녀는 아무 말도 할 수가 없었다. 말을 하면 그것이 어떤 내용이 되었든 무엇인가가 크게 잘못될 것 같았다. 눈을 뜰 수도 없었다. 눈을 뜨면 그것이 어떤 것이 되었든 크게 어긋난 무엇인가를 볼 것 같았다. 그러나 귀는, 하트에게 얽매여 손을 움직일 수 없는 지금 활짝 열린 귀는 그녀가 어떻게 할 수 있는 것이 아니었다.

"태어나 처음으로 신의 존재를 찾았어."

낮게 긁힌 목소리가 어둠 속으로 무겁게 가라앉았다.

“안 된다고 했는데 너는 전혀 망설이지도 않고.”

그 무게를 이기지 못해 그녀마저 가라앉을까 무섬증까지 일었다.

“내가 얼마나…….”

위기감에 소윤은 억지로 눈을 떴다. 관능적인 미남자가 어둠에 흠뻑 젖은 채 그녀를 응시하고 있었다.

시선이 마치 끈처럼 얽혔다. 속내를 전부 파낼 듯 그녀의 눈을 들여다보던 하트가 무엇을 읽었는지 눈매를 일그러뜨렸다. 남자의 감정은 어딘지 살기를 닮아 있었지만, 그녀는 그에게서 시선을 돌리지 않았다. 잠시 후, 그가 천천히 눈을 감았다.

다시 눈을 떴을 때, 그는 감정을 전부 삼킨 뒤였다. 체온마저 정상으로 돌아온 그가 몸을 일으켜 침대를 벗어났다. 소윤도 그를 따라 일어났다. 그녀가 등에 칼을 비끄러매고 마스크를 찾아 쓰자 하트가 물었다.

“매드해터에게 갈 생각이야?”

“약속했으니까.”

“아, 그 약속. 오늘 안으로 갈 테니까, 였던가.”

하트는 그녀가 했던 말을 무표정하게 읊었다. 소윤은 기묘한 껄끄러움에 사로잡혔다. 그때 그가 말했다.

“내게도 오늘 안으로 돌아와.”

“…….”

이미 시간이 늦었다. 매드해터에게 갔다가 이곳으로 돌아오는 동안 하트가 말하는 ‘오늘’은 끝나 있을 것이다.

대답 없이 침실에서 나와 문을 닫으려던 소윤이 그를 돌아보았다. 그는 기묘한 표정으로 웃고 있었다.

“언제까지 도망칠 생각이야?”

닫힌 문 너머로 그의 목소리가 들렸다. 그녀는 바삐 하트의 저택을 벗어났다. 그 순간만큼은 앨리스의 상태를 살펴야 한다는 생각조차 하지 못했다.

소윤이 나간 뒤, 하트는 침대에 걸터앉았다. 손으로 시트를 쓸자 미미한 온기가 느껴졌다. 이런 것만 남기고 훌쩍 나가 버린 여자를 생각하자 심장이 무딘 칼로 쑤신 것처럼 욱신거렸다. 지금이라도 당장 붙들어 여기에 묶어 두고, 성에 찰 때까지 그 몸에 자신을 묻는다면. 가라앉혔던 폭풍이 고개를 들었다.

그는 심장을 툭툭 두드렸다. 아직은 때가 아니었다. 그는 충동을 치우듯 벌떡 일어나 앨리스의 침실, 정확하게 말하자면 그녀의 곁에 있을 피터에게로 향했다.

피터는 멋대로 소윤을 끌어들여 결국 일을 그르치게 만든 원흉일 뿐만 아니라, 그녀가 다친 계기를 만들기까지 했다. 그럼에도 하트는 그를 진짜 죄목으로 처단할 수가 없었다. 피터는 원더랜드의 흰 토끼에게 정당하게 의뢰를 한 것뿐이고, 소윤은 흰 토끼로서 일하던 도중 부상을 입은 것뿐이기 때문이었다. 게다가 피터는 제법 오랜 기간 동안 그의 부하로서 충실히 일해 왔다. 하트는 짜증스럽게 혀를 찼다.

그의 예상대로 피터는 앨리스의 침대 옆에 앉아 있었다. 하트가 문을 열고 들어가자 피터가 밀랍처럼 창백한 얼굴로 자리에서 일어났다. 뼈가 부러진 것인지 피터는 팔에 부목을 대고 있었다.

"다쳤으면 쉬어야지."

하트가 부드러운 목소리로 말했다. 그러나 피터는 그 안에 도사린 살기를 느끼고 바짝 긴장했다. 하트가 앨리스의 침대로 다가갈수록 피터도 슬금슬금 뒷걸음질 쳤다. 그러다가 침대 기둥에 부딪친 피터는 차마 하트의 눈을 보지 못하고 머리를 떨구었다.

앨리스를 흘금 내려다본 하트는 피터의 멱살을 쥐고 들어 올렸다.

"잘못한 건 아는 모양이지?"

"하, 하트 님……."

목이 졸린 피터가 캑캑거리자 앨리스의 눈꺼풀 아래에서 눈동자가 대록대록 굴러다녔다. 하트는 입매를 슬그머니 들어 올렸다.

"자, 말해 봐. 네가 무슨 잘못을 했지?"

"커흑…… 저, 저는……."

"아하, 미안. 숨이 막힌 모양이니 내가 대신 말해 주지. 나는 분명 앨리스를 지키라고 명령했고, 너는 반드시 지키겠다고 다짐했다. 그런데 이것이 네 다짐의 결과야? 조금만 늦었어도 앨리스는 죽었어!"

하트는 피터를 내동댕이쳤다. 그때 앨리스가 가느다란 신음을 내며 뒤척거렸다. 두 남자는 모든 행동을 멈추고 그녀를 보았다.

황금빛의 풍성한 속눈썹이 파르르 떨리더니 잠기운이라고는 전혀 없는 파란 눈동자가 모습을 드러냈다. 몇 번 눈을 깜빡인 그녀가 간신히 두 남자를 발견하고는 눈을 동그랗게 떴다.

"하트? 피터? 왜 제 방에……! 아, 저, 저는……."

앨리스가 자신의 어깨를 끌어안고 떨기 시작하자 피터가 한걸음에 달려들었다. 그의 손이 앨리스에게 닿기 전, 하트는 피터를 잡아끌어 내팽개쳤다. 우당탕하는 소리에 앨리스가 움찔거렸다. 하트는 그녀의 손을 위로하듯 살며시 잡은 후 피터를 향해 고개를 돌렸다.

"네게는 앨리스의 곁에 있을 자격이 없어."

"하트 님!"

"지금부터 너는 앨리스의 호위가 아니다. 당장 네 방으로 돌아가 근신해. 후에 처벌한다."

앨리스는 안절부절못하며 두 남자를 번갈아보았다. 그러더니 입술을 달싹여 하트 몰래 말을 전달했다. 일단 가 있어요.

어깨를 축 늘어뜨린 피터가 방에서 나갔다. 그가 나간 후에야 앨리스에게 시선을 준 하트는 그녀의 어깨를 다정하게 안고 침대에 눕혔다.

"힘들었지? 좀 더 자."

"네. 저, 하트. 피터는……."

"내 앞에서 그놈에 대해 말하지 마."

하트의 기색이 사나워졌다. 그 모습조차 황홀할 만큼 잘생겨서 앨리스는 저도 모르게 잠시 넋을 잃었다. 어느새 하트는 그녀의 손을 이마에 대고 고해하듯 중얼거리고 있었다.

"널 잃는 줄 알았어. 마음만 같아서는 저놈을 죽여도 시원찮을 정도야."

"하지만 피터는 최선을 다했어요."

"널 죽일 뻔한 놈이야. 그런 놈을 위해 변명해 주지 마."

"그렇지만……."

"앨리스."

그의 목소리는 다정했지만 엄중한 경고가 깃들어 있었다. 앨리스는 풀 죽은 얼굴로 고개를 끄덕였다.

"좀 더 함께 있어 주고 싶지만 뒤처리 때문에 할 일이 쌓여 있어. 미안해."

"무슨 말이 그래요. 나야말로 구해 줘서 고마워요. 아! 혹시 다친 데는 없나요? 린치당하지 않았어요?"

"내가 그런 걸 당할 사람으로 보였어?"

"하트가 강하다는 건 알지만, 그 남자가 하트 혼자 나오게 만들 거라고 했거든요. 혹시 하트, 설마…… 정말로 혼자 나온 건 아니겠죠?"

내내 기절해 있어 상황을 몰랐던 앨리스는 혹시 원작과 틀어진 부분이 있을까 싶어 슬쩍 물었다. 하트는 그녀를 슬쩍 외면한 채 중얼거렸다.

"위험한 상황이었으니까."

원작 그대로 진행되었다고 생각한 앨리스는 내심 회심의 미소를 지었다.

"나는 괜찮아. 혹시 내가 걱정을 끼친 건가?"

"혹시라뇨! 당연히 걱정하죠!"

"……그래, 앞으로는 조심하도록 할게."

하트는 잠시 앨리스의 머리카락을 쓰다듬어 주다가 자리에서 일어났다. 그의 입가에는 그린 듯한 미소가 떠올라 있었다.

"자, 그만 잘 시간이야."

"하트도 잘 자요. 너무 늦게까지 일하다가 밤새우지 말고요. 몸 상한단 말이에요."

귀엽게 타박하는 앨리스의 목소리를 마지막으로 문이 닫혔다. 그 순간, 그의 얼굴에서 미소가 사라졌다.

잭이 그를 혼자서 나오게 만들 계획이었다…… 라. 다행스럽게도 그에게는 진실을 말해 줄 수 있는 사람이 있었다. 하트는 그 길로 잭에게 직행했다. 그리고 잭은 앨리스에 대한 짜증까지 고스란히 담은 분노의 희생자가 되었다.

하트가 고문실로 향하던 그때, 앨리스는 폰이라는 이름에 대해 생각하고 있었다. 잭의 말로 미루어 볼 때 폰은 원작에도 등장한 적 없는 하트의 본명이 분명했다.

폰. 하트의 앞에서 부르면 입술이 살짝 오므라들어 누가 봐도 사랑스러운 모습이 될 것이다. 무엇보다도, 특별하다는 느낌이 들어서 아주 마음에 들었다.

네가 얻지 못한 걸 나는 손에 넣을 거야. 그녀는 의식 밑바닥에 처박힌 앨리스 리델을 향해 조소했다.

이렇게 된 거 진짜 이름으로 불러 달라고 해 볼까. 앨리스는 한동안 듣지 못했던 본명을 떠올렸다. 만약 하트가 그 섹시한 목소리로 불러 준다면. 생각만 해도 등줄기가 짜릿했다.

그런데 이 잠옷, 도대체 누가 갈아입힌 걸까. 여기는 하녀가 없으니 하트 아니면 피터일 텐데. 나중에 하트 앞에서 부끄러운 척하면서 물어볼까. 그 생각을 마지막으로 그녀는 잠이 들었다.

매드해터는 코앞에 있는 마법사가 캑캑거리며 삶을 구하는 모습을 희열에 차 바라보았다. 진리의 구도자인 양 아무리 고결하게 포장을 했대도, 목숨의 위협을 앞에 두었을 때의 행동은 비마법사와 다를 바가 없었다. 목을 조이는 얇은 와이어 하나에 모든 운명을 건 나약한 인간.

그가 팔에 힘을 주자 와이어가 남자의 목을 파고들었다. 마법사는 손 갈퀴와 발장구로 허공을 저으며 신음했다. 짓밟힌 두꺼비 같은 소리였다. 그를 반주 삼아 매드해터는 키들거리며 웃었다.

홍조 띤 얼굴로 즐겁게 목을 조르던 매드해터의 표정이 변한 것은 허우적거리던 마법사가 그의 모자를 쳐서 떨어뜨렸을 때였다.

깊이 눌러썼던 헌팅캡이 바닥에 떨어지자 청회색의 머리카락이 환한 마법 등 아래 떠올랐다. 마법사는 부릅뜨고 있던 눈을 한층 크게 떴다. 그의 창백해진 입술이 바람 빠지는 소리로 네 글자의 고유명사를 그렸다.

그와 동시에 매드해터의 얼굴에서 감정이 사라져 갔다. 그는 완력만으로 당기고 있던 와이어에 마력을 불어넣었다. 그 순간, 날이 바짝 선 와이어가 마법사의 목을 파고들어 몸과 머리통을 분리했다.

매드해터의 대리석처럼 하얀 얼굴에 폭포수처럼 솟은 피가 튀었다. 그는 그 피보다 진한 붉은 입술을 열어 느릿느릿 중얼거렸다.

"아아, 이런. 곤란한 일입니다. 새 모자를 가지고 오지 않았네요. 음, 하지만 당신은 내 모자를 별로 좋아하지 않는 것 같으니 오늘만큼은 넘어가도록 하죠."

잭의 아지트에서 곧바로 오느라 옷을 갈아입지 못해 그는 지금 보풀이 인 연두색 카디건에 다 구겨진 흰 셔츠와 슬랙스 차림이었다.

검은 슈트 차림이라면 눈에 띄지 않았을 흔적이 잔뜩 남은 옷을 내려다보며 그는 소윤을 생각했다. 데리러 오라고 하고 갈아입을 옷과 모자도 함께 가져다 달라고 하면.

그는 카디건의 주머니를 뒤져 스마트폰을 꺼냈다. 그러나 완성한 메시지를 소윤에게 전송한 순간, 그는 낄낄거리며 웃고 말았다. 그에게 교살당한 시체들마저 창백해질 만큼 귀기 어린 웃음소리였다.

그녀는 지금 하트와 있을 것이다. 오늘 밤 그녀를 보내지 않을 거라고, 밤새 울리겠다고 말한 하트와. 그 순간 끔찍한 두통이 머리를 강타했다. 이마를 움켜쥐고 신음한 그는 부러 다짐하듯 중얼거렸다.

"아뇨, 올 겁니다. 그녀는 오늘 안으로 내게 오겠다고 말했어요."

스스로 한 말을 어기지 않는 그녀라면 분명 올 것이다. 그러니 기다려야 했다. 피 묻은 헌팅캡을 주워 쓴 매드해터는 버릇처럼 부엌으로 들어갔다. 그릇장을 열어 찻잔들을 찾은 그는 구석에서 찾아낸 쇼핑백 안에 그것들을 담았다. 그러다가 다른 그릇장에서 찻잔과 세트인 접시를 발견한 그는 잠시 망설이다가 그것도 담았다.

부엌까지 다 뒤지고 나니 할 일이 없었다. 매드해터는 거실로 돌아와 소파에 몸을 묻었다.

마법사의 잘린 머리가 코앞에서 그를 노려보고 있었다. 매드해터는 그것을 걷어찼다. 데굴데굴 굴러간 그것은 벽에 툭 부딪치고 조금 튕겨 나왔다. 그것이 그린 피의 궤적을 뚫어져라 응시하던 매드해터는 아무렇게나 눌러쓴 헌팅캡 아래로 드러난 청회색의 머리카락을 들쑤셨다.

샤펠리에. 죽은 마법사의 단말마가 그의 뇌를 휘저었다. 지독한 두통에 그는 낮은 소리로 신음했다.

저 남자는 그의 머리카락을 보고 그를 알아차렸을 뿐일까. 아니면 그를 납치한 적 있는 마법사일까. 전자라도 불쾌하지만 후자라면 그렇게 쉽게 죽이는 것이 아니었는데. 이 평생분의 끔찍한 고통 중 100분의 1 정도는 맛보여 줬어야 했는데. 그의 붉은 입술 사이로 킬킬거리는 웃음소리가 새어 나왔다.

어느덧 시간이 흘러 괘종시계가 무겁게 울었다. 매드해터는 거실에 울려 퍼지는 소리를 조용히 헤아렸다.

하나, 둘, 셋. 숫자가 커질수록 두통도 커졌다. 그의 긴 손가락이 억세게 머리를 움켜쥐었다.

아홉, 열, 열하나. 1시간이면 오늘이 가는데, 밉살맞은 그 여자는 어디쯤 왔을까.

그러자 누군가가 얄궂게 웃으며 속삭였다. 그녀는 오지 않을 거야. 그는 머리를 세게 흔들었다. 그러나 그 목소리는 끈덕진 두통처럼 떨어지지 않고 그에게 달라붙어 속살거렸다. 지금 그녀는 하트의 침실에 있을 거야. 의기양양하게 그를 보던 하트가 떠올랐다. 그러자 얇은 창이 뇌를 후벼 팠다.

"빨리 와요, 흰 토끼."

매드해터는 무릎을 세워 얼굴을 묻었다. 이마를 중심으로 징징 울리는 두통이 끔찍했다. 그는 머리를 쥐어뜯었다. 무릎에 머리를 쿵쿵 찧기도 했다. 그럼에도 사라지지 않는 고통에, 그는 아무것이나 부숴 버리고 싶었다.

찰칵. 괘종시계가 심상찮은 소리를 냈다. 종이 울리기 직전에 나는 소리였다. 아직 그녀는 오지 않았다. 매드해터는 기괴한 웃음을 흘렸다.

"후으, 흐…… 그래요, 올 리가 없죠. 흐으……."

돌아가자마자 하트를 죽여 버리자. 그리고 그녀는 빼돌려서 내 집에, 내 침실에, 영원히 가두자. 그리고.

"매드해터."

매드해터는 고개를 들었다. 그와 동시에 12시를 알리는 종이 울렸다. 뎅— 뎅— 괘종시계가 시끄럽게 울었지만 그는 듣지 못했다. 평소보다 희끄무레한 얼굴이 어둠 속에 떠올라 있었다. 뇌가 만들어 낸 자기 방어일까. 머리 한구석으로 냉정하게 분석하면서, 매드해터는 손을 뻗었다. 가느다란 팔이 그의 손아귀에 단단히 붙들렸다. 참으로 잘 만들어진 환각이었다.

"아무려면 어떻습니까."

킬킬 웃은 그는 그를 찾아온 환각을 품에 안았다.

미지근한, 하지만 그보다는 조금 높은 체온이 느껴졌다. 그는 그녀의 뺨에 입을 맞추었다. 아무렇게나 사는 여자의 것이라고는 믿을 수 없을 만큼 매끄러운 살갗이 거친 입술에 느껴졌다.

최근 그녀에게서 자주 풍기던 새큼하고 쌉싸래한 비누 냄새가 그의 코끝을 휘감았다. 그러자 그의 머리를 쾅쾅 두들겨 대던 두통이 조금 줄어들었다. 그는 고통을 줄여 준 향기에 매달려 아픔을 몇 번이고 호소했다. 그러자 향기보다 훨씬 달콤한 것이 혀끝에 닿았다. 그는 그것을 집요하게 핥았다.

"정신 차려."

그 달콤한 것이 그를 밀어내며 무어라고 말했다. 아직도 이렇게 아픈데. 원망스러웠던 그는 계속 아프다고 중얼거렸다. 그때마다 그것이 움찔거렸다. 이내 한숨 소리에 섞여 나직한 음성이 들려왔다.

"그만 울어."

딱딱한 손가락이 그의 눈매를 가볍게 훑었다. 그러자 그 부분이 따뜻해졌다. 하얗게 웃은 매드해터는 달콤한 것을 향해 무작정 파고들었다.

숨을 삼키는 소리가 귓전에서 들려왔다. 아아, 이 얼마나 달콤한 소리인지. 그는 소리의 발원지에 입술을 묻고 따스하고 달콤한 동굴 안을 혀로 휘저었다.

머리끝에서부터 발끝까지 그저 달콤했다. 양약이 입에 쓰다는 말은 다 거짓말이었다. 이토록 달고 기분 좋은 것이 그의 두통을 조금씩 걷어 내고 있지 않은가. 아니, 이제는 두통이 우선인지 달콤한 것이 우선인지 알 수 없었다.

"그만 울라니까."

조금 강한 음성이 울렸다. 더럭 겁이 난 그는 무작정 그것에 매달렸다. 안 울어요. 그러니 뿌리치지 말아요. 아파서 죽을 것 같아요. 조금만요, 제발 조금만. 그가 그런 말을 반복하자, 몇 번이고 그를 밀쳐 내던 달콤한 것은 결국 몸에서 힘을 뺐다.

그 행동의 의미를 본능적으로 알아차린 그는 그에게 가장 필요한 것을 가장 원하는 방식으로 야금야금 갉아먹기 시작했다. 그럴 때마다 그의 고통이 조금씩 걷혀 가며 주변이 조금씩 보이기 시작했다.

손바닥 가득 들어찬 뺨, 입술을 움직일 때마다 느껴지는 부드러운 감촉, 간헐적으로 끊어지는 숨소리. 심호흡을 하자 그가 가장 좋아하는 냄새가 폐부로 밀려들었다. 흰 토끼의 냄새였다.

매드해터는 언제부터인가 감고 있던 눈을 떴다. 가장 먼저 보인 것은 새하얀 머리카락이었다. 짙은 색깔의 소파를 배경으로 흩어진 그것이 눈부셨다. 그는 눈을 깜빡였다. 그때 소윤의 손이 그의 머리를 쓰다듬었다.

"정신이 좀 들어?"

흐려진 소리가 그의 입술을 울렸다. 음절이 바뀔 때마다 스치듯 움직이는 그것의 감촉이 더할 나위 없이 흡족해서, 매드해터는 자신도 모르게 고개를 숙였다. 조금 뜨거워진 입술이 그를 맞이했다. 그는 본능적으로 그 온도의 이유가 자신에게 있음을 깨달았다. 그 순간 그의 머릿속에 불길이 확 번졌다.

"잠…… 아파……."

억눌린 알토가 울렸지만 매드해터의 귀에는 제대로 들어오지 않았다. 그는 정신없이 달려들어 그녀에게 매달렸다.

소파에 누운 소윤은 매드해터를 올려다보았다. 살짝 찌푸려진 미간도, 요령 없이 달려드는 움직임도 어딘지 필사적이었다. 그녀는 다시 손을 뻗어 그의 목을 끌어안았다. 팔에 힘을 주자 매드해터가 어이없을 만큼 쉽게 딸려 왔다.

소윤은 해방된 입술로 부족했던 숨을 들이쉬면서 매드해터의 눈을 들여다보았다. 흐려진 채 갈피를 못 잡고 흔들리는 눈이 길 잃은 어린아이 같았다. 연신 달싹이는 붉은 입술에서 그가 원하는 것을 알아차린 그녀는 천천히 그의 뺨을 감싸고 입술을 맞댔다.

잠시 차분한 공기가 두 사람을 감쌌다.

혀를 섞은 것도, 애무를 한 것도 아니었다. 그저 입술을 맞댄 채 서로를 마주 보았을 뿐이다. 그러나 그의 푸른 눈은 그것만으로 서서히 이지를 되찾기 시작했다. 그가 온전히 제정신을 되찾았다고 판단한 소윤은 그에게서 입술을 뗐다.

"정신, 들었어?"

매드해터는 소윤을 내려다보았다. 한껏 흐트러진 채 누워 있는 그녀는 꿈결처럼 멀었다.

꿈인지 생시인지 확인하고자 하는 마음에 그녀를 찬찬히 살피던 그는 가슴께까지 크게 열린 옷깃과 그 사이로 드러난 피부를 보았다. 창백한 살갗 위에는 몇 개나 되는 선명한 울혈과 잇자국이 남아 있었다.

매드해터는 그 자국을 향해 손을 뻗었다. 그러고는 체온을 느끼며 희미한 탄성을 흘렸다.

그녀였다. 그는 그녀의 머리카락에 얼굴을 묻고 낮게 신음했다. 쾌감을 온몸에 두른 채 그녀의 얼굴에 입맞춤의 비를 퍼부었다. 이내 차분한 알토가 그를 뒤흔들었다.

"괜찮아졌으면 비켜."

기묘한 위화감을 느낀 그는 소윤을 만끽하던 입술과 손가락을 멈추었다. 고개를 들자 현실에서와 똑같은 그녀가 보였다.

"비키라니까."

"……."

매드해터는 엉거주춤 소파에서 일어났다. 그의 옷은 거의 흐트러지지 않은 데 비해, 소윤의 옷은 엉망이었다. 그녀는 그나마 멀쩡한 옷들을 주워 들고 일어나서는 멍청히 자신을 보고 있는 매드해터에게 손짓을 해 보였다.

"네 옷은 소파 옆에 있어."

그는 소파 옆에 떨어져 있는 쇼핑백 안을 들여다보았다. 그의 옷가지와 모자가 들어 있었다. 그 순간, 현실감이 그를 강타했다.

그녀가 왔다. 약속을 지켰다. 그런데……. 그녀가 왜 저렇게 흐트러져 있지? 그는 두통이 깨끗하게 사라진 머리를 짚었다. 맑은 머리가 시간을 되새겼다.

정신 차리라던 그녀의 목소리, 따뜻하고 부드러운 살결, 그에게 닿았던 그녀의 손바닥, 쾌락을 추구하기 위해 본능적으로 움직이던 자신.

옷을 갈아입는 그녀의 목덜미와 가슴팍에 선명하게 남은 선홍색 피하출혈을 본 순간, 매드해터의 얼굴이 시뻘겋게 달아올랐다.

"매드해터?"

"맙소사."

"무슨 일이야?"

"아니, 아닙니다. 그…… 옷이 왜 그렇게……."

소윤은 대답 대신 시선을 돌리더니, 무덤덤한 얼굴로 스웨터를 주워 둘둘 말았다. 그녀가 그것을 챙기는 동안 매드해터는 가만히 선 채 눈을 가리고 있었다.

뎅— 괘종시계가 1시를 알렸다. 그녀는 허리를 숙여 쇼핑백을 집어 들었다. 몸을 일으키는 순간 눈앞이 핑 돌았다. 이곳으로 오기 전, 옷을 갈아입기 위해 집에 들렀을 때 구역질까지 해 가며 철분제를 먹기는 했지만 완전히 회복된 것은 아니었다. 그리고…….

'내게도 오늘 안에 돌아와.'

하트의 목소리가 이명처럼 울렸다. 1시. 소윤의 눈이 느리게 내리깔렸다. 아무래도 그 말은 지키지 못할 듯했다.

납치 다음 날 아침, 앨리스는 모처럼 하트와 단둘이 있게 되었다. 2층 응접실에 자리를 잡은 두 사람은 가벼운 잡담으로 시간을 보냈다. 그녀는 커피를 마시는 하트의 얼굴을 보며 몰래 감탄했다.

하트는 외모, 재력, 권력, 그리고 그녀를 대하는 태도까지도 완벽한 남자였다. 그러나 앨리스는 그 한 사람으로 만족할 생각이 없었다. 어차피 원작에서도 결말은 그녀의 역하렘이었다. 그것을 위해서는 이대로 하트의 저택에만 있어서는 안 되었다.

"하트, 부탁이 하나 있어요. 들어줄래요?"

"음? 왜 그런 말을 해? 내가 네 부탁을 들어주지 않았던 적이 있었어?"

없었다. 앨리스는 가슴 앞에서 손을 모으고 하트를 올려다보았다. 단 한 번도 그녀를 실망시켜 본 적이 없는 필살기였다.

"그럼 저, 혼자서 밖을 돌아다니고 싶어요. 안 될까요? 다른 데 말고 중립지대로만 다닐게요."

납치 바로 다음 날에 할 말은 아니었지만, 그녀로서는 제법 생각하고 내린 결론에 따른 부탁이었다.

잭의 건으로 하트가 앨리스를 애지중지한다는 것이 온 원더랜드에 알려졌을 것이다. 하트는 이 원더랜드의 왕과 같은 존재. 그가 사랑하는 앨리스에게 해코지를 한다는 것은 원더랜드 전체를 적으로 돌린다는 것과 같은 의미였다.

잠시 생각에 잠겨 있던 하트는, 앨리스가 "네? 네?" 하며 귀엽게 조르자 어쩔 수 없다는 듯 허락해 주었다.

"어차피 한동안 외출을 금지한 것도 잭 때문이니까. 좋아. 단, 저택에서 중립지대까지 가는 동안은 반드시 호위를 대동하겠다고 약속해."

"물론이죠! 고마워요, 하트! 그리고……."

앨리스는 부끄러운 듯 하트를 곁눈질했다. 입술에 살짝 묻은 커피를 혀끝으로 핥는 그에게서는 라틴계의 모델을 연상케 하는 페로몬이 풍기고 있었다. 저 입술이 그녀의 본명을 그리며 달싹인다면 참을 수 없을 만큼 섹시할 것이다.

"저를 가현이라고 불러 주세요."

"가현?"

맙소사. 앨리스는 그녀의 본명이 저토록 짜릿한 발음을 가졌다는 것을 그 순간 깨달았다. 낮게 시작하여 깊은 울림을 담은 후 노래하듯 가볍게 마무리된 그것은 하나의 완벽한 하모니였다. 그녀가 황홀함에 넋을 잃은 사이에 하트가 다시 한 번 그녀의 본명을 불렀다.

"가현. 이건 무슨 뜻이지?"

"아, 네, 그…… 먼 동쪽 나라의 말인데 아름다움을 빛낸다는 뜻이에요. 부모님이 예쁘게 자라라는 의미에서 지어 주신 애칭이죠. 이제 그 이름으로 불러 주실 분들은 안 계시지만……."

앨리스는 고개를 살짝 숙였다. 그녀는 금발 사이로 드러난 하얀 목덜미가 부드러운 빛 아래에서 얼마나 애처롭게 빛날지 알고 있었다.

"원래 앨리스라는 이름에는 고귀하다는 의미가 있지."

그녀가 미처 몰랐던 설정이었다. 그녀는 살며시 미소를 지으며 다음 말을 기다렸다.

"고귀한 아름다움을 빛낸다, 라. 부모님께 선견지명이 있었던 모양이야."

기분 좋은 말이었다. 그러나 그것은 그녀가 원하는 말이 아니었다. 그녀는 잠시 기다렸지만 어느덧 화제는 다른 쪽으로 흘러갔다. 이 남자는 기브 앤 테이크도 모르나. 앨리스는 부러 화사하게 웃었다.

"그런데 하트. 제가 어제 폰이라는 이름을 들었는데요……."

"글쎄…… 그건 내가 힘들었던 시기의 이름이라 별로 듣고 싶지 않은데. 이해해 줄 거지?"

하트는 부드러운 어조로 딱 잘라 거절했다. 그녀는 하트를 살짝 올려다보며 눈꼬리를 내렸다. 실망했기 때문인지 굳이 연기하지 않아도 그럴싸한 표정이 나와 주었다.

"미안해요. 난 그것도 모르고……."

그때 응접실의 문 너머에서 입실의 허가를 구하는 소리가 들려왔다. 하트가 대답하자 문이 열리고 그의 부하가 들어왔다.

"무슨 일이지? 좀 시끄러운 것 같은데."

"트윈스가 왔습니다. 안부를 묻기 위해 들렀다는데, 어떻게 할까요?"

"안부?"

세상에서 가장 어이없는 말을 들었다는 듯 실소한 하트는 그녀를 바라보며 물었다.

"여기로 불러도 괜찮겠어?"

"물론이죠. 저는 괜찮아요."

"그렇다는군. 들었지?"

앨리스의 고운 뺨에 홍조가 떠올랐다. 하트의 저택에서 트윈스라니, 생각지도 못한 만남이었다.

곧 응접실 문을 통해 어두운 금발의 청년이 들어왔다. 그의 선명한 벽안이 앨리스를 보는 순간, 그녀는 저도 모르게 숨을 삼켰다. 원작에서 화려한 이목구비의 소유자라고 묘사되었던 트윈스는 상상했던 것보다 훨씬 근사했다.

"오랜만이야, 트윈스. 네가 어쩐 일로 여기까지 찾아왔지?"

"시발, 안부라고 했잖아."

라이더 재킷과 진, 그리고 거친 말투. 트위들 디였다. 앨리스에게 눈길조차 주지 않은 그는 하트의 대각선 자리에 털썩 주저앉았다. 곧 하트의 부하가 디 몫의 커피를 내왔다. 그는 거기에는 손도 안 댄 채, 다과가 담긴 접시에서 초콜릿만 쏙쏙 집어먹기 시작했다.

"뭐야, 이거 센트럴에서 사 온 거냐? 갈치 머리 변태가 겁나 호들갑 떨어서 좀 기대했더니 사실은 다 개구라 아냐?"

"누군가의 추천으로 사 봤는데 제법 괜찮아서, 그 뒤로 초콜릿만은 센트럴에서 사 오고 있지. 내 요리사의 음식 솜씨는 굳이 네게까지 알리고 싶지 않군."

디가 하트를 사납게 노려보았다. 앨리스가 보기에는 더없이 살벌한 시선이었지만, 정작 그 시선을 받고 있는 하트는 참으로 평온한 얼굴로 커피를 음미하고 있었다. 벌레가 쳐다본 것만도 못한 반응이었다.

잠시 후, 커피 잔을 내려놓은 그가 입매를 삐뚜름하게 끌어올렸다.

"그래서, 진짜 용건이 뭐지?"

"……새치 연락처."

"새치?"

"이 새끼가 알면서! 장의사 말이야, 장의사!"

앨리스는 귀를 쫑긋 세웠다. 장의사는 원작에서도 흰 토끼의 별칭으로 나왔지만 그 이유까지는 설명되지 않았다.

왜 장의사일까? 혹시 하트의 본명처럼 숨겨진 이유라도 있는 걸까? 그녀는 두 남자를 살피며 물어볼 때를 가늠했다. 하트는 붉은색 스마트폰으로 메시지를 보내고 있었고, 디는 그 스마트폰을 진지한 얼굴로 응시하고 있었다.

원더랜드에는 여가 시간을 보낼 만한 매체가 거의 없었다. 게다가 과학기술이 그만큼 발달하지 않았는지 피터를 비롯한 하트의 부하들은 구형 핸드폰을 사용했으므로 스마트폰을 보는 것은 이번이 처음이었다. 앨리스는 틈을 봐서 저것도 사 달라고 해야겠다고 마음먹었다.

"야, 그거 뭐야. 새치도 색깔만 다른 거 가지고 있던데."

"스마트폰이라는 물건이야. 매드해터의 특주품이지. 연락처는, 미안하지만 안 되겠어."

소윤이 보낸 메시지를 확인한 하트는 제법 너그러워 보이는 웃음을 만면에 띤 채 그렇게 대답했다.

사람들은 하트가 거짓말을 하지 않는다고 생각하지만, 그것은 전부 그가 그럴 필요를 느끼지 못하기 때문이었다. 게다가 설령 그 인식이 진짜라 해도, 뭐 어떤가. 그는 소윤에게 매드해터를 소개시켜 주었던 과거의 자신을 흠씬 두들겨 패 주고 싶었다. 이제 와서 비슷한 실수를 또 하고 싶지는 않았다.

"뭐? 왜!"

"이상한 일이군. 이런 적이 없었는데. 네게 뭔가 안 좋은 인상이라도 받은 모양이야."

"야! 하트!"

"잠시 실례."

디가 벌떡 일어나 항의했지만 하트는 아랑곳하지 않았다. 그는 귀에 스마트폰을 댄 채 응접실 밖으로 나갔다. 소윤과 마지막으로 만났던 때 있었던 일 때문에 켕겨서 그녀를 직접 찾아가지 못하고 이곳까지 왔던 디는 "씨, 밴댕이 소갈딱지가."라고 툴툴거리며 다시 자리에 앉았다.

왕자님처럼 예쁜 얼굴로 부루퉁한 표정을 지은 그는 스물한 살의 다 큰 청년답지 않게 사랑스러웠다. 그를 곁눈질하던 앨리스는 이 기회를 잡기로 마음먹었다.

"트윈스라고 했지? 난 앨리스 리델이야."

초콜릿을 우걱우걱 씹으며 하트와 흰 토끼에 대한 온갖 짜증을 주워섬기던 디가 앨리스를 보았다. 새파란 두 눈동자에 비친 그녀는 레이스로 장식한 크림색 원피스를 입은 아주 아름다운 소녀였다.

그녀가 디의 눈동자에 비친 자신의 모습을 살펴보기에 충분한 시간이 흐를 동안, 그는 그녀에게서 눈을 떼지 않았다. 자신감이 상승한 앨리스가 방긋 웃었다.

"저기, 물어보고 싶은 게 하나 있는데……."

"뭐야, 이 계집은. 아까부터 눈치도 없이 붙어 있다고 생각했더니 존나 멍청한 거였냐?"

입매를 일그러뜨린 디가 도톰한 입술로 폭언을 쏟아 내기 시작했다. 살면서 자신에게 향할 것이라고는 생각도 못했던 말의 행진에 깜짝 놀란 앨리스가 눈을 동그랗게 떴다. 대부분의 남자라면 사랑스럽게 여길 모습이었지만 디는 요만큼도 신경 쓰지 않았다.

"누가 너한테 지껄이래? 시발, 하트 새끼의 창……."

"트윈스."

때마침 돌아온 하트가 저지하지 않았더라면 디는 앨리스에 대한 온갖 지저분한 소문을 원색적으로 지껄였을지 모른다. 하트는 불쾌함을 명백하게 드러내며 말했다.

"말조심하는 게 좋을 거야. 앨리스는 나와 흰 토끼를 비롯한 많은 사람들이 특별하게 생각하는 소녀니까."

"뭐? 새치 새끼 눈이 옹이 구멍인 건 알았지만……."

"그 말, 그에게 고스란히 전해 주지."

하트의 대답을 들은 트윈스는 입술을 달싹이다가 이내 다물었다. 이야기의 흐름상 하트가 말한 '그'는 분명 흰 토끼가 분명했다.

하지만 트윈스가 아는 흰 토끼는 여자였다. 하트가 그 사실을 알지 못할 거라는 생각은 별로 들지 않았지만 혹시 모를 일이다. 그저 눈앞의 여자에게만 그 사실을 알리고 싶지 않은 거라도 큰 상관은 없었다. 여자에게서 기묘한 불쾌감이 느껴졌기 때문이었다.

생각을 마친 트윈스가 씩 웃었다. 열다섯 살 소년처럼 해맑은, 그러나 어딘지 꿍꿍이가 느껴지는 웃음이었다.

"그으래, 그에게 말이지. 흠, 이거 아주 무서운데? 그렇다면야 겁나 잘 대해 줘야지. 야, 계집애. 너 앨리스랬지? 아까 물어보고 싶다던 게 뭐냐?"

"어? 아…… 흰 토끼를 왜 장의사라고 부르는지 궁금해서."

"뭐? 고작 그거?"

트윈스의 태도가 누구인지 모를 '그' 때문에 돌변했다. 도대체 누굴까? 트윈스의 다른 인격인 트위들 덤? 아니면 다른 누군가? 앨리스는 제멋대로인 디가 꺼릴 만한 강자를 나열했다. 그러나 하트에게조차 안하무인인 그가 한 수 접어 줄 만한 상대는 덤 이외는 없었다.

머릿속과는 다르게 기대된다는 듯 눈을 빛내는 앨리스를, 디는 안 그런 척하며 주의 깊게 살폈다. 하트가 소윤을 남자라고 착각할 리 없으니 분명 저 계집애를 겨냥하고 한 말일 것이다.

그 뻣뻣한 새치가 특별하게 생각한다는 계집애. 마음에 안 들어. 디는 앨리스에 대한 이유 모를 적대감을 키웠다.

"말 그대로 그 새끼가 장의사이기 때문이야. 아웃하우스에서 처치 곤란한 시체를 걷어다가 듀크 새끼에게 팔거나 슬럼에 던져 주거든. 듀크 새끼가 어린애 시체에 환장하는 개변태라는 건 유명하고, 슬럼에서야 뭐……."

"트윈스."

하트가 경고하듯 그를 불렀다. 앨리스에게 겁을 주려던 디는 그녀가 소윤에게 중요하다는 것을 깨닫고 입을 다물었다. 저게 괜히 새치 자식에게 가서 빽빽거리면 귀찮아질 테니까. 그는 그렇게 자신을 합리화했다.

"곱게 자란 아가씨가 듣기에는 좀 힘든 이야기였나 보군. 얼굴이 창백해. 올라가서 쉬겠어?"

별로 힘든 이야기는 아니었지만, 어제 납치되었기 때문인지 조금 피곤해진 앨리스는 하트의 제안을 고맙게 받아들여 자리에서 일어났다.

그녀가 나간 뒤, 하트는 신나게 웃는 디를 바라보며 베이비가 건네준 정보를 떠올렸다.

단순한 성격이라는 정보가 맞았는지, 조금 화제를 돌린 것만으로도 그는 저택에 방문한 목적 자체를 잊어버렸다. 이제 속을 조금 긁어 주면 발끈해서 돌아가려나. 하트는 어둡게 가라앉은 눈으로 미소 지었다.

여러 일들로 피곤했던 소윤은 메시지 알림음에 눈을 떴다. 그녀는 베개맡에 놓아둔 스마트폰을 주섬주섬 챙겨 메시지를 확인했다. 하트였다. 평소와 조금도 다르지 않은 메시지에서 오히려 위화감이 느껴졌다.

[트윈스가 연락처를 알려 달라는데.]

[상관없어.]

[지금 어디 있어?]

[집.]

몇 분 후, 곧바로 전화가 왔다. 그녀가 전화를 받자마자 하트의 목소리가 들려왔다. 귀를 통해 머리와 가슴 그리고 명치 어딘가까지 뒤흔드는 소리였다.

—어제 잘 들어갔어?

"응."

문득 그녀는 어두컴컴한 침실에서 고요하게 섞이던 둘의 숨결과 어둠 속에 가라앉던 무거운 목소리를 떠올렸다. 그녀에게 뜨겁게 키스하던 매드해터의 입술도 생각났다. 그러자 가슴 어름에 기묘한 거북함이 내려앉았다.

—목소리가 잠겨 있는데. 내가 깨운 건가?

"그래."

—피곤했던 모양이야. 아웃하우스에서 무슨 일이 있었길래 새벽이다 되어 그렇게 지쳐서 귀가한 걸까? 나에게는 오지도 못할 만큼 피곤했던 모양이지?

그제야 소윤은 하트의 목소리에 깃든 불쾌함을 알아차릴 수 있었다. 그녀는 입을 다물었다. 그러자 전화 너머에서 속내를 꾹꾹 억누른 소리가 들려왔다.

—당장 이리로 와.

그녀가 대답하기도 전에 전화가 끊어졌다. 씻고 나갈 채비를 마친 소윤은 마스크를 쓰며 짧은 한숨을 쉬었다. 예감이 좋지 않았다.

하트의 저택에 도착한 소윤은 집무실로 올라갔다. 그런데 평소와는 달리 하트의 부하들 중 일부가 그녀를 흘금흘금 바라보다가 시선이 마주치면 얼른 고개를 돌리곤 했다.

하트의 기분이 별로 안 좋은 건가. 소윤은 대충 그렇게 생각하며 집무실에 발을 디뎠다. 그와 동시에 서류를 읽고 있던 하트가 고개를 들었다.

눈이 마주친 순간, 그의 적갈색 눈동자가 조금 커졌다. 자리에서 벌떡 일어난 그는 소윤을 향해 성큼성큼 다가왔다. 그녀는 하트가 멱살을 잡고 밀어붙이는 것을 피하지 않았다.

쾅! 벽에 세게 부딪친 등에 칼집이 배겨 욱신거렸다. 고개를 들자 형형한 눈동자가 그녀를 노려보고 있었다.

"설마 했는데 정말이었나. 상상했던 것보다 더 기분이 거지 같군."

하트의 뜨거운 손가락이 그녀의 옷깃을 헤쳤다. 목덜미, 쇄골, 앙가슴. 빛 아래에 드러난 피부는 평소와는 달리 얼룩덜룩했다.

그는 매드해터가 남긴 잇자국을 손가락으로 덧쓰며 입술을 길게 찢었다. 요염한 곡선에서 뚝뚝 떨어진 살기가 집무실에 자욱하게 퍼졌다.

"샌님 주제에 아주 제법이잖아."

하트는 소윤의 마스크를 거칠게 벗겨 냈다. 평소의 창백함은 온데간데없이, 발그스름해진 입술이 살짝 부풀어 있었다. 그것을 본 그는 낮은 소리로 웃었다. 그에게서 꾹꾹 눌러 참은 살기가 슬금슬금 흘러나오고 있었다.

"찢어 죽여도 시원찮을 것 같은데…… 어떻게 할까, 흰둥아?"

하트는 엄지손가락 끝으로 그녀의 입술을 꾹 누르더니 진하게 훑었다. 그러나 손끝에 묻어나는 것은 아무 것도 없었다. 지울 수 있는 것 역시 없었다.

그는 소윤의 입술을 콱 깨물었다. 갑작스러운 공격에 소윤이 신음했다.

박아 넣었던 이를 뗀 하트는 그녀의 입술을 세게 빨았다. 혀끝에 피맛이 느껴졌다. 이 빌어먹을 여자는 이마저도 달았다. 그는 빠져나가려는 소윤의 뒷덜미를 움켜쥐고 끌어당겨 깊게 입 맞추었다.

그의 손이 본능에 따라 그녀의 몸을 타고 내려갔다. 여기에도, 그리고 여기에도 그 자식의 흔적이 남아 있을 것이다. 순간 열화와 같은 분노와 살의가 머리끝까지 치밀어 올랐다. 하트는 낮게 으르렁대며 소윤을 그에게서 떨어뜨렸다. 타액에 젖어 반들거리는 입술에 절로 시선이 갔지만 억지로 외면했다.

"나가. 그리고…… 그 흔적이 사라지기 전까지는 내 앞에 나타나지 마."

그의 발그스름한 눈매도, 남성적인 관능을 풍기는 얼굴도, 살짝 그은 연갈색의 피부도 전부 정욕에 젖어 반지르르했다. 그는 다소 흐트러진 머리카락을 느릿느릿 쓸어 올렸다. 아무것도 아닌 그 동작마저 팽팽한 성적 긴장감을 풍기고 있었다.

그의 눈동자, 살기마저 풍기며 형형하게 빛나는 적갈색의 눈동자를 본 소윤은 그 모든 것이 폭발 직전이라는 것을 본능적으로 깨달았다. 위기감을 느낀 그녀는 곧바로 집무실을 빠져나왔다.

쾅! 그녀의 등 뒤에서 거세게 문이 닫혔다. 피부에 와 닿는 선뜻한 공기를 느낀 소윤은 얼른 마스크를 쓰고 매무새를 가다듬었다. 거친 천이 닿자 입술이 화끈거렸다.

하트의 분노는 그녀가 어젯밤 그에게 오지 않았기 때문이라고 보기에는 과한 감이 있었다. 그렇다면 오해한 것이 분명했다. 조금 멈칫한 그녀는 집무실 문을 돌아보았다. 굳건히 닫힌 문이 꼭 절벽 같았다. 그러나 그녀가 문고리만 돌리면 쉽게 열릴 문이기도 했다.

하지만, 그래서?

소윤은 자문했다. 밤새 있었던 일에 대해 해명하여 하트의 오해를 푼다면, 그다음에는?

그 답이 의식 위로 뚫고 올라오기 전에, 그녀는 문에서 시선을 떼고 걸음을 옮겼다. 문 너머에서 들끓는 격렬한 감정이 점차 멀어졌다.

Welcome to Wonderland

5. 위가현

5. 위가현

황금으로 장식된 아름다운 커피 잔, 그 안에 담긴 향긋한 커피, 달콤한 쇼트브레드와 치즈케이크, 그리고 대각선에 앉아 있는 미남자. 하트의 저택에서 앨리스가 좋아하는 것들이었다.

하트는 앨리스의 아름다운 금발을 손가락에 감았다가 푸는, 별 의미도 없는 손장난을 질리지도 않고 반복했다. 앨리스는 장밋빛으로 물든 뺨을 숨기고자 고개를 숙였다. 그러자 옅게 그은 손가락이 그녀의 턱을 가볍게 들어 올렸다. 그 손가락에서 이어진 손목 안쪽에 붕대가 감겨 있었지만 앨리스는 보지 못했다.

“세 번째 힌트를 말해 주지. 눈은 어디에나 달려 있다.”

하트는 관능적인 미소를 눈매에 드리운 채 나른한 목소리로 말했다.

앨리스 리델은 치유 능력을 사용하여 셜리 하워드라는 어린 소녀를 치유했다. 그녀로서는 주변에 아무도 없다는 것을 확인하고서 한 행동이었지만, 눈은 인간에게만 달려 있는 것이 아니었다. 그 주변에 설치된 보안용 카메라에 그녀의 모습이 고스란히 찍혔고, 그 부주의는 부모의 죽음으로 이어졌다.

앨리스는 영 모르겠다는 듯 고운 미간을 찡그린 채 입술을 뾰족하게 내밀었다. 분홍색의 입술이 피기 직전의 장미 봉오리처럼 예뻤지만, 하트는 그녀에게 입 맞춰 주지 않았다. 그녀는 실망감을 담아 칭얼거렸다.

"그런 게 어떻게 힌트가 된다는 거예요?"

그럼에도 하트는 눈매를 접으며 미소 지을 뿐이었다. 그림 같은 모습에 잠깐 넋을 잃었던 앨리스는 그 틈을 타 치고 올라온 앨리스 리델을 느끼고 입술을 꾹 눌렀다.

"가현? 갑자기 안색이 안 좋아진 것 같은데. 무슨 일이야?"

그녀는 대답 대신 눈을 반달처럼 휘며 고개를 저었다.

"몸살기가 좀……."

간신히 대답한 그녀는 황급히 응접실을 나갔다. 하트는 올라가 있던 입가를 천천히 내렸다. 전날 밤, 와이어에 잘려 나갈 뻔했던 다리가 욱신거렸다.

침실 문을 단단히 잠그고 침대 안으로 들어가 이불을 뒤집어쓴 그녀는 앨리스 리델과의 사투를 시작했다.

앨리스 리델이 깨어나는 빈도와 시간이 점점 증가하고 있었다. 이제 앨리스 리델은 그녀가 조금만 정신을 흐트러뜨려도 표면으로 올라오곤 했다. 자신의 몸을 돌려 달라고 지껄이는 앨리스 리델을 향해, 앨리스는 욕설을 섞어 험악하게 윽박질렀다. 앨리스 리델을 간신히 억누른 그녀는 손톱을 잘근잘근 씹었다. 방도가 필요했다.

그 밤, 앨리스는 꿈을 꾸었다. 그녀가 그것이 꿈이라는 것을 깨달은 이유는 사위가 온통 부자연스럽게 검었기 때문이었다. 두리번거리던 그녀는 희끄무레한 형상을 발견하고는 그쪽으로 걸음을 옮겼다. 그 형상은 그녀가 다가갈수록 뚜렷해졌다. 반짝이는 금발을 길게 늘어뜨린 소녀가 웅크리고 잠들어 있었다.

앨리스는 본능적으로 지금이 기회라는 것을 깨달았다. 어느새 손가락이 묵직해졌다. 손아귀에서 익숙한 감촉을 느낀 그녀는 해죽 웃었다.

그때 앨리스 리델이 눈을 떴다. 눈을 휘둥그레 뜬 앨리스 리델은 앨리스의 손아귀에서 번뜩이는 식칼을 보자마자 벌떡 일어나 도망쳤다.

"아주 멍청이는 아닌 모양이네."

입맛을 다시며 중얼거린 앨리스는 앨리스 리델의 뒤를 쫓아갔다. 이곳은 꿈의 세계. 강하게 기원하는 자가 승리하는 곳이다.

공포에 질려 무작정 도망치는 앨리스 리델의 앞길을 온갖 장애물들이 가로막았다. 담에 가로막히고, 인파에 밀리고, 자동차에 치일 뻔하면서도 끈질기게 도망치던 앨리스 리델은 바닥이 요동치는 바람에 발을 헛디뎌 나동그라지고 말았다. 그녀는 다시 일어나 달리려 했지만, 어느새 나타난 벽이 그녀를 가로막았다.

앨리스는 생긋 웃으며 앨리스 리델을 내려다보았다. 파란 눈동자가 공포에 질려 그녀를 올려다보고 있었다. 그때 그 계집애도 그녀를 그렇게 보았었다. 『원더랜드』 속 앨리스 리델처럼 멍청했던, 주제도 모르고 그녀의 첫사랑을 빼앗아 간 예소윤. 남자에 대해서는 얼굴조차 가물가물하지만, 그 계집애에게서 느꼈던 증오만큼은 사라지지 않고 고스란히 남아 있었다.

"너도 그 계집애처럼 만들어 줄게."

아무것도 못하고 축 늘어져 뒈졌던 그 역겨운 계집애처럼. 이 세계에 오기 전, 그녀는 사소한 실수를 저지른 바 있었다. 만약 그 계집애에게 루머 따위의 물렁한 방법이 아니라 보다 단호한 대처법을 들키지 않고 제대로 사용했더라면, 첫사랑에게 그녀가 한 짓이 들켜 그런 취급을 받을 일도 없었을 것이다.

실수는 한 번이면 충분했다. 앨리스는 식칼을 치켜들었다. 그러자 앨리스 리델이 그녀를 홱 밀치고 도망쳤다.

"어딜 가!"

앨리스는 어둠 속에서 나풀거리는 앨리스 리델의 머리끄덩이를 낚아챘다. 금발을, 파란 눈을, 아름다운 이목구비를, 자신과 닮은 모든 것을 남김없이 없애 버리고 싶었다. 앨리스는 앨리스 리델을 향해 몇 번이고 식칼을 내리쳤다. 찢어지는 비명 소리가 어둠 속에 울려 퍼졌다.

"왜 당하고만 있어? 이제까지 날 그렇게 괴롭혔잖아? 여기에서도 그렇게 해 보라고!"

난자당한 몸에서 흘러나온 피가 강을 이루었다. 앨리스는 앨리스 리델을 피 웅덩이에 집어 던졌다. 만신창이가 된 몸은 이미 호흡조차 잃은 후였다.

그 위로 침을 뱉은 앨리스는 저 보기 싫은 것이 영원히 사라지기를 바랐다. 그러자 앨리스 리델의 몸이 피 웅덩이 안으로 천천히 가라앉았다. 이윽고 혼자 남은 세계에서, 앨리스는 낭랑한 미성으로 깔깔대며 웃었다.

그 시각, 운전 중이던 소윤은 갑작스럽게 느껴지는 기척에 차를 세웠다. 뒷좌석에 포개 놓은 수 구의 시체들 중, 듀크에게 넘길 예정이었던 소녀의 눈꺼풀이 미세하게 움직이고 있었다. 그녀는 다시 차의 시동을 걸었다가 원더랜드 입구 앞에서 세웠다.

슬럼 앞에 다른 시체들을 버리고 돌아온 그녀는 소녀를 들쳐 업고 걸음을 옮겼다. 차갑게 식었던 몸이 조금 미지근해져 있었다.

근처 아무 빈집에 들어가 소녀를 눕힌 소윤은 소녀를 찬찬히 살폈다. 열네 살가량으로 보이는, 까만 단발과 새침한 생김새가 고양이를 연상케 하는 미소녀였다. 소윤은 차에 실을 때만 해도 소녀가 확실하게 죽어 있었던 것을 떠올렸다.

"귀찮게."

중얼거린 소윤은 소녀의 옆에 벌렁 드러누웠다.

소녀는 며칠이 지나도록 깨어나지 않았다. 소윤은 하루에 한두 번씩 소녀에게 들러 징후를 확인했다. 소녀는 날이 갈수록 살아 있는 인간에 가까워졌다. 이대로라면 며칠 안으로 깨어날 것 같았다.

마치한테 맡길까. 혹시 앨리스가 오해하면 안 된다고 거부하면 어쩌지. 그녀는 그런 생각을 하며 그곳을 나섰다. 그리고 몇 분 후, 길 한가운데에서 트윈스와 맞닥뜨렸다.

그 즈음 트윈스의 상태는 그리 좋지 못했다. 정확히 말하자면 그들은 정체 모를 초조함에 시달리고 있었다. 입맛도 뚝 떨어져서, 그들이 여자 다음으로 좋아하는 초콜릿에조차 손이 가지 않았다. 거리에 나온 그들은 취향의 여자를 유혹해 덮쳤으나 입맛만 버리고 말았다. 잔뜩 성마른 상태로 거리를 배회하던 그들은 소윤과 마주치게 되었다.

초조하다. 날뛰고 싶다. 여자를 안고 엉망진창으로 만든 뒤 마구 깨물고 싶다. 그들은 모처럼 식욕이 도는 것을 느끼고 침을 꿀꺽 삼켰다. 눈앞이 시뻘게지고 머릿속이 핑핑 돌았다. 지금 당장 여자가 필요했다. 그러나 그들의 앞에 존재하는 여자는 단 하나, 소윤뿐이었다.

그들은 번들거리는 눈으로 그녀의 마른 몸을 훑었다. 남자인지 여자인지 모를 옷가지 아래에 숨겨져 있는 부드러운 가슴과 쌉싸래한 향기를 알고 있었다.

저 여자면 충분해. 충족에 대한 기대감에 등골이 오싹할 만큼 떨렸다. 저 여자는 안 돼. 기묘한 불안감이 심장을 울렸다.

그들이 평생 겪어 본 적 없는 감각과 씨름하는 사이, 소윤은 제 갈 길을 걸어갔다. 트윈스는 주먹을 힘껏 움켜쥐었다. 스쳐 지나는 순간, 그녀의 비누 냄새가 트윈스의 코끝에 닿았다.

본능을 이기지 못하고 뻗어 나간 오른손을 왼손이 간신히 끌어 내렸다. 지독한 욕구에 손이 덜덜 떨리고 목구멍 안쪽에서 으르렁대는 소리가 기어 나왔다.

그것은 그들이 좁은 방에서 나온 뒤 욕구를 참은 최초의 사건이었다. 위험하기 때문에? 그녀를 이길 수 없어서? 언제 그들이 그런 것을 따졌다고. 덤은 이 사건에서 위험성을 느꼈다.

그날 밤, 디는 덤이 깊이 잠든 것을 확인하고 집을 나섰다. 하루 일과를 일찍 마무리하는 원더랜드의 밤은 아웃하우스보다 조용했다. 거리에 내려앉은 정적을 그의 발자국 소리가 무겁게 걷어 냈다. 1시간가량 산책을 즐긴 디는 한 건물 앞에서 발을 멈추었다. 그가 그 여자와 함께 1주일을 보냈던 곳이었다.

"여자는 시발, 그딴 게 무슨 여자라고."

육감적인 입매를 얄궂게 끌어 올려 이죽거린 그는 문을 슬쩍 밀었다. 여자의 겁 없는 성격은 여전한지, 문이 아무 저항 없이 밀렸다. 그 틈으로 스며들듯 몸을 끼워 넣은 그는 조용히 발걸음을 옮겼다.

차분한 숨소리가 정적 속에 녹아들듯 퍼져 있었다. 그에 이끌리듯, 디는 어느새 그녀를 내려다보고 있었다. 그가 감탄했던 요정 가루가 뿌려진 것 같은 갈색 눈동자는 꼭 닫혀 있었다.

그는 소윤의 목에 코를 대고 숨을 깊이 들이마셨다. 새큼하고 쌉쌀한 과일 냄새가 훅 풍겼다. 디는 이를 드러냈다. 새까만 어둠 속에서 물기 어린 흰 이가 희번덕거렸다.

그것이 얇은 피부를 찢어발기려는 순간, 소윤의 흰 목덜미에서 파란 핏줄이 팔딱거렸다. 아, 시발. 존나 깜찍하네. 그녀의 핏줄에 혀끝을 살짝 대어 맛을 보던 디는 저가 한 생각에 펄쩍 뛰었다. 미친! 요즘 상태가 안 좋더니 드디어 미쳤냐!

어두운 금발 속에 손가락을 넣어 벅벅 긁은 그는 아직도 팔딱거리는 핏줄을 흘금 내려다보았다. 저걸 깨물면 저 계집애도 저렇게 팔딱거릴까. 그녀는 그를 찍어 누를 때조차도 무심한 표정을 하고 있었다. 그런 여자가 그의 밑에 깔려 울고 애원할 것을 생각하니 정욕이 짚단에 붙인 불처럼 확 타올랐다.

순식간에 그녀를 타고 오른 디는 그녀의 목덜미를 길게 핥아 올라가다가 요망한 핏줄을 쪽쪽 빨았다. 입술과 이가 근질근질했다. 당장이라도 물어 버리고 싶은 욕망과 좀 더 만끽하고 싶다는 욕구가 충돌했다.

어느새 손은 그녀의 가슴을 움켜쥐고 있었다. 손가락의 움직임에 따라 부드럽게 이지러지는 살덩이에서는 묵직한 거유에서는 느낄 수 없는 몽글몽글한 감촉이 느껴졌다.

“누구 좋으라고 이거 한 장만 덜렁 입고, 어? 시발, 어떤 새끼를 꼬시려고 옷을 이따위로…….”

디는 자신이 입 밖으로 소리 내어 말하고 있다는 사실조차 깨닫지 못했다. 소윤의 티셔츠를 거칠게 걷어 올린 디는 뭉클한 봉우리를 입안에 넣고 굴렸다.

언젠가 이걸 크림 같다고 생각했던 적이 있었다. 입에 넣으면 스르르 녹을 것 같았다. 그런데 정작 녹은 것은 그의 혀였다. 뭐 이런 감촉이.

그는 소윤의 가슴에 침을 잔뜩 묻히며 끙끙거렸다. 너무 좋아서 혀만이 아니라 머리도 녹을 것 같았다. 이걸 뭉텅 깨물면 얼마나, 얼마나. 슬그머니 이를 세웠던 그는 또다시 엄습한 불안감에 멈칫거렸다.

그리고 소윤과 눈이 마주쳤다.

"흐악!"

디는 기겁을 하고 물러섰다. 문제는 그곳이 침대 위였다는 점이었다. 손을 헛짚어 침대 아래로 굴러 떨어진 그는 엉덩방아를 제대로 찧고 말았다. 그는 엉덩이를 어루만지며 욕설을 내뱉었다. 그러다가 침대에 걸터앉아 그를 보는 소윤과 다시 눈이 마주치고 말았다.

"시, 시발! 새치 너! 나중에 두고 보자!"

디는 삼류 악당의 대사를 남긴 후 쏜살같이 도망쳤다. 기껏 어렵게 들었던 선잠을 방해받고 욕까지 얻어먹은 소윤은 어이가 없어 중얼거렸다.

"……대체 왜?"

소윤의 집을 뛰쳐나온 디는 다리 사이에서 느껴지는 불편함에 멀리도 가지 못하고 골목에 몸을 숨겼다. 시선을 내리자 흥분의 징후가 보였다. 그는 그 자리에 쭈그려 앉아 무릎에 머리를 묻었다.

"쌍, 쪽팔려 뒤지겠네. 내가 왜 저딴 년 때문에……."

누구에게 하는지도 모를 변명을 중얼거리는 그의 귓불은 새빨갛게 물들어 있었다.

트위들 디의 기행이 있던 날로부터 며칠이 지난 어느 아침, 크로스백을 확인하던 소윤은 어깨에 붙일 패치가 얼마 남지 않았다는 것을 깨달았다.

그녀는 오랜만에 매드해터의 집으로 향했다. 이윽고 현관문 앞에 멈춰 선 그녀는 잠시 고민하다가 문고리에 손을 얹었다. 그녀에게 주어진 특권은 아직 유효했다. 그녀는 부드럽게 열리는 현관문을 보며 입을 꾹 다물었다.

안으로 들어간 그녀는 집 안의 기척을 살폈다. 매드해터는 연구실 쪽에 있었다.

"매드해터."

제법 큰 소리에도 돌아오는 대답은 없었다. 그녀는 2층으로 올라갔다.

연구실 문은 열려 있었다. 소윤은 문 사이로 보이는 매드해터의 모습을 가만히 응시했다. 그 밤 이후 처음 만나는 그는 간이침대 위에서 새우잠을 자고 있었다.

궁상맞은 모습이어야 할 텐데, 햇살 아래에서 반짝반짝 빛나는 그는 발을 헛디디는 바람에 천상에서 지상으로 떨어진 천사 같았다. 마법보다 막강한 미모 버프였다.

그녀는 연구실 안으로 들어갔다. 그러자 광대뼈에 멍이 든 얼굴과 피딱지가 앉은 입술이 보였다. 게다가 발목에는 붕대마저 감겨 있었다. 집에 틀어박혀 연구와 발명에 골몰하는 그에게는 어울리지 않는 것들이었다.

간이침대 한구석에는 익숙한 상자가 굴러다니고 있었다. 살짝 열린 틈으로 그녀만이 사용하는, 그리고 그녀가 주문하기 전에 언제나 만들어져 있는 패치가 보였다. 그녀는 눈매를 희미하게 일그러뜨렸다.

그때, 매드해터가 잠에서 깨어났다. 몽롱한 푸른 눈으로 그녀를 올려다보던 그가 살짝 웃었다. 바람결에 흔들리는 꽃처럼 간지러운 웃음이었다.

"꿈인가요……."

그렇게 중얼거린 그가 소윤을 향해 손을 뻗었다. 자잘하게 상처 난 손가락이 그녀의 머리카락에 닿으려는 순간, 소윤은 고개를 슬쩍 돌려 그의 손을 피했다. 그러자 매드해터는 눈을 깜빡이다가 자리에서 일어났다.

"흰 토끼?"

"패치가 거의 다 떨어져서 주문하려고."

그녀는 매드해터를 조용히 응시했다. 그러자 그는 소윤을 보며 몇 번이고 입술을 달싹이다가 이내 어두워진 안색으로 고개를 숙였다.

당시에는 경황이 없어 많은 것들을 지나쳤다. 그러나 시간이 흐르자 떠오르는 것들이 있었다. 피가 나지 않은 것이 이상할 정도로 세게 깨물린 목. 수많은 울혈 자국. 얇은 손목에 선명하게 남은 손자국. 찢어진 옷자락.

그가 소윤을 그런 식으로 대했다. 매드해터는 그 이상 아무 생각도 할 수 없었다. 붉은 입술이 열리고 무거운 소리가 흘러나왔다.

"미안합니다."

"……왜?"

"싫었을 것 같아서."

그는 흐려진 얼굴로 그녀에게서 시선을 피했다. 소윤은 입술을 꽉 깨물었다. 눈앞이 핑글핑글 돌았다.

연구소에서 겪은 실험에는 번식에 관련된 것도 있었다. 그녀를 냉철한 눈으로 관찰하던 엘리트 연구원들은 그것이 죄라고는 생각도 하지 않았을 텐데, 옳음과 바름에서 먼 삶을 살아온 남자는 지금 그녀에게 사죄를 했다. 그녀가 그 행위를 싫어했을 것 같다는 이유만으로.

소윤은 치밀어 오르는 무엇을 꾹 억눌렀다. 생각나는 대로 말했다가는 매드해터가 정말로 괴로워할 것 같다는 바보 같은 생각이 들었기 때문이었다.

"별로 상관없는데. 사과할 필요 없어. 그때는 너도 제정신이 아니었으니까."

"……그래요."

소윤은 아프다며 눈물을 뚝뚝 떨어뜨리던 하얀 얼굴을 떠올렸다.

그때 그는 정말 미치거나 죽을 것처럼 보였다. 언제나 그의 뒤처리만 도와서 몰랐던 모습이었다. 늘 그렇게 아팠던 것일까.

"그 머리, 제대로 낫고 싶다면 앨리스를 만나 봐. 지난번에도 이야기했지만 그녀는……."

그때 매드해터가 그녀의 입을 마스크 위에서 막은 후, 앞머리를 쓸어 올려 눈을 맞추었다. 환해진 시야로 복잡한 표정을 짓고 있는 그가 보였다.

"그 여자의 이야기는 그만하세요. 당신이 바보에 고집쟁이인 건 이미 알고 있으니까요."

매드해터가 소윤을 푹 감싸 안았다. 타인과의 접촉에 익숙하지 않은 사람다운 어딘지 투박한 동작이었다. 이번에는 그녀도 거부하지 않았다. 유칼립투스의 서늘하고 조금 달콤한 향기가 그녀의 마음을 가라앉혀 주었다.

"그러니 쓸데없는 고민은 안 해도 괜찮아요."

매드해터가 속삭였다. 그는 안개처럼 흐릿하게 웃고 있었다. 소윤은 아무런 말도 할 수가 없었다.

잠시 후, 두 사람은 아무 일도 없었던 것처럼 떨어졌다. 패치가 다 떨어져 간다는 그녀의 말에 언제나처럼 긴 잔소리를 한 매드해터는 미리 만들어 두었던 패치를 그녀에게 넘겼다. 매드해터는 값을 치르고 집을 나서는 작은 등을 조용히 응시했다.

하얀빛이 소녀의 고운 손끝을 물들였다. 치유라는 성질에 어울리는 따사롭고 온유한 빛이었다. 소녀가 기원하자 그 빛은 그녀의 손을 떠나 피투성이의 여자에게 스며들었다.

여자는 상처에서 아픔이 가시는 것을 느끼며 멍하니 소녀를 올려다보았다. 여자와 눈이 마주친 소녀가 생긋 웃으며 말했다.

"이제 괜찮아요."

치유를 마친 소녀가 자리에서 일어났다. 따라 일어난 여자가 소녀의 옷자락을 잡았다.

"저어……."

"손 떼."

소녀의 곁에 경호원처럼 붙어 있던 남자가 험악하게 인상을 썼다. 여자가 일하는 술집에 몇 번인가 온 적이 있는 남자였다.

"제레미."

소녀가 난처한 얼굴로 남자를 불렀지만, 남자는 무정한 손길로 여자의 손을 쳐 냈다. 남자에게 등을 떠밀려 멀어지면서 소녀는 여자를 향해 손을 흔들었다.

"몸조심하세요!"

혼자 남은 여자는 비틀거리며 자리에서 일어났다. 햇살 아래를 걷는 소녀의 모습이 눈부셨다. 소녀는 자신이 누구인지 밝히지 않았지만 하트의 부하에게 저 정도의 보호를 받을 만한 대상은 단 하나, 하트가 애지중지한다는 아웃하우스 출신의 애인밖에 없었다.

여자는 천천히 뒤를 돌았다. 노을이 드리워지면 그녀는 자신의 자리로 돌아가야 했다. 몸조심? 원더랜드 토박이인 하급 매춘부에게 그것은 꿈보다도 허황된 소리였다. 그녀는 발작적인 웃음을 흘리며 어두운 거리 안쪽으로 걸어 들어갔다.

세상에 영원한 비밀은 없다. 당사자에게 숨길 생각이 없다면 더욱 그러했다. 기적 같은 소녀, 앨리스에 대한 소문은 그녀에게 도움을 받은 사람들의 입을 통해 조금씩 퍼졌다. 앨리스 리델을 죽인 후 얼굴이 꽃처럼 피기까지 한 앨리스는 누가 봐도 인생의 황금기를 맞이한 것처럼 보였다.

그러나 정작 앨리스 본인은 불만에 가득 차 있었다. 이쯤이면 접근을 시도해야 할 매드해터가 코빼기도 보이지 않기 때문이었다.

생각보다 소문이 확산되지 않은 걸까. 그렇다면 자존심이 좀 상하더라도 직접 찾아가는 게 나을까. 마침 딱 좋은 핑계도 있었다. 그녀는 저택으로 돌아가려던 발걸음을 돌렸다.

스포이드를 사용하여 시험관에 용액을 떨어뜨리던 매드해터는 현관문을 노크하는 소리가 들리자마자 고개를 들었다. 그 바람에 힘 조절에 실패하여 용액이 시험관 안으로 주르륵 떨어졌다. 그는 한숨을 섞어 중얼거렸다.

"이런 걸 조건반사라고 하던가요."

이제 소윤은 노크 따위 하지 않는데, 4년에 가까운 시간 동안 길들여진 그는 어쩔 수 없이 반응하고 말았다. 그는 자리에서 일어나 창문을 열었다.

앨리스는 현관 앞에 서서 문이 열리기를 기다렸다. 조마조마한 마음에 손에 식은땀마저 났다.

잠시 후, 머리 위에서 창문이 열리는 소리가 났다. 얼른 그쪽으로 고개를 돌린 앨리스는 그녀를 내려다보는 짙은 푸른색의 눈동자와 시선이 마주쳤다. 앨리스는 숨을 쉬는 것조차 잊고 그를 올려다보았다. 남자, 매드해터는 그저 압도적으로 아름다웠다.

"누구십니까?"

정신없이 그를 응시하던 그녀는 차가운 미성에 정신을 차렸다. 다행히 입을 벌리거나 하는 추태를 보이지는 않았다. 앨리스는 고개를 부러 갸웃하며 수줍게 웃었다. 홍조는 자연스럽게 따라왔다.

"실례합니다. 저는 앨리스 리델이라고 해요. 의뢰하고 싶은 것이 있어서 왔는데 들어가도 될까요?"

매드해터는 턱을 괴고 그녀를 내려다보았다. 햇살의 투명한 입맞춤이 그의 대리석 같은 이마와 뺨에 아낌없이 쏟아졌다. 그가 눈을 깜빡이는 순간, 눈꺼풀 위에 드리워진 고혹적인 음영이 슬쩍 나타났다가 사라졌다. 붉은 산호로 공들여 조각한 것 같은 그의 입술이 천천히 열리는 순간, 앨리스는 침을 꼴깍 삼켰다.

"……들어와요."

매드해터의 대답이 떨어지는 것과 동시에 문이 저절로 열렸다. 앨리스와 제레미는 안으로 들어갔다. 거실의 소파에 앉은 그녀는 상석의 매드해터를 쉴 새 없이 흘금거렸다. 그의 무정한 옆모습에는 르네상스 시대의 미술가들이 추구하던 이상주의적인 아름다움이 있었다.

그녀의 집요한 시선을 매드해터가 느끼지 못할 리 없었다. 그는 현란한 꽃무늬 터번—그의 얼굴에 정신이 팔린 앨리스가 눈치조차 채지 못한—을 칭칭 감은 머리를 기울이며 그녀를 바라보았다.

저게 바로 흰 토끼가 애지중지하는 여자. 그는 소파 밑에 숨겨 둔 장치를 작동시켜 앨리스를 갈가리 찢어발기고 싶은 충동을 억눌렀다.

"무슨 의뢰입니까?"

충동을 억누르자 두통이 찾아왔다. 그는 관자놀이를 꾹 누르며 물었다. 그러자 앨리스는 눈을 빛냈다.

"어머, 어디 아프세요? 괜찮으시다면 제가 좀 봐도 될까요?"

원작에서 매드해터는 절벽 위에 핀 보석 꽃 같은 외모와는 달리 몇 번 만나 상냥하게 대해 주면 넘어오는 쉬운 남자였다. 그 초석을 위해서는 먼저 그의 머리를 치유해야만 했다. 앨리스는 그의 머리를 향해 손을 뻗었다.

그러나 그녀의 손이 닿기 전, 매드해터는 근처에 굴러다니던 책을 들어 접촉을 차단했다. 진심으로 불쾌한 듯한 그의 얼굴을 본 앨리스는 그가 타인과의 접촉을 혐오한다는 사실을 떠올렸다.

"죄, 죄송해요. 많이 아프신 것 같아서……."

"의뢰가 뭐냐고 물었습니다."

그는 빙하처럼 싸늘한 눈으로 그녀를 보았다. 앨리스의 능력에 대해서는 이미 짐작했을 뿐만 아니라 소문으로도 접한 바 있었다.

그는 내심 코웃음을 쳤다. 앨리스는 잔잔한 호수에 떡밥을 뿌리듯 의도적으로 비밀을 퍼트려 댔다. 그런 것에는 자존심 때문에라도 넘어가기 싫었다. 무엇보다도 지금은 소윤이 바라는 대로 해 주고 싶지 않았다. 누구 좋으라고.

주눅이 든 척 우물쭈물하며 행동 방향을 고심하던 앨리스는 오늘의 성급함을 인정하기로 했다.

"스마트폰을 만들어 주셨으면 해요."

"가격은 500만 캐럴. 제작 기간은 1주일입니다. 지불 방식은 어떻게 할 건가요?"

앨리스는 제레미를 올려다보았다. 그러자 슈트 안주머니에서 두툼한 지갑을 꺼낸 제레미가 100만 캐럴짜리 고액권 5장을 빼 매드해터 앞에 내려놓았다. 매드해터는 파들파들한 새 지폐를 손가락 끝에서 놀리며 냉소적으로 중얼거렸다.

"그 정신 나간 폭력배가 과연 어디까지 할지 궁금해지는군요."

애인과의 사랑 놀음에 빠져 이성을 잃은 소문 속의 하트를 빈정거리는 말이었다. 앨리스는 발끈하는 제레미의 팔을 꽉 붙잡았다. 그러고는 입술을 꼭 깨물고 씨근덕거렸다.

"매드해터."

깨물려서 붉어지고 타액이 묻어 촉촉해진 입술로 그녀가 말했다.

분한 듯 숨을 몰아쉴 때마다 풍만한 가슴이 오르내렸다.

"하트는 곤경에 처했다는 이유로 아무 관계도 없는 저를 보호해 주실 만큼 상냥하신 분이에요. 그런 나쁜 헛소문 같은 건…… 정말……."

금방이라도 눈물을 떨어뜨릴 듯한 눈동자가 매드해터를 향했다. 그 순간 앨리스는 그의 어두운 푸른 눈, 새벽녘의 어스름을 연상케 하는 눈동자에서 도무지 시선을 뗄 수가 없었다. 그 역시 그녀에게서 눈을 떼지 않았다.

"……그렇군요."

이어진 시선을 먼저 끊어 낸 것은 매드해터였다. 주렴 같은 속눈썹을 눈동자 위에 길게 드리운 그가 입매를 끌어 올렸다. 그러자 대리석으로 빚은 이목구비가 체온을 얻었다. 덕분에 정신이 몽롱해진 앨리스는 하트의 저택에 돌아간 후에도 그의 미소가 어떤 의미였는지 깨닫지 못했다.

소윤이 시체가 살아 숨 쉬기 시작한다는 기괴한 경험을 한 지 1주일이 지났다.

그녀는 마치를 데리고 와 소녀를 보여 주었다. 먼지 쌓인 바닥에 누워 깊이 잠든 소녀는 동화 속 등장인물 같았다. 오는 내내 죽은 사람이 살아날 리 있냐고 툴툴거리던 마치마저 소녀를 본 순간 입을 다물었으므로 그 공간에는 적막만이 감돌고 있었다.

마치 도서관이라도 된 것 같은 공기를 깬 것은 마치였다. 그는 무릎을 굽혀 소녀의 뺨을 어루만지며 중얼거렸다.

"도르와는 좀 다른 느낌인데."

"그 애는 잠들어 있던 거니까. 이쪽은 정말로 시체였어."

"네가 착각한 건 아니고?"

말이야 그렇게 했지만, 마치 역시 그녀가 그랬을 리 없다는 것을 알고 있었다. 그는 소녀의 이마를 뒤덮은 흑발을 살그머니 치웠다. 소녀의 머리카락은 명주실처럼 매끄럽고 가늘었다. 마치는 꿈결을 걷는 듯한 기분으로 물었다.

"집에 데려다만 놓으면 돼?"

"그래. 도르를 돌봤던 것처럼 해 주면 더 좋고."

그녀의 말에 마치가 소년답게 그을린 뺨을 슬쩍 붉히더니 입술을 우물거렸다. 그 속에서 "목욕은 무리인데……."라는 말을 알아들은 소윤은 실소했다.

"거기까지 하라고는 안 했다."

"나도 알아!"

얼굴이 새빨개진 마치가 버럭 소리를 쳤다. 그러더니 그는 아차 싶은 표정으로 소녀를 내려다보았다. 소녀는 여전히 잠들어 있었다.

"그 정도로 깰 것 같으면 벌써 일어났겠지."

소윤은 소녀를 일으켜 자신의 등에 기대도록 하며 말했다. 그러자 마치가 허둥지둥 다가와 소녀의 팔을 낚아챘다.

"내, 내가 업고 갈게."

"할 수 있겠어?"

"날 뭐라고 생각하는 거야? 나도 남자라고!"

소녀를 업은 마치가 당당하게 집을 나섰다. 그러나 그는 얼마 가지 않아 후회하고 말았다. 등을 통해 전해지는 봉긋한 감촉과 귓가에 닿는 가느다란 숨결 때문이었다. 목과 귀까지 빨개진 그에게 소윤이 말했다.

"힘들면 교대해."

"아, 쫌! 아니라고!"

소윤은 쪼그만 게 괜히 자존심은, 이라고 생각하며 저보다 한참은 큰 마치를 올려다보았다. 얼마나 자랐든 그녀에게는 아직 어린아이였다. 그녀와 눈이 마주친 마치가 인상을 썼다.

"그 눈 어쩐지 기분 나쁜데."

"걷기나 해. 도르 기다리겠다."

혼자 집을 보고 있던 도르는 소윤을 열렬하게 반기며 답삭 끌어안았다. 그사이 마치는 소녀를 소파 위에 눕혔다. 그의 영역에 누워 있는 소녀를 보자 기분이 좀 이상해졌다.

"저건 누구야?"

도르가 맑은 목소리로 종알거렸다.

"갈 곳 없는 사람. 잠시 같이 있어 줄래?"

소윤이 온화한 말투로 말했다.

"앨리스처럼?"

도르가 다시 물었다. 두 사람의 목소리는 제법 컸지만 마치는 단 한 마디도 듣지 못했다. 그는 소녀의 새침하게 올라간 눈매를 슬며시 건드려 보았다. 어쩐지 뱃속이 간질간질했다.

"……겠어?"

소윤이 물었다.

"오빠!"

"어?! 뭐! 왜!"

깜짝 놀란 마치는 버럭 소리를 질렀다. 소파 등받이에 매달려 있던 도르가 얼굴을 찡그렸다.

"깜짝이야. 왜 그렇게 놀라?"

"어? 뭐야? 왜? 무슨 일인데?"

"토끼가 오빠 불렀는데 대답 안 했잖아."

"그, 그러니까 뭐냐고? 무슨 일이냐고 했잖아?"

마치는 화끈거리는 얼굴을 다른 곳으로 돌리며 물었다. 다행스럽게도 소윤은 그의 행동을 별스럽게 생각하지 않은 모양이었다.

"앨리스한테 오해받는 게 싫다면 내가 잘 말해 주겠다고 했어."

앨리스의 이름이 나오자 도르는 조그만 코끝에 주름을 잡았다. 소윤은 아이의 코를 가볍게 두드렸다. 그러자 도르가 그녀의 손가락 끝을 살짝 깨물려 들었다. 소윤은 물릴락 말락 한 위치에서 손가락을 흔들며 도르를 놀렸다. 도르가 팔딱팔딱 뛸 때마다 돌돌 말린 트윈테일이 나비처럼 팔랑팔랑 날았다.

실제로 보게 될 거라고는 상상도 못 했던, 놀랄 만큼 평화로운 광경이었다. 그것을 멍하니 바라보던 마치가 물었다.

"무슨 오해?"

"너 앨리스 좋아하잖아."

태양이 동쪽에서 떠오른다는 식의 당연한 것을 말하는 말투였다. 그래서 마치는 "그렇지, 내가 앨리스를……."까지 중얼거리다가 퍼드득 고개를 저었다.

"뭐?!"

"오빠, 앨리스 좋아했어? 그저께 나한테는……."

"당연히 아니지! 도대체 저번부터 무슨 소리를 하는 거야?"

"부끄러워할 거 없는데."

"누가 뭘 부끄러워해!"

마치는 무심결에 소파 위를 흘금 바라보았다. 소녀는 깊이 잠들어 있었다. 그는 자신도 모르게 안도의 한숨을 쉬었다.

"마치?"

"어? 아니……. 네가 왜 나랑 앨리스를 자꾸 엮는지 모르겠어. 난 걔 좀……."

마치는 곤란한 얼굴로 입술을 우물거렸다. 그러자 도르가 소윤의 가슴에 얼굴을 부비적대며 투덜거렸다.

"난 앨리스 싫어."

"야, 도르!"

"그치만 앨리스가 먼저 날 싫어했단 말이야."

소윤이 앨리스를 많이 아낀다고 생각하는 마치는 여동생을 말렸지만, 도르의 정신연령은 일곱 살이었다. 아이는 호불호에 솔직했다. 소윤은 부루퉁하게 튀어나온 아이의 입술을 톡톡 두드렸다.

"괜찮아, 도르. 솔직하게 말해도 돼."

그녀의 말에도 도르는 꾹 다문 입을 열지 않았다. 단단히 삐진 모습에 마치는 머리를 벅벅 긁었다.

"아, 씨…… 어, 야. 도르."

"미워. 토끼 앞이라고 거짓말이나 하고."

"그…… 아우, 진짜. 그게 말이지."

마치는 앨리스가 처음 이 집에 묵었던 밤을 떠올렸다. 그녀는 그에게 참 익숙한, 하등한 것을 보는 눈을 하고 있었다. 그가 슬럼에 살던 시절 중립지대의 사람들에게 많이 받아 온 시선이었다.

그는 소윤을 보았다. 그를 양지로 데려다 놓은 사람이었다.

"아웃하우스에서 온 애잖아. 그래서 좀…… 별로? 친해지기 어렵더라고."

마치는 머리를 벅벅 긁으며 도르의 시선을 피했다. 소윤이 집에 돌아간 뒤, 그가 잔뜩 뿔이 난 도르를 달래느라 애를 먹은 것은 당연한 결과였다.

핑크베이지의 레이스 원피스를 곱게 차려입은 앨리스가 제레미를 대동하고 매드해터의 집 현관문을 나섰다. 그녀의 손에는 약속된 날짜보다 일찍 완성된 스마트폰이 들려 있었다.

문이 닫히는 순간, 매드해터는 짜증스러운 얼굴로 관자놀이를 꾹꾹 눌렀다. 지독한 두통이 엄습했다. 그는 창문을 활짝 열었다. 창을 통해 들어온 바람이 은방울꽃 향수 냄새를 휩쓸고 나갔다. 그러자 고통이 한결 가셨지만, 근본적인 대책은 되지 못했다.

앨리스는 스마트폰을 핑계로 매일같이 그의 집을 방문했다. 첫날을 교훈을 살려 함부로 손대려고 하지는 않았지만 매드해터는 그녀의 눈빛만으로도 충분히 불쾌했다. 그녀가 기묘한 열망으로 가득 찬, 익숙해서 더 끔찍한 눈빛으로 그를 볼 때마다 그는 악몽에 전신이 핥아지는 것 같았다.

그는 신경질적인 걸음으로 침실에 들어갔다. 앨리스를 하루라도 덜 보기 위해 며칠 밤을 새워 가며 스마트폰을 마무리한 탓에 몇 날 며칠이고 잘 수 있을 것 같았다.

그 밤, 악몽이 그를 덮쳤다.

그는 제대로 손질되지 않아 음침한 정원에 서 있었다. 고개를 들자 음울한 건물이 보였다. 세월의 풍파를 견디고 우뚝 선 샤펠리에 가의 고성이었다. 고성을 멍하니 올려다보던 그는 창문 너머에서 어른거리는 청회색 머리카락을 발견하고는 얼른 돌아서서 문을 나섰다.

등 뒤에 멘 가방이 묵직했다. 안에는 쓸모도 없는 교과서들이 들어 있었다. 그가 그것을 펴 보지 않아도, 수업에 들어오지 않아도 선생들은 묵과했다. 왜냐하면 그는 샤펠리에 가의 영광을 재림케 할 천재, 현세대의 누구보다도 많은 마력량과 뛰어난 두뇌로 빛나는 미래를 약속받은 자, 쇠퇴기에 접어든 마법사魔法史에 두 번 다시없을 기재이기 때문이었다.

세상에 단둘뿐인 청회색 머리카락을 본 사람들이 그를 흘금거렸다.

이곳에 그를 모르는 사람은 없었다. 그는 골목 안쪽에 숨어 머리를 움켜쥐었다. 머리카락을 모조리 쥐어뜯고 싶었다.

문득 코끝에 이질적인 향기가 스쳤다. 그러자 세상이 종이처럼 구겨졌다. 빙글빙글, 눈앞이 배수구로 빨려 들어가는 물처럼 돌았다. 또 납치인가. 그는 눈을 감으며 생각했다. 이번에는 어떤 실험을 당하게 될까. 하지만 아무리 지독한 실험이라도 그의 아버지가 자행한 것보다는 나을 것이다. 적어도 그들은 타인이지 않은가.

향기가 진해졌다. 풋풋한 과일 냄새였다. 그는 그것에서 익숙함을 느꼈다. 하얀 머리카락이 눈앞에 어른거렸다.

"흰 토끼."

매드해터는 천장을 노려보았다. 그의 집 침실의 익숙한 천장이었다.

"꿈인가요."

그는 욱신거리는 이마를 짚으며 키들키들 웃었다. 다른 건 몰라도 하트의 인내력 하나는 인정해야 할 것 같았다. 자신은 이 며칠만으로도 이토록 끔찍한데, 그는 벌써 몇 주나 그 여자를 집에 두고 있었다. 지금도 닫힌 문 사이로 은방울꽃 잔향이 흘러드는 것 같았다.

침대에서 일어난 그는 거실로 나갔다. 집에는 그밖에 없었다. 그것을 깨닫는 순간, 그는 어둠을 헤치고 몽유병 환자처럼 집을 나섰다. 알아 버린 이상 외면할 수 없는 체온이 그에게서 이성을 앗아 갔다.

원더랜드의 밤에서는 시궁창 냄새가 났다. 지독하고 고약하지만, 그로 인해 후각이 마비되면 진한 장미 향기와 비슷하게 느껴지는 냄새였다. 그는 몸에 휘감겨 드는 냄새를 걷어 내며 비틀비틀 걸어갔다.

다 구겨진 평상복과 수면 모자, 실내용 슬리퍼 차림의 매드해터는 마치 취객처럼 보였다. 한밤중이라 돌아다니는 사람은 그 이외에는 없었다. 그에게나 타인에게나 다행스러운 일이었다.

소윤의 집에 도착한 그는 슬며시 문을 밀었다. 잠기지 않은 문이 부드럽게 열렸다. 그와 동시에 익숙한 비누 냄새가 훅 밀려들었다. 그러자 하루 종일 그를 괴롭히던 두통이 한결 가셨다.

그는 소윤의 침대맡에 섰다. 그가 들어오기 전에도 잠들지 않았던 소윤이 중얼거렸다.

"요즘 한밤중에 찾아오는 불청객이 왜 이리 많…… 윽."

매드해터는 소윤을 강하게 끌어안았다. 잠시 가만히 있던 소윤은 그의 어깨를 가볍게 두드려 주었다. 키도 덩치도 훨씬 큰 주제에 그는 마치 매달리는 것처럼 굴고 있었다.

그녀는 어느 밤의 하트를 떠올렸다. 그 남자도 참 절실하게 그녀에게 매달렸더랬다. 그 생각을 알아차리기라도 한 듯 매드해터가 팔에 힘을 주었다.

"다른 생각 하지 말아요."

소윤은 그를 눈 아래로 내려다보았다. 처연하게 감긴 눈꺼풀 끝에서 청회색의 속눈썹이 연약하게 떨렸다. 바로 앞에서 그것을 직면하게 된 소윤은 심장에 툭툭 작은 빗방울이 쏟아지는 느낌을 받았다. 뭐지, 이거. 이상한데. 그녀는 미간을 찡그렸다.

그때, 그가 아주 작은 소리로 중얼거렸다.

"무서운 꿈을 꾸면 말입니다."

그에게 그 꿈은 과거라는 자체만으로도 악몽이었다.

"머리가 너무 아파서 당장 미쳐 버리고 싶어요. 그래도."

긴 손가락이 그녀의 머리카락 사이로 파고들었다. 소윤이 움찔거리는 것을 느낀 매드해터는 자그맣게 웃었다.

"당신이랑 있으면 좀 괜찮아지니까요."

소윤은 그렇게 말하는 그를 밀었다.

"답답해. 놔."

"왜 그렇게 못됐습니까. 아프다고 했잖아요."

"그러니까 앨리스를 찾아가라는 거 아냐. 소문 들었을 텐데."

"나는 내가 직접 검증하기 전까지는 소문 같은 거 안 믿습니다. 게다가 지금 당장 사용할 수 있는 약이 여기에 있는데 내가 이 밤중에 하트의 거처까지 달려가야겠어요?"

그는 다시 두통이 온 듯 미간을 찌푸렸다. 중국의 삼대 미인 중 하나인 서시가 되살아나도 지금의 그보다 아름답게 찡그리지는 못할 것 같았다.

"아무 짓도 안 할 겁니다. 그러니 사람 하나 살리는 셈치고 옆에서 재워만 주세요."

그러더니 매드해터는 처연하게 웃으며 그녀로서는 도무지 거부할 수 없는 말을 덧붙였다.

"의뢰입니다. 정 싫으면 날 죽이든가요."

그녀는 흰 토끼. 의뢰는 거절하지 않으며 의뢰인의 요구는 모두 수용한다. 의뢰를 거절하는 방법은 단 하나, 의뢰인을 죽여 입을 막는 것뿐이었다. 트윈스 때와는 다른 상황에 거절의 말을 내뱉으려던 그녀는 결국 입을 다물고 말았다.

다시 밤이 조용히 가라앉았다. 두 사람은 같은 침대에서 같은 방향으로 누워 있었다. 매드해터는 그에게 작은 등을 보여 주고 있는 소윤을 물끄러미 바라보았다.

고집쟁이. 그가 입술을 달싹이자 공기의 움직임으로 그것을 알아차린 그녀가 어깨 너머로 시선을 주었다.

"알아 온 시간이 얼마인데 왜 그렇게 매정합니까?"

그녀는 부러 코웃음을 쳤다. 매드해터는 그녀에게 바싹 달라붙어 등을 끌어안았다. 그를 뿌리치려던 소윤은 그가 속삭인 말에 움직임을 멈추었다.

"그날 밤에는 그렇게 상냥하게 안아 주었으면서."
"내가 언제."
"내가 감기에 걸렸던 날이요. 나쁜 꿈을 꾸고 일어난 날 꼭 안아 줬잖습니까."
"……별로 꼭 안아 준 적은 없는데."
그녀는 뻣뻣하게 굳었던 등을 슬며시 이완시켰다. 매드해터는 그녀의 등 뒤에서 슬며시 미소 지었다.
"뭡니까? 혹시 다른 밤으로 착각했나요?"
의미심장하게 말한 주제에. 소윤은 내심 투덜거렸다. 이제 그는 감출 생각도 없이 어깨마저 흔들며 웃고 있었다. 한참을 웃은 그는 그녀의 정수리에 턱을 대고 아무렇지도 않은 소리로 말했다.
"나도 실험체였습니다."
소윤의 등이 다시 한 번 굳었다.
"잠깐, 매드해터."
그녀가 만류하자 그는 잽싸게 그녀의 입을 막아 버렸다.
"의뢰라고 했잖습니까. 뭘 바라고서 하는 말이 아니니까 듣기나 해요."
샤펠리에 가는 대대로 마법사들의 수장을 배출해 온 최고의 마법사 가문이었다. 50여 년 전, 그의 아버지가 태어나기 전까지는.
아버지는 태어날 때부터 마력량이 현저히 부족했다. 그건 마법사로서 최대의 결점이었다. 손이 귀한 샤펠리에 가의 반편이 후계자는 내외부의 비난에 시달리며 조금씩 미쳐 갔다.
그런데 그가 태어났다. 아버지는 아들의 첫 울음을 들으며 그 풍부한 마력량에 전율했다. 저 마력을 손에 넣을 수만 있다면.
"지금도 기억납니다. 요람에 누운 날 연구 재료처럼 내려다보던 아버지의 얼굴이."
미친 남자의 실험이 온전한 것일 리 없다. 중구난방으로 바뀌는 연구 주제는 그에게 고통만 주었다. 그의 뇌는 약과 마법에 찌들어 망가져 갔다. 그 여파로 그는 지금까지도 음식물이 혐오스러웠다. 아버지가 식사에 약을 섞어서 먹였기 때문이었다.

그를 실험체로 삼은 것은 아버지만이 아니었다. 청회색 머리카락은 샤펠리에 가의 상징이었고 그는 무려 5대 독자였다. 그의 존재 자체가 여기에 샤펠리에의 후계자가 있다고 외치는 광고판이나 다를 바 없었다. 반편이에게서 태어난 천재, 그 샤펠리에. 미친 아버지 덕에 제대로 된 보호를 받지 못한 그는 수없이 납치당해 여러 마법사들에게 실험체 취급을 당해야 했다. 아무도 구해 주지 않는 상황에서 그는 자력으로 탈출하며 실력을 키웠다. 그리고 열다섯 살이 되던 해, 아버지는 그의 심장을 꺼내겠다며 칼을 들고 달려들었다.

"마력이 심장에서 정제되어 핏줄을 타고 흐르는 것을 알고 있나요? 아버지는 내 심장의 원리를 파악하여 자신의 심장에 적용시킬 거라고 말했습니다. 죽일 생각이었는지는 잘 모르겠습니다. 어쩌면 아버지는 나를 불사의 괴물이나 무생물 정도로 생각했을지도 몰라요."

그날 그는 아버지를 죽이는 것으로 샤펠리에라는 이름에서 겨우 벗어날 수 있었다. 그러나 아버지가 남긴 여파는 아직도 남아 있었다. 망가진 뇌와 원활하지 못한 마력 순환으로 인해 그는 평생 극심한 두통에서 벗어날 수 없게 되었다.

하고 싶었던 말을 모두 끝낸 매드해터는 그녀의 입에서 손을 뗐다. 소윤은 멀어지는 그것을 응시했다.

원작에서 학대라는 단 한 단어로 표현되었던 것의 실상은 이러했다. 소윤은 연구소에서의 나날을 떠올렸다. 아파서, 괴로워서, 외로워서, 죽고 싶어서. 그러나 죽는 것조차 허락되지 않아서 울었던 그때를, 그러다가 결국 전부 놓았던 어느 순간을.

그도 그랬을까. 그렇다면 지금 떨리는 저 손가락은 그녀가 가끔 연구소에서의 꿈을 꾸고 일어났을 때 온몸에 범벅이 되어 있던 식은땀과 같은 것일까.

"매드해터."

그녀는 손을 뻗어 그의 손가락을 붙잡았다. 자신도 모르는 사이에 취한 행동이었다. 잡힌 손을 멀거니 보던 매드해터가 낮게 웃으며 깍지를 꼈다.

"이런 때에는 이름을 불러 주는 겁니다."

"……그걸 내가 알 리 없잖아."

"그래요? 신기하군요. 난 당신이 알고 있을 거라고 생각했는데요."

무슨 의미일까. 그녀가 슬며시 긴장하는데, 그가 덧붙였다.

"친하게 지내는 정보상이 있다는 건 알고 있습니다. 내 본명 정도는 쉽게 알아낼 수 있을 텐데요. 괜찮습니다. 뒷조사 정도로 화내지 않아요."

"아니. 정말 몰라."

"흐음, 그렇습니까."

그녀의 귓가에 입술을 댄 그가 자신의 이름을 중얼거렸다.

"요카난."

그녀가 가만히 있자 그는 부러 얄미운 목소리로 채근했다.

"안 부릅니까? 이건 의뢰인데?"

결국 그녀는 한숨을 섞어 그의 이름을 불렀다.

"……요카난."

"한 번 더."

"요카난."

그것만으로도 충분했다. 귀가 풍부하게 채워지고 오감이 다 녹아드는 느낌. 매드해터는 그녀의 목소리를 온몸으로 느끼며 눈을 감았다.

어느새 시간은 지나 밤이 저물고 새벽이 다가오는 시각이 되었다. 매드해터는 어느새 깊이 잠든 소윤의 얼굴을 내려다보며 미소 지었다. 검푸른 어둠에 묻힌 입술이 소리 없이 움직였다.

"당신이 뭘 알고 있는지는 모르겠지만, 그게 전부 들어맞을 거라고는 생각하지 말아요."

그녀가 몰랐던 그의 이름, 요카난. 그것은 사랑에 빠진 소녀의 요구에 따라 목이 잘린 성자의 이름이기도 했다. 소녀는 은 쟁반 위에 놓인 성자의 머리에 입을 맞추었다.

매드해터는 황홀하게 웃으며 소윤에게 조용히 키스했다. 일곱 베일의 춤 따위도 필요 없었다. 그녀의 키스를 받기 위해서라면 자진해서 은 쟁반에 머리를 올릴 수도 있을 것 같았다.

다음 날 아침, 매드해터는 물이 튀지 않도록 셔츠를 벗어 문고리에 걸쳐 놓은 후 물을 틀었다. 그러자 수도꼭지에서 차가운 물이 쏟아져 나왔다.

"도대체 이 여자는……."

혀를 찬 그는 세수를 마친 후 거울을 보았다. 그의 어깨에는 붕대가 매여 있었다. 그는 그것을 슬쩍 눌러 통증을 확인했다. 하트의 도끼에 입었던 상처가 제법 아물어 있었다.

제 여자—아직 그런 관계도 아닌 주제에, 라며 매드해터는 코웃음을 쳤다—의 하룻밤을 빼앗겼다고 착각한 하트는 얼마 지나지 않아 그를 찾아왔다. 매드해터는 살벌하게 추궁하는 하트에게 진실을 밝히지 않았고 그들의 대치는 싸움으로 발전했다.

그러나 시뻘건 눈으로 정말 죽일 듯이 달려들었던 하트는 의외로 제 실력을 다 발휘하지 않았다. 하트는 매드해터가 원더랜드에 없어서는 안 될 존재이므로 그 정도로 끝낸다고 말했지만, 그는 알고 있었다. 하트는 소윤 때문에 그를 죽이지 못했다.

"그건 나도 마찬가지입니다만."

제 실력을 전부 보여 주지 않은 것은 하트만이 아니었다.

그가 씻고 나왔을 때 소윤은 침대 위에 앉아 있었다. 아무렇게나 흐트러진 머리카락이 아침의 햇살 아래에서 투명하게 빛났다. 매드해터는 그것을 세심한 손길로 정돈해 주며 말했다.

"혹시 오늘 의뢰 있습니까?"

"오늘은 아직."

"패치는?"

"바꿨어."

"그렇다면 좀 더 자요."

한밤중에 갑자기 들이닥친 매드해터로 인해 수면이 부족했던 그녀는 순순히 침대 위에 누웠다. 베개 위에 흩어진 그녀의 머리카락을 가지런히 정리해 준 매드해터는 펭귄이 그려진 수면 모자를 느릿느릿 썼다.

"잠깐 갔다 올 테니까 얌전히 자고 있어요."

그는 반쯤 감긴 눈의 소윤을 자꾸 돌아보며 문을 향해 걸어갔다. 그럴 때마다 그의 이마 부분에 있는 펭귄 얼굴이 시무룩하게 그녀를 응시했다.

문 앞에서 마지막으로 그녀를 돌아본 매드해터는 손을 문고리에 올렸다. 문은 마법으로 잠겨 있었다. 실소하며 문을 연 그는 밖으로 나와 다시 문을 잠갔다.

"요즘 한밤중에 찾아오는 불청객이 많다고 했던가요."

그보다 먼저 찾아온 불청객이 누구인지는 알고 있었다. 트윈스. 하트만큼 성가실 리는 없겠지만 눈에 거슬린다는 점에서는 별반 다를 바가 없었다. 소윤이 저렇게나 문단속에 무심하지만 않았다면 어떤 괴력의 소유자가 온대도 결코 열 수 없을 자물쇠를 마련해 줄 텐데. 그는 아쉬움에 입맛을 다셨다.

약 3시간 후, 소윤의 집으로 돌아온 매드해터는 단단히 잠겨 있는 문을 확인하고 회심의 미소를 지었다. 문을 열고 들어가자 누운 채 눈만 가늘게 뜨고 있는 그녀가 보였다. 그의 기척에 깬 모양이었다.

"그만 일어나요."

매드해터는 소윤을 일으켜 앉힌 후 집 안 곳곳을 돌아다니기 시작했다. 그러다가 오랫동안 사용하지 않아 낡은 보일러를 발견하고는 그것을 떼어 내고 그가 가지고 온 기계식 보일러로 바꿨다. 그러자 소윤이 그가 하는 양을 들여다보았다.

"뭐해?"

"보일러 교체입니다. 게을러빠진 당신이 하지 않으니 내가 할 수밖에요."

"딱히 필요 없는데."

"당신이야 그럴지도 모르죠."

의미심장하게 말한 그는 금세 설치를 마쳤다. 새 보일러의 첫 수혜자는 소윤이 되었다. 따뜻한 물로 씻은 후 화장실에서 나온 그녀를 맞이한 것은 음식 냄새였다. 냄새를 따라 고개를 돌리자 소파 앞 테이블에 놓인 달걀 프라이가 보였다.

"당신 도대체 평소에 뭘 먹고 사는 겁니까? 냉장고에 물과 계란밖에 없잖아요."

"내일쯤 마트에 갈 생각……."

소윤은 무심코 대답하다가 매드해터를 보았다.

"안 먹고 뭐합니까?"

그는 그렇게 말하며 소파에 몸을 깊이 묻었다. 여기가 마치 자기 집인 양, 참 친숙한 태도였다. 그녀는 달걀 프라이를 입으로 가져가며 말했다.

"보일러 얼마 줘야 해?"

"흐음, 어떻게 할까요. 어젯밤의 의뢰로 갈음할까요?"

매드해터가 사르르 웃었다. 그러자 날렵한 턱선과 그늘이 드리워진 뺨이 대번에 부드러워졌다. 그 얼굴에 세상의 빛이 전부 머무른다는 착각이 들 정도로 웃고 있는 그는 참 싱그러웠다.

그에게서 눈을 돌린 그녀는 달걀 프라이의 마지막 조각을 집어 입에 넣었다. 얻은 것만 있는데 묘하게 손해를 본 기분이었다.

봄이 막바지에 접어든 어느 날의 아침, 디는 센트럴 안으로 어슬렁거리며 걸어 들어갔다. 난폭한 언동으로 유명한 그의 등장에 센트럴 일각의 공기가 긴장되었다.

정처 없이 센트럴을 거닐던 그는 우연히 소윤을 발견했다. 타이밍의 축복이 아니었으면 불가능한 일이었다. 그가 큰 길에서 좁은 골목으로 접어든 순간, 그녀는 그 골목의 저편에서 다른 골목을 향해 돌아서고 있었다.

"야!"

디는 그녀를 향해 발걸음을 떼었다. 그러나 첫 걸음을 떼고 두 번째 걸음을 내딛는 순간, 그의 발이 뿌리를 내린 듯 그 자리에서 움직이지 않았다.

뭐야, 덤. 나 지금 좀 급한데. 디가 성마르게 재촉했지만 덤은 요지부동이었다. 결국 그들은 그녀의 모습을 놓치고 말았다.

"도대체 뭐야? 너도 그년 물어뜯고 싶잖아!"

디가 소리 죽여 캐물었다. 저 여자는 위험해. 덤이 대답했다. 디는 우스웠다.

그녀가 그들을 죽일 수 있다는 것은 함께 보냈던 1주일이 채 끝나기 전부터 알고 있었다. 이제 와서 그게 무슨 위험이라고. 어차피 안전한 길만 걸어온 인생은 아니었다. 디가 코웃음을 치자 덤이 고개를 저었다. 그런 게 아냐.

"시발, 아니긴 뭐가 아냐. 넌 처박혀서 잠이나 자. 난 그년 찾으러 갈 테……."

그들의 몸이 흔들렸다. 그 흔들림이 가라앉았을 즈음, 몸을 차지하고 있는 것은 디가 아닌 덤이었다. 형제를 억지로 재운 덤은 복잡한 표정으로 얼굴을 문질렀다.

"그런 게 아냐, 디."

정말 위험한 건 그녀의 무력이 아니었다. 덤은 거리에서 그녀와 마주쳤던 날 느꼈던 기묘한 불안감을 상기했다. 그 감각은 욕구로 반쯤 정신이 나간 상태의 그들을 만류할 만큼 강렬했다.

어쩌면 우리는 저 여자를 죽이지 못할지도 몰라. 그는 잠든 형제를 향해 중얼거렸다.

덤은 근처 옷가게에 들러 재킷을 산 후, 인적 없는 골목에 들어가 디의 라이더 재킷을 그것으로 갈아입었다. 어두운 금발을 손가락으로 쓱쓱 매만져 정리하고 눈꼬리를 슬쩍 내리자 세간에 알려진 트위들 덤이 완성되었다.

그는 아무렇지 않은 얼굴로 센트럴을 활보했다. 그러던 중, 그의 시야 끝자락에 새하얀 머리카락과 비쩍 마른 체구가 들어왔다.

형제의 말이 맞았다. 그녀를 물어뜯고 싶은 것은 디뿐만이 아니었다. 덤이 턱에 들어간 힘을 푸는데, 그녀가 그를 향해 고개를 돌렸다. 제법 먼 거리와 덥수룩한 앞머리에도 불구하고 그는 그녀와 눈이 마주쳤다는 것을 알 수 있었다.

그는 그녀를 향해 걸어가며 디에게 속삭였다. 그 불안감이 뭔지 확인하려고 이러는 거야. 당연한 일이었지만 잠든 디는 대답해 주지 않았다.

이윽고 소윤의 앞에 당도한 덤이 멋쩍게 웃으며 인사했다.

"오랜만이네."

트윈스가 덤의 모습으로 소윤을 만났던 것은 열흘 전 거리에서였다. 그날 밤 디가 그녀의 집에서 보였던 추태는 그가 모르는 일이다. 덤은 애써 부끄러움을 삼켰다.

"짐이 많네. 집에 가는 길이라면 좀 들어 줄까?"

그는 소윤의 양손에 바리바리 들린 봉투를 눈짓으로 가리키며 말했다. 마트에서 산 식재료와 생필품 정도의 물건들이었던지라, 그녀는 별생각 없이 덤에게 짐의 일부를 넘겼다.

센트럴을 가로지르며 그는 소윤에게 이런저런 말을 걸었다. 날씨 이야기, 그동안의 안부 이야기, 지나가는 사람들의 차림새에 대한 이야기. 그러나 그 어떠한 대화도 길게 이어지지 않았다.

소윤이 그런 화제에 호응해 주는 성격이 아니었던 것도 있었지만, 무엇보다도 덤이 평소와는 달리 조금 긴장해 있었기 때문이었다. 그는 그것을 죽일 수 없을지도 모를 여자에 대한 본능이라고 해석했다. 그게 아니면 이렇게 초조하고, 입안이 마르고, 심장이 부자연스럽게 뛸 리 없었다.

어느덧 소윤의 집에 도착했다. 짐을 돌려받기 위해 손을 내미는 그녀를 향해 덤이 말했다.

"안까지 들어다 줄……."

"그곳에서 뭘 합니까?"

오래된 컬러 시트가 너덜너덜하게 붙은 문이 열리고 안에서 매드해터가 몸을 내밀었다. 안에 누군가가 있다는 것은 알고 있었지만 그것이 매드해터일 줄은 몰랐던 덤이 그를 경계했다. 그러나 매드해터는 덤에게 눈길조차 주지 않았다.

"마트에 갔다 오는 길인가요? 내가 한 발 늦었군요."

"무슨 일로 왔어?"

"우리가 무슨 일이 있어야만 보는 사이였나요?"

두 사람의 대화는 참 자연스러웠다. 덤은 기묘한 박탈감을 느꼈다. 그런 그에게서 짐을 빼앗은 매드해터가 소윤의 어깨를 당겨 집 안쪽으로 이끌었다.

"잠깐."

그를 만류한 소윤이 덤을 돌아보며 말했다.

"들어다 줘서 고마워."

"응? 아…… 별것 아냐."

그때 두 남자의 눈이 마주쳤다. 핥아 놓은 개 죽사발처럼 생긴 주제에. 덤은 매드해터의 하얗고 아름다운 얼굴을 보며 그렇게 생각했다. 소윤을 먼저 들여보낸 매드해터는 입매를 슬쩍 끌어 올리며 말했다.

"구순기도 못 벗어난 어린애는 꺼지세요."

"누가 구……!"

발끈하는 그의 눈앞에서 문이 닫혔다. 덤은 문을 노려보며 부글거리는 살의를 가라앉히려 노력했다. 이제까지 그 누구에게 품었던 것과도 다른, 참 짜증스러운 느낌의 살의였다.

문 밖에 있던 덤의 기척이 멀어졌다. 코웃음을 친 매드해터는 부엌으로 갔다. 그는 물건들을 정리하고 있던 소윤의 등을 끌어안고 뺨에 가볍게 키스했다. 그녀가 조금 경직하자 그는 들으란 듯 한숨을 쉬었다.

"고작 인사에 왜 그렇게 놀랍니까? 나도 때로는 다른 사람의 온기가 필요해요. 당신도 가끔 그렇지 않습니까?"

매드해터는 스스로 생각해도 참 조잡한 거짓말을 늘어놓았다. 다른 사람의 온기? 소윤을 제외하면 타인의 시선이 닿는 것조차 싫었다.

그러나 하트의 체온에서 안정을 느낀 적이 꽤 많았던 소윤에게는 그 거짓말이 먹혀들었다. 그녀의 굳어졌던 어깨가 슬쩍 풀리는 것을 느낀 그는 회심의 미소를 지었다.

"자, 얼른 치우세요."

사 온 물건들을 마저 정리한 소윤은 매드해터에게 등을 떠밀려 침대 위에 누웠다. 뒤따라 누운 그가 그녀를 꽉 끌어안았다.

"의뢰입니다. 내가 일어날 때까지 당신은 내 탕파 역할에 충실하세요. 뭡니까, 그 얼굴은. 다른 의뢰라도 있는 겁니까?"

"……없어."

"그럼 됐네요. 뭐가 문제입니까? 당신은 돈을 벌고 나는 두통을 잊을 수 있으니 좋은 거래이지 않습니까? 얌전히 굴어요."

그녀가 입을 다물자 매드해터는 나른하게 숨을 내쉬며 팔에서 힘을 풀었다. 숨을 깊이 들이마시자 익숙한 비누 냄새가 느껴졌다. 슬쩍 고개를 숙인 그는 조금 뻣뻣한 백발에 뺨을 부비적거렸다.

"매드해터."

"난 어제 밤을 샜습니다. 그러니 내 잠을 방해하지 마세요. 자꾸 움직여도 안 됩니다. 머리 아파지니까요."

부러 조금 쌀쌀맞게 말한 매드해터가 평화로운 얼굴로 눈을 감았다. 소윤은 착잡한 심경으로 그를 올려다보았다.

모든 인생은 비교할 수 없다. 불행 자랑도, 자신의 인생이 더 낫다는 우월감도, 혹은 전부 다 이해한다는 어설픈 감상도 불쾌할 뿐이다.

다만 체온이 느껴질 만큼 가까운 곳에 비슷한 경험을 한 사람이 있다는 사실에 명치가 뭉글거리고 등줄기가 개미에 물린 것처럼, 또는 얼어붙은 몸을 뜨거운 물에 담갔을 때처럼 따끔거렸다. 그 느낌을 떨치고 싶었던 그녀는 강하게 주먹을 움켜쥐었다.

하트에게서 오랜만에 호출을 받은 소윤은 그의 저택으로 향했다. 대문을 지나 현관을 향해 다가가던 그녀는 하트의 저택과는 참 어울리지 않는 소리를 들었다. 새가 지저귀는 것처럼 사랑스러운 앨리스의 웃음소리였다.

오랜만에 얼굴이나 볼 생각에 그쪽으로 걸어가던 그녀는 앨리스를 마지막으로 보았던 장소를 떠올리고는 걸음을 멈췄다. 잭의 아지트, 쓰러져 있던 소녀, 뺨에 떨어진 핏물.

뒤이어 다른 것도 떠올랐다. 열화와 같이 분노하던 하트, 피 냄새를 물씬 풍기던 입맞춤. 그때 매드해터의 속삭임이 귓전에 떠돌았다.

'쓸데없는 고민은 안 해도 괜찮아요.'

그녀는 복잡한 머리를 털어 내듯 한숨을 쉬고는 다시 걷기 시작했다.

앨리스는 익숙한 기척의 소유자와 함께 있었다. 그들의 모습이 보이기 전부터 그 사실을 알고 있었던 소윤은 그들에게 가까워질수록 배 속이 벌레에게 갉아먹히는 듯한 기분 나쁜 거북함을 느꼈다.

정원이 내려다보이는 아름다운 테라스에 하트와 앨리스가 앉아 있었다. 기척을 느낀 하트가 그녀를 향해 고개를 돌렸다. 그의 입술은 다정하게 웃고 있었지만, 눈동자는 음울하게 가라앉아 있었다.

그를 따라 시선을 돌린 앨리스가 소윤을 보았다.

"흰 토끼!"

그녀의 고운 웃음이 소윤을 향했다. 소윤은 얼굴을 가리고 있는 마스크와 앞머리에 감사했다. 그것이 없었더라면 복잡한 표정을 고스란히 보였을지도 모르기 때문이었다.

"정말 오랜만이야!"

"……잘 지냈어?"

"나야 하트 덕분에 늘 잘 지내지. 그런데 무슨 일로……."

"흰 토끼."

하트가 무감정한 소리로 그녀를 불렀다. 그의 입에서 나오는 그 호칭이 참 생소했다.

"곧 뒤따라 갈 테니 먼저 집무실에 가 있어."

그녀는 문을 향해 걸어갔다. 등 뒤로 두런거리는 대화가 들려왔다. 현관문을 열고 안으로 들어간 그녀는 문을 닫았다. 그러자 대화하는 소리도 줄어들었다.

소윤은 가슴에 손을 올렸다. 목구멍을 타고 뜨끔거리는 액체가 흘러내리는 것 같았다.

그녀가 집무실에 들어온 지 10분 정도 지나 하트가 들어왔다. 그는 책상 앞도 소파도 아닌 소윤의 등 뒤에 자리를 잡았다. 그녀는 금방이라도 목줄기를 물어뜯길 것 같은 긴장감을 느끼며 조용히 신경을 곤두세웠다.

"정말 오랜만이야."

그가 앨리스의 인사를 고스란히 가져와 입술에 올렸다. 반가움을 담았던 소녀의 것과는 달리, 그의 인사에는 듣는 사람의 신경을 자극하는 무엇인가가 담겨 있었다.

"흔적이 사라져도 한참은 사라졌을 시간인데 말이지. 내가 부르지 않았으면 영영 안 올 생각이었어?"

"……그건 아냐."

"정말일까? 지금도 이렇게 내가 부르고서야 왔잖아."

하트는 낮은 소리로 웃었다. 건조한 웃음소리였다. 소윤은 입을 다물었다.

"그동안 나는 피가 말라 죽을 것 같은 기분이라는 걸 느껴 봤어. 처음에는 신선했는데 날이 갈수록 억울해지더라고. 물론 나도 지금 내 말이 얼마나 부당한 것인지 알아. 그래도 못 참겠더군."

하트는 그녀의 멱살을 쥐고 끌어당겼다. 그녀의 마른 몸이 소파 등받이에 어중간하게 걸쳐졌다. 그는 그녀의 머리카락을 헤쳐 눈을 똑바로 들여다보며 말을 이었다.

"눈에는 눈, 이에는 이라고 하잖아? 그래서 생각했지. 어떻게 하면 복수가 될까, 하고."

그 순간, 소윤의 머릿속을 스쳐 지난 것은 방금 전에 본 광경이었다. 그러나 그것이 그녀에 대한 복수가 될 리 없었다. 그녀는 그것을 급히 지웠다.

그녀의 눈을 집요하게 응시하던 하트는 한순간에 스치고 지나간 표정을 놓치지 않았다. 그는 입술을 길게 찢으며 웃었다. 그의 눈동자는 음울한 희열에 차 거의 시커멓게 보였다.

"지금 뭘 느꼈어?"

"아무것도 못……."

"난 그걸 그 밤 이후 내내 느끼고 있었어. 아주 엿 같았지. 오해는 하지 마. 그런 치졸한 복수는 취향도 아니고 할 생각도 없어. 네게 적당한 복수는, 그래."

그의 발그스름한 눈매가 지독한 폭력성을 풍겼다. 거기에는 살기와 함께 여러 감정이 복잡하게 뒤엉켜 있었다.

"그놈을 죽여 버릴까?"

"뭐?"

"그 미친 실험광. 요즘 네 집 문턱이 닳도록 드나든다지. 봐주는 건 한 번뿐이라고 분명히 말했는데 말이야. 단숨에 목을 자르는 건 너무 자비로운……."

그때 가볍게 노크하는 소리가 난 후 문이 열렸다. 앨리스였다. 평범한 소녀인 그녀가 여기까지 가까워지도록 눈치채지 못할 만큼 서로에게 집중해 있던 두 사람은 앨리스 앞에서 표정을 고스란히 드러내고 말았다.

"저, 혹시 흰 토끼가 아직 가지 않았다면……! 지금 뭐하는 건가요!"

질투에 미친 남자 그 자체인 하트와, 그런 그에게 멱살이 잡혀 있는 흰 토끼. 앨리스는 두 사람 사이에 황급히 끼어들었다. 소파 위로 미끄러진 소윤이 흐트러진 옷과 머리카락을 매만지는 사이, 앨리스가 하트의 앞을 막아섰다.

"무슨 일이에요?"

"……별일 아니니 걱정할 것 없어, 앨리스. 여기까지 무슨 일이지?"

하트는 소윤에게 으르렁댔던 것과는 판이하게 다른 목소리와 어조로 앨리스를 도닥였다. 소윤은 소파에서 일어나 문을 향해 다가갔다. 그때 하트가 말했다.

"도망치지 마."

소윤은 밖으로 나가 문을 닫았다.

그녀가 나간 후, 하트는 앨리스의 말을 한 귀로 흘리며 그의 흰둥이를 생각했다.

4년 전 희망을 품은 눈으로 원더랜드에 기어 들어온, 이름도 알려주지 않는 계집애. 그녀가 모든 이의 예상을 깨고 흰 토끼의 목을 베는 순간, 그는 그녀에게서 8년 전 선대 하트의 목을 베었던 자신의 모습을 보았다.

그 순간 그 계집애는 흰 토끼로서 그에게 흥미로운 장난감이 되었다. 만약 그녀가 그의 앞에서 아프지만 않았더라면 계속 그러했을 것이다.

그렇게나 강한데 이렇게나 약한 여자, 인간.

장난감을 인간으로 느낀 게 잘못이었을까. 아니면 그녀가 그의 취향에 꼭 맞는 크로켓 게임을 보여 주었기 때문인지도 모른다.

폰이자 하트인 그와, 신참이자 흰 토끼인 그녀는 제법 잘 맞는 조합이었다. 그녀는 길들이는 재미가 제법 쏠쏠한 타입이었고, 게다가 그의 의도를 알면서도 아무래도 좋다는 듯 넘어가는 무심함으로 승부욕을 자극하기까지 했다.

그 재미에 열중했던 그가 심장을 빼앗겼다는 사실을 깨달은 것은 이미 돌이킬 수 없는 곳까지 와 버린 후였다. 길들이고 있다고 생각했는데 사실은 길들여지고 있었던 것이다.

그래도 그는 자신감에 넘쳤다. 그는 자신의 매력을 잘 알고 있었고, 그녀가 그것에 반응한다는 사실도 깨닫고 있었다. 게다가 그녀는 스킨십이나 성적인 행위에 거부감이 없는 것으로 보였다. 슬슬 손에 넣어 볼까, 라고 생각했을 때쯤 그는 그 장면을 보게 되었다.

한밤중의 슬럼, 모두가 잠들어 조용한 그곳을 그녀가 걷고 있었다. 무엇인가를 찾는 듯 주의를 기울여 슬럼 구석구석을 돌아보는 그녀의 눈에서는 벌써 사라졌을 거라고 생각했던 희망이 희미하게 빛나고 있었다.

그것을 본 순간 기묘한 불안감이 그의 신경을 바짝 조이고 한 가지 의문이 고개를 들었다. 그녀는 도대체 왜 흰 토끼의 자리를 달라고 한 것일까. 더 좋은 것을 가질 수 있었음에도 불구하고, 그녀는 꼭 집어 흰 토끼의 자리를 요구했다. 아마도 그녀가 가지고 있는 희망과 관련된 어떠한 목적을 이루기 위해서.

그리고 어느 날인가부터, 정확히 말하자면 앨리스가 나타난 날부터 그녀는 슬럼을 돌아다니지 않게 되었다.

"하트?"

그녀의 목적이 고작 이따위 계집을 위한 것이었다니. 하트는 앨리스를 향해 웃어 주었다. 그러자 그녀는 수줍은 듯 얼굴을 붉혔지만,

하트는 그 파란 눈에 깃든 품평하는 듯한 빛을 놓치지 않았다. 매드해터의 집에 드나든 후부터 앨리스는 종종 이런 눈빛을 보였다.

탐욕스러운 인간은 싫어하지 않는다. 그는 여기까지 소중하게 대접받았음에도 불구하고 사랑에 빠지지 않은 그녀에게 제법 감탄하고 있었다. 이대로 그 정신 나간 실험광 옆에 정착해 주지 않을까. 그는 악의를 담아 저주처럼 생각했다.

희멀건 샌님 면상의 남자가 기분 나쁘게 이죽거리던 말이 아직도 귓가에 쟁쟁했다.

'당신의 것이라고 착각한 건 아니겠죠.'

어깨가 아니라 입을 뭉개 버릴 걸 그랬나. 그가 소윤에게 반드시 필요한 물건을 만들 수 있는 유일한 사람이 아니었다면 그 자리에서 죽여 버렸을 것이다. 하트는 지독한 질투와 격렬한 분노에 몸을 불태우면서, 앨리스를 에스코트하여 집무실에서 나갔다.

소윤을 지척에 두고 덤에게 끌려 내려와 억지로 잠들었던 디는 다음 날 깨어나자마자 길길이 날뛰었다. 그는 덤의 기억을 확인하고 나서야 형제에 대한 분노를 가라앉혔다. 정확히 말하자면 덤에게 화를 낼 겨를이 없었다.

마치 소윤이 제 것이라도 되는 양 행동하던 매드해터. 트윈스는 베이비가 말했던 가슴 크기에 연연하지 않는 남자들을 기억하고 있었다. 디는 연신 욕설을 내뱉었다.

"나한테는 연락처도 안 준다더니 그 새끼는 뭐야? 시발, 대체 둘이 무슨 사이인 건데?"

디는 자리에서 벌떡 일어났다. 그 바람에 의자가 넘어지자 신경질을 부린 그는 밖으로 나갔다.

가장 먼저 찾아간 곳은 소윤의 집이었다. 그는 여전히 잠겨 있지 않은 문을 밀고 들어갔다. 안에는 아무도 없었다. 다음으로 찾아간 곳은 센트럴이었다. 그곳에서도 소윤의 모습은 보이지 않았다.

다음 날, 그는 다시 소윤의 집을 찾아갔다가 헛걸음을 하고 센트럴로 갔다. 그러나 역시 허탕을 쳐 그다음 날이 되어서야 소윤을 만날 수 있었다.

음식점의 넓은 유리창 너머 보이는 옆얼굴을 발견한 디는 그녀를 향해 성큼성큼 걸어갔다. 그녀는 그가 맞은편에 털썩 주저앉은 후에야 음식에서 눈을 떼고 고개를 들었다. 그러자 디는 그녀를 만나면 하겠다고 생각했던 말들 중 단 하나도 떠올릴 수 없었다.

"그……게 그렇게 맛있나?"

디는 소윤의 앞에 놓인 파스타에 눈길을 주며 말했다. 그 직후 참 바보 같은 말을 했다는 것을 깨달았지만, 그는 아무렇지도 않은 척 점원을 불러 같은 음식을 주문했다. 그리고 아무 말 없이 밥을 먹는 소윤을 흘깃거리며 다리를 달달달 떨었다. 방금 전 만나고 온 하트와 비교하면 참 알기 쉬운 반응이었다.

디가 주문한 음식이 나왔다. 침묵이 부담스러웠던 디는 얼른 포크에 면을 감아 입에 넣었다.

"윽."

음식이 혀에 닿는 순간, 그가 내뱉은 소리였다. 그때서야 디의 까다로운 식성을 떠올린 소윤이 혀를 찼지만 때는 이미 늦었다. 오만상을 찌푸린 채 간신히 파스타를 삼킨 그는 물을 벌컥벌컥 들이켰다. 넘실거리는 살기에 주변의 시선이 그에게 집중되었다.

디의 난폭성은 유명했지만 식성에 대해서는 잘 알려지지 않았다. 요 몇 년간 트윈스가 센트럴의 일반 음식점을 이용한 일이 없기 때문이었다. 자리에서 일어난 그는 어리둥절한 얼굴의 점원을 지나쳐 주방으로 향했다.

“어, 소, 손님…….”

점원이 우물쭈물하는 사이, 소윤이 디의 손목을 잡아 세게 이끌었다.

“뭐하려고?”

“이딴 쓰레기를 처먹으라고 내놓은 요리사 새끼를 죽여 버릴 거야.”

소윤은 2인분의 음식값을 꺼내 테이블 위에 놓은 후 그를 끌고 나갔다.

“놔! 시발, 안 놔?”

디의 고함 소리가 조금씩 멀어지자 음식점 안에 있던 모든 사람들이 안도의 한숨을 쉬었다.

“놔!”

음식점 밖으로 나온 디는 거칠게 소윤을 뿌리쳤다. 저항 없이 그를 놓아준 그녀는 식사를 하느라 벗어 놓았던 마스크를 다시 썼다.

“왜 방해하고 지랄이야!”

“여긴 센트럴이야. 소란 피우면 너라도 귀찮아질걸.”

“내가 나 꼴리는 대로 하겠다는데 니 새끼가 왜 참견…….”

디는 말꼬리를 흐렸다. 긴 앞머리 너머에서 전해지는 시선을 생각하자 어쩐지 뱃속이 근질거렸다. 그는 괜히 욕설을 내뱉었다. 그 와중에 그녀는 그를 놔두고 걸어가기 시작했다.

“야! 새치! 거기 서!”

그녀를 쫓아간 디가 어깨를 움켜쥐었다. 그런데 손에 잡힌 게 너무 얇았다. 그는 자신도 모르게 손을 뗐다가 손가락을 곰실거리고는 그녀의 어깨를 슬그머니 다시 잡았다.

“어디 가냐?”

“집.”

그때 가벼운 발자국 소리가 그들을 향해 가까워졌다.

"잠깐! 기다려, 도르!"

마치가 당황하여 외치는 소리가 이어졌다. 디의 손을 어깨에서 떨친 그녀는 소리가 들려오는 쪽을 향해 몸을 돌렸다.

"토끼야!"

도르는 달려오던 속도 그대로 소윤에게 달려들었다. 상대가 잘 받아 줄 거라고 신뢰하지 않으면 나올 수 없는 행동이었다.

소윤은 허리를 숙여 도르의 몸을 부드럽게 감싸 안았다. 그러자 도르가 그녀의 목을 꼭 끌어안고 웃었다. 소윤도 마스크 아래에서 슬쩍 미소 지었다. 센트럴의 활기찬 공기 속에 펼쳐진 일상의 한 장면이었다.

디는 눈도 깜빡이지 못한 채 그 장면을 응시했다. 어느새 소윤에게 다가온 갈색 머리 소년이 그의 눈치를 보는 것도 알지 못했다. 뭐야, 저런 거. 저런, 나는 저런 거……!

"뭐야!"

"오빠야!"

갑작스러운 고함에 도르가 깜짝 놀랐다. 부모 없이 오빠에게 보살핌을 받으며 자란 아이다운 소리를 낸 그녀를 마치가 끌어안고 물러섰다. 머리카락을 아무렇게나 들쑤신 디가 신경질적으로 외쳤다.

"그건 대체 뭐야!"

"무슨 소리야."

"왜 그건 그렇게……?"

그렇게, 그리고 뭐? 무슨 말이 하고 싶은 거지? 말이 의미를 잃고 흩어졌다. 디는 혼란스러운 얼굴로 소윤을 보았다. 언제나 무덤덤해 보이는 그녀는 그가 무엇을 말해도 어떤 짓을 해도 신경 쓰지 않을 것 같았다.

"됐어!"

울컥 솟아오른 것을 모두 담아 짧게 뱉은 그는 소윤에게서 등을 돌렸다. 어느새 저만치 멀어진 디를 바라보던 소윤이 마치와 도르에게로 시선을 돌렸다.

"뭐야, 설마."

마치가 중얼거렸다.

"아니, 설마. 에이, 그럴 리가. 하지만……."

소윤과 도르는 마치를 올려다보았다. 연신 혼잣말을 중얼거리던 그는 두 쌍의 시선을 느끼고서야 입을 다물었다.

"뭐가 설마야?"

"설마니까 아직 말 안 해. 그런데 너 트윈스랑도 친해?"

"별로."

"그런 것치고는 제법 분위기가, 뭐랄까. 좀 친해 보이는? 그런 게 있었는데?"

1주일을 같은 집에서 보냈으니 그럴 법도 하다. 그녀는 고개를 끄덕였다.

"또, 또 저 대충 넘기는 것 봐."

마치는 혀를 차며 투덜거렸다.

세 사람은 함께 마트에 들렀다가 집으로 향했다. 그들의 집은 제법 인접해 있었으므로 중간까지 가는 길이 같았다. 문득 마치에게 맡겨 둔 소녀가 떠오른 소윤이 물었다.

"그 여자애는 어때?"

"어, 그, 아직 안 깨어났어. 안색을 보면 금방 깨어날 것 같은데 왜 안 일어나는 걸까."

소윤에게 대답하던 마치는 혼잣말로 말을 매듭지었다. 그의 기억은 어느덧 까만 단발머리를 가진 새침한 인상의 소녀를 더듬고 있었다.

지금 그의 집에서 그가 모를 꿈을 꾸고 있는 소녀. 눈꺼풀을 뒤집어 확인한 그녀의 눈동자는 풀 같은 녹색이었다.

이름이 뭘까. 목소리는 어떨까. 아웃하우스 출신이라면 현재 갈 곳은 있는 걸까. 그의 상상은 깨어나지도 않은 소녀의 거처를 마련하는 데까지 도달했다. 그때 소윤이 마치를 상상 속에서 끄집어냈다.

"들러서 확인하고 갈까?"

"어? 뭐, 뭐가?"

"그 여자애. 앨리스나, 아니면 위험할 수도 있지만 닥터에게라도……."

되살아난 시체가 닥터의 흥미를 끌지 않을 리 없었다. 금방이라도 눈을 뜰 듯 건강해 보이는 것도 있어서 굳이 닥터에게 데려갈 생각은 하지 않았으나, 이대로 계속 잠들어 있다면 마치에게 민폐가 될 것이다. 역시 안전하고 확실한 앨리스가 괜찮을까. 그러나 소윤의 말에 마치는 한사코 반대했다.

"괘, 괜찮아! 올 것도 없어! 피곤해 보이는데 오늘은 빨리 들어가서 그냥 쉬라고."

"마치?"

"아, 다 왔네. 야! 들어가자, 도르!"

마치는 도르를 끌고 집으로 들어갔다. 소윤이 이상하게 생각할 것이 뻔했지만 그녀를 집에 들여 놓고 싶지 않았다. 장 본 물건을 대충 내려놓은 그는 자신의 방으로 들어갔다.

집에 데려온 첫날, 소파가 불편해 보여 그의 침대로 옮겨 놓았던 소녀가 그때와 한 치도 다르지 않은 자세로 누워 있었다. 그는 이 광경을 누구에게도 보여 주고 싶지 않았다. 이유는 모르지만 괜히 부끄러웠다.

"다녀왔어."

슬쩍 중얼거리는 소년의 뺨이 붉었다.

앨리스는 잭에게 납치당했다 구출된 후, 원작의 내용을 기억나는 대로 종이에 옮겼다. 정리가 끝난 후 그것을 읽어 내리던 그녀는 한 부분에서 시선을 멈추었다.

DK(psn) ↔ TW W

듀크의 독약Poison, 방해한 트윈스가 승리Win. 현재를 기준으로 대략 3주 뒤, 센트럴에서 듀크가 수면제를 사용하여 그녀를 잠재우는 사건이 일어난다. 그러나 그 장면을 목격한 트윈스가 듀크에게서 그녀를 빼앗아 데려감으로써 그 사건은 안전하게 막을 내리게 된다.

원작의 흐름에서 보면 앨리스가 트윈스의 집에 방문하게 되는 계기에 지나지 않는 사건이었지만 현재로서는 이야기가 달랐다. 그녀는 트윈스의 치유를 포기한 것이 체셔의 납치 사건에 어떤 영향을 미쳤는지 똑똑히 기억하고 있었다.

그때 다리가 부러지는 한이 있어도 트윈스를 찾아 상처를 치유했어야 하는 건데. 그녀는 들고 있던 펜으로 노트를 짜증스럽게 두들겼다. 그때는 흰 토끼가 구해 주었다지만 이번에도 그렇게 된다는 보장은 없었다.

해결 방법은 두 가지였다. 그 시기에 센트럴에 가지 않든가, 혹은 그보다 먼저 트윈스를 만나서 친분을 쌓든가. 그녀는 트윈스의 얼굴을 떠올렸다. 포기하기에는 아까운 얼굴이었다. 게다가 원작에서 함께 잠자리를 가진 여자를 죽이는 것처럼 묘사되었던 그도 앨리스에게만큼은 첫사랑에 빠진 중학생처럼 굴었다.

앨리스는 자리에서 일어나 외출 준비를 했다. 그녀가 문을 열고 나오자 호위인 제레미가 곧바로 눈을 마주쳐 왔다. 조금이라도 시간이 나면 그녀에게 붙어 있으려던 피터와는 사뭇 다른 태도였다.

앨리스는 오랜만에 피터를 떠올렸다. 그는 잭의 사건 직후 하트의 처벌을 받아 온몸이 만신창이가 되었지만, 하트가 앨리스에게 그의 치유를 금지하는 바람에 아직도 회복 중이었다. 언제 한번 찾아가야겠다고 생각하면서, 그녀는 제레미에게 목적지를 밝혔다.

"베이비를 만나러 갈래."

정보상 베이비라면 트윈스에게 접근할 다른 방도를 알고 있을지도 모른다. 그녀는 베이비의 저택으로 향했다.

베이비의 저택은 하트의 저택에서 앨리스의 걸음으로 1시간 이상 떨어진 곳에 있었다. 소윤의 집에서 한 번 얼굴을 마주친 것 이외에는 전혀 접점이 없는 그녀를 베이비는 묘한 미소로 맞이했다.

"소문도 자자한 기적께서 어쩐 일로 내 집을 방문하셨을까?"

베이비는 호위까지 물리고 독대를 신청한 앨리스를 웃는 척 휘어진 눈으로 관찰했다. 앨리스는 그-오늘은 남자였다-가 봐도 참 아름다운 소녀로, 나라 하나 정도는 아니어도 남자 여럿의 인생을 말아먹을 만큼은 된다고 생각되었다.

베이비의 말에 앨리스는 부끄러운 듯 고개를 숙였다. 수많은 남녀들과 유혹을 주고받는 베이비가 보기에는 참 어설픈 미소였다. 구를 대로 구른 원더랜드 인간들이 저런 걸로 넘어갈 거라고 생각한 걸까. 어지간히 맹목적인 인간이 아니라면 씨알도 안 먹힐 텐데, 라고 생각하던 그는 그 맹목적인 인간이 이미 둘씩이나 있고, 게다가 하나는 그의 친구라는 사실을 떠올렸다. 아이고, 친구야. 그는 내심 앓는 소리를 냈다.

"저, 베이비는 정보상이라고 들었어."

생글생글 웃던 베이비의 얼굴에서 표정이 사라졌다. 웃지 않는 그는 잘 만들어진 도자기 인형과 같은 서늘함을 풍기고 있었다. 잠시 후, 그는 다시 웃었지만 앨리스는 방금 전 본 것을 잊을 수가 없었다.

"그래? 그런데 그걸 누구에게 들은 거야?"

"그, 그야…… 하……."

"응? 하트가?"

베이비의 새파란 눈동자에 베일 듯한 빛이 흘렀다. 앨리스는 잽싸게 입을 다물었다. 하트 이외에 베이비가 정보상이라는 것을 그녀에게 알려 줄 만한 사람의 이름을 열심히 찾던 그녀는 "응?" 하며 다그치는 베이비의 서슬에 아무 이름이나 흘리고 말았다.

"희, 흰 토끼! 흰 토끼가!"

"아하!"

손뼉을 짝, 치며 발랄하게 대답한 그는 앨리스를 향해 손을 뻗었다.

"그래, 흰 토끼였구나."

따뜻한 손가락이 그녀의 이마와 관자놀이, 뺨을 거쳐 입술 근처에까지 내려왔다. 체온이 떠난 부분이 순식간에 서늘해져서 앨리스는 어깨를 파르르 떨었다. 베이비는 그녀의 뺨을 살며시 토닥거렸다.

"내가 정보를 취급한다는 걸 아는 사람은 몇 안 돼. 그들은 모두 비밀을 지키겠다고 약속했고, 그 담보로 목숨을 내놓았지. 자, 다시 물을게. 네게 그 사실을 말해 준 게 누구라고?"

은빛 속눈썹에 감싸인 파란 눈이 부드럽게 가늘어졌다. 그 안에서 칼날 같은 살의를 읽은 앨리스는 황급히 자리에서 일어나 도망쳤다.

"앨리스? 기다려!"

제레미의 목소리와 함께 두 사람분의 발자국 소리가 빠르게 멀어졌다. 베이비는 벳 하고 혀를 내밀었다.

"거짓말인데."

"어떻게 할까?"

응접실의 가구 그늘에서 은신하고 있던 남자가 나와 그에게 물었다.

"내버려 둬."

베이비는 앨리스가 손도 대지 않은 음료를 남자에게 밀어 주며 대답했다.

"위험한 거 아냐? 떠벌리고 다닌다면……."

"그럴 위인도 못 돼. 무엇보다도 하트가 노리고 있거든."

"뭐? 그 헛소문이 진짜였단 말이야?"

노린다는 말에는 여러 의미가 있다. 베이비는 의뭉스럽게 웃었다.

소윤 앞에서 이유 모를 불만을 느꼈던 날 이후, 트윈스는 자주 센트럴로 나가 그녀를 찾았다. 그러나 그들은 막상 그녀를 발견하면 말도 걸지 못하고 끙끙대기만 했다. 앨리스가 센트럴에서 트윈스를 발견한 것도 그들이 30분 전 그 거리를 지나친 소윤을 그냥 보내 버린 자신들에 대해 끙끙대고 있던 때였다.

"트윈스?"

센트럴이므로 안전하다는 말로 제레미를 떼어 놓고 혼자 걷고 있던 그녀는 트윈스에게 접근했다. 그날은 트위들 덤으로서 센트럴에 나와 있던 그들은 자신을 부르는 귀에 선 목소리의 주인을 바로 알아차리지 못했다.

"누구야?"

덤과 앨리스는 처음 만나는 사이이므로 그 반응이 맞기도 했다. 앨리스는 살풋 웃었다. 다소 특이한 이중인격인 트윈스는 원더랜드의 모든 사람들을 속여 넘겼지만 앨리스만은 속이지 못했다. 처음부터 앨리스에게 호감이 있었던 그들은 자신들의 비밀을 꿰뚫어 본 그녀에게 마치 젖어 들듯 빠져들고 만다.

그 사실을 밝히는 것은 시기상조였다. 지금 중요한 것은 그녀의 존재를 트윈스에게 각인시키는 것이었다.

“지난번 하트의 저택에서 봤잖아.”

“……난 그곳에 간 적이 없어. 혹시 디와 착각한 거 아냐? 난 디의 형제인 덤이야.”

“에, 그랬구나. 미안.”

앨리스는 혀를 살짝 내밀며 웃었다. 안에서 그 모습을 지켜보던 디가 구역질하는 시늉을 했다. 진짜, 새치 자식. 보는 눈 더럽게 없다니까. 덤은 디의 말에 수긍하며 빙긋 웃었다. 얼굴하고 몸매는 괜찮은 것 같은데……. 어때, 디?

“괜찮아. 음, 시간 있으면 같이 차나 마실래?”

장의사가 아끼는 여자라면 뭔가 특별한 맛이 나지 않을까? 덤은 디를 향해 그렇게 속삭였다.

덤은 제법 괜찮은 데이트 상대였다. 그의 에스코트를 받으며 맛있는 것을 먹고 가게들을 구경하던 앨리스는 그들이 어느새 센트럴의 뒷골목으로 들어왔다는 것을 알지 못했다.

“이쪽이 지름길이야.”

맛있는 초콜릿을 맛보여 준다고 앨리스를 유혹한 덤은 그녀를 빈집 안으로 밀어 넣었다.

“왜, 왜 그래?”

앨리스는 문을 잠그는 덤에게 물었다. 그는 이를 드러내며 앨리스에게 달려들었다. 중간 단계 같은 것은 없었다. 스스로 깨닫지 못한 질투심에 휩싸인 그들은 앨리스의 옷깃을 잡아 벌렸다. 제법 풍만한 가슴이 오후의 공기 속에 드러났다.

"꺄아아악! 이거 놔! 누구 없어! 사람 살려! 하트!"

앨리스는 필사적으로 트윈스를 저지했다. 그러나 그녀는 어느새 바닥에 눕혀지고 말았다. 입을 크게 벌리고 달려드는 트윈스의 모습에 그녀는 무의식중에 하트 다음으로 강하고 믿을 수 있다고 생각한 사람의 이름을 불렀다.

"흰 토끼!"

흰 토끼는 그녀가 접한 유일한 전투의 주인공이었다. 눈이 아닌 소리로 상황을 파악해야 했으나, 그것만으로도 흰 토끼의 힘을 알기에 충분했다. 그리고 그 이름의 효과는 절대적이었다. 트윈스는 앨리스의 가슴 바로 근처까지 붙였던 얼굴을 천천히 물렸다.

"너 장의사와 무슨 관계야."

앨리스는 질끈 감았던 눈을 떴다. 코앞에 있는 트윈스의 얼굴이 굶주린 맹수 같았다. 더럭 겁을 먹은 그녀는 엉망이 된 옷을 추스르며 뒤로 물러섰다.

"무슨 관계냐고."

트윈스가 착 가라앉은 소리로 물었다. 그녀는 엉겁결에 대답했다.

"나, 날 좋아해."

그 순간, 무시무시한 살기가 앨리스를 덮쳤다. 그녀는 그것을 견디지 못하고 기절했다.

잠시 후, 정신을 차렸을 때 트윈스의 모습은 없었다.

앨리스는 찢어진 옷을 간신히 수습하고 그곳에서 나왔다. 이내 제레미와 합류한 그녀는 도망치듯 하트의 저택으로 돌아가 침실에 틀어박혔다.

오늘의 사태는 수용 범위 밖의 일이었다. 그녀는 미친 듯이 머리를 흔들어 생각을 떨쳐 냈다.

"왜? 왜야? 뭐가 잘못된 거지? 그때 안 구해 준 게 그렇게 큰일이야?"

이불을 뒤집어쓰고 덜덜 떨던 앨리스는 까무룩 졸고 흠칫 놀라 깨어나기를 반복하다가 간신히 잠이 들었다.

그녀의 방 밖에 서 있던 제레미는 그녀가 완전히 잠들자 하트의 집무실로 향했다.

제레미의 보고를 들은 하트는 기묘한 예감에 미소를 지으며 소윤을 생각했다. 이곳에 온 지 4년이나 지났음에도 여전히 한쪽 발을 다른 곳에 담그고 있는 여자. 천천히, 뿌리까지 한꺼번에 뽑아 허튼 생각을 버리게 만들어야지. 도망 따위는 두 번 다시 생각하지 못하도록.

팔 안이 허전해서 근질거리는 감각마저 느껴졌다. 그는 가볍게 혀를 찼다.

"네 번째 힌트는……."

하트는 앨리스를 보며 제법 긴 주소를 읊었다. 앨리스가 셜리 하워드에게 치유 능력을 사용했던 장소의 주소였다.

그러나 트윈스로 인한 충격으로 잠을 설쳤던 그녀는 그의 말을 한 귀로 듣고 한 귀로 흘렸다. 하트는 건성으로 그것을 듣는 그녀를 미소 띤 얼굴로 조용히 관찰했다.

"안색이 별로 안 좋은 것 같아, 가현."

"네? 아…… 어제 꿈에 부모님이 나와서……."

"슬픈 꿈? 아니면 기쁜 꿈? 그러고 보니 네가 아웃하우스에서 지내던 시기에 대해서는 아무 이야기도 못 들은 것 같아. 어떻게 생활했는지 좀 궁금한데, 물어도 될까?"

"그냥 평범해요. 하트에게 말할 것도 없을 만큼……. 저, 오늘은 제법 바람도 찬데, 이만 안으로 들어가는 게 어떨까요?"

두 사람은 뒤뜰의 정원에 앉아 있었는데, 앨리스의 말대로 그날은 바람이 제법 찼다. 하트는 자리에서 일어나 앨리스를 에스코트했다.

이대로 3층까지 올라갔더라면 그가 계획했던 대로 지루한 하루가 마무리되었을 것이다. 2층에 거의 다다랐을 무렵 그는 한 기척을 느꼈다. 그곳을 향해 고개가 움직인 것은 그가 생각해도 조금 억울할 만큼 불가항력이었다.

1층 현관을 통해 소윤이 들어오고 있었다. 머리를 들어 올린 그녀가 잠시 그 자리에서 멈칫거렸다. 하트는 그녀를 향해 입술을 달싹였다. 집무실로. 그녀는 3층으로 향하는 계단을 딛는 두 사람을 조용히 응시하다가 2층으로 올라갔다.

낮임에도 어두운 집무실은 참 황량했다. 불을 켜고 들어가 소파 위에 앉은 소윤은 베이비가 맡긴 편지를 꺼내 옆에 내려놓았다. 전화로 직접 전해도 될 것을 굳이 편지로 전달시킨 것은 최근 그녀와 하트 사이가 심상치 않다는 정보를 입수했기 때문일 것이다.

아니, 굳이 정보 레벨까지 갈 것도 아니었다. 아무리 뜸해도 며칠에 한 번은 꼬박꼬박 하트의 저택을 방문하던 그녀가 발길을 뚝 끊은 것은 누구의 눈에도 이상해 보일 것이다. 분명 지금쯤 하트와 흰 토끼 사이에 불화의 조짐이 보인다는 소문이 퍼져 있을 것이다. 어쩌면 흰 토끼가 매드해터에게 붙었다는 소문이 돌고 있을지도 모른다.

그녀는 최근 틈만 나면 그녀의 집으로 찾아오곤 하는 매드해터를 떠올렸다. 그러자 없던 두통을 앓는 기분이었다. 실제로도 머리가 좀 뜨끔거렸다. 어제 아웃하우스에 나가 오늘 동틀 녘에 돌아온 후 제대로 자지 못했기 때문일 것이다.

솔직히 말하자면 최근 제대로 잠을 이루지 못했다. 그녀는 자주 침대 대용으로 사용되곤 했던 소파를 내려다보았다.

그때 문 너머에서 인기척이 느껴지고, 이내 하트가 들어왔다. 드물게 무표정한 그는 그녀의 옆이 아닌 맞은편 소파에 앉았다. 언제나 따뜻했던 집무실의 공기가 오늘따라 참 서늘했다.

"무슨 일로 온 거지?"

그는 진흙탕처럼 온갖 감정이 뒤섞인, 그래서 더욱 마음을 알 수 없는 목소리로 말했다. 소윤은 편지를 들어 보였다.

"베이비의 편지를 전달하기 위해 왔어."

"그 녀석도 쓸데없는 참견을 하는 때가 있군."

하트의 입매가 조금 올라간 것 같았다. 그러나 그것은 마치 그녀의 착각이었다는 양 다시 내려갔다. 그가 손을 내밀자 소윤이 편지를 전했다. 얇은 종이를 사이에 두고 두 사람의 손가락이 겹쳤다가 떨어졌다.

편지를 받아 한 손으로 놀리던 하트가 그것을 아무렇게나 찢어 내용물을 확인했다. 안에는 얇은 메모 한 장만이 들어 있었다. 그녀가 베이비 특유의 장난기인가, 하고 생각하는데 하트가 진지한 얼굴로 물었다.

"혹시 베이비가 정보를 다룬다는 걸 다른 사람에게 말한 적 있어?"

"아니. 왜?"

"전혀 알 것 같지 않은 사람이 베이비에게 와서 정보상이냐고 물었다는군."

"내가 정보상과 거래한다는 걸 눈치챈 사람은 있어. 그 정보상이 베이비라는 건 모르는 것 같지만."

잠시 생각에 잠겨 있던 하트는 메모를 반으로 접어 주머니에 넣었다. 그러더니 그녀를 흘금 건너다본 그는 미간을 좁혔다.

"상태가 왜 그 모양이야?"

"내 상태가 왜."

"몰라서 물어?"

"……가 볼게."

소윤은 하트에게서 시선을 미끄러뜨리며 일어났다. 계속 이곳에 있다가는 얼어 죽을 것 같았다. 그녀가 두 걸음쯤 떼었을 때, 하트가 그녀를 불렀다.

"흰둥아."

참 오랜만에 듣는 별명이었다. 가축에게나 붙일 법한 호칭이었지만, 그녀에게는 어떤 말보다도 강력한 올가미였다. 소윤은 발을 멈추고 그를 보았다. 그는 손을 내민 채 묘하게 웃고 있었다.

"이리 와."

그녀는 가만히 그것을 내려다보았다. 저걸 잡으면 안 된다는 생각이 들었다.

하트의 손가락이 까딱까딱 움직였다. 그러자 그의 뜨거운 체온이 그녀가 서 있는 곳까지 밀려드는 기분이었다. 저걸 잡으면 참 따뜻할 텐데. 그때 하트가 말했다.

"지금 잡지 않으면 두 번 다시 잡을 수 없을 거야."

두 사람 사이의 거리는 세 걸음이었다. 그녀는 저도 모르게 하트를 향해 한 걸음을 내디뎠다. 두 번째 걸음을 딛는 순간, 그녀는 정신을 차리고 발을 멈추었다. 그녀가 가만히 있자 하트의 입가에서 미소가 사라졌다.

"흰둥아."

그가 다시 한 번 그녀를 불렀다. 그녀의 발이 멈칫거리다가 바닥에 붙박였다. 그러자 하트는 손을 뻗어 그녀의 손목을 잡고 세게 잡아당겼다. 코앞까지 다가온 그녀의 마스크를 아무렇게나 벗겨 집어 던진 그가 이를 갈며 말했다.

"내가 생각해도 정말 병신 같아."

뜨거운 입술이 그녀를 덮쳤다. 입을 억지로 벌린 후 밀고 들어온 혀가 그녀의 혀를 얽고 세게 빨았다.

그가 오돌토돌한 입천장을 길게 문지르는 순간, 그녀는 자신도 모르게 목을 움츠리며 얕은 소리를 뱉고 말았다. 그 소리에 저가 놀라 숨을 삼키는 그녀의 귀에 하트의 낮은 신음 소리가 들렸다. 눈을 뜨자 미간을 슬쩍 찌푸린 채 키스에 몰두하는 그가 보였다.

다시 눈을 감자 그의 체취와 베티베르 향기가 훅 풍기며 숨이 막혔다. 그녀가 숨을 따라가지 못하자 입술을 뗀 그가 그녀의 젖은 입술을 핥으며 중얼거렸다.

"배려 같은 거 하다가 멍청하게 가로채이고서는…… 그러고도 이러고 있다니."

소윤의 칼을 끌러 옆으로 치운 하트가 그녀를 꽉 끌어안았다. 뜨거운 체온이 차가웠던 몸을 감싸고 순식간에 녹여 버렸다. 어느새 소윤의 머리카락을 쓸어 넘긴 하트가 손가락으로 그녀의 눈 밑을 어루만지며 말했다.

"나 때문에 힘들었다고 해."

그녀는 눈을 깜빡였다. 그의 손가락이 눈꺼풀에 닿았다.

"나 없으면 안 된다고 말하라고."

그녀는 심호흡을 했다. 깊은 숨으로 그가 느껴졌다.

"빌어먹을. 널 처음 봤던 그날, 팔다리 힘줄을 모조리 끊어 버렸어야 했는데."

슬럼 출신답게 거친 말을 내뱉은 하트가 그녀를 무릎 위에 앉혔다. 그러고는 그녀의 눈꺼풀 위에 손을 얹어 꾹 내리눌렀다.

"보지 마. 덮쳐 버리고 싶어지니까."

소윤은 눈을 감았다. 손을 치운 하트는 그녀의 얼굴을 살폈다. 안색이 안 좋았고 눈 밑에는 다크서클이 짙게 드리워져 있었다. 며칠 밤쯤 샌 얼굴이었다.

남의 속이야 어떻든 아무렇지도 않게 지낼 것처럼 굴더니 이런 데서

티가 난다. 그는 한숨을 쉬며 그녀의 머리를 자신의 어깨에 기대게 했다.

자는 척 가만히 있는 그의 귀에 이내 깊은 숨소리가 들려왔다. 하트는 그녀의 머리카락을 희롱하다가, 희미하게 혈색이 도는 뺨에 손가락을 미끄러뜨렸다. 어느새 따뜻해진 체온이 느껴졌다.

그녀는 분명 모를 것이다. 접촉하는 순간 그녀가 어떤 눈으로 그를 보는지. 귓불에서 턱으로 이어지는 선이 긴장을 풀고, 메마른 눈매가 약간이나마 습윤해지고, 입술이 감정을 담아 움직이는 것이 무엇을 의미하는지. 그리고 그녀의 안에서 비어 있던 부분이 조금씩 채워져 가는 것을 보는 그가 어떤 기분일지 그녀는 분명 알 리가 없다.

"얌전히 재워 주는 건 이번이 마지막인 줄 알아."

그는 한숨을 섞어 중얼거렸다.

Welcome to Wonderland

6. 격변

6. 격변

봄날 아침의 서늘한 바람이 깊이 잠들어 있던 소윤의 뺨을 스쳤다. 조용히 눈을 뜬 그녀가 가장 먼저 본 것은 낯선 건물들 사이로 떠오르는 태양이었다. 마지막 기억을 더듬던 그녀는 퍼뜩 놀라 스마트폰을 확인했다. 패치의 유효 시간에서 약 1시간가량이 초과되어 있었다. 그녀의 안색이 석상처럼 굳었다.

어느 밤, 소윤은 뒤처리를 부탁받고 아웃하우스로 나갔다. 몇 번인가 같은 부탁을 해 온 적이 있는 방화광의 의뢰인지라 쉽게 생각하고 나갔던 그녀는 약속 장소에 가까워질수록 수상한 점을 발견했다.

첫째, 방화광은 주택가를 선호하지, 버려진 창고들이 즐비한 곳은 좋아하지 않는다. 둘째, 그는 어디까지나 단독 범행을 즐기므로 저렇게 많은 인기척이 느껴질 이유가 없다. 그녀는 칼을 뽑았다.

예상대로 약속 장소에서는 방화광이 아닌 다른 사람이 그녀를 기다리고 있었다. 크림색의 값비싼 슈트를 걸치고 스트라이프 넥타이를 맨, 아웃하우스의 도심이었다면 사람들의 시선을 단번에 잡아 끌었을 만한 미남자였다. 그는 잘생긴 입술에 미소를 띤 채 그녀를 맞이했다.

"어서 와, 장의사. 참 오랜만이지?"

"체셔."

"네가 생각지도 못했던 변수로 튀어나오는 바람에 내가 입은 타격이 얼마나 큰지 몰라. 그 일 이후 앨리스 리델에게는 접근조차 하기 어려워졌고 말이지. 그것도 네가 중간에서 수작을 부렸기 때문이지?"

요는 하트의 비호를 받고 있는 앨리스에게는 접근하기 어려우니 대신 소윤에게 분풀이를 하겠다는 의미였다. 이곳에서 체셔를 보았을 때부터 그의 목적을 짐작하고 있었던 그녀는 칼을 단단히 거머쥐고 몸을 낮추었다. 그러자 체셔는 빙긋 웃으며 자신의 머리를 톡톡 두드렸다.

"사람은 머리를 써야 하는 법이야. 한 번 실패한 방법을 다시 사용할 만큼 내가 그렇게 우습게 보였어? 건방지게."

순식간에 웃음기를 지운 체셔가 뒤로 물러나자 그의 주변에 포진하고 있던 부하들이 그녀를 향해 손에 든 마법 스토리지를 조준했다.

마법과 마력을 함께 저장해 특정 조건이 충족되면 발현되도록 만들어진 마법 트랩과는 달리, 마법 스토리지는 한정된 횟수의 마법이 저장된 장치에 사용자가 마력을 주입하여 발동시키는 방식이었다.

소윤은 그들을 향해 달려 나갔다. 그것과 거의 동시에 마법 스토리지가 발동되는 작은 소리가 들리면서 얼핏 서늘한 공기가 앞머리를 슬며시 흔들었다. 바람 계열의 마법이 발동될 때 나타나는 전형적인 현상이었다.

어차피 이런 데 사용되는 바람 계열 마법 스토리지의 성능이란 빤하다. 그녀는 즉시 땅을 박차고 훌쩍 뛰어올랐다. 그와 동시에 몇 줄기나 되는 바람이 그녀가 있던 자리를 휩쓸었다.

조금 늦게 움직인 탓인지 종아리가 길게 베이고 만 그녀는 땅에 내려앉자마자 튕기듯 체셔의 부하들을 향해 달려들었다. 스토리지에서 연속적으로 발동된 바람 마법이 그녀를 공격했지만, 방출된 바람은 오로지 직선만 그릴 수 있다. 보이지 않는 칼이라고 생각하고 타이밍을 잘 맞추면 전부는 아니더라도 어느 정도는 피할 수 있었다.

마법 스토리지는 총 다섯 대. 돌진한 그녀는 가장 가까운 곳에 있는 남자를 칼로 내리쳤다. 남자의 어깨에서부터 마법 스토리지까지 단번에 갈라져 나갔다.

그때 옆에서 바람이 공기를 가르며 나는 소리가 작게 들려왔다. 시체를 그쪽으로 던져 빈틈을 만든 그녀는 몸을 낮추고 달렸다. 남자는 침착하게 그녀를 향해 다시 조준했지만 안타깝게도 조금 늦고 말았다. 서슬 퍼런 칼날에 두 다리를 잃고 맥없이 쓰러지는 그를 커다란 칼이 덮쳤다.

두 번째 마법 스토리지도 부순 소윤은 세 번째를 향해 달려들었다. 남자를 몇 발자국 남겨 놓은 상황에서 그녀의 귀에 쿼럴이 날아드는 복수의 파공성이 들려왔다. 창고 위쪽에 올라가 있는 세 사람의 목적이 이것이었던 모양이었다.

소윤은 허벅지에 차고 있던 나이프를 왼손으로 뽑아 쥐고 휘둘렀다. 그와 동시에 마법 스토리지가 발동되는 소리가 연달아 이어졌다. 매섭게 날아든 쿼럴을 나이프로 튕겨 낸 그녀는 몸을 숙여 가장 먼저 육박한 마법을 피하고, 머리를 베려 드는 두 번째 마법도 피했다.

세 번째 마법은 그녀의 다리를 노린 것인지 낮게 날아들었다. 땅을 힘차게 차고 날아오른 그녀는 그대로 칼을 내리그었다. 머리가 반으로 쪼개진 남자가 뒤로 넘어가며, 그가 놓친 마법 스토리지가 공중에 떴다. 그것에 왼손에 든 나이프를 꽂은 그녀는 무용지물이 된 마법 스토리지를 잘 조준해 창고 위로 힘껏 던졌다. 비명 소리와 함께 기척 하나가 희미해졌다.

순식간에 마법 스토리지 3개가 무용지물이 되었다. 남은 둘이 주춤거리는 사이에 소윤이 달려들었다. 뒤늦게 쿼럴이 발사되었지만 전부 땅에 박히는 것에 그쳤다. 그들은 다시 한 번 마법 스토리지에 마력을 불어넣었으나 이번에는 그녀가 조금 빨랐다. 칼을 횡으로 그어 앞쪽에 있던 남자와 함께 마법 스토리지도 부순 그녀는 조각난 것들을 창고 위로 세게 집어 던졌다.

이로써 석궁마저 무력화시킨 그녀는 마지막 마법 스토리지를 든 남자를 향해 돌아섰다. 이제 스무 살이나 되었음 직한 앳된 얼굴에 공포가 서려 있었다.

"저, 저리 가……."

그것이 그의 유언이었다. 주저 없이 칼을 휘둘러 몸을 두 동강 낸 그녀는 체셔를 바라보았다. 얼굴이 굳어진 그가 손짓하자 무기를 든 남자들이 달려들었다.

선두에 선 남자의 도끼가 그녀의 칼과 부딪친 순간, 또 다른 마법 스토리지가 발동되는 소리가 났다. 곧바로 푸쉭 하고 바람 빠지는 듯한 소리가 작게 이어졌다. 남자를 떨쳐 내고 몇 걸음 물러선 그녀는 공기 중에서 희미하게 풍기는 인위적인 냄새를 맡았다.

스토리지가 발동되자 가까운 곳에 있던 남자들이 하나둘씩 쓰러지기 시작했다. 그녀의 시야도 조금씩 흔들리기 시작했다.

그녀는 내심 당황했다. 연구소에서 이런저런 약품들에 노출이 되었던 그녀는 보통 사람들보다 약에 대한 내성이 강한 편인 데다가, 마스크까지 쓰고 있어 이런 종류의 사태에 대한 위험도가 낮았다. 원더랜드에 들어오기 전에도 비슷한 경험이 제법 있었지만 약품이 효력을 드러낸 적은 적었다. 그때 체셔가 이를 드러내며 웃었다.

"아무리 너라도 부상을 입은 채 거기에 저항하기는 힘들 거다. 듀크에게 주문한 수면 가스거든. 네게 사용할 거라고 했더니 특별히 독한 걸로 만들어 주더군."

상처를 통해 빠르게 흡수된 수면 가스로 인해 눈앞이 어지러워지고 정신이 아득해졌다. 그녀는 들고 있던 칼로 땅을 짚어 몸을 지탱했다. 그러나 팔에서마저 힘이 빠져, 결국 그녀는 무릎을 꿇고 말았다. 체셔의 목소리가 점점 멀어졌다.

"이 자리에서 죽을 일은 없을 테니 걱정하지 마. 듀크와 내기를 했거든. 나는 네가 죽을 거라는 데 걸었고, 듀크는 네가 죽지 않을 거라는 데 걸었지. 듀크가 이겼으니 조건대로 그에게 널 넘겨줘야겠지만…… 그 전에 분풀이나 좀 해 볼까."

저벅거리는 발자국 소리가 가까워졌다. 소윤은 칼을 움켜쥐었다. 정신이 가물가물해 거리 감각이 조금 떨어졌다.

5미터, 아니 6미터. 그녀는 차분하게 거리를 헤아렸다. 3미터, 2미터. 드디어 그가 공격 범위 안에 들어왔다. 그가 발을 내딛는 것과 동시에 축 늘어져 있던 소윤이 몸을 일으키며 칼을 휘둘렀다.

촤아악! 손에서 전해지는 감각이 말했다. 얕았어. 그녀는 무거운 눈꺼풀을 들어 올렸다. 어깨에서부터 옆구리까지 길게 베인 체셔가 피를 뿜으며 비명을 지르고 있었다.

"잡아! 아니, 죽여 버려!"

체셔가 악을 썼다. 몰려드는 남자들을 본 그녀는 자꾸만 내려가는 칼을 양손으로 거머쥐었다.

그때 뒤에서 접근한 남자가 소윤의 등을 향해 칼을 내리쳤다. 그녀는 칼을 횡으로 휘둘러 길게 베어 나갔다. 체셔의 부하들은 동료가 당하는 것을 보면서도 회심의 미소를 지었다. 그녀의 움직임이 눈에 띄게 느려졌기 때문이었다.

그들 중 덩치 큰 남자가 한 발 나섰다. 괴력을 증명하듯 타격 무기인 철퇴를 든 남자였다. 첨단에 붙은 두꺼운 가시가 달빛을 받아 번쩍였다.

휘이잉! 철퇴가 사나운 소리를 내며 바람을 갈랐다. 소윤은 머리를 으깰 듯한 기세의 그것을 피해 뒤로 물러섰다. 저런 것을 함부로 받아쳤다가는 칼이 부러질 수도 있었다.

첫 번째 걸음에서 철퇴를 피한 그녀는 두 번째 걸음에서 칼을 휘둘렀다. 목표는 등 뒤. 어느새 접근한 남자가 그녀의 등에 나이프를 찔러 넣고 있었다.

소윤의 칼이 그의 폐를 관통하는 순간, 철퇴를 든 남자가 그녀에게 다시 달려들었다. 아직 칼은 적의 몸에 박혀 있다. 이것을 빼 다시 휘두르기에는 철퇴가 너무 가까운 곳에 있었다.

강하게 한 걸음 내디딘 그녀는 그대로 몸을 숙여 철퇴를 피하는 동시에 다른 쪽 발로 남자의 무릎을 찍었다. 으적하는 기괴한 소리와 함께 남자의 무릎이 부서졌다. 남자가 고통에 찬 비명을 지르는 사이, 소윤은 칼을 뽑아 철퇴를 든 팔을 향해 쳐올렸다.

남자의 팔목에 소윤의 칼이 파고들기 직전, 소윤의 심장을 노리고 칼날이 날아들었다. 잠시 흐려졌던 감각으로 인해 뒤늦게 그것을 알아차린 그녀는 칼날이 남자의 손목을 지나쳐 가는 동시에 몸을 틀었다.

굵은 팔목이 철퇴와 함께 날아갔다. 그와 동시에 칼날이 소윤의 어깨를 훑고 지나갔다. 불에 지진 듯 화끈한 통증이 엄습했다.

그 고통을 각성제 삼아 정신을 다잡은 그녀는 쳐올렸던 칼의 방향을 바꾸어 빠르게 내리쳤다. 피 묻은 칼을 들고 낭패한 얼굴을 한 남자를 향해 한 번, 그리고 팔목을 움켜쥔 채 쓰러진 남자를 향해 다시 한 번. 그렇게 두 남자의 숨통을 삽시간에 끊은 후, 소윤은 자신을 향해 달려드는 체셔의 무리를 응시했다.

저들이 이 상태의 자신을 놓아주리라는 생각은 들지 않는다. 어차피 고통으로 인한 각성은 오래가지 않으므로 도망쳐 봤자 중간에 정신을 잃을 게 뻔했다. 그렇다면 가능한 빠른 시간 안에 저들을 해치우는 것이 해결책이었다.

땅을 박차고 도약한 소윤이 적들 사이에 내려앉았다. 허공에 붕 떴던 낡은 크로스백이 그녀를 따라 무겁게 처졌다. 그것이 몸에 닿기도 전에 다시 다리에 힘을 준 소윤이 튀어 나갔다. 백발 사이로 드러난 갈색 눈동자가 살기를 품고 번들거렸다.

가장 먼저 쓰러진 것은 소윤을 향해 도끼를 쳐든 남자였다. 그녀의 갑작스러운 움직임에 당황한 것인지 그는 엉거주춤한 자세를 취하고 있었다. 그녀는 남자의 무방비한 배에 파고들어 왼손의 나이프를 깊이 찔러 넣고는 곧바로 몸을 돌렸다. 그와 거의 동시에 소윤을 노린 칼이 그녀가 있던 자리를 벴다. 아무 성과도 내지 못한 그것은 쓰러져 있던 동료를 덮쳤다.

동료를 해치고 경악한 남자를 단칼에 벤 소윤은 황급히 몸을 낮췄다. 몇 개나 되는 무기가 거의 동시에 그녀를 짓눌러 오고 있었다. 숙인 채 팔로 힘껏 땅을 민 그녀는 그 힘으로 무기의 그물 아래에서 벗어나 칼을 휘둘렀다. 무기가 엉켜 허둥대던 그들은 허무할 만큼 빠르게 목숨을 잃었다.

얼마의 시간 동안 싸움을 계속했을까. 어느 순간 시야가 흐려졌다. 문득 그녀는 옆구리에 느껴지는 통증에 본능적으로 칼부터 휘둘렀다. 한 걸음 물러나 옆구리를 내려다보자 위협적으로 가시를 세운 너클이 그곳에 박혀 있었다.

좋지 않다. 근접 무기인 너클이 박힐 때까지 몰랐다는 것은 그만큼 주의력이 흐려졌다는 증거였다. 재차 공격하는 적을 맞아 싸우며 그녀는 입술을 깨물었다. 박힌 채인 너클도 그녀의 주의력을 되찾아 주지 못했다.

그때 칼과 손도끼가 양쪽에서 동시에 그녀를 덮쳤다. 오른쪽에서 다가오는 손도끼를 무리 없이 막아 낸 그녀였지만, 현 상태로 왼쪽의 칼까지는 무리였다. 소윤의 나이프를 맞아 튕겼던 칼이 그 반탄력을 받아 그녀에게로 되돌아왔다. 그녀가 그것을 다시 받아치는데, 오른쪽에서 재차 손도끼가 날아들었다.

오른쪽에는 팔을 노리는 손도끼, 왼쪽에는 심장을 노리는 칼. 우선해야 할 것은 명백했다. 그녀는 칼을 상대하기 위해 몸을 돌리는 동시에 손도끼를 든 남자를 향해 다리를 휘둘렀다. 적어도 진로의 방해는 될 것이다.

소윤이 적을 베는 순간, 적도 소윤을 덮쳤다. 중량 무기 특유의 묵직한 통증이 등을 타고 올라왔다. 다행히도 스친 정도라 움직이는 데 크게 무리가 가지는 않을 듯했다. 그녀는 나이프를 역수로 잡아 등 뒤의 적을 찔렀다. 적은 단숨에 간을 관통당해 절명했다.

소윤은 어깨 위로 무겁게 늘어진 적을 아무렇게나 내던지며 주변을 둘러보았다. 아무리 체셔라도 동원할 수 있는 부하의 수에는 한계가 있다. 이 난전의 끝을 보여 주듯 서 있는 자는 몇 되지 않았다.

"계속할 거지?"

떨리는 손을 감추기 위해 칼자루를 단단히 고쳐 쥔 소윤이 그들을 향해 단정적으로 물었다. 그러자 체셔의 부하들이 서로의 얼굴을 쳐다보았다. 그녀가 발을 뗀 순간, 슬금슬금 뒷걸음을 친 그들은 어느 순간 등을 보인 채 도망치기 시작했다.

'하…….'

끝인가. 몰래 안도의 한숨을 쉰 그녀는 체셔를 보았다. 응급처치만 마친 채 앉아 있던 체셔는 그녀와 눈이 마주치자 진저리를 쳤다.

잘생긴 얼굴이 흙빛인 것을 보니 최후의 순간이라고 생각하는 모양이었다. 그러나 그는 체셔다. 그는 아직 죽어서는 안 되었다. 소윤은 그를 외면한 채 애써 발에 힘을 주며 걸음을 옮겼다.

버려진 창고들이 가득한 그곳을 벗어나자 건물들이 즐비한 거리가 나왔다. 소윤은 그녀는 약 기운에 절은 몸을 이끌고 건물 사이로 몸을 숨겼다. 간신히 참고 있던 졸음이 그녀를 엄습했다.

크로스백에서 약과 붕대를 꺼낸 그녀는 졸음기로 픽픽 힘을 잃는 손을 간신히 움직여 큰 상처만 대충 싸맨 후 기절하듯 잠들었다.

어느덧 날이 밝았다. 깨어난 그녀는 패치의 유효 시간이 지났다는 것을 깨달았다. 황급히 크로스백을 뒤져 떨리는 손으로 패치를 갈아 붙인 그녀는 곧바로 그 자리를 떴다.

백색의 끔찍한 공간, 약품 냄새 나는 공기, 차가운 실험대, 사물 보듯 하는 시선. 지금 생각하면 어떻게 버텼던 걸까 싶던 시간들.

설마 아직까지 그녀의 신호를 체크하고 있지는 않을 것이다. 그녀는 그렇게 생각하며 원더랜드를 향해 바삐 걸음을 옮겼다. 오가는 사람들이 그녀를 놀란 눈으로 흘금거리는 것조차 알아차리지 못했다.

그러던 중 그녀의 귀에 익숙한 기본 벨 소리가 들렸다. 전화를 받자마자 하트의 목소리가 들려왔다.

—나다. 지금 어디지?

"아웃하우스. 지금 원더랜드로 돌아가는 중이야."

—목소리가 좋지 않은데. 다치기라도 했어?

"다친 데는 별로 없어. 다만 의뢰가 아니라 함정이라서. 체셔의."

그녀의 대답에 잠시 침묵이 이어졌다. 자신의 집까지 얼마나 걸리는지를 묻는 하트의 말에 시간을 가늠한 그녀는 "1시간쯤."이라고 대답했다.

하트의 저택에 다다른 그녀는 여느 때처럼 집무실로 안내되었다. 하트는 소윤을 보자마자 신음했다.

"별로 안 다쳤다고 했잖아!"

그녀는 자신의 상태를 살폈다. 팔다리에는 붕대가 감겨 있었고, 옷은 여기저기 잘려 나간 채 변색된 피가 말라붙어 있었다. 대충 감아 흘러내리는 붕대를 보며 혀를 찬 하트는 부하를 시켜 앨리스를 데려오도록 명령했다.

"흰 토끼가 많이 다쳤다고 전해."

금세 달려온 앨리스는 단번에 소윤의 상처를 치유했다. 그녀의 능력을 처음 경험하는 소윤은 상처가 아문 것뿐만 아니라 잃었던 혈액마저 보충되었다는 것을 깨달았다. 과연 연구소에서 환장할 만한 능력이었다.

"고마워, 앨리스."

"우리 사이에 이 정도로 뭘……."

"앨리스, 미안하지만 자리를 좀 비켜 줬으면 하는데."

앨리스는 오랜만에 이야기할 기회를 잡은 흰 토끼와 좀 더 대화를 나누고 싶었으나, 하트의 가라앉은 목소리에 집무실에서 나갈 수밖에 없었다. 뾰로통해진 그녀는 제레미를 대동하고 센트럴로 외출한다며 사라졌다.

문이 닫히고 정적이 흘렀다. 자리에서 일어난 하트가 그녀에게 다가왔다. 그가 평소처럼 옆에 앉자 소윤은 긴장을 감추기 위해 그에게는 보이지도 않을 눈을 내리깔았다.

그는 그녀의 귓가에 손가락을 걸어 마스크를 벗겨 냈다. 뺨과 입술을 스치는 천 조각의 질감이 평소보다 거칠게 느껴졌다. 그대로 그녀의 귀를 손가락으로 문지르던 그가 물었다.

"함정이었다고?"

그녀가 간밤에 있었던 일에 대해 설명하는 동안, 그는 귀를 지분거리던 손가락을 움직여 뺨을 쓰다듬었다. 그녀가 손으로 그것을 치우자 이번에는 그 손을 단단히 얽어 깍지를 꼈다.

"그래서 체셔 때문에 그 꼴이 되었다? 그럼 체셔는?"

"죽인 기억이 없으니 아마 살아 있지 않을까."

뜨끈한 손이 그녀의 온 손바닥에 열기를 전했다. 다른 손이 잘려 나간 옷을 들추고 피부를 쓰다듬었다. 상처가 났던 곳이었다.

"밤에 나갔다던 너는 돌아오지 않고, 괜찮은 것 같아 안심했더니 겨우 돌아온 너는 이 모양 이 꼴. 언제가 되어야 나는 너 때문에 마음 졸이지 않을 수 있을까? 응? 말해 봐, 흰둥아. 아니면."

날 안달복달하게 만드는 게 즐거워서 그래? 그가 귓가에 속삭인 말에 깜짝 놀란 그녀가 그를 보았다. 그녀의 흐트러진 머리카락 사이로 겨우 눈을 마주하게 된 하트가 입매를 길게 끌어 올리며 웃었다.

"네 성격에 그런 게 가능할 리 없겠지만."

하트는 그녀의 몸을 번쩍 들어 무릎 위에 앉혔다. 가슴이 틈 없이 붙고 그녀의 허벅지가 그의 허리를 감쌌다.

그는 손을 들어 소윤의 덥수룩한 앞머리에 댔다. 그 순간, 그녀의 심장이 세게 울렸다. 두 사람은 동시에 그것을 느꼈다. 소윤이 입을 꾹 다물자 하트가 빙긋 웃었다.

"긴장했어? 이것보다 더한 적도 있었는데, 고작 이걸 가지고? 아니면 지난번에 내가 했던 말을 듣기라도 한 걸까?"

"……무슨 말을 했는데."

그의 삶을 나타내는 딱딱한 손가락이 소윤의 머리카락을 이마 너머로 느릿느릿 쓸어 넘겼다.

"뭔데."

저도 모르게 신음을 흘릴 것 같은 감각을 참아 내며 그녀가 재차 물었다.

지난번이라면 그때였다. 하트가 자신에게 키스했던. 그녀의 생각을 읽기라도 한 듯 하트가 가볍게 입을 맞추었다.

"얌전히 두고 보는 일 따위는 그날로 끝이라고."

그녀의 입술 위에서 그의 입술이 달싹였다. 고작 그것만으로도 간지러움과 열기가 동시에 피어올랐다.

당황한 그녀의 입술을 비집고 뜨거운 혀가 침입했다. 입술 안쪽의 점막과 잇몸을 혀끝으로 살살 간지럽힌 그는 그녀의 뺨을 눌러 입을 벌리고 느긋하게 안으로 진입했다. 그러나 그의 눈만은 당장이라도 그녀를 삼켜 버릴 듯 형형하게 빛나고 있었다. 그녀는 하트의 눈에 얽매인 채 꼼짝없이 그의 입맞춤을 받을 수밖에 없었다.

등에 진 칼이 떨어지고 옷가지가 하나둘씩 벗겨졌다. 맨살에 닿는 서늘한 공기를 깨달은 소윤이 하트의 어깨를 힘없이 짚었다. 그러자 키스에 몰두하던 그가 잠깐 입술을 떼고 말했다.

"그냥 아무것도 생각하지 마."

그녀가 뭔가를 생각할수록 쓸데없는 고민만 늘어난다는 말을 덧붙인 것도 같았다. 확신하지 못하는 이유는 다시 키스가 이어져 모든 생각이 단번에 날아갔기 때문이다.

채 삼키지 못한 타액이 흘러내리자 그것을 죽 핥아 올린 하트는 그대로 고개를 숙여 목덜미를 아프지 않게 깨물고 빨았다.

그럴 때마다 움찔거리는 자신을 견딜 수 없었던 소윤은 그의 머리카락에 얼굴을 묻었다. 그러자 머리카락이 뺨에 닿고, 익숙한 베티베르 향이 후각을 자극했다. 둘 다 서늘하건만 그녀의 뺨은 식기는커녕 더 뜨거워졌다.

어느덧 그의 입술이 목덜미에서 내려가 가슴에서 머물렀다. 점점 강렬해지는 자극을 참지 못한 그녀는 하트의 목에 팔을 감고 꾹 끌어안아 입술이 어딘가에 닿지 못하도록 막았다.

저가 꼭 매달리는 듯한 모습을 하고 있다는 것을 전혀 생각하지 못하는 소윤을 보며 하트가 웃었다. 그러자 낮은 웃음소리에 허리에서 힘이 빠졌다. 뜨거운 숨결이 그녀의 피부를 간지럽혔다. 그를 이루는 것 중 그녀의 감각을 자극하지 않는 것이 없었다.

"그걸로 되겠어?"

웃음기 어린 목소리로 속삭인 그가 그녀의 허리를 양손으로 감싸 쥐었다. 그녀의 체온보다 배는 뜨거운 손이었다. 한쪽 손은 움푹 팬 등골을 메우듯 더듬다가 다른 쪽 허리를 꽉 잡아 그녀를 무릎으로 세우고, 다른 한쪽 손은 옆구리를 타고 내려가 다리 안쪽을 향해 미끄러졌다.

"잠깐, 어딜……."

소윤이 질겁하자 하트는 얼른 그녀에게 키스해 입을 틀어막았다.

그 틈을 타 목적지를 찾아간 손가락이 슬슬 움직이자 그녀가 당황한 듯 신음했다. 그것이 점점 가느다랗게 바뀌는 것을 들으며 하트는 흥분에 차 웃었다. 맞댄 입술을 통해 그것을 들은 소윤이 그를 원망스럽게 노려보았다. 그러자 입술을 뗀 그는 소윤의 젖은 입술을 슬슬 핥으며 또 웃었다.

"뭐, 웃, 뭐야, 왜 웃는…… 힛! 그만해!"

"네가 자꾸 귀엽게 굴어서."

"무, 무슨 말도 안 되는…… 흐읏……!"

소윤은 지나친 자극에 머리를 하트의 어깨에 묻고 꾹 눌렀다. 그래도 자극은 사라지지 않아서, 그녀는 고개를 휘저으며 그에게 매달렸다. 어느 순간 그녀의 몸이 감전된 듯 퍼뜩 뛰었다.
"아, 여기야?"
하트가 즐거운 기색이 역력한 목소리로 물었다. 발끝까지 열기와 초조함에 시달리는 그녀와는 달리 여유가 넘치는 그가 너무 얄미워서, 그녀는 그의 어깨를 이마로 다시 한 번 꾹 눌렀다. 그런데 그 생각을 말로 한 모양이었다. 그는 기가 막힌 듯한 소리로 중얼거렸다.
"여유? 내가?"
그녀의 허리를 잡고 있던 손을 뗀 그가 수북하게 떨어져 내린 앞머리를 쓸어 넘겨 주었다. 땀이 촉촉하게 밴 머리카락이 넘겨진 채 고정되자 그녀의 상기된 얼굴이 하트의 앞에 고스란히 드러났다.
입술을 핥은 그가 그녀의 손목을 잡고 아래쪽으로 잡아끌었다.
"이래도?"
불볕에 선 듯한 그녀의 체온보다, 안쪽을 괴롭히던 손가락보다 더 뜨거운 것이 손에 닿았다. 소윤은 차마 눈을 내리지 못하고 입술을 깨물었다. 그것을 입술로 툭툭 건드린 하트가 눈을 가늘게 뜬 채 그녀를 보았다.
"응? 이래도?"
소윤은 대답 대신 그의 손아귀에서 손을 빼고 얼굴을 다시 그의 어깨에 묻었다. 그가 자신 때문에 흥분하고 있다는 것과, 그럼에도 그녀에게 곧바로 달려들지 않았다는 것을 알자 기분이 더 이상해졌다.
관계를 맺는 게 원래 이런 거였나? 아니, 이런 거라고 알고 있었던 것도 같았다. 아주 오래전의 기억이 희미하게 떠올랐다. 단순한 행위가 아니라 사랑을 나누었던 기억이었다. 그때 그녀는 처음이었고, 이제 얼굴도 기억나지 않는 상대는 소윤이 울자 참 당황했었다.
그럼 지금 이건 뭔데? 그때 소윤의 귓가에 연신 입을 맞춘 하트가 속삭였다.

"나를 봐."

손가락이 빠져나갔다.

"할 거야."

그렇게 말한 하트가 그녀의 허리를 잡고 가볍게 들어 올렸다. 그 바람에 그의 어깨에서 얼굴을 뗀 그녀는 하트의 정욕에 찬 얼굴을 고스란히 들여다보게 되었다.

그 얼굴이 천천히 가까워지고, 방금 전까지 손가락이 있던 자리를 다른 것이 밀고 들어왔다. 하트가 목 안쪽에서부터 깊은 신음을 토했다. 그의 눈동자는 모든 이성을 잃고 번들거리고 있었다.

이윽고 그것에 휩쓸린 소윤은 그에게 모든 이성을 잡아먹히고 말았다.

비가 오는 걸까. 깊은 늪과 같은 수면에서 나른하게 자맥질하던 소윤은 가장 먼저 깨어난 감각인 후각으로 그렇게 판단했다. 곧이어 청각과 시각이 깨어났다.

사위는 조용했고 감긴 눈꺼풀 너머는 어두웠다. 촉각이 깨어나자 그녀의 몸을 휘감고 있는 단단하고 매끄러운 피부가 느껴졌다. 그것이 대단히 익숙한 체온을 갖고 있다는 것을 깨달은 그녀는 눈을 떴다.

그녀가 비라고 판단한 냄새는 비 오는 날의 숲을 연상케 하는 베티베르였다. 하트가 애용하는 향으로 가득 찬 이곳은 그녀가 하트의 저택에서 집무실 다음으로 익숙한 그의 침실이었다.

두꺼운 커튼 틈으로 밝은 빛이 새어 들어오고 있는 것으로 보아 아직 해가 지지 않은 모양이었다.

소윤의 몸이 보인 미세한 반응으로 그녀가 깨어났다는 것을 알아차린 하트가 낮게 웃었다. 그녀의 귓가에 아직도 고여 있는 희열에 가득 찬 신음과 비슷한 소리였다.

그는 소윤을 바싹 당겨 안고 숨을 깊이 들이마시더니 짐승인지 인간인지 구분도 못 할 소리로 만족스럽게 그르렁댔다. 소윤은 어딜 짚을까 망설이다가 그의 팔에 손을 얹었다. 그 순간 손이 전기라도 통한 듯 짜릿했지만, 그녀는 그것을 무시한 채 그를 밀었다.

"비켜."

"왜?"

그러나 이제까지 그녀가 밀면 밀려나 주던 하트는 더 이상 존재하지 않았다. 그는 전신으로 그녀를 덮쳐눌렀다. 배가 덜 채워진 맹수는 굶주린 눈으로 단 하나뿐인 먹이를 향해 달려들었다.

입술이 막히자 사고도 막혔다. 거부는 생각도 나지 않았다. 숨을 흐트러뜨린 채 그를 응시하는 소윤에게 하트가 요구했다.

"나한테 키스해."

둘 사이의 공간은 단 1센티미터. 고개를 돌리는 것만으로도 닿는 거리였다.

소윤은 그가 조금의 흔들림도 없이 응시하자 눈매를 확 일그러뜨린 채 턱을 치켜들었다. 젖은 입술이 포개지자 방금 전 손을 통해 느꼈던 전율이 입술을 통해 전신으로 퍼졌다. 그녀는 그것이 무엇을 의미하는지 알고 있었다.

뒤엉켜 섞이고 거칠어진 숨을 고를 새도 없이 다시 끌어안겨져 체온에 녹여지고 침범당했다. 하트는 온갖 방법으로 그녀를 열락의 늪에 가라앉혔다. 늪. 소윤은 그 감각을 그렇게 느꼈다. 한 번 발을 디디면 두 번 다시 빠져나올 수 없게 만드는, 무겁고 질척한 감각.

"집중해."

하트가 사납게 으르렁대며 그녀를 끌어내려 늪 밑바닥에 처박았다. 아니, 함께 처박혔다.

날짜가 바뀌는 시각이 되어서야 포만감에 만족스러운 얼굴이 된 하트가 그녀를 놓아주었다. 그는 씻겠다는 그녀를 향해 "그러든가."라고 말하며 아니꼬운 태도로 욕실을 가리켰다.

침대 밖으로 발을 내딛는 순간, 소윤은 그의 득의양양한 눈빛을 이해할 수 있었다. 다리의 힘이 죄다 빠져 침실 바닥에 풀썩 주저앉은 그녀를 보며 하트가 낄낄대고 웃었다.

"네 체력이 얼마나 굉장한지는 알지만 이건 그것과는 다른 문제라서 말이지. 아, 그래. 빨리 안 일어나면 카펫에 흔적이 남을 거야."

나는 상관없지만, 이라고 덧붙인 그를 노려본 소윤이 간신히 몸을 일으켜 침대에 걸터앉았다. 다행히 흔적이 남지는 않았지만, 잠깐이나마 허벅지를 타고 흐르던 액체의 감촉은 그리 유쾌하지 못했다.

"도와줄까?"

하트가 손가락을 세워 그녀의 등을 천천히 쓸어내리며 물었다. 그녀가 손가락을 쳐 내자 그는 쿡쿡 웃더니 더러워진 시트를 잡아 빼 그녀의 몸을 감쌌다. 그러더니 그녀를 어린아이처럼 안고 욕실을 향해 걸어갔다.

침실에 딸린 욕실에는 샤워 시설만 있는 집무실과는 달리 큰 욕조가 설치되어 있었다. 물을 틀어 욕조를 채우기 시작한 그는 소윤을 안고 반대편에 설치된 샤워기로 갔다. 샤워기 앞에 그녀를 내려놓고 자신의 몸에 기대게 한 하트는 시트를 걷어치웠다.

이내 샤워기에서 뜨거운 물이 쏟아져 내렸다. 그가 바디클렌저를 샤워볼에 묻혀 잔뜩 거품을 내자 욕실 안에 베티베르 향기가 자욱하게 퍼졌다. 그녀가 샤워볼에 손을 내밀자 하트는 팔을 뻗어 그녀의 손이 닿지 않는 곳으로 그것을 치워 버렸다.

"얌전히 있지 않으면 씻는 시간만 늘어날 뿐인데…… 그래도 좋다면 계속할까?"

하트는 색정적으로 눈웃음을 치며 말했다. 그 시간이 괜히 늘어나는 것이 아님을 알아차린 그녀는 다시 손을 내렸다.

소윤의 몸을 깨끗하게 씻기고 자신도 씻은 하트는 다시 그녀를 안아 들고 욕조로 향했다. 샤워했으니 필요 없다는 그녀의 말은 귓등으로도 듣지 않았다.

찰랑이는 물에 천천히 잠겨들자 몸이 나른해졌다.

"자도 돼."

등 뒤에서 그녀의 패치 표면을 연신 긁작거리던 하트가 속삭였다.

깜빡 졸았던 그녀는 정신을 차리고 몸을 일으켰지만, 몸에 둘러져 있는 하트의 팔에 당겨져 원래의 자리로 되돌아갔다. 그는 그녀의 머리에 입을 맞춘 후 그녀를 지탱하며 욕조에서 일어났다. 졸음기에 겨웠던 그녀는 무심결에 말했다.

"익숙해 보여."

"이제 고작 두 번째인데, 칭찬으로 받아들여야 하나?"

"두 번째?"

"잠든 널 씻기고 옷을 입혀 이 방까지 데려온 게 누구라고 생각해?"

하트의 손이 그녀의 뺨을 어루만지고 목과 어깨를 지나 팔을 천천히 쓸어내렸다. 그가 닿은 곳마다 뜨겁고 간지러운 감각이 파문처럼 퍼져 나갔다. 팔꿈치에서 잠시 손을 멈췄던 그는 아쉬운 듯 입맛을 다시며 허리를 감쌌다.

두 사람이 욕실에서 나오자 침대 시트가 새로 깔려 있었고 이불도 바뀌어 있었다. 하트의 저택에는 여성 고용인이 없다. 그녀는 자신이 아직 이런 것에 좁쌀만 한 부끄러움이나마 느낄 수 있는 인간이라는 사실에 기뻐해야 할지 말아야 할지 알 수가 없었다.

소윤에게 목욕 가운을 입혀 꼭꼭 여며 주고 젖은 머리도 말려 준 하트는 제 머리와 몸은 대충 물기만 훔친 후 침대 위에 누웠다. 시트 위에 물이 뚝뚝 떨어지는 것을 본 소윤은 그의 손에서 타월을 빼앗아 머리를 세게 털어 주었다.

"아, 픈, 데, 흰, 둥, 아."

"시끄러워."

타월 아래에서 하트가 웃었다.

"왜 웃어."

그녀는 하트의 머리를 꾹꾹 누르며 물었다. 타월을 걷어치운 그가 소윤의 허리를 끌어안고 침대 위로 쓰러졌다.

"아까도 말했잖아. 네가 너무 귀엽게 군다고."

"……바보냐."

소윤이 휙 돌아누웠다. 그러자 하트가 이불을 끌어다가 덮어 주고는 그녀의 등 뒤에 바싹 붙었다. 그의 팔이 소윤의 몸을 부드럽게 휘감고 옥죄어 들었다.

차라리 장난감 취급받았던 때가 편했다. 아무 생각 없이 주어지는 따뜻함을 받기만 하면 되었으니까.

어쩌면 이제 너무 늦었을지도 몰라. 그녀의 안에서 누군가가 속삭였다.

다음 날 아침, 옷을 찾던 그녀가 발견한 것은 목에서부터 반으로 찢겨 나간 맨투맨이었다. 어쩐지 위로 벗어야 하는 옷이 그녀도 모르는 사이에 벗겨져 있다 했다. 그렇지 않아도 팔이 너덜너덜하고 피가 말라붙어 입기 어려운 그것을 쓰레기통에 버린 그녀는 하트가 가져다준 두꺼운 후드 티와 집업 점퍼 그리고 카고 바지를 걸쳤다.

소년과도 같은 차림새의 그녀에게서는 지난 하루의 어떤 징후도 보이지 않았다. 하트는 그녀의 목덜미를 덮은 머리카락을 손가락으로 슬슬 치웠다. 그러자 하얀 목덜미에 뚜렷하게 찍힌 잇자국과 화인이 드러났다.

그가 거기에 가볍게 입을 맞추자 소윤이 목을 움츠렸다. 조용히 웃은 그가 숨을 깊이 들이마셨다. 같은 바디클렌저 냄새도 사람이 다르면 이렇게나 차이가 난다. 그의 것이 비 오는 한낮의 숲속이라면, 그녀의 것은 비 오는 새벽의 숲 어귀였다. 좀 더 안쪽으로 깊게 끌어당기면 그와 같아질까.

그가 드러난 피부에 코끝을 부비는데 소윤이 심드렁하게 투덜거렸다.

"배고파."

심상찮은 분위기는 그 한 마디에 일소되었다.

잠시 후, 어제 하루를 통째로 굶은 소윤의 앞에 에그 베네딕트를 메인으로 한 화려한 아침상이 대령되었다.

연노란색 소스가 듬뿍 뿌려진 수란을 나이프로 자르자 노른자가 주르륵 흘러내렸다. 수란, 시금치, 베이컨 그리고 납작한 머핀을 잘 포개어 입에 넣자 짭짤한 맛에 홀랜다이즈 소스 특유의 새콤하고 고소한 맛이 어우러졌다. 정말로 배가 고팠던 그녀는 에그 베네딕트 4개와 큼지막한 치즈 오믈렛, 차가운 통새우를 넣은 샐러드, 그리고 제철 과일인 딸기를 갈아 만든 주스 한 잔을 순식간에 먹어 치웠다.

디저트는 와플이었는데, 하트는 그 위에 손수 바닐라 아이스크림을 얹어 소윤에게 건네준 후, 그녀가 그것을 먹는 동안 커피를 내려 가져다주었다. 하트가 타인의 시중을 들다니, 누가 보았다면 눈을 의심할 만한 광경이었으나 두 사람은 개의치 않았다.

소윤은 머그를 입가에 가져가며 하트를 살폈다. 그에게서는 어딘지 온유한 분위기마저 감돌고 있었다. 들쩍지근하고 미지근한 푸딩 속을 헤엄치는 기분이 든 그녀는 그것을 떨쳐 내기 위한 화제를 선택했다.

"체셔는."

하트가 고개를 들었다. 그는 적갈색 눈동자에서 번득이는 살기를 숨기지도 않았다. 그녀는 모르는 척 머그를 만지작거리며 말을 이었다.

"내가 알아서……."

"그는 암묵적으로 지켜지던 관행을 어겼어."

의뢰에 대한 제약은 흰 토끼에게만 있는 것이 아니었다. 의뢰인은 어떤 경우에도 의뢰를 속여서는 안 된다. 그것은 원더랜드가 무사히 돌아가기 위한 최소한의 예의 중 하나였다. 하트는 군림자로서 그것을 단속할 의무와 권리가 있었다.

"이번 일은 나한테 맡겨 줘, 하트."

머그를 테이블 위에 내려놓은 하트가 다리를 반대편 무릎 위에 얹었다. 턱까지 괸 채 소윤을 응시하는 그는 얼핏 나른해 보였지만 그녀는 속지 않았다. 그는 원더랜드의 하트로서 그녀에게 말했다.

"그건 월권이라고 생각하는데, 흰둥아."

"넘겨짚지 마. 내가 당한 만큼 갚아 주겠다는 게 왜 월권이야."

소윤은 폭력성으로 가득 찬 하트의 눈에서 시선을 떼지 않았다. 핀으로 고정시킨 앞머리 아래로 고스란히 드러난 눈빛을 면밀히 살피던 그는 이내 한숨을 쉬었다.

"내 흰둥이는 참 말도 안 듣지."

"고마워."

아직 체셔에게는 역할이 남아 있었다. 그는 앨리스에게 집착해 그녀를 납치하고 죽음 직전까지 몰아넣어야 했다. 버릇처럼 원작에 맞추어 판단한 소윤은 문득 착잡해졌다. 그래, 원작대로라면—.

"갈게."

커피를 다 마신 그녀가 자리에서 일어났다. 따라 일어난 하트가 그녀에게 다가왔다. 그는 허리를 숙여 그녀의 입술에 가볍게 키스한 후 눈매를 접었다.

"조심해서 가. 아직 몸이 안 좋을 수도 있으니 너무 무리하지는 말고."

발그스름한 눈매와 은근한 목소리에서 페로몬이 뚝뚝 떨어져졌다. 꼼짝없이 침대로 끌려갈 것 같은 위기감에, 그녀는 빠른 걸음으로 침실을 벗어났다.

소윤은 하트의 저택에서 나오자마자 매드해터와 베이비에게 메시지를 보냈다. 매드해터에게는 이번 일에 대한 설명과 그에 관련된 조치를, 베이비에게는 체셔의 정보를 부탁한 그녀는 집으로 향했다. 가던 도중 베이비에게서 메시지가 왔다. 하루만 기다리라는 내용이었다.

집에 거의 도착했을 즈음, 그녀는 집 앞에서 제법 눈에 익은 사람을 발견했다. 트윈스, 트위들 디였다. 서서 뭐라고 구시렁대던 그는 소윤의 집 벽면을 이루는 통유리를 툭툭 걷어차고 있었다. 그러다가 질렸는지 그는 유리로 된 문에 붙어 있는, 오래되어 너덜거리는 검은색의 컬러 시트를 손톱으로 살살 긁기 시작했다. 좀 더 걸어간 그녀는 그가 투덜거리는 소리를 들을 수 있었다.

"새치 새끼, 진짜 궁상맞게 뭐 이런 데서 살아? 아, 씨. 안이 보이지도 않잖아."

"궁상맞든 말든."

시트를 벗겨 내는 별것 아닌 작업에 심혈을 기울이고 있던 디는 그녀가 제법 가까워졌음에도 눈치채지 못했다. 목소리를 듣고서야 그녀를 알아차린 그는 펄쩍 놀라며 문에서 손을 뗐다.

"어, 야. 왔냐?"

어색하게 웃는 그의 손톱 밑에는 까만 컬러 시트 조각이 끼어 있었다. 얼른 주먹을 쥐어 그것을 숨긴 디는 소윤을 향해 걸어갔다.

"뭐하냐?"

그녀는 디에 대한 한심함을 숨기지 않은 채 물었다. 그에 욱한 디는 부루퉁한 표정으로 그녀를 외면했다. 그러자 입술을 잔뜩 내민 그의 모습이 고스란히 드러났다.

"그건 왜 뜯어."

"시발, 전부 네가 집에 들어오지를 않으니까……! 도대체 어제 하루 종일 어딜 싸돌아다녔어! 겁나, 응? 올 때마다 집이 텅 비어……."

"의뢰."

즉, 그에게는 할 말 없다는 의미였다. 말이 턱 막힌 디는 입을 우물거리다가 머리를 벅벅 긁었다. 명주실처럼 고운 머리카락이 아무렇게나 헝클어지는 것을 보며 그녀가 물었다.

"왜 왔는데?"

"……너, 그년 좋아하냐? 앨리스인가 뭔가 하는."

날 좋아해. 트윈스의 심기를 불편하게 만든 참으로 잘난 두 마디였다. 저가 왜 그것 때문에 기분이 상했는지도 모르면서 그들은 한참을 끙끙대다 결국 소윤을 찾아왔다. 마지막으로 만났던 때 느꼈던 괴상한 감정을 다시 느낀대도 상관없었다.

그들로서는 제법 괜찮은 타이밍이었다. 지금 가장 듣고 싶지 않았던 이름을 들은 그녀는 무심코 솔직하게 대답했다.

"그다지."

"어? 그, 그래? 그럼 싫어하냐?"

"딱히."

그녀의 단호한 대답에 눈을 동그랗게 떴던 디는 두 번째 물음에 대한 대답에 구시렁대기 시작했다.

"에이 씨, 진짜 뭐 이따위 대답이……."

별 의미 없는 단어들의 나열에, 그녀는 집에 들어가기 위해 문으로 다가갔다. 그때 바람결에 묻어난 베티베르 향기를 맡은 디가 그녀에게 얼굴을 바싹 들이대고 킁킁대기 시작했다.

"새치 너, 뭔가 냄새가 좀…… 어째 시발스럽게 야리꼬리하다?"

평소의 비누 냄새와는 달리 식욕이라고는 요만큼도 돋지 않는 냄새였다. 그는 미간을 잔뜩 찌푸렸다. 그가 먹으려고 생각했던 걸 다른 사람이 홀랑 가져다가 삼켜 버린 것 같은 불쾌함이 그를 엄습했다. 그러나 그의 기분에는 요만큼도 관심 없는 소윤은 집 안으로 휙 들어가 버렸다. 눈앞에서 흔들리는 문을 본 디는 조심스럽게 손을 내밀었다.

오래되어 모퉁이가 지저분하게 말린 컬러 시트로 내부를 가린 유리문. 디는 그 너머에 무엇이 있는지 잘 알고 있었다. 그럼에도 이상하게 긴장하고 만 그는 문에 조심스럽게 손을 얹었다.

문은, 당연한 말이지만 차가웠다. 슬쩍 밀자 부드럽게 열린 문 사이로 소윤이 보였다. 마스크를 벗은 후 등에 비끄러맸던 칼을 내려놓고 있던 그녀는 고개만 돌려 그를 돌아보았다.

디는 부러 뻔뻔하게 안으로 들어가 소파 위에 털썩 주저앉았다. 언젠가 그가 굴러 떨어졌던 침대는 억지로 외면했다.

"넌 존나, 손님한테 마실 거 내오는 상식 같은 것도 없냐? 엉?"

소윤은 무심결에 코웃음을 쳤다. 상식이라니, 저 트위들 디의 입에서 나올 단어가 아니었다. 그러나 오늘 하루만큼은 뻔뻔하기로 마음먹은 그는 테이블을 발끝으로 툭툭 치며 빈정거리기까지 했다.

"손님 대접이 뭐 이따구야?"

소윤은 수돗물을 한 잔 받아다가 디의 앞에 내려놓았다. 딱히 목이 말랐던 것은 아니었던 디는 그것을 흘깃 볼 뿐 손도 대지 않았다.

"날 찾아온 이유가 그거야? 앨리스 때문에?"

"어? 뭐, 그렇……지?"

"그거라면 신경 쓰지 않아도 돼. 아무 관계 아니니까."

눈을 껌뻑이던 디가 슬쩍 얼굴을 붉혔다. 그는 괜히 머리를 쓸어 넘기고 고개를 돌려 얼굴을 숨기려 들었으나, 그를 뚫어져라 쳐다보는 것 같은 하얀 머리통에 결국 버럭 소리를 지르고 말았다.

"누, 누가 그런 걸 신경 썼다고 그래!"

"그래."

"시발, 그년 이상한 소리나 해서는. 그때 확 물어뜯어 버릴걸."

디의 혼잣말을 듣던 소윤이 "뭐?"라고 되물었다.

"뭐가 뭔데."

툴툴거리던 그는 자신이 무슨 소리를 했는지를 깨닫고 입을 다물었다. 이제껏 트윈스는 자신들의 성벽을 감춰 왔다. 이유는 간단했다. 귀찮아지기 때문이었다.

현재 그들의 앞에 있는 사람은 소윤이었다. 아무리 그녀가 원더랜드의 이 꼴 저 꼴을 다 본 장의사라 할지라도 그들의 성벽을 알리고 싶지는 않았다.

아니, 이미 알고 있을까? 몇 번이고 그녀를 덮쳤던 기억을 떠올린 디는 식은땀이 밴 손바닥을 바지 위에 슬며시 댔다.

"아무 짓도 안 했으니까."

그의 입에서 변명 같은 말이 툭 튀어나왔다. 정확히 말하자면 뭔가를 하기 전에 그만두었지만 어쨌든 결과는 똑같지 않은가. 그는 다시 한 번, 이번에는 당당하게 외쳤다.

"아무 짓도 안 했다고! 시발, 덤이 그년 데리고 여기저기 겁나 친절하게 안내해 줬는데! 존나 너는……."

"알았어."

"그래, 알았…… 뭐?"

"알았다고. 잘했어."

잘했어. 그녀의 입술이 그렇게 움직였다. 디와 덤은 그 아무 것도 아닌 한 마디에 머리가 텅 비는 것을 느꼈다.

"그, 그래! 새치 너 보는 눈이 제법이다! 우리가 원래 뭐든 다 잘해!"

디는 당황한 기색이 역력한 얼굴로 저가 무엇을 지껄이는지도 모른 채 연신 입술을 움직였다. 그 모습을 보며 철없는 남자아이가 감당도 못할 허세를 부리는 것 같다고 생각한 그녀는 실소했다. 그 순간, 이것저것 두서없이 떠들던 디가 입을 다물었다.

가볍게 다물린 채 입매만 살짝 올라간 입술이 그린 완만한 곡선. 높낮이도 거의 없이 툭툭 내뱉는 말이나 하는 무뚝뚝한 입술이 처음 보는 곡선 하나만으로 탐스러워졌다.

문득 그녀의 눈, 그들에게 가장 강렬한 인상을 주었던 그것도 함께 보고 싶어진 그들은 테이블 너머로 팔을 뻗었다. 투박한 손가락이 그녀의 덥수룩한 앞머리로 향했다.

때 묻은 버티컬 사이로 새어 들어온 희미한 햇살이 백발 위에 내려앉아 있었다. 그들은 그것을 보며 순은을 연상했다. 힘을 주면 금세 일그러지고 시간이 지나면 어느새 검어지지만, 그 귀함만은 잃지 않는 금속을.

그때 소윤이 그들의 손을 가로막았다. 그들의 것보다 조금 낮은 체온을 가진 버석한 손가락에 닿은 순간, 그들은 무거운 것이 내려앉는 소리를 들었다.

"미쳤나."

낮게 중얼거린 그들은 그녀의 손가락을 뚫어져라 바라보았다. 마르고 거칠고 거스러미까지 잔뜩 일어난, 그들에게 있어서는 과거를 떠올리게 만드는 손가락이었다. 그런데 그것에 심장과 폐가 꽉 붙잡힌 기분이 들었다.

그들은 턱턱 막힌 숨을 어렵사리 들이마셨다. 혈류마저 제정신이 아닌 듯 얼굴은 물론 목과 귀까지 급격히 치솟은 핏기로 온통 화끈거렸다. 제정신이 아닌 것은 그것뿐만이 아니었다.

"미쳤나 보다."

저 밥맛 떨어지게 무정한 여자가 너무 예뻐 보였다.

소윤은 베이비에게서 전달받은 체셔의 정보를 훑어보았다. 현재 그는 소윤에게 입은 부상으로 인해 아웃하우스의 병원에 입원 중이었다. 마법까지 동원하여 치료하고는 있으나, 상당히 큰 상처인 데다가 병원으로 이송된 시간도 늦어 완치까지는 제법 시간이 걸린다고 했다.

차라리 잘된 일이었다. 원더랜드에 상주 중인 그의 부하들만 처리해도 그가 가진 세력은 상당 부분 줄어들 것이다. 정보를 마저 읽던 그녀는 옆에 놓아두었던 스마트폰의 홈 버튼을 눌렀다. 아무 것도 표시되지 않은 잠금 화면이 나타났다.

최근 그녀의 집에 자주 드나들던 매드해터는 요 며칠 발을 뚝 끊었다. 게다가 그는 이틀 전 그녀가 보낸 메시지에 침묵으로 일관하고 있었다.

그에게 부탁할 일이 생기면 연락 없이 집으로 찾아가던 그녀가 굳이 미리 연락을 한 것은, 그녀가 요구한 해결책을 마련하는 데 시간이 걸릴 것이라 판단했기 때문이었다. 그러나 그것이 침묵으로 돌아오니 평소처럼 찾아가는 것이 이상하게 껄끄러웠다. 오늘 안으로 답신이 없으면 무작정 찾아가겠다고 마음먹은 소윤은 나갈 준비를 했다.

그녀의 목적지는 원더랜드에 있는 체셔의 본거지였다. 그러나 그곳에는 선객이 있었다. 그녀는 열린 문 사이로 보이는 풍경에 한숨을 쉬었다.

선명한 진저 헤어의 남자가 무지막지한 힘으로 도끼를 휘둘러 남자들의 목을 치고 있었다. 돌이켜 보면 하트는 체셔를 건드리지 않겠다는 말을 한 적이 없었다.

하트에게서 도망치려던 남자가 소윤을 보았다.

"장의사!"

남자는 원망이 서린 음성으로 그녀의 별칭을 외치며 달려들었다. 그녀는 허벅지에서 나이프를 뽑아 남자의 가슴에 찔러 넣었다. 피부와 근육을 통과한 칼이 뼈를 부수고 장기를 갈랐다. 나이프를 거칠게 뽑아낸 그녀는 눈에서 빛을 잃어 가는 남자를 옆으로 치웠다.

옆에서 시선이 느껴졌다. 고개를 들자 하트가 뜨거운 눈으로 그녀를 응시하고 있었다. 그러면서도 그의 손은 쉬지 않고 체셔의 부하를 도륙하고 있었다.

애용하는 대도를 손에 든 그녀는 아비규환의 참상 속으로 발을 디뎠다. 그리고 30분도 채 지나지 않아 체셔의 본거지에 있던 남은 인원은 단둘로 줄어들었다.

칼에 묻은 피를 대충 닦아 칼집에 되돌린 소윤은 하트를 보았다. 젖은 머리카락을 손가락으로 훑어 내리던 하트는 그녀와 시선이 마주치자 빙긋 웃었다.

"흰둥아."

뻔뻔하기까지 한 웃음이었다. 그녀는 그를 무시한 채 체셔의 본거지에서 나갔다. 그 뒤로 하트가 따라붙었다.

밖에 나오자 피에 젖은 피부에 바람이 선뜩하게 닿았다. 피투성이인 두 사람은 그들을 슬금슬금 피하는 사람들은 전혀 신경 쓰지 않은 채 걸음을 옮겼다.

조금 걷자 갈림길이 나왔다. 소윤은 집으로 향하는 오른쪽 길로 접어들었다. 그러자 왼쪽 길로 가야 하는 하트 역시 그녀를 따라 오른쪽 길에 발을 디뎠다. 그녀는 걸음을 멈추고 그를 돌아보았다.

"이쪽 길이 아닐 텐데."

"한시라도 빨리 이 지저분한 걸 씻어 내고 싶어서 그래. 여기에서는 내 집보다 네 집이 더 가깝잖아?"

"고작 5분 차이야."

"그래서? 욕실을 안 빌려 주겠다고? 널 위해 이렇게나 피를 뒤집어 쓴 내게?"

소윤은 코웃음을 쳤다.

"참도 그렇겠네."

그러나 하트는 아랑곳하지 않은 채 유들유들하게 말했다.

"안 믿나 본데, 나는 오늘 처벌을 위해 나온 게 아냐. 이건…… 그래, 시시한 복수지."

그는 슬슬 피가 말라붙기 시작한 하얀 머리카락을 손가락에 감았다. 감각이 존재하지 않는 얇은 실을 타고 그의 움직임이 전해지자 머리 전체가 성감으로 욱신거렸다.

그녀는 그의 손가락에서 머리카락을 빼냈다. 하트가 슬쩍 눈웃음을 치며 그녀를 보았다. 타고나길 발그스름하게 물든 그의 눈매에는 금방이라도 폭발할 것 같은 어떠한 것이 응축되어 있었다. 그녀는 몸을 휙 돌리며 말했다.

"찬물이라도 상관없다면."

"아닌 거 뻔히 아는데 거짓말하면 안 되지, 흰둥아."

"……도대체 너희는 나에 대해 무슨 정보를 주고받는 거야."

조금 날카로운 어조로 중얼거린 그녀는 빠른 속도로 걷기 시작했다. 그녀의 뒤로 뚜벅거리는 발자국 소리가 이어졌다.

집에 도착한 그녀는 하트를 화장실로 밀어 넣으려다가 그녀의 집에 그가 입을 만한 옷이 없다는 사실을 뒤늦게 깨달았다. 아마도 처음부터 알고 있었을 그는 그녀의 집을 둘러보느라 여념이 없었다.

그녀는 문을 향해 돌아서며 말했다.

"네 옷 가져올 테니까 씻……."

그러나 그녀의 말은 끝까지 이어지지 못했다. 하트가 그녀를 등 뒤에서 끌어안았기 때문이었다.

"어딜 가겠다고?"

"네 옷 가지러 네 저택에."

"그런 건 내 부하에게 시키는 게 효율적이라고 생각하지 않아?"

그의 손가락이 그녀의 옷자락을 느릿느릿 더듬다가 슬그머니 안쪽으로 침입했다. 그녀는 숨을 들이켰다.

"그리고 아까부터 묘하게 신경이 곤두서 있는 것 같은데."

"손 치……."

"나 때문이지."

그것은 질문조차 아니었다. 확고하게 단정한 그는 소윤을 번쩍 들어 올려 화장실을 향해 걸어갔다.

"하트!"

그녀가 외쳤지만 하트는 아랑곳하지 않았다.

화장실에 들어간 하트는 소윤을 바닥에 내려놓고 피로 얼룩진 옷을 훽훽 벗겨 화장실 구석으로 던져 버렸다. 그러고는 마찬가지로 피투성이가 된 그의 슈트를 벗어 그 위에 던졌다. 점점 드러나는 피부에 그녀가 고개를 돌리자 그는 샤워기의 레버를 비틀며 낮은 소리로 웃었다. 그의 목소리가 물줄기를 뚫고 뚜렷하게 울렸다.

"이제 와서 내외하는 건 아니겠지, 흰둥아?"

아니면 부끄러워? 하트는 덜 마른 피가 달라붙어 있는 작은 귀에 입술을 대고 속삭였다.

그의 입술이 여린 살갗 위 보송보송 돋은 솜털을 스쳤다. 소윤은 등줄기를 타고 스멀스멀 기어오르는 감각을 무시하려 애썼다. 그러나 그런 반응 따위 전부 알고 있다는 듯, 하트는 젖은 손가락으로 그녀의 귀를 슬슬 문질렀다.

"피가 묻어서 말이야."

"……너 설마 일부러 나와 비슷한 시각에 그리로 간 건 아니겠지?"

"흰둥아, 넌 그런 둔한 점도 귀여워."

집까지 오는 내내 그녀가 품고 있던 의문에 대해 능청스럽게 대답해 준 그는 소윤의 머리를 자신에게로 고정한 채 하얀 머리카락을 쓸어 넘겼다. 그러자 확 밝아진 시야에 하트가 들어왔다. 물에 젖은 붉은 머리카락을 전부 이마 뒤로 넘겨 이목구비를 고스란히 드러낸 그는 지독하게 관능적인 얼굴로 그녀를 내려다보고 있었다.

"정말 예뻐, 내 흰둥아."

낮게 긁힌 그의 목소리가 화장실의 타일에 부딪쳐 동굴처럼 울렸다. 그녀는 그것만으로도 힘이 빠지려는 다리를 강하게 디뎠다.

그사이 그의 손가락이 어깨를 지나 가슴, 팔, 배로 내려갔다. 그녀는 다급히 그의 손을 붙잡았다. 그러자 그는 다른 손으로 그녀의 허리를 잡고 끌어당겼다. 살갗에 부딪친 그의 체온은 델 듯이 뜨거웠다.

그는 그대로 몸을 숙여, 그녀가 어느 결엔가 깨물고 있는 입술 위에 입을 맞추었다. 하트는 그녀의 아랫입술을 핥고, 입술로 윗입술을 부드럽게 물고, 결국 힘이 빠져 벌어진 입술 사이로 혀를 넣어 그 안의 모든 것이 그의 것이라 탐욕스럽게 선포했다. 소윤은 떨리는 손을 억지로 다잡고 그를 밀었다.

"안 돼."

소윤이 속삭이자, 밀려나고도 혀를 내밀어 그녀의 입술을 핥던 하트가 웃었다. 어지러운 머리로도 그의 분노를 역력하게 느낄 수 있는 웃음이었다.

"안 돼? 왜? 그 계집애 때문에? 이 머리통으로 무슨 생각을 하는지는 모르겠지만, 아무에게나 날 떠넘길 심산인 건 대단히 불쾌해."

“……아무나가 아냐.”

“아, 그래. 아무나가 아니지. 네 그 소중한 앨리스 리델.”

그 순간, 그녀의 눈앞에 몇 개의 장면이 스쳐 지나갔다. 여태껏 본 적 없는 온화한 언동의 하트와 웃고 있는 앨리스로 이루어진, 소윤의 희망을 위해서는 당연한 장면이었다. 그것에 잠식당한 그녀는 스스로도 어찌할 수 없는 충동에 휩싸여 입을 열었다.

“앨리스를 소중하게 생각하는 건 내가 아니라……!”

하트가 입술을 길게 찢으며 웃었다. 그녀는 자신이 무엇을 말했는지 그때야 깨달을 수 있었다. 급히 입을 다문 그녀에게 하트가 말했다.

“나에게도 그 계집애는 수단이야.”

소윤은 그 말에 숨겨진 미묘한 뉘앙스를 되묻고자 입을 열었다. 그러나 그 틈을 비집고 들어온 것은 공기가 아니라 뜨거운 살덩이였다. 그것이 그저 달고 달아서 그녀는 생각하던 모든 것을 잊고 그것에 매달렸다.

뜨거운 손이 그녀의 뺨을 미끄러져 귀를 건드리고 천천히 아래로 내려갔다. 호흡에 겨운 그녀를 위해 하트가 입술을 떼었을 때, 그의 손은 이미 목을 지나 가슴 언저리에서 맴돌고 있었다. 피부 위에서 슬슬 원을 그리는 손가락에, 소윤은 얕게 신음하며 눈을 질끈 감았다.

목덜미에 퍼부어지는 입맞춤, 젖은 몸을 강하게 때로는 약하게 어루만지는 손, 안쪽을 풀어내는 손가락, 살갗 위로 쏟아지는 물방울. 무엇 하나 뜨겁지 않은 것이 없었다. 그의 온도까지 단번에 끌어 올려져 들끓던 그녀의 어지러운 시야에 거의 시뻘겋게 변한 눈동자가 보였다.

그도 자신처럼 뜨거운 걸까. 소윤은 하트의 얼굴을 향해 손을 뻗었다. 그녀의 손이 뺨에 닿자 그는 소년처럼 웃었다. 그가 토해 낸 숨결이 그녀의 팔목에 닿았다. 그도 그녀처럼 뜨거웠다. 그녀의 입가에 안

개처럼 희미한 웃음이 맺혔다가 사라졌다.

둘의 몸이 밀착하더니 이내 소윤의 몸이 공중에 떠올랐다. 같은 눈높이에서 집요하게 마주해 오는 시선을 통해 전해진 무언의 요구를 읽은 그녀가 하트에게 키스했다. 그를 흉내 내어 서툴게 혀를 움직이자 그가 낮게 신음했다. 입술이 떨어지자 숨을 몰아쉰 그가 아찔한 목소리로 말했다.

"선생이 아주 훌륭한 모양이야."

씩 웃은 하트가 그녀의 등을 벽에 슬쩍 붙였다. 뜨거워진 몸에 차가운 타일이 닿자 기분이 좋았지만, 금세 따라붙은 입술 때문에 곧 타일마저 뜨뜻해졌다.

문득 벽 너머에서 인기척이 느껴졌다. 그 자리에 멈춰 선 기척에 그녀가 멈칫거리자 하트는 타일을 세게 두드리며 으르렁댔다.

"꺼져."

그와 동시에 가장 뜨거운 것이 그녀의 안쪽까지 단숨에 밀려 들어왔다. 갑작스러운 감각에 소윤은 차마 삼키지 못한 신음을 짧게 뱉었다. 그러자 벽 너머의 기척이 멀어졌다.

"누구, 였……!"

발이 땅에 닿지 않는다는 불안감이 쾌락과 결합했다. 정신없이 휘둘리는 그녀를 보며 입술을 핥은 하트가 말했다.

"날 잡아."

그녀는 하트의 목을 끌어안았다. 그러자 그녀의 어깨에 입을 맞춘 하트가 말을 이었다.

"그렇게 놓지 말고 잡고 있어. 계속."

소윤은 아무것도 이해하지 못한 척 하트에게 매달렸다.

소윤이 옷을 입는 사이, 하트는 부하에게 전화를 걸어 옷을 가져오도록 명령했다. 전화를 끊은 그는 아까 제대로 둘러보지 못했던 실내를 차분히 살펴보았다. 가구에서부터 시작하여 누르께한 잿빛으로 변색된 버티컬까지, 전 흰 토끼가 살던 때 그대로였다.

매드해터가 시제품이라는 핑계로 떠넘긴 인덕션이 가장 큰 변화였다. 교체된 보일러조차 매드해터가 아니었으면 어림도 없었을 것이다.

이곳에 온 지 4년이나 되었음에도 그녀는 식료품과 옷, 소모품 이외에는 아무것도 사지 않았다. 그는 드레스룸에서 나오는 그녀를 향해 물었다.

"이곳에서 떠나고 싶어?"

소윤은 그가 묻고 있는 '이곳'이 원더랜드일 것이라고 생각했다. 차원 이동자라는 사실을 굳이 비밀로 하지는 않았지만, 그렇다고 떠벌리고 싶지도 않았으므로 매드해터를 제외한 다른 사람들에게는 단서조차 주지 않았기 때문이었다.

어느 쪽이든 곤란한 질문이었으므로 그녀는 입을 다물었다. 그러자 하트가 다시 물었다.

"이곳이 싫어?"

그녀는 대답 대신 질문으로 되돌렸다.

"아까 그 말은 무슨 뜻이야."

"어떤 말? 아, 네게 키스를 가르친 사람이 참 훌륭하다고……."

"앨리스가 너에게도 수단이라고."

하트는 앨리스의 이름을 듣자마자 눈을 가늘게 뜨고 그녀를 응시했다. 그녀의 갈색 눈동자는 참 복잡한 빛을 담고 있었다.

"흰둥아."

그가 부드러운 목소리로 그녀를 불렀다.

허리의 타월을 제외하면 실오라기 하나 걸치지 않은 몸으로 타인의 집에 있음에도 불구하고 그는 아무 거리낌도 없어 보였다. 그녀가 가만히 서 있자 가볍게 한숨을 쉰 그는 걸터앉아 있던 침대에서 내려와 그녀에게 다가갔다. 하트는 그녀의 뺨을 감싸 쥐고 얼굴을 들여다보았다.

"네가 질투하는 모습을 보는 건 즐겁지만 말이야, 날 그 계집애의 것이라고 생각하는 건 역시 기분 나빠. 뭘 근거로 그렇게 생각했지?"

근거라면 있다. 참 오래전이라고 생각되는 언젠가 읽었던 로맨스 판타지 『원더랜드』. 반대로 말하자면 그것 이외의 근거는 앨리스에 대한 하트의 태도뿐이었다. 그런데 그것이 수단을 손에 넣기 위한 방책에 지나지 않았다면…….

소윤은 자꾸만 그쪽으로 뻗어 나가려는 생각의 가지를 분질렀다. 그때 그녀의 생각을 읽기라도 한 듯 하트가 말했다.

"그 계집애는 너는 물론이고 나에게도 수단이야. 네가 묻고 싶은 것은 이거였지?"

하트는 도대체 어디까지 알고 있는 걸까. 소윤은 식은땀이 밴 주먹을 움켜쥐었다. 그러자 하트는 그녀의 손을 끌어다가 제 손바닥 위에 올리고 슬슬 쓸었다. 상냥해 보이는 행동과는 달리 그의 말은 가차 없었다.

"너는 앨리스가 이곳으로 올 것을 알고 있었어. 안 그래? 슬럼 순찰도, 중립지대의 치안을 단속한 것도 전부 그 계집애를 위한 거였고. 도대체 어디에서 어떤 정보를 얻었기에 무려 4년 전부터 준비해 온 걸까. 뭘 알면 이 나를 고작 그런 계집애의 것이라고 생각하게 되는 걸까."

하트는 소윤의 주먹을 펴 손바닥을 드러내더니 자신의 손을 쥐어 주었다. 귀에 물이 들어가면 청각이 둔해지지만, 말이 고이면 다른 것은 듣고 싶지 않게 되어 버린다. 나를 잡아. 타일에 반사되어 울리던 그의 목소리가 점점 커졌다. 이 손을 잡는다면, 그렇다면.

그때 문을 두드리는 소리가 울렸다. 화들짝 놀란 소윤은 하트의 손을 팽개치듯 놓아 버렸다. 그는 문을 향해 달려가는 소윤의 뒷모습을 보며 아쉬움에 입맛을 다셨다.

조금만 더 밀어붙이면 완전히 집어삼킬 수 있을 것 같았는데. 슬쩍 열린 문틈으로 익숙한 얼굴이 보였다. 그는 그 얼굴을 잘 기억해 두었다.

방문객은 하트의 부하로, 그녀와도 안면이 있는 사이였다. 젖은 머리카락을 모조리 뒤로 넘기는 바람에 환히 드러난 얼굴과 발그스름하게 부푼 입술, 붉은 울혈이 찍힌 목을 보며 묘한 표정을 지은 그는 들고 있던 쇼핑백을 그녀에게 떠넘겼다.

"부탁드립니다."

격의 없이 반말을 내뱉던 평소와는 달리 예의 바르게 말한 남자는 허리 숙여 인사한 후 돌아갔다. 등 뒤에서 하트가 웃는 소리가 들려왔다.

"아, 이래서야 봐줄 수밖에 없겠는데."

의미를 알 수 없는 말을 중얼거린 그가 소윤을 향해 성큼성큼 다가왔다. 쇼핑백을 빼앗아 아무렇게나 던져 놓은 하트는 그녀를 번쩍 들어 침대 위에 내려놓고 잽싸게 덮쳐 들었다.

"하트!"

"너는 아무 생각도 하지 못할 때가 가장 솔직해."

이제 와서 빼지 말지? 그는 악당다운 얼굴로 킬킬 웃으며 그렇게 덧붙였다. 입은 지 30분도 안 된 옷을 다시 벗긴 하트는 그녀의 몸에 입을 맞추었다.

그는 감이 상당히 좋은 편이었다. 얼마나 좋은가 하면, 감 덕분에 몇 번인가 목숨을 건진 적이 있을 정도였다. 그는 소윤의 목에 입술을 대고 소리 없이 중얼거렸다.

넌 여기에서 못 나가.

예쁜 짓이라고는 전혀 하지 않는 여자가 예뻐 보인다는 사실을 깨달은 다음 날, 트위들 덤은 소윤의 집으로 향했다.

어째서인지 그녀의 얼굴을 보는 것이 부끄러워져서 집에서 조금 떨어진 곳에 멈춰 선 그는 안에 있는 2개의 인기척을 감지했다. 뒤이어 남자의 낮은 목소리가 들려왔다. 몇 번인가 들어 본 기억이 있는 목소리였다.

"야……. 아주…… 모양……."

무슨 말이지? 소리가 들리는 쪽으로 걸음을 옮긴 덤은 벽 너머가 욕실 겸용으로 사용되는 협소한 화장실이라는 사실을 깨달았다. 화장실 안에서 마치 하나처럼 바싹 붙어 있는 2개의 기척.

얼어붙은 그의 귀에 높고 낮은 신음 소리가 서로 뒤엉킨 채 들려왔다. 아냐, 그럴 리가. 저도 모르게 부정하던 그는 벽을 후려치는 소리에 정신을 차렸다.

"꺼져."

제법 익숙한 목소리가 거친 숨결로 으르렁댔다. 그놈이다. 하트. 그것을 깨달은 순간, 소윤의 짧은 신음이 그의 귓속을 치고 들어왔다. 덤은 하트가 그녀에게 무엇을 했는지 순식간에 이해해 버렸다.

어느 결엔가 뒷걸음질을 친 그는 빠른 걸음으로 걷기 시작했다. 정신을 차렸을 때 그는 이미 집에 도착해 있었다. 의자에 주저앉은 덤은 그가 들은 소리를 반추했다.

뭐야, 무슨 일인데. 심상치 않은 감정의 파동을 느낀 디가 잠에서 깨어나 물었다. 덤은 자신이 들은 것을 그에게도 들려 주었다. 잠시 말이 없던 디가 튀어나왔다.

"……뭐냐, 이건."

그들이 알던 소윤의 모습이 머릿속에서 빙글빙글 돌았다. 그들에게만은 일관적으로 차고 무정했던 여자였다. 그런 여자가, 하트와. 그녀의 손가락에 잡혔던 심장과 폐가 쥐어짜이는 것 같았다.

그들은 언젠가 디가 헛소문을 꾸며 그녀에게 들이댔던 것을 떠올렸다. 그게 거짓이 아니었단 말이지. 그래 놓고서는 그런 얼굴로, 우리에게만. 목을 태우는 질투와 욕구를 삼킨 순간, 자각하지 못했던 마음이 형체를 이루기 시작했다.

그 여자가 갖고 싶다.

트윈스는 웃었다. 답지 않은 행동은 이제 그만 집어치우자. 갖고 싶으면 가지면 되는 거다. 울 때까지 범하고 그 젖가슴을 물어뜯으며 만끽하자. 그건 필경 어머니를 물어뜯고 처음 세상을 보았던 때와 동등한 환희일 것이다.

"그 여자는 쓸데없이 힘이 세니까. 결코 빠져나가지 못할 우리를 만드는 게 가장 중요해."

덤의 말에 디가 맞장구를 쳤다. 약이라도 처먹이면 꼼짝 못 하겠지. 그들은 튼튼한 우리를 만들기 위해 자리에서 일어났다.

하트에게 붙들려 하루의 반을 꼼짝없이 내주어야 했던 소윤은 다음 날 매드해터를 방문하기 위해 집을 나섰다. 묘하게 마음이 불편했지만, 연구소와 관련된 일을 이 이상 미룰 수는 없었다.

얼마쯤 걷던 그녀는 마치를 발견하고 그에게 다가갔다. 최근에는 가벼운 의뢰의 경우 그녀를 통하지 않고 마치에게 곧바로 연락이 가도록 하였는데, 그 일환인지 그는 담배와 술 등을 잔뜩 담은 봉투를 듣고 있었다. 몇 가지 별 내용 없는 이야기를 늘어놓던 그는 소윤의 눈치를 슬금슬금 보더니 조심스럽게 말했다.

"깨어났어, 그 여자애. 그, 그런데 아직 말은커녕 제대로 움직이지도 못해. 하루의 거의 반을 잠으로 보내고 있어."

"몸은 좀 어때 보여?"

"내가 보기에는 괜찮은 것 같아."

"내가 데려갈까?"

소윤으로서는 정말 순수하게 마치에게 폐가 될까 봐 한 말이었다. 그러나 그는 움찔거리더니 세게 고개를 저었다.

"됐어! 아, 아니 그게 말이지, 도르가 그 애 돌보다가 정이 좀 든 것 같아서."

"그거 다행이네."

겉으로 보기에는 열두어 살, 정신연령으로는 일곱 살가량인 도르의 실제 나이는 열다섯 살이었다. 그 여자아이도 열네 살쯤으로 보였으니, 마치나 소윤 이외의 다른 사람들과는 거의 접점이 없는 도르와 좋은 친구 사이가 될 수 있을지도 모른다.

"그런데 어떻게 일어났어? 그냥 눈을 뜬 거야?"

"어? 그, 어어, 그래."

마치는 어물어물 대답했다. 소윤은 정면을 보느라 알지 못했지만, 그의 뺨은 새빨갛게 물들어 있었다. 마치는 입술을 잘근잘근 씹었다. 소녀의 마른 입술과 닿았던 부분이 참을 수 없이 근지러웠다.

마치와 헤어진 소윤은 곧 매드해터의 집에 다다랐다. 현관문 앞에서 잠시 멈춰 서 있던 그녀는 문고리에 손을 얹었다. 기묘한 긴장감이 느껴졌다. 그녀는 짧게 숨을 내쉬며 문을 열었다.

실내는 어두웠고 기척은 침실 쪽에서 느껴지고 있었다.

"매드해터?"

그녀는 그를 부르며 안쪽으로 들어갔다.

"여깁니다."

살짝 열린 문틈으로 그의 대답이 들려왔다. 그녀는 그 말을 허가 삼아 침실 안으로 들어갔다.

침실 안에는 옅은 술 냄새와 피 냄새가 떠돌고 있었다. 매드해터는 침대에 누운 채 눈을 감고 있었는데 그녀가 가까워지자 눈을 떴다. 눈 밑에 짙게 드리워진 다크서클 때문인지 얼굴이 초췌해 보였다. 소윤은 저도 모르게 눈매를 일그러뜨렸다.

그러자 살짝 웃은 매드해터는 그녀를 잡아당겨 꽉 끌어안았다.

"이거 거슬립니다."

그렇게 중얼거린 그는 그녀에게서 마스크와 칼을 풀어 침대 한쪽으로 밀어 버리고는 이불을 머리끝까지 뒤집어썼다. 이불 속 좁은 공간에서 체온만으로 이루어진 온기가 살갗에 닿았다.

"피곤합니다. 몇 시간 전까지 아웃하우스에 있었거든요."

"옷 정도는 갈아입어."

"귀찮아요. 음, 당신이 갈아입혀 주면 되겠네요."

"그냥 자. 나는 놓고."

그녀는 피투성이 슈트를 잡아당기던 손을 매정하게 놓았다. 그러자 매드해터는 바람 빠지는 소리를 내며 웃더니 그녀를 끌어안은 채 데굴데굴 굴렀다. 이불에 몸이 돌돌 말리자 움직임이 불편해졌다.

소윤을 제 몸으로 꾹 짓누른 그가 생긋 웃었다. 비할 데 없이 화사한 웃음이었지만, 그녀는 그것을 보며 맹금류를 떠올렸다.

"내가 지금까지 어디에 있었다고 생각합니까?"

"……아웃하우스라며."

"당신이 말의 이면이라는 것을 읽을 수 있다고 생각한 내가 어리석었군요. 그럼 조금 바꿔서, 내가 지금까지 누구의 아지트에 있었을 것 같습니까?"

원더랜드의 거주자 중 아웃하우스에까지 아지트를 두고 있는 사람은 얼마 없었다. 그녀는 자연스럽게 한 인물을 떠올렸다.

"설마 체셔?"

매드해터는 다시 웃더니 그녀의 목덜미에 얼굴을 묻었다. 그러고는 이내 음산한 살기를 흘리기 시작했다.

"그 남자, 죽여 버리고 싶어요."

"체셔, 말이지?"

"답을 알면서 묻는 건 나쁜 버릇입니다. 정말…… 나는 내가 이렇게나 감정을 주체하지 못하는 인간이라는 걸 처음 알았어요. 당신만 아니었으면 그때 바로 죽여 버리는 거였는데."

끓어오르는 감정을 꾹꾹 눌러 담은 목소리가 이어졌다. 소윤은 전해지는 고동에 맞춰 매드해터의 어깨를 두드렸다. 그러자 그가 앓는 소리를 내며 소윤에게 뺨을 부볐다. 그것이 간지러웠던 그녀는 목을 움츠렸다가 매드해터를 조금 떨어뜨렸다. 마주한 푸른 눈동자는 어둡게 가라앉아 있었다.

매드해터는 그녀가 체셔의 함정에서 빠져나온 날, 하트의 연락을 통해 자초지종을 들었다. 그때 그는 하트의 목소리에 역력한 희열을 통해 소윤과 하트 사이에 무슨 일이 벌어졌는지 짐작할 수 있었다. 그래서 그는 아웃하우스로 나갔다. 그녀가 당한 일에 대한 복수 겸, 들끓는 질투와 살의를 잠재우기 위해. 그리고 그녀를 잠시 보지 않기 위해.

그러나 어느 정도 진정했다고 생각하여 원더랜드로 돌아왔음에도 그녀의 목덜미에 보란 듯이 남은 흔적을 보자 분노와 질투가 불같이 치밀었다.

그렇다. 어차피 이것은 피하출혈. 마법으로 치료할 수 있는 멍 자국에 불과하다. 그는 이를 갈며 마력을 움직였다.

"사라져."

단 한 마디의 시동어에 그녀의 몸에 찍혀 있던 키스마크가 모조리 사라져 버렸다. 그럼에도 분이 풀리지 않았던 그는 그녀의 목덜미에 얼굴을 묻고 매달렸다.

"매드해터? 혹시……."

"내 이름 알잖습니까. 제대로 불러 주세요."

"……요카난. 혹시 체셔, 읏."

매드해터는 부러 소리 내어 소윤의 목덜미를 핥았다. 그녀는 목을 움츠리며 고개를 돌렸지만, 이불과 그의 몸에 단단히 얽매인 채로는 어디로도 도망칠 수 없을 것이다.

그는 소윤의 목덜미를 빨아 새빨간 흔적을 뚜렷하게 남겼다. 그러나 이것에 아무 의미도 없다는 것은 누구보다도 그가 가장 잘 알고 있었다. 매드해터는 소윤을 꽉 끌어안았다.

"그 남자가 좋아요?"

소윤은 그의 물음에 대답하지 않았다. 그러나 매드해터는 그녀의 몸이 미세하게 움찔거린 것을 놓치지 않았다.

어떠한 것도 그가 소윤을 포기할 이유가 되지 못한다. 단 하나, 그녀의 결정 이외에는. 매드해터의 눈이 무겁게 가라앉았다. 그는 팔을 풀고 몸을 일으켰다.

"체셔, 그리고 뭐죠?"

그를 따라 일어난 소윤은 갑작스러운 화제 전환에 눈을 깜빡이다 물었다.

"체셔를 죽였냐고."

"흐음, 왜 그런 걸 묻죠? 아직 그가 죽을 때가 되지 않아서?"

언어가 칼날이 되면 이러할까. 이불을 걷어 내던 소윤의 손이 허공에 멈춘 채 경직했다.

"그게 무슨……!"

그는 그녀의 놀란 얼굴에 대고 아무렇지도 않게 웃으며 대답했다.

"농담입니다. 체셔라면 죽이지 않았어요. 아직 병원에 입원 중이라서요. 아무리 나라도 그런 곳에까지 쳐들어가 난동을 부리지는 않습니다. 왜 그리 과민 반응을 보이는 거죠?"

그는 다시 침대 위에 드러누웠다. 소윤은 그를 내려다보았다.

모자는 어디에 내팽개쳤는지 그는 특유의 청회색 머리카락을 시트 위에 한껏 흐트러뜨리고 있었다. 눈 밑과 뺨 언저리에 옅게 드리워진 그늘로 인해 깊은 퇴폐미가 흐르고 있었다. 그 얼굴로 그가 미소를 짓는 순간, 소윤은 잠깐이나마 넋을 잃었다.

"왜요?"

그는 모르는 척 흐드러지게 웃었다.

"……아무것도 아냐."

그에게 진실을 말할 수도 없고, 그렇다고 달리 꾸며 낼 말이 있는 것도 아닌 소윤은 입을 다물었다. 그러자 그가 몸을 일으켜 소윤에게 다가왔다.

문제는 하필 그때 소윤이 고개를 돌렸다는 것이다. 두 사람의 입술이 부딪쳤다. 작당이라도 한 듯 정확하게 맞물린 입술에 매드해터의 눈이 커졌다.

어느 날인가부터 매드해터는 그녀에게 많은 입맞춤을 했지만, 그것은 어디까지나 친애의 수준—방금 전의 키스마크는 예외로 치고—에 그치는 것일 뿐, 아웃하우스에서의 그 밤 이후 두 사람의 입술이 부딪친 적은 지금껏 단 한 번도 없었다. 놀란 듯 눈을 깜빡인 매드해터가 얼굴을 붉혔다.

"아니, 이건 갑자기 움직인 당신이 나쁩니다. 난 분명 이마에 하려고……."

그 밤 이전에도 두 사람의 입술은 부딪친 적이 있었다. 매년 한 번씩 그는 입을 통로 삼아 소윤의 몸에 마력을 흘려 넣었다. 그러니 그녀의 입장에서 보았을 때 그의 변명은 '뭘, 이제 와서.' 정도의 감흥을 부를 만한 것에 지나지 않았다.

소윤의 멀뚱멀뚱한 얼굴에 매드해터의 얼굴에서 천천히 홍조가 가라앉아 갔다. 그는 이내 한숨을 쉬었다.

"그래요. 당신에게 뭘 바라겠습니까. 이곳에 온 이유나 듣죠. 그리고 그 메시지에 대한 것도요."

"확인했으면 알겠지만 문제가 좀 생겨서."

두 사람은 며칠 전 사건에 대한 이야기를 나누었다. 소윤이 매드해터에게 부탁한 것은 기절 마법과 마취 마법에 저항할 수 있는 방법이었다.

"필요한 이유가 뭔지 자세히 듣고 싶습니다만."

"연구소 내에서 사용되는 구속구와 실험대에 기절 마법과 마취 마법이 걸려 있으니까."

"연구소에 잡혀 갈 것을 가정한 대비책입니까."

그녀가 연구소를 벗어난 지 벌써 4년이나 지났다. 연구원들이 그녀의 낙인에서 발산되는 신호를 꾸준히 체크했을 가능성은 희박했다. 요컨대 이것은 어디까지나 보험에 지나지 않았다.

"그쪽에서 나설 거라는 보장은 없지만. 도망친 실험체를 잡기 위해 어떤 방법이 사용되는지는 전혀 모르니까 아는 거라도 대비해야지."

"최악의 상황을 염두에 두겠다는 거로군요."

소윤답지 않은 조심스러움이었다. 자신의 힘을 지나치게 믿는 경향이 있는 그녀는 앞서 대비하기보다는 닥쳤을 때 해결하는 타입이었다. 매드해터는 그녀의 신중함에서 소윤이 연구소를 얼마나 끔찍하게 생각하는지 알 수 있었다. 10년이 지난 지금도 두통과 꿈에 시달리는 그로서는 지독하게 이해가 가는 부분이었다. 잠시 생각에 잠겨 있던 매드해터가 말했다.

“발동 시기도 그리고 발동 여부마저 불확실하다면 방법은 단둘뿐입니다. 당신이 그 마법에 대항할 마법 트랩을 소지하든가, 또는 어깨의 낙인처럼 몸에 마법진을 새기든가. 각자 장단점이 있습니다만, 단점만 말하자면 마법 트랩은 언제나 지니고 있어야 하고, 낙인은 당신도 알겠지만 대단히 아픕니다.”

“그럼 새기는 걸로.”

“전 반대입니다. 차라리 마법 트랩을 아주 작게 만들어서 귀에 달거나 하는 쪽이…….”

매드해터가 준 선택지는 그녀에게 전혀 쓸모가 없었다. 왜냐하면.

“연구소에서는 실험체에게 옷이나 액세서리를 허용하지 않아. 그러니 소지하는 건 무리야.”

“……뭐라고요?”

“실험에 조금이라도 오차를 발생시킬 가능성이 있는 것은 전부…….”

“아니, 됐습니다. 알아들었으니 입 다무세요.”

매드해터는 눈을 가렸다.

그녀에게서 인간이 가져야 할 기본적인 수치심조차 찾아볼 수 없었던 이유가 여기에 있었다. 그는 그녀에게 웃옷을 벗을 것을 종용했던 과거의 자신마저 싸잡아 욕을 퍼부었다.

잠시 그렇게 있던 그는 거리를 좁혀 그녀에게 다가앉았다. 그때까지도 그녀는 자신이 무엇을 말했는지 잘 모르는 것 같았다. 그는 팔을 벌려 그녀를 끌어안았다.

“당신이 당신을 가엾게 여기지 않으니까 나라도 가엾게 여겨 주겠습니다. 대신 당신은 날 가엾게 여겨 주세요. 양쪽 모두 수지맞는 좋은 거래로군요.”

"매드해터?"

"이런 때에는 이름으로 부를 만도 한데 말이죠. 아까도 그렇고 정말 두더지보다도 분위기를 못 읽네요, 당신."

폭언에 가까운 말과는 달리 매드해터는 그녀를 상냥하게 끌어안았다. 이내 소윤이 그를 "요카난."이라고 부르자 소리 없이 웃은 그는 그녀의 머리카락에 입술을 묻은 채 말했다.

"나만 이름으로 불리다니, 이건 불공평한 처사입니다. ……물어봐도 괜찮습니까?"

그의 목소리는 참 조심스러웠다.

자의로 원더랜드를 택한 사람들은 대부분 범죄자이거나 사정이 있는 사람들이다. 그러므로 원더랜드에서는 상대가 알려 주기 전까지는 함부로 이름을 묻지 않았다. 거절당할지도 모른다고 생각한 그는 소윤을 안은 팔에 힘을 주었다. 그래서 그는 눈을 크게 뜬 그녀가 입술을 질끈 깨문 것을 알지 못했다.

그녀는 이곳에 떨어진 후 딱 한 번 이름을 알려 준 적이 있었다. 연구소에서 인적 사항을 조사받을 때였다. 그러나 그곳에서 그녀는 이름보다는 137번째, 어이, 이봐 등으로 불렸고, 나중에 가서는 발음도 어려운 이름보다 백발 실험체처럼 알기 쉬운 별칭으로만 불리게 되었다. 차라리 그게 편했다. 만약 이름으로 불리면서 그런 취급을 받았다면 정말 절망했을지도 모른다.

이름을 묻는 행위는 인간이 인간에게 하는 것이다. 그 이외의 존재에게는 불가능하다. 그러니까 이 세계의 누군가가 그녀에게 이름을 물어본 것은 분명 이것이 처음이었다.

그녀는 허리 옆에 얌전히 늘어뜨렸던 팔을 들어 매드해터를 끌어안았다. 그가 놀라는 것이 느껴졌지만 그녀는 아랑곳하지 않고 그의 어깨에 눈매를 꾹 눌렀다. 비릿한 피 냄새 사이로 청량한 향기가 슬며시 올라와 그녀를 감쌌다.

"왜 그래요, 흰 토끼. 무슨 일이에요. 얼굴 좀 들어 봐요."

"……윤."

"네?"

소윤이 고개를 들었다. 매드해터의 푸른 눈이 걱정과 사려를 담고 그녀를 살피고 있었다. 그녀는 그와 시선을 마주하고 살짝 미소 지었다.

"예소윤. 내 이름이야."

헛것이라도 본 듯 눈을 깜빡이던 그의 얼굴에 천천히 환희가 퍼져나갔다.

"소윤이라고 불러."

그녀가 다시 말했다. 그러자 그녀의 웃는 입매를 더듬던 그가 그녀의 이름을 불렀다.

"소윤."

"응."

"소윤이었군요."

"응, 요카난."

아름다운 얼굴이 가까워졌다. 소윤은 반사적으로 눈을 감았다. 그녀의 입술 위에 가볍게 키스한 매드해터는 입술을 뗀 후 멋쩍게 웃었다.

"이럴 생각은 아니었는데 말이죠. 분명 심각한 이야기를 하던 중이었는데……."

그렇게 말하면서도 그는 소윤의 입술 위에 다시 한 번 키스했다. 그때서야 그녀는 매드해터가 자신에게 키스했다는 사실을 인지했지만, 별다른 감상은 들지 않았다. 마치 짐승이 서로의 상처를 핥아 주는 듯한 느낌의 스킨십이었으니까. 그것이 지금까지 느끼지 못한 새로운 감상이라는 것은 뇌리 한구석을 스치며 사라졌다.

매드해터는 그녀의 어깨에 머리를 기대고 말했다.

"일단 마법진을 새기는 데에는 준비가 필요해요. 모레, 아니 내일 오후에 새기는 걸로 하죠."

"졸려?"

그의 목소리에서 피곤함을 느낀 소윤이 물었다. 매드해터의 머리가 위아래로 흔들렸다.

"자는 동안 옆에 있어 주세요. 그렇게 해 줄 거죠, 소윤?"

청회색의 머리카락이 나풀거리는 것을 물끄러미 보던 소윤은 그것에서 미묘한 애틋함을 느끼고 슬며시 긍정했다.

어느덧 해가 중천에 솟았다가 서녘으로 빼꼼 기울어졌다. 푹 자고 일어난 매드해터는 그의 팔 안에서 얌전히 잠들어 있는 소윤의 모습을 멍하니 바라보다가 꽃처럼 웃었다.

"소윤."

단 두 음절짜리 이름을 곱씹듯 느릿느릿 부른 그는 그녀를 바싹 당겨 안았다. 소리를 듣고 기척을 느꼈을 것이 분명할 텐데도 그녀는 미동도 없이 잘도 자고 있었다.

"소윤."

필경 이곳의 누구에게도 제대로 불린 적이 없을 이름일 터였다. 그는 붉은 기가 돌던 눈을, 조금 짠맛이 느껴졌던 입안을 떠올렸다. 그러자 참을 수 없을 만큼 키스하고 싶어졌다.

"그만 일어나요, 소윤."

그는 소윤의 동그스름한 코끝에 살짝 키스하며 말했다. 그러자 그녀는 깨어날 듯 콧잔등에 주름을 잡더니 다시 잠에 빠졌다.

"도대체 밤에 뭘 했기에 이렇게 못 일어나는 겁니까?"

심술과 질투가 덕지덕지 붙은 목소리로 투덜거린 그는 그녀의 코끝을 아프지 않게 깨물었다.

가지런한 잇자국이 하얗게 남았다가 발그스름하게 사라질 즈음 그녀가 눈을 떴다. 일어나자마자 보인 새하얀 얼굴에 눈을 깜빡인 그녀는 매드해터라는 것을 깨닫고 본능적으로 긴장했던 몸을 편하게 풀었다.

"왜, 매…… 요카난."

"이제 오후입니다. 일어나세요."

그녀의 팔을 잡아끌어 일으킨 매드해터가 허리를 숙였다. 소윤이 자연스럽게 그에게 끌어안겼다. 매드해터는 그녀에게서 전해져 오는 친애의 감정을 느꼈다.

소윤이 주는 것이라면 무엇이든 좋다. 그러나 그가 정말로 받고 싶은 것은 다른 것이었다. 매드해터의 눈에 기쁨과 착잡함이 동시에 스쳐 지났다.

매드해터는 그녀를 침실에서 데리고 나와 식탁 의자에 앉히고 요리를 시작했다. 신선한 아스파라거스를 씻어 밑동을 자르고, 억세 보이는 부분은 칼로 벗겨 낸다. 그가 아스파라거스에 베이컨을 돌돌 말아 오븐에 넣자마자 소윤이 그를 데리고 거실로 나왔다.

"소윤? 왜 그러나요?"

그녀에게 이끌려 소파에 앉게 된 그는 뒤이어 그녀가 들고 온 구급상자를 보고 작은 소리로 웃었다.

"걱정했군요. 고마워요."

그녀는 그의 말을 무시하고 칼에 자잘하게 베인 상처에 약을 발랐다. 그러다가 쏟아져 내리는 앞머리가 귀찮았는지 연신 코끝을 찡끗거렸다. 매드해터는 그녀에게 잡혀 있지 않은 쪽의 손으로 그녀의 머리카락을 넘겨 주었다.

그를 흘긋 올려다본 그녀는 다시 그의 상처에 집중했다. 그는 이따금 움직이는 하얀 눈썹이나 사뿐히 내리깔린 속눈썹, 가끔 오므려지곤 하는 입술 따위를 즐겁게 감상했다.

치료가 끝나고 얼마 안 있어 오븐에서 소리가 났다. 자리에서 일어난 매드해터가 말했다.

"소윤은 여기에 앉아 있어요."

그녀는 부엌으로 향하는 매드해터의 등을 응시했다.

"자느라 점심도 걸러 배고프죠?"

매드해터는 그녀의 앞에 쟁반을 내려놓았다. 달걀 프라이와 베이컨 아스파라거스 말이, 홍차, 차가운 스펀지케이크 그리고 영양 캡슐의 기묘한 조합이었다. 그중 매드해터의 몫이라고는 영양 캡슐밖에 없었다.

캡슐 그릇을 가져가는 손을 바라보던 소윤은 손등에서 방금 전까지 없었던 화상을 발견했다. 그녀가 무엇을 보는지 알아차린 매드해터는 음식을 그녀의 앞에 밀어 주며 말했다.

"얼른 먹어요. 식으면 맛없으니까."

짭짤한 베이컨과 육즙이 스며든 아스파라거스는 정말 맛있었고 스펀지케이크는 폭신하고 촉촉했다. 그래도 그녀는 그의 화상에서 눈을 돌릴 수가 없었다. 매드해터는 모르는 척 빙긋 웃었다.

음식을 싹 먹어 치우고 매드해터의 손등까지 치료하고 난 소윤은 그의 집을 나섰다. 그리고 마치의 집 근처에 다다랐을 즈음, 소녀가 깨어났다는 사실을 떠올리고는 방향을 틀었다.

마침 거실에 있던 도르가 그녀를 맞이했다.

"어서 와, 토끼야!"

도르는 들고 있던 대야와 타월을 내려놓고 소윤에게 폭 안겼다. 평소 같으면 머리를 부비적대며 제법 오래 붙어 있었을 그녀는 금세 떨어져 나와 대야와 타월을 손에 들었다. 소윤은 물이 찰랑찰랑한 대야를 빼앗아 들며 물었다.

"이건 왜?"

"씻겨 주려고. 아직 잘 움직이지 못하니까 내가 해 줘야 하거든."

소윤은 도르를 따라 마치의 방으로 들어갔다. 검은 단발의 소녀가 침대 위에 누워 잠들어 있었다. 도르가 제법 시끄럽게 굴었음에도 불구하고 소녀는 깨어나지 않았다.

"맨날 잠만 자. 나 심심하게. 오빠는 내가 잘 돌봐 주면 곧 건강해질 거랬는데, 정말 그럴까?"

"그럴 거야. 얘도 도르가 잘 돌봐 줘서 깨어난 거잖아."

그녀는 도르의 머리를 쓰다듬었다. 그러자 도르는 어린 뺨을 붉히며 웃었다. 하얀 앞머리 아래에서 소윤의 눈매도 부드럽게 이지러졌다.

소윤은 해가 뉘엿뉘엿 질 즈음이 되어 마치의 집에서 나왔다. 문득 내일 아침으로 먹을 만한 것이 없다는 것을 기억해 낸 그녀는 센트럴로 갔다.

마트에서 산 빵과 작은 팩 우유가 든 봉투를 달랑달랑 들고 가던 그녀는 집을 5분쯤 남겨 둔 거리에서 트윈스를 발견했다. 그녀의 집으로 접어드는 골목 어귀에 서 있던 트윈스는 그녀가 그를 발견한 것과 거의 동시에 그녀를 향해 돌아섰다.

"아, 장의사."

트위들 디와 덤의 차이는 옷차림만이 아니었다. 사근사근한 말투가 덧입혀진 목소리는 디가 낼 때와는 달리 순면처럼 산뜻하고 부드러웠다. 그가 분홍색의 도톰한 입술로 미소를 짓자 지나치게 섬세해서 어딘지 의지가 약해 보이는 윤곽이 금세 화려하게 물들었다.

문득 소윤은 트윈스를 처음 만났던 때를 떠올렸다. 그때도 딱 이 시간대였고, 창을 등지고 서 있던 소년은 머리카락을 적금빛으로 물들이고 있었다.

덤이 그녀에게 다가왔다. 그의 등 뒤로 펼쳐진 하늘이 제법 붉었다. 그것이 그의 얼굴에 진한 그림자를 드리우고 있었지만, 그녀는 그가 여전히 미소 짓고 있다는 것을 어렵지 않게 알아볼 수 있었다. 그녀와 한 발자국쯤 떨어진 곳에서 멈춰 선 그는 고개를 갸웃거리며 말했다.

"오늘은 혼자네?"

그 말에 그녀는 어제 벽 너머에 있던 것이 누구였는지 깨달았다. 그녀가 아무 말도 하지 않자 덤은 그녀를 향해 손을 뻗었다. 매드해터의 집에서 자고 일어난 지 얼마 안 된 터라 조금 부스스해진 옆머리에 손가락을 얽은 그는 그것을 천천히 미끄러뜨렸다.

그녀의 귀를 스친 손가락이 잠시 멈추었다가 머리카락을 떠나 마스크 위, 정확하게는 입술에 닿았다. 그제와 어제는 하트에게, 오늘은 매드해터에게 붙들렸던 입술이 자극을 받고 가볍게 떨렸다. 그것을 검은 천의 미세한 움직임으로 알아차린 덤이 눈을 가늘게 뜨고 웃었다.

그가 그녀의 입술을 쓸자, 그 감각이 그리 마음에 들지 않았던 소윤은 고개를 돌려 버렸다. 일순 파란 눈을 번들거렸던 덤은 그녀가 다시 그를 보자 상냥한 척 웃었다.

"미안. 아팠어?"

"용건은."

"너무 그렇게 무섭게 굴지 마. 앞으로 가끔 네게 의뢰를 할까 해서. 그런데 연락처를 모르겠더라고. 알려 주겠어?"

소윤은 덤의 핸드폰을 받아 번호를 누르고 돌려주었다. 그는 그것을 저장하며 물었다.

"그런데 지난번에는 왜 알려 주지 않겠다고 한 거야?"

"지난번?"

소윤이 되물었다. 그 한 마디에 정황을 알아차린 덤이 내심 이를 갈았다.

"아니, 별것 아냐."

얼버무린 그는 소윤을 향해 손을 내밀었다.

"앞으로 잘 부탁한다는 인사."

살아오면서 악수를 별로 나눠 본 적이 없는 소윤은 다소 경계하며 그의 손을 잡았다. 그는 그녀의 작고 거친 손을 힘주어 잡았다.

다음 날 오후, 매드해터의 집에 찾아간 소윤은 2층 연구실이 아닌 침실로 안내되었다. 그는 영 탐탁지 않은 얼굴로 그녀의 몸에 새길 마법진에 대해 설명했다.

알몸으로 눕혀질 가능성까지 생각했을 때 마법진이 들키지 않을 만한 곳은 얼마 되지 않는다. 매드해터는 입술 안쪽, 아랫잇몸 안쪽, 두피를 지적했다. 비슷하게 생각했던 소윤은 고개를 끄덕였다.

"물론 그곳들도 세부적으로 검사한다면 바로 들키고 말겠지만요. 으음, 당신은 머리카락이 희니까 두피도 좀 불안해 보입니다. 개인적으로는 입술을 살짝 잡아당기기만 하면 보이는 입술 안쪽보다는 잇몸 안쪽이 나을 거라고 생각하는데, 소윤은 어떤가요?"

"그럼 거기로."

그는 작은 종이를 내밀었다. 그곳에는 엄지손톱만 한 마법진이 빈틈없이 그려져 있었다.

"두 가지 마법을 막기 위한 거라 좀 복잡합니다."

그는 아무렇지도 않은 얼굴로 그렇게 말했지만, 소윤은 그의 눈매와 까칠한 피부에서 밤을 샌 흔적을 찾았다. 그녀는 그를 똑바로 올려다보며 말했다.

"고마워, 요카난."

어제 집에 돌아가면서 그녀는 생각했다. 그의 이름을 열심히 불러주자고. 그러면 그는 분명 기뻐할 것이다. 왜냐하면 그녀가 그러했으니까. 그녀의 말을 들은 매드해터는 참 기묘한 표정을 지은 후 허탈하게 웃어 버렸다.

"진짜……. 아주 날 들었다 놨다 하는군요. 그래요. 할 거면 빨리 끝내 버리는 게 좋겠죠. 그 종이를 마법진이 새겨질 부분에 밀착시켜 주세요. 가능한 이에 가깝게 붙이는 게 좋을 것 같습니다. 아무리 그 작자들이 치밀하대도 설마 붙잡자마자 거기까지 들여다보겠습니까."

소윤은 종이를 입안에 넣고 그에게 고개를 끄덕였다. 그러자 매드해터는 그녀의 뺨을 감싸 쥐고 들어올렸다.

"내 마력을 당신 몸 안에 넣어 돌릴 겁니다. 첫 번째는 내가 돌릴 거고, 두 번째는 마력이 알아서 돌 텐데 그때부터 아플 거예요. 누워 있는 게 나을 것 같아서 이리로 데려왔습니다만, 어떻게 하겠습니까?"

그녀는 무기와 신발 등 거추장스러운 것을 전부 침실 한쪽에 치워 놓은 후 침대 위에 누웠다. 매드해터는 괜히 헛기침을 했다.

"그럼 합니다."

한쪽 무릎으로 침대를 딛고 팔로 그녀의 머리 옆을 짚어 몸을 지탱한 그가 천천히 고개를 숙였다. 입술이 닿자 소윤이 살짝 입을 벌렸다. 그의 서늘한 마력이 입을 통로 삼아 그녀에게 넘어갔다.

처음에는 조금 간지럽다 싶은 만큼의 자극밖에 없었다. 그러나 그가 입술을 뗀 직후, 종이와 닿은 부분을 중심으로 밀려든 격통이 전신으로 퍼져 나갔다.

그녀는 발작적으로 몸을 웅크리고 베개에 얼굴을 묻었다. 단단한 팔이 몸을 끌어안는 것도 느끼지 못했다. 그녀는 그저 이를 악문 채 그 시간이 지나가기만을 빌었다.

매드해터는 팔 안의 소윤을 걱정스럽게 내려다보았다. 만신창이가 되어도 아프다 한 마디를 하지 않는 여자가 신음을 참기 위해 이를 악물고 있었다. 그는 식은땀에 젖은 하얀 머리카락을 뺨에서 떼어 주면서 속삭였다.

"이제 조금 남았어요. 잘하고 있으니까, 조금만 더요."

그러자 소윤이 그의 품으로 깊게 파고들었다.

3년 같은 3분이 흐르자 고통이 점차 잦아들었다. 몸에서 힘을 빼고 축 늘어진 소윤은 자신이 매드해터의 옷을 꽉 움켜쥐고 있다는 것을 깨달았다. 손끝에서 느껴지는 감촉으로 미루어 보건대 두 번 다시 못 입을 상태가 된 게 분명했다. 매드해터의 옷을 만지작거리고 있자, 그녀의 상태를 알아차린 그가 말했다.

"이제 끝났어요."

"응. 옷 미안."

"……사람 걱정시켜 놓고서는 한다는 말이 고작 옷 이야기입니까."

들으란 듯이 한숨을 쉰 매드해터는 소윤의 이마와 뺨에 밴 식은땀을 낡은 카디건의 소맷자락으로 닦아 주었다. 그녀는 눈을 감은 채 그의 손길을 받아들였다.

"잘 참았어요."

상냥한 소리가 들려오고, 그만큼 부드러운 입맞춤이 입술 위에 내려앉았다. 소윤이 눈을 뜨자 창을 통해 들어온 빛이 그의 청회색 머리카락에 하얗게 부서졌다.

다시 눈을 감자 낙인이 새겨진 부분을 살살 쓰다듬는 혀가 느껴졌다. 그것이 그녀의 입 안쪽에서 얇은 것을 밀어냈다. 잠시 후, 입술을 뗀 그가 혀를 내밀었다. 마법진을 새겼던 얇은 종이가 그의 혀 위에 놓여 있었다.

한데 어쩐 일일까. 그것을 보는 순간, 소윤은 가슴 한구석이 쿡 찔리는 것을 느꼈다. 그녀는 스스로의 반응에 약간 당황스러웠다. 지금까지는 없던 일이었다.

소윤이 생각에 잠긴 동안 매드해터는 그녀의 표정을 지켜보았다.

눈썹을 살짝 찡그리더니 입술을 꾹 다문다. 그 입술이 일순 풍부한 감정을 실었다. 매드해터는 그 감정이 어디에서 기인했는지를 깨달았다. 마지막으로 그녀의 얼굴에 떠오른 감정을 본 그는 애써 입매를 끌어 올렸다.

"소윤."

그녀의 갈색 눈이 매드해터를 향했다. 그는 소윤의 이마에 가볍게 입을 맞추었다. 이 정도는 괜찮은지 그녀는 별 반응을 보이지 않았다.

"난 좀 자야겠습니다. 피곤해 죽을 것 같아요."

"많이 힘들었나 보네."

기절 마법과 마취 마법에 저항하는 정도라면 큰 수고를 들이지 않을까 생각하여 가볍게 부탁했었는데 아닌 모양이었다.

그녀의 말에 조금 의뭉스럽게 웃은 매드해터가 소윤을 한껏 끌어안았다. 작은 몸이 그의 품에 딱 들어맞았다. 그럼에도 그녀는 그의 것이 아니었다. 흰 머리카락에 얼굴을 묻은 그는 욱신거리는 심장을 애써 달랬다.

"옆에 있어 줄 거죠?"

"응."

"약속했습니다. 꼭 지켜요."

분명 소윤은 그가 잠든 동안 옆에 있어 주겠다는 의미로 대답한 것일 터다. 매드해터는 그것을 알면서도 본심을 전했다. 어쩌면 그녀가 영영 알 수 없을 의미의 말이었다.

눈을 감은 두 사람 중 먼저 잠든 것은 소윤이었다. 잠든 척하고 있던 매드해터는 조용히 눈을 떴다.

가장 먼저 시야에 들어온 것은 창백한 입술이었다. 그는 홀린 듯이 고개를 숙였다. 달고 서늘하고 무정한 입술은 그를 반기지도 거부하지도 않았다. 몇 번이고 입을 맞춘 매드해터는 그녀를 꾹 끌어안았다.

그러자 그녀의 몸을 타고 흐르는 그의 마력이 느껴졌다.

"후후……."

어디까지나 소윤을 위한 것이었지만, 그로 인해 그녀의 몸에 자신의 마력이 흐르고 있다. 그 사실에서 묘한 만족감이 들었다. 그러나 다음 순간, 그의 표정은 다시 진지해졌다.

그가 그녀 몰래 심어 놓은 무언가. 이것이 혹시 사용되는 일이 생긴다면, 정말 심각한 경우이리라. 그녀가 알아 준다면 그것도 좋겠지만 역시 그것이 영영 사용되지 않기를 바랐다.

아침의 빛에 자연스럽게 눈을 뜬 매드해터는 먼저 품 안부터 살폈다. 언제 깨어난 것인지 졸음기 하나 없는 갈색 눈이 그를 올려다보고 있었다. 그는 행복감에 젖어 미소 지었다.

"좋은 아침입니다."

그는 소윤을 안은 팔에 힘을 주며 그렇게 중얼거렸다. 입술이 제자리를 찾듯 그녀의 머리에 닿았다. 헝클어진 백발에 가볍게 입을 맞춘 그는 자리에서 일어났다.

"난 거실의 욕실에서 씻을 테니까 당신이 저길 써요."

침실에 붙은 욕실을 가리킨 그가 방을 나섰다. 곧 소윤도 자리에서 일어났다.

씻고 나온 그녀를 가장 먼저 맞이한 것은 음식 냄새였다. 거실에 나가자 테이블 위에 토마토 스크램블드에그와 구운 베이컨, 스콘, 잼 그리고 홍차가 놓여 있었다. 영양 캡슐 그릇을 스콘 접시 옆에 내려놓던 매드해터가 그녀를 반겼다.

"딱 맞춰서 나왔군요. 앉아요."

언제나처럼 긴 소파에 앉은 소윤은 맞은편에 앉은 매드해터를 올려다보았다. 얼핏 평온해 보이는 얼굴에는 어딘지 그늘이 져 있었다.

그녀와 눈이 마주친 매드해터가 웃었다. 평소와 같은 웃음이었다.

“오늘 일정은 어떻게 됩니까? 많이 바쁜가요?”

“응. 늦게까지 의뢰가 있어.”

“흐음, 그렇군요. 어제 저녁도 굶어서 배고프죠? 얼른 먹어요.”

매드해터는 소윤의 찻잔에 홍차를 따라 주고 스콘에 잼을 발라 건네주었다. 잼은 그녀가 이전에 트위들 디 때문에 갔던 센트럴의 고급 베이커리에서 본 것과 동일한 제품이었다. 손가락보다 작은 병에 든 주제에 3만 캐럴이나 해서 이런 걸 사 먹는 사람이 있을까 생각했는데, 그걸 그녀가 먹게 될 줄이야. 그녀의 시선을 알아차린 매드해터가 말했다.

“언젠가 꼭 잼 만들기에 도전해 보겠습니다.”

원대한 포부를 품은 단호한 목소리였다. 굳이 그럴 필요 있겠냐고 물으려던 소윤은 어쩐지 입을 다무는 것이 낫겠다는 생각이 들어 아무 말도 하지 않았다. 입안에 있던 스콘을 삼킨 그녀가 생각 끝에 대답했다.

“기대할게.”

그 말이 정답이었다. 소윤은 기쁜 듯이 웃는 매드해터를 보며 그리 생각했다.

아침 식사 후 소윤을 보낸 매드해터는 나갈 준비를 했다. 목적지는 하트의 저택이었다.

하트의 부하들은 날을 세우고 경계했지만 그는 오늘 하트가 초대한 손님이었다. 집무실로 안내된 그는 문이 열리는 순간 보이는 하트의 얼굴에 미간에 주름을 잡았다. 매드해터는 하트가 대충 가리킨 소파에 앉으며 물었다.

"무슨 용건입니까? 흰 토끼를 일부러 바쁘게 만들고서 날 불렀다는 건 그녀가 개입해서는 안 되는 용건이 있기 때문이겠죠?"

"중요한 용건이지. 바로 그 흰둥이 때문이니까."

매드해터 못지않게 상대의 얼굴이 보기 싫었던 하트는 소파가 아닌 책상 앞에 앉아 대화를 이어 갔다. 사람에 따라서는 불쾌함을 느낄 수도 있는 행동이었지만 매드해터는 그것에 신경을 쓸 겨를이 없었다. 하트가 흰둥이라는 호칭을 입 밖에 낸 순간, 그녀의 본명이 혀끝에 맴돌았기 때문이었다.

예소윤.

소윤이라고 부르라는 말로 미루어 보았을 때 예는 성, 소윤은 이름일 것이다. 예소윤이 이름이고 소윤이 애칭일 가능성도 있었지만 그녀의 성격상 수년 만에야 이름을 불리게 되었는데 굳이 애칭으로 부르길 바랄 것 같지는 않았다.

소윤. 입술을 살짝 오므리고 조심스럽게 소리를 내야 하는 이름이었다. 그는 그 보물을 누구와도 공유할 생각이 없었다. 소리 없이 부르는 것만으로도 입안이 온통 달아져서, 그는 자신도 모르게 모란꽃처럼 웃었다. 그러나 그 웃음은 이내 사그라들었다.

"응접실로 모시는 것이 좋았을까, 샤펠리에의 도련님. 앨리스가 아쉬워하던데. 네가 집을 자주 비워서 보기가 어려워졌다고 말이야."

"당신의 정부 말인가요? 임신했다는 소문도 있던데 사이가 아주 좋은 모양입니다. 저는 임자 있는 여자와는 거리를 두는 성격이라 말이죠. 함부로 친근하게 굴지 않는 게 좋을 거라는 충고를 저 대신 전달해 줬으면 합니다. 별 의미는 없을 것 같지만요. 당신이 얼마나 미덥지 못했으면 나한테 와서 그러겠습니까."

"임자 있는 여자와는 거리를 둔다고?"

"물론이죠. 아니면 당신이 권리를 주장할 수 있는 여자가 달리 또 있던가요?"

어차피 대답을 들은 것도 아니면서. 하트에게는 그 말이 그렇게 들렸다. 동시에 그는 과거 매드해터가 말했던 '당신의 것이라고 착각한 건 아니겠죠.'라는 말을 떠올렸다. 매드해터가 소윤의 목 뒤쪽에 희미하게 남은 울혈 자국을 떠올린 것은 그와 동시였다. 두 남자는 각자 허리와 주머니에 손을 뻗었다. 다음 순간, 도끼가 시퍼런 날을 드러내고 와이어가 공기를 갈랐다.

책상을 박차고 달려든 하트가 양손으로 도끼를 쥐고 매드해터의 머리를 내리찍었다. 그것을 아슬아슬하게 피한 매드해터가 하트의 손목에 와이어를 감았으나, 하트는 팔을 떨쳐 그것을 뿌리치고 남은 한 손으로 도끼를 휘둘렀다. 스치기는 했으나 뺨을 제법 깊게 베인 매드해터가 얼굴을 찡그렸다.

"왜? 비장의 무기를 잃을까 겁이라도 먹었나?"

하트가 입술을 길게 찢으며 이죽거렸다. 그러자 턱까지 흘러내린 피를 훔친 매드해터가 샐쭉 웃었다.

"물론입니다. 그녀는 내 얼굴을 참 좋아하거든요."

짧은 소강상태는 그것으로 끝이었다. 두 남자는 다시 상대방을 향해 달려들었다. 도끼가 매드해터의 어깨를 내리찍었다. 그는 마력을 불어넣어 강화시킨 와이어로 도끼를 막는 동시에 다리를 휘둘러 하트의 옆구리를 걷어찼다. 잠시 주춤했던 하트는 와이어를 따라 매드해터의 왼손을 향해 도끼를 미끄러뜨렸다.

철과 철이 마찰하는 기분 나쁜 소음이 이어졌다. 매드해터는 얼른 왼손에 감아 두었던 와이어를 풀고 뒤로 물러섰지만 이미 손등에는 피가 뚝뚝 흐르고 있었다.

"내 손이라도 자를 생각이었습니까?"

"오른손잡이 아니었어? 한가한 손 정도는 없어도 괜찮겠지."

말은 그렇게 하고 있지만, 하트가 정말 매드해터의 손목을 자를 생각이었다면 그가 와이어를 놓기도 전에 이미 손목 절반쯤은 잘려 나갔을 것이다. 하트 역시 매드해터가 마법을 사용하는 경우 혼자서는 상대할 수 없다는 것을 알고 있었다.

즉, 이것은 화풀이에 지나지 않았다. 두 사람 사이에 소윤이 있는 이상 그들은 서로에게 결정적인 공격을 할 수 없었다. 거칠게 도끼를 휘둘러 소파 등받이를 박살 낸 하트는 1인용 소파에 털썩 주저앉았다. 매드해터도 망가지지 않은 쪽의 소파에 앉았다.

"그래도 지난번에 비하면 대단히 경미한 수준의 상처로군요."

피투성이 뺨을 다시 한 번 훔친 그는 미간을 구긴 채 얼굴의 상처만 마법으로 치료했다. 하트도 미간을 똑같이 구겼지만 소윤이 매드해터의 얼굴을 보고 걱정하는 것보다는 나았으므로 묵묵히 보기만 했다.

"바깥의 처리는?"

"일단 아웃하우스에 있는 체셔의 아지트를 모조리 박살 내고 부하들도 대부분 죽였습니다. 그리말킨 변호사로서의 위치도 지금쯤이면 완전히 무너졌겠죠. 아웃하우스에서는 돈이면 안 되는 게 없으니까요."

젊고 아름다운 대부호는 얄밉게 웃으며 그렇게 말했다. 그러자 하트는 소파에 몸을 깊이 묻으며 느릿느릿 물었다.

"그럼 체셔는?"

매드해터의 얼굴에서 웃음기가 사라졌다. 그는 소윤에게 했던 말과는 달리 체셔가 입원했던 병원까지 찾아갔다.

그러나 그를 반긴 것은 텅 빈 병실이었다. 담당 간호사에게 확인했지만 그들조차 모르게 나갔다는 대답이 돌아왔다. 매드해터는 뻔히 알면서 묻는 하트를 가볍게 노려보았다.

"놓쳤습니다. 어디서 눈치를 챈 모양이죠."

“저런, 어쩌다가.”

하트는 느물느물하게 웃었지만 이내 그 웃음은 자취를 감추었다. 오늘 그가 매드해터를 부른 용건은 체셔의 처리나 질투 따위가 아니기 때문이었다. 그래, 질투 따위. 그는 심장이 형태도 없는 것에 타들어 갈 수 있다는 것을 그때만큼 깨달은 적이 없었다.

어제 오후 매드해터의 집으로 갔던 소윤이 밤새 집에 돌아가지 않았다는 것을 안 순간, 그는 당장 쳐들어가 남자는 목을 치고 여자는 끌고 나와 그의 침실에 가둬 버리고 싶다는 욕구를 억눌러야 했다.

그러나 아쉽게도 그에게는 아직 아무 권리도 없었다. 소윤의 몸을 손에 넣었다고는 하나 그것은 눈앞의 남자도 마찬가지였다. 하트는 그렇게 생각한 순간 다시 치솟은 살의를 간신히 억눌렀다.

흰 토끼의 마음은 자신에게 있다. 다른 것은 몰라도 그것만은 확신할 수 있었다. 조금만 더, 그녀가 마지막으로 남은 조금의 거리를 좁혀 자신에게 다가올 때까지만 기다릴 생각이었다. 하트는 마지막 남은 인내심을 득득 긁어모아 간신히 평정 비슷한 것이나마 꾸며 냈다.

그때 매드해터가 입을 열었다. 그의 속내를 읽기라도 한 듯, 불길이 번진 속에 기름을 끼얹는 말이었다.

“그녀는 당신의 것이 아닙니다.”

“그렇지만 내 것에 가깝다는 것은 부정할 수 없지.”

매드해터는 대답 대신 코웃음을 쳤다. 그러나 하트의 말이 사실이라는 것은 그 역시도 알고 있었다. 부러 화사하게 웃어 초조와 질투를 싹 감춘 매드해터는 느긋하게 말했다.

“글쎄요. 내가 가진 가장 큰 무기를 알고서도 과연 그렇게 말할 수 있을까요?”

“……그 면상을 말하는 건 아니겠지.”

하트가 벌레 씹은 얼굴로 중얼거렸다.

"아, 물론 그것도 있죠."

매드해터는 맞장구를 쳤다. 그는 어지간한 일에는 꿈쩍도 않는 소윤이 자신의 얼굴에 자주 반응하는 것을 알고 있었다. 처연하게 웃으면 그 효과가 배 이상 늘어나곤 했다. 하지만 그에게는 그것보다 더 큰 무기가 있었다.

소윤과 매드해터는 가장 괴로운 기억이 비슷했다. 난데없이 이세계에 떨어진 그녀, 샤펠리에 가에서 태어난 그. 연구소의 실험체였던 그녀, 아버지와 몇몇 마법사들의 실험체였던 그. 과거에 시달리는 그를 보며 소윤은 가장 괴로웠던 시절의 그녀 자신을 떠올리고, 자신도 모르게 손을 뻗어 그를 끌어안게 될 것이다. 당시 그녀가 바랐던 위로와 따뜻함을 주기 위해서.

"찌꺼기 같은 감정이로군."

매드해터의 말을 들은 하트가 그렇게 단정했다. 매드해터는 짐짓 아무렇지 않은 척 그 말을 받아넘겼다. 사실은 그도 어렴풋이 짐작하고 있었다. 아마도 그와 소윤이 최종적으로 이루어 낼 관계는 그런 종류의 것이 아닐까, 하는 사실을. 그러나 아직 모르는 일이지. 매드해터는 짐짓 비뚤게 웃으며 말을 받았다.

"언제까지 그렇게 오만하게 굴 수 있을 거라고 생각합니까? 그녀가 가지고 있었을 자기애가 전부 날 향한대도 그걸 찌꺼기 같은 감정이라고 말할 수 있을까요?"

그 표정을 본 하트는 아직 놓지 않았던 도끼 자루를 꽉 움켜쥐었다. 매드해터 역시 아직 와이어를 손에 감은 채였다. 그는 그것을 슬슬 풀어내며 선전포고처럼 이어 나갔다.

"과연 어떻게 될 것 같습니까. 더 이상 자신을 사랑하지 못하게 된 여자가 그 감정을 온전히 타인에게 퍼붓게 된다면."

그것으로 하트의 인내심이 바닥났다. 그가 도끼를 움직이는 순간,

매드해터 역시 와이어를 던졌다. 와이어가 하트의 다리에 뱀처럼 감기는 것과 동시에 매드해터의 어깨로 도끼가 육박해 들어왔다.

매드해터는 몸을 물리며 와이어를 당겼으나 이번에야말로 정말 팔을 자를 생각이었던 하트에게서 온전히 피할 수는 없었다. 상완의 살이 뭉텅 도려내진 그는 피를 줄줄 흘리며 물러섰다. 하트 역시 무사하지는 못했다. 하트는 제법 깊게 베인 다리를 흘금 내려다보았다.

“흰둥이가 널 밀어내지 못할 거라고 여기는 모양이로군. 내가 그걸 두고 볼 것 같아?”

“여기는 게 아니라 염연히 사실입니다. 뭔가 착각하는 모양인데, 당신이나 나나 같은 입장입니다.”

다른 곳에서 눈을 떼지 못하는 여자의 마음을 어떻게든 붙잡아야 한다는 같은 입장. 이것이 오늘 하트가 매드해터를 부른 진짜 이유였다. 하트는 망가진 소파 위에 도끼를 집어 던졌다.

그러자 매드해터도 손아귀에서 와이어를 풀어 주머니에 집어넣었다. 옷을 찢어 상처를 지혈하는 그에게 넥타이로 상처를 묶던 하트가 말했다.

“정말 그녀가 널 버리지 못할 거라고 자신해?”

“물론입니다.”

하트가 욕설을 중얼거렸다. 하트 역시 소윤이 자신을 외면하지 못하리라는 것을 알고 있었다. 한 사람분보다는 두 사람분의 이음매가 더 단단할 터다.

그는 매드해터를 흘금 바라보았다. 이음매고 뭐고 그냥 목을 쳐 버리면 안 될까. 슬금슬금 그를 자극하던 충동은 매드해터의 기술이 소윤에게 반드시 필요하다는 생각과 함께 점차 줄어들었다. 그는 흐트러진 머리카락을 짜증스럽게 쓸어 넘겼다.

“그 살기 좀 어떻게 하죠? 나라고 당신을 죽이고 싶지 않은 게 아닙니다."

"정말로 죽여 버리기 전에 입 다물지?"

이 이상의 싸움은 아무 의미도 없다. 괜히 시끄럽게 굴었다가 소윤을 지치게 해 혹여 그녀가 등을 돌리는 사태를 초래하는 일은 사양이었다. 거의 동시에 혀를 찬 두 사람은 화제를 돌렸다.

"앨리스 리델."

"그래요. 그 여자와 뭔가 연관이 있습니다."

부모들이 어린 자녀를 훈육할 때 가장 많이 사용하는 말이 '자꾸 말 안 들으면 원더랜드에 갖다 버린다!'인 것을 생각할 때 앨리스의 천방지축에 가까운 행동에는 이해할 수 없는 부분이 많았다.

"그 여자, 도대체 뭘 알고 있는 겁니까?"

"글쎄…… 알고 있다고 해야 하나 모르고 있다고 해야 하나. 아버지인 헨리 리델에 대해서도 제대로 설명하지 못하면서, 듀크의 성적 취향이나 닥터의 취미 같은 까다로운 정보는 잘도 알고 있더군."

자기 자신에 대해서는 제대로 말할 수 있는 것이 없으면서 원더랜드에 대해서만은 기묘한 부분에서 잘 알고 있는 여자. 그것이 하트가 본 앨리스 리델이었다. 그 이외에도 자신이 만난 남자들에게 사랑받아 마땅하다고 생각하는 듯한 태도나, 타인에게 등급을 매기는 것 같은 사고방식도 있었지만 이에 대해 하트는 입을 다물었다.

매드해터는 하트의 말에서 소윤이 원래 있던 차원과 앨리스 간에 모종의 관계가 있다는 사실을 도출해 냈다. 소윤이 앨리스에게 집착하는 것으로 보아서는 그녀의 세계로 돌아갈 수 있는 키워드나 장치일 가능성이 컸다.

원래 정보의 가치는 널리 알려질수록 가치가 떨어지기 마련이었다. 그리고 두 남자는 상대방도 똑같이 행동하고 있다는 사실을 알고 있었다. 매드해터는 부러 심드렁하게 말했다.

"그냥 죽여 버리면 안 됩니까? 별 쓸모도 없어 보이는데."

"말리지 않아. 아니, 장려하지. 부디 당장 가서 죽여 주길 바라."

그녀의 원망을 뒤집어쓸 자신이 있다면. 매드해터는 하트가 하지 않은 말까지 알아들었다.

앨리스 리델이 죽는다면 소윤은 돌아가는 것을 포기할 테지만, 고향에서 억지로 떼어 내진 마음은 평생의 한으로 남을 것이다. 매드해터는 안 그래도 잔뜩 시달리고 마모된 그녀의 마음에 그런 멍에마저 씌울 생각은 없었다.

"조금만 기다리면 돼. 저만큼이나 자신을 선전해 놓고 아무 짓도 안 할 만큼 무욕인 계집은 아니니까."

아니면 저지르도록 몰아가든가. 하트는 그렇게 덧붙이며 킬킬 웃었다.

그때 누군가가 다급하게 복도를 달리는 소리가 들려왔다. 뒤이어 집무실 문이 조금 세게 두드려졌다.

"분명 아무도 들이지 말라고 했을 텐데."

하트는 조금 짜증스럽게 대답했지만 이어진 대답에 답지 않게 경직하고 말았다.

"흰 토끼가 왔습니다! 지금 막 대문을 통과했습니다만, 어떻게 할까요?"

하트는 혹시라도 소윤이 모습을 나타내면 즉각 보고하라는 명령을 내린 과거의 자신을 칭찬하다가 집무실을 둘러보았다.

"이런."

그는 이마를 짚었다. 소파 하나는 망가져 있고 남아 있는 소파들에는 피가 묻어 있다. 테이블 모서리는 도끼에 찍혀 떨어져 나갔고 카펫은 와이어에 휩쓸려 너덜너덜해졌다. 소윤이 왔다는 말에 눈만 깜빡이고 있던 매드해터가 정신을 차렸다.

"일을 도대체 어떻게 처리한 겁니까?"

"닥쳐."

집무실로 불러들이는 것은 안 된다. 이물질이 하나 있어 침실은 쓰고 싶지 않다. 그렇다면 해결책은 단 하나, 응접실이었다.

자리를 옮기자고 말하며 일어난 하트는 다리에서 느껴지는 통증에 엉망진창인 그들의 꼴을 깨달았다. 이래서야 옮기고 뭐고 해 봐야 아무 소용없었다.

아주 희박한 기척이 계단을 올라 복도를 디뎠다. 자박거리는 발자국 소리가 가까워졌다. 이윽고 문이 열리고 소윤이 모습을 드러냈다. 그녀의 가려진 눈동자가 곧바로 두 남자에게 향했다.

"흰둥아."

"왔습니까."

그녀의 고개가 살짝 기울었다. 그것이 묘하게 삐딱하게 보인 두 남자는 엉겁결에 변명을 늘어놓았다.

"의견 충돌이 좀 있어서……."

"아주 사소한 일이었습니다."

가볍게 고개를 끄덕인 그녀는 크로스백에서 편지를 꺼내 하트에게 건넸다.

"베이비가 전해 달래."

하트는 조용히 이를 갈았다.

"……아주 고맙군."

그는 분명 별 내용도 아닐 편지를 주머니에 아무렇게나 구겨 넣었다. 두 남자의 상처를 번갈아 본 소윤이 말했다.

"앨리스 부를게. 지금 여기에 있어?"

"찾으러 갈 것 없어, 흰둥아. 나갔으니까."

있다고 해도 그 여자의 어울리지도 않는 능력에 노출되는 것은 사양이었다. 두 남자는 드물게 의견을 같이했다.

구급상자를 찾아 가지고 온 소윤은 망가진 소파에 앉으려다가 그 위에 있는 도끼를 발견했다. 그녀는 하트를 바라보았지만, 그는 그것을 치우는 대신 다치지 않은 쪽의 다리를 가리켰다.

"피도 묻어 있는데 굳이 그 소파에 앉을 필요 없잖아?"

"그걸 핑계로 다친 사람 다리 위에 앉으라고 시킵니까? 참 잘하는 짓입니다."

"치료가 필요한 사람이 치료해 주겠다고 나선 사람에게 상처 근처에 앉아 달라고 말하는 것의 어디가 잘못되었다는 거지?"

"아저씨 같은 발언이 잘못입니다. 저런 남자 가까이 가면 안 됩니다. 이리 오세요."

그때 소윤이 테이블에 구급상자를 소리 내어 내려놓았다.

"사이 좋아 보여."

두 남자는 오해라고 정정할 틈도 없었다. 왜냐하면 그녀가 곧바로 말했기 때문이었다.

"서로 치료해 주면 되겠네."

결국 두 남자는 자신이 낸 상처를 소윤이 보는 앞에서 치료하게 되었다.

치료가 끝나 구급상자를 제자리에 돌려놓고 온 소윤은 하트에게 팔이 잡혀 그의 무릎 위에 앉혀졌다. 그의 상처를 신경 쓰느라 조금 대응이 늦은 그녀의 마스크를 순식간에 벗겨 낸 하트가 뜨겁게 키스했다.

분에 찬 매드해터의 목소리가 점점 멀어져 갔다. 어느새 그녀는 하트의 어깨를 꼭 붙잡은 채 희미한 신음을 흘리고 있었다. 입술을 살짝 뗀 하트가 그녀의 젖은 입술을 핥아 타액을 닦아 냈다. 그 숨결이 델 듯 뜨거워서 그녀는 피하듯 그의 어깨에 머리를 기댔다.

"진짜 귀엽다니까."

그가 웃는 소리가 들려왔다.

그때 길고 서늘한 손가락이 그녀의 팔을 붙잡고 끌어당겼다. 방금 전의 키스로 힘이 빠진 그녀는 금세 매드해터의 품으로 옮겨 갔다. 얼결에 그의 팔을 잡았던 소윤은 그게 붕대 위라는 것을 깨닫고 얼른 손을 치웠지만 상처의 당사자는 아랑곳하지 않았다. 그녀를 소파에 앉히고 등받이를 양팔로 짚은 그가 말했다.

"씻겨."

그 즉시 발현된 마법이 물을 생성해 그녀의 입안을 가볍게 씻어 나갔다.

"사라져."

그가 다시 시동어를 말하자 생성되었던 물이 모두 사라져 버렸다.

그리 좋은 느낌은 아니었던지라 소윤이 무어라 입을 열려는 때였다. 매드해터가 그녀를 꽉 끌어안았다. 마치 매달리는 느낌이라 그녀는 벌렸던 입술을 다물었다.

거의 본능적으로 그의 어깨를 다독이는 소윤을 본 하트가 죽일 듯이 매드해터를 노려보았다. 하트와 시선을 마주한 매드해터가 얄궂게 웃었다. 결국 참지 못한 하트가 매드해터의 다리를 걷어찼다.

"적당히 좀 하지그래."

하트는 자신이 언제 발길질을 했냐는 듯 웃는 얼굴로 말했다.

"그쪽이 먼저 시작한 일입니다."

소윤을 옆자리에 앉힌 매드해터도 웃는 얼굴로 응수했다.

"키스 때문에 힘이 다 빠져서 저항하지 못하는 여자를 노리다니, 너무 치사하다고 생각하지 않아?"

"여자가 아파서 약해졌을 때를 노리는 건 치사하다고 생각하지 않습니까?"

체셔에게 습격당한 직후, 하트가 소윤을 덮쳤던 것을 들어 빈정거리는 매드해터를 보며 하트는 입술을 비틀었다. 이 주제라면 그가 월등한 우위를 점하고 있었다.

"그 말을 네게 고스란히 돌려주지."

하트의 말은 잭의 아지트에 쳐들어갔던 밤을 의미했다. 미수에 그쳤다고는 하나 찔리는 구석이 없지는 않은 매드해터는 입을 다물었다. 게다가 그 사실조차 비밀이니 더 말해서도 안 되었다.

하트가 승리에 찬 미소를 지었다. 그리고 소윤은 그런 두 남자를 보며 생각했다. 슬슬 배가 고픈데 점심 먹자고 말해도 되는 걸까.

그때 소윤의 스마트폰에서 메시지 알림음이 울렸다. 주머니에서 스마트폰을 꺼낸 그녀는 메시지의 내용을 확인하며 의외라고 생각했다.

트위들 덤이 그녀의 연락처를 알아 갔을 때 배타적인 트윈스가 정말로 그녀에게 의뢰를 할 거라고는 생각하지 않았다. 그러나 액정에 표시된 메시지는 그녀의 생각이 틀렸다는 것을 알려 주고 있었다.

[내일 오후 2시에 와 줘.]

덤이 보낸 주소는 트윈스의 집도 사무실도 아니었다. 이런 경우가 아주 없는 것도 아니었으므로 그녀는 긍정의 답신을 보낸 후 스마트폰을 주머니에 넣었다. 그리고 이번에는 다른 주제로 다투고 있는 두 남자에게 말했다.

"점심 먹을 때 됐어. 더 싸우고 싶으면 밥 먹고 계속하든가."

소윤에게 메시지를 보낸 트윈스는 테이블 위에 핸드폰을 올려놓고 그것을 가만히 응시했다.

몇 분 지나지 않아 메시지 알림음이 울렸다. 잠시 핸드폰을 보고 있던 트윈스는 천천히 손을 뻗어 그것을 집어 들었다. 폴더를 열자 액정에 빛이 들어오며 소윤의 메시지가 표시되었다.

[알겠어.]

그녀답게 짧고 무정한 대답을 손가락 끝으로 어루만진 트윈스는 고개를 들어 실내를 둘러보았다. 급히 완성한 우리가 보였다. 그들은 빙긋 웃었다. 그들에게는 너무나 길 하루가 그렇게 흘러가고 있었다.

Welcome to Wonderland

7. 파문

7. 파문

트위들 덤이 보내 준 주소로 찾아간 소윤은 창 하나 없이 꽉 틀어막힌 단층짜리 건물을 올려다보았다. 최근에 공사를 했는지 돌가루 냄새가 희미하게 남아 있었다.

육중한 현관문 앞에 선 그녀는 덤에게 메시지를 보냈다. 이내 문이 열리고 그가 나왔다.

"어서 와."

소윤은 그를 지나쳐 안으로 들어갔다.

"그쪽에 앉아."

덤은 그렇게 말하며 문을 잠갔다. 찰칵하는 작은 소리가 울렸지만 그녀는 큰 신경을 쓰지 않았다.

황량한 외양과는 달리 원룸 형식의 실내는 조촐하니 잘 꾸며져 있었다. 새것임이 분명한 가구들, 집기가 꼼꼼하게 갖추어진 부엌, 잘 정리된 침대. 그녀는 덤이 가리킨 소파에 앉았다.

"잠시만 기다려. 마실 거 줄게."

그는 부엌으로 향하며 그렇게 말했다. 이내 부엌에서 물소리와 달그락거리는 소리가 이어졌다.

“최근에 마련한 집이야. 어때?”

“괜찮아.”

“그렇지?”

덤이 내온 것은 진하게 끓인 핫초콜릿이었다. 김과 함께 모락모락 오른 달콤한 냄새가 그리 넓지 않은 실내를 가득 채웠다.

“디에게 들었는데, 초콜릿 싫어하지 않는다면서? 디가 좋아하는 초콜릿 가게에서 사 온 핫초콜릿 가루로 끓인 거니까 맛도 괜찮을 거야.”

소윤의 앞에 하얀 잔을 밀어 준 그는 자신의 몫인 파란 잔을 들어 핫초콜릿을 한 모금 마셨다. 강렬한 풍미가 만족스러웠다.

농후한 초콜릿은 좋아한다. 왜냐하면 그 들쩍지근한 맛과 코끝을 아릿하게 자극하는 향기, 그리고 입안에서 질척하게 도는 촉감이 피를 연상케 하기 때문이었다.

몇 모금 마시고 잔을 내려놓은 그는 마스크조차 벗지 않은 그녀를 보며 방긋 웃었다.

“먹어 봐. 정말 맛있어. 음, 입맛에 안 맞으면 다른 걸로 줄까?”

해사하게 웃는 덤은 창 하나 없는 그 집에서 마치 태양처럼 빛나고 있었다.

그녀는 천천히 심호흡을 했다. 핫초콜릿의 진한 향기를 한 겹 걷어 내자 참 익숙한 냄새가 났다. 게다가 실내라고는 믿을 수 없을 만큼 공기가 신선했다. 이산화탄소를 산소로 교체하는 장치라도 달지 않고서야 이럴 수는 없었다.

바깥과 소통할 수 있는 공간이 오직 문 하나뿐인 아예 작정하여 만든 고립된 공간, 수면제가 든 핫초콜릿을 앞에 둔 상황에서 내릴 수 있는 판단이란 하나밖에 없었다.

"의뢰는?"

"일단 이거 마시고 천천히 이야기하고 싶은데."

"용건 없으면 가겠어."

소윤은 자리에서 일어났다. 덤은 "그러든가."라고 말하며 핫초콜릿이 든 잔을 입가에 댔다. 문을 향해 걸어간 그녀는 잠금장치의 심상치 않은 모양새에 그를 돌아보았다. 그녀와 눈이 마주치자 덤이 눈을 반달처럼 휘었다.

"왜? 가겠다며?"

잔을 내려놓은 그는 소윤에게 다가갔다. 그녀의 뒤에 바싹 붙어 선 그는 가는 어깨를 바라보다가 슬며시 손을 올렸다.

언젠가 이것을 잡고 너무 연약해서 놀랐던 기억이 났다. 손바닥으로 그녀의 어깨를 살며시 쓸자 그 기억이 되살아났지만, 충동은 다른 방향으로 튀어 나갔다.

내심 킬킬대고 웃은 그는 잠금장치를 가리키며 은근한 어조로 말했다. 의외의 상황에 당황한 계집애들은 윽박지르는 것보다 이런 말투에 더 질겁하곤 했다.

"문고리가 없어서 놀랐어? 이건 좀 특수한 거라서. 여는 방법은 나와 디만이 알고 있어."

덤은 남은 손으로 문을 짚었다. 두꺼운 철 덩어리로 만든 문은 서늘하고 묵직했다. 그는 몸을 앞으로 기울였다.

그의 품 안에 소윤의 등이 가볍게 안기자 그녀에게서 풍기는 식욕 돋구는 향기가 짙어졌다. 덤은 시야를 희롱하는 하얀 머리카락에 얼굴을 묻고 입술을 살며시 눌렀다. 그러자 기분 좋은 충만감이 가슴을 채웠다.

"물론 열어 줄 생각은 없어."

그는 저도 모르게 해죽 웃으며 그렇게 말했다.

그때 몸을 돌린 소윤이 그를 밀쳐 내고 발로 문을 걷어찼다. 그러나 문은 조금 우그러지고 말았을 뿐, 열리거나 부서질 기미는 보이지 않았다. 다음으로 잠금장치를 걷어찬 그녀는 손톱만큼의 흠집도 나지 않는 것에 미간을 찡그렸다. 얼결에 밀쳐진 덤은 "안 될 텐데."라고 중얼거리며 그녀가 하는 양을 지켜보았다.

"어떤 괴력으로도 열리지 않는다고 했거든."

결코 망가지지 않는 잠금장치를 가져 오라는 그의 명령에 부하가 매드해터에게서 사 온 물건이었다. 소윤과 친하다는 소문이 도는 남자가 만든 물건을 사용하는 것은 탐탁지 않았지만, 지금 보니 저것을 선택하길 참 잘한 것 같았다.

"참고로 벽을 부수는 것도 불가능해. 벽에 철근 다발을 엮어 넣었거든."

포기하기까지 얼마나 걸릴까. 덤은 소파에 몸을 묻고 그녀의 동선을 눈으로 따라 그렸다. 몇 번 문을 걷어차던 소윤이 등에 비끄러맨 칼을 뽑아 들었다. 덤은 애용하는 무기인 나이프에 손을 얹으며 말했다.

"날 죽이게? 그래도 문은 열리지 않아. 그렇게 되면 넌 정말로 여기에서 내 시체와 단둘이……."

"안 죽여."

칼등이 아래로 오도록 잡고 높게 치켜든 소윤이 그것을 힘껏 내리쳤다. 금속과 금속이 굉음을 내며 부딪쳤다. 그녀가 노린 것은 경첩이었다. 문에 어울리게 견고한 그것은 한 번의 공격으로는 조금 우그러질 뿐이었다.

쾅! 쾅! 쾅! 몇 번을 반복해 내리치고서야 굉음 속에서 금속이 뒤틀리는 소리가 희미하게 들려왔다. 덤은 황급히 자리에서 일어났다.

"그만해!"

그는 그녀의 등을 끌어안고 팔을 움켜잡았다. 그녀는 고개를 돌려 덤을 올려다보았다. 흐트러진 하얀 머리카락 사이로 유리알 같은 눈동자가 드러나 있었다. 살짝 구겨진 미간과 콧대도 들여다보였다.

기분이 좋지 못하다는 것을 명백하게 드러낸 얼굴에, 뎀은 저도 모르게 그녀의 귀로 손을 뻗었다. 이내 마스크가 툭 떨어지며 발그스름한 입술이 보였다. 그것은 그가 기억하는 그녀의 입술에 비해 힘이 들어간 모양새를 하고 있었다.

그는 홀린 듯이 고개를 숙여 그녀의 입술에 다가갔다. 저것에 입 맞추고 살살 깨물다가 안으로 들어가서 마구 휘저으면 얼마나 좋을까. 그러나 그의 충동은 그녀의 손바닥에 가로막히고 말았다.

"왜……."

그가 흘린 소리를 들은 소윤이 되물었다.

"너야말로 왜 이러는데."

왜냐고? 뎀은 눈을 깜빡였다. 대답은 간단했다. 갖고 싶으니까.

그렇게 대답을 하려는데 무엇인가가 거슬렸다. 골라 놓은 답이 오답이라고 판명되었을 때와 같은 불쾌함이 그를 엄습했다. 하지만 그게 아니라면 도대체 무엇 때문에 이런 마음이 드는 거지.

그녀는 다시 뎀을 밀쳐 내고 칼을 쳐들었다. 쾅! 다시 한 번 칼등과 경첩이 부딪치며 위쪽에 있던 경첩이 부서져 나갔다. 그러나 뎀은 그 소리가 들리지 않았다.

소윤의 팔이 올라감에 따라 옷이 움직이며 흰 목덜미가 슬쩍 드러났다. 그곳에 뚜렷하게 찍힌 새빨간 영역 표시가 뎀의 시각을 제외한 다른 모든 감각들을 마비시켰다. 그래서 그는 나머지 경첩마저 모두 망가졌다는 것을 알지 못했다.

다시 문을 쾅쾅 걷어찬 그녀는 사람 하나가 빠져나갈 만한 틈을 만들어 그곳에서 나갔다. 그렇게 트윈스가 3일간 돈을 처바르고 마법까지 동원하여 만든 우리는 1시간도 채 버티지 못하고 열려 버렸다.

소윤과 마주친 이래 넋을 잃고 응시하느라 조용했던 디가 욕설을 내뱉으며 외쳤다. 쫓아가! 그들은 황급히 잠금장치를 풀고 밖으로 나갔다. 그녀는 얼마 떨어지지 않은 곳에 있었다.

"장의사!"

소윤은 크로스백 안을 뒤적거리던 손을 멈추고 그들을 돌아보았다. 머리까지 온통 새하얀 가운데 진분홍색으로 물든 입술만이 눈에 들어왔다.

그녀에게 달려든 그들은 가장 급한 충동대로 그녀의 입술에 달려들었다. 입을 벌려 그녀의 입술을 허겁지겁 삼키고 정신없이 빨자 허리를 중심으로 짜릿한 쾌감이 퍼졌다. 그녀의 뺨을 꽉 눌러 억지로 입을 벌린 그들은 작은 혀를 거칠게 휘어 감았다.

"아, 음…… 하, 좋아……."

그들의 것이라고는 믿을 수 없을 만큼 열중한 목소리가 흘러나왔다. 머리까지 꽉 찬 쾌감으로 전신이 저릴 듯이 황홀했다.

그러나 그들만 즐거운 시간은 아주 잠깐뿐이었다. 단단한 주먹이 배를 호되게 강타했다. 신음하며 앞으로 고꾸라진 그들은 뒤이어 날아든 다리에 걷어차여 나가떨어졌다.

턱 막힌 호흡을 되찾으려 컥컥거리는 트윈스를 보며 입가를 소매로 닦은 소윤은 크로스백에서 새 마스크를 꺼내 착용했다. 그들이야 힘들어하든 말든 신경도 안 쓰고 발걸음을 떼는 그녀를 향해 디가 말했다.

"으…… 야, 거기 서……."

그러나 그녀에게 그의 말을 들어줘야 할 이유는 없었다. 그녀의 등을 바라보던 트윈스는 간신히 일어나 비틀거리며 걷기 시작했다. 소윤을 위해 마련했던, 이제는 아무 쓸모도 없는 우리 안으로 들어간 그들은 안에 있는 것들을 전부 때려 부쉈다.

트윈스의 도무지 이해할 수 없는 음모에서 해방된 소윤은 하트의 저택으로 향했다. 그녀가 집무실 안에 발을 내딛자마자 부둥켜안고 마스크부터 벗긴 하트는 그녀의 입술을 천천히 쓰다듬으며 물었다.

"어제 마지막으로 봤을 때보다 더 부은 것 같은데?"

그녀는 대답 대신 칼을 칼집에서 꺼내지 않은 채 하트에게 건넸다. 그것을 뽑은 하트는 여간해서는 상할 리 없는 칼등이 우그러진 것을 발견했다.

소윤과 있을 때에는 다른 사람을 들이지 않는 버릇대로 직접 집무실 밖으로 나가 부하에게 칼을 맡기고 돌아온 그는 소파에 앉아 있는 그녀를 답삭 들어 무릎 위에 앉혔다.

"어제 다친 데잖아."

그녀가 말했지만 조금 긁혔을 뿐이라는 대답이 돌아왔다. 이내 크고 뜨거운 손이 그녀의 뺨을 감쌌다.

"남은 의뢰는?"

"없어."

"그래? 그럼……."

고개를 숙인 하트가 소윤의 입술에 가볍게 키스하더니 색정적인 눈매를 살짝 휘었다.

"자고 가."

그의 손가락이 그녀의 등을 피아노 치듯 톡톡 두드렸다.

날개뼈를 지나 척추를 타고 내려가는 감각이 묘하게 관능적이어서 소윤은 입을 꾹 다물었다.

"대답해야지?"

하트는 그녀의 귀를 살짝 깨물더니 입안에 넣고 굴렸다. 귓가에서 들려오는 질척한 소리에 어깨를 움츠린 그녀는 망설이다가 결국 대답했다.

"……응."

그녀의 귀를 놓아준 하트가 낮은 소리로 웃었다.

그녀를 안은 채 자리에서 일어난 하트는 일감이 잔뜩 쌓인 책상 앞에 앉았다. 제법 기밀로 여겨지는 서류를 아무렇지도 않게 보여 주는 그에게 소윤이 말했다.

"내가 보면 안 될 게 섞여 있는 것 같은데."

"이 원더랜드에서 네가 보면 안 되는 건 없어, 내 흰둥아."

하트가 눈으로는 서류를 읽고 손으로는 서명을 하고 입술로는 그녀의 얼굴 여기저기에 입맞춤을 퍼붓는 바쁜 시간을 보내는 동안, 소윤은 책상 위에 놓여 있던 소설책을 펼쳐 들었다.

총 3권짜리 소설의 두 번째 권이었다. 그것을 대강 훑어보고 읽을 만하다고 판단한 그녀는 그녀의 허리에 감겨 있는 왼팔을 콕콕 찔렀다.

"왜 흰둥아?"

서류에서 눈을 뗀 하트가 그의 팔을 찌르는 손을 입술로 가져가 손바닥에 깊게 키스한 후 물었다. 그러더니 손가락 끝을 입안에 넣고 살살 깨물고 핥기 시작했다.

소윤은 그의 입안에서 손을 빼, 금세 다시 달려드는 그를 피해 손을 배 앞으로 모아 쥐었다. 그러자 하트는 그녀의 몸을 홱 돌리더니 입술을 물고 늘어졌다. 그래서 그들의 대화는 몇 분 후에나 이어질 수 있었다.

"이거 앞의 권 어디에 있어?"

"맨 오른쪽 책장에."

허리에서 하트의 팔을 푼 소윤은 책장으로 가서 소설의 첫 번째 권과, 내친 김에 세 번째 권까지 뽑아 들고 돌아왔다. 소윤이 하는 양을 지켜보던 하트는 그녀가 자연스럽게 그에게 다가오자 꽉 끌어안고 소리 내어 웃었다.

"왜?"

그는 고개를 저은 그녀를 다시 그의 무릎 위에 올렸다. 소윤은 하트가 이끄는 대로 그의 가슴에 몸을 기댄 채 책을 펼쳤다.

첫 번째 권을 다 읽은 소윤이 고개를 들었을 때는 시간이 제법 흐른 후였다. 벌써 업무를 마친 하트가 턱을 괸 채 그녀를 지켜보고 있었다.

"말하지 그랬어."

그녀가 중얼거리자 하트는 미소를 지으며 그녀의 머리카락을 쓰다듬었다.

"굉장히 집중해서 보는 것 같아서. 좀 위험한 거 아닌가 싶을 만큼."

"그렇게 집중한 건 아닌데."

제법 나쁘지는 않았지만 집중할 만큼은 아니었다. 그의 말대로 안위가 달린 문제이므로 어디에서 이상이 발생했나 생각하던 그녀는 하트와 눈이 마주치고서야 이유를 깨달을 수 있었다. 그가 있는 이곳에서 그녀가 신경을 곤두세우고 주변을 경계할 필요가 없기 때문이었다.

"저녁 먹을 시간이니 오늘은 그만 읽어. 그렇게 재미있었으면 내일 다시 와서 읽던가. 그리고 마지막 권은 모레 와서 읽고."

"……그건 사양할게."

소윤은 그렇게 대답하며 무릎에서 내려왔다. 아, 실패군. 입맛을 다신 하트는 혹 오늘 밤 자고 가겠다는 말마저 바꿀까 싶어 그녀를 번쩍 들어 안고 저녁 식사를 준비시켜 놓은 침실로 향했다.

그녀의 이름은 앨리스 리델이었다. 그러나 어느 순간 그녀는 몸을 빼앗기고 이름을 빼앗기고 인생을 빼앗겼다. 그녀의 몸을 점령한 여자에게 칼로 찔리는 순간, 그녀는 이제 정말 죽을 것이라고 생각했다.

그러나 숨을 거두기 직전 그녀는 자신의 몸에서 튕겨 나와 어딘가로 날아갔다. 그녀는 자신이 타인의 몸속에 들어왔다는 것을 깨달았지만 그게 전부였다. 18년간 살아오면서 느껴 본 적 없는 무거운 것에 짓눌려 깨어났음에도 몸을 움직일 수가 없었다.

상황이 달라진 것은 새 몸에 들어오고서도 한참이나 지난 후였다. 거칠지만 말랑말랑한 것이 그녀의 입술에 닿았다. 그러자 그녀를 짓누르던 것이 그쪽으로 빨려 나갔다. 그제야 그녀는 무거운 눈꺼풀을 간신히 움직일 수 있게 되었다.

눈을 뜬 그녀의 눈에 비친 것은 갈색 머리카락의 소년이었다. 몸 도둑, 이제는 모두에게 앨리스인 여자의 기억을 가끔 엿볼 수 있었던 그녀는 딱 한 번 보았던 소년의 이름을 기억해 냈다. 마치.

앨리스-그 여자를 그렇게 칭하자니 분통이 터졌지만 그럼에도 다른 사람들에게 그 여자가 앨리스인 것은 변하지 않을 것이므로-의 기억에 따르면 그는 앨리스를 좋아했다. 그래서 그녀는 그 후로도 마치에게 방어적으로 굴고 말았다. 다행스러운 것은 그가 그녀의 태도를 모르는 곳에서 깨어난 여자아이가 가질 법한 조심성이라고 생각해 준 것이었다.

마치는 그녀에게 많은 것을 이야기해 주었다. 이곳이 어디인지, 누가 그녀를 발견했는지, 어떻게 그의 집에 오게 되었는지, 그녀가 얼마 만에 깨어났는지. 그중 그녀를 가장 안심시킨 것은 그녀가 현재 사용하고 있는 몸이 원래는 시체였다는 사실이었다.

마치는 몰랐겠지만, 그 사실을 알려 준 것만으로도 그녀는 그에게 가졌던 경계심을 상당 부분 허물 수 있었다. 그의 여동생 역시 그녀에게 상냥했는데, 도르는 툭하면 잠드는 그녀를 꼭 언니라도 된 양 이것저것 돌봐 주었다.

과거 원더랜드행을 택했던 그녀가 이를 악물고 각오했던 혹독한 생활은 어디에도 없었다.

그녀가 양친의 죽음과 몸을 잃은 것으로 마음에 돋쳤던 가시를 슬쩍 눕히기 시작했을 즈음, 뻣뻣하기만 했던 혀가 돌아가게 되었다. 그녀는 이름을 묻는 남매에게 새로운 이름을 말해 주었다. 원래 그녀의 것이던 이름과 성에 동시에 들어가는 글자를 딴.

"리, 야. 내 이름."

짧은 이름을.

소윤을 감금하는 데 실패한 트윈스는 그녀의 주변을 맴돌면서 방법을 강구했다. 그러나 그녀의 모습을 먼발치에서 볼 때마다 차분한 알토가 귓가에 맴돌았다.

'너야말로 왜 이러는데.'

왜 그 말에 대답하지 못했을까. 그냥 그녀를 가지고 싶어서 그런다고 말했으면 되는데. 그들은 소윤에 대한 욕구와 그것에 대한 두려움이 충돌했던 때와 비슷할 정도로 그 대답에 대해 고민했다. 그러나 답은 여전히 나오지 않았다.

낙조가 길게 드리워진 어느 저녁, 디는 소윤의 집 근처에서 서성대다가 귀가하는 그녀를 보았다. 분홍색으로 물든 하얀 여자는 꼭 노을에 담갔다가 꺼낸 것 같았다.

그들은 기억하지 못했지만 그것은 그들이 그녀를 처음 보았을 때 느꼈던 감상과 비슷했다. 이내 그녀는 골목을 돌아 사라졌지만 그들은 그녀의 잔상을 따라 시선을 고정시켰다.

분홍색은 좋아하지도 싫어하지도 않는다. 그러나 저 분홍은 어딘지 달라 보였다. 좀 더 부드럽고 달콤하고 폭신한. 거기까지 생각한 트윈스는 자신들이 무엇을 연상했는지 깨달았다.

"허, 진짜 미쳤냐."

어이가 없었던 그들은 헛웃음을 지었다.

분홍색 솜사탕이라니. 그 여자에게 가장 거리가 멀 법한 것이 아닌가. 그럼에도 그들은 그녀를 핥고 깨물고 녹여 보고 싶다는 욕망이 솟아나는 것을 막을 수가 없었다.

그들이 정신을 차린 것은 좀 떨어진 곳에서 들려오는, 언젠가 들어 본 목소리 때문이었다. 그리 좋은 일로 만났던 사람은 아닌지 그 목소리를 듣자마자 그들은 미약한 불쾌함이 치밀어 오르는 것을 느꼈다.

"어? 그때 토끼랑 있던 사람이다."

"도르!"

토끼. 그 한 마디에 그 목소리를 어디에서 들었는지 기억해 낸 그들은 소리가 들린 쪽을 향해 고개를 들렸다. 갈색 머리카락의 소년과 소녀 그리고 검은 머리카락의 소녀가 그곳에 서 있었다.

마지막 소녀는 처음 보는 얼굴이었지만 트윈스는 개의치 않았다. 이곳에 신참이 들어왔다가 쥐도 새도 모르게 사라지는 것은 흔한 일이었기 때문이었다.

"뭐해? 토끼 기다려?"

"야! 이리 오라니까!"

"왜? 토끼랑 친한 사람이잖아."

토끼와 친하다. 그 말이 불쾌함으로 날카로워졌던 그들의 신경을 잠재웠다.

"뭐하냐."

선심이라도 쓰듯 툭 내뱉은 디의 한마디에 도르는 방글방글 웃으며 다른 소녀를 돌아보았다.

"오빠랑 리랑 산책. 리는 깨어난 지 얼마 안 되어서 조금씩 천천히 걸어 줘야 한다고 오빠가 그랬어."
"그러냐."
"토끼네 집 저쪽인데. 혹시 길 몰라? 내가 데려다줄까?"
디는 네깟 게, 라는 눈으로 도르를 내려다보았다. 그러나 그들의 심장은 데려다주겠다는 별것 아닌 말에 쿵쿵 뛰기 시작했다. 그럼 모습이라도 다시 볼 수 있을까. 디가 충동적으로 대답하려는 때였다.
"여기서 뭐해?"
방금 전까지 머릿속을 맴돌던 목소리가 들려왔다. 트윈스는 모든 것을 잊고 흰 토끼의 모습을 뚫어져라 바라보았다. 그녀 이외에는 아무것도 보이지 않았다.
한편 깨어난 소녀와 겨우 얼굴을 마주하게 된 소윤은 서로 통성명을 했다. 그러고도 마치의 등 뒤에 숨어 그녀를 경계하던 리는 고개를 푹 숙이며 인사했다.
"가, 감사해요. 절 구해 주셨다고 들었어요."
"인사를 들을 만큼 대단한 일은 한 적 없어."
조금만 늦었더라면 그녀는 되살아난 채로 듀크의 집에서 눈을 떴을 것이다. 그러니 그녀를 살린 것은 온전히 시간의 힘이었다.
금세 피곤해한다는 리를 위해 대화를 짧게 끝마친 소윤은 그들을 보낸 뒤 디를 향해 고개를 돌렸다. 그때까지도 그녀만 바라보고 있던 트윈스는 침을 꿀꺽 삼켰다.
그러나 그녀는 그들을 무시하고 발길을 돌렸다. 그 뒷모습을 보자 심장이 철렁 내려앉고 눈앞에 시뻘게진 트윈스는 그들도 모르는 사이에 달리기 시작했다.
"야! 너 뭐야!"
디는 소윤의 어깨를 강하게 잡아챘다. 그녀는 아무렇지도 않게 그 손을 떼어 냈다. 엄청난 악력이었다. 그는 오만상을 찌푸리면서도 다른 손으로 그녀를 붙잡았다.

"무시하지 마!"

그들이 외치자 소윤은 다시 그의 손을 떼어 내며 말했다.

"용건 없는 거 아니었어?"

"시발, 내가 용건이 있는지 없는지 네가 어떻게 알아!"

"아까 날 보고서도 별말 안 했잖아."

몸을 숨기고 있던 터라 그녀가 알아차렸을 거라고는 생각하지 못했던 디는 욕설을 내뱉었다. 소윤은 그를 물끄러미 올려다보았다. 그러자 그녀의 머리 위치로 시선을 알아차린 디가 윽박질렀다.

"뭐! 왜!"

보면 본다고 난리, 말 안 걸면 무시한다고 난리. 소윤은 짧은 한숨을 쉬었다. 할 말도 없으면서. 그녀가 그렇게 중얼거리자 디가 반박했다.

"있어. 가면서 말할 거야."

"어딜 가는데."

"너 새끼가 지금 가는데."

"내가 어디 가는 줄 알고?"

"어차피 마트나, 뭐 그런 데 아냐?"

집, 의뢰, 하트, 매드해터, 마트, 음식점, 간혹 마치와 도르. 그들이 판단한 소윤의 행동반경이었다. 비누를 사기 위해 마트에 가던 중이었던 그녀는 별말 없이 걸음을 옮겼다. 한 발자국쯤 뒤에서 디가 따랐다.

늦봄의 바람이 그녀를 스치고 그들에게 불어왔다. 그들은 그 안에 섞인 비누 냄새를 깊이 들이마셨다.

마른 몸, 가는 어깨, 머리카락 사이로 보이는 하얀 목덜미. 며칠 전 저 목덜미 위에서 발견했던 선명한 빨강을 떠올리고 속이 뒤틀린 그들은 그 목을 향해 손을 뻗었다. 그리고 그 손은 그녀의 손에 가로막혔다. 디는 핏발까지 선 눈으로 소윤을 노려보았다.

"그렇게 싫으냐? 건드리는 것도 싫어?"

"뭐?"

"하트 새끼한테는 시발, 그런 짓까지 허용했으면서. 좋았어? 아주 자지러지던데?"

"할 말이라는 게 그거야?"

디는 소윤에게 바짝 다가섰다. 새큼한 향기가 손에 잡힐 듯 가깝게 느껴졌다. 그들을 충동대로 팔을 뻗어 그녀를 세게 끌어안았다. 그러자 옷깃 사이로 흰 목덜미가 보였다. 그들은 입술로 그곳을 더듬다가 근질거리는 이를 참지 못하고 입을 크게 벌렸다. 조금만, 아주 조금만.

그러나 그들이 이를 대기 직전, 소윤은 그들의 정강이를 걷어차고 팔을 비틀어 몸을 빼냈다. 그녀는 타액이 묻은 목덜미를 문지르며 말했다.

"전부터 왜 이리 침질이야. 내가 네 먹이로 보여?"

먹이. 이전 같으면 내심 긍정했을 단어였다. 그러나 그들은 긍정도 부정도 말할 수 없었다.

소윤은 서녘을 건너다보았다. 해가 손톱만큼도 보이지 않았다. 센트럴의 마트는 해가 지면 문을 닫는다. 결국 목적을 달성하지 못한 그녀는 오던 길을 되돌아갔다. 그러자 덤이 디를 가장하여 물었다.

"왜 아무 말도 하지 않아? 지난번에 덤 새끼가 널 가두려고 했잖아. 그것조차 너한테는 무가치한 일이야?"

이를 드러내고 달려들어도, 한밤중에 집에 침입해 덮쳐도, 감금하려 들어도, 그리고 입을 맞춰도 그들을 향한 그녀의 태도에는 변함이 없었다.

"그래."

그녀가 대답했다. 트윈스는 심장이 무겁게 떨어지는 것을 느꼈다. 그러나 다음 순간, 그들은 심장과 함께 떨어졌던 고개를 들어 그녀를 바라보았다.

"흔한 일이니까."

크로켓 게임으로 흰 토끼의 자리를 안정적으로 거머쥔 그녀였지만 작은 키와 왜소한 체구가 어디 가는 것은 아니었다. 그녀가 가진 힘을 모르는 자들은 어떻게든 그녀를 속이려 들었고, 아는 자들은 자기 편으로 끌어들이고자 했다.

그 과정에서 사용된 방법 중 강제성을 가진 것은 겁박과 감금이었으나, 그녀로서는 위기라고 부르기도 무엇할 만큼 가벼운 수준에 지나지 않았다. 그런 의미에서 덤이 시도한 감금은 제법 참신했다. 그 누구도 그렇게까지는 하지 않았기 때문이다.

그 밤, 트윈스는 생각했다.

흔한 일이었다는 감금을 힘으로 뚫고 나왔을 여자를 물리적인 방법으로 묶어 두는 것은 무리다. 그렇다면 다소 불확실한 방법이지만 그녀를 묶어 둘 수 있는 다른 방법을 사용하면 된다. 그 방법이라면 굳이 우리를 새로 만들지 않아도 충분했다.

그들은 집 안, 그들이 가장 안전하다고 여겨 온 그들만의 공간을 둘러보았다. 이곳에 그 여자가 있다면. 그것은 머리가 저릴 만큼 즐거운 상상이었다.

내일 할 일을 밤늦도록 곱씹다가 새벽이 되어서야 잠이 든 트윈스는 다음 날 맑은 햇살 속에서 눈을 떴다. 그날따라 날씨가 참 좋았다.

끼니때마다 방문하는 요리사에게 지시를 내린 그들은 디의 모습으로 꾸민 후 소윤의 집으로 향했다.

밤거리에 디를 두고 집에 돌아온 소윤을 기다린 것은 연락도 없이 들이닥친 매드해터였다. 그는 소윤을 보자마자 매달린 채 투덜거리기 시작했다.

"그날 헤어지고 나한테는 안 오더니 그 남자의 집에는 갔더군요."

"용건이 있었을 뿐이야."

"그럼 저도 용건이 있어서 이곳에 온 걸로 하죠."

칼을 끌러 소파 위에 내려놓는 소윤의 등을 매드해터가 끌어안았다.

"용건이 뭔데?"

그녀가 묻자 그는 하얀 머리카락 사이로 드러난 귀에 입을 맞추며 대답했다.

"보고 싶었어요."

외출했다 돌아온 소윤에게서는 비누 냄새와 바람 냄새가 났다. 기분이 좋아진 그가 팔에 힘을 주는데 그녀가 그를 가볍게 밀었다.

"씻을 거야. 놔."

그러자 소윤의 뺨에 가볍게 키스한 매드해터는 너무도 쉽게 놓아주었다. 그녀는 홀가분하다기보다는 어딘지 미심쩍은 기분이 되었다. 소윤의 표정을 본 그는 작게 웃었다.

"이제 조급하게 굴지 않을 생각이거든요."

"무슨 소리야?"

"그냥 혼잣말입니다. 기다리고 있을 테니 얼른 씻고 나와요."

"귀가한다는 선택지는 없고?"

"이 밤중에 원더랜드 동쪽 끝까지 가라고요? 저 혼자 말입니까?"

혼자서 원더랜드를 날려 버릴 수도 있는 능력의 소유자가 긴 속눈썹을 파르르 떨며 그렇게 되물었다. 그것을 보던 소윤은 문득 그가 만약 여자로 태어났으면 정말로 나라 몇 개 정도는 가볍게 말아먹었을지도 모른다는 생각을 하고 말았다.

"뭔가 불온한 생각을 하고 있는 얼굴입니다, 소윤."

"……별로."

"이럴 때 그런 대답은 켕기는 부분이 있다고 고백하는 것보다 못한 말입니다. 자, 순순히 실토하세요."

결국 소윤에게서 대답을 이끌어 낸 그는 가만히 그녀를 보았다. 그녀는 슬며시 시선을 피했다.

"미안, 요카난."

"아뇨. 내 실책입니다. 그래요, 당신에게는 내가 그렇게 보였단 말이죠……."

아주 의도하지 않았다고 한다면 거짓말이지만 실제로 들으니 기분이 묘했다. 그는 부러 화사하게 웃었다. 기묘한 위압감이 풍기는 웃음이었다. 소윤은 조금 난감함을 느꼈다.

보통은 말을 잘못해서 망한다는데, 왜 자신은 고작 생각만으로 이런 사태에 직면하게 된 것일까. 그녀는 한숨을 쉬었다.

소윤을 끌어안고 잠들었다 개운하게 일어난 매드해터는 곧바로 그녀의 좁은 부엌을 점령했다. 그보다 조금 늦게 일어나 멍하니 앉아 있던 소윤은 그대로 아침 밥상을 받았다.

침대 위에 앉아 그녀가 먹는 모습을 지켜본 매드해터는 설거지까지 깨끗하게 마쳤다. 그녀는 그사이 씻고 옷을 갈아입었다.

"오늘 의뢰는 언제부터인가요?"

"오늘은 아직 없어."

"그런가요? 마침 할 이야기가 있었는데 잘되었습니다."

매드해터는 소윤의 앞에 섰다. 낡은 버티컬을 통해 들어온 흐릿한 햇살 속의 그녀는 이 세계에 대해 그녀가 가진 애착만큼이나 희미했다.

참 깜찍하기도 하죠. 날 이곳에 버려 둘 생각을 다 했다니. 그는 방긋 웃으며 이를 갈았다.

이제까지 자기 세계로 돌아간 차원 이동자가 단 한 사람도 없다는 것을 알고 있던 그는 그쪽 가능성은 어느 정도 접어 두고 있었던 터라 이제 와서 알게 된 사실이 더욱 괘씸했다. 자신의 것이 되지 못한다 해도, 눈앞에서 사라지는 것만은 용납할 수 없었다.

"난 소윤이 다른 세계에서 왔다는 걸 알고 있습니다. 그건 당신도 알고 있죠?"

"요카난?"

"당신에게는 이 세계를 싫어할 만한 이유가 많아요. 그렇지만 이 세계의 모든 것에 아무 가치도 없습니까?"

잔뜩 마모되어 스스로를 지킬 모서리조차 거의 남지 않은 여자가 열심히 지키고자 하는 어떠한 것. 그도 하트도 그것에 대해서는 가능한 한 건드리고 싶지 않았다. 아직 발조차 제대로 딛지 못한 여자의 기반을 흔들어 봐야 쓰러지기밖에 더하겠는가.

그러나 온전히 이 세상에 있다고 생각했던 발마저 다른 세상으로 옮기려 한다면 이야기가 다르다.

소윤 그리고 앨리스. 매드해터는 두 사람이 의외의 부분에서 닮았다는 것을 알고 있었다. 그녀들은 이 세계를 오로지 앨리스를 중심으로 이해하고 있었다. 마치 같은 세계에서 같은 정보를 공유한 사람들처럼. 그리고 그녀들은 예소윤이라는 차원 이동자가 가진 영향력을 너무 우습게 보았다는 점에서까지 닮아 있었다.

그는 모든 애정을 담아 그녀의 이마에 키스했다. 접촉이란 참으로 신기해서, 때로는 말 없이도 많은 것들을 전달해 준다.

그가 이마에서 입술을 떼자 소윤이 눈을 내리깔았다. 앞머리를 핀으로 고정한 덕분에 훤히 드러난 얼굴은 참 솔직했다. 매드해터는 팔을 벌려 그녀를 꼭 끌어안았다. 조금 서늘한 체온에 전신을 감싸인 소윤은 그의 가슴에서 쿵쾅거리는 박동을 들었다.

"요카난? 왜……."

"그냥 여기에 가만히 있어 주면 안 됩니까?"

매드해터는 그녀의 몸을 부드럽게 떼어 내고 얼굴을 마주보았다. 묘하게 긴장한 그를 본 소윤은 눈을 깜빡이다가 손을 움직였다. 그러나 매드해터의 입술로 향하던 그 손은 그에게 붙잡혀 버렸다. 쓴웃음을 지은 그가 천천히 입술을 움직였다.

"소윤, 나는 당신을……."

그때 소윤의 집 벽, 통유리를 끼워 넣은 그것이 요란한 소리를 내며 깨져 나갔다. 뒤이어 누군가가 뛰어 들어왔다. 펄럭이는 버티컬 사이로 들이닥친 눈부신 햇살이 어두운 금발에 부딪쳐 하얗게 부서졌다.

"이 새끼들, 시발, 문까지 잠그고 무슨 짓거리를 하려고!"

단숨에 달려든 디는 소윤을 향해 손을 뻗었다. 디의 목적을 알아차리고 소윤과 함께 물러서려던 매드해터는 그녀의 얼굴에 떠오른 표정을 보며 일순 멈칫거렸다. 디는 그 틈을 놓치지 않고 그녀를 낚아챘다.

발로 유리를 좀 더 깬 디가 그녀를 데리고 밖으로 뛰쳐나갔다. 매드해터는 자신의 고백처럼 엉망진창이 된 실내를 바라보다가 한숨을 쉬었다. 그의 입을 막으려 들었을 때 이미 예상은 했지만.

"아무리 그래도 그렇게까지 노골적으로 다행이라는 표정을 지으면 말이죠……."

그래 봤자 그가 그녀를 사랑한다는 건 변하지 않는데.

디는 소윤을 어깨 위에 둘러메고 성큼성큼 걸었다. 집에서 신는 슬리퍼가 발끝에 걸린 채 금방이라도 떨어질 듯 위태롭게 흔들렸다.

"내려 줘."

소윤은 그의 등을 툭툭 치며 말했다. 그러나 디는 아랑곳하지 않았다.

"트위들 디?"

잠시 걸음을 멈췄던 그는 다시 걷기 시작했다. 그녀는 팔꿈치를 세워 그의 등을 제법 세게 찍었다.

갑작스럽게 타격을 받은 그의 팔이 느슨해진 틈을 타 땅을 디딘 그녀는 이내 손목이 붙들렸다.

"저 새끼는 또 뭐야. 하트에 저거에!"

소윤은 팔을 뿌리치고 돌아섰다. 한두 시간 정도 적당히 빈둥거리다가 매드해터가 나갔을 때쯤 집에 돌아갈 생각이었다.

나는, 당신을.

다시 떠올려도 본능적으로 당황하게 되고 마는 말이었다. 어쩌면 그는 그녀의 목적이 무엇인지 알고 있을지도 모른다. 그녀는 눈앞에 펼쳐진 풍경을 조용히 눈에 담았다.

이곳의 모든 것에 가치가 없냐고……? 그의 물음을 곱씹던 그녀가 떠올린 것은 두 남자의 얼굴이었다. 며칠 전 하트가 했던 말이 귓전을 스쳤다.

'이곳에서 떠나고 싶어?'

그 순간, 그녀는 눈을 크게 떴다.

그때 그녀의 몸이 세게 돌려세워졌다. 아직 안 갔던가. 그녀는 분노와 짜증으로 범벅이 된 디의 얼굴에 그렇게 생각했다. 새파란 눈동자가 불꽃처럼 이글거리고 있었다.

"의뢰야."

"뭐?"

"시발, 의뢰라고. 네가 매일 입에 달고 살던 바로 그 의뢰."

"며칠 전에도 의뢰라고 거짓말했잖아."

"이 새끼 겁나 말하는 것 봐라? 지가 착각해 놓고서는 어딜 뒤집어 씌워? 메시지 확인해 봐. 의뢰라는 말 있나."

다행히도 그녀의 말은 덤이 밤새 정리해 준 것들 중 하나였다. 적반하장 격인 디의 반응에, 소윤은 덤의 메시지를 떠올렸다. 확실히 그때 덤의 메시지에는 의뢰라는 말이 없었다.

그러나 그녀에게 오는 의뢰 메시지의 대부분은 그런 형식이었다. 용건만 말해도 통하는 것을, 무엇하러 귀찮게 의뢰라고 알려 준단 말인가.

"어쨌든 난 모르는 일이야. 불만이면 덤 새끼한테 가서 말하든가."

그렇게 말한 그는 소윤을 끌고 걸어갔다.

"나 아무것도 못 들고 왔는데."

"그딴 거 필요 없는 의뢰야."

상대가 트윈스라면 여차하는 경우 허벅지의 나이프 하나로도 상대할 수 있지만, 그녀는 노파심에서 한마디 하기로 했다.

"최근 의뢰라고 속이고 날 부른 사람이 있었어. 당연히 혹독한 처벌을 받았지. 행여나 속일 생각이라면 포기해."

"이게 속고만 살았나. 왜 의심병질이야?"

"속였잖아."

"이게 진짜! 아니라고!"

디는 그녀의 손목을 확 잡아끌었다. 그가 아까 잡았던 부분이었는데, 손자국이 빨갛게 나 있었다. 그녀는 그의 손을 떼어 내고 손목을 주무르며 말했다.

"앞장 서."

디는 허전해진 손을 내려다보다가 고개를 들었다.

"네 뭘 믿고."

그녀의 손목을 다시 우악스럽게 거머쥔 그가 걷기 시작했다. 소윤은 포기하고 그에게 이끌려 걷기 시작했다.

신장이 20센티미터 이상 차이가 나는 두 사람은, 당연한 말이지만 보폭에서도 큰 차이가 났다. 안 그래도 성큼성큼 걷고 있는 그를 따라

가지 못한 소윤의 발에서 슬리퍼가 벗겨졌다. 벗은 발로 몇 걸음 딸려 간 그녀는 디에게 잡힌 채 손목에 힘을 주었다.

"뭐야! 말해 두지만 얕은 수작 부리면……."

소윤은 대답 대신 벗겨진 슬리퍼를 가리켰다. 그것과 그녀의 발을 번갈아 본 디는 욕설을 내뱉더니 그녀를 번쩍 들어 안고 슬리퍼 앞까지 걸어갔다. 그녀는 그가 그녀를 내려 줄 것이라고 생각했다. 그러나 그 자리에 쭈그리고 앉은 그는 그녀를 허벅지 위에 앉히고 슬리퍼를 집어 들었다.

"시발, 이게 발이냐."

그녀의 발바닥에 묻은 흙을 털던 디가 중얼거렸다. 그녀는 발도 참 작았다. 얼마나 작은가 하면, 그의 손바닥보다도 한참 작았다.

"이딴 걸로 잘도 걸어 다니네."

한 줌도 안 되는 발목과 톡 볼가진 복사뼈를 따라 시선을 미끄러뜨린 그는 뼈가 도드라진 발등을 지나 작은 발가락까지 죽 훑어보았다. 햇빛을 하나도 보지 못한 듯 창백한 발등에는 파란 핏줄이 선명하게 떠올라 있었고 발가락은 조금씩 꼼지락대고 있었다.

"진짜 신기하게."

그는 먼 꿈을 꾸는 듯 멍한 목소리로 말했다. 디는 어느새 그녀의 발을 완전히 감싸 쥔 채 손가락으로 발등을 살살 문지르고 있었다. 그가 하는 양을 지켜보고 있던 소윤이 말했다.

"슬리퍼 이리 줘."

"어?!"

디는 화들짝 놀라 그녀를 보았다. 그를 직시하고 있는 갈색 눈동자가 보였다. 그는 그때서야 그녀가 언제나의 마스크를 하기는커녕, 앞머리마저 핀으로 고정해 얼굴을 훤히 드러낸 상태라는 것을 깨달았다. 예쁘다. 안쪽에 앉아 추이를 지켜보던 덤이 홀린 듯한 목소리로 중얼거렸다. 디는 저도 모르게 긍정했다.

그때 소윤이 그의 손에서 슬리퍼를 빼앗아 발에 끼워 넣고 허벅지 위에서 내려왔다. 오전의 햇살 속에서 보는 그녀는 묘하게 가냘팠다.

그들은 아주 최근까지만 해도 볼품없다고 생각했던 몸을 보며 생전 써 본 적도 없는 형용사를 떠올렸다. 저렇게 생겨 먹었으니 그딴 새끼들이 환장하고 달라붙는 거잖아.

디는 손을 뻗어 소윤의 앞머리를 고정한 핀을 뺐다. 그러자 무거운 머리카락이 스르륵 흘러내리며 얼굴 반이 감춰졌다. 그는 묘하게 만족한 심정으로 그녀의 손목을 쥐고 다시 앞장서서 걷기 시작했다. 그는 자신의 보폭이 방금 전과 비교하여 반도 안 된다는 사실을 자각하지 못했다.

소윤을 데리고 집까지 온 디는 그녀를 소파에 앉히고 맞은편에 앉았다.

"내 의뢰는 이거야. 계속 이 집에 있어."

"언제까지?"

"아, 좀! 있으라면 있어!"

맨몸으로 오게 된 소윤은 가장 급한 것을 떠올렸다. 패치는 아침을 먹기 전에 갈아 붙였으니 하루 정도는 괜찮다. 다음으로 중요한 것은 의뢰의 창구인 스마트폰이었다. 어제 저녁에 크로스백에서 꺼내 테이블 위에 올려놓았던 기억이 났다.

"집에 가서 필요한 물건을 가져올게."

"안 돼! 내가 가져다줄 테니까 넌 나가지 마. 뭐가 필요한데?"

"가방, 스마…… 핸드폰 그리고 칼. 가방과 칼은 소파 위에 있고 핸드폰은 그 앞의 테이블에 있어."

소윤은 디가 알아듣지 못할까 봐 스마트폰을 핸드폰으로 바꿔 말했다. 디는 그녀가 그것을 사용하는 모습을 본 적이 있으므로 충분히 알아들을 것이다. 그런데 필요한 물건을 전부 말했음에도 그는 나갈 생각을 하지 않았다.

"안 가?"

그녀가 묻자 그는 벌떡 일어나 부엌으로 갔다.

"점심 먹고 갈 거야!"

소윤은 벽시계로 시간을 확인했다. 11시 37분. 먹는 것에 민감한 그에게 식사는 중요한 일이니 그럴 법도 하겠다 싶었다.

부엌으로 간 디는 분주하게 움직이는 척하면서 소윤을 건너다보았다. 그녀는 소파 위에 얌전히 앉아 있었다. 그들의 공간에 존재하는 그녀. 가슴 어름이 정체 모를 감정으로 뿌듯해졌다.

디는 아침에 요리사가 만들어 두고 간 음식을 식탁 위에 늘어놓았다. 대합과 감자가 큼지막하게 들어간 클램 차우더, 크랜베리 소스로 맛을 낸 차가운 칠면조 샌드위치, 연어와 얇게 썬 오이를 장미꽃처럼 말아 배열한 샐러드. 클램 차우더를 데워 그릇에 담은 디가 소윤을 불렀다.

"야, 새치. 밥 먹어."

지금은 참 멀게만 느껴지는 1주일과는 관계가 역전된 형국이었다.

식사 중, 디는 소윤의 몫으로 놔 둔 음식을 살폈다. 그녀는 다른 것은 다 잘 먹으면서 클램 차우더에는 손도 대지 않았다. 샌드위치와 샐러드를 다 먹은 소윤이 포크를 내려놓자 그가 물었다.

"꼴에 편식하냐?"

"날 여기에 두고 뭘 시킬 생각이야?"

그들이 그녀에게 하고 싶은 것은 하나밖에 없었다. 그들은 그것을 생각하자마자 고조되기 시작한 감정을 애써 억눌렀다. 아직 저 계집애는 가장 중요한 것을 먹지 않았다.

소윤이 숟가락을 들었다. 그들은 샐러드를 뒤적거리는 척하며 그녀의 행동을 지켜보았다. 그녀의 숟가락이 클램 차우더 그릇에 가까워졌다. 그들은 음식을 넘기는 척하며 침을 꿀꺽 삼켰다. 그러나 숟가락이 그릇 안으로 들어가는 일은 없었다. 땅! 금속과 도자기가 맑은 소리를 내며 부딪쳤다.

"수면제 먹이고 도대체 뭘 하려고."

들켰다.

하지만 어떻게? 지난 번 핫초콜릿이 실패한 후 그들은 약을 판매한 듀크를 찾아갔다. 겁쟁이 듀크는 그들이 몇 번 걷어찬 것만으로도 그가 아는 정보를 술술 불었다.

아웃하우스의 연구소, 여러 약물이 투입된 바 있는 육체, 모종의 방법으로 음식에 섞인 약을 감지해 낸다는 것까지도.

듀크는 최근 효과 좋은 수면 가스를 개발했으나 하트에 의해 제품은 물론, 레시피까지 폐기되고 금지 처분을 받았다는 말까지 줄줄 늘어놓았다. 그러나 그의 더러운 업적에 대해서는 관심도 없는 트윈스는 그 정보를 한 귀로 듣고 흘려 버렸다.

약을 입에 대기도 전에 알아차린다는 것은 후각에 기인했을 가능성이 컸다. 그래서 그들은 듀크가 비장의 상품이라고 자랑한 수면제를 사 수프 안에 듬뿍 털어 넣었다. 한 입만 먹어도 쓰러지도록.

듀크 이 새끼, 무미 무취라고 그렇게 지껄이더니. 듀크를 다시 족치기로 한 그들은 일단 발뺌했다.

"무슨 개소리야?"

"대충 짐작한 거 아냐? 지난번 사용했던 약에 비해 냄새가 많이 줄었는데. 나는 감각이 좀 많이 예민해서 일반적으로 무취라고 하는 것들의 냄새도 제법 맡을 수 있어."

"내, 내가 나간 사이에 너 도망치지 말라고 넣었다! 존나 무슨 개코도 아니고……."

소윤은 클램 차우더가 담긴 그릇을 들고 싱크대로 갔다. 손을 기울이자 아직 따뜻한 수프가 개수대 안으로 쏟아졌다. 그릇을 내려놓은 그녀는 자신이 하는 양을 뚫어져라 바라보고 있는 디에게 말했다.

"안 나갈 테니까 내 가방과 핸드폰, 그리고 칼을 가져다줘."

"내가 네 말을 어떻게 믿냐?"

"의뢰니까 안 나가."

"그러니까 내가 네 말을 왜 믿어야 하냐고."

시도가 발각된 것이 창피했던 디는 연신 구시렁거렸다. 겉으로 보기에는 수는 저가 써 놓고서도 자못 당당한 기색이었다. 안 그래도 약으로 인해 기분이 별로 좋지 않았던 그녀는 가볍게 쏘아붙였다.

"그럼 손가락이라도 걸자고?"

문제는 원더랜드에서 나고 자란 트윈스에게 그 말이 이해 범주 밖에 있다는 것이었다. 지식은 갖추었으나 묘한 부분에서 상식이 결여된 덤과, 지식이고 상식이고 전부 덤에게 떠맡긴 디는 그녀의 말을 다른 의미로 이해했다.

"겁나 쩨쩨하게 고작 손가락이 뭐냐? 손목이나 팔 하나 정도는 걸어야……."

"……됐다."

"아, 시발 뭔데! 네가 먼저 손가락 건다고 했잖아!"

디는 부엌을 나가 소파로 돌아가는 내내 그녀의 옆에 붙어 시끄럽게 떠들어 댔다. 결국 그녀는 새끼손가락을 세워 그의 앞에 내밀었다.

"뭐냐? 나 특별히 예뻐하는 계집년 없는데."

소윤은 그의 오른손을 덥석 잡고 새끼손가락을 세웠다.

"뭐, 뭐, 뭐야? 갑자기 왜 손을 자, 잡고……."

"세운 손가락을 이렇게 구부려서 여기에 걸어. 그럼 약속을 지키겠다는 의미야."

"약속?"

덤조차 책에서밖에는 본 적 없는 단어였다. 계약 같은 건가? 어쨌든 그녀가 이 집에서 나가지 않겠다는 의미이므로 그들은 새끼손가락을 그녀의 손가락에 가져갔다.

가까워질수록 그들의 손가락이 조금씩 떨리기 시작했다. 더한 것도 한 주제에, 고작 손가락 하나 좀 대는 게 뭐 대수라고. 그들은 과감하게 손가락을 구부려 그녀의 손가락에 걸었다.

작고 버석한 손가락에 그들의 손가락이 스치는 순간, 짜릿한 감각이 손에서부터 뻗어 나와 전신을 휩쓸었다. 정전기라고 치부하기에는 묘하게 기분 좋은 감각이었다. 그들이 그 느낌을 반추하며 가만히 있자 소윤은 아직도 걸린 채인 손가락을 가볍게 흔들었다.

"디?"

"어? 어, 아니…… 그, 그럼 여기에서 안 나가는 거다?"

"그래."

그녀의 긍정이 떨어지는 것과 동시에 트윈스가 웃었다. 화려하고 고운 외모에 빛을 뿌리는 환하고 순진한 웃음이었다.

미적거리는 디를 내보낸 뒤-망가뜨린 유리도 고쳐 놓으라고 시켰다- 혼자 남은 소윤은 하릴없이 소파 위에서 시간을 보냈다. 생각은 자연스럽게 매드해터에게 향했다. 그녀는 머리를 흔들어 그의 마지막 표정을 애써 지웠다. 그러자 매드해터의 마지막 말이 귓가에서 맴돌았다. 나는, 당신을.

돌아간다. 떠난다.

그 두 가지가 같은 의미라는 것을 그녀는 그로 인해 깨달아 버렸다. 돌아갈 수 있다는 확고한 보장 따위는 어디에도 없었다. 그러나 그것을 떠난다는 관점에서 생각한다면—. 그녀는 얼굴을 가렸다. 어느 순간 누구도 모르게 이곳에서 떼어 내질 수도 있다는 가능성을 떠올리자마자 눈앞이 아찔해졌다.

가족이 보고 싶다. 그 마음은 변하지 않았다. 그러나 지금 생각나는 얼굴은 전부 다른 사람들의 것이었다. 그녀는 그들 중 유독 그녀를 이 세계에 잡아 놓고 있는 한 사람을 떠올렸다. 두 번 다시 발을 들일 일이 없다고 생각했던 감정의 폭풍 속에 그녀를 끌어들인 남자였다.

이래서 인정하고 싶지 않았는데. 도망칠 길이 전부 막혀 버린 그녀가 할 수 있는 것은 하나뿐이었다.

"새치 너, 왜 그래?"

그때 디가 돌아왔다. 그녀는 아무렇지도 않은 척 고개를 들었지만, 그녀의 얼굴을 살핀 디가 미간을 찡그렸다.

"왜 죽상이야?"

소윤은 대답 없이 디가 가져온 짐을 살폈다. 그러나 그가 들고 있는 것은 크로스백뿐이었다. 디는 시키지도 않은 변명을 늘어놓기 시작했다.

"테이블 위에 핸드폰 없던데? 칼은 시발, 존나 무겁더라. 그래서 두고 왔어."

"손바닥만 한 검은 물체인데. 너도 이전에 봤잖아."

"그게 핸드폰이었냐? 뭐, 나중에 다시 갈 일이 있으면 가져다주지."

일부러 두고 왔다는 것이 뻔히 드러나는 말투였다. 크로스백을 소윤의 품에 아무렇게나 안긴 그는 그녀의 손이 찬 틈을 타 앞머리를 올리고 아까 그가 뺐던 핀을 꽂았다. 엉성하게 꽂힌 핀에서 잔머리가 아무렇게나 흘러내리고, 그 사이로 또렷한 갈색의 눈동자가 그를 응시했다.

디는 손을 뻗어 그녀의 눈매를 슬며시 건드렸다. 그러자 그녀의 눈매가 조금 움츠러들며 속눈썹이 그의 손가락에 닿았다. 별것도 아닌 그것에 부끄러워진 디는 버럭 소리를 질렀다.
"난 잘 거야! 깨우지 마!"

긴 낮잠 동안 트윈스는 참 기분 좋은 꿈을 꾸었다. 그들의 만족스러운 상태를 반영하듯, 그들은 최초로 환희를 만끽했던 순간으로 돌아가 어머니의 피투성이 팔 안에 안겨 있었다. 미지근하게 남아 있는 온기를 즐기던 그들은 천천히 꿈에서 벗어나기 시작했다.

코끝에 새큼한 향이 닿고 귀에 그들의 것이 아닌 숨소리가 들려왔다. 간격이 긴 잠든 사람 특유의 호흡이었다.

아, 그래. 그 여자를 데려다 놓았지. 그들은 꿈에 취한 채 소윤을 떠올렸다. 그러자 어머니의 모습 위로 그녀의 모습이 덧씌워졌다. 피에 젖은 머리카락과 피부, 빛을 잃은 갈색 눈동자, 물어뜯긴 젖가슴.

"새치?"

그들이 불러도 그녀는 미동도 하지 않았다.

"장의사?"

그들은 그녀를 향해 손을 뻗었다. 그 손끝은 꼴사납게도 떨리고 있었다. 드디어 닿은 그녀의 체온은 참 차가웠다.

그들은 숨을 몰아쉬며 깨어났다. 아직도 떨리는 손을 꽉 움켜쥔 그들은 테이블 너머로 시선을 주었다. 그러자 맞은편 소파 위에 앉은 채 잠들어 있는 소윤이 보였다.

그들은 느릿느릿 걸어가 그녀의 옆자리에 앉았다. 딱히 기척을 감추지 않았지만, 살기가 없어서인지 그녀는 여전히 잠든 채였다.

어둠에 묻힌 그녀는 오늘따라 창백했다. 그것이 꿈속의 시체와 겹쳐졌다. 그들은 고개를 흔들어 눈앞에 새겨진 잔상을 지웠다. 그들이 생각해도 이해할 수가 없었다. 그것은 분명 지금 그들이 가장 원하는 일이었다. 지금도 욕망이 그들을 충동질하고 있었다. 이 여자가 조는 지금이 바로 기회야. 어서 억누르고 얽매고 맛봐.

그러나 그들은 차마 그녀에게 그럴 수가 없었다. 그들은 아직도 쿵쿵 울리는 심장을 움켜쥐었다. 세상에 무서울 것 없는 그들이 그녀의 시체를 본 순간 절망을 느꼈다고 하면 누가 믿을까. 그들조차 믿을 수가 없는데.

그래, 믿을 수 없었다. 트윈스는 소파 위에 아무렇게나 내팽개쳐져 있는 소윤의 손을 응시했다. 이 여자에게 그런 감정을 느낄 리 없어. 그들은 그녀의 손을 조심스럽게 들어올렸다. 작고 딱딱한 그것은 그녀가 겪은 고생을 고스란히 드러내고 있었다.

트윈스는 그것을 양손으로 받쳐 들고 천천히 입안에 넣었다. 살며시 혀를 움직이자 결이 고르지 못한 손톱과 거친 손끝이 느껴졌다. 그들은 이를 세워 손가락을 깨물었다. 으득 하는 소리와 함께 살이 찢기고 소량의 피가 흘러나왔다. 늘 달다고 느꼈던 그것은 참으로 쓰고 맵고 괴로웠다.

그때 그들은 깨어난 소윤과 눈이 마주쳤다.

"이게 의뢰야? 날 먹으려고 불렀어?"

손가락을 그들의 입에서 빼낸 그녀가 물었다. 그들은 고개를 저었지만 그녀는 그들을 외면했다. 그녀는 크로스백에서 붕대를 꺼내 지혈했다. 크지 않은 상처였으므로 피도 금세 멎었다. 그런 그녀의 옆에서 트윈스는 더듬거리며 몇 번이고 변명을 해 댔다.

"아냐. 우리는 결코 널……."

당황한 트윈스는 자신들이 무슨 말을 하고 있는지도 몰랐다.

"뭐가 아닌지는 모르겠지만 아무리 의뢰라도 잡아먹힐 수는 없어. 그러니 정말로 날 잡아먹을 거라면 당장 말해."

의뢰가 싫으면 의뢰인을 죽이면 된다. 그녀의 말 이면에서 그것을 읽은 트윈스는 뻣뻣하게 굳어 버렸다.

한참 후에야 덤이 말했다.

"아냐. 정말 아니라고."

쓰디쓴 핏방울이 혀끝에 맴돌았다. 그것이 목구멍을 타고 넘어가 식도를 태우고 심장을 찔렀다. 왜 그곳이 아픈지도 모른 채 그들은 소윤의 어깨를 잡아챘다.

"우리 말 좀 들어 봐. 정말로 우리는 널 잡아먹거나 할 생각이……."

"그럼 왜 날 여기에 데려왔는데?"

당초의 목적은 그녀가 말한 그대로였으므로 덤은 재빨리 변명을 물색했다. 그러나 아무리 생각해도 지금 이 순간 변명으로 사용할 만한 것은 하나도 없었다. 왜냐하면 그들조차 그녀에 대한 충동을 이해할 수 없었기 때문이었다.

범한다. 가장 즉각적으로 상대와 하나가 되는 방법이었다. 먹는다. 상대의 피와 살로써 제 육신을 이룬다는 것은 영원히 곁에 둔다는 것과 같았다. 그들이 그녀에게 원하는 것은 그러한 것이었다. 그러나 왜? 그들은 그것에 대한 대답을 갖고 있지 않았다. 덤이 대답을 하지 못하자 다급해진 디가 나섰다.

"말하면 좀 들어 처먹으라고! 우리는…… 아오, 씨. 그래! 그랬다, 왜!"

소윤은 너무 써서 다시 먹을 생각도 안 난다고 버럭버럭 소리를 지르는 디를 물끄러미 응시했다. 그러자 입을 다문 디는 밖으로 휙 나가 버렸다.

차가운 밤바람을 맞은 트윈스는 제정신이 번쩍 드는 것을 느꼈다.

그래, 방금 전까지는 제정신이 아니었던 것뿐이다. 저 계집애의 시체를 꿈에서 봤다고 심장이 내려앉았다니. 다른 여자들과 뭐 하나 다를 바 없을 피가 쓰다니. 전부 착각일 뿐이었다.

혼자 남은 소윤은 소파 위에 누웠다. 그러나 잠은 달아난 지 오래였다. 손가락에 묶인 붕대를 가만히 바라보던 그녀는 무겁게 한숨을 쉬었다.

트윈스는 날이 새도록 집에 돌아오지 않았다. 그리고 그의 기척이 이 집에서 얼마 떨어지지 않은 곳을 맴돌고 있다는 것을 느끼고 있는 그녀 역시 잠이 들지 못했다.

집 근처를 맴돌다가 차마 들어가지 못하고 아침 일찍 사무실에 나간 트윈스, 덤은 의외의 소식을 접하게 되었다. 어제, 생각지도 못했던 사람이 그들에게 대면을 요구했다는 것이다.

그쪽에서 지정한 날짜는 오늘. 덤은 최근 들었던 소문을 떠올렸다. 원더랜드 내의 세력이 정리되었다더니 어지간히 조급한 모양이었다.

덤은 그쪽의 요구를 받아들였다. 부하는 함정일 수도 있다고 주장했지만, 그들은 오히려 그쪽을 바랐다. 마음이 풀릴 때까지 날뛰면 그들이 느끼고 있는 먹먹함이 사라질 것 같았다.

소윤에게 당한 상처로 병원에 입원했던 체셔는 이상한 낌새를 알아차리고 눈치 빠르게 도망쳤다. 그것이 자신의 목숨을 구했다는 것을 그는 나중에서야 알았다.

도망친 그는 남은 부하들을 불러 모았으나 소집된 부하들은 몇 안 되었고, 심지어 몇몇은 중상을 입은 상태였다. 그들에게 자초지종을 들은 체셔는 되묻고 말았다.

"매드해터라고? 장의사나 하트가 아니라?"

체셔는 소윤을 잡는 데 실패한 순간, 원더랜드 내의 본거지가 타격을 입을 가능성을 염두에 두었다. 그러나 본거지가 완전히 박살 나고 아웃하우스에 마련해 두었던 아지트마저 무너진 것은 예상 밖의 손실이었다. 체셔는 그녀에 대한 정보를 모으던 당시에는 루머라고 생각하여 넘겼던 몇 줄을 떠올렸다.

“매드해터와 장의사가 심상치 않은 사이로 보인다고 했던가.”

장의사와의 잠자리가 끝내주게 좋기라도 했나. 체셔는 한껏 삐뚤어진 심사로 그렇게 생각했다.

그리고 얼마 안 있어 그는 원더랜드에서의 위치는 물론 아웃하우스에서의 지위도 잃게 되었다. 탈세와 뇌물 수수 등 그가 변호사로서 이제껏 숨겨 왔던 것들은 물론, 연쇄 살인마 하이드가 바로 그라는 것마저 백일하에 드러나게 되었다.

가깝게 지내던 고위 공무원을 협박하여 일련의 사태에 마력 캡슐을 독점 판매하고 있는 한 회사가 연관되어 있다는 사실을 알게 된 그는, 자신의 모든 몰락이 누구의 손끝에서 초래된 일인지 깨달을 수 있었다. 하트, 매드해터 그리고 장의사.

장의사라면 몰라도 나머지 둘이라면 그 혼자의 힘으로는 상대할 수 없었다. 그래서 체셔는 그와 마찬가지로 그 두 사람을 무너뜨리고 싶어 할 만한 인물을 찾았다. 적당히 욕심이 있어 하트의 독주에 불만을 가졌으며 매드해터에게 당한 것도 있는, 그리고 어느 정도 머리가 있어 다루기도 쉬울 인물을.

“평소에는 잘도 버러지 취급하더니 어쩐 일로 이렇게 만나자고 한 거야?”

체셔에게 낙점된 인물인 트윈스, 트위들 덤은 테이블 너머의 체셔를 향해 미소를 지으며 그렇게 말했다. 뼈가 느껴지는 말이었지만 지금 체셔는 찬밥 더운밥 가릴 처지가 아니었다.

하트와 매드해터를 치기 위해 손을 잡자. 체셔가 그렇게 말하자 덤은 파란 눈을 내리깔아 감정을 감추었다. 그러나 하트와 매드해터의 난폭하고 억압적인 행동에 대해 설명하던 체셔는 그것을 알지 못했다.

“이유가 뭐야? 하트나 매드해터가 아무리 제멋대로라 해도 그들이

내세운 핑계는 있을 것 아냐?"

"핑계? 그런 것이 있을 것 같나? 장의사에게 의뢰 한 번 잘못 넣었다가 이 꼴이 났어."

의뢰라면 의뢰였다. 그에게 잡혀서 듀크의 장난감이 되라는 의뢰였으니까. 비록 남의 이름을 빌리기는 했지만, 어쨌든 의뢰는 맞지 않던가.

그러나 장의사라는 단어가 체셔의 입에서 나온 순간, 덤은 눈을 흉흉하게 빛냈다. 최근 의뢰라고 속이고 자신을 부른 사람이 있었다. 어제 소윤이 했던 말이었다. 그게 바로 체셔였던가. 덤은 부러 심드렁한 표정을 지었다.

"장의사?"

"그래. 아, 넌 그쪽하고는 별 관련이 없던가. 쓰기 편한 시체 처리꾼이지. 하트의 개라는 소문은 이전부터 돌았지만 매드해터와는 또 무슨 사이이기에 그가 그렇게 나섰는지 모를 일이야."

트윈스는 소윤을 떠올렸다. 그들의 말을 무시하던 무정한 얼굴, 매정한 눈동자, 어둠 속에서 순은처럼 희미하게 빛나던 머리카락 그리고 피. 그녀의 손가락에 송골송골 맺혀 있던 핏방울이 눈앞에 선했다.

아팠을까. 아팠겠지. 생살을 씹었는데. 오늘 집에 돌아가면 다시 한 번 말해 볼까. 절대 먹거나 해치지 않겠다고. 믿어 달라고. 한밤중의 일을 곱씹던 그들은 이상한 점을 깨달았다. 그때 그들은 교차하며 나와서 그녀에게 말을 했다. 그리고 그녀는 그것을 아무렇지도 않게 바라보았다. 설마, 그 여자는…….

생각에 잠겨 있던 트윈스의 귀에 체셔가 대동한 부하들이 저들끼리 수군거리는 소리가 들려왔다.

"매드해터랑 장의사가 붙어먹었다고 듣긴 했는데 그게 진짜였냐."

"그런 년인지 놈인지도 모를 걸 붙잡고 할 마음이 드나?"

시발, 다 닥쳐! 덤의 안에서 디가 험악하게 외쳤다. 덤 역시 부글부글 끓어오르는 감정을 참지 못하고 의자 팔걸이를 꽉 움켜쥐었다.

짐작하고 있던 것을 재확인당하는 기분은 참 더러웠다. 그녀를 갖고 싶다는 욕망, 시도가 실패할 때마다 드는 실망감, 그녀와 깊은 관계에 있는 남자들에 대한 질시. 아니다, 이건. 이 감정은.

덤은 가볍게 소리 내어 웃었다. 얼핏 부드럽고 청량한 소리였지만 그 안에 깃든 살기를 눈치채지 못한 사람은 그 자리에 없었다. 그는 경계하는 체셔의 무리들을 향해 사근사근한 어조로 말했다.

"보아하니 뻔하네. 장의사에게 함정이라도 팠겠지? 하트가 나선 이유야 뻔하고, 매드해터야 뭐…… 알 바 아냐. 그런데 말이지."

그들에게 왜 그러는지 물었던가. 그녀가 그렇게 물었을 때 제대로 대답하지 못한 것은 당연한 일이었다. 모르는 것을 대답할 수야 없지 않은가. 그들은 지독하게도 어리석어서 눈앞을 시뻘겋게 물들인 이 감정의 정체가 질투라는 것을, 그리고 그것이 생긴 이유를 지금에서야 깨달았으니까.

그들은 눈앞의 무리를 향해 해사하게 웃어 주었다.

"나도 그 년인지 놈인지도 모를 거랑 붙어먹고 싶어 환장한 놈이라서."

말이 떨어지는 것과 동시에 트윈스는 체셔를 향해 테이블을 걷어찼다. 어느새 뽑힌 나이프가 공기를 가르며 체셔를 향해 육박해 들어갔다. 그들은 체셔의 당황한 얼굴을 향해 나이프를 내려찍었다.

트윈스와 체셔, 그리고 그 부하들 간에 벌어진 전투는 트윈스의 압도적인 승리였다. 대부분의 부하들을 잃은 체셔는 얼굴에 깊은 상처까지 입고 도망쳤다.

내부에 도사리고 있던 디가 혀를 찼다. 그 여자한테 더 수작 부리지 못하도록 숨통을 끊어 놨어야 하는 건데. 문득 사고방식조차 한 사람을 중심으로 돌아가는 건가 하는 생각이 들었던 그들은 머리와 심장을 명쾌하게 꿰뚫은 깨달음을 다시 한 번 곱씹었다.

우리는 그 여자가 좋다.

부하들에게 뒷정리를 맡긴 트윈스는 소윤이 있을 집을 향해 달려갔다. 언제나 오가던 길인데, 집에 가까워질수록 이상하게 설레고 심장이 쿵쾅거렸다. 아냐. 이건 이상한 게 아니라 당연한 거야. 왜냐하면 우리는 그녀를 좋아하니까.

집 앞에 다다른 그들은 숨을 고르고 머리를 정돈했다. 이 문을 열면 그녀가 있을 것이다. 열쇠를 꺼냈지만, 그들이 뛰쳐나가면서 제대로 닫지 못했던 문이 빼꼼 열려 있다는 것을 깨닫고 그것을 다시 집어넣었다.

"진짜 무방비하기는."

부러 투덜거린 그들은 문을 열었다. 그러자 소파 위에 앉아 있는 소윤이 보였다.

"아, 장의사."

덤은 화사하게 웃으며 안으로 들어갔다.

"밥은…… 요리사가 왔었구나. 다행이다."

식탁 위를 흘금 바라본 그는 소윤의 맞은편에 앉았다. 무릎 위에 올려진 그의 손에는 식은땀에 배어 있었다. 그는 괜히 헛기침을 했다.

"일단, 음, 어제는 미안했어. 꿈을 좀 꿨는데 거기에 영향을 받았었나 봐. 어제와 같은 일은 다시는 없을 테니까 그 점에 대해서는 믿어줬으면 좋겠어."

덤은 소윤의 안색을 슬쩍 살폈다. 그녀는 평상시와 비슷한 생각을 알 수 없는 얼굴을 하고 있었다. 그녀의 고개가 위아래로 슬쩍 움직이는 것을 확인한 그는 방긋 웃었다.

"고마워. 상처는 좀 어때?"

"괜찮아."

"그래, 다행이다."

덤은 그녀를 똑바로 바라보았다. 앞머리를 핀으로 고정시킨 덕에 환히 드러난 얼굴을 보자 숨을 쉬기가 어려워졌다. 당장이라도 눈을 피하고 싶었지만 지금만은 그래서는 안 되었다. 그는 가능한 여상스러운 어조로 별 내용이 아닌 양 말을 이었다.

"어제는 우리도 좀 당황했어. 왜냐하면 우리가 한 사람이라는 걸 네가 알고 있을 줄은 몰랐거든."

차분하게 가라앉아 있던 갈색 눈이 무엇을 생각했는지 크게 뜨였다. 실수했다, 라는 내심이 명백하게 드러나는 눈이었다. 아아, 역시 그녀는 알고 있었다.

소파에서 일어난 그들은 한 발로 테이블을 딛고 움직여 소윤의 옆자리에 내려섰다. 그녀의 시선이 그들을 따라 움직였다. 그녀가 그들에게 반응하고 있다. 날아갈 듯 좋았던 기분이 그녀의 반응으로 더욱 좋아졌다. 그들은 그녀를 향해 활짝 웃으며 말했다.

"좋아해."

심장이 터질 듯이 뛰는 소리가 귓가에서 둥둥 울렸다. 세상 전부가 퇴색하고 단 한 사람만이 그 모든 색을 가진 채 눈부시게 빛나고 있었다. 이런 게 좋아한다는 거구나. 동화 속 왕자님을 연상케 하는 잘생긴 얼굴로, 그들은 아이처럼 밝게 소리 내어 웃었다.

"우리가 한 사람이라는 걸 네가 알고 있을 줄은 몰랐거든."

무슨 일이 있었던 것인지 너덜너덜해진 옷에 피를 잔뜩 묻힌 채 나타난 덤은 별거 아닌 이야기 끝에 그렇게 말했다.

간밤에 디와 덤이 번갈아 튀어나왔을 때, 그녀는 그것에 큰 의미를 두지 않았다. 이미 그녀에게 있어 두 사람은 동일 인물이었으므로 그것을 자연스럽게 받아들인 것이다. 이번에도 역시 너무나 아무렇지도 않은 어조라 그냥 넘겼던 소윤은 몇 초 후에야 그 말이 가진 의미를 깨달았다.

트윈스는 디의 상처를 치유해 준 앨리스에게 그들이 이제껏 접하지 못한 통념으로서의 모성을 느끼게 되었다. 게다가 그녀는 약하기까지 했으므로 그들의 어머니와는 달리 그들에게 폭력을 행사할 능력도 갖지 못했다. 가랑비에 옷이 젖듯 앨리스에 대한 정의할 수 없는 애정을 키워 가던 그들이 그녀를 좋아하게 된 결정적인 이유는 바로 그녀가 둘이 한 사람이라는 것을 알아차렸기 때문이었다.

1초만 더 빨리 기억했더라면 그의 입을 틀어막을 수 있었을까. 소윤은 웃는 트윈스를 바라보며 그렇게 생각했다.

"좋아해."

짧은 세 글자의 단어 하나가 그녀를 현실로 끌어 내렸다. 더 이상 도망칠 곳도 없던 그녀는 조용히 눈을 내리깔았다.

이제 이곳 어디에도『원더랜드』는 존재하지 않았다.

그날을 기점으로 트윈스의 행동은 눈에 띄게 달라졌다. 혼란의 정체를 깨달은 그들에게 그녀에 대한 감정은 더 이상 모순이 아니었다. 좋아하니까 손에 넣고 싶고, 좋아하니까 그녀가 죽는 게 두려운 거다. 디는 본능으로, 덤은 책을 통해 얻은 지식으로 그렇게 판단했다.

트윈스의 난데없는 고백을 받은 다음 날, 할 일이 없어 지루했던 소윤은 트윈스의 서재에서 책을 읽기로 했다. 책장에 빼곡하게 꽂힌 책들을 훑으며 읽을거리를 찾던 그녀는 기억 속에 남아 있는 제목을 발견했다.

총 3권으로 이루어진, 하트의 집무실에서 읽다 만 소설이었다. 그녀가 제2권을 뽑아 들자 그녀의 바로 뒤에 서 있던 덤이 첫 번째 권을 뽑으며 말했다.

"이게 1권이야. 그건 2권이고."

"1권은 읽었어."

"어디에서?"

그녀는 대답 없이 서재에 비치된 소파에 자리를 잡았다. 그녀의 곁에 바싹 붙어 앉은 덤이 1권을 펼쳤다.

그의 팔꿈치는 소파 등받이에 가 있었고, 손가락은 하얀 머리카락을 가볍게 지분거렸다. 소윤은 별다른 반응 없이 책을 펼쳤다. 그러자 그는 소윤을 슬그머니 곁눈질했다.

사실 트윈스는 고백 후의 일에 대해 생각을 한 적이 없었다. 정확히 말하자면 태어나 처음으로 깨달은 벅찬 감정에 휘둘리느라 생각을 할 겨를이 없었다. 그런 그들의 심장에 찬물을 끼얹듯 그녀가 말했다.

'나는 네게 아무 감정도 없어.'

돌이켜 보면 당연한 대답이었다. 그들과 그녀 사이에 있는 것은 한 번의 의뢰와 몇 번의 마주침이 전부였다. 심장 한 켠이 서늘해진 그들에게 그녀는 두 번째로 찬물을 끼얹었다.

'이 의뢰의 기간은?'

너무 길면 소윤은 분명 그들의 집을 박차고 나갈 거다. 그래서 그들은 1주일을 말했다. 그녀는 그것도 너무 길다고 했지만, 그들은 디가 그녀의 집에 머물렀던 것과 같은 시간이라는 점을 들어 그녀를 설득-정확하게는 물고 늘어졌지만-했다. 그들은 그 1주일 동안 그녀의 마음을 흔들 작정이었다.

트윈스는 무릎 위에 책을 올려 둔 채 소윤을 관찰했다. 옆얼굴이 그리는 차분한 선은 분명 이국적이었다. 어디 출신인지 물으면 화내려나. 그들은 그렇게 생각하며 그녀의 얼굴을 찬찬히 살폈다.

희고 매끄러운 피부는 타고난 것이 분명했다. 머리끝에서부터 발끝까지 비누 한 장으로 씻는 여자가 피부 관리 같은 것을 할 리 없기 때문이었다. 하지만 저 핏기 없는 뺨이나 입술은 타고난 게 아닌 것 같았다. 분명 듀크가 말한 연구소인지 뭔지 때문일 것이다.

그때 책을 읽고 있던 눈동자가 그들을 향했다. 흰 속눈썹에 감싸인 하얀 눈매가 어딘지 몽환적이라, 조금 멍해진 그들은 현재의 속내를 가감 없이 말해 버렸다.

"야, 존나 좋아해."

눈을 몇 번 깜빡이던 그녀는 다시 책으로 시선을 돌렸다. 그들이 처음 고백했던 직후와 비슷한 반응이었다. 눈을 가늘게 뜨고 그녀를 지켜보던 그들은 그녀의 어깨에 몸을 기댄 채 책을 들여다보았다.

"이런 게 재미있냐?"

대답한 사람은 소윤이 아니라 덤이었다.

"제법 재미있어."

누가 봐도 이상한 광경이었지만 그들은 신경 쓰지 않았다. 그들 외에 존재하는 한 사람, 소윤만은 알아 줄 것이기 때문이었다.

그때 초인종 소리가 울렸다. 시간을 보아하니 요리사였다.

"방해하기는."

혀를 찬 그들은 몸을 일으켜 서재에서 나갔다. 소윤은 짧은 한숨을 쉬었다.

점심을 먹은 트윈스는 사무실로 나갔다. 혼자 남은 소윤은 내내 책을 읽었다. 문자에만 빠져 있으면 다른 생각을 할 필요가 없으므로 편했다. 어느덧 해가 기울고 현관 근처에서 인기척이 났다. 그녀는 책을 내려놓고 현관 앞으로 나갔다. 문을 열고 들어온 덤은 그녀의 얼굴을 보자마자 눈을 크게 뜨더니 이내 기쁜 듯이 웃었다.

"다녀왔어."

성큼성큼 다가온 그가 소윤을 끌어안았다. 이 집에 온 지 3일째인 그녀에게서 그들과 같은 냄새가 났다. 톡 쏘는 라임 냄새였다.

"아, 좋다."

어느새 깨어난 디는 덤을 향해 치사하다고 투덜거리며 팔에 힘을 주었다.

부엌에 나란히 선 두 사람은 요리사가 만들어 두고 간 저녁을 차렸다. 소윤이 해산물이 듬뿍 들어간 로제 스튜를 인덕션 위에 올리고 차가운 치킨 샐러드를 그릇에 담는데, 트윈스가 그녀를 물끄러미 바라보았다.

"뭐야?"

그녀가 무덤덤하게 묻자 그들은 그녀의 뺨에 살짝 입을 맞추었다.

"네가 이 집에 있는 게 좋아서."

"1주일뿐이지만."

"쌀쌀맞은 말만 하는데 왜 네가 예쁘게만 보이는 걸까. 역시 네가 좋아서?"

"트윈스."

들고 있던 것들을 내려놓은 소윤이 그를 향해 돌아섰다. 그때까지도 그녀의 바로 뒤에 서 있던 트윈스는 그녀의 손에 밀려 한 걸음 떨어지게 되었다.

"지금은 덤이야. 덤이라고 불러."

"……그래, 덤. 미리 말해 두는데 내가 너희를 좋아할 일은 없어. 그러니 힘 빼지 마."

"음, 이거 불쾌해야 하는 부분 맞지? 우리가 그렇게 매력 없게 보였어?"

덤은 그녀의 뺨에 붙은 머리카락을 자연스럽게 걷어 내며 물었다. 그의 얼굴에는 보는 사람마저 이끌려 웃어 버릴 만큼 근사한 미소가 걸려 있었다.

사실 그들은 제법 자신이 있었다. 제아무리 콧대 높은 여자라도 그들이 작정하고 유혹했을 때 넘어가지 않은 적이 없었기 때문이었다.

그들은 장의사로서의 소윤이 아니라 여자로서의 소윤을 원한다. 그렇다면 여자로 대하면 되는 거였다. 덤은 손가락 사이에 잡힌 머리카락을 귀 뒤로 슬쩍 넘겨 주면서 그녀의 귀를 손끝으로 살살 쓸었다. 그들의 눈에 감도는 은근한 빛을 응시하던 소윤이 몸을 돌렸다.

"스튜 끓었다."

인덕션 위에 올려놓았던 스튜가 부글부글 끓고 있었다. 인덕션을 끈 그녀는 행주를 겹쳐 손에 쥐고 냄비를 식탁으로 가져갔다. 한껏 분위기 잡았다가 실패한 트윈스는 그녀의 뒷모습을 멍하니 바라보았다. 그들은 처음으로 1주일로는 어림도 없는 게 아닐까 생각했다.

다음 날 오후, 트윈스는 소윤의 요청에 따라 그녀의 스마트폰과 칼을 가져다주었다.

홈 버튼을 누르자마자 액정에 부재중 통화와 메시지 창이 가득 떴다. 먼저 의뢰 메시지를 읽은 그녀는 당장 해야 할 큰 의뢰가 없다는 것을 확인했다. 자잘한 의뢰를 마치에게 넘긴 그녀는 망설이다가 먼저 하트의 메시지를 확인했다.

과연 하트는 그녀가 어디에서 무엇을 하고 있는지 뻔히 알고 있었다. 그도 그럴 것이, 그녀가 트윈스와 함께 가는 모습을 목격한 사람이 한둘이 아니기 때문이었다. 그라면 소윤의 무력을 어느 정도 알고 있으므로 이 집에서 나가지 않는 것이 그녀의 의지라는 것도 파악하고 있을 것이다.

그녀는 곧바로 하트에게 전화를 걸었다. 몇 번 신호가 울리지도 않았는데 그의 목소리가 들려왔다.

"나야."

그녀가 말하자 하트는 잠시 침묵하더니 한숨을 쉬었다. 흰둥아. 귓가에서 울리는 그의 목소리가 너무나 오랜만인 것처럼 느껴졌다.

—집으로 돌아온 거야?

"아니."

—아직 트윈스의 집이라고? 의뢰인 거지?

"응."

—흰둥아. 난 어지간해서는 네 의뢰에 끼어들고 싶은 생각 없어. 그렇지만 그 들개는 아니잖아. 그놈들이 어떤 놈들인지 잊은 건 아니겠지?

"응."

—……대답이 너무 짧잖아, 흰둥아. 길게 좀 말해 봐. 목소리 좀 듣자.

소윤은 눈을 감았다. 감정이 흘러 넘쳐서 무엇을 말해야 좋을지 알 수가 없었다. 그때 조금 떨어진 곳에서 그녀를 보고 있던 트윈스가 끼어들었다.

"뭐야? 누군데 그래?"

스마트폰을 통해 전해진 디의 목소리에 하트가 이를 득득 갈았다.

—들개 주제에 누굴 감히.

"하트, 일단 무사하다고 알리기 위해 연락한 거야. 나중에 다시……."

—내가 걱정할까 봐 걱정했어?

이상한 말이었지만 사실이 그랬다. 소윤은 입을 다물었다. 스마트폰 너머에서 하트가 웃었다.

—걱정했어, 흰둥아. 네가 강한 건 알지만, 걱정이라는 게 내 마음대로 되고 안 되는 건 아니잖아. 그러니까 무리한 짓은 하지 마.

"……응."

—대답이 너무 짧다니까. 얼마나 그곳에 있어야 하는데?

"1주일."

—그래. 거기에서 하루만 더 넘겨도 내가 직접 데리러 갈 테니까 명심해 둬.

전화를 끊은 소윤은 조금 긴장한 채 매드해터의 메시지를 확인했다. 나는, 당신을. 그 말의 다음이라도 있으면 어쩔까 싶었다. 그때 디가 물었다.

"너 설마…… 그 새끼 좋아해?"

그들이 아는 소윤은 무심하고 무미건조했다. 그래서 트윈스는 그녀가 누군가를 좋아하고 있을 거라고는 생각도 하지 못했다. 그녀가 저런 목소리로 말하고 저렇게 미소 지을 수 있는 여자라는 것도 알지 못했다.

소윤은 대답 대신 눈을 내리깔았다. 그들은 그것에서 긍정의 대답보다 더 확실한 것을 읽었다. 그녀는 다시 메시지를 확인했다.

다행스럽게도 매드해터의 메시지에는 그녀에 대한 걱정만이 담겨 있을 뿐이었다. 그에게 전화를 거는 것이 어쩐지 힘들었던 소윤은 스마트폰을 주머니에 넣고 자리에서 일어났다. 다시 서재에서 책이나 읽을 생각이었다.

그러나 일단락되었다고 생각했던 대화가 트윈스에게는 그렇지 못했던 모양이었다. 그녀의 어깨를 잡아 돌린 디가 다시 물었다.

"그 새끼도 너 좋아해?"

이번에도 역시 그녀는 대답하지 않았다. 그러자 디는 무슨 생각을 했는지 얼굴을 일그러뜨렸다.

"시발, 그럼 그딴 놈보다 우리를 좋아하면 되잖아! 네가 뭐가 아쉬워서 그딴 놈을!"

"그런 거 아니……."

"아니긴 뭐가 아냐! 하트 새끼, 눈깔이 삐어 가지고는……. 그따위 놈은 잊어버려, 장의사. 우리가 정말 잘해 줄 테니까. 응? 하트, 그렇게 안 봤는데 정말 나쁜 놈이잖아. 우리는 절대로 안 그럴 거야. 우리 믿지?"

덤까지 나와 그녀를 부드럽게 끌어안고 살살 꼬드기기 시작했다. 그녀는 졸지에 하트에 대한 짝사랑을 서글프게 불태우는 신세가 된 자신을 곱씹다가 한숨을 쉬었다.

소윤은 도마 위를 물끄러미 내려다보았다. 거기에는 잘린 당근이 놓여 있었다. 근처에서 얼쩡거리던 디가 그녀의 어깨 너머를 흘금 건너다보았다.

"요리 못한다고 엄살 피우더니 제법이잖아?"

그의 말대로 도마 위에 놓인 당근은 매우 균일한 크기로 깔끔하게 잘려 있었다. 먼저 손질하여 치워 둔 고기 역시 딱 엄지손가락 한 마디만 한 크기로 정확하게 썰려 있었다.

일이 이렇게 된 것은 디의 갑작스러운 말 때문이었다. 그녀가 그들의 집에 온 지 5일째 되는 날 아침, 식사를 하던 디가 밥투정을 했다. 그는 양송이 수프가 너무 묽다고 투덜거리더니 결국 수프의 반을 남기고 말았다.

"요리사 놈, 며칠 풀어 줬다고 빠져 갖고서는. 오기만 하면……."

흐려지는 말미에서 피비린내를 맡은 소윤은 수프를 한 숟가락 떠

입에 가져갔다. 버섯과 크림의 향미가 풍부하게 퍼지는, 충분히 맛있는 수프였다.

"괜찮은데 왜."

소윤이 그렇게 말하자 디는 그녀를 빤히 바라보더니 난데없이 말했다.

"새치 너, 요리해 봐."

아무리 그녀가 요리를 못한다고 말해도 디는 막무가내였다.

결국 그녀는 부엌에 서게 되었다. 칼을 잡는 것이 일상이니 써는 것에 뛰어난 것은 당연했다. 써는 것에만큼은.

양파를 손에 쥔 그녀는 주황색 껍질을 벗겨 내고 도마 위에 올렸다. 그녀를 가만히 보고 있던 디는 잠시 후 혼비백산하여 외쳤다.

"너, 너……! 새치 너 왜 그래!"

소윤은 눈을 정말 토끼처럼 새빨갛게 물들인 채 흰 뺨을 눈물로 흠뻑 적시고 있었다. 디는 어찌할 바를 몰라 우왕좌왕하다가, 그녀와 눈이 마주치고는 얼굴을 일그러뜨렸다.

"왜, 왜 갑자기 울고 그래……."

그는 입고 있던 니트의 소매를 그녀의 얼굴에 가져갔다. 조금 거친 니트에 얼굴이 세게 문질러지자 그녀의 뺨이 빨개졌다.

"아파."

소윤의 목소리는 무덤덤했지만 당황한 그는 그것을 알아차리지 못한 채, 그저 아프다는 말에 그녀를 조심조심 끌어안았다. 그녀의 눈물이 그의 옷에 빨려 들어갔다.

"다쳤냐? 칼에 베였어? 아, 진짜 조심 좀 하지. 넌 아오, 씨……."

"놔."

"이제 안 아프냐? 야, 칼 놓고 치료부터 해."

처음부터 다치지도 않았다. 양파를 썰면 눈물이 나는 건 당연한 일이니까. 필요 없다고 말하며 디를 밀어낸 소윤은 입고 있던 티셔츠에 얼굴을 꾹꾹 눌러 눈물을 훔쳤다. 그 옷은 덤이 사 온 것인데 재질이 아주 보드라웠다. 그만큼 비싸겠지만 어차피 자신의 돈이 아니므로 그녀는 신경 쓰지 않았다.

남은 양파를 잽싸게 썰어 치우고자 빠르게 칼질을 하는 그녀의 손을 디가 눈살을 찌푸린 채 바라보았다. 그녀가 양파를 다른 접시에 담고 감자를 깎을 때에도 그러했다. 결국 그는 감자를 썰기 시작한 그녀의 손을 움켜쥐었다.

"차라리 내가 할……!"

"아."

식칼 끝이 소윤의 손가락을 스치고 지나갔다. 이내 얇은 선을 따라 빨간 피가 방울방울 맺히기 시작했다. 디는 창백한 피부에 선명하게 방울진 피를 뚫어져라 보다가 저도 모르게 침을 꿀꺽 삼켰다.

"먹고 싶어?"

반쯤 정신이 나갔던 그는 그녀의 말에 자신이 고개를 끄덕였다는 것도 알지 못했다.

그녀가 손가락을 내밀자 그는 천천히 고개를 숙였다. 양파의 매캐한 냄새가 잠시 코끝을 스쳤지만 압도적인 피 냄새에 전부 묻혀 버렸다. 그의 도톰한 입술 사이로 물기 어린 혀가 슬쩍 드러났다. 마치 메마른 황야를 헤매던 자가 잎사귀 위에 맺힌 몇 방울의 감로수를 발견한 듯, 그는 조심스러운 태도로 핏방울에 혀를 가져갔다.

그것은 참으로 달았다. 디는 충족감으로 몸서리치는 동시에 한 가지 사실을 깨닫게 되었다. 소윤이 허락만 한다면, 그녀는 세상 그 누구보다도 달콤해질 수 있다.

소윤의 손을 붙잡고 상처 위를 싹싹 핥던 디는 결국 되게 걷어차이고서야 물러났다. 그는 정강이를 움켜쥔 채 투덜거렸다.

"매정한 계집애."

그녀는 그의 말을 싹 무시한 채 감자를 마저 썰었다. 그것으로 재료 손질을 마친 그녀는 인덕션을 작동시킨 후 냄비를 올렸다. 그때 그가 그녀의 등을 끌어안으며 말했다.

"그래도 좋아하지만."

쑥스러워하는 기색이 역력한 목소리였다. 잠시 멈칫거렸던 소윤은 달궈진 냄비 안에 버터 조각을 던져 넣었다.

소윤이 선택한 메뉴는 어지간해서는 실패하지 않는다는 카레였다. 냄비 안에 카레 가루가 들어가자 얼마 안 있어 향신료의 자극적인 냄새가 집 안에 감돌기 시작했다.

얼추 다 되었다 싶었던 그녀는 그것을 맛보았다. 역시나 냄새만 그럴듯했다. 채소는 타거나 설익었으며 고기는 퍽퍽했다. 무엇보다도 카레의 질감이 충분히 되직했음에도 불구하고 맛은 신기할 만큼 밍밍한 데다가 채소의 탄 맛이 섞여 아무리 그녀라도 별로 먹고 싶지 않은 음식이 되었다.

"나도 줘."

그녀는 대답 대신 작은 접시에 카레를 담아 건네주었다. 맛없다고 죽이겠다느니 뭐니 떠들면 그걸 핑계로 이 집에서 벗어날 생각이었다. 역시나 카레를 한 입 먹은 디는 얼굴을 찡그렸다.

"야, 씨. 이게 음식이냐. 너 진짜 요리 거지같이 못하는구나."

"난 분명 못한다고 말했…… 뭐해?"

"먹게. 배고파."

디는 미리 요리사를 시켜 만들어 둔 밥을 접시 위에 잔뜩 퍼 담고 그 위에 카레를 듬뿍 올렸다. 그러더니 다른 반찬 없이 피클 하나만 놓고 그 접시를 뚝딱 비웠다.

"진짜 더럽게 맛없어."

그는 그렇게 투덜거리면서도 밥을 더 떴다.

그를 지켜보던 소윤은 그녀 몫의 밥과 카레를 가져와 그의 맞은편에 앉아 식사를 시작했다. 그날 만든 카레는 양이 제법 많았음에도 불구하고 한 끼에 동이 나 버렸다.

그 후로 소윤이 부엌에 서는 횟수가 증가했다.

"다 먹었어."

덤이 포크를 내려놓으며 말했다. 디가 대놓고 투덜거린다면, 덤은 빈말로라도 "잘 먹었어."라는 의미의 말을 하지 않는 방식으로 음식에 대한 감상을 표현했다. 그날의 메뉴는 까르보나라였는데, 시판용 크림소스를 사용하여 만들었음에도 불구하고 소태맛이 느껴질 만큼 짰다. 소윤은 면을 삶을 때 넣은 소금의 양이 너무 많았던 모양이라고 실패 원인을 분석했다.

물 한 잔을 벌컥벌컥 들이켜 마시고 반 잔을 더 마신 덤이 그녀에게 다가와 고개를 숙였다. 그의 파란 눈은 장난기로 반짝반짝 빛나고 있었다.

"입가심."

그가 입술을 살짝 뾰족하게 내밀며 말했다.

소윤은 보는 사람이 모멸감을 느낄 만큼 무감정한 표정으로 그를 빤히 바라보았다. 그러나 덤은 아랑곳하지 않고 오히려 그녀를 재촉해 댔다.

"빨리. 응?"

소윤은 그를 지나쳐 거실로 향했다. 그러자 덤은 잽싸게 그녀의 팔을 붙잡았다.

"그럼 내가 하면 되지."

촉촉하게 젖은 입술이 그녀의 입술을 향했다. 소윤은 빠르게 손바닥을 들어 입술을 감췄다. 그녀의 손바닥에 입술을 묻게 된 덤은 그럼에도 기쁜 듯 눈을 곱게 휘었다.

한참을 그렇게 있던 그는 조심스럽게 입술을 떼고 그녀를 보았다. 참 한결같은 그녀가 그곳에 있었다. 덤은 저도 모르게 속삭였다.

"좋아해."

그들이 몇 번을 고백해도 소윤은 꿈쩍도 하지 않았다. 벽에 대고 고백해도 이것보다는 나을 것이다. 덤은 분노와 먹먹함에 사로잡혔다.

"무시하지 마."

아무리 너라도 널 좋아하는 우리의 마음을 무시할 수는 없어. 그렇게 중얼거린 덤이 그녀를 끌어안았다. 흰 목덜미에서 희미한 비누 냄새가 풍겼다. 덤은 고개 숙여 그녀의 목덜미를 세게 깨물었다. 이내 몇 방울의 피가 송골송골 올라왔다. 덤은 혀를 내밀어 그것을 핥았다.

"써."

얼굴을 일그러뜨린 그는 그럼에도 그녀의 피를 전부 핥아 먹었다.

선천성 마력 비보유자는 아주 오래전부터 존재해 왔다. 전 역사를 통틀어 그 수는 얼마 되지 않았으므로 그들은 장애인 내지는 병자로 취급받았다. 그러나 어느 순간부터 그들의 출현 주기가 점점 짧아지기 시작했다.

그리고 약 100년 전, 서른 남짓 존재하던 선천성 마력 비보유자들은 일상생활조차 어려운 현실에 탄식하며 버려진 도시로 이주했다. 그 도시가 지금의 원더랜드가 되었다.

죽이자니 여론이 무섭고, 살려 두자니 하등 쓸모가 없는 그들의 이주를 정부는 매우 달갑게 받아들였다. 그 증거로 정부는 끊겼던 수도를 복구시켜 원더랜드에 물을 공급해 주었다. 그리고 세월이 지난 지금, 원더랜드는 무법자들의 도시로 거듭나 정부에 위협을 끼칠 만한 세력으로까지 성장하게 되었다.

그 이후부터도 인간이 가진 마력은 점점 줄어들어, 이제는 아웃하우스에도 쉬쉬할 뿐 마력 비보유자들이 거주하는 시대가 되었다. 그만큼 마력의 보유와 비보유를 나누는 것이 큰 의미가 없게 된 것이다.

반대로 말하자면, 일찍이 마력 없이도 훌륭하게 돌아가는 생태계로 완성되어 온 원더랜드가 이제 정부에게 큰 위협 요소이자 매력적인 대상이 되었다는 것을 의미하기도 했다.

아웃하우스에 거주하는 사람들은 정부와 원더랜드 간에 아무 관계가 없을 것이라고 생각한다. 대부분의 경우 그것은 옳았다.

그러나 하트의 입장에서 본다면 이야기가 다르다. 정부에게 있어 원더랜드는 경시할 수 없는 무리인 동시에 범죄자들이 알아서 분리수거 되는 쓰레기통에 해당했고, 하트는 그곳의 우두머리였다.

하트에게 불청객들이 찾아온 것은 이 때문이었다. 하필 이 불청객들은 그의 기분이 최저를 달리는 시기에 방문하는 잘못을 저지르고 말았다. 물론 이들도 알고서 한 일은 아니지만, 때로는 무지도 죄가 된다. 하트의 눈치를 슬금슬금 보던 부하들은 관능적인 입매에 삐뚜름한 웃음이 걸리는 순간, 소리 없는 신음을 뱉고 말았다.

소파의 팔걸이에 팔꿈치를 댄 그는 손바닥 위에 괸 머리를 슬쩍 기울이며 불청객들을 바라보았다. 그의 눈에 깃든 폭력성이 선천적인 페로몬과 결합하자 이루 형언할 수 없이 색정적인 분위기가 흘렀다. 공개적으로 발견하기 힘든 샘플인 선천성 마력 비보유자를 보겠다고 따라나선 홍일점이 그를 풀린 눈으로 바라보았다.

하트는 일견 께느른하게 보이는, 그러나 실상은 희미한 살기가 밴 눈으로 그 여자를 흘깃 보았다. 이미 미소를 짓고 있던 그는 마치 그 여자에게 호감을 가진 것처럼 보였다. 여자가 얼굴을 새빨갛게 붉히자 나이가 지긋한 남자가 헛기침을 했다.

"크험! 우리의 용건은 이와 같네. 이는 정부에까지 올라간 사안이니 원활한 해결을 위해 협조를 구하는 바일세."

아랫사람을 대하는 듯한 태도에 하트의 부하들이 얼굴을 구겼다. 그러나 정작 당사자는 관심 없다는 얼굴을 한 채, 이미 몇 번이고 헤아려 보았던 날짜를 다시 셈하고 있었다. 오늘로 딱 7일째였다.

안 되겠다. 아무래도 데리러 가야겠어. 지금 당장. 그런 생각을 하는 그의 귀에 다시 한 번 헛기침 소리가 들려왔다. 하트는 내리깔았던 눈을 떠 남자를 바라보았다.

저 남자가 그의 흰둥이를 괴롭혔다. 아니, 정확히 말하자면 저들 모두가 그녀를 괴롭게 만들었다. 그는 다시 한 번 웃었다.

"뭘 가지러 왔다고?"

이제껏 아무것도 듣지 못한 사람처럼 천연덕스러운 언동이었다. 그의 주변에 포진하고 있던 부하들은 불청객, 정부 소속 연구소의 연구원들을 아주 조금 동정했다. 하필이면 하트에게, 어쩌다가 그 여자를. 그것을 알지 못하는 남자는 목에 핏대를 세우고 외쳤다.

"백발 갈색 눈의 여자 실험체! 이곳에 있다는 것을 전부 알고 왔으니 발뺌하지 말게!"

"그렇게 말해도 말이지……."

"자꾸 이런 식이면 협조해 줄 생각이 없다고 판단하고 윗선에 알리겠어! 이 건은 정부에서도 주목하고 있단 말일세!"

소윤은 실험체 중에서도 특별했다. 일반적인 마력 비보유자들은 물론 같은 차원 이동자들마저 버티지 못한 실험에서 그녀는 살아남았고, 그 결과 괴물과도 같은 신체 능력의 소유자가 탄생하게 되었다. 유용성과 온순함을 높이 평가한 정부에서 드물게 에이전트로까지 삼았건만, 그녀는 견고한 목줄을 끊고 달아남으로써 정부와 연구소의 얼굴에 먹칠했다.

정부와 연구소에서 그녀를 탐내는 이유는 세 가지였다. 첫째, 무기로서의 유용성. 둘째, 목줄 없는 짐승에 대한 위험성. 셋째, 낙인에서 발산되는 신호를 막은 미지의 그 무엇.

그녀의 어깨에 찍힌 낙인은 마법의 황금시대에 만들어진 것으로, 현대의 마법사들은 그 원리조차 제대로 파악하지 못한 채 그저 사용만 하고 있을 뿐이었다. 그런데 그것에서 발산되는 신호가 막혔다는 것이 의미하는 바는 컸다. 그들은 쇠퇴 일로를 걷고 있는 마법계가 나아갈 새 활로의 실마리를 이 사건에서 찾고자 했다.

그러나 하트에게 그것은 관심 밖의 문제였다. 오히려 그는 모든 마법이 일거에 폭삭 무너진다면 손뼉까지 치며 구경해 줄 용의가 있었다.

"흐음, 협박?"

그의 손이 허리 뒤쪽으로 향했다. 그는 재킷으로 덮여 보이지 않는 도끼의 자루를 단단히 거머쥐었다.

잠시 후, 응접실의 문이 열렸다. 그와 동시에 지독한 피비린내가 복도를 가득 채웠다.

"안에 있는 것들 치워. 나머지는 해산해."

하트가 명령하자 응접실 밖에서 대기하고 있던 부하들 중 몇몇이 안으로 들어가고, 남은 사람들은 뿔뿔이 흩어졌다. 하트는 그들에게 시선을 줄 겨를조차 없이 로비를 성큼성큼 가로질러 현관으로 향했다. 근처에 있던 부하가 그를 향해 물었다.

"어디 가십니까?"

"내 것을 되찾으러."

그는 짧게 대답하는 것과 동시에 밖으로 나갔다. 햇살이 눈부신 아주 근사한 오전이었다.

하트의 저택에서 트윈스의 집까지는 제법 거리가 있었다. 그 거리를 평소의 배는 되는 속도로 빠르게 걸은 하트는 트윈스의 집 앞에서 한 남자와 마주치게 되었다. 두 남자는 동시에 얼굴을 구겼다.

"매드해터."

"하트로군요."

너무 선명해 독살스럽기까지 한 보라색의 보닛조차 매드해터의 미모를 가리지는 못했다. 하트는 벌레 씹은 표정으로 그를 노려보았다. 그것은 매드해터도 마찬가지였다. 자신과는 타입이 전혀 다른, 남자답고 관능적인 미남자가 마음에 들지 않았던 매드해터는 미간을 찌푸린 채 하트를 삐딱하게 바라보았다.

그러나 두 남자는 이내 목적을 상기하고 무언의 합의를 했다. 현재 맞서야 할 적은 상대방이 아니었다.

두 남자는 동시에 문을 향해 다가갔다. 대화 중인지 작은 목소리가 들려왔다. 매드해터는 고개를 반짝 들고 그녀의 목소리를 찾아 음미했다. 그간 듣지 않고 어떻게 살았나 싶을 만큼, 그의 온몸은 겨우 발견한 그녀의 증거를 순식간에 빨아들여 해갈하고 있었다.

그때 요만큼도 듣고 싶지 않아 걸러 내던 목소리가 묵과할 수 없는 단어를 흘렸다.

"……해, 좋아한다고!"

두 남자가 숨을 삼키는 가운데, 소윤이 희미한 한숨을 섞어 대답했다.

"알았어."

그 순간, 도저히 참을 수 없었던 두 남자는 문을 박살 내 버렸다.

소윤은 이른 새벽에 잠에서 깨어났다. 누운 채 고개만 조금 돌리자 깊은 잠에 빠진 트윈스가 보였다. 맞은편 소파 위에 누워 긴 다리를 팔걸이에 걸친 모습이 대단히 불편해 보였지만, 그는 번듯한 침대가 있음에도 고집스럽게 소파를 택했다.

희뿌연 새벽빛에 희미하게 빛나는 어두운 금발, 뚜렷한 선으로 이루어진 화려한 이목구비, 귀에서 턱으로 이어지는 섬세한 윤곽. 그의 옆모습을 응시하던 소윤은 그가 입술을 우물거리며 돌아눕자 시선을 거두었다.

좋아한다고 말해 주었다. 그 말은 자신의 눈앞에 드리우고 있던 장막을 흔들기에 충분했다. 흔들리는 장막 사이로 보이는 누군가의 모습에, 그녀는 눈앞에 닥친 현실에서 더 이상 도망칠 수 없다는 것을 깨달았다.

오늘은 그녀가 이 집에 머물기 시작한 지 딱 1주일째 되는 날이었다. 시간이 갈수록 트윈스가 초조해하는 것이 눈에 보였다.

그녀는 목덜미를 쓰다듬었다. 얼마 전 그가 물어뜯었던 그곳에는 선명한 잇자국이 자줏빛으로 남아 있었다. 만약 이걸 그가, 그들이 본다면 뭐라고 할까. 화를 꾹꾹 눌러 참으며 웃는 얼굴과 눈을 살며시 내리깔고 애써 애처롭게 웃는 얼굴이 떠올랐다.

그때 트윈스가 부스럭거리더니 자리에서 일어났다. 길게 하품을 하며 거칠게 눈을 부비는 것을 보니 디였다. 소윤부터 건너다본 그는 그녀와 눈이 마주치자 웃었다. 잠이 덜 깬 탓인지 어린아이처럼 구김살 없는 웃음이었다.

"졸려……."

그녀가 누워 있는 소파로 다가온 디가 아무렇게나 엎어지며 중얼거렸다. 긴 팔이 그녀의 몸을 휘어 감았다.

"비켜."

그녀가 말했지만 디는 못 들은 것인지 아니면 그런 척을 하는 것인지, 다시 하품을 하더니 눈을 감았다. 이내 그의 호흡이 나른하게 바뀌어 갔다.

키가 큰 그에게 덮쳐진 그녀는 팔을 축 늘어뜨리고 있다가 덩달아 잠이 들어 버렸다. 새큼한 라임 비누의 향기가 그들의 주변에 떠돌았다.

두 사람이 다시 눈을 뜬 것은 10시가 다 되어서였다. 일어나자마자 밥 달라고 매달리는 디를 이기지 못한 소윤은 부엌에 섰다.

뭘 만들어야 하나 생각하던 그녀는 냉장고 속의 달걀을 발견하고 그것을 꺼냈다. 그녀가 프라이팬을 향해 손을 뻗자 뒤에서 얼쩡거리던 디가 잽싸게 한마디 했다.

"달걀 프라이는 안 먹어. 삶은 것도."

트윈스는 손이 많이 가는, 그래서 망칠 가능성이 큰 요리만 좋아했다. 소윤은 꺼낸 달걀을 들고 고민하다가 찜을 하기로 마음먹었다.

희미한 기억을 더듬어 어머니가 만들던 방법대로 달걀을 풀고 간을 했다. 그때 디가 그녀의 어깨에 은근슬쩍 기댔다. 그 바람에 달걀 물에 소금이 왕창 들어가 버렸다. 잠시 그것을 내려다보던 그녀는 그것을 냄비에 담아 인덕션 위에 올렸다.

그녀가 만든 달걀찜은, 당연한 이야기지만 실패작이었다. 디는 짜디짠, 온통 탄 냄새가 나고 단단하기까지 한 달걀찜을 푹푹 퍼먹으며 연신 투덜거렸다.

"진짜 우리니까 먹어 주는 거지 다른 놈이었으면……."

그렇게 말하던 디가 문득 미소를 지었다. 소윤을 흘깃 바라본 그는 쑥스러운 기색이 역력한 소리로 말했다.

"야, 아웃하우스에서는 다들 결혼이라는 걸 한다며? 덤이 그러는데, 그거 하면 계속 같이 살고 막 그런다고. 진짜냐?"

원더랜드에서 결혼은 매우 드문 일이었다. 자신의 몸은 자신이 건사하는 것이 일반화되어 있는 데다가, 언제 상대가 짐이나 적으로 변할지 알 수 없기 때문이기도 했다. 원더랜드, 그것도 슬럼 출신인 트윈스라면 결혼이라는 단어를 책에서나 봤을 공산이 컸다.

소윤은 시선을 들어 디를 보았다. 마침 그녀의 반응을 살피고 있던 디는 눈이 마주치자마자 잽싸게 딴청을 부렸다.

"아니, 뭐, 딱히 하고 싶다는 건 아니고."

"트윈스."

소윤은 들고 있던 식기를 내려놓았다. 파란 눈동자에 일순 긴장이 스쳐 지나갔다. 디라기에는 지나치게 섬세한 그것을 보며 소윤은 디와 덤이 함께 그녀의 말을 듣고 있음을 깨달았다.

"오늘로 의뢰는 끝나. 알고 있지?"

"……무슨 소리야? 아직 이틀 더 남았는데."

그녀가 의뢰 기간을 물었을 때 1주일이라고 답했던 그날을 기점으로 계산한다면 트윈스의 말이 맞았다. 그러나 소윤은 첫날부터 계산했다. 트윈스가 그때 그녀에게 의뢰라고 말했기 때문이었다.

그녀는 굳이 말하지 않고 트윈스를 물끄러미 바라보았다. 그러자 트윈스는 식기를 식탁 위에 소리 내어 내려놓았다.

"시발, 정이라고는 눈곱만큼도 없지."

"이곳에 있는 동안 쌓인 의뢰가 많아. 이만 가겠어."

의자에서 일어나 거실로 향하는 그녀를 트윈스가 잡았다. 그들은 그녀를 잡아당겨 끌어안았다. 그들의 무릎 위에 앉게 된 그녀를 단단한 팔로 이루어진 우리가 조여들었다.

"가지 마."

그들은 그녀의 목덜미에 얼굴을 묻고 뺨을 부볐다. 소윤은 그들을 밀어내고 무릎 위에서 내려왔다. 그러자 그녀의 팔을 낚아챈 그들은 그녀를 벽으로 세게 밀어붙였다.

소윤은 옷자락 사이로 손을 집어넣어 그녀의 몸을 거칠게 더듬는 트윈스를 보며 한숨을 쉬었다. 그들의 멱살을 잡은 그녀는 홱 몸을 돌렸다.

쾅! 트윈스가 벽에 거세게 처박히면서 둘의 자세가 뒤바뀌었다. 뒤통수를 부딪치고 일순 시야가 명멸하는 그들에게 소윤이 말했다.

"난 네 어머니가 아냐."

만약 그녀가 조금만 상냥하게 대해 준다면 트윈스는 만족을 느낄 것이다. 하지만 그녀는 그러고 싶지 않았다. 그것은 그녀에게도, 그리고 그에게도 좋지 않기 때문이었다.

충격을 받은 듯 하얗게 질려 있던 트윈스가 간신히 입술을 달싹였다.

"그런 거 아냐."

소윤은 덤덤하게 그를 올려다보았다. 유리알처럼 투명한 갈색 눈동자에 아침의 햇살이 스며들어 반짝반짝 은빛 가루가 그 안을 떠돌고 있었다. 그건 요정 가루 같은 상냥한 것이 아니었다. 무기의 잔해처럼 차고 날카로운 그것을 보면서 트윈스는 암담함을 느꼈다.

"네 멋대로 판단하지 마."

분명 그들이 가진 감정의 시작은 그녀가 말한 대로였을지도 모른다. 그러나 지금까지도 그렇다고? 트윈스는 귓가에서 쿵쿵거리며 울리는 심장 소리를 들었다. 그녀와 손끝만 닿아도 늘 이렇게 심장이 울렸다. 그녀를 볼 때 그들의 입술은 물어뜯는 것보다 입 맞추는 것을 더 바라고 있었다.

그들은 충동대로 고개를 숙였다. 옷깃을 틀어쥔 그녀의 손에 목이 조여들었지만 상관없었다. 그들은 그녀의 입술 위에 스치듯 키스했다. 그들은 아무 말도 하지 않았지만, 소윤은 "널 그렇게 생각했으면 이런 짓은 안 해."라는 소리를 들은 것 같았다.

소윤 역시 알고 있었다. 그와 그녀는 피 한 방울 안 섞인 타인이다. 그 사이에 존재하는 감정이 100퍼센트 친애라는 보장은 그 누구도 할 수 없다.

"나랑 결혼, 그거 해서 같이 살자."

아웃하우스에는 결혼이라는 좋은 것이 있다는 사실을 덤이 떠올린 순간부터 그들은 그녀에게 그 말이 하고 싶었다. 그러나 그녀는 트윈스의 멱살을 쥔 손을 밀듯이 놓았다. 트윈스는 그녀가 밀치는 대로 밀려났다.

트윈스의 언동에는 언제나 "너도 날 좋아해 줘."라는 요구가 솔직하게 담겨 있었다. 그녀는 트윈스의 그런 순진하게까지 느껴지는 면이 참 어려웠다. 그래서 그녀는 늘 그 고백을 외면하거나 흘려들었다.

그러나 이번에는 그것이 힘들 것 같았다. 트윈스는 반드시 대답을 들어야겠다는 표정으로 그녀를 보고 있었다.

그때 문 밖에서 익숙한 2개의 기척이 느껴졌다. 트윈스의 입술이 다시 오므라졌다.

"그만……."

그녀는 황급히 말했지만 이미 늦었다.

"좋아해, 좋아한다고!"

하늘처럼 예쁜 파란 눈이 새빨개지더니 툭, 맑은 눈물이 떨어져 내렸다. 트윈스는 손등으로 눈물을 닦으며 중얼거렸다.

"시발, 이건 왜 나오고 지랄이야."

닦이는 눈물보다 떨어지는 눈물이 더 많았다. 그럼에도 그의 눈은 그녀에게서 떨어질 줄을 몰랐다. 오로지 직선을 그리는 그의 애정을 그녀는 결국 한숨을 섞어 인정하고 말았다.

"알았어."

그 순간, 문이 굉음과 함께 부서져 나갔다. 트윈스가 눈매를 쓱쓱 문지르는 동안 소윤은 문 쪽을 바라보았다. 살기등등한 하트와 매드해터가 실내로 들어서고 있었다.

"야아, 흰둥아."

"오랜만입니다."

그들은 각자의 성격을 담아 삐뚜름하게, 또는 화사하게 웃었다. 그것을 마주보는 것이 어쩐지 어려웠던 소윤은 슬그머니 눈을 피했다. 어느새 한달음에 다가온 두 남자가 그녀의 몸을 샅샅이 살피기 시작했다. 그들은 먼저 그녀의 목덜미에 남은 잇자국을 보며 트윈스를 향해 눈을 부라렸다.

"개가 물었나 보군."

"아주 버릇없는 개인 모양입니다."

두 남자는 죽이 잘 맞는 것처럼 보였지만, 그것은 아주 잠시뿐이었다. 소윤의 팔을 쓰다듬으며 손가락에 깍지를 끼던 하트가 매드해터를 향해 살기 띤 시선을 던졌다.

"좀 떨어지지?"

하트가 소윤의 어깨를 붙잡은 매드해터에게 말했다.

"그쪽이야말로 놓죠?"

매드해터가 소윤의 허리를 끌어안은 하트에게 말했다.

"둘 다 놔."

머리 위에서 오가는 공방전을 듣던 소윤이 말했다. 물론 두 남자는 들은 척도 하지 않았다. 하트의 발을 꾹 밟고 매드해터의 옆구리를 꼬집은 그녀는 자력으로 두 남자에게서 벗어났다. 그 꼴을 멍하니 보고 있던 디가 입을 열었다.

"야, 새치 너, 하트 새끼를…… 읍!"

그녀가 하트를 짝사랑한다는 디의 지레짐작이 오해라는 것을 뻔히 알면서도 장단을 맞춰 주었던 덤이 황급히 올라와 입을 꾹 다물게 했다. 둘이 무슨 이야기를 나눈 것인지 잠시 후 미간을 찡그린 트윈스가 소윤에게 다가갔다. 그러자 두 남자는 그녀를 자신들의 등 뒤로 보냈다.

"하? 뭐야, 이건."

디가 코웃음 쳤다.

세 남자 사이에 오가는 살기의 양이 심상치 않았다. 소윤이 말려야 하나 생각하는 때였다. 트윈스가 작은 폭탄을 터뜨렸다.

"다음번에 언제 만날까? 그때도 요리해 줄 거지?"

두 남자가 일순 모든 동작을 멈추었다. 그들의 시선이 온화하게까지 보이는 미소를 지은 트윈스–현재는 덤이었다–를 거쳐 소윤에게 닿았다. 네가 어떻게 내게 이럴 수 있냐는 배신감마저 담긴 눈이었다.

얼굴을 구긴 그녀는 식탁 위에 놓여 있던 숟가락을 들어 달걀찜을 듬뿍 떴다. 그러고는 하트의 넥타이를 홱 잡아 끌어당겨 잘생긴 입술 사이로 숟가락을 쑤셔 넣었다. 처음에는 어안이 벙벙했는지 눈을 깜빡이던 그는 잠시 후 무어라 형언할 수 없는 표정을 지었다.

꿀꺽. 간신히 그것을 삼킨 그가 입을 가린 채 소윤을 내려다보았다.

"흰, 둥아, 너……"

하트는 필사적인 노력으로 평정을 유지하는 체하고는 있었지만 눈썹이 실룩거리는 것만은 막지 못했다. 그녀는 눈을 가늘게 뜬 채 그를 올려다보았다. 그때 매드해터가 그녀에게 항의했다.

"잠깐. 나는 왜 안 주는 겁니까?"

"속 버려."

어린 시절을 슬럼에서 보내 위장이 튼튼한 하트와는 달리 매드해터는 벌써 몇 년째 보드카 등의 액체와 영양 캡슐 이외의 물질을 위장에 넣지 않고 있었다. 뭐가 잘못 들어가면 단단히 탈이 날지도 모른다.

그럼에도 매드해터는 토라진 기색이 역력한 얼굴로 그녀를 보았다. 거기에 하트가 반발했다.

"그게 무슨 의미야, 흰둥아. 내 속은 버려도 되고?"

그런 의미는 아니었지만 굳이 이해시키는 것이 귀찮았던 소윤은 대충 고개를 저었다. 트윈스는 트윈스대로 자신이 먹을 음식을 남에게 줬다고 삐졌다. 당장 뱉으라며, 하트의 복부에 한 방 먹이기라도 할 듯 노려보는 트윈스를 하트에게서 떨어뜨린 소윤은 소파를 가리켰다.

"닥치고 다들 저기 가서 앉아."

살기를 조금 섞어 말하자 세 남자는 얌전히 그녀의 말을 들었다. 트윈스는 주인답게 1인용 소파에 앉고 남은 둘은 긴 소파를 하나씩 차지하고 앉았다. 자기 집인 양 느긋하게 앉아 옆자리를 두드리는 하트와, 고개를 갸웃하며 방긋 웃는 매드해터를 번갈아본 소윤은 트윈스의 맞은편에 있는 1인용 소파에 앉았다.

"여기까지 온 용건이 뭐야?"

"데리러 왔지."

"보고 싶어서 왔습니다."

그들이 그녀를 아는 만큼 그녀도 그들을 알았다. 매드해터라면 몰라도 하트의 경우에는 저 말을 곧이곧대로 믿을 수 없었다.

만약 이곳에서 지내기로 한 1주일에서 하루라도 더 지났다면 몰라도, 그렇지 않은 이상 그를 촉발시킨 무엇이 있을 것이 분명했다. 소윤은 하트를 뚫어져라 바라보았다. 그러자 하트는 딴청을 부리는 척하더니 딱 한마디를 했다.

"연구소에서 찾아왔다."

소윤은 앞이 깜깜해지는 것을 느꼈다. 그녀는 겉으로는 아무렇지도 않은 표정으로 팔걸이를 꽉 움켜쥐었다. 그사이 하트와 매드해터는 서로 눈짓을 하더니 밖으로 나갔다. 생각에 잠긴 것으로 보이는 소윤을 흘깃 바라본 트윈스 역시 그들을 따라 나갔다. 두 남자는 그를 고까운 눈으로 보았다.

"뭐야?"

"아니, 아무것도 모른다는 건 굉장하구나, 생각했을 뿐이야."

"그 무모할 만큼의 무식함…… 이런, 실례. 저도 모르게 속마음을 말해 버리고 말았군요. 어쨌든 그 용기 하나는 가상하다고 말해 드리죠."

고백 직전에 가로채인 바 있는 매드해터가 가시 돋친 말투로 쏘아붙였다.

만약 지금 이곳에 있는 것이 디였더라면 무작정 화부터 냈을 테지만, 현재 밖으로 나와 있는 것은 덤이었다. 그들이 들어왔을 때의 상황을 통해 결론을 도출해 낸 그는 씩 웃었다. 어쩐지 처음 그녀에게 좋아한다고 말했을 때 반응이 이상하더라니.

"왜? 억울해? 빼앗길 것 같아서 무서워?"

"말이 말 같아야 상대를 해 주죠."

"웃기는군. 고작 말 몇 마디 나불거렸다고 내 흰둥이가 눈 하나 깜짝할 것 같아? 게다가 지금 중요한 건 그게 아냐."

연구소의 입장은 확고했다. 윗선 그리고 정부라는 말이 나온 이상 그들은 곧 다른 방도를 취할 것이다.

"오늘 온 자들은 길을 잃고 슬럼에 들어갔다가 변을 당한 것으로 처리했지만, 두 번째에도 내 쪽으로 연락이 올 거라는 보장은 없지."

"그녀는 연구소에 잡혀 갈 것까지 염두에 두고 있습니다."

"답지 않군."

"상대가 상대니까요. 무슨 방도를 사용할지 알 수 없다면 아는 거라도 대비하겠다고 했습니다."

"그런데 말이야. 그 새끼들이 왜 걔를 노리는데?"

듣고만 있던 트윈스가 끼어들었다. 그들이 아는 한, 그녀가 연구소에서 벗어난 지 적어도 4년이 지났다. 그동안 침묵했으면서 이제 와서 눈에 불을 켜고 찾으려 드는 것을 이해할 수 없었다.

하트는 패치와 낙인에 대해 설명하는 매드해터를 슬쩍 곁눈질했다. 만약 그들의 목적이 낙인에서 발산되는 신호를 막는 기술에 있다는 사실을 매드해터가 알게 된다면 십중팔구 그는 제멋대로 일을 벌일 것이다.

혹시라도 매드해터가 위험에 처하게 되는 경우 소윤이 가만히 있을 리 없었다. 그녀는 분명 그를 구하기 위해 연구소든 어디든 쳐들어갈 것이다. 그 꼴을 다시 보고 싶지 않았던 하트는 입을 다물었다.

그때 하트와 매드해터의 스마트폰이 동시에 메시지 수신 알림음을 울렸다. 동시에 그것을 확인한 그들은 황급히 집 안으로 들어갔다. 그러나 집 안은 텅 비어 있었다.

[의뢰가 들어와서 먼저 간다.]

그리하여 그곳에는 흑심을 잔뜩 품은 채 데리러 와 놓고서는 코앞에서 놓친 두 남자와, 말릴 틈도 없이 놓쳐 버린 한 남자가 남겨졌다.

센트럴을 찾아간 앨리스는 믿을 수 없는 광경을 보게 되었다. 한동안 만나지 못했던 마치와 도르의 옆에 처음 보는 소녀가 서 있었다. 까만 단발머리를 가진 예쁜 소녀였다. 『원더랜드』에, 특히 마치의 주변에 저런 등장인물은 없었다.

위기감과 본능적인 두려움을 느낀 그녀는 그들을 조용히 뒤따라갔다. 그들은 모두 마치의 집으로 들어갔다. 잠시 후 마치가 밖으로 나오자 앨리스는 현관 앞으로 다가갔다.

"무슨 일이 있어도 들어오면 안 돼요."

제레미에게 그렇게 당부한 앨리스는 문을 두드렸다. 이내 도르가 나왔다. 앨리스를 발견하자 그녀의 웃는 얼굴이 뾰로통해졌다.

"오랜만이야, 도르. 안에 들어가도 될까?"

앨리스가 방문했을 때 리는 부엌에서 설거지 중이었다. 젖은 손을 앞치마에 닦으며 거실로 나온 그녀가 가장 먼저 본 것은 대단히 익숙한, 그러나 지금은 악몽과도 같은 얼굴이었다.

리는 가장 먼저 도르를 찾았다. 그녀는 앨리스와 얼마 떨어지지 않은 곳에 있었다. 리는 도르의 팔을 잡아끌었다.

"어? 왜 그래, 리?"

"절대 나오지 마."

"리?"

리는 도르를 방에 밀어 넣고 문을 닫았다. 팔짱을 낀 채 그녀들을 바라보던 앨리스가 웃었다. 얼핏 부드러워 보이는 웃음이었지만 리는 속지 않았다.

"왜 그러니? 나는 그저 친구를 만나러 왔을 뿐인데……."

앨리스가 리에게 가까워졌다. 리는 제 두 손을 발작적으로 움켜쥐었다. 하얗고 끔찍한 얼굴이 다가왔다. 그녀를 죽인 미친 여자의 얼굴이었다. 그때의 공포에 사로잡힌 리는 덜덜 떨기 시작했다. 지금이라도 앨리스가 칼로 그녀를 찌를 것 같았다.

"참 이상하네. 나는 오늘 널 처음 봤는데 넌 꼭 날 아는 것 같아. 내가 누구인지 아니?"

고운 목소리가 새가 지저귀듯 음률을 담고 흘러나왔다.

"저, 저리 가……."

리가 간신히 중얼거렸다. 앨리스는 코웃음을 쳤다.

"내가 물은 것에 대한 대답이 아닌데. 그럼 질문을 바꿔 볼까? 넌 누구야?"

앨리스는 리의 얼굴을 들여다보았다. 리는 작은 비명을 올리며 그녀에게서 멀어지려 했지만 어느새 어깨를 붙잡히고 말았다. 곱게 다듬어진 긴 손톱이 리의 여린 팔을 사정없이 찔렀다.

"너 같은 건 본 적 없어. 너 뭐야? 이레귤러야? 이제 와서 뭘 어쩌게? 마치한테 어떻게 접근했는지는 모르겠지만 전부 헛수고야. 왜냐하면 마치는 나한테 첫눈에 반했거든."

리가 아직 자신의 몸 안에 있었을 무렵, 그녀는 마치를 딱 한 번 본 적이 있었다. 그때 앨리스의 생각이 흘러 들어와 리는 그가 그녀를 좋아한다는 것을 알게 되었다. 그것이 지금에 와서 리의 마음에 생채기를 냈다.

저런 미친 여자를 마치가. 첫눈에 반했다는 것은 역시 얼굴일까. 하지만 저 얼굴은 원래 리의 것이 아니던가. 그럼 마치의 사랑을 받아야 할 사람은 저 앨리스가 아닌 리 자신이어야 했다.

그러니까 전부 저 여자의 탓이다. 리는 본능적으로 손을 뻗어 앨리스의 길고 고운 금발을 잡아챘다. 앨리스의 비명이 들렸지만 그녀는 아랑곳하지 않고 그것을 힘껏 쥐어뜯었다.

"아악! 아파! 이 미친년이! 이거 놔! 아아악!"

"미친 건! 너야!"

리는 이를 악문 채 앨리스의 머리끄덩이를 잡고 흔들었다. 고운 금발 사이로 시뻘겋게 충혈된 눈이 리를 노려보더니, 하얀 손이 리의 흑발을 붙잡았다.

"아악!"

눈물이 날 만큼 아팠지만 리는 젖 먹던 힘까지 내어 금발을 잡아당겼다. 그러자 앨리스가 그녀의 팔을 물어뜯었다.

지독하게 고통스러웠던 리는 마치가 가끔 가르쳐 주었던 동작을 활용해 앨리스의 배를 힘껏 걷어찼다.

"컥!"

제대로 들어갔는지 리의 팔을 물었던 이와 머리를 붙잡았던 손에서 힘이 빠졌다. 리는 그 틈을 타 앨리스를 정신없이 때렸다. 명치를 제대로 걷어차인 고통으로 꺽꺽거리던 앨리스가 다시 리를 붙잡으려는 때였다.

"너, 너희 지금 뭐해!"

마트에 갔던 마치가 기겁을 하는 소리가 들려왔다. 얼른 그녀들에게 달려온 마치는 두 사람을 떼어 놓고 리부터 살폈다. 그녀가 아직 잠들어 있던 무렵, 그가 몰래 만지며 감촉을 즐겼던 고운 흑발이 엉망으로 헝클어져 있었다. 하얀 얼굴은 눈물로 얼룩져 있었고, 뽀얀 팔에는 빨건 잇자국이 선명하게 나 있었다.

"앨리스, 너!"

화부터 낸 마치는 앨리스의 몰골에 말을 잃었다. 그녀의 꼬락서니는 리보다 더하면 더했지, 결코 덜하지는 않았다. 게다가 얼굴까지 얻어맞았는지 광대뼈 부분이 빨개져 있었고, 눈두덩 위쪽도 울긋불긋한 것이 분명 멍이 지게 생겼다. 마치는 터져 나오려는 웃음을 꾹 참았다.

"야, 앨리스. 너 괜찮냐?"

그래도 도르를 고쳐 준 은혜-사실 마치는 그 치유 행위의 목적이 그리 순수하지 않다는 것을 눈치채고 있었다-가 있으므로 마치는 앨리스의 안위를 물었다. 그러자 앨리스는 방금 전까지 없던 눈물을 글썽거리며 마치를 보았다.

"난 너랑 도르가 보고 싶어서 온 것뿐인데 저 여자애가 갑자기 나한테 덤벼들어서는……."

"그래? 이상하네. 리는 남에게 함부로 덤비거나 할 애가 아냐."

앨리스는 믿을 수 없는 것을 보듯 마치를 응시했다. 그러나 제 집에서 소중한 사람에게 해코지를 한 자를 보는 마치의 눈은 차가웠다.

"그러니 애가 이렇게 화를 낼 만한 짓을 네가 한 거겠지. 너 도대체 애한테 뭘 한 거야?"

"나, 난……."

"됐고. 당장 내 집에서 나가."

앨리스가 반응을 보이지 않자 마치는 리를 상냥하게 안쪽으로 들여보낸 후 밖으로 나갔다. 조금 떨어진 곳에서 제레미를 발견한 그는 상황을 설명했다. 제레미는 기묘한 표정으로 그 이야기를 듣더니 헛기침을 했다. 마치는 그 소리에 섞인 웃음을 들은 것 같았지만 착각이라고 치부했다.

"하트 님이 많이 화내실까요?"

현재 앨리스는 하트의 총애를 받는다고 알려져 있었다. 마치는 긴장한 얼굴로 제레미를 보았다. 그러자 제레미는 마치의 어깨를 두드렸다.

"너 흰 토끼 밑에서 일하는 애 맞지?"

"네, 그렇습니다만……."

"그럼 괜찮아. 내가 알아서 할 테니까 걱정하지 않아도 돼."

제레미는 안으로 들어가 앨리스를 데리고 나왔다. 그리하여 망연해진 그녀는 불그죽죽한 얼굴에 엉망으로 쥐어뜯긴 머리, 그리고 군데군데 뜯어진 옷차림을 한 채 중립지대의 절반을 가로질러 하트의 저택으로 돌아가게 되었다.

문을 단단히 잠그고 돌아선 마치는 제 방으로 들어갔다. 침대 위에 리가 앉아 있었다. 그를 보자마자 눈매를 축 늘어뜨리고 우물쭈물하는 모습이 꼭 혼나기 직전의 강아지 같았다. 마치는 그녀의 헝클어진 머리카락을 손가락으로 빗어 주며 웃었다.

"잘했어."

"어?"

"그 계집애가 뭔가 잘못을 한 거잖아. 그럼 이쪽에서도 당하고만 있어서는 안 되지. 잘했어, 리."

그는 약과 붕대를 가져와 그녀의 팔을 치료하기 시작했다. 리는 그를 몰래 훔쳐보다가 조심스럽게 입을 열었다.

"저기, 마치."

"왜."

"그 여자 좋아하는 거 아니었어?"

"뭐?"

마치는 기겁을 하고 고개를 들었다. 그러자 리의 맑은 녹색 눈동자가 보였다. 그녀는 정말로 그가 앨리스를 좋아한다고 믿고 있었다. 그는 앓는 소리를 냈다.

"흰 토끼도 그러더니 너까지. 야, 진짜 너한테서는 그런 말 듣고 싶지…… 크흠. 그, 안 좋아해. 아니, 오히려 굉장히 싫어한다고. 이건 흰 토끼한테는 비밀이다. 그 녀석은 앨리스를 상당히 아끼고 있으니까."

몸싸움에 대한 흥분과 앨리스에 대한 분노가 가라앉지 않았던 리는 마치의 말에 자신도 모르게 진실을 털어놓고 말았다.

"어떻게 그런 여자를 아낄 수 있지? 그 여자는 흰 토끼를 자기 좋을 대로 부려먹을 수 있다고 생각하는데."

"……그게 무슨 말이야?"

리는 저가 무엇을 말했는지 돌이켜 보고는 깜짝 놀라 입을 다물었다. 누구도 믿어 주지 않을, 그래서 무덤까지 비밀로 가지고 갈 생각이었던 이야기였다.

하지만 마치인데. 리는 앨리스가 아니라 자신을 보호하듯 가로막았던 등을 떠올렸다. 마치라면. 그녀는 조심스럽게 입을 열었다.

"내 진짜 이름은 리가 아냐. 나는, 내가 바로……."

진짜 이름과 양친의 죽음, 어느 순간 그녀의 몸을 차지하고 있던 여자 그리고 그 여자에게 완전히 몸을 빼앗겼다 다시 눈을 뜨는 순간까지의 이야기가 마치의 앞에 펼쳐졌다.

엉망인 꼬락서니로 하트의 저택에 도착한 앨리스는 침실로 올라갔다. 문을 닫고 혼자가 되고서야 정신이 든 그녀는 방금 전의 상황을 돌이켜보았다.

'리'라고 했던가. 원작에 없는 이레귤러의 등장이었다. 마치를 꼬드긴 걸 보니 그가 타깃인 모양이었다. 그의 마음을 빼앗기면 얼마나 분통이 터질까. 그녀는 원작의 사건을 정리해 놓은 노트를 찾아 마치와 관련된 내용을 읽어 내렸다. 딱 좋은 사건이 얼마 안 있어 일어날 예정이었다. 그녀는 회심의 미소를 지었다.

그때 누군가가 문을 가볍게 두드렸다. 하트일까? 앨리스는 만면에 미소를 띤 채 문을 열었다. 그러나 문 앞에 서 있는 것은 하트가 아닌 피터였다.

"피터? 무슨 일이예요?"

피터는 그녀의 얼굴에 일순 드리워졌던 실망감을 놓치지 않았다. 그러나 그에게는 그보다 더 중요한 문제가 있었다. 그는 앨리스의 엉망인 모습에, 차마 그녀에게 손도 대지 못한 채 말문을 잃었다.

"앨리스, 지금……."

"왜요?"

"누, 누가 이랬어! 어디 아프거나 하지 않아?"

그의 말에 리와의 몸싸움을 떠올린 앨리스는 황급히 거울을 들여다보았다. 다음으로 떠오른 것은 이 꼴로 중립지대를 걸었다는 것이었다. 그녀는 황급히 머리카락을 정리하고 고개를 숙여 울긋불긋한 얼굴을 감추었다.

“저, 지금은 제가 좀 누구를 만나기가 어려워요.”

“누가 이랬냐니까!”

그 순간 앨리스는 머릿속으로 잽싸게 계산했다. 이 남자에게 알려 조용히 소문을 퍼뜨린 후 하트의 귀에 들어가게 할 것인가, 아니면 하트에게 직접 말할 것인가. 슬쩍 눈을 치떠 살핀 피터의 얼굴은 분노에 물들어 있었다. 말하는 즉시 그 리라는 계집애에게 달려갈 것 같았다. 그것도 나쁘지는 않겠지, 라고 생각했던 앨리스는 이내 마음을 정했다.

“전 괜찮아요, 피터. 좀 쉬고 싶은데…….”

먼저 마치의 마음을 자신에게 돌린 후, 하트에게 말해 지독한 꼴로 만들어 주겠어. 그녀는 그런 생각을 하며 피터를 내보냈다.

그날 밤, 피터는 센트럴의 술집에서 혼자 술을 마시며 신세 한탄을 하다가 술친구를 사귀게 되었다. 남의 이야기를 잘 들어 주는 대단히 사려 깊은 남자였다. 옅은 금발을 덥수룩하게 헝클어뜨린 그는 피터에게 자신을 체스터라고 소개했다.

Welcome to Wonderland

8. 교차점

8. 교차점

앨리스가 네 번째 힌트를 들어야 하는 날이 되었다. 그러나 힌트에 대해서는 관심도 없는 앨리스는 그것을 잊어 버렸고, 하트는 알면서도 입을 다물었다.

리에게서 기묘한 이야기를 듣게 된 마치는 혼란에 빠졌다. 그는 그녀에게 일어난 일을 마법이라고 생각했다. 즉, 간단히 말해 이해하는 것을 포기했다는 의미였다.

그는 누군가에게 이 이야기를 털어놓고 조언을 구하고 싶었다. 그는 리가 당부한, 다른 사람에게 말하지 말라는 부탁과 자신의 기분 사이에서 고민했다.

피터는 체스터를 만나는 일이 늘어났다. 그때마다 그는 이런저런 이야기를 늘어놓곤 했다. 때로는 만취 상태에서 저가 무슨 이야기를 하는지도 모르고 아무 이야기나 나불거렸다.

그의 주요 화제는 앨리스가 하트에 대해 품고 있는 오해와 짝사랑 그리고 그녀에 대한 피터 자신의 감정이었다. 몇 번이고 되풀이되는 같은 내용의 이야기를, 체스터는 질리지도 않는지 추임새까지 넣어 가며 들어 주었다.

연구소로부터의 접촉은 아직 없었다.

소윤은 밀린 의뢰를 처리하느라 대단히 바빴다. 그녀의 몸에 상처가 나는 일도 증가했다.

트윈스의 집에서 나온 지 3일째 되던 날 밤, 급한 의뢰가 들어왔다. 아웃하우스 경찰들에게 쫓기고 있으니 도와 달라는 의뢰였다. 즉시 아웃하우스로 간 그녀는 옆구리에 제법 큰 상처를 입은 채 아침에 귀가했다. 그리고 소윤은 아침 일찍 그녀의 집을 찾아온 매드해터에게 상처를 혼자 치료하는 모습을 들키고 말았다.

"다쳤습니까!"

황급히 달려든 매드해터는 마법을 사용하여 그녀의 상처를 순식간에 치료했다. 그러나 그녀의 상처는 그것뿐만이 아니었다.

치료하느라 웃옷을 벗고 있어 고스란히 드러난 상체에는 새로 생긴 상흔들이 상당히 많았다. 뿐만 아니라 뺨에도 붉은 자상이 선명하게 남아 있었다. 매드해터는 다시 한 번 마법을 사용하여 그녀의 상처를 치료했다.

"다른 상처는 없습니까? 다리는 어떤가요?"

"안 다쳤…… 괜찮은데."

매드해터는 소윤이 채 대답을 마치기도 전에 그녀의 바지를 불쑥 걷어 올렸다. 그러자 거친 바닥에 길게 쓸린 듯한 상처가 드러났다.

"네, 대단히 괜찮군요."

빈정거린 그는 그녀의 다리도 치료했다.

"이실직고하세요. 어차피 금세 들킬 텐데 왜 숨기는 겁니까."

매드해터는 손가락 끝으로 소윤의 턱을 가볍게 들어 올리며 말했다. 그의 검지손가락이 턱을 떠나 목을 천천히 쓸어내리다 빗장뼈 중

앙의 우묵한 샘에 고였다. 다른 손가락들은 빗장뼈를 따라 느릿느릿 움직이고 있었다. 당장이라도 남은 옷들을 모조리 벗겨 버릴 듯한 매드해터의 기세에, 소윤은 상처에 대해 실토할 수밖에 없었다.

"허벅지를 조금 다쳤어."

매드해터는 대답 대신 그녀의 바지를 벗겼다. 얇은 천이 하얀 다리를 에로틱하게 스치고, 그 움직임을 따라 그의 긴 손가락이 상처 주변을 어루만졌다.

상처는 어느새 사라졌지만 그의 손가락은 거둬지지 않았다. 소윤은 그의 눈을 흘금 올려다보았다. 짙푸른 눈동자는 델 듯한 불길을 품고 뜨겁게 달아올라 있었다. 그녀는 매드해터의 손가락을 밀어내고 자리에서 일어났다.

"……씻을 거야."

화장실로 들어간 소윤은 복잡한 심경에 한숨을 쉬었다. 매드해터는 소중하다. 소중하지만, 아마도 이건 매드해터가 바라는 것과는 다른 감정이리라.

최근 마치 돋보기로 들여다보는 것처럼 여러 색깔의 감정이 선명해지는 것을 느끼고 있었다. 아니, 애초에 감정이란 게 이렇게 다양한 것이었던가? 동시에 마치 연결되듯이 다른 한 사람이 머릿속에 떠올랐다. 소윤은 어지러워진 머리를 흔들었다. 차가운 타일에 이마를 댄 그녀는, 이윽고 물을 틀었다.

그녀가 씻고 나왔을 때 매드해터는 없었다.

다음 날, 소윤은 또 다치고 말았다. 왼팔을 착잡하게 내려다보던 그녀는 매드해터의 집으로 갔다. 매드해터는 상처를 노려보더니 그녀를 소파에 앉혔다.

"메워져라."

매드해터의 입에서 간단한 시동어가 흘러나오자 그녀의 상처가 새살로 메워졌다. 그는 흉터 하나 남지 않은 팔을 확인하듯 천천히 쓰다듬었다. 소윤이 그의 손을 저지하며 말했다.

"고마워."

"고마우면 조심 좀 해요."

타월에 물을 묻혀 소윤의 팔에 얼룩진 피를 닦아 낸 매드해터는 치료를 위해 걷어 올렸던 후드 티의 소매를 내려 주었다. 소윤은 그러고도 그녀의 손을 아쉬운 듯 만지작거리는 그를 바라보았다.

처음 만났던 때에는 겨울 하늘처럼 차갑게만 보였던 그의 푸른 눈동자에는 부드러운 온기가 감돌고 있었다. 그녀는 그의 어깨에 얼굴을 묻었다.

더 이상 이곳은『원더랜드』가 아니었다. 정확히 말하자면 그녀는 어느 순간인가부터 이곳을 책 속이라고 생각하지 않았다. 눈앞에서 움직이고 말하는, 살아 숨 쉬는 그들을 보면서 도저히 등장인물이라고 여길 수가 없었다.

그녀가 다가붙자 놀라서 얼어붙었던 매드해터는 이내 얼굴을 붉힌 채 웃었다. 그의 팔이 소윤의 등을 상냥하게 끌어안았다. 평화로운 오후의 공기 속에서 소윤은 조금 서늘한 품 안에 몸을 맡긴 채 생각에 잠겼다.

원작에서 도르는 앨리스가 보고 싶다는 이유로 마치 몰래 혼자 외출했다가 봉변을 당하게 된다. 현재 도르는 앨리스를 좋아하지 않으므로 그럴 위험성은 많이 줄었지만, 그럼에도 소윤은 마치에게 메시지를 보냈다.

바쁜 것은 소윤만이 아니었다. 그녀가 쉬는 동안 그녀를 대신해 소소한 의뢰들을 처리해 온 마치 역시 상당히 바쁜 나날을 보내고 있었다. 그러던 어느 날, 그는 소윤으로부터 한 통의 메시지를 받았다.

[도르를 밖에 혼자 내보내지 마.]

평소에도 마치는 도르와 리에게 그가 동행하지 않은 외출을 금지하고 있었다. 그것을 알면서도 굳이 강조하는 말에서 느껴지는 기묘한 불길함에, 그는 그녀에게 전화를 걸었다.

그녀에게서 현재 원더랜드가 뒤숭숭하다는 말을 들은 마치는 쉽게 수긍했다. 체셔의 몰락, 흰 토끼의 짧지 않은 잠적 등으로 원더랜드의 분위기가 어지러운 것은 사실이었기 때문이었다.

소윤이 전화를 끊자 매드해터가 그녀의 미간에 살짝 입 맞추었다. 그러자 굳어 있던 미간에서 힘이 빠졌다. 그가 작게 속삭였다.

"무슨 고민이라도 있습니까?"

그가 붉은 입술을 달싹이자 그녀는 이마가 간지럽다는 핑계로 그의 얼굴을 밀어냈다.

"딱히."

"그렇습니까. 뭐, 순순히 대답할 거라고는 생각하지 않았습니다. 그냥 몸에 물어보면……."

소윤은 눈에 힘을 준 채 그를 올려다보았다. 그러자 쿡쿡 웃은 그는 그녀의 입술을 손가락으로 쓰다듬으며 말했다.

"평소였다면 아무리 의뢰가 많았다 해도 이렇게까지 다치지는 않았을 겁니다. 게다가 방금 전의 그 통화, 당신답지 않게 얼버무렸죠. 무엇을 알고 있는 겁니까?"

매드해터의 어조는 그가 일상에서 사용하던 것과 다를 바가 없었다. 그러나 그녀는 그의 물음에 뭐라고 답을 해야 좋을지 알 수 없었다.

거짓말은 하고 싶지 않다. 그러나 진실을 말해 줄 수는 없었다. 그녀가 가만히 있자 매드해터는 그녀를 끌어안은 채 소파 위에 쓰러졌다.

"날 너무 바보 취급하지 말아요."

아무것도 모른다고 생각하면 곤란합니다. 그는 그렇게 덧붙이며 웃었다. 소윤은 그의 가슴에 얼굴을 묻었다.

도르의 정신연령은 고작해야 일곱 살 수준이었다. 게다가 대부분의 시간을 집에서만 보냈기에 원더랜드가 어떤 곳인지 잘 알지 못했다. 그래서 그녀는 바빠진 마치가 그녀를 밖으로 데리고 나가 주지 못하자 잔뜩 뿔이 나고 말았다. 마치가 "내일 나가자."라는 말을 세 번째로 어긴 날 오후, 도르는 바깥을 내다보다가 침울하게 중얼거렸다.

"맨날 집에 있는 거 싫어……."

도르는 처음 집 밖에 발을 디뎠던 날을, 그녀의 삶이 순식간에 확대되었던 그 순간의 감동을 아직도 기억하고 있었다. 그녀가 어깨를 축 늘어뜨리자 리는 안절부절못하다가 슬쩍 창밖을 보았다. 이곳은 중립지대다. 중립지대에서는 범죄가 금지된다고 들었다. 게다가 그녀의 기억 속에서 앨리스는 혼자서도 자유롭게 중립지대를 거닐었다.

그리하여 리는 한참을 후회하게 될 말을 내뱉고 말았다.

"우리 둘이 나가 볼까?"

"어? 하, 하지만 오빠가……. 오빠한테 들키면 혼날 거야."

나가면 안 돼, 가 아니라 들키면 혼난다는 것을 강조했다는 점에서 도르는 이미 리에게 반쯤 설득당해 있었다. 며칠 동안이나 집에 있어서도 답답했던 리는 기대감으로 눈을 빛내며 속닥거렸다.

"잠깐만 나갔다 오는 거면 들키지 않을 거야."

그리하여 두 소녀는 손을 잡고 집 밖으로 나갔다.

금지되었던 외출은 마치와 함께했던 산책보다 달콤했다. 두 소녀는 별것 아닌 일로도 깔깔거리며 중립지대를 가로질러 센트럴까지 갔다.

오후의 센트럴은 매우 분주했다. 도르는 북적거리는 인파 속에서 제법 눈에 익은 얼굴을 발견하고 손가락으로 가리켰다.

"토끼 친구다!"

그녀의 손가락 끝에 있는 것은 트윈스, 트위들 덤이었다. 토끼라는 단어에 반사적으로 고개를 돌린 덤은 도르를 발견하고는 빙긋 웃었다. 그의 웃는 얼굴에 호감을 느낀 도르가 그에게 다가갔다.

"안녕?"

도르가 먼저 인사했다. 머릿속을 뒤져 덤의 모습으로 그녀를 만난 적이 없다는 것을 확인한 그는 조금 난처한 듯 웃었다.

"미안한데 난 널 처음 봐. 혹시 내 형제와 아는 사이야?"

"형제?"

"난 쌍둥이거든."

도르는 고개를 갸웃거렸다. 그러자 옆에 있던 리가 쌍둥이에 대해 간략하게 설명했다.

"신기해."

도르는 그렇게 감탄하며 덤을 뚫어져라 올려다보았다.

"그럼 넌 토끼랑 친구가 아냐?"

"아냐."

소윤의 친구 자리 따위는 줘도 갖기 싫다. 그가 단호하게 고개를 젓자 도르는 아리송한 표정을 지었다. 리와 친해진 이래 친구라는 단어를 좋아하게 된 그녀로서는 그 좋은 것을 싫어하는 듯한 그의 모습을 이해하기 어려웠던 것이다.

"왜 안 친해? 난 친한데."

도르는 언어 그대로의 의미를 순수하게 내뱉었을 뿐이었다. 그러나 그녀의 말은 덤의 속을 제대로 긁어 놓았다. 그는 눈을 내리깔았다. 어두운 금빛을 띤 긴 속눈썹이 그의 새파란 눈동자와 그 안에 깃든 질투심을 감췄다.

덤은 차분히 자신을 타일렀다. 이 소녀를 죽여서는 안 된다. 소윤이 알면 그를 가만 두지 않을 테니까. 그는 현재 디가 잠들어 있는 것을 다행으로 여겼다. 디였더라면 도르가 저 말을 한 즉시 목줄기를 움켜쥐었을 테니까. 덤은 도르를 죽이는 대신 희미한 살기를 흘렸다.

"친해. 이제 곧 너보다 더 가까운 사이가 될 거야."

덤은 도르가 무어라 하기도 전에 발걸음을 뗐다. 남겨진 두 소녀는 서로 얼굴을 마주보며 눈을 깜빡였다.

"뭐였지?"

"글쎄……."

잘은 모르겠지만 이상하게 무서운 느낌이 드는 사람이었다. 두 소녀는 손을 꼭 잡은 채 그 자리에서 멀어졌다.

30분쯤 돌아다닌 그녀들은 센트럴을 벗어나 중립지대의 경계에까지 다다랐다. 그러나 목책이나 구획이 있는 것이 아니므로 그녀들은 자신들이 어디에 있는지 알지 못했다.

그런 그녀들을 지켜보는 시선들이 있었다. 어리고 예쁜 여자아이는 돈이 된다. 그들은 도르와 리가 몇 발자국만 더 내딛길 기다렸다. 그리고 수다에 빠진 두 소녀가 경계 너머로 발을 디딘 순간이었다.

"그리로 가면 안 돼."

도르와 리를 호시탐탐 노리는 사람들에게서 숨기듯 한 남자가 그녀들의 앞을 가로막았다. 잉크처럼 새까만 머리카락을 허리까지 늘어뜨린 제법 준수한 얼굴의 남자였다.

"중립지대는 여기까지야."

남자는 다 무너져 흔적만 남은 건물을 가볍게 짚으며 말했다. 도르와 리는 자신들이 중립지대를 딱 한 발자국 남겨 둔 곳에 서 있다는 것을 깨달았다.

"저길 봐."

남자가 어딘가를 가리켰다. 남자의 손가락을 따라 시선을 옮긴 리는 탐욕스러운 눈으로 그녀를 바라보는 자들과 시선이 마주치고는 깜짝 놀랐다.

"위험했어, 너희들."

"가, 감사합니다."

리가 고개 숙여 인사했다. 남자를 멀뚱멀뚱 올려다보던 도르도 따라서 인사했다. 그녀들은 남자의 안내를 받아 중립지대 안쪽으로 걸음을 옮기며 자기소개를 했다.

"리와 도르라고? 예쁜 이름이네. 아, 그렇지. 마침 좋은 게 있어."

남자는 주머니를 뒤져 알록달록한 색깔의 커다란 롤리팝 2개를 꺼냈다. 물씬 풍기는 달큰한 향기에 리와 도르가 침을 꼴깍 삼켰다.

"자, 받아."

남자는 그것을 양손에 하나씩 쥐고 그녀들에게 내밀었다. 두 소녀가 조금 쭈뼛거리자, 남자는 손을 가볍게 까딱여 그녀들을 재촉했다. 남자의 호박색 눈동자에는 선량한 호의만이 깃들어 있었다.

"오빠랑 토끼가 모르는 사람한테 뭐 받으면 안 된다고 그랬는데……."

도르가 롤리팝에서 눈을 떼지 못한 채 중얼거렸다. 그러자 남자는 어깨를 축 늘어뜨렸다. 그 모습이 너무도 섭섭해하는 듯 보여서 마음이 약해진 리는 저도 모르게 손을 내밀어 롤리팝을 받았다. 그것이 아웃하우스에서 사랑만 받으며 곱게 자란 소녀의 한계였다. 리가 사탕을 받자 질세라 도르도 손을 뻗었다. 그녀들을 본 남자가 상냥하게 웃었다.

소용돌이 모양의 롤리팝은 그녀들의 손바닥만큼이나 컸다. 투명한 포장을 벗기자 코끝이 간지러울 정도로 달콤한 냄새가 퍼졌다. 원더랜드에 온 이래 단 음식이라고는 입에도 댄 적 없는 리와, 간식이라고는 한 달에 한두 번 맛보는 게 전부인 도르는 홀린 듯이 그것을 입안에 넣었다.

롤리팝은 혀가 아리도록 달았다. 리는 몇 번 핥다가 금세 물려서 다시 포장을 씌웠지만, 도르는 오독오독 깨물어 가면서 열심히 그것을 먹었다.

"맛있니?"

남자가 물었다. 도르와 리는 방긋 웃으며 고개를 끄덕였다. 그렇게 5분쯤 걸었을 때였다. 남자가 그녀들의 어깨를 잡아 근처에 있는 건물 그림자 안으로 끌어당겼다.

"쉿."

리가 무어라 말하려 하자 그녀의 입을 막은 남자가 손가락을 세우며 주의를 주었다. 잠시 후, 그들이 걷던 거리를 험상궂은 남자들이 지나갔다. 도르가 남자에게 속닥거렸다.

"무서운 사람들이야?"

"아주 무서운 사람들이야."

남자도 똑같이 속닥거렸다. 삼촌이 어린 조카와 놀아 주는 듯한 모습에, 리는 상황을 잊고 터진 실소를 꾹 참아야 했다.

그때였다. 리의 눈앞이 일순 흔들렸다. 고개를 흔들어 어지러움을 쫓은 그녀는 조금 떨어진 곳에서 도르가 벽에 기대 꾸벅꾸벅 졸고 있는 것을 보았다.

도르의 옆에 있는 남자를 부르려 했던 그녀는 그의 이름을 아직 듣지 못했다는 것을 그때서야 깨달았다. 불안감이 그녀의 심장을 슬금

슬금 잠식하기 시작했다.

"도, 르……!"

도르에게 다가가려던 리는 휘청거리는 다리를 어쩌지 못하고 그 자리에 주저앉았다. 그런 그녀에게 남자가 가까워졌다. 그의 눈동자 속에서 빛나는 잔혹한 희열을 본 리는 눈을 크게 떴다.

"참 아깝단 말이야."

남자는 리의 뺨을 쓰다듬으며 그렇게 말했다. 리는 벌레가 기어가는 듯한 손길을 뿌리치고자 고개를 흔들었지만, 반쯤 졸음에 빠진 몸은 마음대로 움직이지 않았다.

"너도 제법 어려 보이는데. 둘 다 데려갈 수 있으면 좋겠지만……."

남자, 듀크는 지독한 약골이었다. 그의 힘으로는 소녀 한 사람을 데려가는 것이 고작이었다. 그의 취향은 요염한 고양이상의 리가 아니라 백지처럼 순진하고 더럽혀지지 않은 도르 쪽이었다.

그는 리를 팽개치고 도르에게 다가가 그녀의 얼굴을 요리조리 살펴보았다. 금발이면 더 좋았을 텐데, 등등의 생각을 하던 그는 문득 최상질의 금발을 가진 소녀를 떠올렸다. 10대 후반으로 보이는 그녀는 듀크가 선호하는 나이에서 벗어나 있었지만, 순진무구한 눈동자가 그의 취향에 정확히 부합했다. 입맛을 다신 그는 도르를 업고 일어났다.

리는 가물가물해지는 시야로 그의 등을, 그리고 길게 늘어져 흔들리는 도르의 연갈색 머리카락을 바라볼 수밖에 없었다.

그리고 그때, 도르와 리는 물론 듀크조차 알지 못했지만 그들을 지켜보는 시선이 있었다. 그 시선의 주인, 덤은 지금 고민에 빠져 있었다.

그가 일련의 사태를 보게 된 것은 어디까지나 우연이었다. 두 소녀를 구하는 체하더니 골목을 교묘하게 지나 중립지대 밖으로 나가는 듀크를 보면서도 아무 제지도 하지 않은 것은 도르에 대해 그가 가진 질투심 때문이었다.

이제 듀크의 뒷모습은 점처럼 작아져 있었다. 듀크는 도르를 자신의 집에 데리고 가 죽인 후 방부 처리를 할 것이다.

덤은 짜증스럽게 한숨을 쉰 후 리에게 다가갔다. 그러자 리가 멍한 눈으로 그를 올려다보았다. 그녀의 입술이 달싹이다가 다물렸다. 그녀를 부축해 일으킨 덤은 골목 바깥을 향해 걸음을 옮기며 말했다.

"내 말 들려? 듀크는 내가 따라갈 테니까 넌 안전한 곳에서 기다리고 있어. 이 골목만 나가면 중립지대니까."

그렇게 골목을 벗어난 덤은 리를 아무렇게나 내려놓은 후 듀크의 집을 향해 성큼성큼 걸음을 옮겼다. 혼자 남은 리는 밀려드는 졸음에 잠식되어 몇 번이고 꾸벅거리다가 깨어나기를 반복했다. 이대로라면 안락한 잠의 요람에 마음마저 맡겨 버릴 것 같았다. 그녀는 작은 주먹을 꽉 움켜쥐고 간절하게 빌었다. 제발. 지금 자면 안 돼. 일어나. 움직이라고!

"제, 발…… 움직여……."

그 순간, 이 몸에서 눈을 뜨기 직전까지 그녀를 무겁게 짓눌렀던, 입을 통해 빨려 나갔다고 생각했던 것이 움직였다. 그것은 빠른 속도로 외부와 동조하여 리의 소원을 이루어 주었다.

발현 의지로 주변의 마력을 탐지하고, 그것에 자신의 마력을 동조시킴으로써 발현되는 것. 사람들은 그것을 마법이라고 부른다.

리가 생애 최초로 발현한 마법은 그녀의 몸 안에서 돌고 있던 수면제를 모조리 날려 버렸다.

"어?"

순식간에 개운해진 것을 깨닫고 어안이 벙벙했던 리는 이내 정신을 차리고 주머니에서 낡은 핸드폰을 꺼냈다. 마치가 이전에 사용하던 것으로, 혹시 무슨 일이 생기면 바로 연락하라고 준 것이었다. 마치에게 전화를 건 리는 신호음이 울리는 잠깐의 시간 동안 초조하게 기다렸다. 이윽고 익숙한 목소리가 기계 너머에서 들려왔다.

—여보세요?

"마치!"

—리? 왜 그래? 무슨 일 있어?

리가 마치에게 전화를 걸었을 때, 그는 때마침 소윤에게서 일에 대한 설명을 듣고 있었다. 핸드폰 너머로 듀크의 이름을 들은 순간 소윤은 자리에서 벌떡 일어났다.

"듀크에게는 내가 갈게. 넌 리를 데리고 와."

마치는 이를 악물었지만 그 역시 그것이 가장 좋은 해결책이라는 것을 알고 있었다. 그는 대답 대신 리가 알려 준 곳을 향해 달리기 시작했다. 끄지 않은 핸드폰을 통해 리가 훌쩍거리는 소리가 들려왔지만 지금만큼은 그녀를 달래 줄 수가 없었다.

마치와 헤어진 소윤은 듀크의 집을 향해 달려갔다. 그의 집은 소윤과 마치가 있던 곳에서 평소 걸음으로 40분쯤 걸리는 곳에 위치하고 있었다. 전속력으로 달려간 그녀는 얼마 되지 않아 그곳에 도착할 수 있었다.

그곳에서 그녀가 가장 먼저 본 것은 잠든 도르를 옆구리에 낀 채 듀크의 집으로 통하는 길에서 걸어 나오는 덤이었다.

트위들 덤은 듀크의 집에 도착하자마자 거칠게 현관문을 두드렸다. 한껏 흥겨워하며 도르에게 먹일 약을 조제하던 듀크는 짜증스러운 얼굴로 문을 열었다.

"오랜만이야, 듀크."

덤과 듀크가 마지막으로 만났던 것은 소윤을 납치하기 위한 약을 사러 왔던 때였다. 그 약이 실패했다고 생각한 듀크는 금세 비굴하게 웃었다. 덤은 상황이 그가 생각했던 대로 흘러가리라 확신했다.

"아, 트윈스. 어쩐 일이야?"

"어쩐 일이냐고? 내가 왜 왔는지 정말 모르겠어?"

물론 듀크가 판 약이 소윤에게 효과가 없던 것은 사실이므로 덤은 거리낄 것이 없었다. 그는 안으로 발을 디뎠다. 거실로 들어간 그는 듀크가 눈치채지 않도록 슬그머니 실내를 둘러보았다.

도르의 모습은 보이지 않았다. 감각을 날카롭게 한 그는 아주 작은 기척을 안쪽 방, 듀크의 약제실에서 잡아냈다.

"조, 좀 앉지그래?"

"흐음? 무슨 일일까, 식은땀까지 흘리고. 뭐 좋은 거라도 숨겨 놨어?"

"그럴 리가 없……! 트윈스! 그쪽은……!"

약제실을 향해 걸어가는 덤의 팔을 듀크가 붙잡았다. 그러자 그 자리에 멈춰 선 덤이 듀크를 내려다보았다. 가늘게 내려뜬 시선에서 차가운 경멸을 읽은 듀크는 주춤거리며 손을 놓았다. 덤은 듀크가 잡았던 부분을 툭툭 털며 빙긋 웃었다.

"우린 제법 좋은 사이 아니었던가? 날 이 이상 화나게 하지 마, 듀크. 안 그래도 난 네 엉터리 약에 화가 나 있다고."

"어, 엉터리라니!"

"그럼 그게 엉터리가 아니고 뭔데? 네가 무미 무취라고 그렇게 자랑하던 그 약, 장의사는 입에 대지도 않았어. 난 괜히 비싼 약값만 날린 셈이지."

"그건 그놈이 다소 특수한……."

덤은 옷을 털어 내던 손을 천천히 멈추고 듀크를 응시했다. 그의 파란 눈동자에 서린 짜증과 살기를 알아차린 듀크가 침을 꿀꺽 삼켰다.

그 순간, 덤은 듀크의 배를 가차 없이 걷어찼다. 단번에 거실 저편으로 날아간 듀크는 요란한 소리를 내며 구석에 처박히고 말았다. 뎀은 숨을 껙껙 몰아쉬는 듀크에게 차갑게 말했다.

"지금 그걸 변명이라고 하고 있는 거야? 그거 다 알고서 조제한 거잖아. 그런데도 안 들었으면 그건 전부 네 책임 아냐?"

익숙하지 못한 폭력에 노출되어 정신이 없던 듀크는 뎀이 약제실로 향하는 것을 제지하지 못했다. 뎀은 약제실 문을 열어젖혔다.

도르는 간이침대 위에 곱게 눕혀져 있었다. 뎀은 그녀의 멱살을 움켜쥐고 들어올렸다. 어지간히 독한 수면제에 당했는지 그녀는 뎀의 거친 손길에도 반응하지 않았다. 그는 그대로 도르를 데리고 거실로 나갔다.

"이봐, 듀크. 이러면 안 되지. 이런 좋은 걸 숨겨 놓다니 말이야."

"아, 안 돼……."

겨우 호흡을 고른 듀크가 뎀을 향해 허둥지둥 다가왔다. 뎀은 자신과 도르에게 뻗어진 손을 싸늘하게 쳐냈다.

"장의사가 예뻐한다는 애 맞지? 아주 좋은 미끼잖아."

"잠깐, 트윈스. 약값이라면 물어 줄 테니까 그 애는 돌려줘. 응?"

뎀은 잠시 무표정한 얼굴로 듀크를 보다가 빙긋 웃었다.

"싫어."

그는 그대로 현관문을 향해 걸어갔다. 뎀과 도르를 지켜보며 전신을 부들부들 떨던 듀크는 충동적으로 품에 손을 넣어 작은 병을 꺼냈다.

뎀은 등 뒤에서 무엇인가가 날아오는 소리에 반사적으로 팔을 휘둘렀다. 유리 깨지는 소리가 나고 매운 냄새가 풍기는 것과 동시에 화끈한 통증이 손을 덮쳤다.

뎀은 듀크를 노려보았다. 그는 자신이 그랬다는 것을 믿을 수 없는지 황망한 얼굴로 뎀을 응시하고 있었다. 뎀은 고개를 천천히 기울였다. 그 움직임에 따라 듀크의 얼굴에서 점점 색이 빠져나갔다.

"아, 그, 나는……."

"요즘 내가 아주 우습게 보인 모양이야. 그렇지 않고서야 네가 내게 이런 짓을 할 수는 없겠지. 안 그래?"

나오던 길을 되돌아 걸어간 덤은 듀크의 다리를 걷어차 쓰러뜨린 후 무릎 위에 발을 올렸다.

"너한테 중요한 건 손이지 다리가 아니잖아?"

그렇게 덧붙인 그는 발밑에 있는 것을 힘껏 짓밟았다. 그는 듀크의 요란한 비명을 들으며 지체 없이 그 집을 벗어났다.

트윈스가 세상에서 가장 싫어하는 것은 탄 죽이나 굶는 것이 아니라 육체적 고통이었다. 그는 덤의 모습으로는 용납되지 않는 욕설을 입속으로 연신 중얼거리며 잰걸음을 옮겼다.

무슨 용도의 약인지 모르겠지만 옷은 이미 녹아 있었고, 유일하게 약물에 직접 접촉한 손은 타들어 가는 것처럼 고통스러웠다. 그럼에도 그의 머릿속에 맴도는 것은 닥터가 아니라 소윤이었다.

그리고 얼마 안 있어 그는 자신을 바라보고 있는 소윤을 발견했다.

"트위들 덤."

소윤의 목소리로 불리는 이름은 언제나 달콤했다. 고통조차 잊고 미소를 지은 덤은 옆구리에 끼고 있는 도르를 깨닫고는 얼른 그녀의 앞으로 내밀었다.

도르를 받아 안은 소윤은 먼저 아이에게 이상이 없는지 샅샅이 살폈다. 장미 봉오리 같은 입술에서 설탕 냄새와 진한 수면제 냄새가 날 뿐, 어디에서도 피 냄새는 나지 않았다. 안심하여 도르를 고쳐 안는 소윤에게 덤이 말했다.

"내가 바로 쫓아왔으니까 괜찮을 거야."

"……고마워."

덤이 그 별것 아닌 한 마디에 얼굴을 붉히는 사이, 소윤은 마치에게 전화를 걸어 도르를 구출했음을 알렸다. 잠시 후, 마치와 리가 헐레벌떡 달려왔다. 소윤은 도르를 두 사람에게 넘겨주며 자초지종을 설명했다.

“감사합니다!”

“정말, 흑, 감사해요…….”

마치와 리가 덤을 감격한 얼굴로 보며 울먹였다. 그러나 덤은 그들을 거들떠보지 않은 채 소윤을 연신 곁눈질할 뿐이었다.

그의 집에서 머물 때와는 달리 앞머리를 내리고 마스크를 쓴 그녀는 표정을 엿볼 수 있는 어떠한 것도 내보이지 않았지만, 이상하게도 그는 그녀의 기분이나 시선의 위치 같은 것을 알 것 같았다. 그녀의 고개는 조금 아래쪽, 그의 왼팔을 향해 고정되어 있었다. 덤은 조금 웃고 말았다.

닥터가 필요한 사람이 둘씩이나 있었으므로 그들은 모두 함께 닥터에게로 향했다. 그리고 그들이 사라진 잠시 후, 조금 떨어진 곳에서 앨리스가 모습을 드러냈다.

앨리스는 이를 갈며 멀어져 가는 그들을 응시했다.

원작에서 도르는 앨리스를 만나기 위해 집 밖으로 나왔다가 듀크에게 납치되고 만다. 뒤늦게 소식을 들은 마치가 동생을 구출하기 위해 달려오지만 이미 도르는 싸늘하게 식어 있다. 유린당한 동생의 시체에 눈이 돌아간 마치는 듀크를 죽이려 들지만, 원더랜드에서 없어서는 안 되는 그는 하트의 보호하에 놓이게 된다. 복수조차 제대로 할 수 없게 된 마치는 미치광이가 되어 무차별 살인을 일삼게 되는데, 그를 제정신으로 돌리는 것이 바로 앨리스다.

트윈스가 도르를 구하고 마치와 리가 그에게 감사하는 저런 내용 따위는 원작 어디에도 없었다. 앨리스는 리의 뒷모습을 노려보았다. 어디서 굴러먹다 왔는지 모를 저 계집애가 모든 것을 망치고 있었다.

도르를 살핀 닥터는 늦어도 5시간쯤 후에는 깨어날 것이라고 진단했다. 그녀보다 심각한 것은 덤이었다. 그는 왼쪽 팔꿈치 아래의 일부와 손등 전체에 약품으로 인한 화상을 입고 있었다.

그럼에도 그는 닥터의 치료를 거부하고 약과 붕대를 사서 소윤에게 내밀었다. 그녀는 그것을 물끄러미 응시하다가 결국 받아 들었다.

덤의 치료는 소윤의 집에서 이루어졌다. 소파 위에 앉은 덤은 그녀가 상처를 소독하고 약을 바르는 동안 그녀의 얼굴에서 눈을 떼지 않았다. 내리깔린 눈매 끝에서 간혹 파르르 떨리곤 하는 하얀 속눈썹, 그 아래로 부드러운 선을 그리며 이어진 뺨, 고개를 숙인 탓에 한층 더 작고 귀여워 보이는 창백한 입술.

그의 시선이 점점 뜨거워지기 시작하자 그녀가 슬쩍 눈을 치떴다. 안 그래도 치료를 위해 가까이 앉아 있었던 두 사람 사이의 거리는 더 줄어 있었다.

"좀 떨어져."

소윤이 냉정하게 말하자 덤은 아픈 척 얼굴을 찡그리며 신음했다. 사실 아픈 게 맞았지만 그녀를 쳐다보느라 아픔조차 느끼지 못하고 있었다.

"엄살 부리지 마."

"엄살 아냐. 정말 아프다고."

덤은 눈매를 늘어뜨리며 말했다. 화려하지만 어딘지 의지가 약해 보이는 인상의 그는 한 점 더러움도 없이 무구해 보였다. 그녀는 다시 눈을 내리깔고 치료를 계속했다. 그러자 덤은 그녀를 향해 고개를 숙였다. 그의 입술이 그녀의 뺨 언저리를 살짝 스치고 귀를 향해 움직였다.

"왜 구하러 갔는지 묻지 않아?"

부드러운 미성이 조르듯 그녀에게 물었다. 그녀는 대답하지 않았지만 덤은 아랑곳하지 않았다.

"알고 있는 거지? 이유."

트윈스에게는 도르를 구해야 할 이유가 없다. 그럼에도 그가 그토록 싫어하는 고통까지 감수해 가며 도르를 구해 온 이유는 하나밖에 없었다.

그의 팔에 붕대를 감은 소윤은 작게 매듭을 지었다. 지구에서의 습관대로 예쁜 나비 모양이 된 그것을, 덤은 다소 거친 손가락으로 세심하게 쓰다듬었다. 그녀 안에 숨겨진 의외의 부분을 엿본 듯한 기분이었다. 어쩐지 참을 수 없어서, 그는 약과 붕대를 치우는 그녀를 끌어안고 소파 위로 쓰러졌다.

"뭐야."

소윤의 목소리는 무뚝뚝했지만 덤에게는 그것조차 귀엽게 느껴졌다. 그는 소윤의 입술을 손가락 끝으로 가볍게 어루만지며 말했다.

"반항하면 아플 거야. ……내가."

첫마디에서는 어림도 없다는 듯 그를 보던 소윤은 덧붙여진 짧은 단어를 듣고는 눈을 깜빡였다.

'이 상처는 오로지 너로 인한 것인데, 설마 아프게는 하지 않겠지?'

그녀는 그의 말 이면에서 그런 물음을 들은 것 같았다.

덤은 부러 팔을 축 늘어뜨렸다. 자연히 두 사람의 몸은 밀착하게 되었다. 소윤은 얇은 옷 너머에서 두방망이질 치는 박동을 고스란히 전해 받았다. 마음을 선연하게 외치는 박동이었다.

"키스해도 돼?"

그렇게 물었던 그는 그녀가 대답을 위해 입을 벌리자마자 고개를 저었다.

"아니, 키스할게."

열린 입술을 살짝 핥은 그가 그대로 안쪽으로 파고들려는 때였다. 소윤의 손이 그의 이마를 찰싹 두드렸다. 꼭 어머니가 말 안 듣는 어린아이를 훈계하는 태도였다. 덤은 일반적인 어머니에 대해 모르면서도 그녀의 행동에서 기묘한 향수를 느꼈다.

"질문했으면 대답까지 들어."

덤은 소윤의 목소리가 평소와는 달리 조금 누그러져 있다는 것을 깨달았다. 몸을 좀 더 가까이 붙인 그가 물었다.

"돼?"

"안 돼."

거절의 말이었으나 덤은 눈을 휘었다. 딱히 불순한 의도를 가지고 도르를 구한 것은 아니었으나, 그들은 오늘 일을 통해 그녀가 무엇에 약한지 깨달을 수 있었다.

약한 것에 약하고, 말보다 앞선 진심에 약하고, 자신을 생각해 주는 사람에게 약하다니. 정 없고 무뚝뚝하기만 한 여자라고 생각했던 그녀는 사실 세상을 참 요령 없게 사는 사람이었다. 그들은 처음으로 진짜 그녀를 알아본 것 같았다.

그날 덤은 닥터에게 처방받은 약과 붕대를 부러 소윤의 집에 두고 갔다.

무사히 구출되었다고 모든 문제가 해결되는 것은 아니다. 트윈스가 귀가한 직후, 소윤은 마치의 집으로 갔다. 문을 연 순간 그녀가 본 것은 도르와 리의 앞에서 서성거리고 있는 화난 얼굴의 마치였다.

소윤은 단번에 상황을 파악했다. 아주 어린 시절부터 여동생과 단둘이 살아온 마치는 누군가에게 혼나 본 적이 없었고, 도르를 혼내 본 적도 없었다. 소윤은 도르와 리를 보며 그녀들이 앉아 있는 소파를 가리켰다.
“거기서 무릎 꿇어.”
두 소녀는 슬그머니 눈치를 보다가 꾸물꾸물 움직여 무릎을 꿇었다. 소윤이 다시 말했다.
“두 팔 다 들어.”
부모에게 야단을 맞은 적이 있는 리가 소윤의 의도를 이해하고 팔을 들자 도르가 따라했다.
“벌이야. 30분간 그렇게 있어.”
그렇게 덧붙인 소윤은 맞은편 소파에 앉았다. 그러자 그녀의 옆에 따라붙은 마치가 조용히 물었다.
“그런 게 벌이 돼?”
“돼.”
채 3분도 지나지 않아 두 소녀의 팔이 후들후들 떨리기 시작했다. 10분이 경과했을 때, 두 소녀는 다리의 감각조차 잃어 버렸다.
소윤이 오기 직전까지 화가 잔뜩 나 있었던 마치는 오히려 저가 더 안절부절못하고 소윤과 두 소녀를 번갈아보았다. 두 소녀는 얼굴이 새빨개진 채 눈에는 눈물을 그렁그렁 달고 있었다. 소윤은 그녀들의 팔이 굽혀진 것을 보며 매정하게 명령했다.
“팔 똑바로 들어.”
“토끼야…….”
“자, 잘못했어요.”
소윤은 그녀들의 간청을 들은 척도 하지 않았다. 5분이 더 경과한 후, 그녀는 두 소녀를 보았다. 그녀들은 눈물 콧물을 쏟으며 울고 있었다.
“팔 내리고 바르게 앉아.”
그녀들은 저린 다리를 겨우겨우 움직여 바른 자세로 앉았다. 소윤은 마치에게 눈짓했다. 그러자 마치는 재빨리 눈치를 채고 훈계를 시작했다.

소윤은 그것을 흘려들으며 이 사건에 대해 생각했다. 원작이 어디부터 달라졌고 어디까지 그대로인지 판단이 서지 않았다. 특히 저 리라는 소녀는 소윤 자신이 구해 왔음에도 정체를 알 수가 없었다. 원작의 흰 토끼도 저 소녀를 만났을까. 그렇다면 그가 리를 듀크에게 넘겼기 때문에 원작 속에 리가 등장하지 않았던 것일까. 그녀는 리에게서 시선을 떼었다.

소윤은 4년 전 원더랜드를 찾아온 결정적인 이유인 그녀의 유일한 희망을 떠올렸다. 솔직히, 이제 와 지구로 돌아간다 하더라도 그곳에서 적응할 자신은 없었다. 게다가 그녀의 성격도 너무 많이 바뀌어 버렸다. 분명 무슨 일이 생기면 말이 아니라 폭력을 사용해 해결하려 들 것이다. 다만, 그저.

그저 딱 한 번만이라도 좋으니 가족을 다시 만나 보고 싶었을 뿐이었는데.

그러나 그녀는 어느 쪽도 선택할 수가 없었다.

다음 날 오전, 마치가 의뢰를 받아 나간 사이 리에게 손님이 찾아왔다. 문을 연 리는 긴 금발을 보자마자 얼굴을 찌푸렸다. 손님, 앨리스는 리의 표정 따위는 아랑곳하지 않고 집 안으로 들어왔다.

리는 지난번처럼 도르를 방에 들여보낸 후 앨리스를 노려보았다. 여차하면 다시 머리끄덩이라도 잡으면 된다. 이번에는 지금 앨리스가 하고 있는 두꺼운 화장으로도 가릴 수 없을 만큼 진한 멍을 만들어 줄 생각이었다.

두 소녀는 입을 다문 채 서로를 노려보았다. 먼저 입을 연 쪽은 앨리스였다. 그녀는 뾰족한 말투로 매섭게 물었다.

"너 진짜 정체가 뭐야? 뭘 계획하고 있는 건데?"

앨리스는 리가 이 세계 사람일 가능성을 배제하지 않았다. 그러므로 그녀는 결정적인 단어를 뺀 질문을 할 수밖에 없었다.

사실 그녀는 『원더랜드』에 대해 아느냐고 묻고, 속 시원하게 리를 추궁한 후 적어도 따귀 정도는 올려다 붙이고 싶었다. 지난번에는 당황하여 당하고만 있었지만 이번에는 어림도 없다. 앨리스는 그렇게 다짐했다.

"정체라니? 게다가 난 아무것도 계획하지 않았는데. 설령 했다손 쳐도 내가 왜 그걸 너 같은 애한테 말해 줘야 해?"

리는 가능한 매서운 표정을 지은 채 그렇게 대답했다. 앨리스는 원더랜드에 온 후 푸대접을 받은 기억이 별로 없었다. 트윈스와 베이비, 체셔, 그리고 최근에는 마치 정도가 전부였다. 분노와 흥분에 찬 그녀는 주먹을 꼭 쥐었다.

"나는 앨리스야. 소문 정도는 듣지 않았어?"

하트의 연인-정확히 말하자면 정부였지만-이자 기적 그 자체인 소녀. 그것이 앨리스에 대해 원더랜드에 떠도는 소문이었다.

리는 코웃음을 쳤다. 그녀는 마치를 통해 하트에게 따로 좋아하는 사람이 있는 것 같다는 말을 들은 바 있었다. 게다가 기적이라니. 원래 리의 것이었던 치유 능력은 그런 어마어마한 명칭으로 불릴 만한 것이 아니었다.

부모님은 언제나 그녀가 가진 남들과는 다른 능력의 위험성을 설명하면서 가능한 집에만 있기를 바랐다. 그래서 그녀는 어린 시절부터 마음껏 외출도 하지 못했고, 학교조차 다니지 못한 채 모든 학업을 홈스쿨링으로 대신해야 했다. 그때까지 치유 능력은 그녀에게 하나의 멍에에 지나지 않았다.

그러던 중 그녀의 능력이 세상에 알려져 버렸고, 그로 인해 부모님은 아버지가 근무하던 연구소의 에이전트들에게 목숨을 잃게 되었다. 앨리스의 기억을 엿봄으로써 얻은 얼마 안 되는 정보를 통해 그것을 알게 된 날부터 그녀는 자신의 능력이 끔찍해졌다.

기적이라고? 그녀에게 있어 그 능력은 재앙에 지나지 않았다.

리가 비웃는 소리를 들은 앨리스는 발끈하여 리를 노려보았다. 리는 그것을 알면서도 한 술 더 떠 경멸스럽다는 듯한 눈으로 앨리스를 보았다.

"왜 웃어?"

"꿈속에 사는 사람은 참 행복하겠다 싶어서."

"뭐라고?"

"넌 그 능력이 좋아 보여? 자기 자신은 고치지도 못하는 반쪽짜리 능력이? 혼자 이런 곳까지 온 게 전부 그 능력 때문인데도?"

"너 무슨 소리를……."

앨리스가 가진 치유 능력으로 그녀 자신을 치유할 수 없다는 것을 아는 사람은 하트, 피터, 제레미 그리고 체셔 정도였다. 이들 중 리에게 말했을 가능성이 있는 사람은 체셔뿐이었다. 혹은 처음부터 알고 있었거나. 그때 리가 쏘아붙였다.

"자기 것도 아닌 남의 능력으로 뻐기는 게 창피하지도 않아?"

앨리스는 핏기가 싹 빠져나간 얼굴로 리를 보았다. 리는 저가 무슨 말을 했는지 제대로 파악하지 못하고 무어라고 더 떠들었지만, 앨리스는 그녀의 말 안에 숨겨진 의미를 단번에 알아차릴 수 있었다. 앨리스가 사실은 빙의자라는 사실을 아는 사람은 없다. 굳이 꼽자면 단 하나.

"너 설마…… 앨리스 리델……?"

몸의 진짜 주인뿐이었다.

그 순간 위기감이 앨리스를 엄습했다. 앨리스가 아닌 리의 편을 들던 마치의 모습도 생각났다. 이대로라면 빼앗길지도 몰라. 그녀는 리를 향해 달려들었다.

쿠당탕! 요란한 소리를 내며 두 소녀가 바닥에 나동그라졌다. 앨리스의 희고 고운 손가락이 리의 가느다란 목을 힘껏 졸랐다. 리가 발버둥을 치며 앨리스의 손등에 손톱을 세웠지만, 손아귀에 들어간 힘은 풀리지 않았다.

죽어, 죽어, 죽어 버려. 앨리스는 저주처럼 중얼거렸다.

버둥거리던 리의 다리에서 힘이 빠지고, 고개가 옆으로 툭 꺾였다. 앨리스는 천사처럼 웃었다.

"나는 주인공이야. 사랑받아야 할 주인공이라고. 그러니까 너 같은 건 필요 없어."

리의 맥박과 숨소리를 통해 아직 그녀가 살아 있다는 것을 안 앨리스는 부엌으로 들어가 언젠가 한 번 보았던 통을 찾았다. 그 안에는 숯이 담겨 있었다.

몇 번의 시행착오 끝에 장작에 불을 붙이는 데 성공한 그녀는 그것을 들고 거실로 나갔다. 리는 아직 정신을 잃은 채였다.

앨리스가 그녀에게 다가가려는 때였다. 안쪽에서 문고리를 돌리는 소리가 났다. 화들짝 놀란 앨리스는 장작을 놓쳤고, 불길은 소파로 옮겨 붙었다. 그와 동시에 문과 문지방이 마찰하는 소리가 났다.

앨리스는 도망치듯 부랴부랴 그 집을 나섰다. 제레미는 조금 떨어진 곳에서 앨리스를 기다리고 있었다. 큰 소리가 날 것을 예상하여 한 그렇게 명령한 것인데 지금 생각하니 정말 잘한 것 같았다.

앨리스가 마치의 집에서 멀어진 후, 집과 집 사이의 협소한 공간에서 한 남자가 모습을 드러냈다. 옅은 금발을 아무렇게나 헝클어뜨리고 왼쪽 눈과 광대뼈를 붕대로 가리고 있는 남자였다. 그는 매캐한 연기가 새어 나오는 집을 올려다보며 빙긋 웃었다.

리가 주의한 대로 방에 틀어박혀 있던 도르는 거실의 분위기가 이상하게 돌아간다는 것을 민감하게 알아차리고는 문을 열었다.

거실로 나온 그녀가 가장 먼저 본 것은 커다란 불길이었다. 불은 소파와 쿠션, 그리고 낡은 카펫에까지 번져 있었다. 그리고 그 근처에는 리가 쓰러져 있었다. 도르는 금방이라도 화마에 삼켜질 듯 보이는 리에게 잽싸게 달려가 그녀의 다리를 붙잡고 질질 끌어 불길에서 떨어뜨려 놓았다.

"리! 정신 차려! 리!"

다행스럽게도 리는 이내 정신을 차렸다. 그러나 그때는 이미 불길이 그녀들의 주변을 온통 둘러싼 후였다. 도르를 꼭 끌어안은 리는 앨리스에 대해 치를 떨었다. 분하고 억울해서라도 이대로 죽을 수는 없었다. 게다가 그녀는 지금 혼자 있는 것이 아니었다. 하지만 어떻게 해야 하지?

문득 그녀는 몸을 잠식한 독한 수면제를 몰아냈던 힘을 떠올렸다. 치유 능력과는 다소 다른, 18년을 살아오면서 느껴 본 적이 없는 힘이었다. 리는 그것이 마법이 아닌가 생각했다.

마법이 발동되는 이론은 알고 있었다. 몸 안에 돌고 있는 성질을 갖지 못한 마력을 밖으로 꺼내는 발현 의지. 사용하고자 하는 것과 같은 성질을 가진 외부 마력을 찾는 탐지. 그리고 자신의 마력을 외부 마력에 맞추는 동조. 마지막으로 시동어를 통한 발현.

지금 필요한 것은 물이었다. 리는 몸 안에 깃든 생소한 무엇인가를 탐지해 몸 밖으로 퍼트렸다. 물, 차갑고 축축한 것. 많이도 필요 없었다. 적어도 그녀들을 향해 혀를 날름거리는 저 불길을 막을 수 있는 만큼이면 되었다.

몇 번의 실패를 거친 리는 결국 그녀가 원하던 것을 거머쥐게 되었다. 성질이 없는 마력과 물의 성질을 가진 마력은 만나자마자 순조롭게 뒤섞였다. 리는 본능적으로 바로 지금이라는 것을 깨달았다.

"물을 내려 줘. 우리 주변을 적실 수 있을 만큼."

리의 품에 얼굴을 묻고 있던 도르는 선뜻한 것이 목덜미에 닿자 얼결에 고개를 들었다. 실내에서 비가 내리고 있었다.

"어? 비다."

리의 몸 안을 돌고 있는 마력은 그녀의 부탁을 들어주었다. 차갑고 축축한 단비가 그녀들의 주변을 적시고 불길을 조금씩 꺼트려 갔다.

그날, 의뢰를 마치고 귀가한 마치가 발견한 것은 검게 그슬린 집이었다. 그가 깜짝 놀라 안으로 달려 들어가는데, 밝은 목소리가 그를 불렀다.

"오빠, 여기!"

"도르! 무사했……! 리?"

소리가 들려온 쪽을 향해 황급히 돌아선 그의 눈에 비친 것은 하얀 뺨에 검댕을 묻힌 도르와 그녀의 어깨를 베고 잠든 리였다. 마치는 황급히 그녀들을 향해 다가갔다.

"무슨 일이야? 집은 또 왜 저래?"

"으응, 그게 말이지……."

앨리스의 방문, 갑작스럽게 일어난 소란, 화재, 기절해 있던 리, 그리고 빗방울. 마치는 신기하다며 쾌활하게 떠드는 도르의 말을 한 귀로 흘리며 주먹을 세게 움켜쥐었다.

"그래서 다른 사람들이 도와줘서 불이 다 꺼지기는 했…… 오빠?"

"……오늘은 일단 흰 토끼한테 재워 달라고 하자."

벌써 해가 뉘엿뉘엿 기울어 가는 시간이었다. 마치는 리를 등에 업었다. 그러자 도르가 그의 옷자락을 움켜쥐었다.

"화났어, 오빠? 미안해. 안에서 아무것도 못 가지고 나와서……."

마치는 그때서야 그의 얼굴이 딱딱하게 굳어 있다는 것을 깨달았다. 애써 얼굴을 부드럽게 한 그는 도르의 머리카락을 쓰다듬었다.

"너나 리에게 화가 난 게 아냐. 자, 오빠랑 손 잡고 가자."

도르가 그의 손을 잡았다. 한쪽 팔만으로 리를 업는 것은 쉽지 않은 일이었지만 그는 동생의 손을 놓지 않았다. 하마터면 잃을 뻔했던 온기가 가슴에 사무쳤다.

"둘 다 무사해서 정말 다행이다."

그는 중얼거렸다. 그조차도 놀랄 만큼 절절한 목소리였다. 그것을 들은 도르는 함박웃음을 지었다.

원더랜드에 사는 사람들의 대부분은 이곳이 아니면 갈 데가 없었다. 그런 그들에게 화재는 민감한 문제였다. 건물들이 다닥다닥 붙어 있어 불이 크게 번지기 십상이었기 때문이다. 결국 주민들의 협조로 불은 금세 꺼졌으므로, 마치의 집은 겉보기에는 벽이 조금 그슬린 것 이외에는 큰 손상이 없어 보였다.

큰일을 겪은 도르와 리가 늦잠에 빠져 있던 다음 날 오전, 소윤과 함께 집으로 간 마치는 실내를 살펴보았다.

거실을 중심으로 불이 났던 것인지 소파와 카펫, 커튼은 존재했던 흔적만이 남아 있었다. 그가 침실을 확인하는 동안 소윤은 거실 한구석에 동그랗게 남은 카펫을 확인했다. 아웃하우스 출신인 리이니 만큼 마력을 가진 것은 당연하겠지만 주변 사람들의 대다수가 마력 비보유자인 그녀는 리에게 그럴 가능성이 있다는 것을 생각하지 못했었다.

마치가 침실을 둘러보고 나왔다.

"안쪽은 제법 괜찮아."

그렇게 말한 그는 긴장한 얼굴로 소윤을 보았다. 의뢰에서 실수했을 때에도 보이지 않았던 얼굴이었다.

"할 말이 있어. 앨리스에 대해서야."

그는 어제 도르에게 들었던 이야기를 고스란히 소윤에게 전달했다.

소윤은 하얀 머리카락 아래에서 연신 눈을 깜빡였다. 그녀가 아는 앨리스라면 그런 행동을 할 리 없다. 그러나 마치의 눈동자 속에 깃든 분노를 본 순간, 그녀는 깨닫고 말았다. 이렇게나 많은 것이 변했음에도 그녀는 아직 앨리스를 원작에 맞추어 생각하고 있었다.

"그리고…… 내가 좀 이상한 이야기를 들은 게 있는데 말이야."

그의 입술이 그 자신도 이해하지 못한 이야기를 어렵사리 풀어 놓기 시작했다.

그 시각 리는 꿈을 꾸고 있었다. 꿈속에서 그녀는 누군가에게 등을 밀려 계단을 올라가고 있었다.

"언제나처럼 숨어 있으면 돼. 알았지? 그럼 엄마나 아빠가 데리러 갈 테니까."

엄마! 리는 뒤를 돌아보고 싶었다. 그러나 몸이 마음대로 움직여 주지 않았다. 계단을 달음박질쳐 올라가자 2층이 보였다. 그녀는 지금 자신이 부모님과 함께 살던 집에 있다는 것을 깨달았다.

어느새 리는 자기 방의 비밀 장소에 몸을 숨기고 있었다. 손쉽게 문을 밀어 닫자 완전한 어둠이 그녀를 감쌌다. 안에서 열고 나오지 않는 이상, 부모의 피를 묻히거나 장정 여러 명분의 힘이 실리지 않으면 열리지 않도록 만들어진 문이므로 양친이 데리러 올 때까지 그녀는 안전할 것이다.

익숙한 상황이었다. 리는 이것이 꿈이라는 것을 깨달았다. 왜냐하면 이 비밀 공간에는 그날 이후 들어간 적이 없기 때문이었다. 그리고 그날은 바로……. 그녀가 거기까지 생각했을 때였다. 바로 근처에서 누군가의 목소리가 들렸다.

"이 방에도 없어!"

"제길, 어디 있는 거야."

"이러다 허탕 치면 우린 다 감봉이라고."

일순 숨을 죽였던 리가 경직했다. 저 대화를 언제 들었는지 떠올린 것이다.

그날이었다. 그녀의 모든 것이 사라졌던 바로 그날. 그렇다면 저 아래에서 양친이 죽음을 맞이하고 있을 것이다. 내려가! 가서 부모님을 살리라고! 리는 울부짖었으나 그녀의 몸은 전혀 움직여 주지 않았다.

리가 울다 지쳐 널브러질 즈음 꿈속의 그녀, 앨리스가 움직였다. 문을 열고 나온 그녀는 바깥 동정을 살피다 계단으로 향했다. 리는 1층에 가까워지는 몸을 느끼고 시야를 차단했다. 아무것도 보고 싶지 않았다.

앨리스는 충실히 움직였다. 부모의 시체를 보고 충격에 빠졌지만, 그럼에도 평소 귀에 못이 박이도록 들어 온 말을 잊지 않았다.

짐을 챙긴 그녀는 부모가 믿을 만하다고 말했던 아버지 친구의 집으로 갔다. 그러나 그녀는 그곳에서도 나와야 했다. 아버지의 친구가 그녀를 누군가에게 넘기려 전화하는 것을 들었기 때문이다.

부모는 죽고 갈 곳은 없다. 부모는 늘 이런 사태가 일어났을 경우 정부와 관련된 곳에 가서는 안 된다고 말해 왔다. 아는 사람일수록 믿으면 안 됐다. 부모를 죽이고 그녀를 데려가려 한 자들이 이미 마수를 뻗었을 것이기 때문이었다. 어쩌면 그자들의 정체는…….

당시 거기까지 생각했었지만 억지로 생각을 거뒀다. 왜냐하면 정말로 그 생각이 맞다면 그녀가 할 수 있는 일이 거의 없기 때문이었다.

그러나 접었다고는 해도 한번 떠올린 생각이 가실 리는 없다. 앨리스가 원더랜드행을 선택한 데에는 그러한 연유가 있었다. 누구의 손도, 심지어 국가 권력조차 닿지 않는다는 무법 지대. 그곳에 들어만 간다면 그 살인자들도 어쩌지 못하리라는 생각이 들었다. 아무리 위험한 곳이라 해도 이곳만 할까, 하는 생각이 들었던 것도 있었다.

그렇게 그녀는 어릴 때부터 주입당한 공포에도 불구하고 그곳으로 향했다.

그리고 원더랜드의 화려한 입구에 간신히 도착한 앨리스는 기력이 다해 정신을 잃고 말았다. 아마 그때 차라리 죽고 싶다고 생각했던 것 같다. 그 벌일까. 앨리스가 다시 눈을 떴을 때 그녀의 몸은 다른 이의 지배를 받고 있었다.

앨리스의 몸을 차지한 사람은 기묘한 이름을 가진 여자였다. 앨리스는 여자의 생각이나 과거를 아주 가끔씩만 엿볼 수 있었다. 여자가 그녀의 정신을 구겨 의식 밑바닥에 처박았기 때문이었다. 그녀는 아주 가끔씩만 정신을 차릴 수 있었다.

놀랍게도 여자는 이 세계의 사람이 아니었다. 다른 세계가 있을 거라고는 생각도 해 본 적 없는 앨리스는 여자가 미쳤다고 생각했다. 그러나 여자의 과거에서 가끔 드러나는 풍경을 보며 앨리스는 다른 세계의 존재를 인정하게 되었다.

그래서일까. 여자는 대체로 무지했지만 기묘한 부분에서 해박했다. 무지의 소산이기는 하나, 앨리스가 무서워하는 원더랜드를 아무렇지도 않게 헤집고 다니기도 했다. 그리고 앨리스는 몸을 영영 빼앗길지 모른다는 두려움에 젖어 원더랜드에 대한 공포를 잊어 갔다.

그러나 아무리 두려워해 봤자 그녀가 할 수 없는 일은 없었다. 어느 밤, 앨리스는 자신의 몸에서 쫓겨나고 말았다.

죽었다고 생각했던 것 같다. 어두운 공간을 무기력하게 떠다니던 앨리스는 먼 곳에서 빛을 보았다. 문득 여자의 머릿속에서 엿봤던 장면이 생각났다. 여자는 저 빛을 향해 움직인 결과 앨리스의 몸에 들어오게 되었다.

그렇다면 자신도 혹시. 그녀는 희망을 가지고 암흑을 헤엄치기 시작했다.

여자의 기억과는 달리 매우 힘들었지만 어떻게든 암흑 속을 나아갈 때였다. 빛 옆에 있는 무엇인가가 눈에 띄었다. 빛처럼 눈부시거나 아름다운 건 아니었으나 보면 볼수록 시선을 끌었다.

그러다 어느 순간 그녀는 직감했다. 저것이라면 자신을 받아 줄 수 있을 것이다. 그것을 깨달은 순간, 앨리스는 그곳을 향해 빨려 들어갔다.

앨리스가 아닌, 리로서의 삶이 시작되는 순간이었다.

리의 입에서 나온 이야기가 마치를 통해 소윤에게 고스란히 전달되었다. 마치는 자신이 어떠한 내용을 누구에게 말하고 있는지, 소윤이 그 이야기와 어떻게 관련이 되어 있는지 알지 못했다. 그저 답답한 속을 풀고, 소윤이 앨리스에 대해 갖고 있는 콩깍지를 벗겨 버릴 생각만 하고 있었다.

"리도 조금씩만 엿볼 수 있어서 많이는 모르지만 다른 세상에서 사람을 죽이고 이 세상으로 빨려 들어와 지금의 몸으로 들어갔다나 봐. 비, 뭐라더라? 빙어? 빙이? 잘 기억은 안 나지만 그런 거라던데. 애인을 빼앗은 여자를 칼로 찔렀다는데, 리가 보기에는 그것도 좀 믿기 어렵대. 일방적으로 집착하던 남자에게 진짜 애인이 생겨서 정신이 좀 이상해진 것 같다고 했어."

얼어붙은 채 마치의 이야기를 듣고 있던 소윤은 기묘한 예감에 사로잡혔다.

그녀는 몸을 돌려 그녀의 집을 향해 달려갔다.

"어? 흰 토끼!"

마치의 목소리는 귀에 들리지도 않았다. 5분도 채 걸리지 않아 집에 돌아온 그녀는 소파에 누워 잠든 리의 어깨를 막무가내로 잡고 뒤흔들었다. 그 동작보다 어깨에 아플 만큼 파고드는 손가락에 잠에서 깨어난 리는 무시무시한 기운을 풍기고 있는 소윤의 모습에 소스라치게 놀랐다.

"꺅! 뭐, 뭐예요?"

"이름이 뭐야."

"네?"

"그 계집애. 이름이 뭐냐고."

치정 살인은 흔한 일이다. 그러므로 이 행동은 괜한 것일지도 모른다. 그러나 소윤은 심장을 쿵쿵 울리는 예감을 무시할 수 없었다. 그녀가 말하는 '그 계집애'가 누구인지 금세 알아차린 리가 떨어지지 않는 입술을 겨우겨우 움직여 대답했다.

"저, 저는 잘 몰라요. 이상한 이름이라서 금방 잊어버렸……! 아, 아파요! 제발 놔주세요!"

"야, 모른다잖아! 그건 좀 놓고, 응? 흰 토끼!"

"기억해 내. 당장."

소윤이 살기를 풀풀 풍기며 다그쳤다. 리는 고통과 공포로 거의 실신할 지경이었다. 그러자 소윤의 손을 리의 어깨에서 떼어 내고 있던 마치가 황급히 물었다.

"정말 기억 안 나? 한 글자도?"

"난 정말로 몰라……! 하, 하트! 그 여자가 하트에게 그 이름으로 불러 달라고 했……."

그녀의 말이 끝나기도 전에 내팽개치듯 어깨를 놓은 소윤이 집을 박차고 나갔다.

"뭐, 뭐야……."

리가 아픔으로 눈물을 글썽이며 중얼거렸다. 마치는 무엇인가가 크게 틀어졌다는 것을 깨닫고 불안해졌다.

거짓말이다. 그럴 리가 없어.

소윤은 하트의 저택을 향해 달리는 내내 그렇게 중얼거렸다.

그녀가 대문을 지나는 것과 동시에 보고를 받은 하트는 로비로 내려갔다. 이윽고 그녀가 문을 부술 듯이 열고 안으로 들어왔다. 그녀에게서 풍기는 살기를 감지한 남자들이 그녀와 하트 사이를 가로막았다.

"됐다. 다들 물러가."

"하지만……!"

"물러가라고 했지."

하트는 부하들을 노려보며 강하게 말했다.

이내 썰물처럼 부하들이 빠져나가고 로비에는 두 사람만이 남게 되었다. 소윤은 그녀를 향해 다가오는 남자를 응시하며 머리를 온통 잠식하고 있는 감정을 가라앉히려 애썼다.

아직 확실한 것은 없다. 먼저 확인부터 하지 않으면. 차마 삼키지 못한 살기를 줄줄 흘리며 그녀가 낮은 목소리로 물었다.

"앨리스는."

"나갔어."

하트는 그녀의 심상치 않은 상태에 드디어 올 것이 왔다고 생각했다. 그는 소윤을 번쩍 들어 어린아이를 안듯 끌어안고 등을 토닥였다. 그녀는 점점 느려지는 토닥임에 따라 다소나마 마음을 가라앉힐 수 있었다.

"너, 혹시."

"응. 말해, 내 흰둥아."

"혹시…… 앨리스의 다른 이름을 알고 있어?"

하트는 소윤의 얼굴을 올려다보았다. 머리카락과 마스크에 가려진 그것에서는 혼란과 공포, 망설임 그리고 분노가 선명하게 흘러나오고 있었다. 그는 그리 중요하다고 생각하지 않았던 이름이 사실은 상당한 가치를 지닌 비밀이라는 것을 깨달았다.

"그래. 가현이라고 하더군."

그 순간 소윤이 흘리고 있던 살기가 깨끗하게 사라져 버렸다. 그녀가 망연자실했다는 것을 알아차린 하트는 3층을 향해 빠르게 걸어갔다.

침대 위에 눕혀질 때까지도 넋을 잃고 있던 소윤은 그가 그녀를 덮치자 그때서야 정신을 차렸다.

"비켜!"

"싫어."

"지금 이러고 있을 때가……."

그때 하트가 소윤을 끌어안았다. 뜨거운 체온에 전신이 감싸인 그녀는 자신이 덜덜 떨고 있다는 것을 깨달았다.

그가 속삭였다.

"울어도 돼."

오전의 밝은 빛으로 휩싸인 침실에서 그는 그 빛보다 따뜻하고 상냥하게 강요했다.

"여기라면 나 이외에는 아무도 볼 수 없으니까. 당장 울어."

"……미쳤어?"

원더랜드에서 소윤이라는 인물에 대해 가장 잘 알고 있는 사람은 분명 하트일 것이다. 그는 소윤을 그대로 두면 폭주하리라고 생각했다. 그리고 감정이 가라앉은 후 지독하게 절망하겠지. 그는 그녀를 그렇게 내버려 둘 생각이 없었다.

어느 결엔가 마스크마저 사라져 소윤의 얼굴이 그의 앞에 고스란히 드러나 있었다. 하트의 입술이 그녀의 얼굴 여기저기를 부드럽게 스쳤다. 귀여운 코끝에 살짝 입을 맞춘 그가 다시 위로 올라가 눈꺼풀에 입술을 댄 채 말했다.

"내가 옆에 있어, 내 사랑."

지금이 적기라는 것을 짐승 같은 감각으로 깨달은 하트가 소윤을 자신의 팔다리로 얽맨 채 고백했다. 그의 말이 공황에 빠진 그녀의 심장에 스치듯 씨앗을 뿌렸다.

"사랑해."

그 씨앗은 이내 뿌리를 내려 그녀를 옭아맬 것이다. 더는 다른 곳을 보지 못하도록 이쪽을 향해 그녀의 머리를 고정시킨 채 단단하고 굳건하게, 그러나 그녀가 그것을 알아차리지 못하도록 달콤하게.

뜨거운 손이 소윤의 뺨을 감쌌다. 그의 손가락이 눈가를 더듬는 순간, 소윤은 전조도 없이 흘러나온 물줄기를 느끼고 당황했다.

"아니, 이건……."

얼른 그것을 닦아 버리려는 그녀를 하트가 만류했다.

그의 팔이 그녀의 등을 다정하게 끌어안았다. 그의 손이 연신 흘러내리는 눈물을 받아 내고, 입술이 그녀에게 입 맞추었다. 감정의 고조로 빨갛게 달아오른 입술은 인생처럼 쓰고, 눈물이 섞여 짜고, 사랑으로 달았다.

소윤은 하트의 품 안에서 눈물을 흘리며 멀어져 가는 가족들의 얼굴을 보았다. 이젠 정말 희망조차 꿈꿀 수가 없는 거였다.

그녀는 자신이 무엇을 하는지도 모르고 두서없이 이런저런 말들을 중얼거렸다. 그녀의 호흡 하나, 눈물이 떨어지는 소리 하나에도 전부 귀를 기울이고 있던 하트는 심장 한구석이 차가워지는 것을 느꼈다.

그녀가 언제나 바라보던 곳은, 그가 닿을 수조차 없는 곳이었다. 그는 저도 모르게 팔에 힘을 주었다.

한참을 울던 소윤은 까무룩 잠이 들고 말았다. 그녀의 눈은 빨갛게 달아올라 있었다. 찬물에 적신 손수건을 짓무른 눈매에 대 준 그는 스마트폰을 들고 테라스로 나가 문을 닫았다. 그는 투명한 유리 너머로 보이는 소윤의 모습에서 눈을 떼지 않은 채 매드해터에게 전화를 걸었다.

잠시 후 짧은 답변이 들려왔다.

"넌 알고 있었지?"

—무엇을 말입니까?

"흰둥이의 고향."

이내 전화 너머에서 한숨이 들려왔다. 하트는 그 안에 깃든 아쉬워하는 심경을 고스란히 읽어 냈다.

"이러면 곤란하지. 협조하기로 한 거 아니었어?"

—피차 마찬가지 아닙니까. 시시한 소리는 그만 두고 용건이나 말해요.

"흰둥이가 그곳으로 넘어갈 방도는?"

—기적이라도 일어나면 모를까, 없습니다.

매드해터는 딱 잘라 말했다. 원하는 대답을 들은 하트는 전화를 끊고 안으로 들어갔다.

그녀의 눈물로 흠뻑 젖은 셔츠가 바람에 부대껴 차갑게 식었다. 셔츠를 벗은 하트는 흰 실크 위에 만들어진 잿빛 웅덩이를 응시했다. 이곳에는 그녀의 애정과 미련과 희망과 욕심이 모두 고여 있었다. 그는 그것을 전부 태워 버릴 생각이었다.

하트가 침대로 돌아갔을 때, 소윤은 몸을 잔뜩 웅크린 채 끙끙거리고 있었다.

침대 속으로 들어간 그는 그녀의 옆으로 바싹 붙었다. 뜨끈한 체온을 느낀 그녀가 그를 향해 돌아누웠다. 저절로 폭 안겨 든 그녀를 꽉 붙든 하트는 소윤의 구겨진 미간을 손가락으로 슬슬 문질렀다. 그러자 그녀의 숨결이 차츰 편안해졌다.

그렇게 그녀는 까무룩 꿈도 없는 잠 속으로 빠져들었다.

소윤은 채 1시간도 되지 않아 잠에서 깨어났다. 눈을 뜨자마자 보인 것은 하트의 잠든 얼굴이었다.

"……."

그녀는 그를 멍하니 응시하다가 자신도 모르게 손을 뻗었다. 그의 뺨은 매끄럽고 따뜻해서 기분이 좋았다.

그렇게 별생각 없이 그것을 지분거리는 중에 그가 눈을 떴다. 소윤은 그의 눈을 피했다. 그러자 하트는 소윤을 끌어당겨 안으며 웃었다.

"푹 잤어?"

하트는 혀를 내밀어 그녀의 부은 눈가를 슬쩍 핥았다. 얼결에 눈을 질끈 감은 소윤은 이내 그를 밀쳐 내고 침대를 벗어났다.

마스크를 쓰고 칼을 멘 그녀는 문을 향해 걸어갔다. 하트는 그녀의 등에 대고 조용히 말했다.

"사랑해. 알고 있었지?"

문고리를 돌리던 소윤의 손이 멈칫했다.

"……그래."

그녀는 흡사 쥐어짜는 듯한 목소리로 말을 이었다.

"나도 널 사랑하고 있으니까."

쾅! 살짝 열리려던 문이 다시 거세게 닫혔다.

본능적으로 달려든 하트는 눈을 깜빡이며 자신의 팔 아래 있는 그녀의 등을 응시했다. 저가 지금 들은 것이 진실인지 환청인지 알 수가 없었다.

"지금, 뭐라고……."

정신을 반쯤 다른 곳에 둔 듯한 음성이었다. 소윤은 참담하고 어딘지 달콤한 심경을 감추기 위해 눈을 내리깔았다.

"흰둥아."

그것은 부름인 동시에 간원이었다. 그래도 소윤은 그를 돌아보지 않았다. 대신 하트는 그녀의 드러난 목덜미에 입을 맞추었다.

"다녀와."

다시 문을 연 소윤이 뒤를 슬쩍 돌아보았다. 하트는 당장에라도 집어삼킬 듯한 눈으로 그녀를 보고 있었다. 그녀는 얼른 문을 닫았다.

하트의 저택을 성큼성큼 걸어 벗어나면서 소윤은 생각에 잠겼다.

위가현. 죽을 때까지 잊을 수 없을 이름이었다.

걸음을 멈춘 그녀는 눈두덩을 꾹 눌렀다. 그녀가 겪은 모든 괴로움이 그 여자로 인한 것이라 생각하니 분노와 살의가 제어하기 힘들 정도로 거세게 치솟았다. 이러다가는 당장이라도 그 여자를 죽여 버릴 것 같았다.

그건 안 된다. 세상에는 죽음보다 끔찍한 것이 있다는 것을 그 여자도 알아야 했다.

소윤은 자신의 집으로 향했다. 그녀가 집에 들어가자 그새 일어난 도르가 소윤의 허리를 끌어안으며 물었다.

"어디 갔다 왔어?"

"잠시 밖에. 밥은 먹었어?"

"응."

허리에 도르를 단 채 소파에 앉은 소윤은 마치와 리를 보았다. 두 사람은 잔뜩 긴장한 얼굴로 그녀를 마주보았다. 소윤은 리를 찬찬히 살폈다. 아직 앳된, 열 서너 살이나 되었음 직한 얼굴이었다.

"앨리스라고 불러야 할까."

"아, 아뇨. 그 이름은 이제 그 여자의 것이니까요. 리라고 불러 주세요."

"그래, 리. 아까는 미안했다."

소윤은 리의 어깨를 흘금 보았다. 얼결에 그 부분을 잡은 리는 제법 통증을 느꼈다.

십중팔구 멍이 들겠지만, 리는 그에 대해 입도 뻥끗할 수 없었다. 소윤에게서 상대방을 짓누르는 듯한 감각을 느꼈기 때문이었다. 리는 그것이 억누른 분노라는 것을 깨달았다.

"자세한 이야기를 듣고 싶어, 그 여자에 대해."

소윤은 차분하게 말했지만 심장 깊숙한 곳에서 들끓고 있는 충동을 감추지는 못했다. 그것은 선명한 살의였다.

리가 아는 흰 토끼는 앨리스의 절대적인 아군이었다. 그래서 그녀는 흰 토끼의 감정을 이해할 수 없었다.

흰 토끼와 만났던 앨리스에겐 이미 다른 영혼이 들어와 있는 상태였다. 즉, 그녀가 바로 흰 토끼가 아는 앨리스다. 이런 상황에서 고작 영혼이 다른 사람이라는 것만으로 저 정도로 화를 낸다고?

리는 더듬거리며 그녀에게 일어났던 일을 설명했다. 원더랜드의 간판을 올려다보다가 정신을 잃은 것, 아주 나중이 되어서야 다시 깨어난 것, 그때는 이미 그녀의 몸속에 다른 영혼이 들어와 있었다는 것 그리고 그 여자가 보는 원더랜드.

창백한 입술을 일그러뜨린 소윤이 베이비에게 전화를 걸었다.

"나야. 앨리스 리델에 대한 자료를 받았으면 해."

—당장이라도 좋아. ……네가 언제쯤 그걸 달라고 할까 생각했는데.

베이비는 의미심장한 말을 남긴 채 전화를 끊었다.

몰랐던 건 그녀 자신뿐이었던 모양이었다. 실소한 소윤은 리를 물끄러미 응시했다.

이것은 빚이다. 빚은 갚아야 했다.

"원한다면 네가 원하는 정보를 줄 수 있어."

가령, 리델 부부를 죽인 범인이라든가. 그녀가 그렇게 덧붙이자 리는 고개를 저었다.

"……알고 있어요."

실낱같은 음성이었다. 소윤은 리를 내려다보며 생각했다. 부모의 죄를 자식에게 전가해서는 안 되지만, 결국 헨리 리델은 이런 식으로나마 죗값을 치르고 있는 것이 아닐까.

"어디 가?"

소윤이 소파에서 일어나자 도르가 물었다. 그녀는 베이비에게로 간다는 말을 남기고 다시 집을 나섰다. 그리고 얼마 지나지 않아 매드해터와 맞닥뜨렸다.

"요카난?"

소윤의 목소리는 평소보다 아주 조금 낮았다. 그것만으로도 이상을 감지한 매드해터는 그녀의 덥수룩한 앞머리를 쓸어 넘겼다. 그러자 눈물의 흔적이 빨갛게 남은 눈매가 드러났다. 희고 서늘한 손가락이 아직 조금 달아올라 있던 피부를 식혀 주었다.

"누구입니까. 하트?"

그의 성정으로는 상상하기 힘든 열화와 같은 살기가 폭발하듯 주변을 잠식했다. 소윤은 황급히 그의 팔을 잡았다.

"아냐."

그녀는 매드해터가 멋대로 폭주하지 않도록 단단히 붙든 채 입을 열었다.

"앨리스가 이상하다는 걸 알고 있었어?"

"그쪽입니까?"

어쩐지 하트가 소윤의 고향에 대해 물었다 했다.

매드해터는 그녀를 뚫어져라 응시했다. 무언의 추궁이었다. 망설이던 소윤은 아직도 그녀의 눈매를 만지작거리고 있는 손가락을 떼어 냈다.

"어디까지 알고 있어?"

"글쎄요. 당신이 어디까지 숨기고 있는지 모르는 이상 확답은 못하겠습니다만…… 아마도 반 정도는 알고 있지 않을까요."

그의 긴 손가락이 소윤의 거친 손가락을 얽었다. 그녀는 씨실과 날실처럼 얽혀 있는 그것을 물끄러미 바라보았다. 매드해터는 손가락에 힘을 주며 물었다.

"그 여자, 사실은 당신과 같은 세계의 사람이죠?"

그가 천재인 걸까, 아니면 눈치채지 못한 자신이 바보였던 걸까. 본인이 앨리스에 대해 얼마나 맹목적이었는지 새삼 깨달았다.

"거기까지 눈치챘으면서 고작 반 정도라고?"

"네. 가장 중요한 걸 모르겠거든요. 당신과 그 여자가 이 세계에 대한 정보를 어떻게 얻었을까, 라는."

어쩌면 세계의 근간을 뒤흔들 수도 있는 사실을 말입니다. 매드해터는 아주 작은 소리로 그렇게 덧붙였다. 제아무리 매드해터라도 설마 이 세계가 책 속이라고는 생각하지 못한 듯했다.

소윤은 매드해터에게서 시선을 떼어 주변을 둘러보았다. 공기, 빛, 색채 그리고 감각. 모든 것이 생생했다.

과연 이것을 느끼면서 이곳이 책 속이라고 단정할 수 있을까? 그러나 완벽하게 다른 세계라고 하기에는 세상을 이루는 규칙이 한국과 동일했다. 1년 12개월 365일. 하루는 24시간. 겨울로 시작한 새해는 봄을 거쳐 여름과 가을을 지나 다시 겨울로 마무리된다. 대표적인 단위는 미터와 그램이었고, 일상적으로 사용되는 언어는 한국어였다.

마치 동력을 화석연료에서 마력으로 대치하여 발달시킨 듯, 거울을 통해 좌우가 뒤바뀐 풍경을 바라보는 것 같은 이차원.

그녀는 다시 매드해터를 바라보았다. 짙푸른 눈동자는 단 한 번도 그녀에게서 떨어진 적이 없었다. 그 선명함을 보며 그녀는 이곳을 정의했다.

"내 세계에는 원더랜드를 배경으로 한 소설이 있어."

매드해터에게 있어서는 퍼즐의 마지막 조각이 깜짝 상자에서 튀어나왔다는 느낌의 결말이었다. 의외의 사실에 눈을 깜빡인 그는 그러길 잠시, 소윤의 전신을 감싸듯 끌어안았다.

"힘들었겠군요."

하트로 인해 약해진 심장이 다시 한 번 공격받았다. 소윤은 눈을 질끈 감았다.

"그래서, 당신은 나를 소설 속의 등장인물이라고 생각합니까?"

"아니."

서늘한 체온이 전신을 통해 느껴졌다. 쿵, 쿵, 심장 뛰는 소리가 귓가에 들려왔다. 이러한 것을 느끼면서 이곳이 책 속이라고, 종이 위에 인쇄된 이야기 속의 일부라고 생각할 수는 없었다.

그의 질문은 그것으로 끝이었다. 괜찮냐는 그녀의 말에 그는 슬쩍 웃기까지 하면서 대답했다.

"괜찮지 않을 이유가 있습니까? 혹시 당신이 날 소설 속의 등장인물이라고 생각한다면, 그건 별로 유쾌하지 않을 것 같지만 말이죠."

"그럴 리가 없잖아."

이제까지 매드해터는 소윤의 이야기를 통해 지구를 엿봐 왔다. 그래서 그는 그녀가 이 세계에 대한 정보를 갖고 있다는 것을 안 순간, 그녀 세계의 사람들이 고도로 발달한 과학을 통해 이 세계를 들여다보거나 혹은 창조한 것이 아닐까 상상해 왔다.

"어차피 그런 종류의 이야기일 거라고 생각했어요. 내게 중요한 건 이곳이 소설 속인지의 여부가 아닙니다."

그의 손가락에 그녀의 하얀 머리카락이 휘감겼다. 다소 버석버석한 감촉을 즐겁게 음미하면서 그는 말을 이었다.

"당신의 감촉이 이토록 생생하고, 당신이 나를 등장인물로 보지 않는다는데 그것에 더 이상 무슨 의미가 있겠습니까?"

그를 창조한 자가 신이 아닌 일개 인간이라 할지라도, 설령 이것이 누군가의 펜 끝에서 만들어진 세상이라서 마지막 페이지가 넘어가는 순간 세계가 막을 내린다 할지라도, 그는 자신이 종막의 순간까지도 변하지 않을 것임을 알고 있었다. 그렇다면 이곳이 소설이든 아니든 무슨 상관이 있단 말인가.

"게다가 당신이 알던 것과 많이 달라지지 않았습니까?"

매드해터의 목소리는 참으로 의미심장했다. 소윤은 그가 채 끝맺지 못했던 언젠가의 말을 떠올렸다. 나는, 당신을.

그녀의 마음을 읽기라도 한 듯, 그는 그날 이후 혀끝에 올려 둔 채 내내 곱씹어 왔던 말의 마지막 단어를 소리로써 전했다.

"좋아합니다."

그녀를 끌어안은 팔에 힘이 들어갔다. 소윤은 매드해터의 품이 여느 때보다 따뜻하다고 느꼈다.

"사랑하고 있어요."

그가 다시 한 번 속삭였다. 그녀는 고개를 들었다.

애정과 열정으로 뺨을 발그스름하게 붉힌 그는 그녀와 눈이 마주치자 시선을 내리깔았다. 그 모습이 애틋하고 안타깝고 아리따워서, 소윤은 저도 모르게 팔을 뻗어 그를 끌어안았다.

틈도 없이 밀착한 2개의 몸이 서로의 심장박동을 느꼈다. 매드해터는 맞닿은 그녀의 체온을 느끼며 미소 지었다.

"당신도…… 날 좋아하는 거죠?"

그녀는 침묵했다. 그러자 매드해터는 그녀의 머리카락에 뺨을 부비며 중얼거렸다.

"이럴 때는 그냥 그렇다고 하는 겁니다. 하여간 무드 없는 여자 같으니."

참 서글프게 느껴지는 목소리였다. 잠시 망설이던 소윤은 그를 가볍게 밀어냈다. 그러자 안 그래도 하얀 그의 얼굴에서 핏기가 순식간에 빠져나갔다.

"소, 윤……?"

매드해터는 창백해진 입술을 간신히 달싹이며 그녀를 불렀다. 그와 거의 동시에 하얀 머리카락이 그의 코끝을 스치더니, 긴장과 불안으로 차갑게 식은 이마에 거친 입술이 가볍게 와 닿았다.

발꿈치를 들고도 키가 부족하여 매드해터의 어깨를 끌어당기고서야 성공할 수 있었던 소윤은 그의 얼굴을 들여다보았다. 눈만 깜빡이고 있던 그는 잠시 후 붉어진 얼굴로 복잡한 표정을 지었다. 잠시 그렇게 그녀를 보던 매드해터는 이내 아무렇지도 않은 어조로 물었다.

"어딜 가던 중이었습니까? 그 여자를 찾고 있나요?"

"아니. 베이비를 만나러 가던 중이었어."

소윤 역시 평소처럼 대답해 주면서 그의 목덜미를 흘깃거렸다. 자신도 가겠다는 매드해터의 말에 따라 두 사람은 함께 베이비의 저택에 도착했다. 마중 나온 베이비는 두 사람을 번갈아보더니, 소윤이 침묵으로써 한 배려를 단 몇 문장으로 무너뜨려 버렸다.

"얼굴이랑 목이 왜 그렇게 빨개진 거야? 매드해터 성격에 아무 곳에서나 들이댔을 것 같지는 않고…… 고백이라도 했어?"

"그런 건 모르는 척해 주는 게……."

"그 입 다무세요."

매드해터는 소윤의 입을 틀어막았다. 충분히 피할 수 있었음에도 얌전히 붙잡혀 준 소윤을 보며 베이비가 슬쩍 웃었다.

베이비에게서 앨리스에 대한 정보가 빼곡하게 적힌 서류 뭉치를 건네받은 소윤은 그 자리에서 그것을 훑어보았다. 그것에는 앨리스가 이곳에 나타난 이후의 행적이 상세하게 나타나 있었다.

소윤이 알고자 한 것은 앨리스의 목표였다. 그것이 무엇이든 먼저 손에 넣어 앨리스가 보는 앞에서 철저하게 짓밟아 줄 생각이었다. 그러나 정보를 통해 판단한 앨리스의 목적은 어처구니가 없었다.

이런 위험한 세계에서 단지 사랑받는 것만을 목적으로 움직일 수 있다니. 소윤은 앨리스가 그녀의 짐작보다 더 정신 나간 인간이라는 것을 깨달았다.

소윤은 지친 얼굴로 눈매를 문질렀다. 그러자 그녀의 머리카락을 지분거리던 매드해터가 걱정스럽게 물었다.

"왜 그래요? 많이 피곤합니까?"

"……앨리스가 네게 접근한 목적이 뭐였을 거라고 생각해?"

"글쎄요. 날 유혹할 생각이었던 것 같습니다만…… 그걸로 뭘 할 꿍꿍이였는지까지는 모르겠군요."

주인공으로서 사랑받겠다는 욕심은 앨리스의 목적이자 목표이기는 하였으나, 수단은 아니었다. 애초부터 존재하지 않는 것이므로 매드해터가 모르는 것도 당연했다.

소윤은 앨리스가 가장 손에 넣고 싶어 하는 남자, 매드해터를 물끄러미 바라보았다. 현재의 상황에 복수라는 이름을 붙일 수 있을까. 그러자 놀라울 만큼 격렬한 불쾌감이 느껴졌다. 아름답고 섬세한 예술품에 타인이 오물을 끼얹는 장면을 목격한 기분이었다.

소윤은 자리에서 일어났다. 이것저것 확인하고 신중하게 계획하겠다고 마음먹은 자체가 쓸데없는 거였다.

어차피 이곳은 원더랜드. 갚아 주고 싶은 것이 있다면 같은 방식으로, 몇 배의 고통을 얹어 돌려주면 된다.

하트는 소윤이 그의 저택을 나간 직후, 앨리스에게 몰래 붙인 부하를 통해 그녀의 행적을 면밀하게 보고받기 시작했다.

앨리스는 그에게 지긋지긋한 여자에 지나지 않았지만, 누군가에게는 생명의 은인이었다. 성가신 일이 발생하는 것을 방지하기 위해 하트는 앨리스가 저택에 돌아오면 붙잡도록 지시하는 동시에 피터를 감금했다.

영문도 모르고 지하 감옥에 감금된 피터는 오가는 사람들의 대화를 통해 하트의 진짜 타깃이 자신이 아닌 앨리스라는 것을 깨달았다.

앨리스. 그녀는 그에게 세상없이 고결하고 아름다운 단 한 송이의 꽃이었다. 그 꽃이 무참히 지는 것을 보고 싶지 않았던 그는 언제부터인가 갈팡질팡하던 마음을 굳혔다.

몇 시간 후, 탈출에 성공한 그는 저택으로 가기 위해 반드시 거쳐야 하는 길목에 몸을 숨겼다.

마침 앨리스는 여느 때와 마찬가지로 사람들을 치유한 후 저택으로 돌아가던 중이었다. 멀찍이서 그녀를 발견한 피터는 그녀의 곁에 딱 붙어선 제레미를 발견하고는 품속에 손을 넣었다. 급하게 챙겨 가지고 온 나이프가 손가락에 닿았다.

잠시 후, 무겁고 가벼운 2개의 발자국 소리가 가까워졌다. 이내 앨리스가 즐겨 사용하는 은방울꽃 향수 냄새가 그가 숨은 응달까지 번져 그의 영혼을 달콤하게 빨아들였다. 슬쩍 고개를 내밀자 명주실처럼 고운 금발과 진주처럼 섬세한 피부가 오후의 햇살 아래에서 순결하게 반짝이고 있는 모습이 보였다.

피터는 나이프를 빼 들었다. 그리고 생전 처음으로 누군가를 지키기 위해 손을 더럽힌다는 감정에 도취된 채, 제레미의 목에 그것을 꽂아 넣고는 힘껏 그어 내렸다.

"꺄아악! 제레미! 피, 피터?"

"저택으로 돌아가면 안 돼, 앨리스! 하트가 널 죽이려 하고 있어!"

"네? 그게 무슨……?"

제레미의 피를 전신에 뒤집어쓴 피터는 눈마저 희번덕거리고 있어 마치 미친 사람 같았다. 앨리스는 저도 모르게 한 걸음 물러서고 말았다. 그러자 성큼성큼 다가선 피터가 그녀의 어깨를 꽉 움켜쥐었다.

"잘 들어, 앨리스. 하트는 널 사랑하는 게 아냐. 그가 사랑하는 건 흰 토끼라고!"

그의 말을 듣고 잠시 눈을 깜빡이던 앨리스가 풋 웃었다. 요만큼도 믿어 주지 않는 모습에 답답해진 피터는 그녀의 팔을 무작정 잡고 끌어당겼다.

"일단 숨어서…… 아니, 아웃하우스로 나가자. 만약을 대비해서 아웃하우스에 계좌를 만들어 뒀어. 너랑 나, 둘이서 적어도 몇 달은 버틸 수 있는 돈이야. 그 돈으로 멀리 도망쳐서 우리 둘이서 사는 거야."

"피터?"

"빨리! 시간 없어! 이제 곧 하트가 쫓아올 거야!"

피터는 앨리스의 팔을 힘껏 잡아당겼다. 아프다고 울상을 짓는 그녀는 보이지도 않는 듯했다. 그때서야 조금 겁을 먹은 앨리스는 기를 쓰고 저항하기 시작했다.

"이, 이거 놔요, 피터. 아파요! 좀 놓으라니까!"

"나가자, 응? 나가서 둘이 살자."

"싫어! 놔줘요! 놔, 이 자식아! 너랑 안 간다고!"

앨리스는 황급히 주변을 둘러보며 도움을 청하고자 했다. 그러나 몇 분 전까지만 해도 제법 존재하던 행인들의 대부분이 사라져 있었다. 앨리스는 골목 안쪽에 서 있는, 일행으로 보이는 두 남자 중 한 남자와 눈이 마주치자 다급하게 외쳤다.

"도와줘요! 이 사람이 날 끌고 가려고 해요!"

그러자 남자가 싱긋 웃었다. 그녀의 기억 어딘가를 자극하는 웃음이었다.

오싹해진 그녀는 붙들린 팔을 흔들고 피터를 때리며 저항했다. 그러나 평생을 싸움으로 단련된 장정의 손아귀에서 도망치기에는 역부족이었다. 이대로 끌려가느냐 마느냐의 상황에서 그녀는 다시 한 번 골목 안쪽을 보았다. 남자가 일행을 데리고 골목에서 걸어 나오고 있었다. 그녀는 반색을 했다.

"여기! 도와주세요! 사례는 반드시 할게요!"

경황이 없던 그녀는 몰랐지만 남자의 일행은 피투성이였으며, 무엇보다도 두 사람은 일행이 아니었다. 앨리스는 그것을 남자가 그늘진 골목에서 나온 후에야 깨달을 수 있었다.

남자는 왼쪽 눈과 광대뼈를 붕대로 가리고 있었다. 햇살 아래 드러난 붕대는 해골처럼 희었다. 그는 온몸에 피를 묻히고 있었고, 팔로는 축 늘어진 피투성이의 남자를 지탱하고 있었다. 피투성이 남자는 피터와 마찬가지로 정장 차림이었는데, 그의 가슴에는 나이프가 꽂혀 있었다.

원더랜드에서 정장을 애용하는 사람은 얼마 되지 않았고, 그들 중 대부분은…… 하트와 그의 부하들이었다. 앨리스는 등골이 서늘해지는 것을 느꼈다.

덥수룩하게 헝클어진 금발을 피 묻은 손으로 쓸어 넘긴 남자가 입을 열었다.

"피터."

그러자 앨리스의 간원과 저항에도 불구하고 꿋꿋하게 걸어가던 피터가 걸음을 멈추었다.

"체스터."

피터가 남자의 이름을 부르는 순간, 앨리스는 무엇인가가 크게 잘못되었다는 것을 깨달았다.

Welcome to Wonderland

9. 예소윤

9. 예소윤

"체스터."

걸음을 멈춘 피터가 남루한 옷차림의 남자를 불렀다. 반가움이 확연히 드러나는 목소리였다. 남자, 체스터는 붙들고 있던 시체를 피터 앞에 내동댕이치더니 한쪽 입매를 비뚜름하게 끌어 올리며 웃었다.

"내가 이럴 줄 알았지. 피터 넌 늘 어디 한 군데가 허술해."

오후의 태양 아래에 피투성이 시체가 드러났다. 눈을 까뒤집은 그는 피터도 아는 사람이었다. 피터의 얼굴이 석상처럼 굳었다.

"난 이미 감시당하고 있었던 건가."

"아니."

피터의 말을 단호하게 부정한 체스터가 앨리스를 보았다. 며칠은 감지 않은 듯 지저분한 금발 아래로 붕대에 가려지지 않은 회색 외눈이 면도날처럼 빛났다. 앨리스는 그를 보며 언젠가 만났던 듯한 느낌을 받았다.

"감시당하고 있던 건 네가 아니라 저 아가씨야."

“네?”

그녀의 머릿속에서 안개처럼 희미하게 떠오르려던 기억을 체스터의 말이 날려 버렸다.

체스터는 품 안에서 폴더형의 핸드폰을 꺼냈다. 키패드를 이리저리 누른 그는 앨리스에게 핸드폰을 들이밀었다. 피와 때로 더러워진 그의 손가락을 본 앨리스가 그를 피했으나 체스터는 아랑곳하지 않았다.

잠깐의 공백 후 여러 개의 음성 파일이 차례대로 재생되었다.

—현재 위치는 센트럴입니다. 큰 이상은 없습니다.

—여자를 치유하고 있습니다. 다리를 다친 여자입니다.

—현재 센트럴에서 저택 쪽으로 이동하기 시작했습니다.

—남자를 치유하고 있습니다. 병자입니다. 소문을 듣고 접근한 것으로 보입니다.

—다시 움직이기 시작했습니다. 오늘은 이만 귀가할 것 같습니다.

—별 이상이 없다면 20분쯤 후, 저택에 도착할 예정입니다.

—알겠습니다. 만약 귀가 도중이라도 앨리스에게서 이상한 낌새가 보인다면 지체 없이 생포하겠습니다.

음성 파일은 그것으로 끝이었다. 잠시 망연자실해 있던 앨리스는 이내 정신을 차리고 체스터를 노려보았다. 그러나 그는 어깨를 으쓱할 뿐이었다.

“믿고 싶지 않은 마음은 알겠는데 말이야, 이대로 가다가는 네가 잡혀서 죽게 될지도 모른다고? 나야 그래도 상관없지만……. 정 못 믿겠다면 하트에게 전화라도 해 보든가.”

눈치를 보던 앨리스가 클러치에서 스마트폰을 꺼냈다. 안절부절못하고 주변을 살피고 있던 피터가 그녀를 말렸다. 그러자 체스터가 피터를 잡아끌었다.

“말리지 마, 피터. 저 아가씨도 현실을 알아야지.”

피터는 스마트폰의 홈 버튼을 누르는 앨리스에게서 눈을 떼지 않았다. 앨리스는 간청하는 빛이 역력한 얼굴의 그를 무시하고 액정을 쓸어 잠금을 풀었다.

그때, 낮은 신음 소리가 남자들 쪽에서 들렸다. 반사적으로 고개를 든 그녀는 피터의 명치에 나이프를 꽂아 넣은 체스터와 눈이 마주쳤다. 체스터는 빙글빙글 웃고 있었다.

앨리스는 황급히 몸을 돌려 도망치기 시작했다. 그러나 몇 걸음 가지 못하고 그에게 붙잡히고 말았다.

"놔! 꺄아아악! 사람 살……! 우읍!"

"이제야 제대로 인사를 할 수 있게 되었네. 안녕, 앨리스? 참 오랜만이지, 우리?"

입이 막힌 앨리스는 덜덜 떨며 체스터를 올려다보았다.

그는 콧소리를 내더니 그녀의 입을 막지 않은 손으로 머리카락을 쓸어 넘겼다. 그의 손에 흥건하게 묻어 있는 피터의 피가 덥수룩한 금발을 말끔하게 고정시켰다. 단정한 이목구비와 차가운 회색 눈동자를 드러낸 그는 노숙자 같던 이미지에서 탈피했다.

"이래도 모르겠어? 아니면 안경이라도 껴야 하나?"

이마 너머로 넘긴, 피가 묻고 때가 끼기는 했지만 본연의 반짝임만은 감출 수 없는 옅은 금발, 회색 눈 그리고 안경. 앨리스는 그것들의 조합이 상징하는 인물을 떠올리고는 눈을 휘둥그레 떴다.

"서, 설마…… 체셔……?"

"정답."

앨리스는 졸도할 것 같은 기분으로 그 자리에 주저앉았다. 그러자 그녀를 향해 허리를 굽힌 체셔가 빙긋 웃었다.

"괜찮아, 앨리스. 난 널 해치려고 하는 게 아니니까. 오히려 난 너와 공통의 적을 가지고 있다고?"

"왜, 왜 지금……."

『원더랜드』의 후반부에서 체셔는 앨리스를 납치하여 원더랜드 입구의 간판에 그녀를 묶어 놓는다. 그 시기까지는 아직 제법 시간이 있었고, 납치 방법도 이런 식은 아니었다. 게다가 언제나 정장 차림으로 묘사되었던 그의 이런 꼴이라니, 원작 어디에도 이런 내용은 없었다.

앨리스의 두서없는 중얼거림을 듣던 체셔는 그녀의 손에서 스마트폰을 빼앗아 들었다. 그녀가 손에 꽉 쥐고 있었던 터라 그것은 잠금이 풀려 있는 상태였다. 그것을 몇 번 건드리던 그는 머리가 좋은 사람답게 금세 사용법을 익혔다. 앨리스를 흘금 본 그는 지저분한 손수건으로 그녀의 입을 틀어막은 후 피로 얼룩진 나이프를 들이밀며 말했다.

"조용히만 있어. 그럼 털끝 하나 다치지 않을 테니까 말이야."

전화기가 그려진 아이콘을 터치한 그는 하트에게 전화를 걸었다. 잠시 후, 매끄러운 목소리가 그녀의 이름을 불렀다.

—앨리스?

"안녕하신가, 하트 나리?"

—……누구지?

"글쎄, 말해도 모를 텐데."

앨리스는 목 앞에 들이밀어진 나이프를 내려다보았다. 손은 자유로우므로, 체셔가 조금의 틈만 보이면 입을 막고 있는 손수건을 빼내고 소리를 질러 도움을 요청할 수 있을 것이다.

하지만 그래서 뭘 어쩔 수 있을까? 체셔는 바로 앞에 있었고 하트는 저 먼 저택에 있었다. 그녀가 공포에 질려 떠는 사이, 체셔는 돈이 필요하여 그녀를 납치한 인물을 열연하고 있었다.

"10억 캐럴이야, 10억 캐럴. 알겠어?"

—앨리스의 목소리를 확인하고 싶은데.

"지금 아가씨는 약 먹고 기절 중이라서 말이야. 흐음, 손가락 한두

개 정도 자르면 아파서라도 일어나지 않을까?"

—……약속 장소와 시간을 말해.

"1시간 후인 4시 23분에 원더랜드 입구에서 보자고. 10분 늦을 때마다 아가씨 몸에서 뭔가가 하나씩 잘려 나가게 된다는 걸 명심해."

체셔의 목소리에는 살기가 실려 있었다. 그것을 코앞에서 듣게 된 앨리스는 절망에 잠겼다. 하트, 구해 줘요. 그때 하트의 냉정한 음성이 들려왔다.

—살아만 있으면 충분하다.

얼핏 연인에 대한 포용적인 사랑의 속삭임과도 비슷한 그의 말에는 앨리스의 안위에 대한 걱정이라고는 요만큼도 담겨 있지 않았다. 그 무감정함이 그녀에게 현실을 일깨웠다. 그녀는 멍하니 체셔를 올려다보았다. 전화를 끊은 그가 말했다.

"이제 좀 알겠어?"

입안에 틀어박혔던 손수건이 빠져나갔다. 그러나 그녀는 아무 말도 할 수가 없었다. 체셔는 그런 그녀를 우악스럽게 붙잡고 어디론가 향했다.

슬럼 근처의 낡은 집에 도착한 그는 앨리스를 안으로 밀어 넣었다. 그때서야 겨우 정신을 차린 그녀는 슬금슬금 뒷걸음질 쳤다. 그러자 하나뿐인 의자를 차지하고 앉은 체셔가 물었다.

"너 정체가 뭐지? 진짜 앨리스 리델과 영혼을 바꾼, 뭐 그런 건가?"

너무도 일상적인 말투라 그의 말이 의미하는 바를 정확히 알아차리지 못했던 앨리스는 몇 초 후에야 새파랗게 질린 얼굴로 그를 보았다.

"다 들었거든. 너와 리, 아니 진짜 앨리스라고 해야 할까. 그렇게 너희 둘이 싸우는 소리를."

체셔는 앨리스의 손등을 가리켰다. 그곳과 손목에는 그녀가 리의 목을 조르던 당시에 몇 번이고 할퀴어졌던 흔적이 남아 있었다. 앨리스는 황급히 손을 등 뒤로 감추었다. 체셔는 그와 눈도 마주치지 못하는 그녀를 향해 웃었다.

"걱정하지 마. 난 네 정체가 뭐든 아무래도 상관없으니까. 약간의 협조만 해 주면 돼. 이건 네게도 아주 좋은 일이라고? 널 기만한 하트와 장의사에게 보복할 수 있는 기회니까 말이야."

"장의사? 흰 토끼……를 말하는 건가요?"

앨리스는 피터가 그녀를 붙잡고 했던 말을 떠올렸다. 하트가 사랑하는 것은 그녀가 아니라 흰 토끼라고 했다.

"그래, 흰 토끼. 그 계집애가 바로 하트의 진짜 정부지."

"흐, 흰 토끼는 남자잖아요? 게다가 그도 하트도 날 좋아하고 있고……."

"흰 토끼가 남자? 무슨 착각을 하는지 모르겠지만 그건 여자야. 게다가 그 여자는 하트뿐만이 아니라 매드해터나 트윈스와도 관계가 있지."

흰 토끼가 여자? 원작에서 흰 토끼는 분명 남자였다. 게다가 하트에 매드해터, 트윈스라니? 앨리스는 머릿속이 텅 비는 것 같았다.

혀를 찬 체셔는 소윤에 대해 설명해 주었다. 4년 전에 벌어졌던 코커스 레이스와 크로켓 게임, 소윤이 방문하면 타인의 접근을 불허하는 하트, 그의 부하들을 중심으로 조용히 퍼져 나간 두 사람의 관계에 대한 소문, 체셔의 허위 의뢰에 대한 하트와 매드해터의 행동 그리고 트윈스의 발언까지.

"넌 이용당한 거다. 네 치유력은 아주 귀한 능력이니까, 하트가 직접 미인계라도 사용해 널 잡아 두고 싶었던 거겠지."

"뭐……죠, 그 여자는."

"원래 연구소에 있다가 탈출했다더군. 그 연구소가 앨리스 리델의 아버지인 헨리 리델이 근무하던 곳이라던 건 네게는 별 상관없는 내용일 테고……. 아, 그렇지. 백 몇 번째 차원 이동자였다고 했던가?"

앨리스의 눈이 천천히 커졌다.

진짜 이레귤러는, 그녀에게 주어졌어야 할 것들을 빼앗은 사람은, 리가 아니라 따로 있었던 것이다. 그녀는 빠르게 지금의 상황을 이해했다.

그런 주제에 이제까지 자신을 속여 왔다니. 아무것도 모르고 속아 넘어간 자신을 보며 얼마나 비웃었을까. 그녀는 주먹을 꽉 움켜쥐었다.

맑은 파란 눈동자에 가득 담긴 분노와 미움을 관찰하던 체셔가 웃었다.

"그래서 말인데……."

"살아만 있으면 충분하다."

그렇게 납치범과의 통화를 끝낸 하트는 앨리스에게 붙여 놓았던 두 부하, 제레미와 다비드의 행방을 찾도록 지시하는 동시에 캐비닛 안에서 검은 원반을 꺼냈다.

매드해터는 앨리스의 스마트폰을 만들 때 위치 추적 기능을 넣은 후, 그것을 위한 장치를 하트에게도 하나 전달했다. 하트가 그 장치를 작동시키자 원반 위에 커다란 지도가 나타나더니 이내 빨간색의 작은 점이 표시되었다.

그는 그것을 손가락으로 조정하여 지도에 표시된 지역을 원더랜드로 한정했다. 빨간 점은 슬럼 쪽을 향해 이동하고 있었다.

"제레미도 다비드도 연락이 되지 않습니다."

"찾아. 이 부근에 있을 거다. ……피터는?"

지도를 가리키며 말한 하트는 감옥에서 탈출한 부하의 이름을 언급했다. 대답 대신 죄송하다는 사죄가 되돌아왔다.

그러나 피터의 행방은 의외로 금세 밝혀졌다. 그가 저택에서 얼마 떨어지지 않은 곳에서 다른 두 남자들과 함께 시체로 발견되었기 때문이다. 그들의 사인에 대한 분석 결과가 금세 하트에게 대령되었다.

"제레미는 피터에게, 그리고 다비드와 피터는 동일 인물에게 당한 것으로 예상됩니다. 그 인물은 잠복해 있던 다비드를 죽인 후, 앨리스와 함께 있는 피터에게 접근해 그를 죽인 것으로 보입니다만…… 한 가지 이상한 점이 있습니다. 피터에게서 그자와 싸운 흔적이 보이지 않습니다."

"서로 아는 사이였을 가능성이 크군. 그자가 바로 납치범일 테고 말이야."

이 원더랜드에서 하트에게 그렇게 당당한 말투로 협박을 할 수 있는 자가 과연 존재할까. 후환이 두려워서라도 그렇게는 못 할 터였다. 그러므로 하트는 납치범이 한 말을 전부 믿지 않았다. 게다가 앨리스의 위치가 몇 분 전부터 변하지 않고 있었다. 만약 납치범이 지정한 시각에 약속 장소에 나갈 생각이라면 슬슬 움직였을 것이다.

"애들 추려서 열 명은 입구 쪽으로, 열 명은 이곳으로 보내."

그러나 앨리스의 위치로 추정되었던 장소에서 발견된 것은 하늘색 스마트폰뿐이었다. 하트는 즉시 베이비에게 전화를 걸어 앨리스의 현 위치에 대한 정보를 요구했다.

앨리스는 거울을 들여다보았다. 그 안에는 낡은 회색 원피스를 입고 갈색 가발을 쓴 그녀가 비치고 있었다. 그녀는 어깨 앞으로 흘러내린 뻣뻣한 머리카락을 신경질적으로 넘겼다.

"꼭 이렇게까지 해야 하나요?"

"남의 눈에 띄지 않으려면 어쩔 수 없어. 1시간 정도만 참으라고.

아, 참. 그 핸드폰 이리 줘."

"이, 이건……."

"내가 말했지? 네 물건은 전부 이곳에 두고 가야 한다고. 만약 나라면 다른 물건보다도 바로 그 핸드폰으로 위치 추적을 할 수 있게 했을 거야."

체셔는 망설이는 앨리스의 손에서 스마트폰을 빼앗아 의자 위에 내려놓았다. 어차피 콘텐츠가 적고 개발된 앱도 거의 없어 그녀가 아는 스마트폰으로서의 역할을 거의 하지 못하는 물건이었다. 아쉬운 점이 있다면 단 하나, 저것이 특별 주문품이라는 것이었다.

잠시 그것을 아까운 듯 보던 그녀는 스마트폰에 대한 욕심을 애써 접었다.

이내 두 사람은 거리로 나섰다. 체셔는 앨리스를 데리고 어딘가로 향했다. 그가 가는 길은 가끔 한두 사람을 마주치는 것만 아니라면 인적이 매우 드문 뒷골목이었다. 때때로 고개를 드는 두려움은 그녀를 속인 자들에 대한 분노에 휘말려 금세 가라앉아 버렸다.

하트 그리고 흰 토끼. 특히 그녀는 후자에 대해 이를 갈고 있었다. 그 허연 머리카락을 반드시 쥐어뜯어 놓겠어. 체셔의 계획이 이루어진다면 그럴 만한 기회가 주어질 것이다.

이윽고 두 사람은 낡은 건물 앞에 다다랐다. 주변을 살펴 아무도 없는 것을 확인한 체셔가 그녀에게 말했다.

"잊지 마. 넌 이 계획의 성공을 위해 없어서는 안 될 존재라는 걸 말이야."

체셔가 그곳에서 멀어진 후, 심호흡을 한 앨리스는 건물 안으로 들어갔다. 건물 안에는 아무도 없었다. 그녀는 체셔가 준 폴더식 핸드폰으로 어딘가에 전화를 걸었다.

몇 시간 후, 한 무리의 사람들이 그곳에 도착했다. 그들 중 몇몇은 낡고 더러운 건물이 탐탁지 않은 듯, 연신 주변을 둘러보며 투덜거리고 있다가 앨리스를 발견하고는 입을 다물었다. 앨리스는 그들의 눈에 역력한 경멸을 읽고는 조금 당황했다.

잠시 후, 그 무리에서 젊은 축에 드는 한 남자가 나와 그녀에게 다가왔다.

"아까 전화한 사람이 너야?"

"아, 네. 체스터의 부하인 사라라고 합니다."

앨리스가 가명을 대자 남자는 그녀를 위아래로 훑어보았다.

"네가 그 녀석을 불러낼 수 있다고?"

대단히 무례한 시선이었다. 기분이 상한 그녀는 대답 대신 핸드폰을 꺼내 전화를 걸었다.

현재 흰 토끼는 앨리스가 그녀에 대해 알고 있다는 것을 알지 못한다. 흰 토끼가 알 만한 것은 고작해야 앨리스가 납치당했다는 사실 정도일 것이다. 그렇다면 소윤은 앨리스를 무사히 속이기 위해서라도 평소대로 움직일 가능성이 컸다.

핸드폰의 폴더를 연 앨리스는 소윤의 번호를 꾹꾹 눌렀다.

앨리스의 어이없는 꿍꿍이속을 알게 된 소윤은 베이비의 저택에서 나왔다. 그녀가 저택의 대문을 막 통과하는 순간, 스마트폰에서 기본 벨 소리가 울렸다. 하트였다.

"앨리스가 납치?"

—다소 미심쩍은 구석이 있지만, 일단은.

전화를 끊은 소윤은 잠시 가만히 서 있다가 다시 걸음을 옮겼다. 곁에 있던 매드해터가 물었다.

"어쩔 생각입니까?"

"찾을 거야."

"비효율적입니다."

소윤 역시 알고 있었지만 도무지 가만히 있을 수가 없었다. 매드해터는 한숨을 쉬었다.

"나도 방도를 찾아보죠."

"……고마워."

매드해터와 헤어진 소윤은 원더랜드 구석구석을 뒤지기 시작했다. 얼마 후, 그녀의 스마트폰으로 낯선 번호가 전화를 걸어왔다.

드문 일은 아니었지만 의뢰에 정신을 팔 겨를이 없었던 그녀는 그 전화를 무시하기로 마음먹었다. 그러나 상대방은 참으로 끈질겼다. 결국 소윤은 몇 초 간격으로 다시 걸려 온 세 번째 전화를 받고 말았다.

"여보세요."

—희, 흰 토끼? 난데…….

소녀답고 고운 음성. 앨리스였다. 소윤은 끓어오르는 살기를 차분하게 억눌렀다. 아직 앨리스는 소윤이 누구인지, 앨리스에 대해 어떤 마음을 갖고 있는지 알지 못한다. 자칫 잘못하여 도망가게 만들면 안 되었다.

"어디야? 납치당했다면서."

—으응. 납치범 머리를 때려서 기절시키고 도망쳤어. 지금 그 사람 핸드폰으로 거는 건데, 여기가 어딘지 모르겠어. 나 좀 데리러 와 줘.

"근처에 눈에 띄는 물건 없어? 건물 특징이라거나."

—잘은 모르겠고…… 아! 벽 색깔이 녹색인 건물이야! 그리고 오다가 아래쪽이 노란색으로 칠해진 기둥을 봤어. 제법 낡은 건물이고 1층이 굉장히 넓어.

앨리스가 말한 조건을 충족하는 장소는 몇 되지 않았다. 소윤은 그곳을 향해 걸음을 옮겼다.

같은 시각, 전화를 끊은 앨리스는 그녀의 앞에 포진해 있는 무리를 응시했다.

"곧 올 거예요."

그녀는 핸드폰을 꼭 끌어안은 채 그들과의 거리를 벌렸다. 그들의 시선이 마치 물건을 보듯 무감정해서 소름이 끼쳤기 때문이었다.

앨리스가 구석에 처박힌 사이, 무리 중 일부가 부산스럽게 움직였다. 이곳저곳에 기묘한 물건을 놓고 이상한 색깔의 액체를 사용하여 바닥에 무엇인가를 그렸다. 일사불란하게 움직인 그들은 고작 10분 만에 의도한 모든 작업을 끝냈다.

그리고 다시 15분쯤 흘렀을 때, 소윤이 그곳에 발을 디뎠다. 앨리스는 체셔가 짜 준 계획대로 1층 구석에 웅크린 채 숨어 있었다. 익숙한 그녀의 기척을 느낀 소윤은 망설임 없이 걸음을 옮겼다.

"앨리스, 그곳에 있……!"

이변은 소윤이 1층 한가운데에 발을 딛는 순간 시작되었다. 바닥에서부터 솟아난 눈부신 빛이 하나의 아름다운 문양을 그렸다. 그와 동시에 지독한 어지러움을 느낀 소윤이 황급히 뒷걸음질을 쳤지만, 때는 이미 늦었다.

"큭……!"

소윤의 어깨에 찍힌 낙인과 공명한 마법진이 그녀의 몸을 끌어당겼다. 먼지 속에 처박힌 그녀는 신음을 삼키며 바닥에 손을 짚었다.

자석에 빨려들듯 몸과 정신 모두를 강력하게 잡아당기는 마법진에 저항하여 간신히 상체를 일으킨 그녀는 갑작스럽게 늘어난 기척을 느꼈다. 누군가가 마법진을 설치한 후, 은신 마법을 사용하여 이곳에 숨어 있었던 것이다.

목적은 단 하나, 그녀를 붙잡기 위해. 이런 짓을 할 만한 곳은 단 한 군데뿐이었다.

"과연 굉장한데요. 이 마법진에 저만큼이나 저항하다니."

젊은 연구원이 소윤의 팔을 흘금 바라보며 그렇게 말했다. 힘이 잔뜩 들어간 가느다란 팔이 마법진에 저항하느라 부들부들 떨리고 있었다. 게다가 지독한 수면욕이 그녀의 정신을 잠식해 들어갔다.

잠들면 안 돼. 그녀는 바닥을 힘껏 긁었다. 손끝이 거친 바닥에 쓸리며 핏자국이 길게 이어졌다. 그 고통으로 조금 정신을 차린 소윤은 다소 떨어진 곳에 서서 그녀를 내려다보는 인영을 응시했다. 헝클어진 가발과 낡은 원피스로도 그 미모를 숨길 수 없는 소녀, 앨리스가 그곳에 있었다.

"멍청한 것."

소윤이 그렇게 중얼거리자 앨리스의 눈동자가 분노로 번뜩였다.

"이게 지금 누구더러……!"

"너희, 나 이외에도 찾는 여자가 있지 않아?"

소윤은 앨리스를 무시한 채 제법 큰 소리로 말했다. 이 마법진이 평범한 사람에게는 아무 영향을 끼치지 않는다는 것을 익히 들어 알고 있던 앨리스는 마법진 안에 성큼 발을 디뎠다.

소윤의 머리를 짓밟기 위해 다리를 움직이던 앨리스는 흐트러진 앞머리 사이로 드러난 갈색 눈동자를 마주하고는 묘한 기시감을 느꼈다.

"시간을 끌려는 수작이다. 무시하고 마법진에 마력을 더……."

"앨리스 리델."

연구원 중 책임자로 보이는 중년의 남자가 명령을 내리다 말고 입을 다물었다. 소윤이 내뱉은 이름에는 그만큼의 가치가 있었다.

배신자 헨리 리델의 딸, 이제껏 존재한 적 없는 능력의 소유자 앨리스 리델. 그녀를 손에 넣기 위해 정부와 상류사회, 연구소 사이에 얼마나 치열한 경쟁이 벌어졌던가.

소윤은 앨리스를 똑바로 응시하며 말을 이었다.

"이 여자가 바로 그 앨리스 리델이야. 너희가 그토록 찾던 치유 능력자. 변장한다고 가발을 쓴 모양인데, 그 정도로 내 눈은 못 속이지."

원작의 앨리스 리델이 원더랜드로 도망친 이유를 그제야 떠올린 앨리스는 출구를 향해 달리기 시작했다. 그러나 그녀는 채 몇 걸음도 떼지 못하고 연구원들의 손에 붙잡히고 말았다.

"놔! 이것 놔! 아냐, 아니라고! 난 앨리스 리델이 아냐!"

볼품없는 가발이 우악스러운 손길에 붙들려 순식간에 벗겨졌다. 그러자 핀으로 단단히 고정되어 있음에도 불구하고 아름답게 빛나는 금발이 드러났다. 핀마저 빼자 전 연구원들에게 배포된 앨리스 리델의 사진과 동일한 모습이 드러났다.

소윤이 결정타를 날렸다.

"게다가 몸속에는 다른 영혼까지 들어 있다고. 너희가 희귀 케이스라고 했던 빙의 말이야."

발버둥을 치던 앨리스의 몸이 삽시간에 굳어 버렸다.

"너, 네가 그걸 어, 어떻게……."

창백하게 질린 그녀가 소윤을 보았다. 그러자 새하얀 속눈썹에 감싸인 눈매가 연인이라도 본 듯 사르르 휘어졌다.

"어디 이번에는 함께 지옥에 떨어져 보자고, 위가현."

진짜 이름이 불리는 순간, 앨리스는 어떠한 기억을 떠올리고 말았다.

피 웅덩이에 몸을 담근 채 그녀를 올려다보던 한 여자의 갈색 눈동자와, 그것이 점점 흐려지던 순간을.

"너…… 서, 설마 예소……."

소윤의 이름을 부르려던 앨리스는 마지막 한 글자를 남겨 두고 정신을 잃었다. 그녀에게 가벼운 기절 마법을 사용한 연구원은 가느다란 손목에 구속구를 채우고 전신을 꽁꽁 묶었다.

소윤은 무겁게 내려앉는 눈꺼풀을 느끼며 이번엔 자신의 차례인가, 하고 생각했다.

그때였다. 졸음으로 반쯤 제 기능을 잃은 귀에 바람을 가르는 소리가 들려왔다. 뒤이어 찢어지는 비명과 함께 짙은 피 냄새가 번졌다. 소윤은 간신히 눈을 떴다.

가장 먼저 보인 것은 바닥을 굳건하게 딛고 선 두 다리였고, 가장 먼저 들린 것은 "시발, 너네 뭐냐? 누구 마음대로 얠 이따위로 굴려?" 라는 말이었다.

그녀는 조금 더 고개를 들었다. 그러자 무너진 벽 사이로 새어 든 희미한 햇살이 어두운 금발 위에 닿아 눈부시게 산란하는 것이 보였다.

트위들 디. 그녀가 입술을 달싹인 순간, 디가 곁눈질을 해 그녀를 보았다. 소윤은 그가 피로 얼룩진 나이프를 단단히 거머쥐는 모습을 보았다.

디는 적으로 간주한 무리들을 살폈다. 편한 옷차림을 한 세 명의 남자들-원래는 네 명이었으나 디가 한 명을 죽이는 바람에 줄어든-과, 검은 슈트로 온몸을 감싼 일곱 명의 남녀로 구성된 무리였다.

그는 양쪽 모두에게서 기분 나쁜 냄새를 맡았다. 정확히 말하자면 전자에게서는 트윈스가 어린 시절에 익히 경험한 바 있는, 그들을 얕보고 경멸하던 자들의 냄새가 났다. 그리고 디는 후자에게서 인간이되 인간이 아닌 듯한 꺼림칙한 냄새를 맡았다.

"야, 새치. 저 새끼들 뭐냐?"

디가 소윤을 향해 그렇게 묻는 순간이었다. 슈트를 입은 남자가 그를 향해 달려들었다. 순식간에 거리를 좁힌 남자는 허리 뒤춤에서 나이프를 뽑아 빠르게 휘둘렀다. 디 역시 나이프로 이에 대항했다.

카캉! 날붙이끼리 부딪치는 소름 끼치는 소리가 낡은 건물 안에 날카롭게 울렸다. 디는 온 힘을 다해 적을 밀어붙였다. 그러나 적은 호리호리한 겉모습과는 달리 무지막지한 힘의 소유자였다. 그리고 디는 이 남자보다 훨씬 마르고 가냘픈 몸을 가지고 있지만 이 남자의 몇 배나 되는 힘을 가진 사람을 익히 알고 있었다.

"존나 잘못 걸린 모양이네."

하필 연구소에서 개조된 실험체들이 상대라니. 디는 입매를 끌어올리며 웃었다. 아픈 것은 싫다. 맞아서 아픈 것은 더더욱 싫다. 그러나 이대로 가만히 있다가는 소윤을 영영 잃게 될 거라는 예감이 디를 자극했다.

거리에서 소윤을 발견했을 때 멀찍이서 미행하길 천만다행이었다. 그 덕분에 지금 이렇게 그녀를 지키겠다고 허세나마 부릴 수 있는 거니까.

남자의 목에 나이프를 꽂아 넣은 디는 두 번째로 덤벼든 여자의 허리를 힘껏 걷어찼다. 그대로 날아간 여자는 벽을 박차고 가볍게 착지했다. 마치 바위를 걷어찬 듯한 감각에, 디는 미간을 잔뜩 찌푸렸다.

디가 하는 양을 지켜보던 연구원이 뒤쪽으로 눈짓을 했다. 그러자 대기 중이던 나머지 다섯 명의 실험체가 동시에 움직이기 시작했다.

여자 하나 때문에 죽을 거라고는 생각도 해 본 적 없는데. 욕설을 섞어 그렇게 중얼거린 디가 슬쩍 뒷걸음질 쳐 소윤에게 다가갔다.

"새치."

디가 작은 소리로 그녀를 불렀다. 그들을 향해 점점 가까워지는 실험체들을 흘금 바라본 그가 말을 이었다.

"내가 시간을 끌 테니까 도망쳐."

소윤은 반쯤 흐려진 눈을 깜빡였다. 그녀를 흘금 내려다본 디가 윽박지르듯 재촉했다.

"뭘 가만히 보고만 있어! 빨리!"

그때였다. 떨리는 팔로 간신히 지탱되고 있던 소윤의 한쪽 어깨가 무거운 소리를 내며 바닥에 처박혔다. 육신을 끌어당기는 힘도, 정신을 빨아들이는 힘도 이전보다 몇 배는 강해져 있었다.

그녀는 멀찍이 서 있는 연구원들을 향해 시선을 던졌다. 관망만 하던 방금 전과는 달리 그들은 땀을 뻘뻘 흘리며 무엇인가를 중얼거리고 있었다.

"새치 너, 못 움직이는 거였냐."

디가 낮게 신음했다. 그와 거의 동시에 소윤의 왼쪽 어깨에서 패치가 찢어지는 소리가 작게 났다. 그러자 더 이상 저항을 허락하지 않는 강력한 마법적 힘이 그녀를 세차게 끌어당겼다. 무너지듯 쓰러진 그녀는 쏟아진 머리카락 사이로 디를 보았다.

아무리 그가 미친놈들이 득시글거리는 원더랜드에서도 특출한 실력의 소유자라 해도 여섯이나 되는 실험체를 동시에 상대하는 것은 무리였다.

가물가물해지는 시야에 피투성이가 되어 가는 디의 모습이 보였다. 이기지 못할 것을 알면서도 고작 시간이나 벌겠다고 나선 그의 왼손에는 붕대가 감겨 있었다. 어제 오후, 덤의 모습으로 쳐들어온 그에게 소윤이 감아 준 것이었다.

소윤의 눈이 닫히기 직전이었다. 털썩, 무거운 것이 쓰러지는 소리가 났다. 비릿한 피 냄새가 그녀의 코끝을 스쳤다. 그 기억을 마지막으로 그녀는 정신을 잃고 말았다.

디가 쓰러지고 소윤이 기절에 가까운 잠에 빠진 후, 연구원들은 마법을 사용하여 두 사람의 상태를 다시 한 번 확인했다. 두 사람이 확실히 행동 불능 상태라는 것을 확실하게 깨달은 그들은 주변을 둘러보며 혀를 찼다. 호위를 겸하여 데리고 온 일곱 실험체 중 셋이 죽고 넷이 중경상을 입은 것은 그렇다 쳐도, 촉망받던 연구원이 사망한 것은 뼈아픈 손실이었다.

"이놈은 대체 왜 이렇게까지 달려든 걸까요?"

만약 실험체를 여섯 명 이하로 데려왔더라면 연구원들 중 추가 희생자가 발생했을지도 모른다. 그것을 상기한 한 연구원이 어깨를 부르르 떨며 말했다.

"이놈도 데려갈까요? 보아하니 마력 비보유자인 것 같은데요."

그때 한 연구원의 핸드폰이 경쾌하게 울렸다. 연구원은 허리춤에 고정시켜 놓았던 팔뚝만 한 핸드폰을 들고 전화를 받았다.

"네. 방금 포획했는데 무슨 일이죠? ……알겠습니다."

전화를 끊은 연구원은 책임자를 향해 돌아섰다. 그의 통화 상대는 체셔였다. 앨리스를 이곳에 보낸 직후 하트의 저택 근처에 잠복한 그는 그곳의 움직임을 감시하고 있었다. 그리고 지금 하트가 움직이기 시작했다고 알렸다. 몰래 원더랜드에 들어와 일을 꾸민 그들에게 하트는 피하고 싶은 상대였다.

그 말을 전해 들은 책임자는 디를 포기했다. 무엇보다도 현재 소지한 구속구가 단 2개뿐이었고, 그들에게 있어 최우선 순위는 소윤과 앨리스였다.

그들이 빠르게 철수한 후, 그곳에는 디만이 남게 되었다. 연구원들로서는 내버려 둬도 알아서 죽을 것 같은 상태라 굳이 숨통을 끊지 않은 것뿐이었지만 디는 태생부터가 원더랜드, 그것도 슬럼 출신이었다.

얼마의 시간이 흐른 후 디는 눈을 떴다. 그를 깨운 것은 다름 아닌 핸드폰 벨 소리였다. 눈을 뜨자마자 피부터 뱉어 낸 그는 전화를 받았다.

"시발, 입구 앞에 차 가져다 놔. 운전수는 너다."

상대방의 용건 따위는 듣지도 않고 명령부터 내린 디는 간신히 자리에서 일어났다. 건물에서 나갈 때까지 쓰러질 듯 비틀거리며 걷던 그는 바깥 공기를 마시는 순간, 몸에 묻어 있는 것은 전부 남의 피라는 듯 멀쩡한 얼굴로 걷기 시작했다. 조금 느린 걸음만이 그의 상태를 보여 주고 있었다.

소윤은 천천히 눈을 떴다. 아니, 어쩌면 처음부터 눈을 감지 않았던 것인지도 모른다. 왜냐하면 그녀의 눈이 닿는 곳이 온통 검었기 때문이었다. 그녀에게 마지막으로 남은 기억은 디의 것이라고 생각되는 피 냄새였다.

결국 정신을 잃고 연구소에 잡혀 온 것일까. 그녀는 기묘한 위화감에 심호흡을 했다. 주변에서는 연구소 특유의 약품 냄새가 나지 않았다. 그렇다면 이곳은 어디일까. 그녀는 자리에서 일어나 걸음을 옮겼다. 무엇을 하든 가만히 앉아 있는 것보다는 나을 것이라는 생각이 들었다.

그렇게 걷던 그녀가 발견한 것은 회색의 반투명한 막과 그 너머에 존재하는 익숙한 사람들이었다. 아주, 아주 오랜만에 보는 그리운 얼굴들. 소윤은 발을 멈추었다가 이내 발걸음을 옮겼다. 막을 향해 다가간 그녀는 조심스럽게 손을 뻗었다. 그러나 그녀의 손은 막에 부딪치고 말았다.

처음부터 닿을 수 있으리라는 기대도 하지 않았다. 그런 꿈 같은 희망을 갖기에는 감내해야 했던 절망이 너무 많았다. 오히려 닿을 수 있었다면 그녀는 그들이 가짜라고 확신했을 것이다.

닿을 수 없는 저들이야말로 진짜 가족들이다. 동시에 그녀는 이것이 가족들을 볼 수 있는 마지막 기회라는 것을 직감했다. 막에 몸을 최대한 가까이 붙인 그녀는 작은 소리로 그들을 불렀다.

"엄마, 아빠, 소하야."

그들은 거실에 앉아 텔레비전을 보고 있었다. 그러나 개그 프로그램을 시청하고 있는 그들의 눈에서는 즐거움이 전혀 느껴지지 않았다. 어머니가 입술을 달싹이자 소하가 리모컨으로 텔레비전을 껐다. 그 후에도 세 사람은 가만히 앉아 있었다.

소윤은 그들의 모습을 조용히 응시했다. 막이 짙어져 까맣게 변하고 결국 모든 것이 주변의 암흑에 용해된 듯 그녀만을 남기고 사라질 때까지 계속. 그녀는 가족들의 모습이 가라진 후에야 그곳에서 시선을 떼었다. 눈앞이 흐려질까 봐 내내 억누르고 있던 눈물이 뺨을 타고 흘러내렸다.

디가 떠나고 몇 시간 후, 하트가 부하들을 이끌고 그곳에 도착했다. 부하들에게 조사를 맡긴 그는 이리저리 휩쓸린 먼지들과 핏자국을 묵묵히 내려다보았다.

"발자국이나 혈흔의 위치, 피의 양 등으로 보면 흰 토끼 본인이 직접 싸운 것은 아닙니다. 베이비에게서 전달받은 정보로 미루어 보았을 때, 십중팔구 트윈스의 흔적입니다. 전체적으로 마력의 흔적이 상당히 뚜렷하게 남아 있는 데다가……."

말을 흐린 부하는 몇 개의 머리핀과 갈색의 가발을 내밀었다. 머리핀 사이에 아무렇게나 낀 몇 가닥의 금발이 그것의 주인과 당시의 상황을 알려 주었다.

마법의 흔적, 억지로 벗겨진 앨리스의 가발, 이곳을 마지막으로 자취를 감춘 소윤. 모든 것이 단 하나를 가리키고 있었다.

그때 건물 입구 쪽이 시끄러워졌다. 뒤이어 "비켜요."라고 말하는 날 선 음성이 들렸다. 평소의 하트였다면 얼굴부터 찡그렸겠지만 지금은 사정이 다르다. 그는 고갯짓으로 매드해터의 입실을 허용했다.

실내에 들어서기 전부터 마법의 흔적을 감지하고 있던 매드해터는 마력이 가장 강하게 남은 장소를 살폈다. 4년 전 소윤의 낙인에서 느꼈던 것과 비슷한 기색이 느껴졌다. 분명 그것과 같은 방식으로 체계화된 마법이었다. 매드해터가 단정을 내렸다.

"그들이로군요."

국가와 밀접하게 연계된 연구소는 원래라면 후환이 두려워서라도 건드려서는 안 되는 곳이었다. 그러나 이곳에 그런 것을 신경 쓰는 사람은 아무도 없었다. 입매에 삐뚜름한 미소를 걸친 하트가 매드해터에게 말했다.

"연구소가 있는 곳까지 단숨에 이동할 수 있겠지?"

"지도나 내놓으시죠."

금세 연구소의 위치를 나타낸 지도가 대령되었다. 그것을 슥 훑어본 매드해터는 반듯한 미간에 주름을 잡은 채 하트를 보았다.

"갈 생각입니까?"

누군가를 데리고 공간 이동을 하기 위해서는 그 사람과 접촉해 있어야 한다. 하트는 대답 대신 매드해터의 어깨에 손을 올렸다. 그의 표정도 그리 좋지만은 않았다. "난 운송 수단이 아닙니다만."이라고 중얼거린 매드해터가 마력을 움직였다. 그리고 그들은 순식간에 자취를 감추었다.

젖은 뺨에 서늘한 공기가 닿았다. 수면 마법에 당해 잠들어 있던 소윤은 그 감촉에 잠에서 깨어났다. 그와 동시에 금속과 약 냄새가 섞인 익숙한 냄새를 맡았다. 주변의 기척을 탐색해 근처에 아무도 없다는 것을 확인한 그녀는 눈을 뜨고 몸을 일으켰다.

4년 전까지만 해도 매일같이 봐 왔던 새하얀 공간이 눈앞에 펼쳐져 있었다. 시선을 내리자 마법진이 그려진 구속구에 단단히 옥죄인 손목이 보였다. 소윤은 힘을 주어 손목을 비틀었다. 이전과는 달리 이번에는 그리 쉽게 부서지지 않았다. 구속구를 부수고 도망친 전적이 있기 때문인지 제법 강한 마법을 걸어 둔 모양이었다.

혀를 찬 그녀는 다시 한 번 손목을 비틀었다. 그러자 구속구에서 빠드득 소리가 났다. 세 번째로 시도한 끝에야 손목은 구속구에서 벗어날 수 있었다.

발목의 구속구마저 부순 그녀는 금속제의 실험대 위에서 내려왔다. 실험대 위에도 마법진이 그려져 있었다. 혀끝으로 잇몸 안쪽을 쓸자 매드해터가 새겨 준 마법진-기절 마법과 마취 마법을 막기 위한-의 감촉이 느껴졌다. 대비해 놓길 잘했다는 생각이 들었다.

언젠가 예상했던 대로 그녀는 실오라기 하나 걸치지 않은 알몸이었다. 심지어 왼쪽 어깨에 붙어 있던 패치마저 사라져 있었다.

낙인과 그것을 가리듯 붙여진 패치. 연구소의 연구원들은 그 의미를 알아차리기에 충분한 수재들이었다. 그녀는 현재의 방치 상태를 그 패치 때문이라고 결론 내렸다. 그녀의 크로스백 안에 예비용 패치까지 들어 있었으니, 지금쯤 연구원들은 기쁨의 비명을 올리며 연구에 몰두하고 있을 것이다.

그들이 자신을 포획한 이유를 모르는 상태에서 진실을 추측해 낸 소윤은 문을 향해 걸어갔다. 두툼한 문은 마법으로 잠겨 있었다. 이와 비슷한 상황이었던 트윈스의 집에서 빠져나온 적이 있기 때문일까. 소윤은 의외로 당황하지 않고 방도를 강구할 수 있었다.

문과 그 주변의 벽을 살핀 그녀는 왔던 길을 되돌아가 실험대를 잡았다. 그것을 질질 끌며 방을 가로지른 그녀는 다시 문 근처의 벽 앞에 서서 그것을 힘껏 휘둘렀다.

쾅! 금속끼리 부딪쳤다고는 생각할 수 없는 소리가 크게 울렸다. 순식간에 벽이 움푹 파였다. 소윤은 다시 한 번 실험대를 휘둘렀다. 벽이 아무리 두껍다 해도 마법으로 잠긴 문보다야 돌파하기 쉬울 것이다.

네 번째로 휘두르자 벽에 균열이 일었다. 그리고 일곱 번째에는 벽이 갈라졌다. 그녀는 그 틈에 실험대 다리를 꽂아 힘을 주었다. 그러자 틈은 사람 하나가 드나들 만큼 넓어졌다. 그녀는 차라리 트윈스의 집에서 빠져나왔던 때가 더 어려웠다고 생각했다.

분명 연구원들은 소윤이 기절 마법과 마취 마법에 대한 대비책을 마련했으리라고는 생각도 못 했을 것이다. 왜냐하면 그들에게 있어 그녀는 생각을 할 수 있고 감정을 느낄 수 있는 인간이 아니라 일개 실험체, 한낱 물건에 불과하기 때문이었다.

그 방을 빠져나오려던 소윤은 기묘한 감각을 느끼고 고개를 돌렸다. 작은 감시 카메라가 벽에 붙어 있었다. 그녀는 손에 들린 것을 집어 던졌다. 그러자 지렛대 대용으로 사용했던 실험대 다리가 날아가 감시 카메라의 렌즈를 산산조각 냈다. 소윤은 반짝이며 흩어져 내리는 부품 부스러기와 유리 조각을 응시했다.

그녀에게 있어 악몽의 시작점이 가현이라면 연구소는 악몽 그 자체였다. 마법과 공권력을 등에 업은 연구소는 일개 이세계인이 저항하기에는 너무 거대했다. 몇 번이고 반복된 도주와 자살 시도가 전부 실패로 돌아가면서 그것을 실감하게 된 소윤은 죽는 것조차 마음대로 할 수 없는 삶을 견디기 위해 그녀가 지니고 누려 온 모든 것을 포기해야만 했다.

인권을 비롯한 모든 권리들, 수치심, 3대 욕구, 희로애락, 그리고—희망. 어느덧 마모된 그것들은 그녀가 자유를 되찾은 이후에도 결코 원래대로 돌아오지 않았다.

코끼리 말뚝 이론이라는 것이 있다. 서커스단에서는 새끼 코끼리를 말뚝에 묶어 놓고 키운다. 새끼 코끼리는 말뚝을 벗어나고자 시도하나 힘이 약해 매번 실패하고 만다. 그렇게 자란 새끼 코끼리는, 훗날 힘이 강해져도 말뚝 주변을 벗어날 생각조차 하지 못하게 된다. 어린 시절 겪은 실패로 인해 자신의 한계선을 정해 버렸기 때문이다. 강의 시간에 그 이론을 들었을 때 소윤은 코끼리가 불쌍하다고만 생각했을 뿐이었다.

그러나, 만약.

소윤은 이를 악물었다. 무엇인가의 계기가 있어 코끼리가 말뚝을 벗어난다면 어떻게 될까? 그 계기는 무엇이 되든 좋다. 천재지변에 휩쓸린 말뚝이 빠져 버린 것이든, 그날따라 말뚝이 작아 보였기 때문이든, 혹은 행인이 그것을 걷어차 반쯤 뽑아 버렸기 때문이든.

말뚝에서 단 한 번만이라도 시선을 돌려 세상을 본다면, 코끼리에게 그 말뚝은 더 이상 한계가 될 수 없다.

소윤의 갈색 눈이 강렬한 살의로 번들거렸다. 그녀는 두 번째 감시 카메라를 노려보다가 주먹을 날렸다.

감시 카메라 따위를 눈으로 삼았다면 보이는 족족 부수면 된다. 벽으로 막는다면 박살 내 버리고, 인간으로 막는다면 도륙해 버린다. 마법을 사용해 공격한다면—. 거기까지 생각한 소윤은 코웃음을 쳤다. 어떻게든 되겠지. 언제 자신이 몸 사리고 살았다고 당하지도 않은 공격 마법을 걱정한다는 말인가.

원래 복잡하고 섬세할수록 힘으로 밀어붙이는 것에 약하다. 소윤은 세 번째 감시 카메라를 박살 내며 그렇게 생각했다.

걷다 보니 복도 끝에 이르게 되었다. 그녀가 모퉁이를 돌 때였다. 천장과 기둥 사이의 사각지대에 설치되어 있던 마법 트랩이 발동했다.

공기 중의 수분이 순식간에 모여 몇 개나 되는 작은 회오리를 만들었다. 소윤이 그것을 눈치챘을 때, 원뿔형의 그것은 첨단을 날카롭게 세운 채 날아들고 있었다. 그녀는 잽싸게 주변의 기둥 뒤로 몸을 숨겼다.

콰광! 물과 금속이 부딪쳤다고는 생각할 수 없는 소리가 연달아 울렸다. 충격을 받은 기둥이 흔들렸으나 그녀는 신경 쓰지 않은 채 청력을 날카롭게 갈았다. 그녀가 확인한 회오리의 숫자는 총 4개. 그리고 지금 막 그 4개째가 기둥에 돌진했다.

비산한 물방울이 주변을 적셨다. 그때 소윤의 귀에 미세한 소리가 들려왔다. 마치 전자 제품이 고장 나기 직전에 내는 소리 같은……. 그렇게 생각한 순간 그녀는 그 자리를 벗어나기 위해 발을 떼었으나 이미 늦었다. 다른 마법 트랩에서 쏘아진 전격이 맹수처럼 그녀를 덮쳤다. 그녀는 이를 꽉 깨물었다.

"됐어!"

그런 그녀의 모습을 지켜보는 눈이 있었다. 감시 카메라를 통해 상황을 확인하던 연구원들은 전격 마법이 소윤을 향하는 것을 보며 환호성을 질렀다.

제아무리 성공작이라 해도 결국 피륙으로 이루어졌을 뿐이다. 잠시 후 저곳에는 시체만 남을 것이다. 무슨 일이 있어도 생포해야 한다는 엄명 따위는, 화면 너머로 소윤의 살기를 마주했던 그들의 머릿속에서 사라진 지 오래였다.

청백색 전격이 화면을 빛으로 채웠다. 흥미진진하게 화면을 들여다보던 연구원들은 일순 눈을 질끈 감았다.

그들이 눈을 떴을 때 화면에는 유백색 연기만이 떠돌고 있었다. 그들은 연기가 사라지기를 이제나 저제나 기다렸다. 그러던 중 한 연구원이 어딘가를 가리켰다.

"어? 저기 뭔가가……!"

연기가 걷힌 화면 안에 그것과 똑같이 흰색을 띤 것이 서 있었다.

연기와는 달리 질량을 가진 그것은, 다름 아닌 죽었어야 할 실험체였다. 눈을 휘둥그레 뜬 그들은 소윤의 앞에서 연기가 기묘하게 움직이는 것을 보았다. 그들은 연기가 완전히 가라앉고서야 그 원인을 깨달을 수 있었다.

"결계 마법?"

무색에 가까운 반투명한 결계가 소윤을 단단히 지키고 있었다.

"이럴 수가……!"

놀란 것은 연구원들만이 아니었다. 소윤은 눈을 동그랗게 뜬 채 자신의 앞에서 벌어지는 풍경을 보고 있었다.

전격이 그녀에게 달려드는 순간 소윤은 공격의 크기와 여파를 가늠했다. 전격에 얼마나 버틸 수 있을지 실험당한 적이 있어 어느 정도는 예상이 가능했지만, 적어도 중상 정도는 입을 게 분명했다. 자신도 모르게 그 뒷일이 떠오르려 했지만 그녀는 필사적으로 이를 악물고 눈을 똑바로 떴다. 그리고 다음 순간.

예상한 일은 일어나지 않았다. 마법이 그녀를 비켜 주변으로 향한 것이다. 그리고 그녀는 자신의 앞을 가로막은 결계를 발견할 수 있었다. 그녀를 위해 이런 일을 할 사람은 단 하나뿐이었다.

"……매드해터?"

주변에는 아무도 없었다. 그렇다면 혹시……. 그녀는 혀로 입안의 마법진을 쓸었다. 문득 이것을 새긴 직후 무척이나 피곤해 보이던 매드해터의 얼굴이 떠올랐다.

"하, 정말……."

상황에 맞지 않는 미소가 그녀의 입가에 잠시 머물렀다. 동시에 자신도 모르게 잃어버리고 있던 여유가 돌아오는 것이 느껴졌다. 연구소는 조금 전과 같이 지옥의 입구나 출구 없는 감옥 같은 것으로 보이지 않았다.

그저, 평범한 회색 벽이었다. 놀라운 일이었다.

이윽고 자욱했던 연기가 거의 걷히자, 소윤은 지금까지 그녀를 지켜보고 있었을 감시 카메라마저 부숴 버리고 그 자리를 떴다.

얼마 지나지 않아 그녀는 다시 습격을 받았다. 이번에는 그녀와 똑같은 실험체들이었다. 마법으로 안 되니 물리적 공세를 가하는 모양이었다. 몸을 반으로 쪼개 버릴 듯 내리치는 칼날을 피한 소윤은 상대의 배를 힘껏 걷어찼다.

곧바로 두 번째 적이 그녀를 공격했다. 가볍게 뛰어올라 상대의 머리를 움켜쥔 소윤은 그것을 힘껏 당겨 그녀의 무릎에 처박았다. 머리가 함몰된 상대가 비릿한 피 냄새를 풍기며 무너져 내렸다.

소윤은 착지하자마자 적들을 향해 달려들었다. 137번째의 애매한 순서라고는 하지만 그녀는 차원 이동자였고, 제법 드문 실험체를 손에 넣은 연구원들은 그녀의 몸에 대단히 공을 들였다. 그런 그녀를 일반 실험체들이 당해 낼 리 없었다.

끊임없이 달려드는 실험체를 상대한 소윤의 몸은 어느새 상처와 피로 뒤덮여 있었다. 그녀가 시야를 가린 핏줄기를 닦아 내는 짧은 순간, 다시 적이 덤벼들었다.

몸집이 거대한 근육질의 남자였다. 그는 소윤을 가두듯 끌어안고 팔을 조였다. 무시무시한 완력이 그녀의 몸을 옥죄었다. 게다가 앞쪽에서는 한 남자가 칼을 들고 그녀를 향해 달려들고 있었다.

소윤은 팔을 움직여 남자의 손목을 잡고 손가락에 힘을 주었다. 그러자 그녀의 손가락 끝에서 살점이 밀려 나갔다. 남자가 비명을 지르며 팔에 힘을 빼는 순간, 그녀는 그의 팔을 잡고 비틀었다. 뚜두둑, 소름 끼치는 소리와 함께 남자의 팔이 몸과 분리되었다.

새하얀 몸에 피 칠갑을 한 채 생으로 뜯어낸 팔을 든 소녀. 시간이 제법 흘렀음에도 거의 변하지 않은 모습에, 그녀를 향해 달려들던 남자가 멈칫거렸다. 명령만 내려지면 노인이든 갓난아기든 가리지 않고 무차별적으로 살해하던 소윤의 모습이 아직도 눈앞에 선했다.

그는 두려움에 떨며 뒤를 돌아보았다. 그녀가 지나온 복도에 널브러진 여럿의 시체들. 제 형체도 제대로 갖추지 못한 끔찍한 모습이 대부분이었다.

괴물……. 남자는 두려움에 질려 중얼거렸다. 지금 연구소에 펼쳐진 것은 일방적인 살육의 현장이었다.

들고 있던 팔을 아무렇게나 내던진 그녀가 남자에게 시선을 주었다. 다음 순간, 그녀는 남자의 코앞에 당도해 있었다. 갈고리처럼 휜 손가락이 그의 눈구멍으로 들어가 두개골을 부수고 뇌를 뭉갰다. 퍽 하고 남자가 으스러졌다.

만약 실험체들이 좀 더 체계적으로 연계했다면 희생은 발생했을지언정 소윤을 제압할 수 있었을 것이다. 그러나 이곳은 협소한 복도였고, 평소 압도적인 힘만을 무기로 움직였던 실험체들은 그녀를 어찌할 방도를 찾지 못했다.

그렇게, 무자비한 살육이 이어졌다.

그곳에 서 있는 유일한 사람이 된 그녀는 몇 개의 무기들을 챙겨 들고 다시 터벅터벅 걸음을 옮겼다.

한참을 걷다가 찾고 있던 기척을 발견한 그녀는 한 방 앞에서 걸음을 멈췄다. 그 방 역시 마법으로 잠겨 있었다. 그녀는 가지고 온 무기들 중 도끼를 골라잡고 벽을 내려찍었다.

쾅! 쾅! 쾅! 규칙적인 소리가 이어졌다. 금세 벽에 구멍을 뚫은 그녀는 안으로 들어갔다.

그 방 역시 실험실이었다. 소윤은 실험대로 걸어갔다.

실험대 위에는 알몸의 앨리스가 누워 있었다. 그새 실험을 당한 듯,

그녀의 팔은 이상하게 부풀어 있었고 다리에는 혹마저 나 있었다. 소윤은 앨리스의 예쁜 얼굴이 눈물로 퉁퉁 부은 것을 보며 피식 웃었다.

소윤은 앨리스의 손목을 옥죄는 구속구를 부순 뒤, 그녀를 붙잡아 실험대 아래로 끌어 내렸다. 배려 없는 손길에 앨리스는 바닥에 나동그라졌다.

1분도 채 되지 않아 기절 마법과 마취 마법에서 벗어난 앨리스가 눈을 떴다. 몇 번 눈을 끔뻑거리던 그녀는 코앞에서 자신을 지켜보는 소윤의 모습에 소스라치게 놀랐다.

"너……!"

"나와."

눈에 쌍심지를 켠 채 뭐라고 말하려는 앨리스를 무시한 소윤이 먼저 그 방을 빠져나왔다. 앨리스는 씩씩거리며 외쳤다.

"내가 왜 네 말을 들어야 하는데!"

"그럼 거기서 살든가."

앨리스는 이제까지 무덤덤하다고 생각했던 소윤의 목소리가 사실은 대단히 온화했었다는 것을 깨달았다. 그 온도 차가 앨리스의 기억 속에 마지막으로 남아 있는 장면을 되살렸다.

그녀의 치유 능력을 확인한 순간 연구원들의 눈에 떠오르던 광기와 희열, 거부하는 그녀의 입을 억지로 벌리고 목구멍 너머로 약물을 넘기던 거칠고 우악스러운 손길, 울고 발버둥을 쳐도 아무도 도와주기는커녕 동정조차 하지 않는다는 것을 깨달은 순간의 공포.

몸을 부르르 떤 그녀는 엉거주춤 일어났다. 그러다가 자신이 아무것도 걸치지 않았다는 것을 깨달았다. 이대로라면 저 여자가 가 버린다. 그러면 그녀는 이곳에 혼자 남게 될지도 모른다. 앨리스는 다급해졌다.

"기, 기다려! 나도 갈 거야! 그, 그런데, 그…… 옷이……."

"이곳에 네 알몸 따위에 관심 있는 사람은 아무도 없어."

빈정거리는 어조에 울컥했던 앨리스는 소윤이 있는 쪽에서 차박 하는 소리가 들리자 조급하게 달려갔다. 망가진 벽 사이로 소윤의 뒷모습이 보였다.

군데군데 피로 얼룩진 몸은 앨리스와 마찬가지로 벗은 채였다. 얼마나 많은 남자들 앞에서 벗어 봤길래 저렇게 아무렇지도 않은 거지. 앨리스가 구시렁거리는 사이 소윤은 더 멀어져 있었다.

갈팡질팡하던 앨리스는 쭈뼛거리며 복도에 발을 디뎠다. 긴 머리카락으로 가슴과 국부를 가린 그녀는 종종걸음으로 소윤을 따라갔다.

몇 분쯤 걸었을 때였다. 옆쪽에서 한 여자가 소윤을 노리고 튀어나왔다. 빠르게 물러나 여자의 나이프를 피한 소윤은 훤히 드러난 목을 칼로 내리쳤다. 목이 몸에서 떨어져 나가며 세찬 피보라가 소윤을 덮쳤다.

소윤을 비롯한 주변 사람들이 앨리스를 철저하게 보호해 주었으므로, 그녀는 원더랜드에 온 지 제법 시간이 흘렀음에도 불구하고 이토록 생생한 현장을 본 적이 없었다. 새파랗게 질려 뒷걸음치던 앨리스는 제 발에 걸려 엉덩방아를 찧고 말았다.

앨리스가 넘어지거나 말거나, 소윤은 근처의 기척을 면밀하게 살피고 있었다. 조금 떨어진 복도에서 다수의 인기척이 느껴졌다. 그들은 두 사람이 있는 곳으로 향하고 있었다. 그중에는 그녀가 익히 알고 있는 기척도 있었다.

소윤은 기척을 죽인 채 그쪽으로 이동했다. 이윽고 그들 사이의 거리는 목소리가 들릴 정도로 가까워졌다. 감시 카메라, 다시 포획해 왔던 백발 실험체의 움직임, 앨리스 리델 등등의 대화를 통해 소윤은 연구원들이 직접 나선 이유를 알 수 있었다.

소윤은 앨리스를 찾기 위해 돌아다니는 동안, 감시 카메라를 발견하는 족족 망가뜨렸다. 귀중한 앨리스가 있는 방 근처의 동향을 알 수 없어진 연구원들이 몸이 달아 움직인 것이다.

그녀는 무기를 단단히 거머쥔 채 그들을 향해 달려들었다. 바삐 걷던 연구원은 불쑥 튀어나온 그녀의 모습에 기겁을 했다.

"잡아!"

한 연구원의 명령에, 그들의 호위를 위해 붙은 실험체 몇이 소윤을 공격했다. 제 안위를 중하게 여기는 엘리트들답게 데리고 다니는 호위도 실험체 중 실력이 수준급인 자들뿐이었다.

몇몇은 소윤에게도 낯이 익었다. 4년 전에 비해 키가 비정상적으로 자라난 남자와 칼을 맞댄 그녀가 작은 소리로 말했다.

"뭐가 무서워서 여기에 있어?"

3미터에 육박하는 키로 소윤을 압박해 들어가던 남자가 멈칫했다. 그의 반만 한 이 여자는 스스로 우리를 부수고 빠져나갔다. 그 뒤 신호가 끊어졌으므로 연구원들은 그녀가 죽었으리라 짐작하고 다른 실험체들에게도 그렇게 말했었다. 보아라, 이것이 연구소를 빠져나간 자의 말로다, 라고.

지금 이곳은 연구소 안이다. 즉, 그는 실험체가 외부로 나갈 때 먹게 되는 독약도 먹지 않았고, 소윤을 상대해야 한다는 이유로 구속구도 착용하지 않았다. 신호가 끊어졌다는 여자가 무사히 살아 있는 것으로 보아 낙인 또한 방도가 있을 것이다.

즉, 지금 그를 저지할 것은 아무것도 없었다. 그는 빠르게 결론을 도출해 냈다.

소윤의 목소리는 작았지만 개조를 거친 실험체들이 듣지 못할 정도는 아니었다. 그녀를 향해 덤벼들려던 그들은 하나하나 움직임을 멈추었다. 그들의 머릿속에 남자와 비슷한 사고 과정이 빠르게 흘러갔다. 연구소. 고통. 탈출. 해방. 그들은 금방 동요하기 시작했고, 그것은 파문처럼 퍼져 나갔다.

그 순간, 소윤이 마지막으로 쐐기를 박듯 중얼거렸다.

"난 오늘 이곳을 박살 낼 거야."

동시에 실험체들의 움직임이 느려졌다. 그것을 민감하게 감지한 연구원들이 신경질적으로 외쳤다.

"뭣들 해! 앨리스 리델부터 확보해! 백발은 나중으로도 좋다! 아니, 그냥 죽여 버려!"

연구원들이 그녀를 포획한 것은 신호를 차단한 방법을 알기 위해서였다. 그러나 그것을 가능하게 한 것은 소윤의 어깨에 붙어 있는 작은 패치였다. 그렇다면 더 이상 그녀에게 볼일은 없다.

그러나 연구원들의 명령에도 불구하고 실험체들의 공세는 거세지기는커녕 점차 힘을 잃어 갔다.

소윤은 머뭇거리는 실험체들을 지나쳐 연구원들에게로 다가갔다. 다급해진 연구원들이 마법으로 그녀를 공격했지만 그녀는 가볍게 피해 버렸다. 에이전트로서 상대했던 자들과는 비교도 할 수 없는 속도에 효력도 약했다. 책상물림의 엘리트일수록 공격 마법과는 거리가 먼 삶을 살 수밖에 없기 때문이었다.

연구원들은 몇 번을 공격해도 상처 하나 입지 않는 그녀가 가까워질수록 겁을 먹고 말았다. 그중에는 다리에 힘이 풀려 주저앉는 자도, 덜덜 떨며 그녀를 향해 괴물이라고 외치는 자도 있었다. 그리고 그다음은 순식간이었다.

그들은 모두 자신들이 만들어 낸 명불허전의 걸작이 휘두른 날붙이 아래 숨이 끊어지고 말았다.

소윤은 마지막으로 남은 나이 많은 연구원을 바라보았다. 그는 벽에 바싹 붙은 채 중얼거리고 있었다.

"사, 살려……."

그는 이 연구소에서 실시된 대부분의 프로젝트를 진두지휘한 자였다. 소윤은 왼손의 도끼를 고쳐 잡았다. 도끼는 앨리스가 갇혀 있는 실험실 벽을 부수느라 날이 말려 있어 더욱 흉악해 보였다. 그녀는 그것을 거침없이 들어 올려 제발 살려 달라고 지껄이는 남자의 어깨에서부터 가슴까지를 찢어 놓았다.

고통스러운 비명이 복도를 울렸다. 눈물과 콧물 그리고 피로 범벅된 얼굴로 남자가 울부짖었다. 그것을 묵묵히 응시하던 소윤이 슬쩍 뒤를 돌아보았다.

실험체들이 무기를 들고 이글거리는 눈으로 남자를 바라보고 있었다. 그녀는 슬쩍 물러서며 말했다.

"하겠어?"

"넌 고작 그걸로 충분해?"

"확실히 죽이기만 한다면. 여럿에게 조금씩 살해당하는 게 더 고통스러울 테니까."

소윤은 칼과 도끼에 묻은 피를 털어 내며 앨리스에게 다가갔다. 그러자 주저앉아 있던 앨리스가 엉덩이로 기어 그녀에게서 멀어졌다. 그런 앨리스를 소윤이 내려다보았다.

"왜? 무서워?"

소윤의 머리끝에서부터 발끝까지 피가 튀지 않은 곳이 없었고, 양손에는 무기마저 들려 있었다. 앨리스는 덜덜 떨리는 이를 꽉 깨물었다.

방금 전에 보았고, 지금도 얼마 떨어지지 않은 곳에서 전개되고 있는 끔찍한 장면들 때문에 머리가 빙글빙글 돌았다. 조금만 시선을 돌려도 잘려 나간 목의 단면이나 갈린 배 사이로 쏟아진 내장 따위가 보였다.

앨리스는 구역질을 애써 억누르며 소윤에게서 시선을 피했다. 공포에 질린 파란 눈동자를 보던 소윤이 고개를 기울였다. 그러자 흰 머리카락 끝에 아슬아슬하게 매달려 있던 핏방울이 바닥에 뚝뚝 떨어졌다.

"넌 안 죽였어? 너도 죽였잖아."

나를. 생략된 단어를 알아들은 앨리스가 더듬거리며 물었다.

"너, 너 정말 예소윤이야?"

도끼를 바닥에 내던진 소윤은 긴 앞머리를 뒤로 넘겼다. 그러자 앨리스의 기억 속에 뚜렷하게 남아 있는 얼굴이 드러났다. 앨리스는 팔다리를 휘저으며 소윤에게서 필사적으로 떨어졌다.

"저, 저리 가! 왜 날 여기까지 따라와서 방해하는 거야!"

소윤은 버러지처럼 움직이는 앨리스를 물끄러미 내려다보다가 단숨에 거리를 좁혀 주먹을 휘둘렀다. 그러나 앨리스의 얼굴로 향하던 그 주먹은 코앞에서 멈췄다.

주먹이 가까워지는 것조차 몰랐던 앨리스는 깜짝 놀라 눈만 깜빡거리다가 한 가지 사실을 떠올렸다. 예소윤은 마음이 대단히 약했다. 루머의 발원지가 어디인지 뻔히 알면서도 한마디 항의도 하지 못할 만큼 약해 빠지고 쉬운 여자였다.

그리고 그건 지금도 마찬가지인 모양이었다. 그러니 이렇게 제대로 때리지도 못하고 망설이는 거겠지. 그러나 앨리스가 그렇게 생각한 순간, 힘을 실은 주먹이 그녀의 배를 강타했다.

소윤은 기절한 앨리스를 내려다보았다. 알몸의 앨리스는 더없이 순결하고 순수해 보였다. 생각을 가다듬는 그녀의 귀에 힘 빠진 단말마가 들려왔다. 마지막 연구원이 드디어 절명한 것이다.

실험체들에게 연구소 내부의 마법 트랩을 조심하라는 말을 남긴 소윤은 앨리스의 머리끄덩이를 잡고 질질 끌며 걷기 시작했다.

원더랜드를 나온 디는 부하가 대기시켜 놓은 차 문을 거칠게 열었다. 운전석에 앉아 있던 부하가 상처투성이의 그를 돌아보며 기겁을 했다.

"디! 무슨 일 있었습니까?"

"출발해."

"일단 치료부터……."

"닥치고 출발해!"

조수석에 올라탄 디는 콘솔 박스를 열어 안을 뒤졌다. 미리 먹어 둔 마력 캡슐의 힘으로 차에 시동을 건 부하가 물었다.

"뭐 찾아요?"

"마력 캡슐."

"여기 있어요."

부하는 안주머니에서 작은 주머니를 꺼내 디에게 건네주었다. 그 안에서 마력 캡슐을 꺼내 꿀꺽 삼킨 디가 목적지를 말했다.

"정부 놈들 연구소로 가. 새치가 있었다는 곳."

디의 얼굴에서 평소와는 다른 절박함을 읽은 부하는 두말없이 차를 출발시켰다. 그사이 디는 콘솔 박스에서 발견한 구급상자에서 진통제와 붕대를 꺼냈다.

원더랜드에서 태어났다는 것은 아픔에 익숙해진다는 것과 일맥상통한다. 상당한 중상임에도 불구하고 디는 딱히 치료를 할 생각이 없었다. 부하는 진통제의 포장을 뜯는 디를 곁눈질하며 물었다.

"거기 가는 이유가 뭡니까? 우린 원래 아웃하우스에 관심도 두지 않았잖아요."

"닥치고 운전이나 해. 그리고 도착하면 넌 먼저 귀환하고."

"네?"

"두 번 말하게 하지 마라."

마지막 말은 현재 육체의 주도권을 잡고 있는 디가 아니라 의식 아래에서 조용히 벼르고 있던 덤의 것이었다. 평소와 달리 욕설을 지껄이지 않는 디가 매우 낯설었던 부하는 입을 다물었다.

콘솔 박스를 열고 남은 붕대와 약을 집어넣은 디는 안쪽까지 뒤져 무기란 무기는 전부 꺼냈다. 그중 몇 개를 쥐어 본 그는 나이프 몇 개만 남기고 나머지는 전부 콘솔 박스 안에 아무렇게나 쑤셔 넣었다.

이후 차 안은 정적에 휩싸였다. 약 2시간쯤 후, 차가 연구소 근처에 도착했다. 부하는 속도를 슬쩍 늦추고 디의 눈치를 보았다.

"정말로 이대로 갑니까? 혼자 뭐할 생각인데요?"

"차로 밀고 들어간다."

"저기, 디. 화내지 말고 침착하게 들어요. 혹시 미쳤습니까? 아니면 자살하고 싶은 기분이라거나……."

디는 신경을 잔뜩 곤두세운 얼굴로 부하를 돌아보았다. 부하는 관자놀이를 꾹꾹 누르며 신음했다.

"아, 예. 진심이시라고요. 대체 이유가 뭡니까? 지금 그렇게 다친 것도 연구소와 관련이 있는 거죠?"

이유? 디와 덤은 이를 갈았다. 등 뒤에 소윤을 두고 정신을 잃는 기분은 이루 말할 수 없이 더러웠다. 아주 오랜만에 자신의 약함을 절감한 그들은 핏발 선 눈으로 부하를 노려보았다. 디와 덤, 두 명분의 살기와 짜증은 그들 밑에서 몇 년씩이나 일해 온 부하마저 제법 오싹하게 만들었다.

"차 세우고 내려."

"어, 하지만 디, 운전 잘 못하잖아요. 남이 운전하는 차만 타 봤으면서."

"액셀, 브레이크, 핸들. 그게 어디 붙어 있는지만 알면 됐지, 뭐가 더 필요해. 잡소리 말고 당장 차 세워."

"그러다가 진짜 죽어요, 디. 지금도 꼴이 말이 아니잖…… 윽!"

디는 걱정해 주는 부하의 뒤통수를 사납게 후려갈겼다. 소리 죽여 투덜거린 부하는 연구소 근처에 차를 세웠다.

"아, 정말 다시 좀 생각……! 디!"

차문을 열며 투덜거리는 부하를 발로 걷어차 쫓아낸 디는 얼른 운전석에 자리를 잡았다. 핸들을 잡고 마력을 불어넣은 그는 거칠게 차를 출발시켰다.

연구소는 어느새 내려앉은 어스름에 잠겨 있었다. 저 안에 소윤이 있을 것이다.

자동차의 속력이 점점 올라갔다. 다급하게 달려 나온 경비원이 차를 향해 팔을 휘저었지만, 속력이 줄어들지 않자 황급히 몸을 피했다. 연구소 부지 안으로 들어선 차가 뜰을 거칠게 가로질렀다.

"뭐야, 저……."

"미친……!"

"잡아!"

입구를 향해 질주하는 차의 뒤꽁무니를 빗나간 마법 몇 방이 스치고 지나갔다. 그러나 디는 아랑곳하지 않고 액셀레이터만 죽어라고 밟았다. 드디어 연구소 안으로 들어가는 문이 코앞에 보였다. 디는 핸들을 꽉 움켜쥐었다. 어느새 의식의 표면으로 올라온 덤도 함께 힘을 주었다.

콰쾅! 요란한 굉음과 함께 연구소의 문이 박살 났다. 충돌의 충격에서 간신히 벗어난 트윈스는 우그러들어 잘 열리지 않는 차문을 힘으로 열고 나왔다.

그러자 서류 뭉치를 잔뜩 든, 비쩍 마른 남자가 보였다. 그에게서 소윤을 빼앗아 간 자들과 비슷한 냄새를 맡은 트윈스는 일언반구 없이 그의 팔을 비틀어 벽에 밀어붙였다.

"크헉……!"

"너희가 데려간 그 여자 어디 있어."

"누, 누구를 말하는……! 악! 아, 알겠어! 말할 테니 파, 팔 좀!"

"말해."

"아악! 아, 안쪽에! 6구역에 있어!"

디가 남자를 닦달해 6구역의 위치를 알아내자 덤이 그 길을 외웠다. 덤이 확실히 기억한 것을 확인한 디는 남자를 밀쳐 내며 목줄기를 나이프로 그었다. 새하얀 벽에 핏물이 길게 번졌다. 남자가 눈을 부릅뜬 채 마지막 숨을 몰아쉬는 순간, 그들은 이미 그 자리에 없었다.

트윈스는 6구역을 향해 바삐 걸음을 옮겼다. 안쪽으로 들어갈수록 피 냄새가 짙게 풍겼고 분위기도 어수선해졌다.

일부 연구원들은 서류와 실험 기구들을 든 채 어디론가 이동하고 있었다. 그것이 그들의 불운이었다. 트윈스는 가차 없이 나이프를 휘둘러 그들의 목을 땄다.

몇 분 후 그들은 확 짙어진 피 냄새를 맡았다. 모퉁이를 돌자 널브러진 시체 몇 구가 보였다. 시체들에서 소윤의 흔적을 읽은 덤은 혀를 찼고 디는 머리를 벅벅 긁었다.

"이 여자가 얌전히 잡혀 있을 거라고 생각한 우리가 병신이지."

그러다가 트윈스는 이곳이 6구역이 아니라 4구역이라는 것을 깨달았다. 남자에게 속았다고 생각한 그들은 괜히 편하게 죽여 줬다며 이를 득득 갈았다. 오늘 잡혀 온 여자는 둘이고, 그중 소윤은 4구역에, 앨리스는 6구역에 있었다. 희귀성 면에서 소윤보다 훨씬 높은 가치를 가진 앨리스를 먼저 떠올려 대답했을 뿐인 남자로서는 죽어서도 억울할 누명이었다.

잠시 망설인 트윈스는 희미한 피 냄새를 따라 걸음을 옮겼다. 이 참상을 만든 사람이 소윤이라면 이 냄새의 끝에 그녀가 있으리라고 판단했기 때문이었다. 그들의 판단은 정확했다. 그들은 몇 분 지나지 않아 소윤을 발견할 수 있었다. 그녀와 눈이 마주친 순간, 그들은 조금 떨어진 그 거리나마 빨리 좁히고자 그녀를 향해 달려갔다.

트윈스를 발견하고 조금 어안이 벙벙했던 소윤은 몇 초 후 그녀를 묵직하게 눌러 오는 무게를 지탱해야만 했다. 그녀를 꽉 끌어안은 트윈스는 마른 어깨와 목덜미에 연신 얼굴을 부비며 물었다.

"어디 다친 데는?"

"없어."

"이상한 실험 같은 거 안 당했고?"

"응."

"해코지는…… 네가 한 것 같으니 됐어."

조금 머뭇거리던 소윤이 트윈스의 등을 어색하게 토닥거렸다. 그러자 욕설과 함께 "걱정했다고."라는 중얼거림이 들려왔다. 겨우 마음을 놓았는지 팔에서도 힘이 조금 빠져 있었다.

잠시 후, 소윤에게서 떨어진 트윈스는 멋쩍음을 감추려는 듯 부루퉁한 표정을 지으며 그녀를 보았다. 그와 동시에 소윤의 벗은 몸을 목격한 그들의 얼굴이 삽시간에 시뻘겋게 달아올랐다.

"너, 너……."

군데군데 튄 피로 인해 더욱 하얗게 보이는 몸은 그들의 눈에 이루 말할 수 없이 선정적으로 비쳤다. 황급히 고개를 돌린 그들은 라이더 재킷과 셔츠를 벗어 그녀에게 내밀었다.

"당장 입어!"

소윤은 먼지와 피로 조금 더러워진 셔츠를 받아 들고 팔을 꿰었다. 옷감과 피부가 스치는 소리를 듣다 못한 디가 괜스레 벽을 걷어찼다. 함께 쑥스러워진 덤도 말리지 않았다.

퉁, 퉁, 퉁, 퉁, 퉁. 그들이 다섯 번쯤 걷어찼을 때 "다 입었어."라는 소윤의 목소리가 들려왔다. 그녀를 향해 돌아선 그들은 다른 의미로 열이 오르는 것을 느꼈다.

"아오, 너 진짜……."

소윤에게 성큼성큼 다가간 그들은 그녀의 앞에 무릎을 꿇었다. 그리고 들고 있던 라이더 재킷을 그녀의 허리에 단단히 묶어 주며 중얼거렸다.

"넌 뜬금없이 왜 이런 때 귀여운 건데."

소윤은 그 말의 의미를 묻는 대신 트윈스의 드러난 상체를 살폈다. 얼기설기 매인 붕대 아래로 찔리고 베인 자국이 굳은 피와 함께 선명하게 남아 있었다.

척 봐도 멀쩡하게 움직일 만한 상태가 아니었다. 그럼에도 이렇게 움직일 수 있는 것은 십중팔구 진통제의 힘일 것이다.

소윤의 허리에 재킷을 묶은 트윈스가 고개를 들었다. 소윤이 그들을 내려다보고 있었다. 트윈스는 어딘지 몽롱한 기분이 된 채 그녀를 뚫어져라 마주 보았다. 그러나 소윤은 무정하게도 몸을 돌려 무엇인가를 집어 들었다. 그녀의 손가락에 얽인 금빛 실타래를 본 트윈스가 짜증스럽게 얼굴을 찡그렸다.

"그딴 게 그렇게 중요하냐?"

옷을 입는 동안 놓아두었던 앨리스의 머리채를 단단히 움켜쥐던 소윤이 트윈스를 돌아보았다. 그들의 기분은 요만큼도 모르는 듯한 얼굴이었다. 가볍게 한숨을 쉰 그들은 자리에서 일어났다.

소윤이 앞장서 걷고 트윈스가 그녀의 뒤를 어슬렁거리며 따랐다. 질질 끌려가는 앨리스를 흘금 내려다본 트윈스가 물었다.

"그건 왜 굳이 데리고 나가는 거야?"

소윤이 잡히던 때의 상황을 다소나마 알고 있는 그들로서는 타당한 의문이었다. 그러나 소윤은 대답 없이 연구소 내를 가로지를 뿐이었다. 그렇게 걷던 중, 두 사람은 조금 떨어진 곳에서 몇 개의 부산스러운 인기척을 느꼈다. 트윈스가 소윤에게 속삭였다.

"내가……."

"잘 챙겨."

소윤이 앨리스를 트윈스의 발아래 내던지더니 빠른 속도로 달려 나갔다.

그녀는 고양이처럼 소리도 없이 움직여 모퉁이를 돌았다. 몇 명의 연구원들이 열린 문 안으로 서둘러 들어가고 있었다. 그 즉시 소윤은 닫히려는 문 사이로 몸을 날려 들어갔다. 그 바람에 앞서 들어갔던 연구원들이 밀려 도미노처럼 전부 넘어져 버렸다.

"윽, 왜 갑자기 밀고……! 뭐, 뭐야!"

"히이익!"

뒤늦게 소윤을 발견한 연구원들이 공포에 질려 신음했다. 그들은 감시 카메라의 영상을 통해 그녀가 연구원들을 무참히 죽여 버린 것을 목격한 바 있었다. 유일한 출입구인 문은 닫혔고, 그 앞에는 소윤이 버티고 서 있다. 그들의 눈에 절망이 서렸다.

그녀가 그들을 죽이는 데 걸린 시간은 10분도 채 되지 않았다. 피웅덩이 위에 기절해 있는 30대의 남자가 유일한 생존자였다.

소윤은 내부를 살폈다. 책상 위에는 정리되지 않은 서류가 아무렇게나 흩어져 있었다. 익숙한 형식의 그것은 카르테Karte, 진료 기록와 실험 보고서였다.

문득 하트를 떠올린 그녀는 그것들을 훑어본 뒤 몇 개를 챙겨 근처에 내팽개쳐진 가방에 넣고 어깨에 메었다. 그러고는 기절한 남자의 배를 발로 꾹 밟아 깨웠다.

"일어나."

"크헉! 쿨럭쿨럭……."

소윤으로서는 나름 살살 밟는다고 밟은 건데 남자는 눈을 뜨자마자 정신없이 기침을 해 댔다. 그녀는 남자의 뒷덜미를 잡고 억지로 일으켜 세운 후, 질질 끌고 문 앞으로 갔다.

목이 졸려 컥컥거리는 소리가 들려왔지만 그녀는 아랑곳하지 않았다. 문 앞까지 온 그녀는 남자를 내팽개치며 명령했다.

"문 열어. 그럼 살려 주지."

"저, 정말 날 살려, 주, 주는……."

"열어."

소윤은 목소리에 살기를 실어 말했다. 무감정한 그 소리가 분노한 것보다 더 오싹해서, 선택의 여지가 없는 남자는 덜덜 떨며 문을 열었다.

한편, 소윤이 안으로 사라진 후 트윈스는 발밑에 널브러진 앨리스를 내려다보았다. 내던져질 때의 충격 때문인지 눈꺼풀이 금방이라도 깨어날 듯 떨리고 있었다.

그녀의 머리를 걷어차 다시 기절시킨 트윈스는 문을 노려보았다. 특이하게도 문고리가 없는 문이었다. 트윈스는 문을 세게 걷어찼지만, 문은 꿈쩍도 하지 않았다. 그들은 혀를 찼다.

그리고 몇 분 후, 트윈스는 복도 저편에서부터 가까워지는 기척을 느꼈다. 그쪽을 주시하던 그들은 복도 끝에서 모습을 드러낸 실험체와 눈이 마주쳤다. 실험체들은 아까의 소윤과 마찬가지로 실오라기 하나 걸치지 않은 상태였다.

저들끼리 무어라 이야기를 나눈 실험체들이 트윈스에게 다가왔다. 트윈스는 몸을 잔뜩 긴장시키고 싸울 준비를 했다. 그러나 실험체들은 트윈스에게서 몇 걸음 떨어진 곳에 멈춰 섰다. 잠깐의 침묵 후, 한 여자가 물었다.

"너, 외부인이지? 혹시 137번째를 알아?"

"……137번째가 누군데."

"머리가 하얗고 키가 작은 여자인데…… 너 그 여자의 일행 맞지?"

트윈스는 미심쩍은 눈으로 그들을 보면서도 고개를 끄덕였다. 웃옷을 입지 않고 분위기마저 연구원들과는 판이한 트윈스를 두고 이런저런 추측을 했던 실험체들이 슬며시 긴장을 풀었다. 그러나 불과 몇 시간 전에 실험체들에게 당해 쓰러진 바 있는 트윈스는 그들을 경계할 수밖에 없었다.

그때 문이 열리고 소윤이 모습을 드러냈다. 그 순간 실험체들의 표정이 밝아지는 것을 보며 괜히 기분이 나빠진 트윈스가 그녀를 향해 팔을 뻗었다. 그러자 소윤은 그의 손에 잡혀 순순히 끌려와 주었다. 그녀를 품에 안은 트윈스는 문 안쪽에서 낯선 남자를 발견하고는 얼굴을 찡그렸다.

"저건 뭐야?"

안 그래도 실험체들의 날 선 시선을 받고 있던 남자는 트윈스마저 그에게 주목하자 매달리듯 소윤을 바라보았다. 그러나 그녀는 남자를 외면했다. 남자는 순식간에 흙빛이 된 얼굴로 말했다.

"사, 살려 준다고……."

"그랬었나?"

그 남자를 비롯한 몇몇 연구원들은 실험체에게 희망을 품게 한 후, 그것을 무너뜨리는 짓을 즐겨 했다.

곧 실험이 끝난다는 희망, 이번 실험만 성공하면 연구소에서 풀려날 거라는 희망, 가족이 구하러 올 거라는 희망. 그러나 실험은 계속되고, 실험체는 반복된 절망에 지친다. 자살조차 불가능한 그들은 결국 희망하는 마음 자체를 포기해 버린다.

그녀의 심술궂은 대꾸에 절망하고 분노한 남자였으나 그것도 잠시, 이내 다른 실험체들의 손에 참살당하고 말았다.

트윈스의 품에서 빠져나온 소윤은 쓰러져 있는 앨리스에게로 갔다. 그녀가 앨리스를 향해 손을 뻗는 때였다. 그녀보다 조금 앞서 트윈스가 금빛의 긴 머리채를 움켜쥐었다.

"우리가 할게."

화사하게 웃는 왕자님 같은 얼굴을 올려다보던 소윤이 고개를 끄덕였다.

얼마 지나지 않아 트윈스는 앨리스를 맡은 것을 후회했다. 걷는 동안 소윤은 실험체나 연구원의 기척을 발견하는 족족 쳐들어갔다.

트윈스는 그녀가 문을 부술 때나 실험체를 풀어 줄 때에는 별 감흥 없는 얼굴을 하고 있었지만, 연구원들이 마법을 사용해 저항하자 안색이 변했다. 물론 그 안색은 소윤이 마법으로 공격받자마자 생성된 결계로 인해 다시 원래대로 돌아왔지만, 마음을 졸였다는 것은 변하지 않는다. 그들은 아무렇지도 않은 얼굴의 소윤을 향해 인상을 쓰며 말했다.

"이거 도로 가져가."

숨을 깔딱깔딱 몰아쉬는 연구원의 목을 세게 움켜쥐고 있던 소윤이 트윈스를 보았다. 트윈스는 쥐고 있던 머리채를 소윤을 향해 던지듯 놓았다. 그러나 소윤이 슬쩍 피하는 바람에 앨리스는 제법 큰 소리를 내며 벽에 부딪치고 말았다.

"으으……."

앨리스는 작게 신음할 뿐 깨어나지는 않았다. 트윈스가 다시 기절시켰다는 것을 모르는 소윤은 그렇게 세게 때린 것 같지는 않은데 생각보다 잘 기절해 있다는 생각을 했다.

그녀는 들고 있던 연구원의 숨통을 끊은 뒤 트윈스에게 다가갔다. 트윈스의 눈에는 그들의 옷을 걸친 그녀가 평소의 몇 배는 사랑스러워 보였다. 그들은 침을 꿀꺽 삼켰다.

"뭐, 뭐야?"

그들은 짐짓 퉁명스럽게 물었다. 그러나 말투만 그럴 뿐, 누가 들어도 당황한 목소리가 튀어나오고 말았다.

소윤은 고개를 슬쩍 기울였다. 제길, 일부러 저러는 거 아냐? 디가 속으로 투덜거리자 덤이 이마를 싸쥐었다.

"들어 준다며."

"네가 여기저기 들쑤시고 다닐 거라고는 생각 못 했으니까."

소윤이 앨리스에게 힐끔 눈길을 주며 말하자, 말주변이 없는 디 대신 덤이 대답했다. 덤은 표면으로 올라오자마자 소윤을 살폈다. 아무리 결계가 발동되었다지만 혹시 모를 일이었다.

그녀의 무사를 눈으로 확인한 후, 트윈스는 쓰러진 연구원들 중 아직 숨이 붙어 있는 자들을 눈으로 훑었다. 그러다가 그녀를 마법으로 공격한 남자 연구원을 찾아내곤 파란 눈동자를 음험하게 빛냈다.

그녀의 다른 쪽 뺨을 손끝으로 부드럽게 쓰다듬은 트윈스는 그 연구원을 향해 걸어갔다. 그러고는 그곳에 쓰러져 있는 연구원을 발끝으로 뒤집었다. 고통스러운 듯 연신 신음하는 그의 옆구리를 트윈스가 가볍게 걷어찼다. 그 충격으로 연구원이 눈을 뜨자 트윈스가 웃었다. 그들에 대해 아는 사람이 보았다면 당장 100미터 밖으로 도주했을 표정이었다.

트윈스는 연구원의 가슴께에 발을 올리고 힘을 주었다. 뼈가 부러지는 소리와 함께 그의 발밑에서 연구원의 가슴이 푹 꺼졌다. 트윈스는 비명을 지르는 연구원을 내려다보다가, 이번에는 팔꿈치를 짓밟아 관절을 으스러뜨렸다. 다음으로 무릎을 밟고 선 그들은 덜덜 떠는 연구원을 바라보았다.

"딱히 남자를 먹고 싶다는 생각은 해 본 적이 없지만 말이야."

트윈스에게 온 정신을 집중하고 있던 연구원은 눈을 휘둥그레 떴다. 먹는다는 단어가 어떤 의미로 사용되었는지 생각하고 싶지도 않았다. 어느새 이가 딱딱 부딪치고 있었다.

"너라면 아주 즐겁게 먹어 치울 수 있을 것 같은데. 응?"

트윈스가 히쭉 웃었다. 분홍색의 도톰한 입술이 길게 찢어지며 희고 가지런한 이가 드러났다. 화려한 이목구비의 소유자인 그가 웃는 얼굴은 정말로 근사했지만, 연구원의 눈에는 괴물처럼 보였다. 연구원은 미친듯이 발버둥을 치다가 부러진 갈비뼈에 내장을 찔리고 쇼크로 정신을 잃고 말았다.

"너 같은 건 굶어 죽는대도 안 먹어."

트윈스는 연구원의 목을 밟아 숨통을 끊으며 코웃음을 쳤다. 그 직후 돌아선 그들은 소윤과 눈이 마주쳤다. 그들이 하는 양을 보고 있었던 모양이었다. 어쩐지 조금 부끄러워진 그들은 슬그머니 눈길을 피했다.

"음…… 아무튼 저건 네가 끌고 가는 게 좋을 것 같아."

싸우는 건 그들이 하겠다고 덧붙이려던 트윈스는 "그래."라고 말하는 소윤의 탐탁찮은 목소리에 입을 다물었다.

돌아보자 그녀가 앨리스를 향해 팔을 뻗고 있었다. 앨리스에게 손대는 것이 어지간히 싫은지, 소윤의 입매는 다소 경직되어 있었다. 입을 벌렸다가 다물고 잠시 입술을 우물거리다가 이내 한숨을 쉰 트윈스는 머리카락을 신경질적으로 흐트러뜨리며 성큼성큼 걸어갔다.

소윤은 그녀보다 앞서 앨리스의 머리카락을 잡아챈 트윈스를 올려다보았다. 그들은 "정말이지."라고 투덜거리더니 앨리스를 질질 끌며 밖으로 나갔다. 그런 그들을 바라보던 소윤은 아직 살아 있는 연구원들을 모조리 참살한 후 트윈스를 따라 방을 나섰다.

느린 속도로나마 차근차근 나아간 그들은 출구에 다다를 수 있었다. 바깥으로 발을 내딛기 직전, 트윈스가 소윤을 잡아 세웠다.

"잠깐. 너 지금 맨발이잖아."

소윤은 그들의 시선을 따라 자신의 벗은 발을 내려다보았다. 그녀가 생각하기에 맨발로 흙바닥을 딛는 것은 별일이 아니었다. 그러나 트윈스는 그렇지 않은 듯, 몸을 굽힌 그는 소윤의 다리를 한 팔로 끌어안고 일어났다.

어린아이처럼 안긴 채 연구소를 벗어난 그녀는 트윈스를 내려다보았다. 위치가 높은 덕분에 그들의 가마까지 한눈에 들어왔다.

소윤이 불쑥 물었다.

"내가 왜 좋아?"

그 순간, 깜짝 놀란 트윈스가 앨리스의 머리카락을 세게 움켜쥐었다. 그 바람에 고운 금발 한 움큼이 뽑히고 말았다. 얼굴을 찡그린 채 그것을 털어 버린 트윈스가 되물었다.

"그게 이제 와서 왜 궁금해?"

소윤은 바로 몇 시간 전을 떠올렸다. 어린 시절 어머니의 무차별적인 폭력에 노출되었던 트윈스는 아픈 것을 무엇보다도 싫어했다. 그럼에도 그는 몇 번이고 일어나 그녀를 지키려 들었다. 이길 수 없는 상대라는 것을 뻔히 알고 있었을 텐데도.

소윤은 이제까지 누군가에게 그토록 필사적인 보호의 대상이 되어 본 적이 없었다. 지구에 있을 때에는 그런 대상이 될 만한 사건을 맞닥뜨리지 않았고, 연구소에서는 그럴 만한 가치를 부여받지 못했다. 그리고 어느덧 그녀는 보호하는 자의 입장에 서게 되었다.

아까와 같은 상황이 다시 닥쳐오는 것은 사절이다. 그러나 자신의 앞에 버티고 선 등을 보았던 당시의 감정만큼은 제법 나쁘지 않았다. 솔직히 조금 기뻤다. 구하기 위해 애쓸 만한 가치가 자신에게도 있다고 말해 주는 것 같았다.

그때 트윈스가 물었다.

"……키스해도 돼?"

소윤은 트윈스의 금발 사이로 드러난 귀를 보았다. 새빨갰다. 소윤은 그 귀가 어쩐지 귀엽다고 생각했다. 그녀가 대답하지 않자 디가 불쑥 치고 올라와 툴툴거리기 시작했다.

"아, 진짜 우리가 여기까지 왔는데 그거 한 번을 허락 안 해 주냐? 너 그렇게 야박하게 구는 거 아니……."

트윈스가 투덜거리는 그 순간이었다. 소윤이 고개를 숙였다. 피비린내와 비누 냄새가 훅 끼치더니, 거친 입술이 트윈스의 흰 이마에 닿았다.

"……어?"

지금, 방금. 잠시 넋을 잃었던 그들은 이내 정신을 차리고 소윤을 올려다보았다. 그녀는 평소처럼 무정한 얼굴을 하고 있었다. 꿈이었나? 아까 먹은 약이 사실 수면제였나? 하지만 아직 이마가 화끈거린다.

앨리스를 아무렇게나 내던진 트윈스는 소윤을 내려 그들의 발등을 딛고 서게 했다. 그들이 좋아하는 요정 가루가 명멸하는 갈색 눈동자가 그들을 똑바로 올려다보았다. 그 안에서 그들은 뺨을 붉히고 있었다.

설마 여태 이 여자를 볼 때마다 이런 얼빠진 얼굴을 했던 건 아니겠지. 트윈스의 얼굴이 달아오를 때였다. 소윤이 입을 열었다.

"와 줘서 고마워. 아까도, 지금도."

"아오, 씨……. 야, 너 나 보지 말아 봐. 저쪽 좀 보라고!"

트윈스는 결국 시뻘겋게 된 얼굴을 어쩌지 못하고 버럭 소리를 질렀다. 그녀는 순순히 고개를 돌렸다. 다음 순간, 그녀의 눈이 커졌다.

아무 것도 없던 공간에 희미한 색채가 서렸다. 순식간에 질량을 더한 그것은 이내 완전한 인간의 형상을 갖추었다. 그녀가 반사적으로 입을 열었다. 입술을 타고 가장 먼저 흘러나온 이름은 이제 지독히 익숙해져 버린 것이었다.

"하트."

소윤이 작은 목소리로 그의 이름을 부르자, 그녀를 꽉 끌어안은 하트가 팔에서 힘을 풀며 속삭였다.

"걱정했다."

"……미안."

트윈스가 욕설을 내뱉었다. 그로서는 어이없이 빼앗긴 격이니 그럴 만도 했다. 트윈스와 눈이 마주치자 하트는 입술을 길게 찢으며 웃었다.

"흰둥아, 이건 대체 뭐지? 개를 기를 생각이라면 내가 따로 구해 주지. 아주 충직한 녀석으로."

그러자 트윈스는 정말로 들개처럼 으르렁대며 달려들었다. 하트는 트윈스의 손을 가볍게 피했지만, 이내 소윤에게 저지당했다. 하트의 어깨를 살짝 두드린 그녀는 메고 있던 가방을 내밀었다.

"뭔데?"

"안쪽을 봐."

가방을 건넨 소윤은 하트의 팔에서 빠져나오려 했다. 그러나 풀쩍 뛰어내리는 그녀를 어느새 다가온 매드해터가 받아 안았다. 매드해터는 긴 팔에 힘을 주어 몸을 힘껏 끌어안더니, 그녀의 목덜미에 얼굴을 부비며 속삭였다.

"무사해서 다행입니다."

그의 목소리는 듣는 사람이 처연해질 만큼 떨리고 있었다. 소윤은 숨이 막힐 정도의 포옹을 가만히 받아들였다. 잠시 후 고개를 든 그가 꽃처럼 웃었다. 조금 멍해졌던 그녀는 금세 정신을 차렸다.

"부탁이 하나 있어."

"뭐든 말해 보세요."

그녀가 원한다면 이 세상 전부라도 바칠 것 같은 어조로 그가 말했다. 그러자 소윤은 연구소를 가리켰다.

"저거, 불태워 줘. 흔적도 남지 않을 만큼."

"간단한 일이로군요."

매드해터의 입에서 나온 단 한 마디의 시동어로 연구소가 화마에 휩싸였다. 실험체들은 모두 연구소를 빠져나가고, 안에 남아 있는 자들은 모두 연구원이었다. 움직일 수 있는 자들이 하나둘씩 연구소 밖으로 기어 나왔지만 모두 매드해터의 마법에 참살당했다. 그 광경을 지켜보던 소윤이 물었다.

"나한테 새긴 마법진, 효과가 뭐야?"

"역시 발동했군요. 필요할 일이 없길 바랐는데……. 별건 아니고, 공격 마법 한정으로 전방위 방어가 가능한 결계입니다. 작은 마법진 안에 쑤셔 넣느라 고생 좀 했죠. 수면 마법에는 어쩔 수 없었지만."

모든 마법을 무력화하면 치유 마법마저 사용할 수 없게 되어 버린다. 그래서 공격 마법에 한정했더니 어이없이 허를 찔린 격이 되었다. 이야기를 들은 소윤은 희미하게 미소 지었다. 그때 씩씩거리며 소윤에게 다가온 트윈스가 으르렁댔다.

"늦게 온 놈들은 꺼져."

그렇게 외친 그들은 매드해터가 다시 마법을 사용하느라 잠시 한눈을 판 사이, 그의 품에서 소윤을 낚아챘다. 졸지에 이리저리 옮겨 다니게 된 소윤이 미간을 슬쩍 찡그렸다. 그때 조금 떨어진 곳에서 작은 신음 소리가 들려왔다. 소윤은 소리가 들려온 쪽으로 시선을 돌렸다.

배와 머리에 지독한 통증을 느끼며 깨어난 앨리스는 주변을 둘러보다가 소윤을 발견했다. 그 순간, 예쁜 파란 눈에 시퍼런 서슬이 돌았다.

"예소윤!"

앨리스는 손톱을 갈퀴처럼 세운 채 소윤에게 달려들었다. 그러나 소윤에게 접근조차 할 수 없었다. 온몸이 굳어 버린 그녀는 달리던 기세 그대로 엎어지고 말았다.

소윤은 앨리스를 향했던 고개를 들어 매드해터를 보았다. 그러자 그는 슬쩍 눈썹을 추켜올리며 비죽 웃었다. 그사이 고개를 든 앨리스가 소윤을 향해 바락바락 악을 썼다.

"너 도대체 뭐야! 예전부터 그랬어! 동현 오빠 때도! 지금도! 나한테 무슨 억하심정이 있어서 매번 내 걸 빼앗아 가는 거야!"

동현이라는 귀에 선 이름에 순간 의아해졌던 소윤은 이내 그것이 그녀의 전 남자 친구의 이름이라는 것을 깨달았다. 그 잠깐의 표정을 본 앨리스가 목에 핏대까지 세워 가며 외쳤다.

"순진한 척하지 마! 너 같은 거…… 넌 사랑의 무게 같은 건 요만큼도 모르지! 네가 대수롭지 않게 생각한 그걸 내가 얼마나 갖고 싶어 했는지 알기나 해?"

"그런 것치고는 이곳에 온 후 여기저기에 손을 뻗은 것 같던데."

소윤은 트윈스의 팔에서 벗어나며 중얼거렸다. 이번에야말로 바닥을 디디고 선 그녀는 앨리스를 향해 걸어갔다. 엉망으로 흐트러진 금발 사이로 파란 눈동자가 그녀를 찔러 죽일 듯이 쏘아보고 있었다.

"네 거가 있긴 해? 저들도 동현도, 단 한 번도 네 것인 적이 없잖아."

"나는 앨리스야! 네가 망치지만 않았으면 저들은 나를 사랑했을 거라고!"

"……이런 걸 뭐라고 하더라. 망상증?"

소윤이 무뚝뚝한 얼굴로 중얼거리자 트윈스가 배를 잡고 웃기 시작했다. 하트와 매드해터도 쓴웃음을 지었다. 앨리스는 머리끝까지 차오른 분노로 숨을 할딱거렸다.

"네가 망상증이든 아니든 아무래도 상관없어. 중요한 건 너 때문에 내가 이곳에 떨어져 그 고생을 했다는 거야."

소윤은 앨리스를 발끝으로 뒤집더니 목을 가볍게 밟았다. 숨구멍이 막힌 앨리스는 산소 부족으로 금세 새파랗게 질렸다.

발버둥조차 치지 못하고 숨만 꺽꺽거리는 앨리스를 내려다보던 소윤이 발을 치웠다. 그러자 앨리스는 두꺼비 같은 소리를 내며 몸을 웅크렸다. 이런 고통은 생전 처음이었다. 그녀가 다음에 올 폭력에 떨고 있는데, 소윤은 그녀에게서 등을 돌렸다.

앨리스에게서 멀어진 소윤은 하트에게로 걸어갔다. 하트는 그녀를 끌어안고 번쩍 들어 올렸다.

"나도 다리 있어."

"하지만 신발이 없지. 그래서 저 여자는 어쩔 셈이야?"

소윤이 불만스럽게 말하자 그녀의 발에 묻은 흙을 손으로 털어 내며 하트가 응수했다. 그녀는 그런 하트를 물끄러미 바라보다가 입을 열었다.

"개인이 하는 불법 실험실을 알 수 있을까? 실험에 미친 마법사일수록 좋아."

실험에 있어 독보적인 노하우를 갖고 있는 연구소는 어느 선까지 해야 인간의 정신이 버틸 수 있는지 잘 알고 있었다. 그러나 개인적으로 연구하는 자들은 다르다.

그들에게 있어 가장 중요한 것은 지식욕의 충족이지, 실험체의 재활용이 아니기 때문이다. 에이전트 시절, 불법 실험실을 습격하는 데 몇 번인가 동원된 적이 있는 소윤은 그것을 잘 알고 있었다.

정부 소속 연구소에 앨리스를 넘길 경우 소윤처럼 강해질 가능성이 아주 없진 않았다. 소윤은 아주 조그만 가능성조차 모조리 없앨 생각이었다.

"저 여자를 거기에 넘기게?"

"지금 당장은 아니야. 그 이전에……."

거기까지 말한 소윤은 하트의 재킷 안쪽에 손을 불쑥 집어넣었다. 하트가 얼결에 기묘한 신음 소리를 낼 만큼 갑작스러운 행동이었다.

"아니, 흰둥아? 갑자기 왜……."

"빌릴게."

소윤은 재킷 안주머니에서 스마트폰을 꺼내며 말했다. 그녀로서는 지금쯤 그을음 덩어리가 되었을 그녀의 스마트폰 대신 하트의 것을 빌린 것에 지나지 않았지만, 당하는 하트나 보는 두 남자의 입장에서는 그렇지 않았다. 소윤은 세 남자의 복잡한 시선을 받으며 어딘가로 전화를 걸었다.

"하트가 아니라 나다. 한 가지 질문이 있는데. 네가 만든 약 중에 혹시……."

거기까지 들은 세 남자는 그녀의 전화 상대가 누구인지, 그녀가 왜 그에게 전화를 걸었는지 깨달았다.

페도필리아에 네크로필리아, 원더랜드의 약장수 듀크. 그에게 특별한 약에 대해 묻고 긍정적인 대답을 들은 소윤은 전화를 끊었다. 하트에게 스마트폰을 돌려주던 그녀는 앨리스의 파란 눈동자와 맞닥뜨렸다. 소윤은 그녀를 향해 생긋 웃어 주었다.

"매드해터, 하나만 더 부탁해도 될까?"

"일일이 물어보지 말아요. 원한다면 뭐든지 들어줄 테니까."

"그럼 앨리스 좀 치료해 줘."

"……당신이 바란다면 그렇게 하죠."

그녀의 의도를 깨달은 매드해터는, 그럼에도 탐탁잖은 얼굴로 마력을 움직였다. 이내 앨리스의 몸에 있던 자잘한 상처는 물론, 실험으로 부푼 팔과 혹이 난 다리마저 순식간에 치료되었다.

이제 남은 것은 귀환뿐이었다. 그들은 매드해터를 중심으로 섰다. 마력이 움직이고 시동어가 만들어졌다. 그들은 눈 깜짝할 사이에 원더랜드 안, 하트의 저택으로 이동해 있었다.

매드해터는 저택 로비에 발을 딛자마자 손가락 끝으로 집어 들고 있던 금발을 내던지듯 놓았다. 그러자 이동을 위해 아무렇게나 기절시켰던 앨리스가 바닥에 축 늘어졌다. 하트가 근처에 있던 부하를 불러 지시했다.

"고문실로 데려가."

소윤은 남자에게 짐짝처럼 들려 멀어지는 앨리스를 바라보았다. 긴 금발이 모퉁이를 돌아 사라질 즈음, 하트가 소윤을 돌려세웠다.

"우리끼리 할 이야기가 좀 있는 것 같은데."

하트는 입매를 매끄럽게 끌어 올리고 있었지만, 소윤은 그의 심사가 틀어져 있음을 알 수 있었다. 소윤은 하트와 매드해터가 나타난 후의 일들을 되새겼지만 그가 이렇게 반응할 만한 것은 없었다. 그녀의 표정에서 그것을 알아차린 하트는 한층 더 활짝 웃었다.

"예소윤, 그게 네 이름인가?"

매드해터는 내심 혀를 찼다. 트윈스마저 주인의 관심을 끌려는 개처럼 소윤의 주변을 맴돌며 이름에 대해 캐묻고 있었다. 매드해터는 소윤을 그들 사이에서 빼내며 말했다.

"여기서 이럴 게 아니라 안에 들어가서 말하죠."

"흐음, 넌 알고 있었던 모양이로군."

"지금 중요한 건 그게 아닐 텐데요. 나 역시 궁금한 게 있으니 조용히 이야기를 나눌 수 있는 곳으로 가죠."

그들의 조합은 다른 사람들의 관심을 끌기에 충분했다. 안 그래도 여기저기에 포진한 하트의 부하들이 그들의 대화에 귀를 기울이고 있었던 것이다. 그들은 응접실로 자리를 옮기기로 했다.

"원래 이름이 그거야? 예소윤? 성은 뭔데?"

"예가 성이야."

"그럼 소윤이라고 부르면 되겠군."

소윤이 트윈스의 질문에 대답하자 하트가 확정하듯 말했다. 매드해터를 노려보는 그의 적갈색 눈동자에는 살기 비슷한 것이 실려 있었다. 그러나 매드해터는 눈 하나 깜짝하지 않았다.

"그 여자와 원래부터 알던 사이였습니까? 게다가 동현은 또 누구인가요?"

매드해터의 질문에 대답하기 위해서는 그녀가 이곳에 오기 전의 일부터 말해야 했다. 소윤은 이미 많은 것을 알고 있는 매드해터를 제외한 두 남자를 보았다. 그녀의 말을 믿지 않거나, 혹은 웃음거리로 삼을 인간들이 아니라고 확신한 소윤은 입술을 우물거리다가 운을 뗐다.

하트는 드물게 피곤해 보이는 소윤을 그의 침실에 데려다주었다. 손수 욕실 문을 연 그는 소윤에게 샤워 가운을 건네주었다.

"씻고 좀 자. 옷은 대충 아무 데나 놓으면 적당히 누군가가 버려 줄 거야."

"……적당히 해."

세 남자가 하려는 일이 무엇인지 뻔히 아는 소윤은 그렇게 말하고는 욕실 안으로 들어갔다. 문을 닫은 세 남자는 긴 복도를 지나 계단을 내려갔다.

하트의 고문실은 별채에 있었다. 하트는 아무 장식도 없는 회색 철문을 열며 이곳에 고문실을 만든 선대에게 참새 눈물만 한 감사를 느꼈다. 본채 지하에 있었다면 앨리스의 비명이 소윤의 귀에까지 들어갔을 텐데, 그러면 그녀의 숙면에 방해가 될 게 뻔했기 때문이었다.

하트가 문을 열자마자 수십 년 묵은 피비린내와 원망이 훅 끼쳤다. 그러나 문 안쪽은 벽에 걸린 고문 기구만 아니라면 고문실이라는 것을 믿을 수 없을 만큼 깨끗하고 평범한 공간이었다.

앨리스는 고문용 의자에 앉혀진 채였다. 기절한 채인 그녀를 하트의 부하가 흔들어 깨웠다. 그때부터 그녀에게는 악몽 그 자체인 시간이 이어졌다.

하트는 그의 부하이자 유능한 고문관인 남자에게 최대한 느리고 고통스럽게 고문하라고 지시했다. 가장 먼저 손톱 밑으로 가느다란 꼬챙이가 파고들었다. 꼬챙이는 굳은살 하나 없이 고운 손끝을 너덜너덜하게 헤집어 놓았다.

다음으로 손발톱이 빠지고, 그 위로 소금물이 끼얹어졌다. 뜨겁게 달궈진 인두가 꽃 같은 뺨에 흉측한 고랑을 냈다. 발에는 가시 돋친 신발이 신겨졌다. 허벅지의 생살로 각을 뜬 고문관은 그 자리에 굵은 소금을 뿌린 후 세게 문질렀다.

유능한 고문관은 최대한 느리고 고통스럽게 고문하라는 명령에 따라 제 실력을 십분 발휘했다. 앨리스에게는 기절조차 허락되지 않았다. 과도한 쇼크의 조짐이 보이면 매드해터의 마법이 그녀를 멀쩡한 몸으로 되돌렸다. 고문관의 소변을 머리에서부터 뒤집어쓴 그녀는 조금의 표정 변화도 없이 그녀를 지켜보는 남자들에게 외쳤다.

"후회할 거야! 날 이렇게 대한 걸 후회하게 될 거야! 두고 봐! 내가 죽어서도 너희를 가만두지 않을 테니까!"

그녀의 목은 끊이지 않았던 비명으로 인해 잔뜩 쉬어 있었다. 원독어린 쇳소리를 듣고 있던 하트가 고문관을 제지했다. 관람용 의자에서 일어난 그는 앨리스에게 천천히 다가갔다.

반들반들하게 닦인 검은 구두가 앨리스의 피로 이루어진 웅덩이를 밟았다. 그는 입가에 미소를 띤 채였다. 그를 올려다보던 앨리스가 중얼거렸다.

"대체 왜……?"

하트는 언제나 저런 그림 같은 미소를 지은 채 그녀에게 달콤한 말을 속삭여 주었다. 사랑에 한없이 가까운 설탕 범벅의 말들. 그것이 전부 거짓이라면, 도대체 왜 그런 짓을 했던 것일까.

앨리스는 하트를 힘껏 노려보았다. 그러자 하트는 어깨를 으쓱하며 대답했다.

"그거야 소윤이 네게 상냥했기 때문이지."

"……뭐, 라고?"

"만약 내가 널 그냥 내버려 두었다면 어떻게 되었을까?"

만약 앨리스가 하트의 저택에 들어오지 않았다면, 그녀는 겁 없이 원더랜드 이곳저곳을 들쑤시고 다녔을 것이다. 그리고 그 경우, 앨리스를 보호하기 위해 소윤이 나섰을 게 뻔했다.

"소윤이 너 따위를 지키다가 위험해지는 꼴을 보고 싶지 않았거든. 그러니 나라도 나서서 널 이 집에 묶어 둬야 하지 않았겠어?"

하트는 앨리스에게서 모든 위험을 배제하고 사랑에 빠진 남자를 연기했다. 전부 소윤이 나설 만한 여지를 주고 싶지 않아서였다. 그 과정에서 소윤이 질투하는 모습까지 보았으니, 하트로서는 제법 수지맞는 장사였다.

"네게는 참 감사하고 있어. 덕분에 내 흰둥이…… 소윤이 자기 세계에 대한 미련을 다소나마 정리하고 이곳에 정착할 마음을 먹게 되었거든. 게다가 네가 그녀를 죽여 줬기 때문에 그녀가 이 세계에 올 수 있었잖아? 그 보답으로 목숨 정도는 붙여 놔 주지."

하트는 앨리스를 향해 고개를 숙였다. 피와 오물로 얼룩져 있음에도 그녀는 제법 예뻤다. 모든 것을 아는 그로서는 참 역겨울 만큼. 살기를 담아 웃은 하트가 달콤하게 속삭였다.

"죽고 싶어도 죽을 수 없는 삶이 뭔지 제대로 느껴 봐."

소윤이 그랬던 것처럼. 하트는 마지막 속내만은 목구멍 안쪽에 쑤셔 넣었다.

밤낮 없이 고문당하던 앨리스는 3일째 되던 날 오전, 매드해터의 마법으로 치료받은 뒤 소윤에게 넘겨졌다. 그녀는 앨리스를 짊어지고 듀크에게 갔다. 그는 기절한 앨리스를 보더니 히죽 웃었다.

"저, 정말로 3년 동안은 내 거란 말이지?"

"내가 요구한 약을 네가 갖고 있다면."

소윤이 듀크에게 요구한 것은 정신은 그대로 놔둔 채 몸만이 시체처럼 굳는 약이었다. 아무리 방부 처리를 해도 금방 못쓰게 되어 버리는 시체 대신 살아 있는 인간을 대상으로 욕구를 충족하기 위해 듀크가 개발한 약이었다.

약제실에서 작은 유리병을 가져온 듀크는 그것을 앨리스의 입가에 댔다. 무색투명한 약이 앨리스의 고운 입술 안쪽으로 부드럽게 흘러들었다. 병이 거의 빌 무렵, 소윤이 말했다.

"그리고 앞으로 나나 도르, 리에게 관심 갖는 일은 없도록 해. 이게 나머지 조건이다. 만약 어긴다면…… 그때야말로 네 숨통을 끊어 놓겠어."

듀크를 협박한 소윤은 지체 없이 그의 집을 나섰다. 몇 걸음 걷던 그녀는 발을 멈추었다.

"그만 나오지?"

잠시 정적이 흐르더니 세 남자가 슬금슬금 기어 나왔다. 앨리스를 쥐어지고 있을 때야 귀찮아서 모른 척했었지만, 홀가분해진 지금은 이쪽이 더 신경 쓰였다.

"왜 따라온 거야?"

소윤은 세 남자를 번갈아 바라보았다. 그러자 세 남자는 대답 없이 그녀의 시선을 피했다. 그렇게 1분쯤 지나자, 그 상황을 견디지 못한 디가 버럭 소리를 질렀다.

"아 씨, 진짜. 야, 너 같으면 안 이랬을 것 같냐! 생각을 좀 해 봐. 그년이 지구인지 징글징글인지 하는 너네 세계를 여는 열쇠 같은 거였다며. 그렇게까지 말해 놓고는 그년만 홀랑 데리고 나간 주제에,

뭐? 왜애애 따아라와아아아?”

눈을 깜빡거리던 소윤이 잠시 후 한숨을 쉬었다. 그러자 세 남자가 동시에 움칠거렸다.

“그러니까 지금 너희는 내가 앨리스와 함께 지구로 가 버릴까 봐 날 따라왔다는 거야?”

그들은 대답하지 않았다. 소윤은 그들의 얼굴에서 희미한 불안감을 읽었다. 그녀는 굳이 말로써 확정하고 싶지 않았던 사실을 입에 올렸다.

“못 가. 돌아갈 방법이 없다고.”

그 말에 순수하게 기뻐한 것은 디뿐이었다. 그는 비죽비죽 새어 나오는 웃음을 억지로 참으려다가 입매를 이상하게 일그러뜨렸다. 하트는 복잡한 얼굴로 그녀를 보다가 피식 웃었고, 매드해터는 착잡한 표정인 채 소윤에게 다가붙었다.

만약 감정을 저울에 올릴 수 있다면, 지구에 돌아가고 싶은 마음과 이곳에 있고 싶은 마음은 평형을 이룰 것이다. 만약 지구로 돌아갈 방도가 생긴다면 자신은 다시 고민하게 될 것이다. 그러므로 그녀는 사실 이외에는 말해 줄 수 없었다.

미안함으로 속이 껄끄러워진 소윤이 화제를 돌렸다.

“내가 앨리스를 데리고 나온 건 어떻게 알았어?”

앨리스는 하트의 저택에 갇혀 있었고, 소윤이 그녀를 들쳐 메고 나왔을 당시 매드해터와 트윈스는 그곳에 없었다. 하트라면 몰라도 나머지 둘은 당연히 몰랐어야 했다.

그녀의 질문에 굳은 것은 디만이 아니었다. 슬그머니 그녀를 외면하는 매드해터 역시 얼굴이 경직되어 있었다. 유일하게 당당한 하트가 입을 열었다.

“그 이유는 내가 알지.”

"그 입 다무시죠."

매드해터는 하트를 날카롭게 노려보았다. 당장이라도 와이어로 하트의 입을 찢어 버리고 싶다는 얼굴이었다. 하트는 그 얼굴에 대고 힐쭉 웃었다.

"그렇게까지 말해 주니 진실을 밝히지 않을 수 없잖아? 사실은 소윤, 네 집 앞에는 감시 카메라가 설치되어 있어. 이번에도 내내 너희 집을 훔쳐보다가, 네가 외출하니까 미행해서……."

"닥쳐요! 정보상에게서 소윤의 움직임을 보고받는 주제에 누구를 모함하는 겁니까! 하트야말로 해명할 말이 있을 텐데요. 난 적어도 소윤의 허락 없이 집 안을 살핀 적은 없으니까요."

"내가 언, 제……."

"기억난 모양입니다."

매드해터는 붉은 입술에 미소를 실은 채 소윤을 곁눈질했다. 그녀가 경청하고 있음을 확인한 그는 의기양양하게 말을 이었다.

"전 흰 토끼가 남긴 마스크를 전부 새것으로 바꿔 놓은 걸 모를 줄 알았습니까."

소윤은 과거를 더듬었다. 언제인가 하루아침에 마스크가 전부 새것으로 바뀌었던 때가 있었다. 마스크에서 약품 냄새가 나지 않는 데다가, 매드해터에게 보였을 때에도 마법적으로 처리한 흔적이 없다는 말을 들어 그냥 사용했었는데 그게 하트가 한 일이었다니.

그때 디가 소윤의 어깨에 팔을 걸치더니 들으란 듯 말했다.

"와, 이거 진짜 나쁜 새끼들이네."

그러자 매드해터라도 그랬을 것이라는 주장을 펼치던 하트와, 그런 좀도둑 같은 짓은 하지 않는다고 비웃던 매드해터가 동시에 디를 보았다. 매드해터가 코웃음을 쳤다.

"소윤의 집 앞에 감시인을 상주시킨 사람에게 들을 말은 아닌 것 같습니다만."

"흐음, 정말 나쁜 녀석이었군."

"가, 감시인이라니! 난 그냥 걱정이 돼서!"

디는 황급히 소윤을 돌아보았다. 그러자 그를 빤히 보고 있는 갈색 눈동자와 눈이 마주쳤다.

"아, 아냐! 난 정말로 널 걱정해서!"

질문을 했음에도 딱히 불쾌함이나 저항감이 없었던 소윤은 별생각 없이 고개를 끄덕였다. 그러자 하트가 디에게 반박했다.

"둘 다 음험하기는. 난 적어도 실시간으로 감시하지는 않아."

"정보상 통해서 캐내는 게 더 음험하잖아!"

"나야말로 소윤이 험한 일 하면서 다친 곳은 없나, 어디 아픈 데는 없나 살피기만 할 뿐입니다. 당신들처럼 일거수일투족을 조사하게 만드는 몰상식한 짓은 하지 않아요."

소윤은 서로 헐뜯기에 여념이 없는 세 남자를 물끄러미 보다가 한숨을 쉬었다. 그들의 언쟁을 한 귀로 흘려들으며 바라본 하늘은 참 맑았다. 의뢰도 없고 마음의 짐도 없는, 제법 평화로운 오전이었다.

Welcome to Wonderland

10. Epilogue

10. Epilogue

듀크에게 앨리스를 넘기고 온 날, 해질녘이 되어 미열이 있음을 감지한 소윤은 여느 때처럼 그것을 그냥 넘겨 버렸다.

다음 날, 느지막이 눈을 뜬 그녀는 평소보다 몸이 무겁다고 느꼈다. 눈앞이 검붉은 색으로 명멸하자 어지러워진 그녀는 눈을 감았다. 그때 스마트폰에서 단조로운 벨 소리가 울렸다. 그것을 멍하니 듣던 그녀는 꾸물거리며 이불을 머리끝까지 덮어썼다.

시간이 얼마나 흘렀을까. 인기척을 느낀 소윤이 눈을 떴다. 안개처럼 희미하고 아련한 것이 다가왔다.

저것은 믿을 수 있다. 소윤은 본능적으로 그렇게 판단했다. 이내 딱딱한 것이 그녀의 이마에 닿았다. 선뜻한 온도가 마음에 든 그녀는 팔을 뻗어 그것을 끌어안았다.

"잠……! 열이…… 약……."

조금 움직이던 그것은 금세 잠잠해졌다. 소윤은 시원한 그것에 뺨을 부볐다. 그러자 간질간질한 바람이 그녀의 머리카락을 건드리더니 길고 든든한 것이 그녀의 몸을 감쌌다.

"잘 자요."

매끄러운 목소리가 속삭였다. 소윤은 상냥한 서늘함에 전신을 내맡기고 잠 속으로 떨어져 내렸다.

한참 길게 자고 일어난 소윤은 몽롱한 눈을 깜빡였다. 가장 먼저 깨어난 후각이 고소한 음식 냄새를 맡았다.

"일어났습니까?"

마침 부엌에서 나오던 매드해터가 반색하며 다가왔다. 그의 손에는 작은 냄비가 들려 있었다.

"요카난? 왜……."

어째서 이곳에 있는지 물으려던 그녀는 잔뜩 쉰 목소리에 입을 다물었다. 바닥에 냄비를 내려놓은 매드해터가 그녀의 이마를 짚었다.

"아직도 뜨겁네요."

소윤은 멍하니 그를 올려다보았다. 고열에 시달린 그녀의 눈은 물기를 띠고 있었고 뺨은 발그스름했다. 매드해터는 내심 앓는 소리를 냈다.

"감기입니다. 밥은 당연히 먹지 않았을 거고, 약은 먹었습니까?"

소윤은 대답 없이 돌아누웠다. 그러자 매드해터가 들으란 듯 한숨을 쉬었다.

"아프다는 자각은 있는 거죠? 아, 왔군요."

소윤은 기척이 느껴지는 쪽을 향해 기운 없이 고개를 돌렸다. 마치가 경직된 얼굴로 문 앞에 서 있었다. 눈치를 보다 슬금슬금 다가온 소년이 매드해터에게 작은 약 봉투를 내밀었다.

"여, 여기요."

마치에게 의뢰비를 지불한 매드해터는 약 봉투를 받아 자신의 주머니에 챙겼다. 마치는 한눈에도 아파 보이는 소윤을 걱정스러운 눈으로 흘금거렸다. 소리 없이 전해진 마음에 그녀는 희미하게 웃었다. 그 순간 매드해터가 둘 사이를 가로막았다.

"의뢰 끝났으니 그만 나가요. 아픈 사람 귀찮게 하지 말고."

살얼음처럼 싸늘한 말투였다. 움찔한 마치가 어색하게 웃으며 도망쳤다. 소윤은 매드해터를 물끄러미 올려다보았다. 그러자 그는 조금의 거리낌도 없이 당당하게 말했다.

"당신은 병자입니다. 휴식이 필요해요. 먹을 만한 걸 만들어 왔으니까 이것부터 먹어요. 약은 그다음입니다."

매드해터는 내려놓았던 냄비를 들어 침대 위에 올렸다. 뚜껑을 열자 따뜻한 오트밀이 보였다. 김을 모락모락 올리는 그것에서 어머니가 만들어 준 죽을 연상한 소윤은 스푼을 들었다. 나날이 늘어 가는 매드해터의 요리 실력을 반영하듯 오트밀은 참 맛있었다.

아웃하우스의 어둑어둑한 뒷골목. 덥수룩한 갈색 머리카락 위에 모자를 눌러쓴 남자가 발소리를 죽여 걷고 있었다. 문득 발을 멈춘 남자는 주변의 기척을 살핀 뒤 골목 안쪽에 발을 디뎠다.

그러고도 한참을 걸어간 남자는 낡은 집의 문을 소리 없이 열고 안으로 들어갔다. 문을 단단히 걸어 잠근 남자는 그제야 모자를 벗었다. 뻣뻣한 머리카락 사이로 충혈한 회색 눈동자가 드러났다.

남자, 체셔는 힘들여 구한 음식이 든 봉투를 안은 채 먼지투성이 침대에 아무렇게나 걸터앉았다. 봉투 안에 손을 넣어 작은 빵을 꺼낸 그는 그것을 입에 가져갔다. 빵 부스러기가 옷과 침대 위에 떨어져도 신경 쓰지 않았다.

무미건조한 얼굴로 작은 빵 2개를 먹어 치운 그는 봉투를 침대 옆 협탁 위에 올려놓은 뒤 그대로 뒤쪽으로 쓰러졌다. 그는 눈을 껌뻑이다 천천히 감았다. 그을음과 쥐 오줌 그리고 변색된 핏자국으로 더러운 천장이 검붉은 눈꺼풀 위에서 천천히 사라져 갔다. 그와 함께 그의 정신도 서서히 잠으로 빠져들었다.

몇 시간쯤 지나 눈을 뜬 체셔는 바지 뒷주머니에 손을 넣었다. 휴대폰을 꺼낸 그는 폴더를 열었다. 밤 9시 38분을 알리는 숫자가 액정에 뜬 전부였다. 소윤을 넘겨주는 대가로 새로운 신분을 약속했던 연구소 소장에게서는 나흘이 지난 지금까지도 아무런 연락이 없었다.

염색한 갈색 머리카락과 추레한 옷차림의 그는 부모가 봐도 알아보지 못할 만큼 달라져 있었다. 이런 꼴로 평생 은신처를 전전하며 살아야 하나.

체셔는 뱃속 깊은 곳에서부터 올라오는 시커먼 감정을 애써 억눌렀다. 언제부터인가 그를 괴롭히던 감정이었다. 그는 괜히 이마를 문질렀다. 차가운 손끝에 식은땀이 느껴졌다. 그는 욕설을 중얼거렸다. 그런데 그 공간에서 존재하지 않아야 마땅한 대답이 돌아왔다.

"저런. 일이 생각대로 풀리지 않은 모양이야?"

귀에 설지 않은 깊은 저음의 목소리였다. 체셔는 나이프를 빼 들며 뒤쪽으로 몸을 물렸다. 그러자 기척을 죽이고 있던 불청객이 그 존재감을 드러냈다. 선명한 진저 헤어를 본 순간, 체셔는 애써 가라앉혔던 감정이 다시 떠오르는 것을 느꼈다.

사람들은 그 감정을 공포라고 부른다.

체셔는 이를 악물고 하트를 향해 달려들었다. 어둠 속에서 은백색 나이프가 번득였다. 하트는 어느새 뽑아 든 도끼로 나이프를 쳐 낸 후 그대로 체셔의 명치를 걷어찼다. 체셔가 벽에 처박히자 곧바로 뒤따라간 그는 다리를 휘둘렀다. 반들반들하게 잘 닦인 구두코가 옆구리를 날카롭게 파고들었다.

"크헉! 큭, 쿨럭쿨럭……."

연신 신음과 기침을 토하는 체셔를 냉엄한 눈으로 내려다보던 하트가 도끼를 내리쳤다. 목표는 체셔의 왼쪽 무릎. 뼈가 부서지는 소리가 나고 체셔의 비명이 이어졌다.

저가 자른 다리를 눈 하나 깜짝하지 않고 살핀 하트는 이내 만족스럽게 웃었다. 그런 그를 체셔가 시뻘게진 눈으로 노려보았다. 하트는 피를 뿜어내는 절단면을 툭툭 걷어차며 말했다.

"내 여자를 건드릴 생각이었다면 이 정도는 각오했어야지."

내 여자. 피비린내가 자욱한 실내에 환희에 찬 목소리가 선언처럼 울렸다. 뿌듯한 만족감이 묻어나는 음성이었다.

앨리스를 고문하는 과정에서 소윤의 납치를 종용한 것이 체셔라는 사실을 알게 된 하트는 곧바로 행동에 나섰다. 베이비를 닦달하는 것에 그치지 않고 아웃하우스의 정보상들을 고용한 그는 결국 체셔의 행방을 알아내기에 이르렀다.

한쪽 다리가 잘린 체셔를 부하들에게 맡긴 하트는 원더랜드로 귀환했다. 그가 가장 먼저 들른 곳은 소윤의 집이었다.

유리문을 열자마자 열기가 훅 끼쳤다. 하트는 침대 위에 누워 있는 소윤에게 조용히 다가갔다. 그녀의 뺨과 입술은 평소와는 달리 발그스름했다. 하트는 그것에 이끌리듯 손을 내밀었다. 그러나 누군가가 그의 손등을 찰싹 후려쳤다.

"씻지도 않은 손으로 소윤을 만지지 마시죠."

매드해터는 들고 있던 작은 대야를 내려놓았다. 대야 안에는 차가운 물이 찰랑거리고 있었다. 수건을 대야에 담근 그는 물기를 꼭 짜 소윤의 이마 위에 올려놓았다. 그러자 희미하게 찡그려져 있던 그녀의 미간이 풀렸다.

하트가 손을 씻고 돌아오자 매드해터는 그를 마뜩잖은 눈으로 보다가 자리를 떴다. 잠시 후 부엌에서 달그락거리는 소리가 나기 시작했다. 침대에 걸터앉은 하트는 소윤의 얼굴을 찬찬히 살폈다. 찬 물수건에도 불구하고 그녀의 뺨은 여전히 붉었다. 다시 그녀를 향해 손을 뻗던 하트는 문득 움직임을 멈추었다.

『원더랜드』.

소윤의 말에 따르면 그 소설 속에서 하트는 앨리스와 서로 사랑하게 되는 역할이라고 했다. 그 말을 들었을 당시, 하트는 코웃음도 치지 않았다. 세계와 존재를 고뇌하기에는 그의 정신이 너무 견고했다. 설령 상위의 존재가 그의 운명을 앨리스의 짝-그는 얼굴을 찌푸렸다-으로 결정했다 하더라도 그 명령을 순순히 들어야 할 이유 따윈 없다.

다만, 딱 한 가지가 마음에 걸렸다.

그때, 시선 끝에 닿은 소윤의 눈꺼풀이 떨렸다. 새하얀 속눈썹이 함께 떨리자, 하트는 그 별것 아닌 움직임을 정신없이 바라보았다. 곧이어 몽환적인 눈매가 천천히 열리고 잠과 열에 취한 갈색 눈동자가 드러났다. 그는 얼른 표정을 감추고 웃었다.

"몸은 좀 어, 때……."

그의 실수는 그녀를 향해 손을 뻗던 중이라는 데 있었다. 소윤에게 정신이 팔렸던 그는 그 손을 그대로 두었고, 그것을 그녀가 보았다. 눈을 깜빡거리던 그녀가 느리게 손을 움직였다. 그녀의 뜨거운 손가락이 그의 거친 손끝에 닿았다가 좀 더 안쪽으로 조용히 미끄러졌다.

하트는 단단히 얽힌 손가락을 숨조차 쉬지 않고 바라보았다. 그 너머에서 어른거리는 그녀는 다시 눈을 감고 있었다. 그 입매에서 미소의 잔재를 확인한 하트는 얼굴을 가렸다. 그녀의 열에 침범당해 뜨거워진 심장을 누구에게도 들키고 싶지 않았다.

고작 타이밍 좋게 손 좀 잡아 줬다고 그녀가 자신을 소설 속 등장인물로 여긴대도 상관없다고 생각해 버리다니. 스스로 생각해도 참 기가 막혔다.

잠시 후 소윤의 식사를 들고 부엌에서 나온 매드해터가 얼굴을 구긴 채 쏘아붙였다.

“아픈 사람을 앞에 두고 뭘 그렇게 히죽히죽 웃고 있습니까? 기분 나쁘게. 비켜요. 소윤에게 밥 먹여야 합니다.”

평소라면 대거리를 했겠지만 행복감에 젖은 하트에게는 매드해터의 말이 장모의 잔소리 정도로 들렸다. 매드해터가 들었으면 길길이 날뛰었을 생각이었다.

소윤을 향해 거리를 굽힌 하트가 뺨에 살짝 입을 맞추었다. 이내 꿀이 뚝뚝 떨어지는 목소리가 그녀를 깨웠다.

저녁쯤부터 원더랜드가 술렁이기 시작했다. 슬럼 근처에 위치한 사람이 살지 않는 주택가에 몰려든 사람들은 저마다 구경하기 좋은 자리들을 잡았다.

흰 토끼의 자리가 걸렸던 4년 전 이래 열렸던 적이 없던 크로켓 게임이 드디어 개최되는 날이었다. 사람들은 기대에 차 밤을 기다렸다.

10시 반이 조금 넘은 시간, 하트가 나타났다.

언제나처럼 미끈한 슈트 차림의 그는 2층 주택의 발코니에 나타나 한쪽 끝의 난간에 기대어 섰다. 그런데 그에게 의외의 동행이 있었다. 하트에 이어 모습을 드러낸 매드해터는 둘의 사이가 나쁘다는 것을 증명이라도 하듯 발코니의 다른 쪽 끝에 섰다.

11시를 몇 분 남겨 놓지 않은 시점에서 하트의 부하가 한 남자를 끌어지고 나타났다. 남자는 밧줄에 꽁꽁 묶여 있었다. 하트의 부하는 그를 내려놓은 뒤 밧줄을 끊고 물러갔다.

남자의 정체를 확인한 사람들이 웅성거리기 시작했다. 여기저기에서 그의 별칭이 불렸다. 체셔, 오늘의 특별 게스트였다. 옅은 금발로 돌아온 그는 대부분의 사람들이 그의 특징처럼 생각하는 값비싼 슈트를 걸치고 있었다. 하트의 부하들은 그에게 스트라이프의 넥타이까지 빈틈없이 마련해 주었다.

한데 그의 모습에서 다소 이상한 부분이 발견되었다. 하나는 왼쪽 광대뼈에서 입술 근처까지 길게 내리그어진 칼자국이었고, 다른 하나는 왼쪽 다리였다. 바람이 불 때마다 펄럭이는 바지 자락 아래로 구색만 갖춘 의족이 엿보였다.

정황상 그가 바로 오늘의 크로켓 볼일 것이다. 상당한 세력을 구축하였으나 관행을 어긴 탓에 하트에게 처단된 체셔는 사람들에게 악의와 통쾌함을 불러일으키기에 충분했다.

11시. 드디어 크로켓 게임의 막이 올랐다.

체셔에게는 무기가 주어지지 않았다. 잡혀 온 이래 약간의 물 이외에는 아무것도 섭취하지 못한 그는 한쪽 다리마저 성치 않아 제대로 달리지도 못하는 상황이었다. 본능적으로 첫 번째 걸음을 뗐다가 고꾸라진 그는 기어서라도 도망치려고 했다.

내내 멸시하던 자들의 앞에서 구차하게 땅을 기며 목숨을 구걸하는 모습. 그것이 바로 하트가 원하던 그림이었다. 그러나 목적한 광경이 나왔음에도 불구하고 하트는 지루함을 느꼈다.

그의 생각은 자연스럽게 소윤에게로 향했다. 아직 감기가 덜 나은 그녀는 지금 자고 있을 터였다. 번견이 붙어 있기는 했지만 시원찮은 놈이라 영 마땅치가 않았다.

체셔의 머리통이 자욱한 흙먼지 속을 데굴데굴 굴렀다.

그 시각, 잠들어 있던 소윤은 강렬한 시선을 느끼고 눈을 떴다. 어두운 금발이 밤의 정적 속에서 희미하게 반짝이고 있었다. 소윤이 그를 불렀다.

"트윈스?"

시원찮은 번견, 트위들 덤의 얼굴에는 그림자가 드리워져 있었다. 그는 입술을 우물거리다가 중얼거렸다.

"우리에 대해……."

그러나 점점 뭉개진 소리는 결국 완전한 문장을 만들지 못했다. 입을 꾹 다문 채 잠시 가만히 있던 덤이 그녀의 품에 얼굴을 묻었다. 어딘지 매달리는 것 같은 움직임이었다.

이 세상은 책 속이고 소윤은 그 독자였다. 어린 시절을 괴리된 세상에서 지낸 트윈스에게 이 세상이 책이라는 것은 별 감흥을 주지 못했다. 다만 한 가지, 이제까지 그들이 숨기고자 노력했던 것들을 그녀가 전부 알고 있다는 것만은 마음에 걸렸다.

그녀는 이것도 알고 있었을까. 디가 형제의 시체로 연명했다는 본능적인 죄책감에서 도망치기 위해 만든 허상, 그것이 바로 덤이라는 것도. 이제까지 전혀 문제되지 않았던 사실에 사랑이라는 감정이 끼어들자 일이 우습게 되었다.

그때 소윤이 그의 머리를 쓰다듬어 주었다. 투박하고 어색한 손놀림이었다. 그러나 그것만으로도 울고 싶은 기분이 된 덤은 그녀의 허리에 팔을 둘러 꽉 끌어안았다.

소윤은 덤을 흘금 내려다보았다. 그의 왼팔에는 도르를 구하다가 입은 화상이 시뻘겋게 드러나 있었다. 그녀는 덤을 살짝 밀어냈다. 그러고는 무슨 생각을 했는지 얼굴이 하얗게 질린 그에게 어딘가를 가리켜 주었다.

"저쪽에 약 있어. 가져와."

조금 얼떨떨한 표정을 지은 그가 자리에서 일어났다. 그녀가 말한 약은 그에게도 익숙한 것이었다. 소윤은 그가 약을 가지고 오는 사이, 자리에서 일어나 앉았다.

"거기 앉아."

그녀는 매드해터가 간호를 위해 가져다 놓은 의자를 가리켰다. 덤이 의자에 앉자 그녀는 약 봉투를 빼앗아 입구를 벌린 채 뒤집었다. 그러자 소독약과 바르는 약, 붕대가 침대 위에 떨어졌다.

"왼팔 이리 내."

덤은 순순히 왼팔을 내밀었다. 소윤은 약을 듬뿍 덜어 팔에서부터 시작하여 손등까지 바르기 시작했다. 살갗을 타고 전해진 감촉에 덤은 심장이 간질간질해지는 것을 느꼈다. 그는 뺨을 붉힌 채 고개를 숙였다. 그 모습을 슬쩍 본 소윤이 말했다.

"제대로 치료해야 빨리 나을 거야."

이렇게나 눈에 띄는 상처는 덤과 디가 동일 인물이라는 단서가 될 수 있었으므로 가능한 빨리 치료하는 것이 좋았다. 덤은 그녀가 하는 말의 의미를 깨달았고, 들킬 경우 부하들의 신뢰를 잃을 수 있다는 것도 알고 있었다. 그러나 입에서 나오는 말은 다른 것이었다.

"계속 낫지 않았으면 좋겠어. 그럼 계속 네가 치료해 줄 테니까."

붕대의 매듭을 짓던 손이 조금 멈칫거렸다. 마저 매듭을 지은 소윤은 남은 붕대와 약을 봉투 안에 되돌렸다. 그러자 덤이 그것을 빼앗아 들고는 그녀를 자리에 눕혔다.

"더 자. 아직 열이 남아 있어."

소윤은 순순히 눈을 감았다. 얼마 후 그녀의 숨소리가 느려졌다. 덤은 잠이 든 그녀를 쳐다보다가 작게 하품을 했다. 그녀의 잠이 옮았기 때문인지, 아니면 마음이 좀 놓였기 때문인지 졸음이 쏟아졌다. 그는 침대에 팔을 올리고 그 위에 머리를 기댔다. 완전히 잠에 빠져들기 직전, 디가 말했다.

"아, 새끼. 내내 틀어박혀서 뭘 그렇게 고민하나 했더니 고작 그런 거였냐. 똑똑한 줄 알았더니 존나 멍청하네. 저 둔한 여자가 그런 거에 신경을 쓸 리 없잖아."

그 말이 정답이었다. 덤은 잠결에 키득키득 웃었다.

하트의 저택에 갑작스러운 손님이 찾아왔다. 호화로운 응접실에서 손님을 맞은 하트는 벽에 걸린 시계를 흘금 바라보았다. 중요한 약속까지 1시간도 채 남지 않았으므로 가능한 빨리 이 손님을 보내야만 했다.

손님은 20대 초반으로 보이는 남성이었다. 정부의 메시지를 가지고 온 사자인 그는 연신 불안스럽게 눈을 굴리고 있었다. 그를 슬슬 떠본 하트는 사자가 신입에 말단이라는 것을 깨달았다. 지난번 방문했던 귀한 엘리트들이 단 한 명도 귀환하지 못하자 이번에는 죽어도 아깝지 않은 사람을 보낸 모양이었다.

하트는 정부 직인이 찍힌 편지에서 고개를 들어 사자를 보았다. 편지는 무척 길었지만 내용은 단 한 줄로 축약되었다.

"실험체는 정부의 소유물이므로 당장 내놓으라, 이 말인가?"

"그, 그렇습니다."

"만약 내놓지 않을 시에는 해당 실험체와 한통속인 것으로 생각하고 연구소가 전소된 책임도 함께 묻겠다라."

하트는 발그스름하게 물든 눈매로 살살 눈웃음을 쳤다. 그 안에 응축된 분노와 폭력성을 눈치채지 못한 사자는 일이 잘 풀리려나 싶어 어색하게나마 마주 웃었다.

하트는 편지로 팔랑팔랑 부채질을 했다. 지난번 방문자들의 시체를 처리하면서 원더랜드에 발을 들이자마자 우발적인 범행으로 인해 사망한 것으로 꾸몄는데, 정부도 바보는 아닌지 곧이곧대로 받아들이지는 않은 모양이었다.

"그런데 말이야, 내가 재미있는 걸 손에 넣었는데."

"네?"

"한번 보겠어?"

하트는 사자에게 서류 한 뭉치를 내밀었다. 얼결에 그것을 받은 사자는 떨떠름한 기색으로 그것을 읽어 내렸다. 5분도 채 되지 않아 그의 표정이 확연히 굳어졌다.

"이, 이건……."

"아주 흥미로운 내용이지?"

그 서류는 소윤이 연구소를 탈출하면서 가지고 나온 것이었다. 그 안에는 선천성 마력 비보유자에 대한 납치와 실험, 그들의 특수 능력 발휘 등에 대한 연구 결과가 쓰여 있었다.

"놀라운 일이야. 설마 국민을 실험체로 조달했다니. 나라면 그런 정부를 믿고는 제정신으로 못 살지. 정말 무서운데."

하트는 킬킬 웃으며 어깨를 움츠렸다. 모든 선천성 마력 비보유자들이 병자 취급을 받는 것은 아니다. 그중에는 진짜 앨리스처럼 부모의 사랑 속에 자라 온 사람도 있었다. 자식을 잃은 부모의 한과 국민의 인권이 언제 침해될지 모른다는 약간의 충동질이면 큰 사건으로 번지는 것은 금방이었다. 게다가 그들에게는 매드해터라는 막강한 재력의 스폰서도 있었다.

암담한 얼굴로 서류를 들여다보던 사자는 무엇을 깨달았는지 입을 쩍 벌렸다.

"이걸 왜 가지고 이, 있습니까? 설마 진짜……."

"설마 진짜, 뭐지?"

"그, 아, 아뇨……."

사자는 말끝을 흐렸다. 그에 하트가 좀 더 이죽거리려는 때였다. 그의 스마트폰에서 메시지 수신음이 울렸다. 액정을 확인한 그가 부드럽게 웃었다. 사자가 눈을 휘둥그레 떴다.

"손님이 와서 더는 마주 앉아 있기 어렵겠군. 아, 그건 가지고 가도 돼. 어차피 사본이니까."

하트는 자리에서 일어났다. 사자는 갈팡질팡하여 그를 올려다보았다.

"저, 저…… 대답을……."

"대답? 아, 그렇지."

어차피 이대로 저 사자를 돌려보낸다 해도 다음 사자가 올 뿐이다. 그렇다면 지금 확실하게 대답하는 것이 나을 것이다. 그렇게 생각한 하트는 말을 골랐다. 가장 확실하고 상대가 다시는 얼씬도 하지 않을 법한 대답을.

"솔직히 아까부터 대단히 불쾌했어. 그쪽이 실험체라고 부른 그 여자, 내 피앙세거든."

"……네?"

"목을 쳐 버리고 싶은 충동을 참느라 얼마나 고생했는지 몰라. 네 목도, 널 보낸 네 윗대가리들의 목도."

하트는 입술을 길게 찢으며 웃었다. 누구라도 느낄 수 있을 만큼 피 냄새를 짙게 풍기는 웃음이었다.

"다시 한 번 내 여자를 두고 소유권 주장을 해 보시지. 그 즉시 날아가 목을 따 버릴 테니까."

폭발하듯 터져 나온 살기가 응접실을 잠식했다. 사자는 하트의 얼굴도 마주 보지 못하고 덜덜 떨었다. 그 바람에 그의 손아귀에서 서류가 떨어져 아무렇게나 흩어졌다. 허리를 굽혀 손수 서류를 주운 하트는 그것으로 사자의 뺨을 툭툭 두드렸다.

“이것도 잊으면 안 되지. 꼭 가지고 가라고.”

응접실을 나선 하트는 곧바로 침실로 갔다. 문을 열자마자 창가의 소파에 앉아 있는 소윤이 보였다. 감기로 침대에 누워 있던 모습을 마지막으로 오늘까지 만나지 못했기 때문일까. 그녀의 얼굴이 평소보다 창백해 보였다. 성큼성큼 방을 가로지른 그는 그녀의 입술에 가볍게 키스했다.

“오래 기다렸어?”

“별로. 손님 왔다고 들었는데 일찍 왔네.”

“별것 아닌 용건이었으니까.”

정부의 협박성 요구를 별것 아닌 용건으로 치부한 하트는 다시 그녀의 입술을 찾았다. 가치 없는 화제로 대화하는 것보다 이쪽이 훨씬 시급했다.

한동안 여러 가지 일이 있어서 소윤은 잊었을지 몰라도 하트에게 오늘의 만남은 참 각별했다. 그는 소윤이 앨리스를 찾으러 가기 직전 이곳에서 있었던 일을 상기했다.

그때 이 침실에서 그는 마침내 그녀에게 마음을 고백했고, 그리고…… 그녀는 그에게 같은 말을 돌려주었다.

‘나도 널 사랑하고 있으니까.’

참담하고 달콤한, 그래서 더 절박했던 그때를 언제까지고 잊지 못할 것이다.

그가 다소 급하게 파고들자 조금 움찔했던 소윤이 살며시 혀를 얽어 왔다. 하트는 더 이상 아무 생각도 할 수 없었다. 더 깊게, 더 가까이. 하트의 입술이 여유 없이 소윤을 몰아붙였다.

1인용 소파에 앉아 있던 몸이 어느새 팔걸이를 베개 삼아 누워 버렸다. 이러기 위해 이곳을 찾은 게 아니었던 소윤은 그의 어깨를 밀었다. 그러나 연신 뜨겁게 움직이는 입술은 물러날 생각을 하지 않았다.

"잠, 으음…… 하……트……."

그녀 자신이 들어도 소름이 끼칠 만큼 달콤한 목소리가 침실에 울렸다. 이대로라면 정말 내일 아침까지 이곳에서 벗어나지 못하게 되어 버린다. 소윤은 몽롱해진 정신을 억지로 일깨우며 고개를 돌렸다.

"하트. 잠깐 좀…… 하트!"

"으음."

낮게 긁히는 음성이 불만스러운 신음을 토했다. 적갈색 눈동자는 이미 맛이 간 상태였다. 열기로 희미하게 물든 뺨과 젖은 입술이 지독히도 관능적이었다. 소윤은 그에게 홀리지 않으려고 노력하며 입을 열었다.

"용건이 있어서 왔다고 했잖아."

"마침 잘됐군. 나도 네게 용건이 있는데."

소윤은 다시 달려들려는 그의 어깨를 짚어 저지한 후 재빨리 용건을 말했다. 그것을 잠자코 들은 하트는 이내 한숨을 쉬며 몸을 일으켰다. 그녀도 뒤따라 몸을 일으켰다. 그는 소윤의 허리를 끌어안으며 속삭였다.

"내 소윤은 냉정하기도 하지."

그녀의 어깨가 움찔 튀었다. 귓가에 속삭였기 때문인지, 아니면 '내 소윤'이라는 호칭 때문인지는 알 수 없었다. 하트는 원인이 후자에 있길 바라며 히죽 웃었다.

어차피 시간은 많다. 그녀가 온다는 말에 이후 일정을 모두 취소한 덕분이었다. 그녀의 용건은 고작 30분이면 충분할 테니, 그 이후의 시간은 전부 그의 용건으로 채울 심산이었다.

잠시 후, 준비를 마치고 욕실에서 나온 부하가 얼른 침실 밖으로 나갔다. 소파에서 일어난 하트는 소윤에게 손을 뻗었다. 소윤은 자연스럽게 그 손을 잡고 몸을 일으켰다. 하트는 그녀를 데리고 욕실로 향했다.

그곳에는 욕실과는 어울리지 않는 작은 의자가 놓여 있었다. 소윤을 그곳에 앉힌 하트는 세면대 위에 놓인 가위를 손에 들었다. 새하얀 앞머리를 한 줌 집어 가지런히 한 그가 말했다.

"눈 감아."

소윤은 순순히 눈을 감았다. 이내 날붙이가 움직이는 날카로운 소리와 함께 앞머리가 잘려 나갔다. 그녀는 반사적으로 주먹을 움켜쥐었다가 풀었다.

이곳은 하트의 저택이고, 지금 그녀와 있는 사람은 자신을 결코 배신할 리 없는 사람이다. 그렇게 생각하니 날붙이가 더 이상 신경 쓰이지 않았다.

덥수룩하게 흐트러져 시야를 가리던 머리카락이 사라졌다. 그녀가 부탁한 것은 앞머리뿐인데, 하트는 어느새 다른 부분에까지 손을 대고 있었다. 거울을 통해 그의 모습을 지켜보던 소윤이 무심코 중얼거렸다.

"잘하네."

"어머니의 머리도 내가 잘라 줬으니까. 자, 다 됐다."

그는 그렇게 말하며 가위를 치웠다. 거울 안에는 단정하게 정리된 머리카락의 소유자가 앉아 있었다. 소윤은 자신의 얼굴을 새삼스러운 눈으로 바라보았다.

『원더랜드』의 설정에 충실하기 위해 갈색 눈동자를 가리고 마스크를 써 왔다. 이제, 더 이상 그런 것들은 필요 없었다.

"잘 어울린다."

하트가 그녀의 머리카락을 손가락에 감으며 속삭였다.

"나도 그렇게 생각해."

소윤이 조금 시원한 얼굴로 웃으며 그렇게 대답했다.

–이상한 나라의 흰 토끼 마침–

Welcome to Wonderland

Extra Stories

IF — 귀향

만약 소윤이 지구에 돌아가게 된다면

그것은 정말 생각지도 못한 순간에 벌어진 일이었다.

어느 밤, 아웃하우스에서의 일을 마치고 원더랜드로 돌아가던 소윤은 매복한 채 그녀를 기다리고 있던 일단의 무리와 마주쳤다. 마법 트랩과 스토리지는 물론 마법사까지 동원된, 제법 철저하게 계획된 작전이었다. 그러나 서둘러 그린 마법진에서 오류가 발생할 줄은 누구도 생각하지 못했다.

마법과 마법이 충돌했다. 들끓는 마력을 견디다 못한 마법사들이 마법진에서 거세게 튕겨 나갔다. 마법 트랩과 스토리지가 부서졌다.

마력의 소용돌이 한가운데에는 소윤이 있었다. 마력은 먹잇감을 노리듯 그녀를 향해 달려들었다.

이윽고 모든 것이 가라앉았다. 소윤을 잡으러 온 자들은 주변을 두리번거렸다. 그러나 그들은 흰 머리카락 한 올조차 발견하지 못했다.

부드러운 공기 그리고 공기 중에 희미하게 떠도는 약 냄새. 소윤이 잠에서 깨어나자마자 느낀 것들이었다. 낯섦과 낯익음을 동시에 느끼면서 눈을 뜬 그녀는 새하얀 천장을 보자마자 연구소를 연상했다. 자리에서 벌떡 일어난 그녀는 다음 순간 경직하고 말았다.

하얀 침대, 하얀 벽, 살짝 열린 창문으로 들어온 바람에 펄럭이는 얇은 커튼, 협탁 위에 놓인 스마트폰. 구석에는 작은 문이 있었고, 문 안쪽에서는 물소리가 들려오고 있었다. 아주 오래전, 지구의 드라마에서나 보았던 병원 독실의 풍경이었다.

잠시 후 작은 문이 열리고 한 여성이 나왔다. 자그마한 체구와 힘없이 처진 입매 그리고 피곤한 눈매를 가진 중년 여성이었다. 느릿느릿 걸어오던 그녀는 소윤과 눈이 마주치자마자 그 자리에 우뚝 멈춰 섰다.

"소, 윤아?"

믿을 수 없다는 듯, 여성은 몇 번인가 눈을 깜빡이다가 소윤의 이름을 불렀다. 소윤도 똑같이 눈을 깜빡이다가 그녀를 불렀다.

"엄마?"

어머니의 손에 들려 있던 대야와 물수건이 떨어져 내리며 요란한 소리를 냈다.

가현에게 찔린 후 곧바로 병원으로 이송된 소윤은 긴 수술 끝에 죽음의 문턱에서 벗어날 수 있었다. 그러나 그녀는 한 달에 가까운 시간 동안 눈을 뜨지 못했다. 원인은 불명.

몇 시간 전 들은 내용을 되새기던 소윤은 주먹을 쥐어 보았다. 주먹은 이내 힘없이 풀어졌다. 막 깨어났을 때에는 눈치채지 못했지만, 오감을 통해 그녀에게 흘러드는 정보의 양도 현격하게 줄어들었다. 그녀는 머릿속에 남은 마지막 기억을 더듬었다.

습격당했다. 그러나 마법진의 무엇이 잘못되었는지 선을 따라 빛이 사납게 산란하더니 공기의 덩어리 같은 것이 그녀를 덮쳤다. 그 순간 그녀는 블랙홀 같은 것이 자신을 향해 입을 벌리는 것을 보았다.

그랬는데 그녀의 몸은 내내 지구를 떠난 적이 없다고 한다. 전부 꿈이었을까. 소윤은 시트를 강하게 움켜쥐었다. 그때 어머니가 그녀의 손을 잡았다.

"소윤아? 어디 아프니?"

소윤은 고개를 들었다. 그녀의 간호를 도맡았을 어머니, 그녀가 깨어났다는 소식에 회사와 학교에서 뛰쳐나와 달려온 아버지. 군대에 간 남동생은 없었지만, 그녀가 그토록 그리워하던 가족들이었다. 부모의 조마조마한 얼굴을 본 소윤은 어깨에서 힘을 뺐다.

"아니."

그렇게 말문을 뗀 소윤은 머뭇거렸다. 어떤 말투로 말을 해야 좋을지 알 수가 없었다.

"괜찮으니까."

고작 내뱉은 무뚝뚝한 말에도 가족들은 안도하여 숨을 내쉬었다. 그러나 소윤은 그 한숨보다 어머니가 덥석 잡은 손이 더 신경 쓰이고 어색했다. 그러나 손을 빼낼 만한 핑계를 찾을 수 없었다. 그녀는 손가락을 꼼지락거리다가 억지로 힘을 풀었다.

그사이 어머니는 이런저런 이야기를 늘어놓았다. 소윤이 칼에 찔렸다는 소식을 들었을 때의 공포, 생명에 지장이 없다는 진단이 내려졌음에도 불구하고 깨어나지 않는 그녀를 볼 때의 참담함 그리고 지금 느끼는 기쁨. 어머니는 고인 눈물을 닦으며 호들갑을 떨었다.

"나 좀 봐. 소하한테 연락해 줘야 하는데 깜빡 잊었네. 여보, 소하가 청원 휴가 나올 수 있을까?"

"글쎄, 나 때는……."

부부가 아들의 휴가 이야기를 하는 사이, 소윤은 다른 것을 생각했다. 동생의 것과 꼭 닮은 눈동자의 소년, 그의 여동생.

기억은 자연스럽게 확장되었다. 무너진 건물들, 긴장된 공기, 공기 중에 어렴풋이 떠도는 피 냄새, 그리고 그곳에 군림하는 한 남자. 그녀는 저도 모르게 주먹에 힘을 주었다가 풀었다. 지금은 그에 대한 생각보다는 확인이 먼저였다.

"엄마, 그 여자는 어떻게 됐어?"

"어?"

"나 찌른 여자, 위가현."

설령 그 13년이 꿈이었다 할지라도 소윤은 그 여자를 용서할 수 없었다. 그녀의 표정이 굳자 어머니가 슬그머니 물었다.

"소윤아, 너 일어나자마자 이런 말 묻는 게 우습다는 것도 아는데…… 동현이랑 계속 사귈 거니? 그래서 그 여자 찾아?"

순간 '동현'이 누구인지 알아듣지 못했던 소윤은 사귄다는 말에서 겨우 깨달았다. 그것은 소윤이 칼에 찔린 원인이 된 전 남자 친구의 이름이었다. 그녀가 대답하지 않자 어머니는 초조한 얼굴로 말을 이었다.

"다시 생각해 봐. 소윤아, 그놈은 병원에 찾아온 적도 없어."

주동현. 지금 와서는 사귀게 된 계기조차 기억나지 않는, 한때 좋아했던 남자. 이제 와서는 아무것도 느낄 수 없었다. 기억나는 것은 그녀에게 쏟아진 하트의 뜨거운 애정뿐이었다.

아니, 그의 애정을 받은 것이 진실일까. 애써 묻어 두었던 생각이 한꺼번에 흘러나왔다. 만약 그녀의 13년이 존재하지 않는 것이라면,

그리고 하트가 단지 소설 속 등장인물일 뿐이라면. 그렇게 생각하자 심장 어림에서 무거운 통증이 느껴졌다.

"소윤아?"

"헤어질 거야."

"정말이냐?"

"응."

질문은 어머니가 했는데 아버지가 반색하며 반응했다. 짧게 대답한 소윤은 피로가 급격히 몰려드는 것을 느꼈다.

"처음부터 마음에 안 들었어. 인물만 좀 반반하지, 영 매가리가 없어 보였다고."

"이이는 정말 주책이라니까. 소윤이가 누굴 데려왔든 마음에 안 들었을 거면서."

"아무튼 모든 사달이 그놈 때문인 거잖아. 그놈이 처신만 잘했으면 소윤이가 지금 이렇게 병원에 있지도 않겠지."

아버지가 작은 목소리로 동현을 험담하자 어머니가 타박했다. 소윤은 작게 하품을 하며 그들의 대화를 들었다. 동현이 반반하다는 부분에서는 좀 의아했지만, 처신이라는 단어를 듣자 그 의아함은 사라졌다.

동현은 연인인 소윤이 아닌, 가현이 퍼트린 유언비어를 믿었다. 그것을 떠올리자 칼에 찔리기 직전에 했던 생각이 함께 떠올랐다. 그녀는 무거운 책으로 동현을 힘껏 때릴 생각이었다. 그리고 그 책을 넣어 둔 가방 안에는 『원더랜드』도 들어 있었다.

잠 속으로 빠져드는 그녀의 뇌리에 『원더랜드』의 표지가 어른거렸다.

검사 결과 소윤의 몸에는 아무 이상이 없었다. 그 결과가 나온 날

아침, 그녀는 이불 아래에서 손을 움직였다. 손가락에 들어가는 힘이 눈을 뜬 첫날과는 확연히 달랐다. 그녀는 이불 끄트머리를 쥐고 살짝 힘을 주었다. 질긴 소재의 이불이 너무도 쉽게 찢어졌다. 귀와 공기를 통해 전해지는 정보의 양도 비교할 수 없을 만큼 증가했다.

힘이 돌아오고 있다. 이것이 의미하는 바는 아주 명쾌했다.

그 세계는 허상이나 꿈이 아니었다.

몸이 변하기 전에 모든 검사가 이미 끝나서 다행이었다. 온갖 개조를 거친 그녀의 몸은 여러 모로 인간의 영역을 벗어나 있었다. 이것이 들키면 무슨 일을 당할지 알 수 없다.

그동안 제법 많은 사람들이 소윤의 병실을 찾아왔다. 그중에는 얼굴이 기억나는 사람도 있었고, 그렇지 않은 사람도 있었으며, 경찰도 있었다. 깨어난 지 얼마 안 돼 쉽게 피곤해진다는 핑계를 댈 수 있어서 다행이었다.

그리고 드디어 퇴원하는 날이 되었다. 아버지의 차에 탄 소윤은 차창 너머로 흘러가는 풍경을 멍하니 바라보았다. 언젠가도 이렇게 앉아 있다가 원더랜드의 간판을 발견했었다. 이번에는 대형 서점의 간판이 눈에 띄었다. 그녀는 아버지에게 부탁하여 차를 세웠다.

"책 사게? 지갑 안 갖고 있잖아."

책을 살 생각까지는 없었던 소윤이 가만히 있자 어머니가 지갑에서 카드를 꺼내 그녀에게 건넸다. 한때 익숙했던 플라스틱의 감촉이 굉장히 생소했다.

"무거울 텐데 너무 많이 사지는 말고. 같이 갈까?"

"혼자 갔다 올게."

카드를 주머니에 넣은 소윤은 차에서 내렸다. 오염된 공기에 숨이 턱 막혔지만 몇 분 지나자 익숙해졌다.

서점 안으로 들어가자 에어컨의 냉기가 훅 끼쳤다. 사람들의 물결에 다소 어지러워진 그녀는 잠시 가만히 서 있었다. 어느 쪽으로 가야 할지 알 수 없었다.

서점 곳곳에 있는 PC를 보자 저것으로 검색하여 책을 찾았던 것이 기억났다. 그녀는 PC를 하나 붙들고 서서 조심스럽게 키보드를 눌렀다. 검색 결과는 금방 도출되었고, 소윤은 금세 책을 찾을 수 있었다.

소윤은 '원더랜드'라는 흰색의 제목이 금색 가시나무 그림에 둘러싸인 검은 표지의 책을 뽑았다. 로맨스 판타지치고는 다소 두꺼운 한 권짜리 책이었다. 그러나 그 책은 그녀가 아는 사람들의 생을 압축하기에는 지나치게 얇았다. 그녀는 그것을 펼치려다가 멈칫거렸다.

서점을 나서는 소윤의 손에는 아무것도 들려 있지 않았다. 그녀가 차에 타자 어머니가 물었다.

"아무것도 안 샀니? 보고 싶은 책이 없었어?"

"응."

그녀가 보고 싶은 것은 그 책 안에 있지 않았다.

그 길로 세 사람은 차를 달려 집에 도착했다. 부러 부모를 먼저 들여보낸 소윤은 조금 느린 걸음을 옮겨 집 안으로 들어갔다.

현관문을 통과하는 순간, 그리운 냄새가 그녀의 코끝을 스쳤다. 섬유 유연제 냄새, 비누 냄새, 약간의 음식 냄새. 그녀는 숨을 깊이 들이쉬었다.

드디어 돌아왔다.

뜨거운 것이 소윤의 목구멍을 자극했다. 소윤은 울음을 꾹 억누르며 말했다.

"다녀왔어."

퇴원한 지 며칠 지나지 않아 소윤은 학교에 갔다. 만에 하나, 정말로 지구에서 살 수밖에 없다면 미래에 대한 대비를 하고 싶었기 때문이었다. 다행히 상처는 움직이기에 무리가 없는 수준까지 회복되어 있었다.

학교에 가까워질수록 소윤을 향한 시선들이 늘어났다. 교내에서 칼에 찔린 것만으로도 놀라운 일인데 원인이 치정이다. 훌륭한 가십거리였다.

안 그래도 가현에게 찔리기 전까지 온갖 루머에 시달렸던 소윤은 교내에서 이미 유명 인사였다. 옛날 같았으면 움츠러들었을 테지만 그녀는 주목받는 것에 이골이 나 있었다. 아무렇지도 않게 교내를 가로지른 그녀는 학과 사무실로 갔다.

그녀가 빠진 수업에 대해 조교와 이야기를 나누는 동안, 그녀로서는 기억도 하지 못하는 사람들이 말을 걸어 몸 상태를 물었다. 그러나 안부를 시작으로 다른 이야기-예를 들어 가현은 어떻게 되었는지, 당시 소윤의 기분이 어땠는지 등-도 묻고 싶었던 그들은 소윤의 냉랭한 반응에 떨어져 나갈 수밖에 없었다.

그들과는 달리 소윤은 몇 가지 정보를 얻을 수 있었다. 예를 들어 동현이 입대했다는 것이나 가현이 현재 어디에 있는지 등등을 말이다. 필요한 일 처리를 끝낸 그녀는 학과 사무실에서 나왔다.

며칠 후, 소윤은 지하철을 타고 어디론가 향했다. 지하철로 한참을 달려 도착한 곳은 구치소였다. 미리 인터넷으로 예약을 해 놓은 덕분에 오래 기다리지 않아 접견실로 들어갈 수 있었다.

유리 너머로 독기에 찬 가현의 얼굴이 보였다. 그 얼굴만 봐서는 앨리스로서의 기억을 가지고 있는지 알 길이 없었다. 소윤은 마이크에 대고 말했다.

"여행은 즐거웠어?"

그녀의 말이 떨어지는 것과 동시에 가현의 눈이 휘둥그레졌다. 소윤은 부러 입매를 한껏 끌어 올려 웃었다.

—너……!

아무래도 그 세계에 갔다 온 사람은 소윤 하나만이 아닌 모양이었다. 가현의 눈동자에 공포와 증오가 스치는 것으로 보아 그녀 역시 모든 사건을 겪은 듯했다. 듀크에게 예쁜 시체 취급을 받다가 다시 지구로 돌아온 그녀에게 현재의 상황은 천국일 것이다.

—예소윤! 죽일 거야! 죽여 버리고 말겠어!

난동을 부리는 가현을 교도관이 제압했다. 그러나 가현은 소윤에게서 눈을 떼지 않았다. 기대해. 소윤은 소리 없이 입술만 움직였다. 다시 데려가 줄게. 스피커를 통해 가현의 비명과 저주가 쏟아졌다.

오늘 그녀가 가현을 만나러 온 이유는 단 하나, 원더랜드의 존재 여부를 확신하기 위해서였다. 신체 변화만으로도 확정할 수 있지만, 그래도 다시 한 번 확인하고 싶었다.

목적을 달성한 소윤은 자리에서 일어났다. 접견실에서 나가려던 그녀는 유리에 비친 희끄무레한 머리카락을 발견하고는 그 자리에 멈춰 섰다.

그녀의 흑갈색 머리카락이 서리가 앉은 듯 하얗게 변해 있었다. 이것까지 원래대로 될 필요는 없는데. 머리카락을 슬쩍 매만진 그녀는 접견실을 나왔다.

이제 남은 건 기다리는 일뿐이다. 지하철역으로 향하는 소윤의 입가에 희미한 미소가 떠올랐다.

소윤의 시간은 조용히 흘러갔다. 다만 새하얗게 변해 버린 머리카락만큼은 어딜 가도 눈에 띌 수밖에 없었다. 그러나 그녀를 두고 하는 말의 대부분은 얼마나 마음고생을 했으면 하루아침에 머리가 다 셌겠냐는 동정론이었다.

한때 소윤을 외면했던 친구들이 다시 다가왔지만 그녀의 무덤덤한 모습에 질렸는지 다시 멀어져 갔다. 오히려 그녀와 친하지 않아 등을 돌릴 일도 없었던 사람들이 간간히 말을 걸어왔다. 그렇게 소윤은 학교를 다니고, 수업을 듣고, 과제를 하며 평범한 일상을 영위했다.

남동생 소하를 만나기 위해 온 가족이 면회를 가기도 했다. 탈영이라도 할까 봐 그에게는 소윤이 다쳤다는 것조차 알리지 않았다고 했다.

소윤이 퇴원한 후 전화를 통해 일의 경과를 들은 소하는 이를 득득 갈며 어디 두고 보자고 을러멨다. 그러나 면회 날 소윤과 얼굴을 마주한 소하는 하얀 머리카락에 잠시 말문을 잃더니, 염색할 때 편하겠다고 너스레를 떨며 온갖 머리 색을 추천해 댔다.

그리고 소윤의 몸은 원래의 상태를 되찾았다.

이렇게 일상은 아무 불만거리 없이 흘러갔다.

그러나 실상을 살피면 소윤에게 지구는 불편한 세계였다. 서울은 밤 깊도록 소리가 그치지 않는 곳이었다. 소윤의 가족은 아파트 단지에 거주했는데, 같은 동에만 627명이 살고 있었다. 그들의 소리와 기척을 고스란히 느끼는 소윤에게 아파트는 고문에 가까웠다.

그뿐만이 아니었다. CCTV를 비롯하여 수많은 눈들이 그녀의 행동을 제약했다. 그녀는 급한 용무가 있어도 최고 속도로 달릴 수 없었다. 만취해 시비 거는 남자의 팔을 꺾어 버리는 것으로 만족해야 했고, 동현의 친구들이 몰려와 윽박질러도 살기를 풀어내는 정도에 그쳐야 했다.

그녀는 자신이 원더랜드에 지나치게 물들었다는 것을 깨달았다. 그것이 그리 좋은 변화가 아니라는 것은 알고 있었다. 그러나 과거의 자신으로 되돌아가고 싶은 생각이 조금도 없었다. 차원 너머 어딘가에 지금의 소윤을 온전히 받아들여 주는 사람들이 있기 때문이었다.

그토록 빠져나가고 싶었던 세계를 이토록 바라게 될 줄은 몰랐는데. 소윤은 쓴웃음을 지었다.

그러나 그녀는 스트레스를 받을지언정 조급해하지는 않았다. 소윤은 자신을 향한 하트와 매드해터의 집념을 믿었다. 그러므로 지금 그녀가 할 일은 현재를 마음껏 향유하는 것이었다.

어느덧 시간이 흘러 기말고사가 도래했다. 소윤은 참담한 결과를 예상하며 시험을 치렀다. 그리고 시험 마지막 날, 모든 것을 훌훌 털어 버린 그녀는 시험지를 내고 강의실을 나섰다. 그래도 D는 받지 않기 위해 벼락치기를 했더니 머리가 다 아팠다. 빨리 집에 가서 쉬고 싶었다.

그녀는 교정을 가로질러 교문으로 향했다. 등 어림까지 자란 백발이 바람에 나부꼈다. 눈부신 햇살 아래의 그것은 소윤의 창백한 얼굴과 어우러져 기묘할 만큼 비현실적이었다.

"소윤아?"

그녀가 교문을 통과할 때였다. 한 청년이 그녀를 불러세웠다. 이번 학기 복학생으로, 최근 소윤에게 자주 말을 거는 선배였다.

"시험 보고 가는 길이야? 오늘이 마지막 시험이었지?"

"네."

"점심 먹었어? 안 먹었으면 같이 먹으러 갈래? 오빠가 사 줄게."

"먹었어요."

그녀는 단답형으로 무뚝뚝하게 대꾸하면서 부러 한쪽 눈썹을 찡그렸다. 무표정으로 있으면 대화를 허용한 줄 알고 끝도 없이 떠들기 시작하는 사람들에게 대응하기 위해 만든 표정이었다.

그러나 그녀의 표정에서 거부의 의사를 읽었음이 분명함에도 불구하고 선배는 아랑곳하지 않았다. 오히려 그는 소윤에게 한 걸음 다가섰다.

“그러지 말고 시험도 끝났는데 나랑 맛있는 거 먹으러 가자. 이 근처에 파스타 진짜 맛있게 하는 집이 있거든. 저번에 보니까 로제 소스 파스타 잘 먹던데, 그 집이 그걸 잘해. 아, 맞다. 나 시사회 당첨됐는데 같이 갈래? 오늘 저녁 7시 반인데…….”

소윤의 의사는 아무래도 좋은 듯, 선배는 점심 식사와 그 후의 계획을 주절주절 늘어놓기 시작했다. 그러다가 그는 소윤이 제 말을 제대로 듣고 있는지 확인하기 위해 슬쩍 시선을 내렸다.

유리처럼 투명한 갈색 눈동자와 하얀 속눈썹에 감싸인 눈매가 꿈결처럼 몽환적이었다. 그는 홀린 듯이 그녀의 눈을 들여다보았다. 그러나 그 눈동자는 그를 피해 다른 곳을 향하고 있었다. 그것이 마음에 들지 않았던 그는 소윤을 향해 손을 뻗었다.

한편, 혼자 떠드는 선배를 지루하게 지켜보던 그녀는 대단히 익숙한 다수의 기척을 느꼈다. 그게 누구의 것인지 본능적으로 알아차린 순간, 그녀의 심장이 세차게 뛰기 시작했다. 그녀는 도로 쪽으로 시선을 주었다. 그들은 대단히 빠른 속도로 그녀에게 가까워지고 있었다.

몇 분 지나지 않아 까만 세단이 교문 앞에 부드럽게 멈춰 섰다. 운전석 문이 열리고, 뒤이어 검은 바지에 감싸인 긴 다리가 드러났다. 바짓단과 검은 구두 사이로 보이는 양말은 눈이 아플 만큼 선명한 빨간색이었다.

소윤은 천천히 시선을 올렸다. 검은 벨트, 와인색의 얇은 셔츠, 열린 깃 사이로 드러난 옅은 갈색 피부.

그녀가 조금 더 위쪽을 보려는 때였다. 존재조차 잊고 있던 선배가 그녀를 향해 손을 뻗었다. 그 손을 본능적으로 피하려는 순간, 탄탄한 팔이 그것을 밀쳤다.

"어딜 만지려고."

낮고 깊은 저음이 그녀의 귓가를 울리고 심장까지 적셨다. 그녀는 저도 모르게 어깨를 움찔거렸다. 그러자 목소리의 주인이 한쪽 입매만 끌어 올리며 힐쭉 웃었다. 그의 발그스름한 눈매에서 폭발 직전의 흉포함을 읽은 소윤이 그를 불렀다.

"하트."

간만에 입술에 올린 이름에는 그녀조차 당황스러울 정도의 안도감이 담겨 있었다. 그녀는 조금 쑥스러웠지만 하트에게서 시선을 돌리지는 않았다.

하트는 그녀의 부름에 순순히 반응했다. 그는 한 팔로는 소윤의 어깨를 끌어안고 다른 팔로는 허리를 휘어 감았다.

바싹 당겨진 몸이 밀착하자 하트 특유의 뜨끈한 체온이 전신을 통해 전해졌다. 기억하는 것과 조금도 다르지 않은 체온에, 그녀는 자신도 모르게 희미한 한숨을 흘렸다. 그러자 그의 팔에 한층 더 힘이 들어갔다.

"찾았다."

그가 작은 소리로 속삭였다. 단 한 마디였으나, 그 안에 담긴 감정은 참 깊었다. 소윤은 팔을 들어 그의 등을 끌어안았다. 그러자 하트가 낮은 신음을 흘리더니 이미 틈도 없이 붙어 있는 몸을 더 당겼다.

비 오는 오후, 깊은 숲을 거니는 듯한 향기가 소윤의 폐부까지 파고들었다. 그녀는 눈을 질끈 감았다. 뜨거운 입술이 그녀의 귓가를 더듬더니 그보다 더 뜨거운 목소리가 속삭였다.

"보고 싶었어?"

그것은 지금 그녀의 혀끝에서 맴도는 말과 같았다. 그녀는 감정에 겨워 숨을 삼켰다. 눈매가 뜨끈해졌다. 그래도 대답은 반드시 하고 싶어서 그녀는 간신히 입을 열었다.

"……그래."

반쯤 잠긴 목소리가 흘러나왔다. 그러자 잠시 멈칫했던 하트가 소리 내어 웃었다.

잠시 그렇게 있던 두 사람 중 먼저 정신을 차린 것은 소윤이었다. 주변의 웅성거림이 커짐에 따라 그녀는 하트를 살짝 밀었다. 그는 팔에 힘을 주었지만 이내 그녀를 놓아 주었다. 그래도 그녀를 떨어뜨리고 싶지 않았는지, 하트는 그녀의 어깨에 다시 팔을 둘렀다.

그들이 서 있는 곳은 교문 앞이었고, 대부분의 학생들이 마지막 시험을 치르는 날인지라 북적거리고 있었다. 그 많은 사람들이 전부 두 사람을 쳐다보고 있었다. 문득 주변을 둘러본 하트는 피식 웃었다. 그의 시선이 마지막으로 머문 곳은 입을 벌린 채 서 있는 선배였다.

"남의 여자에게 함부로 손을 대면 쓰나."

페로몬이 뚝뚝 흐르는 음성이었다. 그러나 선배는 그 음성의 요염함 따위에 신경을 쓸 수 없었다. 적갈색 눈동자에 어린 선명한 살의가 그의 숨통을 조여 왔기 때문이었다. 손에 잡힐 듯 가까이 다가온 죽음에 눈앞이 점멸할 때였다.

"가자."

소윤이 그렇게 말하며 하트의 팔을 잡았다. 하트는 그녀를 내려다보았다. 그 눈에서 상황에 대한 귀찮음을 읽은 그는 낮은 소리로 웃으며 그녀를 이끌었다.

그녀는 조수석이 아닌, 뒷좌석 문을 열고 차에 탔다. 문을 닫는 동시에 강한 손가락이 그녀의 어깨를 잡고 끌어당겼다. 그 움직임을 알고 있었던 소윤은 저항하지 않았다.

톡 쏘는 라임 향기가 코끝을 새큼하게 스쳤다. 그늘진 차 안에서 어두운 금발이 희미하게 반짝거렸다. 다음 순간, 소윤은 익숙한 품 안에 안겨 있었다.

"트윈스."

그녀가 중얼거리자 그들이 고개를 끄덕였다. 그러자 곱슬곱슬한 금발이 함께 나풀거렸다.

"보고 싶었어."

트윈스가 착 가라앉은 소리로 중얼거렸다. 소윤은 그들의 머리를 어색하게 쓰다듬었다. 그러자 그들은 소윤의 목덜미에 얼굴을 묻고 이런저런 말을 늘어놓기 시작했다. 대부분 그들이 그녀를 얼마나 보고 싶어 했는지, 그녀를 찾느라 얼마나 고생했는지에 대한 내용이었다. 그러나 트윈스가 소윤을 독차지한 시간은 얼마 되지 않았다.

"작작 하시죠."

매드해터가 날카로운 목소리로 쏘아붙였다. 트윈스를 밀친 그는 소윤을 품에 안은 채 등을 돌렸다. 몇 마디 욕설을 내뱉은 트윈스는 의외로 얌전히 물러났다.

트윈스가 그러거나 말거나, 자신의 등으로 바리케이드를 만든 매드해터는 그녀의 뺨을 살며시 어루만졌다. 여신처럼 아름다운 얼굴이 눈물을 쏟을 듯 이지러졌다. 소윤은 손을 뻗어 그의 뺨을 감쌌다.

얼마를 그렇게 있었을까. 하트가 거칠게 클랙슨을 울렸다. 잠깐 멈칫했던 매드해터가 혀를 차는 소리가 좁은 차 안에 선명하게 울렸다.

"왜 방해입니까? 그 많은 사람들 앞에서 단독으로 연인 행세를 한 것으로 부족했나 보죠?"

머리카락 색만 아니었다면 내가 나갔을 텐데요. 매드해터는 그렇게 덧붙였다.

소윤이 생각하기에도 참 탁월한 선택이었다. 매드해터였다면 보기 드문 청회색 머리카락은 둘째치고 인간과 천사의 중간쯤에 발을 걸친 듯한 미모 때문에 일대 소란이 일었을 것이다. 트윈스였더라도 외모가 시선을 끌기는 했겠지만, 디가 제 성질대로 입을 여는 순간 양아치로 여겨졌을 가능성이 컸다. 그 상황에서는 잘생겼기는 하나 도가 지나치지 않고 분위기만으로도 함부로 대할 수 없다고 여겨지는 하트가 정답이었다.

매드해터가 몸을 일으켰다. 풀려난 소윤은 트윈스와 매드해터 사이에 앉았다. 그러자 트윈스가 그녀의 허리에 팔을 두르고 어깨에 머리를 기댔다.

하트와 매드해터가 소윤에게 일의 경위를 설명하기 시작했다. 그것을 들으며, 트윈스는 그녀가 없던 동안의 일을 떠올렸다.

소윤의 경우, 의뢰의 특성상 하루 이틀 정도 원더랜드에 모습을 드러내지 않아도 이상할 것이 없었다. 그러나 그녀가 사라지고 얼마 지나지 않아 하트는 그녀의 실종 사실을 트윈스와 매드해터에게 알렸다. 베이비를 통해 실시간 스토킹을 하고 있었기에 가능한 속도였다.

매드해터는 실종의 원인을 잘못 그린 마법진으로 인한 마법 간의 충돌이라고 밝혔다. 강대한 두 힘이 서로 부딪히면서 공간에 균열이 발생했고, 그 틈으로 빨려 들어간 그녀가 가장 친숙한 세계로 끌려갔으리라는 것이 그가 도출해 낸 결론이었다. 세 남자에게 있어서는 가장 끔찍한 이야기였다.

그러나 그들은 포기하지 않았다. 그녀가 이 세계를 벗어났다면 그들이 그녀의 세계로 찾아가면 된다. 그들은 그렇게 생각했다.

그리고 그 생각이 결실을 맺어, 지금 그들은 소윤의 세계에 와 있었다.

트윈스는 매드해터를 곁눈질했다. 그는 샤펠리에의 이름까지 밝히며 정부에게 거래를 요구했다.

매드해터가 내건 것은 그가 이제껏 연구해 온 마법과 기술의 접목. 그는 그것을 주는 대신 차원 이동에 대한 이제까지의 모든 연구 결과와 논문, 정보, 소윤이 차원 이동 시 입고 있던 옷 그리고 차원 마법의 전문가를 받아 냈다. 그것들이 없었더라면 그들은 소윤과 두 번 다시 만나지 못했을 것이다.

문득 어느 오후가 떠올랐다. 해가 서녘으로 기울어 가는 시간, 디는 느려 터진 연구의 진척을 캐묻기 위해 매드해터를 방문했다.

정부로부터 건네받은 자료를 보관하기에는 매드해터의 집이 너무 좁아서, 연구실은 하트의 저택에 마련되었다. 중간에 하트를 만나 동행한 덕분에 디는 쉽사리 연구실에 도착할 수 있었다.

그리고 연구실에 들어간 디가 본 것은 소윤의 옷에 입을 맞추는 매드해터였다.

정부의 연구소처럼 청결과 정리 정돈이 중요한 곳에서는 오래되거나 쓸모없는 자료는 즉시 폐기하거나 창고 등으로 옮긴다. 소윤이 차원 이동 당시 입고 있던 낡은 옷도 그러한 자료에 해당되었다. 덕분에 연구소가 전소되었음에도 불구하고 다른 세계의 흔적을 손에 넣을 수 있었으니 다행이었다.

지금은 곁에 없는, 난생처음 좋아하게 된 여자가 다른 세계에서 입던 옷. 그것은 젊은 트윈스의 머릿속에 아련한 망상을 만들기에 충분했다.

그러나 그들 앞에 도착한 옷은 오래되어 변색된 피가 묻은 누더기였다. 게다가 피가 썩어 들어 지독한 악취마저 풍기고 있었다. 그 순간부터 트윈스에게 그 옷은 소윤의 세계를 찾아내기 위해 필요한 자료 그 이상도 이하도 아니었다.

매드해터가 입 맞추고 있는 옷이 바로 그것이었다. 디는 악취를 견디지 못하고 한 걸음 물러섰다. 만지는 것도 아니고 입술을 대다니. 디는 그가 결벽증이라는 정보가 잘못되었다고 생각했다.

그때 디의 곁을 지나쳐 하트가 연구실 안으로 들어갔다.

"적당히 해."

그렇게 말한 하트는 소윤의 옷을 잡아당겼다. 그러자 매드해터가 감고 있던 눈을 떴다. 그의 푸른 눈동자는 며칠 밤을 샌 탓에 시뻘겋게 충혈되어 있었다. 그것이 희번덕거렸다.

"건드리지 마시죠. 내 겁니다."

"그래. 네가 이름을 팔아서 받아 온 물건이지. 하지만 혹시라도 네가 그걸 주물럭대는 바람에 잘못되어 소윤의 세계로 가는 문을 열지 못하게 된다면 어쩔 거지?"

하트의 목소리는 삭막했지만 그 안에는 불안과 초조, 아슬아슬하게 억눌러진 살기가 고여 있었다. 잠시 가만히 있던 매드해터가 손을 놓았다.

하트는 소윤의 옷을 청결한 실험대 위에 되돌렸다. 디는 하트가 그 옷에서 손을 떼는 순간, 아쉽다는 듯 머뭇거리는 것을 보았다. 그들은 진심으로 저 누더기를 소중하게 생각하고 있었다. 단지 소윤이 입었던 옷이라는 이유 하나만으로.

트윈스는 자신의 감정임에도 사랑의 영원함을 믿지 않았다. 몇 년 후에는 시들해질 마음이 아닐까, 하고 몰래 생각하곤 했다.

그러나 하트와 매드해터는 이미 그 몇 년이라는 시간 동안 사랑을 해 온 자들이었다. 시간이 흐르면서 마음이 사라지는 게 아니라 더 깊어진다면, 혹시 몇 년 후에는 자신들도 저렇게 되어 있을까. 그렇게 생각하자 마음 한구석이 무거워지는 동시에 뿌듯해졌다.

방금 전 매드해터가 그들을 밀칠 때 얌전히 물러나 준 것도 같은 맥락에서였다. 트윈스는 소윤이 없는 동안 매드해터가 어떻게 미쳐 가는지 똑똑히 보았다. 그 꼴은 아무리 트윈스라도 다시 보고 싶지 않았다.

트윈스가 생각에 잠긴 사이, 차는 세 남자가 묵고 있는 호텔에 도착했다. 그들이 지구에 온 지 제법 시간이 흘렀다. 다행히도 한국에 떨어지기는 했지만, 그 과정에서 매개체로 사용된 그녀의 옷이 마력을 이기지 못하고 부스러져 버렸다. 그 바람에 그녀를 확정할 수 있는 물건이 없어 추적 마법조차 사용할 수 없게 되었다.

그때부터 금전의 힘이 발휘되었다. 세 남자가 가진 화폐는 무용지물이라 해도 금은이나 보석까지 그러한 것은 아니었다. 들고 온 귀금속을 환금한 그들은 돈을 아낌없이 사용하여 소윤을 찾았다.

그 과정에서 세 남자는 지구에 훌륭히 적응했다. 신분을 사 운전면허까지 땄다는 말을 들은 소윤이 입을 열었다.

"신분이 왜 필요해?"

세 남자의 시선이 그녀에게 집중되었다. 고개를 기울인 그녀가 말을 이었다.

"날 데리러 온 거잖아."

"……당신이 이곳에서 살 거라고 생각했습니다."

그녀가 얼마나 돌아가고 싶어 했는지 잘 아는 매드해터가 말했다.

누군가가 마중 오기를 기다리는 내내 소윤 역시 많은 생각을 했다. 지구는 불편하다. 그녀조차도 이러하니 하트나 다른 사람의 경우에는 불편한 정도로 끝나지 않을 것이다.

누군가가 그녀를 데려가기 위해 지구에 온다면 그것은 십중팔구 매드해터의 힘일 것이고, 꼼꼼한 그라면 만약의 사태에 대비하여 몇 번이고 이동할 수 있도록 준비했을 가능성이 컸다. 그렇다면 유학을 간다는 핑계를 대고 원더랜드로 돌아간 뒤 가끔 지구에 들르는 것도 가능할 것이다.

"가능하겠지?"

"물론 가능합니다. 조금 더 연구하면 통신도 연결할 수 있을 거예요."

호텔 엘리베이터에 타 층수를 누르며 매드해터가 그렇게 장담했다. 잠시 후 엘리베이터가 멈췄다. 가장 먼저 내린 매드해터는 소윤을 달랑 들어 옆구리에 꼈다. 그가 하는 대로 가만히 있던 그녀는 눈을 깜빡였다.

"난 좀 자야겠습니다. 방해하지 마세요."

"적당히 자고 나와. 소윤을 집에 데려다줘야 하니까."

매드해터는 하트의 말에 가타부타 대답 없이 걸음을 옮겼다. 그가 묵는 방은 엘리베이터에서 얼마 떨어지지 않은 곳에 있었다. 몇 걸음 걷지 않아 발을 멈춘 그는 키카드로 문을 열고 안으로 들어갔다. 그대로 침대로 직진한 그는 소윤을 끌어안은 채 털썩 드러누웠다.

"요카난?"

그녀가 그의 본명을 불렀다. 매드해터는 눈매를 한껏 접어 가며 방긋 웃었다. 그녀와 이야기를 나누고 싶었지만, 불면에 시달린 머리가 그것을 용납하지 않았다.

꾸물꾸물 움직여 소윤의 품 안으로 기어 들어간 그는 숨을 깊이 들이마셨다. 그가 기억하는 달콤하고 새큼한 비누 냄새 대신 연한 꽃향기가 났다. 앞으로 그가 좋아하게 될 향기였다.

정적이 내려앉은 조금 어두운 방. 침대는 푹신했고 공기는 온화했다. 그리고 팔 안에는 소윤이 있다. 그녀가 사라진 이래 매드해터에게서 떨어지지 않던 두통도 어느새 씻은 듯 가셔 있었다. 그야말로 완벽한 평화였다.

매드해터의 숨소리가 조금씩 느려졌다. 소윤은 그를 내려다보다가 머리에 아슬아슬하게 씌워져 있는 페도라를 벗겨 주었다. 그녀의 입가에 희미한 미소가 떠올랐다.

"잘 자."

망설이다가 그의 하얗고 반듯한 이마에 살짝 입 맞춘 그녀는 그를 따라 눈을 감았다.

매드해터는 모처럼 기분 좋게 눈을 떴다. 가장 먼저 보인 것은 소윤이었다. 그녀를 몽롱한 눈으로 바라보던 그는 그녀의 품으로 더 깊이 파고들었다.

자신이 소윤에게 지나치게 의존적이라는 자각은 있었다. 아마도 그래서 다른 두 사람도 오늘 그가 소윤을 독차지하다시피 구는 것을 봐줬을 터다.

“트라우마 따위는 쓸모없다고 생각했는데 이렇게 도움이 되는군요.”

작은 소리로 중얼거린 매드해터는 시계를 흘금 보았다. 하트가 말한 6시간이 거의 다 되었다. 소윤과 조금 더 함께 있고 싶었지만, 그녀의 부모가 걱정할 것이므로 슬슬 집에 보내 줘야 했다. 몸을 일으킨 그는 소윤의 손을 잡았다. 손가락으로 손바닥을 살짝 문지르자 그녀가 천천히 눈을 떴다.

“잘 잤어요?”

소윤은 매드해터를 멍하니 올려다보았다. 그는 반짝거리는 얼굴로 방긋 웃고 있었다. 그녀는 무심결에 대답했다.

“잘 잔 건 너 같은데.”

일어나 앉은 그녀는 아무렇게나 흐트러진 백발을 쓸어 넘겼다. 등어름까지 오는 머리카락이 성가셨다. 잘라 버릴까. 그녀가 그렇게 생각하는데, 어느새 그녀의 등 뒤에 앉은 매드해터가 흰 머리카락을 그러모았다.

“당신의 머리가 이렇게까지 긴 건 처음 봅니다. 정말 잘 어울려요.”

한 올도 빠트리지 않고 정성스레 머리카락을 모은 그가 긴 손가락으로 소윤의 머리를 빗었다. 소윤은 눈을 감았다. 등줄기가 간질간질해지며 다시 졸음이 몰려왔다.

그녀가 꾸벅꾸벅 조는 동안, 매드해터는 손을 열심히 움직여 그녀의 머리를 땋았다. 지식으로만 알고 있던 방법이라 어려웠지만, 손가락 사이를 스치는 머리카락의 감촉만으로도 기꺼웠다.

잠시 후, 그녀의 머리를 얼추 땋아 내린 그는 주머니에서 손수건을 꺼내 그녀의 머리를 묶었다.

"다 됐…… 이런."

매드해터는 다시 잠든 소윤을 보며 낮은 소리로 웃었다. 팔을 벌려 그녀의 등을 담뿍 안은 그는 달콤한 목소리로 속삭였다.

"그만 일어나요."

소윤은 귓가에서 속살대는 미성에 잠에서 깨어났다. 소리가 들리는 쪽으로 고개를 돌리자 매드해터의 얼굴이 보였다. 소윤은 절세의 미모를 손바닥으로 아무렇게나 밀어냈다.

"아프잖습니까."

매드해터가 투덜거렸지만 소윤은 아랑곳하지 않았다. 침대에서 내려오다가 머리 쪽에서 당기는 느낌을 받은 그녀는 손을 올렸다. 머리가 얼기설기 엮여 있었다. 매드해터를 향해 시선을 돌리자 푸른 눈동자가 기대감으로 반짝이고 있었다. 손끝에 느껴지는 감촉만으로도 어설프다는 것을 알 수 있었지만 그녀는 머리를 묶은 손수건을 풀지 않았다.

"고마워."

"별말씀을."

매드해터는 꽃이 피어나듯 활짝 웃었다.

자리에서 일어난 소윤은 문을 향해 걸어갔다. 다시 페도라를 쓴 매드해터가 그녀의 뒤를 따랐다. 문고리에 손을 올린 소윤은 문 너머에서 하트와 트윈스의 기척을 느꼈다. 그녀와 매드해터가 깨어났음을 알아차리고 각자의 방에서 나온 모양이었다.

소윤이 문을 열자마자 트윈스가 그녀를 끌어안았다. 그녀의 뒤에서 코웃음 치는 소리가 들리는 것으로 보아 두 남자가 매드해터를 노려보고 있기라도 한 모양이었다. 그때 문 옆에 기대어 있던 하트가 트윈스를 떼어 내고 소윤을 부드럽게 에스코트했다.

"밥 먹고 갈 거지? 여기 레스토랑이 제법 괜찮더라고."

소윤은 스마트폰으로 시간을 확인했다. 저녁 7시 34분. 소윤은 어머니에게 메시지를 보냈다. 늦은 시간은 아니었으나, 그녀가 깨어난 이래 안전에 부쩍 신경을 쓰게 된 부모를 배려해서였다. 저녁 먹고 간다는 간단한 메시지에 바로 답장이 달렸다.

[친구한테 집에 데려다 달라고 하고, 너무 늦지 않게 와.]

그녀가 어머니에게 메시지를 쓰는 동안, 하트는 조금 전부터 눈에 띄던 그녀의 머리카락에 손을 가져갔다. 땋은 굵기도 고르지 않고 여기저기 머리카락이 튀어나온 데다가 중간부터 휘기 시작한 머리채가 보기 좋지만은 않았다. 그는 누가 땋았는지 뻔한 머리채를 풀려 했다.

그러나 별안간 끼어든 매드해터가 그의 손을 쳐 내고 소윤의 어깨를 감싸 안았다. 그러고는 메시지를 다 쓴 소윤을 이끌어 엘리베이터를 향해 걸어갔다. 하트는 두 사람의 뒷모습을 향해 삐뚜름하게 웃었다.

"어디 두고 보자고."

레스토랑은 엘리베이터로 몇 층 올라간 곳에 있었다. 평일 저녁이라서인지 사람이 많지 않아 마침 비어 있던 창가 자리로 안내되었다. 소윤이 자리에 앉자마자 트윈스가 손을 내밀었다.

"핸드폰 줘. 내 번호 입력하게."

소윤이 어머니와 메시지를 주고받는 동안 그녀의 손만 뚫어져라 보더니 이것 때문인 모양이었다. 그녀는 순순히 스마트폰을 건넸다.

자신의 번호를 입력하고 통화 버튼을 눌러 그녀의 번호까지 받은 트윈스는 의기양양한 미소와 함께 그것을 돌려주었다. 트윈스가 등록한 이름을 확인한 그녀는 그 미소의 의미를 알게 되었다. 그녀는 곧바로 수정 버튼을 터치했다.

"야!"

그녀가 '♡애인님♡'을 '트윈스'로 수정하자 트윈스가 벌떡 일어났다. 알게 모르게 흘금거리던 시선이 대놓고 그들에게 집중되었다. 소윤이 힘으로 트윈스를 자리에 앉히는 사이, 매드해터와 하트가 차례대로 번호를 입력하고 그녀의 번호를 받아 갔다. 그들에게서 스마트폰을 돌려받은 그녀가 말했다.

"내 번호 정도는 알 거라고 생각했어."

그녀가 시험 치고 나오는 시간에 맞춰 교문 앞에 도착했으니 십중팔구 시험 일정도 조사했을 것이다. 그러니 전화번호 정도야. 그녀의 말을 들은 하트가 대답했다.

"그런 개인적이고 친밀한 건 너한테 직접 받고 싶었거든."

"실컷 조사했을 거면서 무슨 소리를."

소윤은 딱딱한 빵 껍질을 다소 거칠게 찢었다. 하트는 부스러져 손톱만 해진 빵 껍질을 그녀의 손에서 빼앗았다.

"부끄러워하는 모습은 귀엽지만 먹을 것에 대고 표현하는 건 달갑지 않은데. 기왕이면 날 보면서 부끄러워해 달라고."

"……시끄러워."

하트가 낄낄거리자 소윤은 그의 정강이를 걷어찼다. 작게 신음을 내지른 그가 입을 다물었다.

식사-음식을 먹지 않는 매드해터의 몫은 나머지 셋이 나눠 먹었다-를 하면서 소윤의 유학을 빙자한 핑계와 그것의 일정을 논의한 그들은 9시 반이 다 되어서야 자리에서 일어났다.

금전 관리는 감각이 남다른 대부호 매드해터나 거추장스러운 것을 싫어하는 디로 인해 하트가 맡게 되었다. 그가 음식값을 계산하는 사이 다른 두 남자가 먼저 밖으로 나갔다.

소윤 역시 그들을 따라 나가려던 참이었다. 슬며시 다가온 손가락이 그녀의 손바닥을 느릿느릿하게 더듬어 올라갔다. 단 몇 초의 움직임이었으나 그 안에 응축된 기대와 욕망을 읽은 그녀는 숨을 삼켰다. 이내 그녀의 귓가에 다가온 입술이 속삭였다.

"가족에게 연락해."

"……뭘."

"오늘 못 들어간다고."

그렇게 말한 하트가 그녀의 귓가에 키스했다. 소윤은 화끈거리는 귀를 감싸 쥐고 그에게서 한 걸음 물러섰다. 그러자 그가 나른하게 웃었다.

"집에 데려다준다고 하지 않았어?"

소윤은 그렇게 물었다. 그리고 당연한 말이지만 먹히지 않았다. 그는 소윤을 형형한 눈으로 보며 입술을 핥았다. 불그스름한 입술과 그 사이로 드러난 혀가 마치 유혹하는 듯했다.

"하루를 더 기다리라고?"

소윤에게 선택지는 없었다. 그녀는 스마트폰을 꺼내 어머니에게 메시지를 보냈다. 어느새 손바닥이 뜨거워져 있었다. 전송 버튼을 누른 그녀는 희미하게 홍조를 띤 얼굴을 가렸다. 그러나 새어 나오는 짧은 한숨조차 어딘지 달콤했다.

엘리베이터에 오른 네 사람은 방이 있는 층까지 내려갔다. 방 앞에서 매드해터, 트윈스와 인사를 나눈 소윤은 하트에게 시선을 주었다.

그는 그녀가 엘리베이터에 타는 순간부터 지금까지 단 한 순간도 그녀에게서 눈을 떼지 않았다. 그녀는 홀린 듯 그를 향해 걸음을 옮겼다.

소윤이 가까워지자 하트가 손을 내밀었다. 옅게 그은 손 위에 창백하고 가는 손가락이 잡혔다. 일순 손에 힘을 주었던 그는 이내 그녀를 부드럽게 끌어당겼다. 고개를 든 그가 두 남자를 향해 말했다.

“그럼 내일 보자고. 시간은…… 그래, 한 오후쯤?”

그제야 두 남자는 하트의 눈을 제대로 볼 수 있었다. 눈앞의 소윤에게 정신이 팔려서 다른 것은 생각지도 못했던 두 남자의 얼굴이 거의 동시에 일그러졌다.

하트는 승리자의 미소를 지으며 문을 닫았다. 닫힌 문을 앞에 둔 매드해터는 마력을 움직이며 하트 암살을 고려했고, 트윈스는 이를 득득 갈았다.

한편 문 안쪽, 정적에 휩싸인 공간에서 하트는 그녀를 세게 끌어안았다. 뜨거운 체온이 그녀의 서늘한 몸에 불길처럼 옮겨붙자, 그녀는 자신을 이루는 모든 것이 그에게 빨려 드는 것 같아 어지러웠다. 그때 하트가 낮은 소리로 말했다.

“다시는 그런 식으로 사라지지 마.”

소윤이 원해서 사라진 것도 아니건만 하트는 마치 그녀에게 원인이 있는 것처럼 굴었다. 그러나 그 말에서 절박함을 읽은 그녀는 하트의 등을 부드럽게 쓸어내리며 긍정했다.

“알았어.”

그녀가 대답하자마자 고개를 든 그가 곧바로 소리의 잔향을 들이마시고 남은 숨결마저 삼켜 버렸다. 그녀는 입술 위에서 끊임없이 움직이는 입술과 목 안쪽까지 침범할 듯 넘나드는 혀에 정신을 빼앗겼다. 그가 간헐적으로 신음을 흘릴 때마다 그녀의 몸에서 힘이 빠져나갔다.

뜨거운 손이 그녀의 셔츠를 들추고 들어와 등을 감쌌다. 어느새 셔츠 단추는 전부 풀려 있었다. 옷이 떨어지고 달궈진 피부에 공기가 닿았다.

언제 감았는지도 모를 눈을 뜬 소윤의 시야에 천장이 들어왔다. 그러나 그것도 이내 볼 수 없게 되어 버렸다. 답지 않게 여유 없는 얼굴을 한 남자가 옷을 거의 찢어발기듯 벗어 던지고는 그녀에게 달려들었기 때문이었다.

매끄러운 살갗이 부딪치고 몇 번인가 느꼈던 무게가 그녀에게 지워졌다.

"사랑해."

그가 뜨겁게 속삭여 온 그 말을 마지막으로 그녀는 아무 생각도 할 수 없게 되어 버렸다.

소윤이 사라졌다. 베이비가 전한 단 두 마디로 이루어진 정보는 하트를 미치게 하기에 충분했다. 그녀가 없는 동안 그의 도끼날 아래 죽어 나자빠진 목숨이 몇이었던가. 원더랜드 전역이 숨을 죽이고, 아웃하우스조차 연쇄 살인범 페인터의 행보에 몸살을 앓았다.

"이젠 그럴 일 없지만."

룸서비스로 주문한 음식을 테이블 위에 내려놓던 하트가 중얼거렸다. 소윤과 있는 방 안에 누군가가 들어오는 것이 싫어, 문 앞에서 음식만 받아 직접 차리는 중이었다. 다 차리고 보니 괜히 기분이 뿌듯했다. 이제 남은 건 소윤을 깨우는 일뿐이었다.

소윤은 아직 숙면 중이었다. 하트는 그녀를 향해 몸을 숙였다. 그녀의 눈매는 물기에 젖어 발그스름했다. 하트가 욕심껏 몰아붙인 결과였다. 히죽 웃은 그는 그 눈매에 입 맞추었다.

"일어나, 소윤. 밥 먹어야지."

그러나 막상 입술에 부드러운 피부가 느껴지자 밥이고 뭐고 다 필요 없다는 생각이 들었다. 그는 손목시계를 내려다보았다.

오전 11시 47분. 새벽까지 시달리느라 피곤했을 그녀를 좀 더 재우자는 마음과, 그래도 밥은 먹이는 게 좋겠다는 생각이 교차했다. 갈등

하던 하트는 소윤의 귓가에 다시 입을 맞추며 속삭였다.

"졸린 건 알겠지만 밥은 먹고 자."

그러나 여전히 소윤은 미동도 하지 않았다. 곰곰이 생각하던 그가 다시 말했다.

"안 일어나면 또 덮칠 거야. 난 아직 많이 부족하다고."

그의 말에 서린 진심에 소윤이 눈을 떴다. 잠이 덜 깨 흐릿한 눈에 가장 먼저 보인 것은 연회색 셔츠에 감싸인 어깨와 그 위에 드리워진 진저 헤어였다.

"하트?"

웅얼거리듯 말한 소윤이 그에게 다가붙었다. 잠결에 본 그리운 색깔이 너무 반가워서 저도 모르게 한 행동이었다. 그러나 하트 입장에서는 불시에 당한 공격이었다. 잠시 얼어붙어 있던 그는 재빨리 침대 위로 올라가 소윤을 덮쳐눌렀다.

"뭐야…… 읍!"

깨자마자 호흡이 곤란해진 소윤이 하트의 등짝을 내려쳤다. 소리로 보아 손자국이 제대로 났을 게 분명한데, 그는 아랑곳하지 않고 키스에 열중했다.

손은 어느새 이불 아래로 기어들어 그녀의 실오라기 하나 걸치지 않은 몸을 만끽하고 있었다. 그 손놀림에서 진심을 읽은 소윤은 팔에 힘을 주어 그를 밀쳤다.

"배고파."

"그거 잘됐군. 나도 그런데."

하트가 혀로 자신의 입술을 핥으며 말했다. 굶주림은 같아도 대상이 다르다는 것을 알고 있는 소윤이 다시 그를 밀었다.

"룸서비스 주문했지?"

저편에서부터 솔솔 풍기는 음식 냄새를 맡자 더욱 허기가 진 소윤은 하트의 굶주림을 채워 주고 싶지 않았다. 하트는 보란 듯이 어깨를 늘어뜨리며 한숨을 쉬었다. 아무래도 물 건너간 모양이었다.

욕실에 들어간 소윤은 가볍게 씻은 후 목욕 가운으로 몸을 감쌌다. 그녀가 나오자마자 문 근처에서 기다리고 있던 하트가 따라붙었다. 그녀는 그를 본체만체하며 음식 냄새가 풍기는 곳을 향해 걸어갔다.

"난 기다리느라 죽는 줄 알았는데 이 처사라니. 너무 심하다고 생각하지 않아?"

"그런가?"

"여유로운 척한다고 정말 여유로운 게 아니라는 것 정도는 알고 있을 텐데."

"그런 것치고는 별로……. 만나고서도 내내 느긋해 보였고."

그녀는 모르는 척 심드렁하게 대꾸했다. 그녀를 괴롭혀 눈물까지 뽑아낸 데 대한 작은 심술이었다. 하트 역시 그것을 알아차렸다.

"그야 두 놈 모두 네게 손도 못 댈 걸 아니까."

하지만 난 다르지. 그렇게 덧붙인 하트가 킬킬 웃었다. 소윤은 걸음을 멈추고 그를 올려다보았다.

"……악당."

"하지만 이런 나를 사랑하지?"

힐쭉 웃는 모습이 참 얄미웠다. 웃느라 올라간 뺨을 꼬집어 버릴까 생각했던 소윤은 마음을 바꾸어 하트를 향해 손을 뻗었다. 목표는 그의 셔츠 깃. 그것을 낚아챈 그녀는 그를 확 끌어 내려 불그스름한 입술에 키스했다.

IF — Maybe so sweet

만약 매드해터 단일 루트였다면

“나랑 같이 살지 않겠어요?”

매드해터는 대리석처럼 매끄러운 뺨을 붉힌 채 조심스럽게 말했다. 그 말을 들은 소윤은 고개를 돌렸다.

연구소에서 돌아온 소윤은 다시 의뢰로 점철된 일상을 되풀이했다. 그러던 어느 날, 마치와 도르 그리고 리가 소윤을 찾아왔다. 리까지 온 것은 의외라 소윤은 그녀에게 시선을 주었다. 그러자 리가 잔뜩 움츠러든 채 마치 뒤로 숨었다. 마치는 그런 리를 끌어다 소윤 앞에 세우며 말했다.

“제대로 이야기해야지.”

소윤은 쭈뼛거리는 리를 무감정하게 바라보았다. 그에 리가 다시 긴장했다. 그럴 만도 했다. 얼마 전, 도르에게 범죄의 폐해와 인간이 어떤 상황에서도 반드시 지켜야 하는 도덕성에 대해 일장 연설을 하는 리를 보다 못한 소윤이 그녀를 슬럼에 처박았기 때문이었다.

딱 1주일간이었고 건드리면 안 된다고 슬럼 주민들에게 단단히 일러 놓기까지 했으니 위험하지는 않았겠지만 무섭기는 했을 것이다. 소윤은 부러 눈을 슬쩍 내리깔았다. 그러자 조금 안심한 듯, 리의 기색에서 긴장이 줄어들었다.

"저, 저기…… 혹시 마법을 가, 가르쳐 주실 분을 알 수 있을까요……!"

작은 소리로 시작한 말은 숫제 비명처럼 끝났다. 소윤이 마법이라는 단어에 다시 시선을 들었기 때문이었다.

"마법이라고?"

"네, 넵!"

"마력 비보유자 아니었던가."

"그건, 제, 제 원래의……. 지금으은 이, 있어……요……."

그녀의 목소리에 울먹임이 섞이거나 말거나, 소윤은 생각에 잠겼다. 그녀가 아는 마법사라고는 단 한 사람밖에 없었다. 그가 어떤 가문 출신인지 아는 사람이 원더랜드에 몇이나 있었다. 그러므로 그가 마법을 사용할 수 있는 사람임을 아는 자가 두세 명 늘어나도 큰 문제는 없었다. 진짜 문제는 과연 그가 다른 사람을 가르칠까, 였다.

소윤은 가방에서 스마트폰을 꺼냈다. 원래 사용하던 것이 연구소에서 전소된 후 매드해터가 새로 만들어 준 것이었다. 메시지 앱을 실행한 그녀는 매드해터에게 메시지를 보냈다. 몇 분 지나지 않아 대답이 돌아왔다. 그녀는 자리에서 일어나 리를 보았다.

"가자."

"네?"

"가르쳐 준대."

빨리 일어나. 소윤은 굳이 재촉하지 않았다. 그러나 그녀의 눈빛에서 그것을 읽은 리는 울상이 되어 마치에게 매달렸다. 그리하여 결국 네 사람은 함께 매드해터의 집으로 가게 되었다.

도르의 손을 잡고 걷던 소윤은 리를 흘금 돌아보았다. 이제까지 미처 생각하지 못했던 부분을 떠올렸기 때문이었다.

『원더랜드』에서 매드해터는 앨리스를 좋아했다. 그리고 리는 바로 그 앨리스의 영혼이다. 다 무너진 원작이지만 새삼스럽게 신경이 쓰였다. 과연 두 사람이 만나면 어떤 일이 일어날까. 그 생각은 그녀의 머릿속에 제법 불유쾌한 상상을 불러일으키기에 충분했다.

매드해터의 집에 다다른 소윤은 현관문을 노크했다. 그녀 혼자라면 그냥 들어가도 무방하지만 지금은 일행이 있었다. 잠시 후 2층 창문이 열리는 소리가 났다. 일행의 머리가 일제히 그곳을 향해 움직였다.

"맙소사……."

리의 입에서 탄성이 새어 나왔다. 미추에 대한 기준이 없다시피 한 도르마저 시선을 고정했다. 절대적인 아름다움이 그곳에 있었다. 늦은 오후의 햇살을 받아 희미한 금빛으로 빛나는 남자가 방긋 웃었다.

"왔군요, 흰 토끼. 기다렸어요."

남들 앞이라고 서먹하게 부른 그가 얼른 문을 열었다. 그가 창문 안쪽으로 모습을 감추자, 넋을 잃은 채 2층을 응시하던 세 사람이 정신을 차렸다. 소윤은 그들의 기분을 이해할 수 있었다. 매드해터는 그녀마저 멍하게 만드는 미모의 소유자이기 때문이었다.

"들어가자."

그들이 안으로 들어가는 것과 동시에 매드해터가 2층 계단참에 모습을 드러냈다. 그는 여느 때와 같이 보풀이 인 청록색 카디건과 다 구겨진 셔츠, 바지를 입고 있었다. 오늘의 모자는 독살스러울 만큼 선명한 보라색의 수면 모자였는데, 청회색의 머리카락은 가릴 수 있을지언정 아름다운 얼굴은 전혀 숨기지 못했다.

계단을 내려온 매드해터는 곧장 소윤에게 다가갔다. 이내 서늘한 팔이 그녀를 감쌌다. 몸을 숙여 그녀의 귓가에 입술을 댄 그가 속삭였다.

"보고 싶었어요, 소윤."

소윤은 연인의 어깨에 이마를 댔다. 자신도 모르게 심호흡을 한 그녀는 어깨에서 힘이 빠지는 것을 느꼈다.

"……나도, 요카난."

매드해터보다 더 작은 소리로 그녀가 속삭였다. 그녀를 안은 품이 순식간에 확 달아올랐다. 지금 고개를 들면 뺨을 붉힌 그를 볼 수 있을 터였다. 소윤의 입가에 희미한 미소가 떠올랐다.

내버려 두면 언제까지고 끌어안고 있을 매드해터를 달래 떼어 놓은 소윤은 그에게 용건을 말했다.

"이쪽이 마법을 배우려는 리야. 그리고."

진짜 앨리스야. 작게 첨언한 말을 알아들은 매드해터의 눈동자가 차가움을 더했다.

"그렇군요."

매드해터는 리를 위아래로 훑어보았다. 절대영도의 시선에 노출된 리는 마치의 옷자락을 꽉 쥐었다. 그런 그녀의 손등을 마치가 감싸 쥐었다. 그것을 목격한 매드해터의 눈에 얼핏 안도가 스치고 지나갔다.

수업은 교재를 준비한 후부터 진행되기로 결정이 났다. 마치와 도르, 리가 먼저 돌아간 후 소윤은 매드해터의 얼굴을 물끄러미 올려다보았다.

"왜 그래요, 소윤?"

"억지로 가르칠 필요 없어."

"날 걱정했습니까?"

"……당연한 말을."

기본적으로 인간을 싫어하는 매드해터지만 리에 대해서는 정도가 심했다. 소윤은 그가 리를 보는 시선에서 그것을 깨달았다. 그와 동시에 안도감이 퍼졌지만, 조금 부끄러웠던 그녀는 그것을 무시했다.

"저 여자는 싫습니다. 게다가 조금 두려웠어요."

소윤은 눈을 깜빡였다. 천하의 매드해터가 할 말이 아니었기 때문이었다. 그러나 그는 아무렇지도 않게 말을 이었다.

"당신에게는 이미 전적이 있으니까요."

매드해터는 지금 소윤이 그에게 앨리스를 밀어붙였던 때를 이야기하고 있었다. 소윤은 입을 딱 다물었다. 그는 눈매를 예쁘게 휘며 생긋 웃었다.

"딱히 미안해하라고 한 말은 아닙니다만."

그 말이 사과를 강요하는 것보다 더 무서웠다. 그러나 사과는 할 수 없었다. 그때 그녀에게는 그것이 옳은 일이었기 때문이었다. 아마 그도 그것을 알고 있으므로 저런 말을 하는 것일 터였다.

소윤은 매드해터를 곁눈질했다. 그러다가 꽃 같은 얼굴에서 그늘을 발견하고는 그의 정면에 섰다.

"잠 못 잤어?"

오후가 되도록 쓰고 있는 수면 모자에, 대리석 같은 흰 피부에 드리워진 희미한 그림자만 보아도 알 일이었다. 분명 그녀의 메시지를 받고 일어났을 것이다. 그녀의 말에 고개를 저었던 매드해터는 가늘고 투박한 손가락이 눈 밑을 쓸자 난처한 듯 웃었다.

"머리가 좀 아파서요."

그의 두통은 지병에 가깝다. 그리고 그 지병의 치료제는 소윤이었다. 매드해터는 그의 얼굴에서 멀어지는 소윤의 손을 잡아다 뺨에 가져갔다.

"바쁜가요?"

붉은 입술을 소윤의 손바닥에 꾹 누른 그가 눈웃음을 쳤다. 약에 도취된 듯 나른한 눈매가 접히자 이루 말할 수 없을 만큼 지독한 요염함이 풍겼다.

안 그래도 은근히 그의 미모에 약한 그녀가 그 얼굴에 대고 바쁘다는 말을 할 수 있을 리 없었다. 그녀가 고개를 젓자 매드해터는 방긋 웃었다.

두 사람은 1층 침실로 들어갔다. 커튼이 내려진 침실은 어둡고 고요했다. 매드해터가 먼저 눕자 칼을 벗어 놓은 소윤이 그의 옆으로 들어갔다.

이내 긴 팔이 다가와 두 사람 사이에 남은 얼마 안 되는 거리마저 단숨에 좁혔다. 그녀의 머리카락에 얼굴을 묻은 그가 깊은 숨을 들이마시더니 머리 위에 입을 맞추었다. 처음에는 그저 가볍기만 했던 입술이 점점 의도를 갖자 소윤은 그를 살짝 밀었다.

"그만 자."

"싫습니다. 모처럼 당신과 단둘이잖아요."

매드해터는 감기려는 눈을 애써 뜨고 있었다. 깊은 눈꺼풀이 경련하는 것을 본 그녀는 그의 투정을 묵살했다. 소윤은 그의 눈 위에 손을 얹고 가볍게 눌렀다.

"깰 때까지 여기 있을 테니까."

"그럼…… 아주 조금만……."

그는 미련이 뚝뚝 듣는 목소리로 중얼거렸다. 이미 반쯤 잠에 빠진 소리였다. 몇 초 되지 않아 침실 안에 깊고 규칙적인 호흡이 퍼지기 시작했다.

소윤은 그를 올려다보았다. 무엇이 그리도 좋은지 매드해터는 희미한 미소를 지은 채였다. 그러나 그의 얼굴에서 씻을 수 없는 피곤함을 발견한 그녀는 조금 반성했다.

소윤은 자신의 성격이 섬세하지 못하다는 것을 알고 있었다. 거기에 흰 토끼로서 다망하기까지 하다. 그녀가 없으면 제대로 숙면을 취하지 못하는 매드해터에게는 참 괴로운 며칠이었을 것이다.

이런저런 일들로 밀렸던 의뢰도 다 처리했으니 한동안은 그에게 집중할 수 있을 테지만, 그것도 어디까지나 임시방편이었다. 소윤은 그의 품에 얼굴을 묻었다. 그에게서 옮았는지 졸음이 그녀를 엄습했다.

소윤이 잠에서 깨어났을 때, 사위는 온통 검었다. 그녀는 시간을 확인하기 위해 스마트폰을 찾았다.

"아직 1시밖에 안 되었습니다. 더 자요."

침대 위를 더듬거리는 그녀의 손을 잡아 저지한 매드해터가 속삭였다. 고요한 밤공기에 녹아든 목소리는 방금 깬 사람답지 않게 매끄러웠다. 소윤은 그의 품을 벗어나 자리에서 일어났다.

"언제 깼어?"

"방금 전에요."

매드해터도 그녀를 따라 일어났다. 소윤은 그를 살폈다. 그녀의 시선을 알아차린 매드해터가 웃었다.

"괜찮습니다. 많이 나아졌어요."

그렇게 말한 그는 소윤의 흐트러진 머리카락을 손가락으로 빗었다. 그러나 어둠 속에 희끄무레하게 떠오른 얼굴은 그의 말과는 달리 아직 피곤이 가시지 않아 보였다. 소윤은 잠들기 직전에 했던 생각을 떠올렸다. 입술이 충동적으로 움직였다.

"같이 살까?"

그 순간, 부자연스러울 정도의 정적이 내려앉았다. 매드해터는 그녀의 머리카락을 귀 뒤로 넘기던 손을 멈추었다. 굳은 표정이 살아 있는 인형처럼 기묘했다. 이윽고 붉은 입술이 달싹였다.

"지금, 무슨."

그제야 소윤이 한 말을 온전히 이해한 매드해터는 푸른 눈을 크게 떴다. 뺨을 중심으로 붉은 기가 서서히 퍼지더니, 이내 얼굴이 온통 붉은색으로 뒤덮였다. 소윤이 눈을 깜빡이자 매드해터는 황급히 그녀의 눈을 가렸다.

"자, 잠깐. 보지 말아요."

"요카난?"

"이건 반칙입니다……."

목소리에서마저 붉은 물이 뚝뚝 떨어졌다. 소윤은 그의 손을 치웠다. 그러자 그는 아예 그녀의 머리를 꽉 끌어안았다. 얇은 옷 너머 느껴지는 그의 체온이 평소와는 달리 뜨끈했다.

반응을 보아하니 거절은 아닌 것 같지만, 확실한 대답이 없으니 아무리 그녀라도 조금 불안해졌다. 그때 매드해터가 사그라들 것 같은 소리로 중얼거렸다.

"진짜, 오늘 말하려고 마음의 준비를 하고 있었는데."

매드해터의 팔에서 힘이 풀렸다. 소윤은 고개를 들고 그를 보았다. 여전히 붉어진 얼굴로 그는 조심스럽게 말했다.

"나랑 같이 살지 않겠어요?"

그제야 소윤은 매드해터의 기분을 이해할 수 있었다. 그녀는 고개를 휙 돌렸다. 작게 소리 내어 웃은 매드해터는 그녀의 붉어진 뺨에 입을 맞추었다.

"대답은 들은 걸로 할게요."

"……내가 할 말이야."

언제라도 떠날 준비를 했던 소윤이 드디어 이 땅에 발을 붙이는 순간이었다.

넓이며 이삿짐 등 제반 사항을 고려하여 소윤이 매드해터의 집에 사는 쪽으로 결론이 났다. 몇 안 되는 옷가지와 인덕션을 옮기고 나니 이사가 끝났다. 생각했던 것보다 적은 짐에 매드해터는 몰래 혀를 찼다. 그녀가 얼마나 이곳에 마음을 붙이지 않았는지를 단적으로 드러내는 증거였기 때문이다.

"뭐, 이젠 내가 있지만요."

갑작스러운 말을 이해하지 못한 소윤이 의아하게 보거나 말거나, 매드해터는 그녀를 꼭 끌어안고 하얀 머리카락에 뺨을 댔다.

"앞으로 잘 부탁해요."

"나도 잘 부탁해."

같이 살게 되었다고 하여 생활 패턴이 갑작스럽게 바뀌는 것은 아니었다. 매드해터의 수면 시간은 여전히 제멋대로였고 그녀가 의뢰를 받아 수시로 집을 비우는 것도 마찬가지였다. 세세한 것에 까다로운 매드해터에 비해 소윤은 딱히 습관이랄 것이 없이 무던한 성격이었으므로 생활 습관으로 인한 신경전도 없으니 싸울 일도 전무했다. 그래도 바뀐 점은 분명 존재했다.

머리 위를 훑듯 지나는 도끼날을 피해 몸을 낮춘 소윤은 그대로 돌진하여 상대의 품에 파고들었다. 그녀의 왼손에는 어느새 뽑은 나이프가 들려 있었다.

퍼렇게 날이 선 그것을 상대의 배에 박은 그녀는 그것을 쭉 그어 올렸다. 지방이 잔뜩 낀 배를 지나 축 늘어진 가슴을 베고 목에 다다른 그녀는 나이프를 횡으로 움직였다. 요란한 피 분수가 터져 소윤의 창백한 얼굴에 붉은 점을 그렸다.

이윽고 육중한 거구가 피를 쏟으며 넘어갔다. 눈 주변에 튄 피를 아무렇게나 문질러 닦은 소윤은 주변을 둘러보았다. 쓰러진 자가 셋, 그리고 남은 자가 넷이었다. 그녀와 시선이 마주친 자들이 황급히 눈을 피했다. 소윤은 무덤덤한 목소리로 물었다.

"고작 이 정도로 흰 토끼의 자리는 빼앗기 어려울 텐데."

매드해터와의 관계가 알려지면서 그때까지 모호했던 소윤의 성별이 여성으로 확정되었다. 그러자 흰 토끼의 자리를 노리는 자들이 속출했다. 이들도 그런 자들이었다. 그녀는 들으라는 듯 코웃음을 쳤다.

"약해 빠져서는."

그 말에 발끈한 남자가 달려들었다. 소윤은 커다란 칼을 든 손을 축 늘어뜨린 채 상대를 맞이할 준비를 했다.

"죽어랏!"

빠른 속도로 접근한 남자가 날카로운 칼끝을 그녀에게 향할 때였다. 그녀의 스마트폰에서 벨 소리가 울렸다. 그 장소의 살벌한 공기와는 상반된 밝고 달콤한 멜로디는 단 한 사람을 위한 것이었다. 주머니에 손을 넣은 소윤은 스마트폰을 꺼내 잠금을 해제했다.

"나야."

칼날이 소윤의 왼쪽 어깨를 아슬아슬하게 스쳐 지났다. 반걸음 떼는 것으로 칼을 피한 소윤은 춤을 추듯 몸을 회전했다. 횡으로 눕힌 커다란 칼이 그녀를 따라 바람을 갈랐다.

"오늘은 늦지 않을 것 같은데."

가슴을 크게 베인 남자가 비명을 질렀다. 스마트폰 너머로 전해지기에 충분한 크기였다. 그러나 소윤도, 기계 저편의 상대도 아랑곳하지 않았다.

"빨리 끝내고 갈게."

전화와 함께 남자의 숨통도 끊어졌다. 스마트폰을 주머니에 넣은 소윤은 남은 세 사람을 향해 칼을 겨누었다. 그들의 눈에서 사라지지 않은 살의를 읽은 그녀는 땅을 박찼다.

연인이 맛있는 음식을 해 놓고 기다린단다. 귀가를 서두를 이유로 충분했다.

두 사람이 함께 살기 시작한 이후 가장 크게 개선된 부분은 역시 매드해터의 수면이었다. 악몽의 빈도가 줄고 안면安眠의 밤이 늘었다. 무엇보다도 그가 악몽에 시달리면 깨워 줄 사람이 있었다.

그 밤도 그러했다.

꿈속에서 매드해터는 어린 요카난 샤펠리에가 되어 실험실 바닥에 누워 있었다. 아침 식사와 함께 먹었던 약의 효과가 아직 사라지지 않은 것인지 움직일 수 없었다.

그는 몇 시간째 응시하고 있는 창 너머를 바라보았다. 고색창연한 첨탑이 새빨간 하늘을 향해 솟아올라 있었다. 어린 요카난은 그것을 보며 오만한 인간의 창에 찔린 하늘이 피눈물을 흘리는 것 같다고 생각했다.

이대로 전부 죽어 버렸으면.

그는 하늘 너머에 저주와도 같은 기원을 올렸다. 그때 실험실의 문 너머에서 무거운 발자국 소리가 났다. 두 부자만이 사는 이 성에서 그 발자국 소리의 주인은 너무나 명백했다. 어린 요카난은 바싹 마른 입안을 타액으로나마 축이고 싶었다. 그러나 아직도 몸은 움직이지 않았다.

문이 열렸다. 어둠을 배경으로 어둠보다도 시커먼 그림자가 서 있었다. 요카난은 눈을 감고 싶었다. 그러나 그것조차 마음대로 되지 않았다. 그림자가 한 발자국 가까워졌다. 희미한 음식 냄새가 코끝을 스치자 구역질이 났다. 누가, 누군가 제발.

그때였다. 투박한 손길이 그의 어깨를 잡아 흔들었다. 불현듯 정신이 들었다. 이건 꿈이다. 그것을 깨달은 그에게 더 이상 두려울 것은 없었다.

눈을 뜬 매드해터의 앞에 펼쳐진 것은 흰색의 머리카락에 감싸인 창백한 얼굴이었다.

"요카난."

소윤의 나직한 알토가 그의 이름을 불렀다. 상냥한 체온이 그를 끌어안았다. 그녀는 어깨를 어설프게 토닥거리며 다시 한 번 그의 이름을 불렀다. 이번에는 그도 대답할 수 있었다.

"요카난."

"네, 소윤."

"가위 눌린 것 같아서 깨웠어."

"고맙습니다. 악몽을 꾸고 있었거든요."

계절은 여름. 슬슬 더워지는 때였다. 그러나 매드해터는 추위를 느끼고 몸을 떨었다. 그와 접촉하고 있는 소윤이 그것을 모를 리 없었다. 그녀는 매드해터의 등을 길게 쓸었다. 그의 얇은 셔츠는 땀에 흠뻑 젖어 있었다.

"갈아입는 게 좋겠어."

소윤은 그가 갈아입을 옷을 가져오기 위해 침대에서 내려왔다. 그러나 그녀는 침대로 돌아올 수밖에 없었다. 매드해터가 그녀를 끌어당긴 것이다. 그녀를 침대 위에 눕힌 그는 젖은 셔츠를 벗어 아무렇게나 던져 버렸다.

소윤은 매드해터를 올려다보았다. 푸른 눈동자가 밤의 어둠에 잠겨 깊이 가라앉아 있었다. 그녀는 팔을 뻗어 그의 목에 감았다. 그 순간,

매드해터의 눈동자에 불이 붙었다. 소윤을 향해 입술을 내리며 그가 중얼거렸다.

"당신은 너무 상냥해요. 정말이지, 내 어리광 같은 건 그냥 무시해도 될 텐데 말이죠."

"그런 말을 하는 사람은 너 정도일걸."

"그건 좀 기쁜데요."

소윤이 완전히 내 거라는 말이잖아요. 그렇게 덧붙인 매드해터는 그녀의 셔츠를 벗겨 방 어딘가로 집어 던졌다. 그녀는 목덜미를 간지럽히는 청회색 머리카락에 입을 맞추며 대답했다.

"딱히 틀린 말도 아니잖아."

"……오늘 잠 안 자고 싶습니까?"

언제 가위에 눌렸냐는 듯, 평소와 같은 소리로 그가 물었다. 소윤은 쓴웃음을 지었다.

"살살 부탁할게."

일주일에 두 번, 리는 매드해터에게 마법을 배우러 갔다. 오늘은 다섯 번째 수업을 듣는 날이었다. 매드해터의 집 앞에 다다른 그녀는 현관문을 보며 한숨을 삼켰다.

수업은 좋았다. 두 번째 수업 날, 모자 밑으로 삐져나온 머리카락을 통해 선생의 정체를 알아차린 그녀는 자신이 어마어마한 행운아라는 사실을 깨달았다.

명성답게 매드해터는 그녀에게 부족한 부분을 제대로, 가차 없이 짚어 주었다. 수업이 끝나면 정신이 너덜너덜해지지만, 이제껏 사용할 수 있을 것이라 생각도 못 했던 힘을 조금씩 다뤄 나가는 기쁨에 비할 바는 아니었다.

문제는 다른 데에 있었다. 아무래도 그녀의 선생은 그녀를 싫어하는 모양이었다. 그것도 눈치가 빠르다고는 할 수 없는 리가 첫 번째 수업에서 알아 버렸을 만큼 명백하게.

혹시 흰 토끼가 자신에 대한 험담을 한 건 아닐까. 소윤에 대한 감정이 그리 좋지 않은 리는 그렇게 생각했다.

리는 미적거리며 문을 노크했다. 잠시 후 문이 열렸다. 그녀는 실례한다고 중얼거리며 안으로 들어갔다. 그런데 평소 같으면 짜증스러운 얼굴을 한 채 1층에 모습을 드러냈을 매드해터가 보이지 않았다.

"선생님?"

"이쪽입니다."

소리는 그녀가 존재만 알았지, 단 한 번도 들어가 본 적이 없는 침실에서 들려왔다. 살짝 열린 문틈에서 매드해터로 보이는 사람의 형상을 발견한 리는 문을 활짝 열었다.

"저, 선생……!"

리는 눈을 휘둥그레 떴다. 매드해터는 침대의 헤드보드에 몸을 기대고 앉아 있었다. 여느 때와는 달리 그는 혼자가 아니었다. 그는 품에 누군가를 안고 있었다.

목덜미에서 가지런히 정리된 백발, 창백한 얼굴, 작은 체구. 리에게도 익숙한 모습이었다.

"흰 토끼?"

"쉿. 조용히 해요."

미간을 찌푸린 매드해터가 리에게 주의를 주었다. 신경질적인 목소리에 주눅이 든 리는 어깨를 움츠렸다.

"보다시피 이래서 오늘 수업은 내일로 미룹니다."

"네?"

"어리석다고 생각은 했지만 언어마저 망각했을 줄은 몰랐군요. 오늘은 돌아가…… 이런."

두 사람의 대화에 잠을 방해받은 소윤이 뒤척거렸다. 매드해터는 작은 소리를 흘리는 그녀의 어깨를 가볍게 토닥거렸다.

"괜찮습니다. 계속 자도 돼요."

"으응, 하지만……."

"어차피 리도 볼일이 있어서 오늘은 수업을 진행하기 어렵습니다. 그러니 걱정할 건 없어요."

웃음기 어린 목소리가 침실 안에 퍼졌다. 이 세상의 모든 설탕을 들이붓는대도 이보다 달 것 같지는 않았다. 리는 망연자실하여 오도카니 선 채 그들을 보았다.

매드해터가 그녀에게 시선을 던졌다. 옛날이야기에 등장하는, 눈이 마주치는 것만으로도 상대를 석화시킨다는 괴물의 눈빛도 그의 것보다는 온화했을 것이다. 슬그머니 나와 침실 문을 닫은 리는 그대로 줄행랑쳤다.

현관문이 닫히는 소리를 한 귀로 들으며, 매드해터는 소윤의 머리카락을 어루만졌다. 그럼에도 그녀는 깨어나지 않았다. 그것이 자신에 대한 전적인 신뢰를 말하는 것 같아서, 그는 만족스럽게 웃었다.

살아가는 동안 맞이할 거라고는 생각도 못 했던 달콤한 시간. 매드해터는 어린 시절을 떠올렸다. 만약 그 시절의 자신을 만날 수 있다면 꼭 말해 주고 싶다. 끈질기게 버텨 살아남으면 언젠가는 머리끝까지 행복에 잠길 날이 올 거라고. 그는 소윤을 끌어안은 팔에 힘을 주고 활짝 웃었다.

After 10 years
시간이 흘러도 흐려지지 않는 것

서리가 내리는 계절이 되었다. 소슬한 가을바람이 폐허에 가까운 거리에 휘몰아쳤다. 남자는 바람결에 흐트러진 머리카락을 아무렇게나 쓸어 넘겼다. 그러나 다시 분 바람이 기껏 정리한 머리카락을 헝클어뜨렸다. 귀찮아진 남자는 머리에서 손을 뗐다. 곱실거리는 어두운 금발이 그의 이마와 뺨에 드리워졌다.

동화 속 임금님처럼 화려한 인상의 그 남자는 트윈스였다. 오늘 몸을 차지한 쪽인 트위들 디는 원더랜드의 입구에 선 채 눈앞에 펼쳐진 광경을 응시했다. 단 며칠 아웃하우스에 나가 있었을 뿐인데, 이 지긋지긋한 거리가 참 정겨워 보였다. 그는 가벼운 웃음을 흘렸다.

"눈이 미치기라도 한 건가."

그렇지 않고서야 이 폐허가 그리웠을 리 없다. 그는 걸음을 뗐다. 풀어헤친 트렌치코트 자락이 가을 공기에 새까만 잔상을 남겼다. 그의 외출에 따라붙었던 부하들이 줄줄이 걸음을 옮겼다. 그중 신입 하나가 주변을 살피다가 선배에게 물었다.

“따로 들를 곳이 있습니까? 이 방향은 사무실도, 디 님의 집도 아닌 것 같은데요.”

“좋아하는 여자 만나러 가시는 거야.”

“네? 디 님에게 애인이 있었어요?”

저도 모르게 소리를 높였던 신입은 디의 눈치를 보며 얼른 입을 틀어막았다. 그런 그를 향해 혀를 찬 선배가 설명했다.

“어디 가서 떠벌리지는 마라. 소문 퍼지면 귀찮아져.”

“당연하죠! 그런데 어떤 여자입니까? 예뻐요? 디 님의 애인이니까 당연히 예쁘겠죠?”

“정확히는 애인이 아니라…….”

선배가 그렇게 이야기를 시작할 때였다. 길 저편에서 작은 인영이 나타났다. 이제 예닐곱 살쯤 되었을까 싶은 소녀였다. 까만 머리카락을 길게 늘어뜨린 소녀는 디를 향해 알은척을 했다.

“안녕하세요, 디 삼촌.”

“누가 네 삼촌이냐.”

“저번에 아저씨라고 부르지 말라면서요. 그럼 뭐라고 불러요?”

“아예 부르지 마.”

소녀는 빨간 입술을 뾰족하게 내밀었다. 제 어미를 닮아 깜찍한 얼굴에 떠오른 그 표정은 깨물어 주고 싶을 만큼 귀여웠지만, 소녀의 상대는 깨물다 못해 물어뜯을 사람이었다.

“어디서 귀여운 척이냐. 썩 꺼…….”

“나 지금 엄마 보러 가는데.”

소녀의 엄마는 누가 제 아이에게 이유 없이 험한 소리를 하는 것을 달가워하지 않았다. 게다가 저 영악한 것이라면 없는 이야기도 만들어 일러바칠 수 있었다. 내심 혀를 차던 디는 한 가지 사실을 깨닫고는 주변을 둘러보았다.

"너 왜 혼자야? 아버지가 널 혼자 내보내 줬어?"
"어휴, 디 삼촌도 참. 내 나이가 몇 살인데 아빠 허락받고 외출을 해요? 이래서 나이 먹은 사람이랑은 말이 안 통한다니까. 그리고 오빠는 나 두고 먼저 갔어요. 아주 인생에 도움이 안 된다니까."
"쪼끄만 게 까분다. 이리 와. 데려다줄 테니까."
"흥이다. 어차피 엄마한테 가는 거면서 생색내긴."
디와 소녀는 소녀가 태어난 순간부터 지금까지 쭉 알아 온 사이였다. 둘은 티격태격하면서도 제법 사이가 좋았다. 소녀의 엄마는 이를 두고 미운 정이라고 말했다.
두 사람의 대화를 듣고 있던 신입이 선배를 보았다. 휘둥그레진 눈을 마주한 선배가 고개를 끄덕였다.
"맞아."
"하지만 그 여자는……!"
소녀는 원더랜드에서도 제법 유명한, 하트의 딸 발레리였다. 그녀의 어머니는 장의사라는 별칭으로 더 알려진 흰 토끼였다.
암암리에 원더랜드 최강이라는 소문이 퍼져 있기는 하지만, 그것뿐인 여자다. 얼굴이나 몸매가 특출한 것도, 성격이 좋은 것도 아니었다. 신입은 존경하는 디가 그런 여자에게 넘어갔다는 것을 믿을 수 없었다. 그런 그에게 선배가 한마디 덧붙였다.
"그리고 애인이 아니라 디 님이 좋아하는 여자니까. 실수하면 큰일 난다."
혼란에 빠진 신입은 입을 다물었다.
어느덧 흰 토끼의 집에 다다랐다. 디의 부하들은 들고 있던 쇼핑백을 문 앞에 내려놓고 사라졌다. 발레리는 그중 한 사람의 등에 시선을 둔 채 종알거렸다.
"되게 둔한 아저씨네요. 디 삼촌이 우리 엄마 짝사랑하는 걸 이제

알다니. 저렇게 눈치 없는 사람을 계속 데리고 있을 거예요?"

"그건 네가 걱정할 일이 아닐 텐데. 넌 말이다, 일단……."

"일단 멋대로 혼자서 외출한 걸 걱정해야지."

발레리는 등 뒤에서 들려온 소리에 어깨를 움찔거렸다. 소리 없이 열린 문 너머에 소윤이 서 있었다.

"어, 엄마."

발레리는 종종걸음으로 소윤에게 다가가 옷자락을 붙들었다. 그사이 소윤은 디와 인사를 나누었다. 디는 자연스러운 동작으로 소윤의 뺨에 입을 맞추었다.

"다녀왔어."

"추운데 밖에 서 있지 말고 들어와."

소윤과 발레리가 먼저 안으로 들어갔다. 디는 부하들이 놓고 간 쇼핑백을 바리바리 들고 따라 들어갔다. 안에는 발레리의 말대로 선객이 있었다. 집 안에 들어가자마자 그 선객과 눈이 마주친 디는 미간을 찡그렸다.

선객은 올해 여덟 살이 된 빅터였다. 소년은 제 아버지를 꼭 닮은 진저 헤어의 머리를 숙여 인사했다.

"안녕하세요."

"그래."

대충 고개를 끄덕여 인사한 디는 소윤의 앞에 쇼핑백을 내려놓았다. 아웃하우스에서 사 온 소윤의 옷과 신발 등이었다.

"고마워."

"이건 너희들 거."

쇼핑백 중 하나를 빼낸 디는 아이들 앞에 그것을 내려놓았다. 나란히 선 채 올려다보는 두 쌍의 눈동자는 모두 투명한 갈색이었다. 그래서 디는 두 아이를 도무지 미워할 수가 없었다.

“고작 이런 걸로 내 환심을 사려 들다니. 언제 봐도 아저씨는 생각이 짧아요.”

만날 때마다 얄미운 소리를 하더라도 말이다.

소윤이 마실 것을 가지러 부엌에 간 사이, 빅터가 한쪽 입매만 끌어올린 채 그렇게 빈정거렸다. 디는 화내는 대신 코끝으로 웃었다. 부엌에 있는 소윤이 빅터의 말을 들었다는 데에 그의 왼팔에 남은 상흔을 걸 수 있었다.

그리고 몇 분 후, 빅터는 소윤에게 귀를 틀어잡혔다.

“아야야, 아파요! 아파요, 엄마! 으악! 잘못했어요!”

“사과는 내가 아니라 디에게 해.”

“미안해요, 디 아저씨! 아저씨가 사 온 선물이 아무리 구닥다리더라도 감사하다고 인사했어야……! 엄마, 진짜 아파요!”

“됐어, 소윤, 그만 놔줘.”

디의 선처로 소윤에게서 풀려난 빅터는 얼른 소파로 도망쳤다. 소윤은 한숨을 쉬었다.

“대체 누굴 닮아 말버릇이 저런 거지.”

“그거야 뻔하잖아.”

능글맞게 웃으며 빈정거리는 건 하트의 주특기다. 소년은 성격마저도 제 아버지를 꼭 닮아 있었다. 부정할 수 없었던 소윤은 침묵을 선택했다.

가을바람이 창문을 뒤흔들고 지나갔다. 바깥 날씨가 추울수록 안락한 집 안에서 네 사람은 소파에 앉아 있었다. 디는 맞은편의 아이들을 응시했다. 둘 다 선물이 마음에 드는지 안 그런 척하면서도 손을 못 떼고 있다.

그러다가 디는 한 쌍의 갈색 눈동자와 시선이 마주쳤다. 발레리였다. 디가 그녀에게 사다 준 것은 라벤더색 망토였다. 가장자리가 은회색의 여우 털로 장식된 그것은 소녀의 검은색 머리카락과 하얀 피부에 더할 나위 없이 잘 어울렸다. 머리에 망토의 후드를 쓰고 있던 발레리는 얼른 그것을 내렸다.

"고, 고맙습니다."

발레리가 새침한 얼굴로 인사하자 소윤의 입가에 미소가 스쳤다. 그것을 본 빅터가 질세라 인사했다.

"감사합니다!"

빅터가 받은 선물은 짙은 회색의 코트였다. 그 나이대의 아이가 입기에는 차분한 색깔이었으나 빅터에게는 잘 어울렸다. 잇따라 인사한 두 아이는 서로를 흘겨보다가 동시에 고개를 돌렸다.

평온한 시간이 천천히 흘러 저녁이 되었다. 두 아이가 제 집으로 돌아갈 시간이었다. 아이들의 다망한 아버지는 무슨 일이 있어도 제 자식을 남의 손에 맡기지 않았으므로, 이제 곧 아이들을 데리러 올 것이다.

하트와의 사이에서 낳은 아이가 둘씩이나 되므로 함께 살 법도 한데 소윤은 그러지 않았다. 디는 그것이 자신들과 매드해터가 그녀를 쉽게 찾아올 수 있게 한 소윤의 배려이길 바랐다. 슬며시 손을 뻗은 그는 소윤의 손에 그의 손을 겹쳤다. 그러자 소윤이 다른 쪽 손으로 그의 손등을 토닥거렸다. 몇 년 사이 부쩍 온화해진 손놀림이 디에게 평온함을 주었다.

그러나 그의 평온은 1시간도 채 가지 못해 깨졌다. 하트가 도착한 것이다. 먼저 소윤과 포옹으로 인사를 나눈 그는 안 그런 척 쭈뼛거리는 빅터와 손을 얌전히 가슴 앞에 모으고 선 발레리를 내려다보았다.

"오늘은 집에 얌전히 있으라고 말한 것 같은데."

고개를 푹 숙인 여동생과는 달리 소년은 반항심 가득한 얼굴로 아버지를 올려다보았다. 그러나 고작 여덟 살의 소년이 서른다섯 살의 하트를 상대하는 것은 무리였다. 소년은 입술을 깨물었다.

압박감에도 불구하고 고개를 숙이지 않는 아들을 보는 하트의 눈에 만족스러운 빛이 스쳤다.

“돌아가서 마저 혼날 줄 알아라.”

빅터는 소윤을 흘금거렸다. 그러나 빅터의 육아와 훈육을 온전히 하트의 손에 맡긴 소윤은 쓴웃음을 지을 뿐, 참견하지 않았다. 빅터는 마지못해 대답했다.

“……네.”

“발레리 너도.”

“네에.”

발레리의 순종적인 대답이 이어졌다. 그러나 소윤은 그가 딸을 크게 야단치지 않을 것임을 알고 있었다. 하트의 딸임에도 매드해터와 죽이 잘 맞는 발레리는 어느 틈엔가 애교로 무장하고 제 부모를 살살 녹이려 들었다. 그리고 소윤을 많이 닮은 발레리에게 약한 하트는 자주 그것에 넘어가 주었다. 소윤은 언제 한번 날을 잡아 발레리를 혼내야겠다고 생각했다.

세 사람이 돌아가자 집 안에는 두 사람만 남았다. 아이들이 있던 자리가 묘하게 허전하다. 디는 소윤의 허리를 끌어안았다. 소윤은 그의 어깨를 가만히 쓸어내렸다. 아웃하우스에서 받았던 스트레스가 그녀의 손길을 따라 천천히 흩어졌다.

“일은 잘 끝났어?”

“응.”

디는 만족스러운 한숨을 섞어 대답했다. 숨을 깊게 들이쉬자 그리웠던 향기가 폐로 들어왔다. 거기에는 아이들이 옮겨 온 냄새도 섞여 있었다.

“애들이…….”

얼결에 화두를 꺼냈던 디는 곧 입을 다물었다. 그녀가 낳은 다른 남자의 아이.

어린아이는 싫다. 작고 약하며 언제 죽을지 모르니까. 그녀의 아이라면 더욱 달갑지 않다. 안 그래도 부족한 그녀의 관심을 여기서 더 나눠 갖기 싫었다.

그러나 두 아이를 볼 때마다 문득 드는 생각이 있었다. 만약 저기에 금발과 갈색 눈을 가진 아이가 끼어 있다면 어떤 기분이 될까. 디와 덤의 얼굴을 꼭 닮은 그들과 소윤의 아이. 그는 평생 가질 수 없을 것이다.

"……아무것도 아냐."

소윤은 얼버무리는 그를 추궁하지 않았다. 다만 그의 어깨를 쓸어내리는 손길이 좀 더 다정해질 뿐이었다. 디는 달콤하고 씁쓸한 감정을 동시에 느끼며 눈을 감았다. 그의 짝사랑은 아직도 진행 중이었다.

—이상한 나라의 흰 토끼 외전 마침—

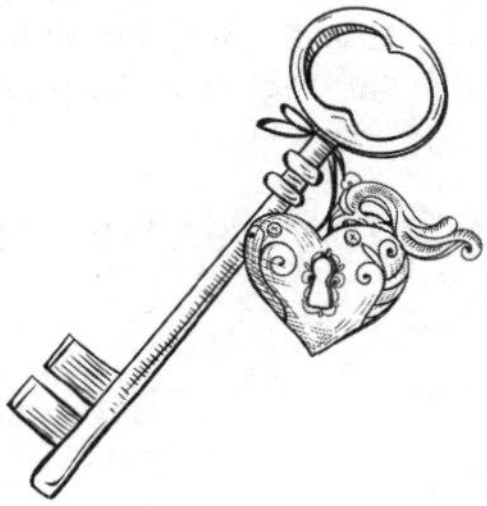

BLACK LABEL CLUB 029
이상한 나라의 흰 토끼

1판 1쇄 발행 2017년 1월 25일
1판 8쇄 발행 2023년 5월 4일

지은이 명윤
펴낸이 신현호
편집장 예숙영
편집 정나래
편집디자인 한방울
영업 김민원
물류 이순우 박찬수

펴낸곳 ㈜디앤씨미디어
출판등록 2002년 5월 1일 제117-90-51792호
주소 서울시 구로구 디지털로 26길 111 JnK디지털타워 503호
대표전화 (02)333-2513 팩스 (02)333-2514
전자우편 dncbooks@dncmedia.co.kr
디앤씨북스 블로그 http://blog.naver.com/dncbooks

ISBN 979-11-264-4032-0 (03810)